Knaur

Von Val McDermid sind außerdem erschienen:

Abgeblasen
Abgekupfert
Das Lied der Sirenen
Schlußblende
Die Erfinder des Todes

Über die Autorin:

Val McDermid wuchs in einem schottischen Bergbaugebiet auf und lebt heute in Manchester. Nach Jahren als Literaturdozentin in Oxford und als Journalistin bei namhaften englischen Zeitungen widmet sie sich heute ganz der Schriftstellerei. Ihr Thriller *Das Lied der Sirenen* wurde 1995 mit dem Golden Digger Award für den besten Kriminalroman des Jahres ausgezeichnet. Seither gilt sie als eine der interessantesten neuen Autorinnen des Spannungsgenres.

Val McDermid

Ein Ort für die Ewigkeit

Roman

Aus dem Englischen von
Doris Styron

Knaur

Die englische Originalausgabe erschien unter dem Titel
A Place of Execution
bei HarperCollins Publishers, London.

Besuchen Sie uns im Internet:
www.knaur.de

Vollständige Taschenbuchausgabe 2003
Droemersche Verlagsanstalt Th. Knaur Nachf., München
Dieser Titel erschien bereits unter der Bandnummern 61911

Umschlaggestaltung: büroecco, Augsburg
Umschlagabbildung: Collection Albert-Kahn,
Departement des Hauts-de-Seine
Druck und Bindung: Clausen & Bosse, Leck
Printed in Germany
ISBN 3-426-62347-1

2 4 5 3 1

To my evil twin;
laissez les bons temps rouler, cher.

Und man wird dich zu dem Ort bringen, von dem du gekommen bist, und von dort zu dem rechtmäßigen Ort der Hinrichtung. Dort sollst du am Hals gehängt werden, bis der Tod eintritt, und danach soll dein Körper in einem Gemeinschaftsgrab auf dem Gelände des Gefängnisses begraben werden, wo du zuletzt vor der Hinrichtung festgehalten wurdest; und möge Gott sich deiner Seele erbarmen.

Das offizielle Todesurteil nach dem englischen Gesetz.

LE PENDU: DER GEHÄNGTE

Bedeutung für die Weissagung: Die Karte bedeutet Leben in der Schwebe. Umkehrung des Geistes und der Lebensweise. Übergang. Aufgeben. Verzicht. Die Veränderung der Lebenskräfte. Neuerliche Anpassung. Regeneration. Wiedergeburt. Verbesserung. Anstrengungen und Opfer mögen nötig sein, um sich einem Ziel zu nähern, das vielleicht nicht erreicht wird.

Die Weisheit der Tarotkarten –
zum Vergnügen und zur Voraussagung der Zukunft.
S. R. Kaplan

Erstes Buch

Einleitung

Wie Alison Carter wurde ich im Jahr 1950 in Derbyshire geboren. Wie sie wuchs ich in einem Tal in der Gegend um den White Peak auf und kannte die schroffen Kalksteintäler und die winterlichen Schneestürme gut, durch die wir oft vom übrigen Land abgeschnitten waren. Nur in Buxton war es möglich, daß im Monat Juni ein Kricketspiel gegen eine andere Grafschaft wegen Schneefalls abgebrochen werden mußte.

Als Alison Carter im Dezember 1963 verschwand, bedeutete das für mich und meine Klassenkameradinnen mehr als für die meisten anderen Leute. Wir kannten Dörfer wie das, in dem sie aufgewachsen war. Wir kannten die Dinge, mit denen sie sich jeden Tag beschäftigt hatte. Wir durchlitten ähnliche Schulstunden, und wenn wir danach unsere Mäntel holten, führten wir ähnliche Diskussionen darüber, welcher der glorreichen Vier für uns der tollste Beatle war. Wir glaubten, wir hätten die gleichen Hoffnungen, Träume und Ängste wie sie. Deswegen waren wir alle von Anfang an sicher, daß Alison Carter etwas Schreckliches passiert war, denn wir wußten auch, daß Mädchen wie sie und wie wir nicht wegliefen. Jedenfalls nicht in Derbyshire mitten im Dezember.

Nicht nur die dreizehnjährigen Mädchen dachten so. Mein Vater war einer aus der Schar der Hunderte von Freiwilligen, die die Hochmoore und die waldigen Täler um Scardale

absuchten, und sein grimmiger Gesichtsausdruck nach einem ergebnislosen Tag ist mir noch lebhaft im Gedächtnis.
Wir verfolgten die Suche nach Alison Carter in den Zeitungen, und noch wochenlang setzte täglich irgend jemand in der Schule neue Vermutungen in Gang. Und nach all den Jahren hatte ich immer noch mehr Fragen an den pensionierten Polizeibeamten George Bennett, als er beantworten konnte.
Ich habe mich beim Schreiben meines Buches nicht ausschließlich auf die damaligen Notizen George Bennetts und seine heutigen Erinnerungen gestützt. Während der Recherchen zu der Geschichte besuchte ich Scardale und die Umgebung mehrmals und sprach mit vielen Personen, die in dem Geschehen um Alison Carter eine Rolle gespielt hatten, sammelte ihre Eindrücke, verglich ihre Aussagen über die Ereignisse, wie sie sie erlebt hatten. Ohne die Hilfe von Janet Carter, Tommy Clough, Peter Grundy, Charles Lomas, Kathy Lomas und Don Smart hätte ich das Buch nicht schreiben können. Bei den Gedanken, Gefühlen und Aussagen der Personen habe ich einige Freiheit walten lassen, aber die Grundlage dieser Textpassagen sind meine Gespräche mit den noch lebenden Hauptpersonen, die bereit waren, mich in meiner Bemühung um ein wahrheitsgetreues Bild sowohl von einer Gemeinde als auch ihrer einzelnen Mitglieder zu unterstützen.
Über einige der Dinge, die an jenem schrecklichen Dezemberabend im Jahr 1963 geschahen, werden wir natürlich nie etwas erfahren. Aber für jeden, der auch nur von ferne mit Alison Carters Leben und Tod in Berührung gekommen ist, gibt George Bennetts Bericht einen faszinierenden Einblick in eines der grausamsten Verbrechen der sechziger Jahre.
Allzulang lag ihre Geschichte im Schatten der verständlicherweise weit bekannter gewordenen Moor-Morde. Aber Alison Carters Schicksal ist nicht weniger schrecklich, nur weil sie das einzige Opfer ihres Mörders war. Und ihr Tod hat uns auch heute noch etwas zu sagen. Wenn Alison Carters Geschichte eine Botschaft vermittelt, dann ist es die, daß sich die größten

Gefahren hinter einem freundlichen Gesicht verbergen können.
Nichts kann Alison Carter ins Leben zurückbringen. Aber die Erinnerung an das, was ihr geschah, kann vielleicht andere davor bewahren, zu Schaden zu kommen. Wenn mein Buch dieses Ziel erreicht, wird das sowohl für George Bennett als auch für mich eine gewisse Genugtuung bedeuten.

Catherine Heathcote
Longnor, 1998

Prolog

Das Mädchen nahm Abschied von seinem Leben. Und es war kein leichter Abschied.

Wie alle Teenager hatte sie sich immer über jede Menge Dinge zu beklagen gehabt. Aber jetzt, wo sie im Begriff war, dieses Leben zu verlieren, schien es plötzlich sehr wertvoll. Endlich begann sie zu verstehen, warum ihre älteren Verwandten so zäh an jedem kostbaren Augenblick hingen, selbst wenn er von Schmerzen erfüllt war. So schlimm dieses Leben auch war, die Alternative war unendlich viel schlimmer.

Sie hatte sogar angefangen, gewisse Dinge zu bereuen. Zum Beispiel, daß sie ihrer Mutter oft den Tod gewünscht und gewollt hatte, ihr Traum, ein Wechselbalg zu sein, möge in Erfüllung gehen; wenn sie ihre Mitschüler, die sie beschimpften, weil sie nicht zu ihnen gehörte, voller Haß betrachtet hatte; wenn sie sich heftig danach gesehnt hatte, erwachsen zu sein und all diese Qualen hinter sich zu haben. All das schien nun nicht mehr wichtig. Das einzige, was eine Rolle spielte, war ihr unersetzlich kostbares Leben, das sie nun verlieren sollte.

Sie muß große Angst gehabt haben. Angst vor dem, was jetzt unmittelbar auf sie zukam, und vor dem Danach. Sie war im Glauben an den Himmel erzogen worden und auch an sein notwendiges Gegenstück, die Hölle, die gleich große und entgegengesetzte Kraft, die die Welt im Gleichgewicht hielt. Sie hatte ihre eigenen, sehr klaren Vorstellungen davon, wie dieser Him-

mel aussehen würde. Inbrünstiger, als sie sich je etwas in ihrem kurzen Leben erhofft hatte, wollte sie glauben, daß dies jetzt vor ihr lag, erschreckend nah.

Aber sie hatte schreckliche Angst, in die Hölle zu kommen. Sie wußte nicht genau, worin diese bestand. Sie wußte nur, daß sie im Vergleich zu allem, was sie im Leben haßte, noch viel schlimmer sein würde. Und da dies nicht wenig war, hieß das, es würde wirklich sehr schlimm sein.

Trotzdem hatte sie keine andere Wahl. Das Mädchen mußte von seinem Leben Abschied nehmen.

Für immer.

Erstes Buch

TEIL 1

Der Anfang

Manchester Evening News,
Dienstag, 10. Dezember 1963, Seite 3

Junge vermißt
100 Pfund Belohnung

Die Polizei setzte heute die Suche nach einem zwölfjährigen Jungen, John Kilbride, fort. Man hofft, daß die Aussetzung einer Belohnung eine neue Spur zutage bringen wird.
Ein ortsansässiger Betriebsleiter hat jedem 100 Pfund geboten, der Hinweise zur Auffindung von John geben kann, der seit 18 Tagen aus seinem Elternhaus in der Smallshaw Lane in Ashton-under-Lyne verschwunden ist.

1

Mittwoch, 11. Dezember 1963, 19 Uhr 53

Helfen Sie mir. Sie müssen mir helfen.« Die Stimme der Frau zitterte, sie drohte in Tränen auszubrechen. Der Polizeibeamte vom Dienst hatte den Hörer abgenommen und hörte etwas wie einen Schluckauf, als hätte die Frau am Apparat Schwierigkeiten, zu sprechen.

»Dafür sind wir ja da, Madam«, sagte Constable Ron Swindells apathisch. Er hatte fast fünfzehn Jahre lang in Buxton Dienst geschoben, und während der letzten fünf Jahre hatte er oft das Gefühl, er erlebe die ersten zehn noch einmal. Er fand, es gab nichts Neues auf der Welt. Diese Sicht der Dinge sollte von den kommenden Ereignissen bald erschüttert werden. Aber fürs erste begnügte er sich noch mit der Phrase, die sich bis heute immer bewährt hatte: »Was ist passiert?« fragte er mit seiner tiefen, sanften, aber unpersönlichen Baßstimme.

»Alison«, sagte die Frau schwer atmend. »Meine Alison ist nicht heimgekommen.«

»Alison ist Ihre Kleine, oder?« fragte Constable Swindells demonstrativ gelassen und versuchte dadurch, beruhigend auf die Frau einzuwirken.

»Sie ist gleich mit dem Hund rausgegangen, als sie aus der Schule kam. Und bis jetzt ist sie nicht heimgekommen.« Hysterische Erregung ließ die Stimme der Frau höher klingen. Swindells warf automatisch einen Blick auf die Uhr. Sieben

Minuten vor acht. Die Frau machte sich zu Recht Sorgen. Das Mädchen mußte schon fast vier Stunden von zu Haus weg sein, und zu dieser Jahreszeit war das nicht lustig. »Könnte sie vielleicht zu Freunden gegangen sein, spontan, weil es ihr gerade in den Sinn kam?« fragte er und wußte bereits, daß sie das schon überlegt hatte, lange bevor sie ihn überhaupt anrief.

»Ich hab an alle Türen im Dorf geklopft. Sie ist weg, sag ich Ihnen. Meiner Alison ist etwas zugestoßen.« Jetzt fing die Frau zu weinen an, sie stieß die halb erstickten Worte in den Pausen zwischen den Schluchzern hervor. Swindells glaubte, eine andere Stimme im Hintergrund murmeln zu hören.

Dorf, hatte die Frau gesagt. »Von wo rufen Sie eigentlich an, Madam?« fragte er.

Nach einem gedämpft klingenden Wortwechsel war eine klare männliche Stimme zu hören, ein unverkennbar aus dem Süden stammender Akzent, aus dem energische Autorität sprach. »Philip Hawkin hier, vom Manor House in Scardale«, sagte er. »Ich verstehe, Sir«, sagte Swindells argwöhnisch. Obwohl diese Auskunft eigentlich nichts an der Situation änderte, ließ sie den Polizeibeamten vorsichtiger werden, da er sich bewußt war, daß Scardale in mehr als einer Hinsicht außerhalb seiner gewohnten Einflußsphäre lag. Scardale war nicht nur eine ganz andere Welt als das geschäftige Marktstädtchen, wo Swindells wohnte und arbeitete; es hatte den Ruf, nach seinem eigenen Gesetz zu leben. Daß ein solcher Anruf aus Scardale kam, bedeutete, daß etwas recht Außergewöhnliches geschehen sein mußte.

Die Stimme des Anrufers rutschte ein Intervall tiefer und vermittelte jetzt den Eindruck, er wolle mit Swindells von Mann zu Mann reden. »Sie müssen das meiner Frau nachsehen. Sie ist ziemlich aufgeregt. So emotional, die Frauen, finden Sie nicht auch? Also, ich bin sicher, daß Alison nichts Schlimmes zugestoßen ist, aber meine Frau bestand darauf, Sie anzurufen. Ich bin sicher, sie wird jede Minute hier auftau-

chen, und ich möchte schließlich auf keinen Fall Ihre Zeit unnötig in Anspruch nehmen.«
»Wenn Sie mich über die Einzelheiten aufklären könnten, Sir«, sagte Swindells gleichgültig und zog seinen Notizblock näher zu sich heran.

Inspector George Bennett hätte schon längst zu Haus sein sollen. Es war fast zwanzig Uhr, weit über die Zeit hinaus, zu der man leitende Kriminalbeamte noch an ihrem Schreibtisch erwartete. Eigentlich hätte er schon in seinem Sessel sitzen sollen, die langen Beine vor dem lodernden Kohlenfeuer ausgestreckt, ein gutes Essen im Bauch und *Coronation Street* auf dem Fernsehschirm vor ihm. Während Anne das Geschirr wegräumte und abwusch, ging er dann oft auf ein Bier und einen Schwatz in den *Duke of York* oder das *Baker's Arms.* Durch nichts konnte man so schnell ein Gefühl für eine Gegend bekommen wie durch Gespräche an der Bar. Und er brauchte diesen Vorsprung mehr als irgendein anderer seiner Kollegen, da er erst vor sechs Monaten neu zugezogen war. Er wußte, daß die Stammgäste ihm nicht genug trauten, um viel von ihrem Tratsch an ihn weiterzugeben, aber nach und nach fingen sie an, ihn wie das Mobiliar zu behandeln und zu vergeben und zu vergessen, daß sein Vater und sein Großvater in einer anderen Ecke der Grafschaft beim Abendessen zu sitzen pflegten.
Er schaute auf seine Uhr. Nur wenn er Glück hatte, würde er es heute abend überhaupt noch zum Pub schaffen. Nicht daß er das als großen Verlust empfunden hätte. George saß eigentlich nicht gern herum und trank. Wenn er nicht durch seinen Beruf verpflichtet gewesen wäre, den Geschehnissen in der Stadt auf der Spur zu bleiben, hätte er wohl die ganze Woche kein Pub betreten. Er wäre viel lieber mit Anne zu einer der neuen Beatgruppen, die regelmäßig in den Pavilion Gardens spielten, tanzen oder mit ihr ins Kino gegangen. Oder einfach zu Hause geblieben. Sie waren seit drei Monaten verheiratet, und

George konnte es immer noch kaum glauben, daß Anne ihr ganzes Leben mit ihm verbringen wollte. Es war ein Wunder, das ihm in den schlimmsten Zeiten seiner Arbeit Kraft gab. Bisher hatte diese eher Einförmigkeit als abscheuliche Verbrechen mit sich gebracht. Die Ereignisse der nächsten sieben Monate sollten dieses Wunder allerdings einer härteren Prüfung unterziehen.

An diesem Abend war der Gedanke an Anne, die strickend vor dem Fernseher saß und auf seine Rückkehr wartete, jedoch eine viel größere Versuchung als jedes Glas Bier. George riß einen Zettel von seinem Notizblock ab und legte ihn, um die Stelle zu markieren, in die Unterlagen, die er durchgesehen hatte, klappte die Akte zu und legte sie in seine Schreibtischschublade. Er drückte seine Gold-Leaf-Zigarette aus, leerte den Aschenbecher in den Papierkorb beim Schreibtisch, was er immer als letztes tat, bevor er seinen Trenchcoat und, etwas befangen, den breitkrempigen Filzhut nahm, mit dem er sich immer ein wenig lächerlich vorkam. Anne war davon begeistert; sie sagte immer, er sehe damit wie James Stewart aus. Er selbst fand das nicht. Nur daß er ein längliches Gesicht und welliges blondes Haar hatte, machte ihn noch nicht zum Filmstar. Er schlüpfte in den Mantel und bemerkte, daß er jetzt fast zu eng war wegen des wattierten Futters, das zu kaufen Anne von ihm verlangt hatte. Obwohl der Mantel über seinen breiten Kricketspieler-Schultern jetzt ein bißchen spannte, wußte er doch, daß er froh darum sein würde, sobald er den Hof des Reviers betrat mit dem beißenden Wind, der vom Moorland herunter immer durch die Straßen Buxtons zu fegen schien.

Er ließ den Blick ein letztes Mal in seinem Zimmer umherschweifen, um sicher zu sein, daß er nichts hatte liegenlassen, was die Augen der Putzfrau nicht sehen sollten, und schloß die Tür hinter sich. Ein schneller Blick zeigte ihm, daß niemand mehr im Büro der Kriminalpolizei war, und so ging er noch einmal zurück, um sich einen kurzen Augenblick der Eitelkeit zu gönnen. Detective Inspector G. D. Bennett stand in weißen Lettern auf einem kleinen schwarzen Plastikschild. Es war etwas, auf das man stolz sein konnte, meinte er. Noch nicht dreißig und schon Detective Inspector. Jede öde Minute der drei Jahre endlosen Büffelns für sein Juraexamen hatte sich gelohnt, da es ihm den Weg zum schnellen Aufstieg geebnet hatte. Er war einer der ersten, dem sich nach abgeschlossenem Studium der neue, beschleunigte Beförderungsweg bei der Polizei in Derbyshire eröffnet hatte. Jetzt, sieben Jahre nach seinem Amtseid, war er der jüngste Kriminaloberkommissar, den die Grafschaft je gesehen hatte.

Da niemand da war, der den Mangel würdiger Haltung bei ihm hätte bemerken können, rannte er schnell die Treppe hinunter. Mit Schwung kam er durch die Pendeltüren in die Polizeiwache. Drei Köpfe wandten sich abrupt nach ihm um, als er eintrat. Einen Augenblick wußte George nicht, warum es so still war. Dann erinnerte er sich. Die halbe Stadt war beim Gedenkgottesdienst für den kürzlich ermordeten Präsidenten Kennedy, einer für alle Konfessionen offenen Messe. Man hatte den ermordeten Staatsmann als Sohn der Stadt adoptiert. Schließlich war JFK nur Monate vor seinem Tod hier gewesen, um das Grab seiner Schwester zu besuchen, das nur ein paar Meilen entfernt in Edensor auf dem Gelände von Chatsworth House lag. Daß eine der Krankenschwestern, die den Chirurgen bei ihrem erfolglosen Kampf um das Präsidentenleben in einer Klinik in Dallas beigestanden hatte, aus Buxton war, hatte in den Augen der Einwohner die Verbundenheit nur noch verstärkt.

»Nichts weiter los hier, Sergeant?« fragte er.

Bob Lucas, der Polizeibeamte vom Dienst, runzelte die Stirn und zuckte eine Schulter. Er sah auf ein Stück Papier in seiner Hand. »Bis vor fünf Minuten nicht, Sir.« Er richtete sich auf. »Wahrscheinlich ist es gar nichts«, sagte er. »Eins zu hundert, bis wir hinkommen, hat es sich schon erledigt.«

»Irgendwas Interessantes?« fragte George beiläufig. Er wollte nicht, daß Bob Lucas dachte, er sei einer dieser Kriminalkommissare, die ihre Kollegen in Uniform behandelten, als wären sie die Affen und er der Drehorgelmann.

»'n Mädchen wird vermißt«, sagte Lucas und streckte ihm den Zettel hin. »Constable Swindells hat gerade den Anruf angenommen. Er kam direkt, nicht über die Notrufnummer.«

George versuchte sich vorzustellen, wo Scardale wohl auf einer Karte der Umgegend lag. »Haben wir einen Mann dort, Sergeant?« fragte er, um Zeit zu gewinnen.

»Das ist nicht nötig. Es ist nur ein Weiler. Höchstens zehn Häuser. Nein, für Scardale ist Peter Grundy in Longnor zuständig. Es ist nur zwei Meilen von dort. Aber die Mutter dachte offensichtlich, es sei zu wichtig für Peter.«

»Und was denken Sie?« George war vorsichtig.

»Ich glaube, ich sollte den Streifenwagen nehmen, nach Scardale rausfahren und mit Mrs. Hawkin reden, Sir. Ich hole Peter ab und nehme ihn mit.« Während er sprach, griff Lucas nach seiner Mütze und setzte sie sich gerade aufs Haar, das fast ebenso schwarz und glänzend war wie seine Stiefel. Seine roten Wangen sahen aus, als hätte er Pingpongbälle im Mund. Zusammen mit den glitzernden dunklen Augen und den geraden schwarzen Augenbrauen gaben sie ihm Ähnlichkeit mit der bunten Puppe eines Bauchredners. Aber George hatte schon gemerkt, daß Bob Lucas sich keineswegs von irgend jemandem Worte in den Mund legen ließ. Er wußte, daß er eine ehrliche Antwort bekommen würde, wenn er Lucas eine Frage stellte.

»Würde es Sie stören, wenn ich mitkäme?« fragte George.

* * *

Peter Grundy legte sachte den Hörer auf die Gabel. Er kratzte sich mit dem Daumen am Kinn, das von den seit dem Morgen nachgewachsenen Stoppeln rauh wie Schmirgelpapier war. Er war an jenem Abend im Dezember 1963 zweiunddreißig Jahre alt. Fotos zeigen einen Mann mit frischem Gesicht, einer kurzen, spitzen Nase und einem schmalen Kinn, das von einem fast militärisch kurzen Haarschnitt betont wird. Sogar wenn er lächelte wie auf den Urlaubsschnappschüssen mit seinen Kindern, schienen seine Augen wachsam.

Nachdem die Kinder gebadet und zu Bett gebracht waren, hatten zwei Anrufe innerhalb von zehn Minuten den üblichen Abendfrieden mit seiner Frau Meg vor dem Fernseher unterbrochen. Es war ja nicht so, daß er den ersten Anruf nicht ernst genommen hätte. Aber als die alte Ma Lomas, Auge und Ohr von Scardale, sich der Mühe unterzog, mit ihren arthritischen Gliedern die Behaglichkeit ihres Häuschens zu verlassen, um in der beißenden Kälte zur Telefonzelle auf der Dorfwiese zu gehen, da mußte er reagieren. Zwar hatte er gedacht, er könnte bis zum Ende der Sendung um acht Uhr warten, bevor er etwas unternahm. Schließlich mochte Ma zwar als Grund ihres Anrufs die Sorge über ein verschwundenes Schulmädchen angeben, aber Grundy war sich nicht sicher, ob das nicht nur ein Vorwand war, um die Mutter des Mädchens ein wenig in Aufregung zu versetzen. Er hatte gehört und wußte, daß es einige Leute in Scardale gab, die meinten, Ruth Carter habe sich ein bißchen schnell mit Philip Hawkin eingelassen, auch wenn er seit dem Tod ihres Roy der erste Mann war, der es geschafft hatte, ihre Wangen wieder rosig glühen zu lassen.

Dann hatte wieder das Telefon geklingelt, was dazu führte, daß seine Frau das Gesicht verzog und ihn aus seinem gemütlichen Sessel in den kalten Flur hinausrief. Diesmal konnte er die Aufforderung nicht unbeachtet lassen. Sergeant Lucas in Buxton wußte über das vermißte Mädchen Bescheid, und so machte er sich auf. Als wäre es nicht schon schlimm genug, daß die Kerle von Buxton dort herumtrampelten; sie wollten auch noch den Professor mitbringen. Es war das erste Mal, daß Grundy oder irgendeiner seiner Kollegen mit jemandem zusammenarbeiten mußte, der studiert hatte, und er wußte durch die Tratschgeschichten, die er bei seinen gelegentlichen Besuchen der Unterabteilung in Buxton gehört hatte, daß niemand sich bei dem Gedanken daran wohl fühlte. Er hatte sich gleich dem unzufriedenen Murren angeschlossen, das da behauptete, schließlich sei das Leben der beste Lehrer und das beste Studium für einen Polizisten. Diese Akademiker – man konnte sie Samstag abends nicht auf den Marktplatz in Buxton schikken. Sie hatten im Leben nie eine Schlägerei in einem Pub *gesehen*, und noch viel weniger wußten sie, wie man damit umging. Soweit Grundy wußte, war das einzig Gute, was sich über Kommissar Bennett sagen ließ, daß er eine geschickte Hand beim Kricket hatte. Und das war kein hinreichender Grund für Grundy, sich über sein Eintreffen in seinem Bezirk zu freuen, wo er die sorgsam gepflegten Kontakte durcheinanderbringen würde.

Mit einem Seufzer knöpfte er den Hemdkragen zu. Er zog sich die Uniformjacke über, setzte die Mütze auf dem Kopf zurecht und nahm seinen Mantel. Mit einem beschwichtigenden Lächeln auf dem nervösen Gesicht steckte er den Kopf ins Wohnzimmer. »Ich muß nach Scardale«, sagte er.

»Scht«, ermahnte seine Frau ihn ärgerlich. »Jetzt wird es gerade spannend.«

»Alison Carter ist verschwunden«, fügte er hinzu, schloß boshaft die Wohnzimmertür hinter sich und eilte den Flur entlang, bevor sie reagieren konnte. Und reagieren würde sie, das wußte er nur zu gut. Ein Kind in Scardale verschwunden, das ging einem in Longnor viel zu nah, als daß man nicht einen kalten Schauer im Nacken gespürt hätte.

George Bennett folgte Sergeant Lucas hinaus in den Hof, wo die Autos standen. Er wäre viel lieber in seinem eigenen Wagen gefahren, einem schicken Ford Corsair, der so neu war wie seine Beförderung, aber die Vorschriften verlangten, daß er sich auf den Beifahrersitz des als Polizeiauto gekennzeichneten Dienstwagens, eines Rovers, setzte und Lucas ans Steuer ließ. Als sie auf der Hauptstraße in südlicher Richtung über den Marktplatz fuhren, versuchte George, die prickelnde Erregung zu unterdrücken, die er empfunden hatte, als er die Worte »Mädchen vermißt« hörte. Es konnte sein, wie Lucas schon richtig bemerkt hatte, daß nichts hinter alledem steckte. Mehr als fünfundneunzig Prozent der Fälle vermißt gemeldeter Kinder endeten mit der Versöhnung vor dem Zubettgehen oder im schlimmsten Fall vor dem Frühstück.

Aber manchmal war es anders. Manchmal blieb ein vermißtes Kind lang genug verschwunden, daß die Gewißheit wuchs, er oder sie werde nie mehr nach Hause kommen. Gelegentlich war dies deren eigene Entscheidung. Öfter war der Grund, daß das Kind tot war, und die Frage für die Polizei war dann, wie lang es dauern würde, bis sie die Leiche fanden.

Und manchmal schienen sie so absolut verschwunden, als habe sich die Erde aufgetan und sie verschluckt.

In den letzten zwei Monaten hatte es zwei solche Fälle gegeben, beide weniger als dreißig Meilen von Scardale entfernt. George machte sich immer sorgfältig Notizen zu allen Meldungen von außerhalb der Grafschaft sowie von anderen Dienststellen in Derbyshire, und er hatte diese beiden Vermißtenfälle besonders genau beobachtet, weil sie nah genug waren, daß die Kinder in seiner Gegend auftauchen konnten. Tot oder lebendig.

Pauline Catherine Reade war der erste Fall gewesen. Dunkelhaarig, mit haselnußbraunen Augen, sechzehn Jahre alt, ein Lehrmädchen bei einem Süßwarenverkäufer aus Gorton, Manchester. Schlank, etwa 1,52 Meter groß, mit einem rosa und goldfarbenen Kleid und einem hellblauen Mantel angetan. Kurz vor zwanzig Uhr am Freitag, dem 12. Juli, war sie aus dem Reihenhaus getreten, wo sie mit ihren Eltern und ihrem jüngeren Bruder wohnte, um zum Twisttanzen zu gehen. Sie wurde nie wieder gesehen. Es hatte zu Hause oder bei der Arbeit keine Probleme gegeben. Sie hatte keinen Freund, mit dem sie sich verkracht haben könnte. Sie hatte kein Geld, mit dem sie hätte weglaufen können, sogar wenn sie das hätte tun wollen. Die Gegend war weiträumig abgesucht worden, drei

Staubecken wurden geleert, alles, ohne eine Spur von Pauline zu entdecken. Die Polizei von Manchester war jedem Hinweis nachgegangen, aber keiner davon hatte zu dem verschwundenen Mädchen geführt.

Das zweite Kind, das vermißt wurde, schien mit Pauline Reade nichts gemeinsam zu haben, außer der unerklärlichen, fast magischen Art seines Verschwindens. John Kilbride, zwölf Jahre alt, 1,32 Meter groß, schlank, dunkelbraunes Haar, blaue Augen und mit frischer Gesichtsfarbe. Er trug eine graukarierte Sportjacke, eine lange graue Flanellhose, ein weißes Hemd und schwarze Schuhe mit stumpfen, viereckigen Vorderkappen. George hatte von einem der Kriminalpolizisten aus Lancashire beim Kricket erfahren, daß er kein besonders intelligenter Junge war, aber nett und zuvorkommend. John war mit Freunden Samstag nachmittags ins Kino gegangen, am Tag nachdem Kennedy in Dallas starb. Danach verließ er die Freunde und sagte, er wolle zum Marktplatz in Ashton-under-Lyne gehen, wo er sich oft ein paar Pennies verdiente, indem er Tee für die Marktfrauen und Verkäufer machte. Er wurde zum letzten Mal ungefähr um halb sechs gesehen, an eine Mülltonne gelehnt.

Die darauffolgende Suche hatte gerade am Tag zuvor einen letzten verzweifelten Auftrieb bekommen, als ein Geschäftsmann der Stadt eine Belohnung von hundert Pfund ausgesetzt hatte. Aber offenbar hatte sie nichts genützt. Derselbe Kollege hatte erst letzten Samstag bei einem Tanzfest der Polizei zu George gesagt, John Kilbride und Pauline Reade hätten wohl mehr Spuren hinterlassen, wenn sie von grünen Männchen in einem UFO entführt worden wären.

Und jetzt wurde ein Mädchen in seinem Revier vermißt. Er starrte aus dem Fenster auf die im Mondlicht liegenden Felder an der Straße nach Ashbourne, auf die stoppeligen, von Rauhreif überkrusteten Wiesen und die Trockenmauern, die sie voneinander trennten und im silbernen Licht zu leuchten schienen. Eine dünne Wolke schob sich vor den Mond, und

George fröstelte trotz seines warmen Mantels bei dem Gedanken, in einer solchen Nacht und einer so unwirtlichen Gegend ohne Unterschlupf zu sein.
Über sich selbst entrüstet, da er vor Begeisterung über einen wichtigen Fall die Sorge um das Mädchen und ihre Familie verdrängt hatte, wandte sich George an Bob Lucas und sagte: »Erzählen Sie mir von Scardale.« Er nahm seine Zigaretten heraus und bot dem Sergeant eine an, der aber den Kopf schüttelte.
»Danke, Sir, ich nehme keine. Ich versuche, weniger zu rauchen. Scardale könnte man das Land nennen, das von der Zeit vergessen wurde«, sagte er. Im kurzen Leuchten von Georges Streichholz sah Lucas' Gesicht grimmig aus.
»Wie meinen Sie das?«
»Es ist noch wie im Mittelalter da unten. Nur eine Straße führt rein und raus, und an der Telefonzelle auf der Dorfwiese hört sie auf. Es gibt ein großes Haus, das Gutshaus, zu dem wir jetzt unterwegs sind. Dann sind da noch ungefähr ein Dutzend andere kleine Häuser und die landwirtschaftlichen Gebäude. Kein Pub, kein Laden, keine Post. Mr. Hawkin ist das, was man den Gutsherrn nennen könnte. Ihm gehören alle Häuser in Scardale sowie das Gut und das ganze Land im Umkreis von einer Meile. Alle, die dort wohnen, sind seine Pächter und arbeiten für ihn. Es ist, als seien sie alle sein Eigentum.« Der Sergeant bremste, um von der großen Straße rechts auf einen schmalen Weg abzubiegen, der am Steinbruch vorbeiführte. »Es gibt nur drei Familiennamen am Ort, glaube ich. Man ist entweder ein Lomas, ein Crowther oder ein Carter.«
Kein Hawkin, fiel George auf. Er verschob die nähere Betrachtung dieser Ungereimtheit auf später. »Aber die Leute müssen doch weggehen, um zu heiraten oder Arbeit zu bekommen?«
»O ja, die Leute gehen weg«, sagte Lucas. »Aber sie bleiben durch und durch Leute aus Scardale. Das legen sie nie ab. Und in jeder Generation heiraten ein oder zwei von ihnen jemand

von außerhalb. Es ist die einzige Möglichkeit, zu vermeiden, daß man seine Cousins heiratet. Aber ziemlich oft wollen die, die nach Scardale eingeheiratet haben, ein paar Jahre später die Scheidung. Das Komische ist, daß sie die Kinder immer zurücklassen.« Er warf George einen schnellen Blick zu, fast so, als wolle er sehen, wie er dies aufnahm.

George zog an seiner Zigarette und dachte einen Moment darüber nach. Er hatte von solchen Orten gehört, nur noch nie einen besucht. Er konnte sich das Leben in einem so abgelegenen, eingegrenzten Winkel der Welt kaum vorstellen, wo alles über Vergangenheit, Gegenwart und Zukunft eines Menschen ein Wissen sein mußte, das der ganzen Gemeinde bekannt war. »Es ist kaum zu glauben, daß es einen solchen Ort so nah bei der Stadt geben kann. Wie weit ist es? Sieben Meilen?«

»Acht«, sagte Lucas. »Es ist historisch bedingt. Sehen Sie sich mal an, wie steil diese Straßen sind.« Er deutete auf die scharfe Linkskurve, die in das Dorf Earl Sterndale hineinführte, wo sich die von der Steinbruchfirma für ihre Arbeiter gebauten Häuser wie ein zusammengedrängtes Rugbyteam an den Berghang kauerten.

»Bevor es Autos mit brauchbaren Motoren und geteerte Straßen gab, brauchte man im Winter fast einen ganzen Tag von Scardale nach Buxton. Wenn der Weg nicht überhaupt von Schneeverwehungen blockiert war. Die Leute waren auf sich selbst angewiesen. Und in manchen Orten dieser Gegend haben sie sich das nie abgewöhnt.

Nehmen Sie zum Beispiel das Mädchen, Alison. Sogar mit dem Schulbus braucht sie wahrscheinlich fast eine Stunde, um jeden Tag zur Schule und wieder zurück zu kommen. Die Verwaltung der Grafschaft versucht schon lange, die Eltern dazu zu kriegen, daß sie die Kinder als Internatsschüler von Montag bis Freitag in der Schule lassen, um ihnen die lange Fahrt zu ersparen. Aber von Orten wie Scardale wird das einfach kategorisch abgelehnt. Sie sehen es nicht als Hilfsangebot der

Grafschaft an. Sie meinen, die Behörden wollen ihnen die Kinder wegnehmen. Die lassen nicht mit sich reden.«
Sie brachten mehrere scharfe Kurven hinter sich und fingen an, mit angestrengt brummendem Motor einen steilen Bergrücken zu erklimmen, wobei Lucas durch die Gänge schaltete. George öffnete das Dreieckfenster und warf den Rest seiner Zigarette auf den Seitenstreifen. Ein Schwall eisiger Luft, die leicht nach Kohlenfeuer roch, reizte seinen Rachen, und er machte hastig das Fenster wieder zu. »Und trotzdem hat Mrs. Hawkin uns sofort gerufen.«
»PC Swindells hat gesagt, sie hätte vorher an jede Tür in Scardale geklopft«, sagte Lucas trocken. »Verstehen Sie mich nicht falsch. Sie haben nichts gegen die Polizei. Sie sind nur ... nicht sehr mitteilsam, das ist alles. Sie wollen, daß wir Alison finden. Und deshalb geben sie sich mit uns ab.«
Der Wagen quälte sich den Hang hinauf und fuhr auf dem langen, abfallenden Stück Straße in das Dorf Longnor hinein. Die Kalksteinhäuser lagen geduckt und schmutzigweiß wie schlafende Schafe im Mondlicht, und Rauchwolken stiegen aus allen Kaminen ringsum. An der Kreuzung in der Dorfmitte sah George die unverkennbaren Umrisse einer Gestalt in Polizeiuniform, die mit den Füßen aufstampfte, um sich warm zu halten.
»Das ist Peter Grundy«, sagte Lucas. »Er hätte drinnen warten können.«
»Vielleicht ist er gespannt zu erfahren, was passiert ist. Es ist schließlich sein Revier.«
Lucas brummelte: »Eher nörgelt seine bessere Hälfte, daß er abends noch weg muß.«
Er bremste ein bißchen zu scharf, und der Wagen stieß an den Randstein. PC Peter Grundy beugte sich herunter, um zu sehen, wer auf dem Beifahrersitz saß, dann stieg er hinten ein.
»'n Abend, Sergeant«, sagte er und neigte dann den Kopf ein wenig zu George hinüber. »Gefällt mir gar nicht, die Geschichte.«

2

Mittwoch, 11. Dezember 1963, 20 Uhr 26

Bevor Sergeant Lucas losfahren konnte, hielt George Bennett ihn mit erhobenem Finger zurück. »Nach Scardale sind es nur noch zwei Meilen, oder?« Lucas nickte. »Bevor wir hinkommen, will ich soviel wie möglich darüber erfahren, was hier auf uns zukommt. Können wir PC Grundy kurz Zeit lassen, um uns noch ein bißchen was zu erzählen?«
»Eine Minute oder zwei wird nicht schaden«, sagte Lucas und schaltete in den Leerlauf zurück.
Bennett rutschte unruhig auf seinem Sitz hin und her, damit er wenigstens ungefähr die Gesichtskonturen des Mannes vor Ort erkennen konnte. »Also, PC Grundy, Sie glauben wohl nicht, daß wir Alison Hawkin vor dem Kaminfeuer vorfinden werden, wo sie von ihrer Mutter ausgeschimpft wird?«
»Der Name ist Carter, Sir, Alison Carter. Sie ist nicht die Tochter des Gutsherrn.« Grundy sagte dies mit der leichten Ungeduld eines Mannes, der eine lange Nacht voller Erklärungen vor sich hat.
»Danke«, sagte George freundlich. »Sie haben es mir jedenfalls erspart, ins Fettnäpfchen zu treten. Ich wäre Ihnen dankbar, wenn Sie mich kurz über die Familie informieren könnten. Nur damit ich weiß, womit wir es zu tun haben.« Er bot seine Zigaretten an, um bei Grundy jeden Gedanken zu zerstreuen, er werde herablassend behandelt.
Mit einem kurzen Blick zu Bob Lucas, der nickte, nahm sich

Grundy eine Zigarette aus der Packung und suchte in seinem Mantel nach Streichhölzern.

»Ich hab dem Oberkommissar über die Situation in Scardale berichtet«, sagte Lucas, während sich Grundy die Zigarette ansteckte. »Daß dem Squire das ganze Dorf und der Grund und Boden gehören.«

»Richtig«, sagte Grundy und stieß den Zigarettenqualm aus. »Also, bis vor etwa einem Jahr gehörte Scardale Hawkins Onkel. Dem alten Mr. Castleton. Die Castletons sitzen schon so lange im Gutshaus, wie die Dorfchroniken zurückreichen. Jedenfalls ist der einzige Sohn des alten William Castleton im Krieg umgekommen. War Bomberpilot und hatte eines Nachts über Deutschland Pech, und als letztes hat man nur noch gehört, daß er vermißt wurde, vermutlich ist er gefallen. Seine Eltern waren schon in fortgeschrittenem Alter, als der kleine William geboren wurde, und bekamen dann keine weiteren Kinder. Als Mr. Castleton starb, fiel Scardale an den Sohn seiner Schwester, diesen Philip Hawkin. Ein Mann, den niemand dort je gesehen hatte, seit er ein Junge in kurzen Hosen war.«

»Was wissen Sie über ihn?« fragte Lucas.

»Seine Mutter, die Schwester des Squire, ist hier aufgewachsen, aber sie hat den Falschen erwischt, als sie Stan Hawkin geheiratet hat. Er war damals bei der Luftwaffe, aber das dauerte nicht lange. Er behauptete immer, daß ihm die Schuld für etwas zugeschoben wurde, das einer seiner vorgesetzten Offiziere getan hatte, kurz und gut, sie haben ihn rausgeschmissen, weil er angeblich unter der Hand Kriegsgerät verkauft hatte. Jedenfalls, der Squire hat Hawkin aus der Patsche geholfen und dafür gesorgt, daß er einen Job bei einem alten Freund unten im Süden bekam, bei dem er dann Autos verkauft hat. Nach dem, was man hört, ist er nie wieder bei krummen Dingern erwischt worden, aber ich glaube, die Katze läßt das Mausen nicht, und deshalb ist die Familie nicht mehr zu Besuchen heraufgekommen.«

»Und was ist mit dem Sohn, Philip?« fragte George im Versuch, die Sache etwas voranzubringen.
Grundy zuckte die Schultern, sein schwerer Körper ließ das Auto leicht schwanken. »Er ist ein gutaussehender Kerl, das muß ich sagen. Jede Menge Charme und so. Er ist bei Frauen beliebt. Mir gegenüber hat er sich immer korrekt benommen, aber ich würd ihm trotzdem nicht für fünf Pennies über den Weg trauen.«
»Und er hat Alison Carters Mutter geheiratet?«
»Dazu wollt ich gerade kommen«, sagte Grundy mit behäbiger Würde. »Ruth Carter war seit fast sechs Jahren Witwe, als Hawkin vom Süden heraufkam, um sein Erbe anzutreten. Nach dem, was ich gehört habe, war er gleich von Anfang an für Ruth eingenommen. Sie ist eine schöne Frau, das stimmt schon, aber nicht jeder wäre bereit, das Kind eines anderen Mannes anzunehmen. Allerdings, nach dem, was ich so weiß, ist das für ihn nie ein Problem gewesen. Er hat Ruth einfach nicht in Ruhe gelassen. Und sie war ja nicht dagegen. Er hat ihre Augen wieder zum Funkeln gebracht, das muß man ihm lassen. Drei Monate nachdem er zum ersten Mal in Scardale aufgetaucht war, haben sie geheiratet. Sie waren ein schönes Paar.«
»Eine stürmische Romanze also?« fragte George. »Ich wette, das hat einiges böses Blut gemacht, sogar an einem so verschworenen Ort wie Scardale.«
Grundy zuckte die Achseln. »Ich hab nichts in der Richtung gehört«, sagte er. George war in der Lage zu beurteilen, wenn einer mauerte. Er würde sich also Grundys Vertrauen erst verdienen müssen, bevor der Dorfpolizist ihm seine mühsam gesammelten Kenntnisse der hiesigen Verhältnisse offenbaren würde. Daß er diese Kenntnisse hatte, stand für George fest.
»Also gut, dann laßt uns nach Scardale fahren und sehen, was los ist«, sagte er. Lucas legte den Gang ein und fuhr durch das Dorf. Als sie zu einem Sperrschild kamen, bog er von der Hauptstraße scharf links ab. »Gute Beschilderung«, war Georges trockener Kommentar.

»Alle, die nach Scardale müssen, kennen die Straße, nehme ich an«, sagte Bob Lucas und konzentrierte sich auf die schmale Fahrspur, die nach einer Reihe kurz aufeinanderfolgender Schleifen anstieg und wieder abfiel und wie bei einer Achterbahn in die Richtung zurückzuführen schien, aus der sie kamen. Die beiden Lichtkegel der Scheinwerfer erhellten kaum die Dunkelheit auf der Straße, die von hohen Böschungen und unregelmäßigen Trockenmauern gesäumt war. Die Mauern wölbten sich und hoben sich in unwahrscheinlichen Winkeln gegen den Himmel ab.

»Als Sie eingestiegen sind, sagten Sie, die Geschichte gefiele Ihnen nicht, Grundy«, sagte George. »Warum denn?«

»Sie scheint so ein vernünftiges Mädchen zu sein, diese Alison. Ich kenne sie – sie ist in Longnor zur Grundschule gegangen. Ich habe eine Nichte, die in derselben Klasse war, und sie sind auch zusammen ins Gymnasium gegangen. Als ich auf Sie gewartet habe, bin ich schnell vorbeigegangen und habe mit unserer Margaret geredet. Sie meint, Alison sei heute genauso gewesen wie immer. Sie fuhren zusammen im Bus heim, genau wie sonst. Alison hat davon gesprochen, daß sie diese Woche einmal nach der Schule in Buxton bleiben wollte, um Weihnachtsgeschenke zu kaufen. Außerdem, sagt sie, ist Alison keine, die vor etwas weglaufen würde. Wenn etwas schiefläuft, dann geht sie es direkt an. Sieht also so aus, daß, was immer Alison passiert ist, nicht ihr eigener Entschluß war.«

Grundys schwerwiegende Worte lagen George wie Steine im Magen. Als spiegele sich draußen ihre unheilvolle Bedeutung, traten die Seitenwände an der Straße zurück und wurden von steilen Kalksteinklippen abgelöst, zwischen denen sich die Straße, völlig von den Bodenverhältnissen diktiert, durch einen schmalen Hohlweg wand. Mein Gott, dachte George, das ist ja wie ein Canyon in einem Western. Wir sollten Stetsons auf den Köpfen tragen und Maultiere reiten, statt in einem Auto zu sitzen.

»Gleich hier um die nächste Kurve, Sergeant«, sagte Grundy von hinten, sein Atem roch nach bitterem Tabak.

Lucas fuhr jetzt sehr langsam und folgte einer Kurve um eine Felsspitze herum. Fast unmittelbar danach versperrte ein schweres Gittertor die Straße. George hielt kurz die Luft an. Wenn er gefahren wäre und das Hindernis nicht erwartet hätte, wäre er sicher dagegengeprallt. Als Grundy schnell ausstieg und vorging, um das Tor zu öffnen, bemerkte George mehrere Farbspuren in verschiedenen Tönen an den Felswänden zu beiden Seiten der Straße. »Mit offenen Armen empfängt man hier Fremde wohl nicht gerade?«
Lucas lächelte grimmig. »Das brauchen sie nicht. Hinter dem Tor ist genaugenommen nur noch eine Privatstraße. Sie wurde erst in den letzten zehn Jahren asphaltiert. Davor kam nichts außer Landrovern und Traktoren durch Scardale durch.« Er fuhr auf der anderen Seite des Tors langsam weiter, damit Grundy es schließen und wieder zu ihnen einsteigen konnte.
Sie setzten ihre Fahrt fort. Hundert Meter hinter dem Tor fielen die Kalkfelsen zu beiden Seiten ab und öffneten sich in Richtung auf einen fernen Horizont. Plötzlich kamen sie aus der Finsternis wieder ins volle Mondlicht. Gegen den sternenbedeckten Himmel schien es George, als seien sie aus einem engen Gang, wie ihn Sportler vor einem Spiel passieren müssen, in ein weiträumiges Stadion gekommen, mindestens eine Meile breit, umgeben von einem fast geschlossenen Rund steiler Berge statt der Sitzreihen. Diese Arena war aber kein Sportplatz. Im fahlen Mondlicht sah George Felder mit struppigem Weideland, das sanft von der Straße aus anstieg, durch die die Talsohle in zwei Seiten geteilt wurde. Schafe drückten sich gegen die Felswände, ihr Atem bildete kleine Dampfwolken in der eiskalten Luft. Dunklere Flecken erwiesen sich als kleine Waldstücke, als sie daran vorbeifuhren. George hatte so etwas noch nie gesehen. Es war eine geheimnisvolle, verborgene und abgeschiedene Welt.
Jetzt sah er Lichter, nur schwach im Silberglanz des Mondes, aber stark genug, um die Umrisse der verstreut liegenden Gebäude gegen die hellen Kalksteinklippen am hinteren Ende

des Tals hervortreten zu lassen. »Das ist Scardale«, sagte Grundy unnötigerweise vom Rücksitz aus.
Aus der Anhäufung von Steingebäuden wurden bald deutlich voneinander abgesetzte Häuser, die geduckt um eine struppige, kreisförmige Grasfläche herum standen. Ein einzelner, schief stehender Stein erhob sich mitten auf der Wiese, und eine Telefonzelle leuchtete rot an der einen Seite, der einzige lebhafte Farbtupfer in dem mondbeschienenen Ort. Es waren etwa ein Dutzend kleine Häuser, alle voneinander verschieden und jedes nur ein paar Meter vom Nachbarn entfernt. Bei den meisten war hinter den Vorhängen Licht zu sehen. Mehr als einmal erhaschte George einen Blick auf Hände, die den Vorhang etwas zurückzogen, damit Gesichter hinausspähen konnten, aber er ließ sich nicht zu Seitenblicken verlocken.
Ganz hinten am Ende der Grasfläche stand weit auseinandergezogen ein Gebilde durcheinandergewürfelter Giebel und Fenster: Scardale Manor, vermutete George. Er war nicht sicher, was er erwartet hatte, aber jedenfalls nicht dieses bessere Bauernhaus, das aussah, als wäre es im Lauf mehrerer Jahrhunderte von Leuten zusammengeschustert worden, die sich mehr von der Notwendigkeit als vom Geschmack hatten leiten lassen. Bevor er etwas sagen konnte, ging die Haustür auf, und ein länglicher Lichtschein fiel auf den Hof. Gegen das Licht sah man die Gestalt einer Frau.
Als der Wagen anhielt, machte die Frau ein paar hastige Schritte auf sie zu. Dann erschien ein Mann neben ihr und legte einen Arm um sie. Zusammen warteten sie, während die Polizisten näher kamen – George blieb etwas zurück, damit Bob Lucas vorausgehen konnte. Die Zeit, die Lucas für die Vorstellung brauchte, konnte er nutzen, um seine ersten Eindrücke von Alison Carters Mutter und ihrem Stiefvater zu sammeln.
Ruth Hawkin sah mindestens zehn Jahre älter aus als seine Anne, das heißt, sie mußte gegen Ende Dreißig sein. Er schätzte sie etwa einen Meter sechzig groß, und sie hatte den kräftigen Körperbau einer Frau, die an schwere Arbeit gewöhnt ist. Ihr

mittelbraunes Haar war zu einem Pferdeschwanz zusammengebunden, was den abgespannten Ausdruck ihrer graublauen, vom Weinen geröteten Augen noch betonte. Ihre Haut war wettergegerbt, aber in den Rissen der vorgeschobenen Lippen waren schwache Spuren von Lippenstift zu erkennen. Sie trug ein offensichtlich selbstgestricktes Twinset aus blau-rosa gesprenkelter Wolle über einem grauen Tweedfaltenrock. Ihre Beine steckten in gerippten Wollstrümpfen, ihre Füße in praktischen, knöchelhohen Stiefeln mit einem Reißverschluß vorn in der Mitte. Was er sah, war schwer mit Peter Grundys Beschreibung von Ruth als einer gutaussehenden Frau in Einklang zu bringen. George hätte sich an der Bushaltestelle nicht nach ihr umgedreht, außer vielleicht wegen ihres offensichtlichen Kummers, der in der angespannten Körperhaltung und den abwehrend vor der Brust verschränkten Armen zum Ausdruck kam. Er nahm an, daß dieser Kummer ihr auch ihre Attraktivität genommen hatte.

Der hinter ihr stehende Mann schien viel ungezwungener. Eine Hand berührte leicht die Schulter seiner Frau, die andere steckte lässig in der Tasche seiner dunkelbraunen Strickjacke mit Wildlederbesatz. Er trug eine graue Flanellhose, deren Aufschläge über abgenutzte Lederpantoffeln fielen. Philip Hawkin hatte also seine Frau nicht begleitet, als sie an die Türen im Dorf klopfte, stellte George fest.

Hawkin war so gutaussehend wie seine Frau durchschnittlich. Etwas kleiner als einen Meter achtzig, mit glattem dunklem Haar, das er von einem spitzen Haaransatz zurückgekämmt trug und mit Pomade in Form hielt. Sein Gesicht mit der breiten, fast viereckigen Stirn und dem spitz zulaufenden Kinn erinnerte George an einen Schutzschild. Die geraden Brauen über dunkelbraunen Augen wirkten wie heraldische Wappenzeichen; eine schmale Nase schien auf den Mund zu weisen, der so geformt war, daß es immer aussah, als wolle er lächeln. George sah und merkte sich all diese Details. Bob Lucas sagte gerade: »Wenn wir also reinkommen und die Fakten festhalten könnten, dann bekämen wir ein besseres Bild von dem, was passiert ist.« Er wartete gespannt.

Zum ersten Mal sprach Hawkin, und man hörte sofort, daß ihm der Dialekt der Gegend um die Peaks in Derbyshire völlig fremd war. »Natürlich, natürlich. Kommen Sie herein, meine Herren. Ich bin sicher, sie wird gesund und munter wieder auftauchen, aber es kann kein Schaden sein, sich an die korrekte Verfahrensweise zu halten, nicht wahr?« Er legte eine Hand auf Ruths Rücken und schob sie zurück ins Haus. Sie schien benommen, jedenfalls nicht in der Lage, die Initiative zu ergreifen. »Es tut mir leid, daß Sie an so einem kalten Abend gerufen wurden«, fügte Hawkin gewandt hinzu und ging durch den Raum.

George folgte Lucas und Grundy über die Schwelle in die Küche des Hauses. Der Boden war mit Steinplatten belegt, die Wände aus rauhem Stein waren mit weißer Temperafarbe gestrichen, die ungleichmäßig nachgedunkelt war, je nach Nähe zum holzbefeuerten Ofen und dem Elektroherd. Eine Anrichte und mehrere Schränke in verschiedener Höhe, alle grün gestrichen wie Möbel in einem Krankenhaus, standen an den Wänden, und zwei tiefe Steinspülbecken waren unter den Fenstern mit Ausblick auf das Ende des Tals befestigt. Durch zwei weitere Fenster sah man die Dorfwiese und die Telefonzelle, die sich leuchtend von der Dunkelheit abhob. Verschiedene Pfannen und Küchenutensilien hingen von den schwarzen Balken, die im Abstand von etwas mehr als einem Meter durch den Raum liefen. Es roch nach Rauch, Kraut und Schmalz.

Ohne auf die anderen zu warten, setzte sich Hawkin sofort auf einen geschnitzten Stuhl am Kopfende eines geschrubbten Holztischs. »Mach den Männern einen Tee, Ruth«, sagte er.

»Das ist sehr nett von Ihnen, Sir«, warf George ein, als die Frau den Kessel vom Herd hob. »Aber es wäre mir lieber, wir würden zur Sache kommen. Wenn ein Kind vermißt wird, wollen wir keine Zeit verlieren. Mrs. Hawkin, wenn Sie sich setzen und uns sagen würden, was Sie wissen.«

Ruth sah zu Hawkin hinüber, als bitte sie ihn um Erlaubnis. Seine Augenbrauen zuckten nach oben, aber er nickte zustimmend. Sie zog einen Stuhl heran, ließ sich darauf nieder und verschränkte die Arme vor sich auf dem Tisch. George setzte sich ihr gegenüber und Lucas daneben. Grundy knöpfte seinen Mantel auf und nahm auf dem anderen geschnitzten Stuhl Hawkin gegenüber Platz. Er zog sein Notizbuch aus der Uniformjacke, schlug es auf, leckte am Bleistift und sah erwartungsvoll auf.

»Wie alt ist Alison, Mrs. Hawkin?« fragte George behutsam.

Die Frau räusperte sich. »Dreizehn. Sie hat im März Geburtstag.« Ihre Stimme klang brüchig, als zerberste etwas in ihr.

»Und hatte es Streit zwischen Ihnen gegeben?«

»Sachte, sachte, Kommissar«, protestierte Hawkin. »Was meinen Sie damit – Streit? Was soll das heißen?«

»Das soll gar nichts heißen, Sir«, erwiderte George. »Aber Alison ist in einem schwierigen Alter, und manchmal erscheinen jungen Mädchen die Dinge viel schlimmer, als sie sind. Ein ganz normaler Rüffel kann ihnen wie das Ende der Welt vorkommen. Ich versuche nur festzustellen, ob es Gründe gibt anzunehmen, daß Alison weggelaufen ist.«

Hawkin lehnte sich stirnrunzelnd zurück, griff hinter sich und balancierte seinen Stuhl auf zwei Beinen. Er nahm ein Päckchen Embassy und ein kleines Chromfeuerzeug von der Anrichte und zündete sich eine Zigarette an, ohne sonst jemandem eine anzubieten. »Natürlich ist sie weggelaufen«, sagte er, und ein Lächeln ließ seine Augenbrauen weniger streng erscheinen. »Teenager tun das eben. Sie tun es, damit man sich sorgt oder um sich für irgendeine eingebildete Kränkung zu rächen. Sie wissen doch, was ich meine«, fuhr er fort und schloß mit der Miene eines erfahrenen Mannes mit gesundem Menschenverstand die Polizeibeamten in seine Überlegungen ein. »Weihnachten steht vor der Tür. Ich erinnere mich noch, einmal war ich stundenlang verschwunden. Ich dachte, meine Mum würde so froh sein, wenn ich wohlbehalten wieder zu

Haus wäre, daß sie sich überreden lassen würde, mir zu Weihnachten ein Fahrrad zu kaufen.« Er lächelte reuig. »Alles, was ich gekriegt habe, war ein versohlter Hintern. Sie werden sehen, Kommissar, sie wird vor morgen früh dasein und einen Willkommensschmaus erwarten.«
»So ist sie nicht, Phil«, sagte Ruth klagend. »Ich sage dir, etwas ist ihr zugestoßen. Sie würde uns doch nicht solche Sorgen machen.«
»Was ist heute nachmittag geschehen, Mrs. Hawkin?« fragte George, nahm seine eigenen Zigaretten heraus und bot sie ihr an. Sie dankte mit einem angespannten Nicken und nahm eine mit ihren von der Arbeit geröteten, zitternden Fingern. Bevor er die Streichhölzer herausnehmen konnte, hatte sich Hawkin hinübergebeugt, um sie anzuzünden. George steckte seine eigene Zigarette an und wartete, bis sie sich soweit beruhigt hatte, um zu antworten.
»Der Schulbus setzt Alison und ihre Cousine und einen Cousin am Ende der Straße gegen Viertel nach vier ab. Jemand vom Dorf geht immer hinauf und holt sie ab, sie kommt ungefähr um halb fünf bei uns an. Sie war zur normalen Zeit hier. Ich war in der Küche und habe Gemüse fürs Abendessen geputzt. Sie gab mir einen Kuß und sagte, sie ginge mit dem Hund weg. Ich habe sie gefragt, ob sie nicht vorher eine Tasse Tee wollte, aber sie antwortete, sie sei den ganzen Tag eingesperrt gewesen und sie wolle mit dem Hund laufen. Sie hat das oft getan. Sie war sehr ungern den ganzen Tag drin.« Von der Erinnerung überwältigt, stockte Ruth und hörte dann auf zu sprechen.
»Haben Sie sie gesehen, Mr. Hawkin?« fragte George, mehr um Ruth eine Pause zu gönnen als aus Interesse an der Antwort.
»Nein, ich war in meiner Dunkelkammer. Ich verliere das Gefühl für Zeit, wenn ich da drin bin.«
»Ich wußte nicht, daß Sie Fotograf sind«, sagte George und bemerkte, daß Grundy auf seinem Stuhl hin und her rutschte.
»Das Fotografieren ist meine größte Liebe, Kommissar. Als ich

ein bescheidener Beamter war, bevor ich dieses Haus von meinem Onkel erbte, war es nie mehr als ein Hobby. Jetzt habe ich selbst eine Dunkelkammer und bin im letzten Jahr halbwegs zum Profi geworden. Porträts natürlich, aber hauptsächlich Landschaften. Manche meiner Postkarten werden in Buxton verkauft. Das Licht in Derbyshire hat eine bemerkenswerte Klarheit.« Diesmal war Hawkins Lächeln strahlend.

»Aha«, sagte George und wunderte sich, daß ein Mann an die Qualität des Lichts denken konnte, wenn seine Stieftochter an einem eiskalten Dezemberabend vermißt wurde. »Sie hatten also keine Ahnung, daß Alison heimgekommen und wieder weggegangen war?«

»Nein, ich habe nichts gehört.«

»Mrs. Hawkin, hat Alison oft jemanden besucht, wenn sie mit dem Hund spazierenging? Nachbarn? Sie erwähnten Cousinen, mit denen sie zur Schule geht.«

Ruth schüttelte den Kopf. »Nein. Sie ging immer nur durch die Felder zum Wäldchen und dann zurück. Im Sommer ging sie weiter, durch den Wald hinauf, wo der Scarlaston entspringt. Zwischen den Hügeln gibt es eine Mulde, man kann sie fast nicht sehen, erst wenn man dort ist, aber man kann durch sie am Flußufer entlang bis nach Denderdale gehen. So weit würde sie allerdings an einem Winterabend nie gehen.« Sie seufzte. »Außerdem bin ich im Dorf herumgelaufen. Niemand hat sie gesehen, seit sie über die Felder gegangen ist.«

»Was ist mit dem Hund?« fragte Grundy. »Ist der Hund zurückgekommen?«

Es war die Frage eines Mannes vom Land, dachte George. Er wäre schließlich auch zu dieser Frage gekommen, aber nicht so schnell wie Grundy.

Ruth schüttelte den Kopf. »Sie ist nicht zurückgekommen. Aber wenn Alison einen Unfall gehabt hätte, würde Shep nicht von ihr weggehen. Sie hätte gebellt, aber sie hätte sie nicht verlassen. An einem Abend wie heute würde man Shep überall im Tal hören. Sie sind draußen gewesen. Haben Sie sie gehört?«

»Deswegen hab ich gefragt«, sagte Grundy. »Die Stille.«
»Können Sie uns beschreiben, was Alison getragen hat?« fragte der praktisch denkende Lucas.
»Sie hatte einen dunkelblauen Dufflecoat über ihrer Schuluniform an.«
»Peak Girls' High School?« fragte Lucas.
Ruth nickte. »Schwarzer Blazer, braune Strickjacke, weiße Bluse, schwarzbraune Krawatte und brauner Rock. Sie trägt schwarze wollene Strumpfhosen und schwarze halbhohe Schaffellstiefel. Man läuft nicht in seiner Schuluniform weg«, brach es heftig aus ihr heraus, und Tränen traten ihr in die Augen. Sie wischte sie zornig mit dem Handrücken weg. »Warum sitzen wir hier wie zum Teetrinken am Sonntagnachmittag? Warum suchen Sie nicht da draußen nach ihr?«
George nickte. »Das werden wir gleich tun, Mrs. Hawkin. Aber wir müssen erst die Fakten klären, damit wir uns nicht unnötig verzetteln. Wie groß ist Alison?«
»Sie ist jetzt fast so groß wie ich, ungefähr ein Meter sechzig. Sie ist schlank, fängt gerade an, wie eine junge Frau auszusehen.«
»Haben Sie ein neueres Bild von Alison, das wir unseren Leuten zeigen können?« fragte George.
Hawkin rückte seinen Stuhl zurück, dessen Beine auf den Steinplatten quietschten. Er zog eine der Schubladen am Küchentisch heraus und nahm eine Handvoll Fotos im Format 9 x 13 heraus. »Die hier habe ich im Sommer aufgenommen. Vor ungefähr vier Monaten.« Er beugte sich hinüber und breitete sie vor George aus. Das Gesicht, das ihn aus den fünf Porträtaufnahmen in Farbe ansah, war nicht eines, das er leicht wieder vergessen würde.
Niemand hatte ihn vorgewarnt, daß sie so schön war. Er fühlte, wie ihm der Atem stockte, als er auf Alison hinuntersah. Schulterlanges Haar von der Farbe reifen Honigs rahmte das ovale Gesicht mit blassen Sommersprossen ein. Der Schnitt ihrer blauen Augen hatte fast etwas Slawisches, sie lagen weit

auseinander über der hübschen, geraden Nase. Sie hatte volle Lippen, ihr Lächeln ließ ein einzelnes Grübchen auf der linken Wange erscheinen. Der einzige Makel war eine Narbe, die sich schräg durch ihre rechte Augenbraue zog, eine dünne weiße Linie zwischen den dunklen Härchen. Auf jedem Foto hatte sie eine leicht unterschiedliche Haltung, aber ihr offenes Lächeln war unverändert.

Er blickte zu Ruth auf, deren Gesichtszüge sich beim Anblick ihrer Tochter unmerklich entspannt hatten. Jetzt sah er, was Hawkins Aufmerksamkeit auf die Farmerswitwe gelenkt hatte. Ohne die Anspannung, die jede Weichheit aus Ruths Gesicht genommen hatte, war ihre Schönheit genauso klar zu sehen wie die ihrer Tochter. Jetzt, wo der Hauch eines Lächelns auf ihren Lippen lag, verstand er nicht mehr, wie er sie unattraktiv hatte finden können.

»Ein schönes Mädchen«, murmelte George. Er stand auf und nahm die Fotos. »Ich würde die Bilder gern für eine Weile an mich nehmen.« Hawkin nickte. »Sergeant, könnte ich kurz draußen mit Ihnen sprechen?«

Die zwei Männer traten aus der warmen Küche in die eiskalte Nachtluft. Als George die Tür hinter sich schloß, hörte er Ruth resigniert sagen: »Ich mache jetzt Tee.«

»Was sagen Sie dazu?« fragte George. Er brauchte Lucas' Bestätigung nicht, um zu wissen, daß dies etwas Ernstes war, aber wenn er jetzt seine Autorität gegen den Uniformierten herauskehrte, sagte er damit, er glaube, das Mädchen sei ermordet worden oder Opfer eines schlimmen Überfalls geworden. Und obwohl sich bei ihm die Meinung festigte, daß dies geschehen war, regte sich doch die abergläubische Furcht, es könnte eintreffen, nur weil er so handelte, als sei es schon Wirklichkeit.

»Ich glaube, wir sollten so schnell wie möglich den Diensthundeführer hierher holen, Sir. Sie könnte gefallen sein. Sie könnte verletzt irgendwo liegen. Wenn sie vom Steinschlag getroffen worden ist, könnte der Hund umgekommen sein.«

Er schaute auf die Uhr. »Vier unserer Männer in Uniform haben zusätzlich beim Gedenkgottesdienst für Kennedy Dienst. Wenn wir uns beeilen, können wir sie noch erwischen, bevor ihr Einsatz zu Ende ist, und sie mit allen, die wir irgendwie entbehren können, hier rauskommen lassen.« Lucas griff an George vorbei nach der Tür. »Ich muß von hier aus telefonieren. Es hat keinen Sinn, das Funkgerät zu nehmen. Unten in der Markham-Main-Grube hätte man einen besseren Empfang als hier.«

»Okay, Sergeant. Organisieren Sie alles für eine Suchmannschaft. Ich rufe Detective Sergeant Clough und Detective Constable Cragg. Sie können mit der Befragung in den Häusern des Dorfs anfangen, so daß wir feststellen können, von wem und wo sie zuletzt gesehen wurde.« George spürte ein leichtes Flattern im Magen wie Premierenfieber. Und genau das war es natürlich auch. Wenn er mit seinen Befürchtungen recht hatte, stand er vor dem ersten großen Fall, für den er persönlich vollkommen verantwortlich sein würde. Und nach diesem Fall würde er während seiner ganzen Laufbahn beurteilt werden. Wenn er nicht aufdeckte, was mit Alison Carter geschehen war, so würde dies immer wie ein Joch auf seinen Schultern lasten.

3

Mittwoch, 11. Dezember 1963, 21 Uhr 07

Der Atemhauch des Hundes wirbelte in Wölkchen durch die Nachtluft, als hätte er ein eigenes Leben. Der Schäferhund saß ruhig auf seinen Hinterbeinen, die Ohren gespitzt, die Augen blickten wachsam über die Dorfwiese hin. Dusty Miller, der Hundeführer, stand bei seinem Schützling und kraulte zerstreut mit einer Hand die kurzen hellbraunen und schwarzen Haare zwischen den Ohren. »Prince wird Kleider und Schuhe von dem Mädchen brauchen«, sagte er zu Sergeant Lucas. »Je mehr sie getragen sind, desto besser. Es geht auch ohne, aber es würde dem Hund helfen.«

»Ich werde mit Mrs. Hawkin sprechen«, warf George ein, bevor Lucas irgend jemandem die Aufgabe zuteilen konnte. Er glaubte nicht, daß einer der Uniformierten taktlos sein könnte, aber er wollte einfach eine weitere Gelegenheit, Alison Carters Mutter und ihren Mann zu beobachten.

Er ging in den warmen Mief der Küche zurück, wo Hawkin immer noch rauchend am Tisch saß. Er hatte jetzt eine Tasse Tee vor sich, genauso wie die Polizistin am anderen Tischende. Sie sahen beide auf, als er eintrat. Hawkin hob fragend die Augenbrauen. George schüttelte den Kopf. Hawkin schob die Lippen vor und rieb sich mit einer Hand über die Augen. George war erleichtert, daß der Mann nun tatsächlich Anzeichen von Sorge um das Schicksal seiner Stieftochter zeigte. Die Tatsache, daß Alison vielleicht wirklich in Gefahr war, schien

also endlich in seinem völlig mit sich selbst beschäftigten Kopf Einzug zu halten.
Ruth Hawkin stand am Spülbecken und hatte die Hände in der Schüssel mit Spülwasser. Aber sie spülte nicht. Sie stand bewegungslos da und starrte in die ungebrochene Dunkelheit der Nacht hinaus. Der Mond beleuchtete nur schwach das Areal hinter den Häusern; so weit unten im Tal waren die Kalksteinklippen nah genug, um den Großteil des Mondlichts abzuschirmen. Draußen vor den Fenstern war nichts zu sehen außer einem schwachen, dunklen Umriß gegen das Grauweiß der Felsen. Wohl irgendein Nebengebäude, dachte George. Er überlegte, ob es schon durchsucht worden war. Er räusperte sich. »Mrs. Hawkin ...«
Sie drehte sich langsam um. Sogar in der kurzen Zeit, seit sie in Scardale waren, schien sie gealtert zu sein, die Haut über den Wangenknochen schien fester gespannt, und die Augen lagen tiefer. »Ja?«
»Wir brauchen Kleider von Alison. Für den Spürhund.«
Sie nickte. »Ich hole etwas.«
»Der Hundeführer hat gesagt, vielleicht Schuhe und etwas, das sie ein paarmal getragen hat. Ein Pullover oder ein Mantel, würde ich sagen.«
Ruth verließ mechanisch, mit schlafwandlerischen Schritten den Raum. »Könnte ich noch einmal telefonieren?« fragte George.
»Aber bitte«, sagte Hawkin und wies mit der Hand zum Flur hin.
George ging hinter Ruth durch die Tür und zu dem altmodischen schwarzen Telefon auf einem kleinen runden Tisch neben einem Hochzeitsfoto mit der strahlenden Ruth und ihrem Mann. Hätte Hawkin nicht so unverwechselbar gut ausgesehen, hätte George die Braut vielleicht gar nicht erkannt.
Als sich die Tür hinter ihm geschlossen hatte, fühlte er die eisige Kälte. Wenn das Mädchen an solche Temperaturen

gewöhnt war, hatte sie draußen eine bessere Chance, dachte er. Er sah Ruth Hawkin um die Biegung der Treppe verschwinden, als er den Hörer aufnahm und zu wählen begann. Es klingelte viermal, dann wurde abgenommen. »Buxton vierzwei-zwei«, sagte die vertraute Stimme und ließ ihn sofort ruhiger werden.

»Anne, ich bin's. Ich habe wegen eines Falls nach Scardale herausfahren müssen. Ein Mädchen ist verschwunden.«

»Die armen Eltern«, sagte Anne sofort. »Und du auch, daß du dich an einem solchen Abend damit befassen mußt.«

»Ich mache mir Sorgen um das Mädchen. Natürlich komme ich später. Das heißt, es kommt darauf an, was passiert, vielleicht komme ich heute abend überhaupt nicht mehr.«

»Du arbeitest zu hart, George. Es ist schlecht für dich, das weißt du doch. Wenn du bis zum Schlafengehen noch nicht zurück bist, mach ich dir ein paar Brote und stelle sie in den Kühlschrank, damit etwas zu essen für dich da ist. Aber daß sie auch verschwunden sind, bis ich morgen früh aufstehe!« sagte sie noch; ihre Ermahnung klang jedoch nur halb scherzhaft.

Wenn Ruth Hawkin nicht wieder auf der Treppe erschienen wäre, hätte er Anne gesagt, wie sehr er es mochte, daß sie sich so um ihn kümmerte. Statt dessen sagte er einfach: »Danke. Ich melde mich wieder, wenn ich kann«, und legte auf. Er ging zur Treppe, Ruth entgegen, die ein kleines Bündel gegen die Brust gedrückt hielt. »Wir tun alles, was wir können«, versicherte er ihr und wußte doch, daß sein Zuspruch unzulänglich war.

»Ich weiß«, sagte sie, breitete die Arme aus und zeigte ein paar Hausschuhe und ein zerknittertes Oberteil von einem Schlafanzug. »Würden Sie das dem Mann mit dem Hund geben?«

George nahm die Sachen und sah mit einem vagen schmerzlichen Gefühl, wie kläglich die blauen Schuhe aus Veloursamt und die rosa geblümte Jacke unter diesen Umständen wirkten. Er hielt sie vorsichtig, um nicht seinen eigenen Geruch darauf zu hinterlassen, und ging durch die Küche in die Nachtluft

hinaus. Wortlos übergab er die Sachen an Miller und sah zu, wie er Prince leise Befehle gab, während er ihm das Kleidungsstück vor die lange Schnauze hielt.
Der Hund hob sachte den Kopf, als trage ihm der Wind den Duft eines Leckerbissens zu. Den Kopf nur ein paar Zentimeter über dem Boden, fing er an, die Stelle vor der Haustür zu beriechen, und führte den Kopf wie suchend hin und her. Wiederholt gab er beim Schnüffeln kurze, schnaubende Töne von sich, schaute dann auf und näherte sich erneut Alisons Kleidern und ihrem Geruch, wie um sich zu erinnern, was er suchen sollte. Hund und Herr gingen zusammen weiter, jeden Zentimeter des Weges von der Küchentür weg untersuchten sie. Dann am Ende des Weges, der hinten um die Dorfwiese herumführte, stand der Schäferhund plötzlich ganz steif. So still wie ein Kind, das vorgibt, eine Statue zu sein, stand Prince einige lange Sekunden da und sog hungrig den Geruch im borstigen Gras ein. Dann rannte er, ohne zu stocken, wie in einer einzigen geschmeidigen Bewegung, über das Gras hinweg, den Kopf am Boden, während die Nase ihn wie an einem niedrig gespannten Faden weiterzuziehen schien.
Miller ging schneller, um mit dem Hund Schritt halten zu können. Auf ein Nicken von Sergeant Lucas hin setzte sich eine Gruppe von vier Männern, die ein paar Minuten nach dem Hundeteam angekommen waren, hinter dem Hund in Bewegung. Sie schwärmten nach allen Richtungen aus, um den Boden mit den Lichtkegeln ihrer Taschenlampen abzusuchen. George folgte ihnen ein paar Meter weit und war nicht sicher, ob er zu ihnen stoßen oder auf die zwei Kriminalbeamten warten sollte, die er gerufen hatte.
Sie gingen am Rand der Dorfwiese entlang, über ein paar Steinstufen und durch einen schmalen Durchgang zwischen zwei Häusern, der zu einem größeren Feld führte. Während der Hund sie unbeirrt über das Feld führte, hörte George einen Wagen die Straße herunter ins Dorf rumpeln. Als er hinter der Gruppe parkender Polizeifahrzeuge anhielt, erkannte er den

Ford Zephyr von Detective Sergeant Tommy Clough. Er warf einen schnellen Blick über die Schulter auf das Team mit dem Polizeihund. An ihren Taschenlampen konnte man ihre Positionen erkennen. Es würde nicht schwer sein, sie einzuholen. Er drehte um, ging mit großen Schritten auf das wuchtige schwarze Auto zu und riß die Tür auf. Wie ein Herbstvollmond grinste ihn das vertraute rote Gesicht des Sergeants an.

»Wie steht's, Sir?« fragte Clough mit einer beträchtlichen Bierfahne.

»Es gibt Arbeit für uns, Clough«, sagte George kurz. Selbst wenn er etwas getrunken hatte, würde Clough noch bessere Arbeit leisten als die meisten nüchternen Kollegen. Die Beifahrertür wurde zugeschlagen, und Detective Constable Gary Cragg schlurfte vorn um den Wagen herum. Als der schlaksige Kriminalbeamte zum ersten Mal mit diesem angeberischen Gang in sein Blickfeld gelatscht war, hatte George gedacht, Cragg habe wohl zu viele Western gesehen. In Cowboyhosen aus Schafleder hätte er gut ausgesehen, die dazu passenden Colts tief um seine schmalen Hüften baumelnd, und mit einem großen, nach vorn geschobenen Hut, der seine grauen Augen unter den schweren Lidern beschattete. In einem Anzug sah er aus wie einer, der nicht genau weiß, wie er hierhergekommen ist, der sich aber sehr wünscht, er wäre anderswo.

»Mädchen weg, stimmt's, Sir?« nuschelte er. Sogar sein schleppendes Sprechen hätte eher in einen Saloon gepaßt, wo er beim Barkeeper einen Bourbon mit Bachwasser bestellt hätte. Das einzig Gute, das George an ihm entdecken konnte, war, daß er keine Anzeichen von Einzelgängertum zeigte.

»Alison Carter. Dreizehn Jahre alt«, brachte George sie aufs Laufende, während sich der stämmige Clough hinter dem Steuerrad herauswand. Er zeigte mit dem Daumen über die Schulter. »Sie wohnt im Gutshaus, Stieftochter des Squire. Sie und ihre Mutter stammen aber aus Scardale.«

Clough schnaubte und setzte sich eine Tweedmütze auf die

dichten braunen Locken. »Sie wird also nicht so schlau gewesen sein, sich einfach zu verirren. Sie wissen doch Bescheid über Scardale, oder? Sie haben alle seit Generationen ihre Cousins und Cousinen geheiratet. Die meisten hätten es schwer, auf dem Klo ihren eigenen Hintern zu finden.«

»Alison hat es ins Gymnasium geschafft, trotz ihres Handicaps«, stellte George fest. »Und das ist mehr, wenn ich mich recht erinnere, als man über Sie sagen kann, Sergeant Clough.«

Clough starrte den Chef an, der drei Jahre jünger war als er, sagte aber nichts. »Alison kam zur normalen Zeit von der Schule heim«, fuhr George fort. »Sie ging mit dem Hund spazieren. Seitdem sind sie beide nicht mehr gesehen worden. Das war vor fast fünf Stunden. Ich möchte, daß Sie in alle Häuser gehen und die Leute im Dorf befragen. Ich will wissen, wer sie zuletzt gesehen hat, wo und wann.«

»Es wird schon dunkel gewesen sein, als sie rausging«, sagte Cragg.

»Trotzdem könnte sie jemand gesehen haben. Ich will versuchen, den Kollegen mit dem Diensthund einzuholen, bei ihm werde ich sein, wenn Sie mich brauchen. Okay?« Als er sich abwandte, fuhr ihm plötzlich ein schrecklicher Gedanke durch den Kopf. Er ließ den Blick über das Hufeisen der um die Wiese kauernden Häuser schweifen und wandte sich dann wieder Clough und Cragg zu. »Und vergewissert euch, daß in jedem Haus alle Kinder da sind, wo sie sein sollten. Ich will nicht, daß eine Mutter morgen früh einen hysterischen Anfall hat, wenn sie merkt, daß auch ihr Kind weg ist.«

Er wartete nicht auf die Antwort, sondern machte sich zu den Steinstufen auf. Kurz bevor er sie erreichte, verlangsamte er seinen Schritt, drehte sich um und sah, daß Sergeant Lucas die restlichen sechs Schutzpolizisten einwies, die er irgendwie zusammenbekommen hatte. »Sergeant«, sagte George, »da ist ein Nebengebäude, das man vom Küchenfenster des Gutshauses aus sieht. Ich weiß nicht, ob irgend jemand es sich schon angeschaut hat, aber es lohnt vielleicht, dort nachzusehen, nur

für den Fall, daß sie doch nicht ihren normalen Spaziergang gemacht hat.«
Lucas nickte und machte mit dem Kopf eine auffordernde Geste zu einem der Polizisten. »Sieh mal nach, Junge.« Er nickte George zu. »Danke, Sir.«

Kathy Lomas stand an ihrem Fenster und beobachtete, wie die Dunkelheit den großen Mann in Regenmantel und Filzhut verschluckte. Von den Scheinwerfern des Autos angeleuchtet, das gerade bei der Telefonzelle angehalten hatte, schien er eine bemerkenswerte Ähnlichkeit mit James Stewart zu haben. Das hätte ein beruhigender Gedanke sein sollen, aber irgendwie machte er die Ereignisse des Abends nur noch unwirklicher.
Kathy und Ruth waren Cousinen, weniger als ein Jahr auseinander, mütterlicherseits und auch auf der Seite der Väter blutsverwandt. Sie waren Seite an Seite zu Frauen und dann zu Müttern geworden. Kathys Sohn Derek war nur drei Wochen jünger als Alison. Die Geschichte der Familien war unentwirrbar verwoben. Deswegen hatte die Angst Kathy, die von Derek alarmiert wurde, genauso heftig überfallen, als werde ihr eigenes Kind vermißt, als sie in Ruths Küche trat und ihre Cousine nervös auf und ab gehend, kettenrauchend und von Sorgen zermürbt vorfand.
Sie waren zusammen durchs Dorf gegangen. Zuerst waren sie noch überzeugt, Alison würde sich an einem Feuer gewärmt und nicht bemerkt haben, wie die Zeit verstrich, und würde dann voller Reue sein, daß sie ihrer Mutter Sorgen bereitet hatte. Aber als sie überall umsonst nachfragten, war diese Überzeugung zur Hoffnung geschrumpft, und aus Hoffnung war schließlich Verzweiflung geworden.
Kathy stand am dunklen Fenster des kleinen Vorderzimmers von Lark Cottage und beobachtete die Geschäftigkeit, die sich plötzlich in der trübseligen Dezembernacht entfaltete. Der Kriminalbeamte, der das Auto gefahren hatte und mit seinem lockigen, dicken Schädel wie ein Hereford-Bulle aussah, schob

den Mantel hoch, um sich am Hintern zu kratzen, sagte etwas zu seinem Kollegen und kam dann auf ihre Haustür zu, wobei sein Blick in der Dunkelheit auf ihren zu treffen schien.

Kathy ging zur Tür und sah kurz in die Küche, wo ihr Mann sich auf eine Einlegearbeit zu konzentrieren versuchte, ein Bild von Fischerbooten in einem Hafen, das er fertig machen wollte. »Die Polizei ist da, Mike«, rief sie.

»Wird ja auch Zeit«, hörte sie ihn murmeln.

Sie öffnete die Tür in dem Moment, als der Hereford-Bulle die Hand hob, um zu klopfen. Sein bestürzter Blick wurde zu einem Lächeln, als er Kathys üppige Kurven bemerkte, die sogar unter ihrer Ärmelschürze noch sichtbar waren. »Sie kommen bestimmt wegen Alison«, sagte sie.

»Da haben Sie recht«, erwiderte er. »Ich bin Detective Sergeant Clough, und das ist Detective Constable Cragg. Können wir kurz reinkommen?«

Kathy trat zurück und ließ sie vorbeigehen, wobei sie, ohne sich zu beschweren, Clough gegen ihre Brüste streifen ließ. »Zur Küche geradeaus. Sie finden dort meinen Mann«, sagte sie kühl.

Sie folgte ihnen, lehnte sich gegen den Herd, um die kalte Angst in ihrem Inneren zu betäuben, und wartete, bis die Männer sich selbst vorstellten und an den Tisch setzten. Clough wandte sich ihr zu. »Haben Sie Alison gesehen, seit sie von der Schule nach Hause gekommen ist?«

Kathy holte tief Luft. »Ja. Ich war an der Reihe, die Kinder vom Schulbus abzuholen. Im Winter fährt immer jemand von uns den Weg hoch und holt sie ab.«

»Haben Sie irgend etwas an Alison bemerkt, das anders war als sonst?« frage Clough.

Kathy dachte einen Moment nach, dann schüttelte sie den Kopf. »Nix.« Sie zuckte die Schultern. »Sie war genauso wie immer. Einfach ... Alison. Sie sagte tschüs und ging den Weg zum Gutshaus hinauf. Das letzte, was ich von ihr gesehen habe, war, wie sie durch die Tür getreten ist und ihre Mum begrüßt hat.«

»Haben Sie Fremde bemerkt? Auf der Straße oder oben am Ende des Weges?«
»Ich hab niemand gesehen.«
»Sie sind wohl mit Mrs. Hawkin durchs Dorf gegangen?« fragte Clough.
»Ich konnt sie ja nicht allein gehen lassen, oder?« fragte sie unwirsch zurück.
»Woher wußten Sie, daß Alison verschwunden war?«
»Von unserem Derek. Er ist in der Schule nicht so gut, wie er sein sollte, da hab ich's auf mich genommen, zuzusehen, daß er seine Hausaufgaben immer ordentlich macht. Statt ihn mit Alison und ihrer Cousine Janet losziehen zu lassen, wenn sie von der Schule heimkommen, behalte ich ihn drin.«
»Sie läßt ihn am Küchentisch sitzen, und er muß alle Aufgaben machen, die die Lehrer ihm aufgegeben haben, bevor sie ihn mit den Mädchen rausgehen läßt. Verdammte Zeitverschwendung, wenn Sie mich fragen, der Junge wird doch nur Farmer wie ich«, unterbrach Mike Lomas mit leise brummelnder Stimme.
»Nicht, wenn ich was damit zu tun hab«, sagte Kathy grimmig. »Ich sag Ihnen, was eine Zeitverschwendung ist. Der Plattenspieler, den Phil Hawkin für Alison gekauft hat. Derek und Janet sind immer dort und hören sich die neuen Platten an. Derek wollte unbedingt zu Alison rübergehen heut' abend. Sie hat grade die Nummer eins der Beatles gekriegt – ›I Wanna Hold Your Hand‹. Aber ich hab ihn erst nach dem Abendessen gehen lassen. Es muß kurz vor sieben gewesen sein. Er ist fünf Minuten später zurückgekommen und hat gesagt, Alison wäre mit Shep weg und nicht heimgekommen. Natürlich bin ich gleich rübergegangen, um zu sehen, was los war. Ruth war ganz daneben. Ich hab ihr gesagt, sie sollte bei allen im Dorf fragen, nur für den Fall, daß Alison schnell irgendwo reingegangen ist und nicht daran gedacht hat, wie spät es ist. Sie sitzt immer bei der alten Ma Lomas, sie und ihr Cousin Charlie leisten der alten Hexe Gesellschaft, hören sich ihre Geschich-

ten von früher an. Wenn Ma erst mal in Fahrt kommt, da kann man den ganzen Abend sitzen. Ma ist gut im Erzählen, und unsere Alison hört ihre Geschichten unheimlich gern.«
Sie lehnte sich bequemer gegen den Herd. Clough bemerkte, daß sie in Schwung kam, und ließ sie einfach weitermachen, um zu sehen, wohin ihre Erzählung führen würde. Er nickte. »Machen Sie nur weiter, Mrs. Lomas.«
»Also, wir wollten grade losgehen, da ist Phil reingekommen. Er sagte, er wäre in seiner Dunkelkammer gewesen und hätte an seinen Fotos gebastelt und dann erst gemerkt, wie spät es war. Danach hat er losgelegt, wo denn sein Abendessen wäre und wo Alison bliebe? Ich hab ihm gesagt, wir hätten jetzt an Wichtigeres zu denken als an seinen Magen, aber Ruth hat ihm einen Teller von dem Eintopf hingestellt, den sie grade gekocht hat. Dann hat sie ihn da sitzen lassen, und wir sind zu allen Häusern gegangen.« Sie hielt plötzlich inne.
»Sie haben also Alison nicht wieder gesehen, nachdem sie aus dem Auto stieg, nach der Schule?«
»Landrover«, knurrte Mike Lomas.
»Bitte?«
»Es war 'n Landrover, kein Auto. Niemand hat Autos hier unten«, sagte er verächtlich.
»Nein, ich hab sie nicht gesehen, seit sie durch die Küchentür gegangen ist«, sagte Kathy. »Aber Sie werden sie doch finden, nicht? Ich meine, das ist doch Ihre Aufgabe. Sie finden sie doch bestimmt?«
»Wir tun unser Bestes.« Es war Cragg, der mit dieser beschwichtigenden Formel aufwartete.
Bevor sie eine zornige Erwiderung geben konnte, die Tommy Clough kommen sah, sagte er schnell: »Wie steht's mit Ihrem Jungen, Mrs. Lomas? Ist er da, wo er sein sollte?«
Ihre Kinnlade fiel herunter, so schockiert war sie. »Derek? Warum sollte er nicht dasein?«
»Vielleicht aus demselben Grund, warum Alison nicht da ist, wo sie sein sollte.«

»Das dürfen Sie nicht sagen!« Mike Lomas sprang mit feuerrotem Gesicht auf, seine Augen waren vor Ärger halb zusammengekniffen.
Clough lächelte und hob versöhnlich die Hände. »Nein, verstehen Sie mich nicht falsch. Ich habe nur gemeint, Sie sollten nachsehen, falls ihm etwas passiert ist oder so.«

Als George schließlich über die Steinstufen stieg, sah man die Lampen des Suchtrupps nur noch undeutlich und zitternd in der Ferne. Er nahm an, daß sie jetzt im Wald waren, denn die gelben Lichtkegel schienen plötzlich und wie zufällig zu verschwinden und wieder aufzutauchen. Er schaltete die Lampe an, die er sich aus dem Landrover der Polizei ausgeliehen hatte, und eilte über die unebenen, stoppeligen Grasbüschel, so schnell er konnte. Die Bäume ragten eher vor ihm auf, als er gedacht hatte. Zuerst sah er nur Unterholz, durch das niemand gegangen war, aber als er die Lampe hin und her schwang, kam bald ein schmaler Pfad zum Vorschein, wo die Erde festgetreten war. George tauchte in den Wald ein und versuchte, weder zu hastig noch zu vorsichtig zu gehen. Der Strahl der Lampe warf verrückt tanzende Schatten in alle Richtungen und zwang ihn, sich stärker auf den Weg zu konzentrieren als im offenen Feld. Gefrorene Blätter knirschten unter seinen Schuhen, gelegentlich peitschte ihm ein Zweig ins Gesicht oder streifte seine Schulter, und überall umgab ihn der faule, modrige Pilzgeruch des Waldes. Etwa alle zwanzig Meter knipste er die Lampe aus, um sicher zu sein, daß seine Richtung stimmte und er auf die Lichter vor sich zuging. Tiefe Dunkelheit umgab ihn, aber es war schwer, dem Gefühl zu widerstehen, daß ihn verborgene Augen anstarrten und jeder Bewegung folgten. Nachdem er ein paar Minuten in den Wald hineingegangen war, merkte er, daß die Lichter vor ihm angehalten hatten. Er setzte zum Endspurt an, der fast in einem Sturz über eine Baumwurzel geendet hätte, und stieß mit einem Polizisten in Uniform zusammen, der eilig auf dem Rückweg war.
»Habt ihr sie gefunden?« keuchte George.

»Leider nicht. Aber den Hund haben wir.«
»Lebendig?«
Der Mann nickte. »Ja. Aber er ist angebunden.«
»So still?« fragte George ungläubig.
»Jemand hat seine Schnauze zugeklebt, Sir. Das arme Vieh konnte kaum winseln. PC Miller hat mich zurückgeschickt, um Sergeant Lucas zu holen, bevor wir etwas unternehmen.«
»Ich übernehme jetzt die Verantwortung«, sagte George bestimmt. »Aber gehen Sie trotzdem zurück, und sagen Sie Sergeant Lucas, was los ist. Ich glaube, es wäre gut, die Leute bis morgen früh von diesem Waldstück fernzuhalten. Was immer Alison Carter zugestoßen ist, es mag Spuren geben, die wir jetzt verwischen.«
Der Polizist nickte und lief den Pfad hinunter. »Verdammte Bergziegen sind das alles in der Gegend hier«, murmelte George, als er weitertappte.
Er kam zu einer Lichtung, wo sich im Halbdunkel der Lampen seltsam lange Schatten hinstreckten. Am hinteren Ende war ein schwarzweißer Collie mit einem Strick an einen Baum gebunden und zerrte daran. Die Augen traten ihm aus dem Kopf, und ihr feucht schimmerndes Braun hob sich gegen das Weiße ab. In der wilden Natur, die sie umgab, sah das schmutzige rosa Heftpflaster, mit dem seine Schnauze zugeklebt war, völlig unpassend aus. George fühlte die skeptischen Blicke der Polizisten auf sich ruhen.
»Ich meine, wir sollten diesen Hund erlösen. Was meinen Sie, PC Miller?« fragte er den Hundeführer, der mit Prince systematisch die Lichtung abging.
»Ich glaube, da wird sie kaum etwas dagegen haben, Sir«, sagte Miller. »Ich bringe Prince von hier weg, damit er sich nicht aufregt.« Er zog an der Leine seines Hundes und gab ihm einen Befehl. George bemerkte, daß der Hund immer noch weitersuchte wie vorher vor dem Haus.
»Hat er die Spur verloren?« fragte er, sich plötzlich um Wichtigeres als die unbequeme Lage des Collie sorgend.

»Sieht aus, als ginge sie hier zu Ende«, sagte der Hundeführer. »Ich bin jetzt schon zweimal um die Lichtung herum und in der entgegengesetzten Richtung gegangen. Aber da ist nichts.«

»Heißt das, daß sie von hier weiter getragen wurde?« fragte George, und ein Gefühl kalter Furcht durchzuckte ihn.

»Könnte sein«, sagte Miller grimmig. »Eines steht fest. Sie ist nicht zu Fuß von hier weggegangen, außer wenn sie sich umgedreht hätte und direkt zum Haus zurückgegangen wäre. Aber wenn das der Fall war, warum hätte man dann den Hund festgebunden und die Schnauze verklebt?«

»Vielleicht wollte sie sich an ihre Mum heranschleichen? Oder ihren Stiefvater?« rätselte einer der Polizisten.

»Der Hund hätte sie aber sowieso nicht angebellt, oder? Es hätte keinen Sinn gehabt, ihm die Schnauze zu verkleben und ihn zurückzulassen«, sagte Miller.

»Außer wenn sie vermutet hätte, daß bei ihr oder ihm ein Fremder war«, sagte George halblaut.

»Na ja, mein kleiner Finger sagt mir, sie hat die Lichtung hier nicht aus eigener Kraft verlassen«, sagte Miller entschlossen und ging mit seinem Hund den Pfad hinunter.

George näherte sich dem Collie vorsichtig. Das Winseln wurde zu einem leisen Knurren. Wie hatte Ruth Hawkin ihn genannt? Shep, das war's. »Okay, Shep«, sagte er sanft und hielt dem Hund seine Hand hin, damit er an seinen Fingern riechen konnte. Das Knurren hörte auf. George zog seine Hose etwas hoch und kniete sich auf den unebenen und erbarmungslos gefrorenen Boden hin. Sofort sah er, daß es Heftpflaster der stärkeren Sorte von einer fünf Zentimeter breiten Rolle war, mit einem zentimeterbreiten Mullstreifen in der Mitte. »Nur ruhig, Mädchen«, sagte er, während er mit einer Hand das dichte Fell im Nacken der Hündin ergriff, damit sie den Kopf stillhielt. Mit der anderen Hand zog er am Ende des Pflasters, bis er es genug gelockert hatte, um es abzuziehen. Er sah auf. »Kann mal einer von euch herkommen und dem Hund den Kopf halten, während ich das Zeug hier wegmache.«

Einer der Polizisten nahm den nervösen Collie zwischen die Beine und packte ihn fest am Kopf. George ergriff das Heftpflasterende und zog, so fest er konnte. In weniger als einer Minute hatte er das letzte Stück abgerissen und entkam knapp den zuschnappenden Zähnen des Collies, der in Panik geraten war, weil ihm mit dem Pflaster Fellstücke herausgerissen wurden. Der Polizist hinter ihm sprang hastig zur Seite, als der Hund herumfuhr und ihn anfallen wollte. Als Shep merkte, daß ihr Maul wieder frei war, ließ sie sich auf den Boden fallen und fing an, die Männer wütend anzukläffen. »Was machen wir jetzt, Sir?« fragte einer der Polizisten.

»Ich lasse sie los, um zu sehen, wohin sie uns führt«, sagte George und klang zuversichtlicher, als ihm zumute war. Er trat vorsichtig näher, aber der Hund machte keine Anstalten, ihn anzugreifen. Er nahm sein Taschenmesser heraus und zerschnitt den Strick. Das hatte den Vorteil, daß man den Knoten aufbewahren konnte, für den Fall, daß irgend etwas Besonderes daran war.

Sofort rannte Shep los. George versuchte, den Hund festzuhalten, war aber nicht auf so viel Wucht gefaßt. »Verdammt!« brüllte er, als der Strick durch seine Finger rutschte und die Haut aufriß. Einer der Polizisten wollte den Strick packen, aber es gelang ihm nicht. George ballte seine blutende Hand zur Faust und mußte hilflos zusehen, wie der Hund den Pfad entlangrannte, auf dem Miller und Prince die Lichtung verlassen hatten.

Ein paar Augenblicke später hörte man unbestimmte Geräusche, und Miller rief streng: »Platz!« Dann war es still. Und dann hallte ein schauriges Heulen durch die Nacht.

George suchte in seiner Tasche nach einem Taschentuch und folgte dem Hund. Nachdem er zehn Meter in den Wald hineingegangen war, traf er auf Miller und die zwei Hunde. Prince lag auf dem Boden und hielt die Schnauze zwischen den Pfoten. Shep saß mit zum Himmel erhobenem Kopf da, machte das Maul auf und wieder zu und stieß eine lange Reihe erbärmlicher Klagelaute aus. Miller hielt den Strick und ließ den daran zerrenden Collie nicht los. »Sie will offenbar dorthin«, sagte Miller und wies mit dem Kopf von der Lichtung weg den Pfad hinunter.

»Dann gehen wir ihr nach«, sagte George. Er verband seinen blutenden Daumen mit dem Taschentuch und übernahm den Strick von dem Hundeführer. »Na komm, Mädchen«, ermunterte er den Collie. »Zeig's mir.« Er schüttelte den Strick.

Sofort sprang Shep auf und lief schwanzwedelnd den Pfad entlang. Sie gingen ein paar Minuten im Zickzack durch die Bäume, dann führte der Weg aus dem Wald hinaus ans Ufer eines schmalen, schnell fließenden Bachs. Der Hund setzte sich mit hängender Zunge hin und sah verwirrt zu ihm zurück.

»Das ist der Scarlaston«, hörte er Millers Stimme hinter sich. »Ich wußte, daß er in dieser Gegend hier entspringt. Komischer Fluß. Ich habe gehört, daß er einfach so aus der Erde rauskommt. Wenn wir einen heißen Sommer haben, verschwindet er ganz.«

»Wohin fließt er?« fragte George.

»Ich weiß nicht genau. Ich glaube, entweder mündet er in den Derwent oder den Manifold, ich hab's vergessen. Man müßte auf einer Karte nachsehen.«

George nickte. »Wenn Alison also aus der Lichtung hinausgetragen wurde, würden wir hier ihre Spur sowieso verlieren.« Er seufzte, wandte sich ab und leuchtete mit dem Lichtkegel der Taschenlampe seine Uhr an. Es war fast Viertel vor zehn. »In der Dunkelheit können wir nicht mehr tun. Gehen wir ins Dorf zurück.«

Er mußte Shep praktisch mit Gewalt vom Ufer des Scarlaston wegziehen. Als sie langsam nach Scardale zurückgingen, grübelte George über Alisons spurloses Verschwinden nach. Alles war so unlogisch. Wenn jemand brutal genug war, ein junges Mädchen zu entführen, würde er doch bestimmt einem Hund gegenüber keine Gnade zeigen? Besonders gegenüber einem so lebhaften Hund wie Shep. Er konnte sich nicht vorstellen, daß ein Hund mit dem Temperament dieses Collies es sich gefallen ließ, daß man ihm Heftpflaster um die Schnauze band. Außer wenn Alison selbst es getan hätte?

Wenn es Alison gewesen war, hatte sie dann aus eigener Initiative gehandelt oder war sie gezwungen worden, ihren Hund ruhigzustellen? Und wenn sie es aus eigenem Antrieb getan hatte, wo war sie dann jetzt? Wenn sie hatte weglaufen wollen, warum hatte sie nicht den Hund zu ihrem Schutz mitgenommen, wenigstens bis die Dämmerung anbrach? Je mehr er darüber nachdachte, desto weniger verstand er.

George trottete aus dem Wald heraus und über die Felder, der Hund folgte ihm widerwillig. Er fand Sergeant Lucas und PC Grundy im Gespräch, die sich im Schein einer am Landrover hängenden Sturmlaterne unterhielten. Er erklärte ihnen kurz die Szene im Wald. »Es bringt nichts, im Dunkeln dorthin zu stapfen«, sagte er. »Ich glaube, am besten sollten wir zwei Mann Wache stehen lassen, bis es hell wird und wir den Wald Zentimeter für Zentimeter absuchen können.«

Beide Männer sahen ihn an, als sei er verrückt. »Bei allem Respekt, Sir, wenn Sie nicht wollen, daß die Dörfler in den Wald gehen, hat es wenig Sinn, zwei Männer hinzustellen, die sich auf den Feldern Frostbeulen holen«, sagte Lucas müde. »Die Einheimischen kennen das Land hier besser als wir. Wenn die in den Wald wollen, kommen sie auch dorthin, ohne daß wir eine Ahnung davon haben. Außerdem glaube ich, es gibt keinen einzigen hier, der sich nicht schon zum freiwilligen Suchdienst gemeldet hat. Wenn wir ihnen sagen, was los ist, werden sie die letzten sein, die eventuelle Spuren zerstören.«

George erkannte, daß er recht hatte. »Was ist mit Leuten von außerhalb?«

Lucas zuckte die Schultern. »Wir brauchen nur einen Posten auf der Straße am Tor aufzustellen. Ich glaube, keiner findet es so dringend, daß er vom nächsten Tal zu Fuß herüberkommt. Der Weg am Ufer des Scarlaston ist immer ein Risiko, und dann erst in einer frostigen Winternacht.«

»Ich verlasse mich gern auf Ihr Urteil, Sergeant«, sagte George. »Ich nehme an, Ihre Männer haben die Häuser und Nebengebäude durchsucht?«
»Richtig. Keine Spur von einem Mädchen«, sagte Lucas und versuchte, sein von Natur aus fröhliches Gesicht so düster wie möglich aussehen zu lassen. »Der Bau hinter dem Gutshaus, da entwickelt der Squire seine Fotos. Auch da ist kein Platz, wo sich ein Mädchen verstecken könnte.«
Bevor George antworten konnte, tauchten Clough und Cragg aus dem Schatten auf der Dorfwiese auf. Beiden schien es so kalt zu sein wie ihm, sie hatten die Krägen ihrer schweren Wintermäntel gegen den kalten Wind, der durchs Tal pfiff, hochgeschlagen. Cragg blätterte in seinem Notizbuch. »Haben Sie etwas Neues entdeckt?« fragte George.
»Nicht der Rede wert«, klagte Clough und bot allen in der Runde seine Zigaretten an. Nur Cragg nahm eine. »Wir haben mit allen gesprochen, einschließlich der Cousine und dem Cousin, mit denen sie von der Schule heimkam. Mrs. Kathy Lomas war an der Reihe, sie am Ende der Straße abzuholen, und das tat sie wie gewöhnlich. Sie sah das Mädchen zum letzten Mal, als es durch die Küchentür ins Gutshaus ging. Die Mutter hat also die Wahrheit gesagt, daß die Kleine unbeschadet heimgekommen ist. Mrs. Lomas ist mit ihrem Jungen ins Haus gegangen und hat Alison nicht mehr gesehen. Niemand hat mehr das Geringste von dem Mädchen gesehen, nachdem sie von der Schule zu Hause war. Es ist, als hätte sie sich in Luft aufgelöst.«

4

Donnerstag, 12. Dezember 1963, 1 Uhr 14.

George sah sich mit resigniertem Gesichtsausdruck im Gemeindesaal um. In dem blaßgelben Licht wirkte er schmuddelig und eng, und durch die blaßgrünen Wände anstaltsmäßig. Aber sie brauchten ein Einsatzzentrum, das groß genug für ein Team von Kriminalbeamten und Schutzpolizisten war, und es gab in vernünftiger Entfernung von Scardale kaum eine andere Wahl. In dieser dringenden Lage war Peter Grundy nur die Versammlungshalle in Longnor oder dieser deprimierende Anbau an die Methodistenkirche eingefallen, die an der Landstraße gleich hinter der Abzweigung nach Scardale stand. Er hatte nicht nur den Vorteil, daß er näher bei Scardale lag, sondern auch, daß es ein Telefon in dem Raum gab, der sich laut Türschild Sakristei nannte.

»Gut, daß Methodisten nichts mit Gewändern am Hut haben«, sagte George, als er auf der Schwelle des Raumes stand, der kaum größer als ein besserer Schrank war. »Notieren Sie, daß wir auch ein Feldtelefon brauchen, Grundy.«

Grundy setzte das Telefon auf eine Liste, auf der schon Schreibmaschinen, Formulare für Zeugenaussagen, Landkarten in verschiedenen Maßstäben, Karteikarten und -kästen, Wählerverzeichnisse und Telefonbücher standen. Tische und Stühle waren kein Problem; die Halle war damit schon ausgestattet. George wandte sich an Lucas. »Wir müssen einen Aktionsplan für morgen aufstellen«, sagte er entschlossen.

»Nehmen wir uns doch ein paar Stühle und überlegen uns, was getan werden muß.«

Sie schoben einen Tisch und Stühle direkt unter einen der elektrischen Heizstrahler, die von den Deckenbalken hingen. Er konnte die eisige Nachtluft kaum mildern, aber die Männer waren froh über jede Erleichterung. Grundy verschwand in der kleinen Küche und brachte drei Tassen und eine Untertasse. »Als Aschenbecher«, sagte er und schob George die Untertasse über den Tisch zu. Dann zog er eine Thermosflasche aus der Innentasche seines Mantels und stellte sie energisch auf den Tisch.

»Wo kommt das her?« fragte Lucas.

»Von Betsy Crowther, Meadow Cottage«, sagte Grundy. »Die Cousine der Frau mütterlicherseits.« Er schraubte die Flasche auf, und George starrte verlangend auf den in Kringeln aufsteigenden Dampf.

Durch Tee und Zigaretten gestärkt, begannen die drei Männer zu planen. »Wir brauchen so viele Uniformierte, wie wir zusammenbekommen«, sagte George. »Wir müssen die ganze Umgegend von Scardale durchkämmen, aber wenn wir dort nichts finden, müssen wir die Suche auf den Lauf des Scarlaston ausweiten. Ich mache eine Notiz, daß wir mit der Armee Kontakt aufnehmen, um anzufragen, ob sie uns Leute für die Fahndung zur Verfügung stellen können.«

»Wenn wir das Netz weiter spannen, würde es vielleicht etwas bringen, die Mitglieder des Jagdvereins High Peak Hunt zu fragen, ob sie uns unterstützen können«, sagte Lucas, der über seinen Tee gebeugt saß, um die Wärme möglichst gut auszunutzen. »Ihre Hunde sind daran gewöhnt, Fährten aufzuspüren, und ihre Reiter kennen die Gegend.«

»Ich werde das im Hinterkopf behalten«, sagte George und zog an seiner Zigarette, als könne der Rauch sein Inneres wärmen. »PC Grundy, machen Sie eine Liste von allen Farmern im Radius von, sagen wir, fünf Meilen. Wenn es hell wird, werden wir Männer ausschicken, die alle auffordern sollen, ihr Land nach dem Mädchen abzusuchen. Wenn sie weggelaufen ist, hätte sie im Dunkeln leicht einen Unfall haben können.«

Grundy nickte. »Ich mach mich gleich dran. Sir, ich wollte noch etwas erwähnen.« George nickte. »Gestern war Viehmarkt in Leek und die Weihnachtsausstellung für Mast- und Milchvieh. Gutes Geld für die Preisgekrönten. Das heißt, es war mehr Verkehr auf den Straßen in dieser Gegend als sonst. Viele fahren zur Show nach Leek rüber, ob sie nun Vieh ausstellen oder nicht. Manche haben wahrscheinlich dabei auch Weihnachtseinkäufe gemacht. Sie hätten gerade zu der Zeit, als Alison verschwunden ist, auf dem Heimweg sein können. Wenn das Mädchen also auf einer der Straßen war, gibt es eine ziemlich gute Chance, daß jemand sie gesehen hat.«

»Gute Idee«, sagte George und machte eine Notiz. »Sie könnten die Farmer danach fragen, wenn Sie mit ihnen reden. Und ich werde es bei der Pressekonferenz erwähnen.«

»Pressekonferenz?« fragte Lucas argwöhnisch. Er hatte dem Professor bisher zögernd zugestimmt, aber jetzt sah es so aus, als wolle George Bennett Alison Carters Fall nutzen, um sich einen Namen zu machen. Eine solche Handlung konnte den Sergeant nicht beeindrucken.

George nickte. »Ich habe schon mit der Kreispolizei gesprochen und gebeten, daß sie hier für zehn Uhr eine Pressekonferenz organisiert. Wir brauchen jede Unterstützung, die wir bekommen können, und die Presse kann die Leute schneller erreichen als wir. Es würde Wochen dauern, bis wir mit jedem Verbindung hätten, der gestern auf dem Markt in Leek war, und dann hätten wir sogar noch viele ausgelassen. Wenn die Presse die Information bringt, wird fast jeder in wenigen Tagen wissen, daß ein Mädchen vermißt wird. Zum Glück kommt heute der *High Peak Courant* heraus, und sie sollten die Nachricht bis zum Spätnachmittag auf die Straße bringen können. Die Öffentlichkeit ist in Fällen wie diesem sehr wichtig.«

»Sie scheint unseren Kollegen in Manchester und Ashton nicht viel gebracht zu haben«, meinte Lucas skeptisch, »außer die Zeit der Polizei zu verschwenden, weil sie falsche Spuren verfolgt haben.«
»Wenn sie weggelaufen ist, wird es dadurch schwerer für sie, sich versteckt zu halten. Und wenn jemand sie entführt hat, verbessert es unsere Chancen, einen Zeugen zu finden«, sagte George bestimmt. »Ich habe mit Polizeichef Martin gesprochen, und er ist derselben Meinung. Er kommt selbst zur Pressekonferenz her. Und er hat bestätigt, daß ich die gesamte Verantwortung für den Einsatz habe«, fügte er hinzu, allerdings etwas verlegen bei diesem Beweis seiner Entschlossenheit.
»Das ist vernünftig«, sagte Lucas. »Sie waren ja von der ersten Minute an hier.« Er stand auf, schob seinen Stuhl zurück und beugte sich vor, um seine Zigarette auszudrücken. »Sollen wir also nach Buxton zurückfahren? Ich glaube, hier können wir jetzt nicht viel ausrichten. Wenn um sechs die Kollegen von der Tagschicht kommen, können sie alles aufbauen.«
Im stillen stimmte ihm George zu. Trotzdem wollte er nicht weggehen. Andererseits wollte er auch nicht, daß es aussah, als wolle er auf seiner Autorität herumreiten, indem er ohne guten Grund von ihnen verlangte, dazubleiben. Zögernd folgte er Lucas und Grundy ins Freie zum Wagen. Auf dem Rückweg wurde wenig gesprochen, bis sie Grundy absetzten, und noch weniger während der sieben Meilen zurück nach Buxton. Beide Männer waren erschöpft und jeder durch seine eigenen Befürchtungen beunruhigt.
Als sie zur Kreispolizei in Buxton zurückkamen, setzte George den Sergeant dort ab, wo er eine Liste von Anordnungen für die Kollegen der Tagschicht und für die zusätzlich aus anderen Teilen der Grafschaft zusammengezogenen Polizeibeamten tippen sollte. Er setzte sich ans Steuer seines Wagens und fröstelte, als ihm beim Anlassen ein kalter Luftstoß aus den Lüftungsschlitzen des Armaturenbretts entgegenblies. Nach

weniger als zehn Minuten hielt er vor dem Haus an, das die Polizei von Derbyshire für einen verheirateten Mann in seiner Position für angemessen hielt. Die mit Steinplatten verkleidete Hälfte eines Doppelhauses mit vier Zimmern lag dank der scharfen Straßenbiegung in einem großzügigen Garten. Von der Küche und den Fenstern des hinteren Schlafzimmers hatte man einen Blick auf den Wald von Grin Low, der sich an der Hügelkette bis zum Axe Edge und zu den rauhen Moorflächen hinzog, wo Derbyshire unmerklich in Staffordshire und Cheshire überging.

George stand im Mondlicht in der Küche und sah auf die unwirtliche Landschaft hinaus. Er hatte pflichtbewußt die Brote aus dem Kühlschrank genommen und sich eine Kanne Tee gemacht, aber nicht einen Bissen gegessen. Er hätte nicht einmal sagen können, womit die Brote belegt waren. Auf dem Tisch lag ein dünner Stapel Weihnachtskarten, den Anne für ihn hingelegt hatte, aber er beachtete ihn nicht. Er hielt die dünnwandige Porzellantasse in seiner breiten Hand und erinnerte sich, wie schwer gezeichnet Ruth Hawkins Gesicht ausgesehen hatte, als er den Hund zurückgebracht und ihre einsame Wache unterbrochen hatte.

Sie hatte am Spülbecken in der Küche gestanden und in die Dunkelheit hinter dem Haus hinausgestarrt. Jetzt, wo er darüber nachdachte, fragte er sich, wieso sie nicht die Seite vor dem Haus beobachtete. Schließlich würde Alison, falls sie zurückkäme, vermutlich über die Wiese und die Felder zurückkehren, auf die sie vorher zugegangen war. Und eventuelle Nachrichten über etwas Neues würden auch aus dieser Richtung kommen. Vielleicht konnte Ruth Hawkin es nicht ertragen, die vertraute Aussicht von Polizisten versperrt zu sehen.

Warum auch immer, sie hatte aus dem Fenster gestarrt und ihrem Mann und der Polizistin den Rücken zugekehrt, die immer noch verlegen am Küchentisch saß, um ihr Mitgefühl auszudrücken, was aber offensichtlich unerwünscht war. Ruth hatte sich nicht einmal gerührt, als er die Tür öffnete. Erst beim Klicken der Hundekrallen auf den Steinplatten hatte sie ihren Blick vom Fenster losgerissen. Als sie sich umwandte, warf sich der Hund zu Boden, winselte und kroch bäuchlings auf Ruth zu.

»Wir haben Shep im Wald angebunden gefunden«, hatte George gesagt. »Jemand hatte ihre Schnauze zugeklebt. Mit Heftpflaster.«

Ruth riß die Augen auf, und ihr Mund blieb offen, als könne sie ihn vor Schmerz nicht mehr schließen. »Nein«, wandte sie schwach ein, »das kann doch nicht wahr sein.« Sie kniete sich neben die Hündin, die sich unterwürfig wand und um sie herumlief, als wolle sie sich entschuldigen. Ruth schmiegte ihr Gesicht an das dichte Fell am Hals und drückte sie an sich, als wäre sie ein Kind. Die lange rosa Zunge leckte ihr Ohr ab.

George sah zu Hawkin hinüber. Der Mann schüttelte den Kopf und schien wirklich verblüfft. »Das verstehe ich nicht«, sagte er. »Der Hund gehört Alison. Er hätte es nie zugelassen, daß ihr jemand ein Haar krümmt.« Er lachte freudlos, fast bellend. »Ich habe einmal die Hand gegen sie erhoben, und der Hund hatte meinen Ärmel zwischen den Zähnen, bevor ich sie auch nur berühren konnte. Der einzige Mensch, der das hätte tun können, wäre Alison selbst. Ich würde nicht einmal garantieren, daß ich oder Ruth so etwas geschafft hätten, und schon gar nicht ein Fremder.«

»Alison hatte möglicherweise keine Wahl«, sagte George behutsam.

Ruth schaute auf; in ihrem Gesicht zeichnete sich die Erkenntnis ab, daß ihre Ängste vielleicht Wirklichkeit werden könnten. »Nein«, sagte sie mit heiserer, flehender Stimme. »Nicht meine Alison. Bitte, lieber Gott, nicht meine Alison.«

Hawkin stand auf und ging durch den Raum zu seiner Frau. Er sank in die Hocke und legte ungeschickt einen Arm um ihre Schultern. »Du darfst dich nicht so aufregen, Ruth«, sagte er mit einem kurzen Blick zu George. »Das hilft Alison doch nicht. Wir müssen stark sein.« Hawkin schien verlegen, daß er Besorgnis um seine Frau zeigen mußte. George hatte viele Männer erlebt, die ihre Gefühle nicht gern zeigten, aber selten einen, der so befangen war.

Ruth Hawkin tat ihm sehr leid. Mehr als einmal hatte George eine Ehe unter dem Druck einer folgenschweren Ermittlung zerbrechen sehen. Er war weniger als eine Stunde mit diesem Paar zusammengewesen, aber er wußte instinktiv, daß er nicht nur einen Riß in ihrer Beziehung, sondern einen entscheidenden Bruch miterlebt hatte. Es war in einer Ehe immer schwer, wenn man entdeckte, daß der Mensch, den man geheiratet hatte, einen enttäuschte, aber für Ruth Hawkin, die erst vor kurzem geheiratet hatte, war diese Entdeckung in den Stunden der Angst um ihre verschwundene Tochter doppelt schlimm.

Fast ohne nachzudenken, kauerte George sich nieder und legte eine Hand auf Ruths Hände. »Wir können jetzt sehr wenig tun, Mrs. Hawkin. Aber wir unternehmen alles, was in unserer Macht steht. Wenn es hell wird, werden meine Männer das ganze Tal vom einen Ende zum anderen absuchen. Ich verspreche Ihnen, daß ich Alison nicht aufgeben werde.« Ihre Blicke trafen sich, und er spürte, wie sie sich mit heftigen Gefühlen, die viel zu kompliziert waren, als daß er sie entwirren konnte, an ihn zu klammern schien.

Als er jetzt auf das Moor hinausstarrte, wußte George plötzlich, daß es ihm unmöglich sein würde, in dieser Nacht zu schlafen. Er wickelte die Brote in Wachspapier, füllte eine Thermosflasche mit heißem Tee und ging leise die Treppe hinauf, um seinen elektrischen Rasierapparat aus dem Bad zu holen.

Auf dem Treppenabsatz hielt er inne. Die Tür zum Schlafzimmer war angelehnt, er konnte nicht widerstehen und wollte nur einen schnellen Blick auf Anne werfen. Mit den Fingerspitzen drückte er die Tür etwas weiter auf. Ihr Gesicht war ein blasser Fleck auf dem leuchtenden Weiß des Kissens. Sie lag auf der Seite, eine Hand zur Faust geballt neben sich auf dem Kissen. Mein Gott, war sie schön. Sie nur schlafend zu betrachten war genug, ihn zu erregen. Er wünschte, er könnte seine Kleider abwerfen und neben ihr ins Bett schlüpfen, um ihre Wärme an seinem Körper zu fühlen. Aber heute nacht konnte er der Erinnerung an Ruth Hawkins gequälte Augen nicht entkommen.

Mit einem leisen Seufzer wandte er sich ab. Eine halbe Stunde später war er wieder in der Versammlungshalle der Methodisten und starrte Alison Carter an. Er hatte vier von Hawkins Fotos an das schwarze Brett geheftet. Das andere hatte er auf der Polizeiwache hinterlegt und dringend gebeten, es zu kopieren, so daß es bei der Pressekonferenz ausgegeben werden könnte. Der Kommissar der Nachtschicht schien unsicher, ob dies rechtzeitig erledigt werden konnte. George hatte ihm klargemacht, was er erwartete.

Vorsichtig breitete er die amtliche topographische Karte aus und versuchte, sie mit den Augen einer Person zu betrachten, die plant wegzulaufen. Oder aus der Sicht eines Menschen, der einem anderen das Leben nehmen will.

Dann trat er aus der Halle hinaus und ging den schmalen Weg nach Scardale zu Fuß hinunter. Nach ein paar Metern wurde das matte gelbe Licht, das aus den hohen Fenstern schien, von der alles bedeckenden Dunkelheit verschluckt. Der einzige Lichtschimmer kam von den Sternen, die hier und da durch die Wolken blinkten. Er brauchte viel Zeit, um den Grasbüscheln am Wegrand auszuweichen, über die er ständig zu stolpern drohte.

Nach und nach wurden seine Pupillen größer, die Augen gewöhnten sich an die Nacht und erhaschten Bilder von den Geistern und Schatten der Landschaft. Aber als sie sich in Hecken und Bäume, Schafhürden und Zauntritte auflösten, war ihm die Kälte schon in die Knochen gekrochen. Leichte Halbschuhe mit dünnen Sohlen waren dem gefrorenen Boden

nicht gewachsen, und nicht einmal seine mit Baumwolle gefütterten Lederhandschuhe konnten die eisigen Luftstöße abhalten, die wie in einer Schneise durch die Straße nach Scardale fegten. Seine Augen und Ohren fühlten nichts mehr außer Schmerz. Nach einer Meile gab er auf. Wenn Alison Carter in diesem Wetter im Freien war, mußte sie widerstandsfähiger sein als er, stellte er fest.
Entweder das oder unfähig, noch irgend etwas zu empfinden.

Manchester Evening News,
Donnerstag, 12. Dezember 1963, S. 11

JUNGE MIT ZELT:
Neue Hoffnung bei der Suche nach John

Von einem Mitarbeiter unserer Redaktion

Polizeibeamte, die im Fall des verschwundenen zwölfjährigen John Kilbride aus Ashton-under-Lyne ermitteln, wurden heute zu einem bekannten Ausflugsort außerhalb der Stadt gerufen, wo ein Junge mit Zelt gesehen worden war.
Es gab neue Hoffnung, als man berichtete, der Junge sei gesund und wohlauf. Aber dies stellte sich als falscher Alarm heraus.
Der gefundene Junge war ungefähr gleich alt – elf Jahre – und ebenfalls als vermißt gemeldet. Aber es handelte sich um David Marshall aus Oldham, Gorse View, Alt Estate.
Er war erst seit einigen Stunden verschwunden gewesen.
Als er zu Hause »Schwierigkeiten« bekommen hatte, packte er seine Sachen und ein Zelt und machte sich auf, um in der Nähe einer Farm in Lily Lanes an der Grenze zwischen Ashton und Oldham zu campen.
Dies war ein weiterer Fehlschlag auf der Suche nach John aus Ashton, Smallshaw Lane, die nun schon 19 Tage andauert.

Ein Polizeisprecher sagte heute: »Wir dachten wirklich, wir hätten etwas Wichtiges entdeckt. Aber zumindest waren wir froh, daß wir einen Jungen gesund und unversehrt nach Hause zurückbringen konnten.«
David wurde in seinem einsamen Lager von einem Besucher der Farm entdeckt, der sofort die Polizei benachrichtigte.
»Es zeigt, daß die Bevölkerung wirklich mit uns zusammenarbeitet«, sagte die Polizei.

Donnerstag, 12. Dezember 1963, 7 Uhr 30

Janet Carter erinnerte George an eine Katze, die seine Schwester einmal gehabt hatte. Ihr dreieckiges Gesicht mit der kecken Nase, den weit auseinanderliegenden Augen und dem winzigen Mund, der einer Rosenknospe glich, war so verschlossen und wachsam wie bei all den gezähmten Raubtieren seiner Bekanntschaft. Sie hatte sogar ein paar winzige Pickel über der Oberlippe, als hätte ihr jemand die Schnurrhaare ausgerissen. Sie saßen sich in der niedrigen Küche ihrer Eltern gegenüber. Janet knabberte an einer Scheibe Toast mit Butter; die scharfen Zähnchen nagten von den beiden Ecken einwärts und bissen Halbmonde heraus. Sie hielt den Blick gesenkt, aber alle paar Minuten warf sie ihm unter ihren langen Wimpern einen Seitenblick zu.
Auch als er noch jünger gewesen war, war ihm in der Gegenwart halb erwachsener Mädchen nie recht wohl gewesen, ein natürliches Ergebnis der Tatsache, daß er eine drei Jahre ältere Schwester hatte, deren Freundinnen den Grünschnabel George zuerst als angenehmes Spielzeug und später als ein wunderbares Testobjekt für den Witz und Charme betrachteten, den sie dann für ältere Zielobjekte einsetzen wollten. George hatte sich manchmal wie die menschliche Variante der kleinen Zusatzräder an einem Kinderfahrrad gefühlt. Der einzige Vorteil, den die Erfahrung ihm gebracht hatte, war,

daß er zu wissen glaubte, wann ein Teenager log – was mehr war, als die meisten Männer schafften, die er kannte.
Aber sogar diese Gewißheit schwand angesichts Janet Carters Selbstbeherrschung. Ihre Cousine war verschwunden, mit all den Implikationen, die das mit sich brachte, aber Janet sah so gelassen aus, als wäre Alison nur mal schnell einkaufen gegangen. Ihre Mutter Maureen hatte ihre Gefühle wesentlich schlechter im Griff, und ihre Stimme zitterte, als sie über ihre Nichte sprach; sie hatte Tränen in den Augen, als sie ihre drei kleineren Kinder aus der Küche hinausbrachte und George allein ließ, damit er Janet befragen konnte. Und ihr Vater Ray war schon weg, um seine Ortskenntnis einem der Polizeitrupps, die nach dem Kind seines verstorbenen Bruders suchten, zur Verfügung zu stellen.
»Du kennst Alison wahrscheinlich besser als sonst irgend jemand«, sagte George schließlich und achtete darauf, daß er die grammatische Gegenwartsform beibehielt, obwohl das immer unpassender zu werden schien.
Janet nickte. »Wir sind wie Schwestern. Sie ist acht Monate und zwei Wochen älter als ich, deshalb sind wir in der Schule in verschiedenen Klassen. Genau wie richtige Schwestern.«
»Ihr seid zusammen hier in Scardale aufgewachsen?«
Janet nickte, ein weiteres halbrundes Stück Toast verschwand zwischen ihren Zähnen. »Wir drei, ich und Alison und Derek.«
»Ihr seid also wie die besten Freundinnen und zugleich Cousinen?«
»In der Schule bin ich nicht ihre beste Freundin, weil wir in verschiedenen Klassen sind, aber zu Hause schon.«
»Was macht ihr denn so zusammen?«
Janets Mund zuckte, und sie preßte die Lippen aufeinander, als sie einen Augenblick nachdachte. »Nichts Besonderes. Manchmal nimmt uns unser großer Cousin Charlie mit nach Buxton zum Rollschuhlaufen. Manchmal gehen wir in die Läden von Buxton oder Leek, aber meistens sind wir einfach hier. Wir gehen mit den Hunden spazieren. Manchmal helfen

wir auf der Farm, wenn sie nicht genug Leute haben. Ali hat zum Geburtstag einen Plattenspieler bekommen, deshalb hören wir – ich und Ali und Derek – uns oft in ihrem Zimmer Platten an.«

Er trank einen Schluck von dem Tee, den ihm Maureen Carter hingestellt hatte, und war erstaunt, daß irgend jemand stärkeren Tee als die Polizeikantine machen konnte. »Hat es etwas gegeben, das sie gequält oder geärgert hat?« fragte er. »Probleme zu Hause? Oder in der Schule?«

Janet hob den Kopf und starrte ihn mit einem Stirnrunzeln an, bei dem ihre Augenbrauen fast zusammenstießen. »Sie ist bestimmt nicht weggerannt«, sagte sie scharf. »Jemand muß sie mitgenommen haben. Ali würde nicht weglaufen. Warum sollte sie? Es gibt doch nichts, vor dem man weglaufen müßte.«

Vielleicht nicht, dachte George und war erstaunt über ihre Heftigkeit. Aber vielleicht hatte es etwas gegeben, *zu* dem zu laufen es sich lohnte. »Hat Alison einen Freund?«

Janet stieß heftig die Luft durch die Nase. »Eigentlich nicht. Sie ist zweimal mit einem Jungen aus Buxton ins Kino gegangen. Alan Milliken. Aber eigentlich war es gar kein Rendezvous. Sie sind zu sechst oder so gegangen. Sie hat mir erzählt, daß er versucht hat, sie zu küssen, aber sie ließ ihn nicht. Sie hat gesagt, wenn er meint, daß er machen kann, was er will, weil er fürs Kino bezahlt hat, dann täuscht er sich.« Janet sah ihn trotzig an, erregt von ihrem Gefühlsausbruch.

»Es gibt also niemand, den sie besonders mag; vielleicht jemand, der älter ist?«

Janet schüttelte den Kopf. »Wir finden beide Dennis Tanner von der *Coronation Street* toll und Paul McCartney von den Beatles. Aber das ist bloß Phantasie. Es gibt keinen *Wirklichen*, den sie mag. Sie sagt immer, Jungs sind langweilig. Sie wollen immer nur über Fußball und über Raketen reden, die ins Weltall fliegen, und was für ein Auto sie hätten, wenn sie fahren könnten.«

»Und Derek? Wie paßt der da rein?«
Janet schien ratlos. »Derek ist einfach nur ... Derek. Und er hat ja sowieso Pickel. In Derek könnte man sich nicht verlieben.«
»Was ist dann mit Charlie? Euer älterer Cousin? Ich habe gehört, daß die beiden viel Zeit zusammen bei seiner Großmutter verbracht haben.«
Janet schüttelte den Kopf und berührte mit einem Finger einen winzigen gelben Pickel am Mund. »Ali geht nur hin, um Ma Lomas' Geschichten zu hören. Charlie *wohnt* dort, das ist alles. Und überhaupt, ich verstehe nicht, warum Sie hier so lange darüber reden, wen Ali mag. Sie sollten doch draußen sein und nach dem suchen, der sie entführt hat, wer immer das war. Ich wette, er denkt, daß Onkel Philip einen Haufen Geld hat, nur weil er in einem großen Haus wohnt und das ganze Dorf und das Land ihm gehört. Ich wette, er hat die Idee gehabt, weil letzte Woche Frank Sinatras Sohn gekidnappt worden ist. Es muß doch im Fernsehen und in den Zeitungen gewesen sein und alles. Wir haben hier ja kein Fernsehen. Wir können es nicht empfangen, sitzen nur mit dem Radio da, aber sogar in Scardale haben wir davon gehört. Ein Kidnapper hätte also leicht davon erfahren und so auf die Idee kommen können. Ich wette, er wird ein riesiges Lösegeld für Ali verlangen.« Die Butter auf ihren Lippen glänzte, als sie vor Aufregung mit der Zunge darüberfuhr.
»Wie kommt Alison mit ihrem Stiefvater aus?«
Janet zuckte die Schultern, als sei dies eine völlig uninteressante Frage. »Ganz gut, glaube ich. Sie wohnt gern im Gutshaus, das kann ich schon mal sagen.« Ein boshafter Funke leuchtete in ihren Augen auf. »Wenn jemand fragt, wo sie wohnt, sagt sie immer ausdrücklich, als wär's was ganz Besonderes: ›Scardale Manor‹. Als wir noch klein waren, haben wir uns immer Geschichten über das Gutshaus ausgedacht. Gespenstergeschichten und Mord, und jetzt ist es, als denkt Ali, sie ist wirklich was ganz Tolles, weil sie dort wohnt.«

»Und ihr Stiefvater? Was hat sie über ihn gesagt?«
»Nicht viel. Als er mit ihrer Mutter gegangen ist, hat sie gesagt, er wäre ein fieser Typ, weil er immer um ihr Haus rumhing und Tante Ruth kleine Geschenke gebracht hat. Sie wissen schon, Blumen, Pralinen, Nylonstrümpfe und so was.« Sie rutschte auf ihrem Stuhl herum und drückte verstohlen zwischen Fingernagel und Daumen einen Pickel aus.
»Ich glaube, sie war bloß eifersüchtig, weil sie daran gewöhnt war, Auntie Ruths Augapfel zu sein. Sie konnte es nicht verkraften, daß sie Konkurrenz hatte. Aber seit sie geheiratet haben und es all das Geschenkezeug nicht mehr gibt, kommt Ali ganz gut mit ihm klar, glaub ich. Ich glaube, er hat sich nicht viel um sie gekümmert. Er scheint an niemand viel Interesse zu haben außer an sich selbst. Und am Fotografieren. Das macht er immer.« Janet wandte sich ablehnend wieder ihrem Toast zu.
»Wovon macht er Fotos?« fragte George, mehr um das Gespräch in Gang zu halten als aus Interesse.
»Landschaften. Er lauert auch Leuten bei der Arbeit auf. Er sagt, man muß sie erwischen, wenn sie natürlich aussehen, also fotografiert er sie, wenn er denkt, daß sie nicht drauf achten. Aber er ist ein Zugereister. Er kennt Scardale nicht so wie wir. Deshalb weiß meistens das halbe Dorf, was er treibt, wenn er draußen herumschleicht und sich versteckt.« Sie kicherte und hielt dann, als sie sich erinnerte, daß George da war, mit großen Augen die Hand vor den Mund.
»Soweit du weißt, gibt es also keinen Grund, weswegen Alison hätte weglaufen wollen?«
Janet legte ihren Toast hin und schob die Lippen vor. »Ich hab's Ihnen doch gesagt. Sie ist nicht weggelaufen. Ali könnte nicht ohne mich weglaufen. Und ich bin noch hier. Also muß sie jemand mitgenommen haben. Und Sie müssen ihn finden.« Ihre Augen schielten zur Seite, und George drehte sich halb um und sah Maureen Carter unter der Küchentür.
»Sag du's ihm, Mum«, bat Janet verzweifelt. »Ich erklär's ihm

schon die ganze Zeit, aber er hört ja nicht zu. Sag ihm, daß Ali nicht ohne mich weglaufen würde. Sag's ihm.«

Maureen nickte. »Sie hat recht. Wenn Alison Schwierigkeiten hat, geht sie sie direkt an. Wenn sie etwas vorhätte, wüßten wir alle, was es ist. Was immer passiert ist, es kann nichts sein, wofür sie sich selbst entschieden hat.« Sie trat vor und nahm Janets Tasse weg. »Es ist Zeit, daß du mit den Kleinen zu Derek rübergehst. Kathy bringt euch hoch zum Bus.«

»Ich könnte es machen«, bot George an.

Maureen sah ihn von oben bis unten an und war sichtlich unzufrieden. »Das ist nett von Ihnen, aber es hat heute morgen schon genug Durcheinander für die Kinder gegeben, und wir wollen nicht noch mehr über den Haufen schmeißen. Geh, Janet, zieh deinen Mantel an.«

George stoppte sie mit hochgehaltener Hand. »Bevor du gehst, Janet, nur noch eine Frage. Gibt es einen besonderen Platz im Tal, wo ihr öfter hingegangen seid, du und Alison? Ein Versteck, ein Treffpunkt für eine Clique oder so etwas?«

Das Mädchen warf seiner Mutter schnell einen flehentlichen Blick zu. »Nein«, sagte sie, aber ihr Tonfall schien das Gegenteil zu verraten. Janet stopfte sich den letzten Rest Toast in den Mund und ging eilig hinaus, George mit den Fingern zuwinkend. Maureen nahm ihren Teller und neigte den Kopf zur Seite. »Wenn Alison weglaufen wollte, würde sie es nicht so tun. Sie liebt ihre Mutter. Sie waren sich immer sehr nah. Das kommt davon, weil sie so lang allein waren. Alison würde Ruth das alles nie antun.«

5

Donnerstag, 12. Dezember 1963, 9 Uhr 50

Der Versammlungsort der Methodisten hatte eine Verwandlung erfahren. Acht Tapeziertische waren aufgestellt worden, und jeder war Mittelpunkt für eine besondere Aktion. An einem saß ein Polizist mit einem Feldtelefon und hielt die Verbindung mit der Kreisbehörde. Auf drei anderen waren Karten ausgebreitet, die mit dicken roten Linien markiert waren, um die einzelnen Suchbereiche zu kennzeichnen. An einem fünften Tisch war ein Sergeant von Karteikarten, Formularen für Zeugenaussagen und Karteikästen umgeben, der alle hereinkommenden Informationen sammelte und koordinierte. An den übrigen Tischen hämmerten Beamte auf Schreibmaschinen. In Buxton befragten Kriminalbeamte Alison Carters Klassenkameradinnen, während das Tal Scardale, das den Ort gleichen Namens umgab, von dreißig Polizisten und der gleichen Anzahl von Freiwilligen aus der Gegend durchkämmt wurde.

Am Ende der Halle stand in der Nähe der Tür ein Halbkreis von Stühlen um einen echten Eichentisch, dahinter zwei weitere Stühle. Dort brachte George gerade seinen Bericht an Polizeichef Jack Martin zu Ende. In den drei Monaten, seit er in Buxton war, hatte er nie persönlich mit dem Leiter der Schutzpolizei zu tun gehabt. Seine Berichte waren über Martins Schreibtisch gegangen, das wußte er, aber sie hatten nie direkt miteinander über einen Fall gesprochen. Alles, was er

über den Mann wußte, war durch die Meinungen anderer gefiltert.
Martin hatte im Krieg als Oberleutnant in einem Infanterieregiment gedient, offenbar ohne besondere Auszeichnung oder Tadel. Trotzdem hatten bei ihm die Jahre in der Armee eine Vorliebe für militärische Präzision geweckt. Er bestand auf der Beachtung von Dienstrangen und tadelte Polizisten, die Gleichgestellte oder Untergeordnete mit ihrem Namen statt mit dem Dienstgrad ansprachen. Wenn er einen Vornamen im Dezernat hörte, stieg laut DS Bentley sein Blutdruck um mehrere Punkte. Martin führte regelmäßig Kontrollen durch und schnauzte häufig einzelne Beamte an, in deren Stiefeln man sein Gesicht nicht spiegeln konnte oder deren Knöpfe an der Uniformjacke nicht auf Hochglanz poliert waren. Er hatte eine Adlernase und die Augen eines Falken. Er marschierte überallhin im Laufschritt; und man erzählte sich, daß er den Kriminalbeamten, die ihm nominell ebenfalls unterstellt waren, angewidert ein »nachlässiges Äußeres« bescheinigte.
George hatte jedoch den Verdacht, daß sich hinter dem strengen Regiment ein kluger und effizienter Polizeibeamter verbarg. Jetzt würde er herausfinden, ob das stimmte. Martin hatte sich Georges Zusammenfassung der Ereignisse bis zum gegenwärtigen Zeitpunkt aufmerksam angehört; er runzelte die Stirn so konzentriert, daß seine graugesprenkelten Augenbrauen in der Mitte fast zusammentrafen. Mit Zeigefinger und Daumen der rechten Hand rieb er den sorgfältig gepflegten Schnurrbart und strich ihn wieder glatt. »Zigarette?« fragte er schließlich und bot George eine Packung Capstan Full Strength an. George schüttelte dankend den Kopf, da er seine milderen Gold Leaf mit Filter bevorzugte. Aber er nahm das Angebot als Erlaubnis zum Rauchen und steckte sich sofort eine an. »Gefällt mir nicht, wie das klingt«, sagte Martin. »Das war offenbar gut geplant, oder?«
»Ich glaube, ja, Sir«, sagte George, der beeindruckt war, daß Martin auch das Heftpflaster als wichtiges Detail erkannt

hatte. Niemand machte mal eben einen Spaziergang und trug eine ganze Rolle davon bei sich, nicht einmal der gewissenhafteste Pfadfinderleiter. Wie mit dem Hund umgegangen worden war, hatte für George sehr nach vorsätzlichem Handeln ausgesehen, obwohl keiner seiner Kollegen dem ein solches Gewicht beizumessen schien. »Mir scheint, wer immer das Mädchen mitgenommen hat, muß ihre Gewohnheiten gekannt haben. Ich glaube, er hat sie über eine gewisse Zeit beobachtet und die richtige Gelegenheit abgewartet.«

»Sie glauben also, es ist jemand von hier?« fragte Martin.

George strich über sein helles Haar. »Es sieht so aus«, erwiderte er zögernd.

»Ich glaube, Sie haben recht, daß Sie sich nicht festlegen. Die Strecke von Denderdale herauf zur Quelle des Scarlaston ist beliebt. Es muß Dutzende von Ausflüglern geben, die im Sommer diese Wanderung machen. Irgendeiner davon hätte das Mädchen entweder allein oder mit ihren Freunden sehen und beschließen können, zurückzukommen und sie mitzunehmen.« Martin nickte zur Bestätigung seiner eigenen Vermutung und schnippte ein Stückchen Asche von der Manschette seiner perfekt gebügelten Uniformjacke.

»Das ist möglich«, gab George zu, obwohl er sich nicht vorstellen konnte, daß jemand so plötzlich eine solche Besessenheit entwickeln und monatelang daran festhalten würde, bis sich eine günstige Gelegenheit ergab. Der Hauptgrund für seine Unsicherheit war jedoch ein ganz anderer. »Ich meine, ich kann mir nicht vorstellen, daß ein Mitglied dieser Gemeinde etwas so Schlimmes tun könnte. Sie sind einander unglaublich nah, Sir. Sie haben sich über Generationen daran gewöhnt, sich gegenseitig zu unterstützen. Einem Kind von hier etwas anzutun hieße für jemanden aus Scardale, gegen alles zu sein, woran er von klein auf geglaubt hat. Außerdem ist es schwer, sich auszumalen, wie ein Einheimischer ein Kind entführen könnte, ohne daß es von anderen in Scardale bemerkt würde. Trotzdem ist es, so wie es aussieht, viel wahrscheinlicher, daß es ein Insider ist.« George seufzte, von seinen eigenen Argumenten verwirrt.

»Außer wenn alle in bezug auf die Richtung unrecht haben, in die das Mädchen gegangen ist«, bemerkte Martin. »Vielleicht ist sie entgegen ihrer normalen Gewohnheit über die Felder zur Landstraße gegangen. Und gestern war Viehmarkt in Leek. Da muß auf der Straße nach Longnor mehr Verkehr gewesen sein als sonst. Unter dem Vorwand, sie um Auskunft nach dem Weg zu fragen, könnte sie leicht jemand in ein Auto gelockt haben.«

»Sie vergessen den Hund, Sir«, stellte George fest.

Martin schwenkte ungeduldig die Zigarette durch die Luft. »Der Kidnapper könnte sich am Rand des Tals entlanggeschlichen und den Hund im Wald zurückgelassen haben.«

»Das ist ein großes Risiko, und er hätte sich im Gelände sehr gut auskennen müssen.«

Martin seufzte. »Ich nehme an, ja. Ich stelle mir als Bösewicht in diesem Stück genauso ungern wie Sie einen Einheimischen vor. Man hat ja diese romantische Vorstellung von ländlichen Gemeinden, aber leider haben wir meistens völlig unrecht.« Er warf einen Blick auf die Uhr im Raum, dann drückte er seine Zigarette aus, ließ die Manschetten nach vorn rutschen und richtete sich auf. »Also, stellen wir uns den Herren von der Presse.«

Er wandte sich zu den Klapptischen um. »Parkinson – gehen Sie und sagen Sie Morris, er soll die Reporter hereinlassen.«

Der Polizist in Uniform sprang auf und murmelte: »Ja, Sir.«

»Mütze, Parkinson«, schnauzte Martin. Parkinson hielt inne und eilte zu seinem Stuhl zurück. Er setzte seine Mütze auf und rannte fast zur Tür. Während er hinausschlüpfte, fügte Martin hinzu: »Haare schneiden lassen, Parkinson.« Um den Mund des Polizeichefs zuckte es – verbarg er ein Lächeln, als er zu den Stühlen hinter dem Tisch ging?

Die Tür öffnete sich, und ein halbes Dutzend Männer drängte in die Halle, umgeben von einem nebligen Dunst, als sie aus der Kälte in die warme Luft der Halle kamen. Die Gruppe löste sich auf, und die einzelnen Personen nahmen lärmend auf den Klappstühlen Platz. Ihr Alter lag zwischen Mitte Zwanzig und Mitte Fünfzig, vermutete George, obwohl es nicht leicht zu erkennen war, da sie die Hutkrempen und Mützen über die Gesichter heruntergezogen, die Mantelkrägen gegen den kalten Wind hochgestellt hatten und Schals trugen. Er erkannte Colin Loftus vom *High Peak Courant*, aber die anderen waren ihm nicht bekannt.

»Guten Morgen, meine Herren«, begann Martin. »Ich bin der Leiter der Polizei in Buxton, Jack Martin, und dies ist mein Kollege, Detective Inspector George Bennett. Wie Sie ohne Zweifel wissen, ist ein junges Mädchen aus Scardale verschwunden. Alison Carter, dreizehn Jahre alt, wurde gestern nachmittag ungefähr um sechzehn Uhr zwanzig zum letzten Mal gesehen. Sie ging von ihrem Elternhaus, Scardale Manor, aus mit dem Hund spazieren. Als sie nicht zurückkam, haben ihre Mutter, Mrs. Ruth Hawkin, und ihr Stiefvater, Mr. Philip Hawkin, die Polizei in Buxton verständigt. Wir haben danach in der unmittelbaren Umgebung von Scardale Manor eine Suchaktion mit Diensthunden eingeleitet. Alisons Hund wurde im Wald in der Nähe des Hauses gefunden, aber von dem Mädchen selbst haben wir keine Spur.«

Er räusperte sich. »Heute mittag um zwölf Uhr werden wir Abzüge eines vor nicht langer Zeit aufgenommenen Fotos von Alison auf der Polizeiwache in Buxton ausgeben können.«

Während Martin eine genaue Beschreibung des Mädchens und seiner Kleidung gab, betrachtete George die Reporter. Sie hatten die Köpfe gesenkt, ihre Bleistifte flogen über die Seiten ihrer Notizblöcke. Wenigstens hatten alle genug Interesse, sich genaue Einzelheiten zu notieren. Er fragte sich, ob das mit den in Manchester vermißten Kindern zu tun hatte. Er konnte sich kaum vorstellen, daß sie normalerweise wegen eines Mädchens, das seit sechzehn Stunden aus einem winzigen Weiler in Derbyshire verschwunden war, so zahlreich erschienen wären.

Martin kam zum Ende. »Wenn wir Alison heute nicht finden, wird die Suche verstärkt werden. Wir wissen einfach nicht, was mit ihr geschehen ist, und sind sehr besorgt, nicht zuletzt wegen des rauhen Wetters, das wir im Moment haben. Wenn Sie jetzt also Fragen haben, meine Herren, werde entweder ich selbst oder Detective Inspector Bennett sie gern beantworten.«

Ein Kopf hob sich. »Brian Bond vom *Manchester Evening Chronicle*. Vermuten Sie, daß Gewalt im Spiel ist?«

Martin holte tief Luft. »Zu diesem Zeitpunkt können wir nichts ausschließen, uns aber auch nicht festlegen. Wir können keinen Grund für Alisons Verschwinden entdecken. Sie hatte zu Hause, und in der Schule keine Schwierigkeiten, und wir haben bis jetzt nichts gefunden, was auf ein Gewaltverbrechen hindeutet.«

Colin Loftus hob die Hand, einen Finger ausgestreckt. »Gibt es Anzeichen dafür, daß Alison einen Unfall gehabt haben könnte?«

»Bisher nicht«, sagte George. »Wie Ihnen Polizeichef Martin schon sagte, lassen wir zur Zeit das Tal von Suchtrupps abgehen. Wir haben auch alle Farmer gebeten, sorgfältig auf ihren Äckern nachzusehen, für den Fall, daß Alison sich durch einen Sturz verletzt hätte und nicht mehr nach Haus kommen konnte.«

Der Mann am Ende der Reihe lehnte sich auf seinem Stuhl zurück und blies einen perfekten Rauchring in die Luft. »Es scheint Gemeinsamkeiten zwischen Alison Carters Verschwinden und den zwei Fällen vermißter Kinder in der Gegend von Manchester zu geben – Pauline Reade aus Gorton und John Kilbride aus Ashton. Haben Sie mit Ihren Kollegen von der Polizei in Manchester und Lancashire wegen einer möglichen Verbindung Kontakt aufgenommen?«

»Und wer sind Sie?« fragte Martin steif.

»Don Smart, *Daily News*. Redaktionsbüro Nord.« Er blitzte ihn mit einem Lächeln an, das George an das räuberische Zähneblecken eines Fuchses erinnerte. Smart hatte sogar die

passenden Farben: rötliches Haar, das unter einer Tweedmütze hervorschaute, ein rotes Gesicht und haselnußbraune Augen, die er wegen des Rauchs seiner dünnen, langen Zigarre zukniff.
»Es ist viel zu früh, um solche Überlegungen anzustellen«, schaltete sich George ein, der diese Frage selbst beantworten wollte, denn sie reflektierte seine eigenen Zweifel. »Ich kenne die Fälle natürlich, die Sie erwähnen, aber bis jetzt haben wir keinen Grund gesehen, mit unseren Kollegen in anderen Dienststellen außer in bezug auf die Suchaktion Kontakt aufzunehmen. Die Polizei in Staffordshire hat uns schon jede Unterstützung zugesichert, wenn die Suchaktion ausgeweitet werden müßte.«
Aber Smart war nicht so leicht abzuschütteln. »Ich meine, wenn ich Alison Carters Mutter wäre, würde es mich enttäuschen, daß die Polizei solche deutlichen Parallelen zu anderen Fällen, wo Kinder vermißt werden, außer acht läßt.«
Martins Kopf hob sich ruckartig. Er öffnete den Mund, um den Berichterstatter zurechtzuweisen, aber George war schneller. »Bei aller Ähnlichkeit gibt es auch Unterschiede«, sagte er geradeheraus. »Scardale ist abgelegen und ländlich, hat keine belebten Stadtstraßen; Pauline und John verschwanden an einem Wochenende, jetzt haben wir Wochenmitte; für die anderen zwei wären Fremde etwas ganz Normales gewesen, aber ein Fremder in Scardale an einem Dezemberabend hätte Alison sofort mißtrauisch gemacht; und das wichtigste ist wahrscheinlich, daß Alison nicht allein war, sie hatte ihren Hund dabei. Außerdem liegt Scardale gut fünfundzwanzig, dreißig Meilen entfernt. Wenn jemand nach Kindern gesucht hätte, die er entführen wollte, hätte er viele andere gesehen, bevor er zu Alison Carter kam. Hunderte von Personen werden jedes Jahr vermißt. Es wäre eher seltsam, wenn es keine Ähnlichkeiten gäbe.«
Don Smart warf George einen kühlen, herausfordernden Blick zu. »Danke, Detective Inspector Bennett. Schreibt man Bennett mit zwei t?« fragte er nur.
»Richtig«, sagte George. »Gibt es weitere Fragen?«

»Werden Sie die Reservoirs oben im Moor leeren?« Wieder Colin Loftus.
»Wir werden Sie wissen lassen, was wir unternehmen und wann«, fertigte ihn Martin kurz ab. »Also, wenn sonst niemand mehr Fragen hat, schließe ich jetzt die Pressekonferenz.« Er stand auf.
Don Smart beugte sich vor, die Ellbogen auf den Knien. »Und wann ist die nächste?« fragte er.
George sah, wie Martins Hals so rot wie der Kehllappen eines Truthahns wurde. Merkwürdigerweise stieg ihm die Röte nicht ins Gesicht. »Wenn wir das Mädchen gefunden haben, geben wir Ihnen Bescheid.«
»Und wenn Sie sie nicht finden?«
»Ich werde morgen zur gleichen Zeit hiersein«, sagte George. »Und jeden Vormittag, bis wir Alison finden.«
Don Smart hob die Augenbrauen. »Ich freue mich darauf«, sagte er, zog den Mantel fester um seine schmale Gestalt und richtete sich zu seiner ganzen Größe von einem Meter fünfundsechzig auf. Die anderen Journalisten gingen schon nach und nach zur Tür, verglichen ihre Notizen und legten fest, womit sie ihre Berichte beginnen würden.
»Dreist«, sagte Martin, als sich die Tür hinter ihnen schloß. »Scharfmacher. Die anderen haben ja auch ihre Arbeit getan, ohne zu unterstellen, daß wir unsere nicht richtig machen können. Auf den müssen Sie ein Auge haben, Bennett.«
George nickte. »Ich wollte Sie fragen, Sir. Möchten Sie, daß ich die Einsatzleitung hier weitermache?«
Martin runzelte die Stirn. »Inspector Thomas wird für die Schutzpolizei verantwortlich sein, aber ich meine, Sie sollten die allgemeine Leitung haben. Detective Inspector Carver würde mit seinem eingegipsten Knöchel nicht weit kommen. Er hat angeboten, daß er die Kriminalpolizei in Buxton übernimmt, aber ich brauche einen Mann hier vor Ort. Kann ich mich auf Sie verlassen, Inspector?«
»Ich werde mein Bestes tun«, sagte George. »Ich werde dieses Mädchen finden.«

Manchester Evening Chronicle,
Donnerstag, 12. Dezember 1963, S.1

POLIZEI DURCHKÄMMT EINSAMES TAL

Hund auf der Suche nach vermißtem Mädchen

Von einem Mitarbeiter unserer Redaktion

Die Polizei hat heute mit Hunden nach einem dreizehnjährigen Mädchen gesucht, das in Scardale, einem entlegenen Weiler in Derbyshire, seit gestern abend vermißt wird.

Das Mädchen, Alison Carter, verschwand aus Scardale Manor, wo sie mit ihrer Mutter und ihrem Stiefvater wohnt, nachdem sie gesagt hatte, sie wolle mit ihrem Collie Shep spazierengehen.

Alison ging über die Felder in ein nahe gelegenes Wäldchen. Seitdem wurde sie nicht mehr gesehen.

Nachdem ihre Mutter die Polizei angerufen hatte, wurde eine Suchaktion eingeleitet. Der Hund wurde unverletzt aufgefunden, aber von Alison fehlt jede Spur.

Befragungen der Nachbarn und Schulkameradinnen der Peak Girls' High School haben keinen Grund ergeben, warum die hübsche Schülerin weggelaufen sein könnte.

Heute wartete ihre Mutter, die vierunddreißigjährige Ruth Hawkin, weiterhin angsterfüllt auf Nachricht. Ihr Mann, Mr. Philip Hawkin, 37, schloß sich den Nachbarn und Farmern des Ortes an, die die Polizei beim Absuchen des einsamen Tals unterstützten.

Ein leitender Polizeibeamter sagte: »Wir können keinen Grund für Alisons Verschwinden finden. Sie hatte weder zu Hause noch in der Schule Schwierigkeiten, und wir haben nichts gefunden, was zu diesem Zeitpunkt eine gewaltsame Tat vermuten läßt.«

Wenn Alison bis zum Einbruch der Nacht nicht aufgefunden ist, wird die Suche morgen fortgesetzt.

Don Smart warf die Frühausgabe des *Chronicle* zur Seite. Wenigstens hatten sie seine Taktik der Fragestellung nicht geklaut. Das war immer das Risiko, das man einging, wenn man bei einer Pressekonferenz etwas versuchte, das ein wenig vom Üblichen abwich. Von jetzt ab würde er sein möglichstes tun, sich von der Meute abzusetzen und seine eigenen Geschichten auszugraben. Er hatte das instinktive Gefühl, daß George Bennett tolles Material hergeben könnte, und er war fest entschlossen, derjenige zu sein, der die besten Storys aus dem gutaussehenden jungen Detective Inspector herausquetschen würde.

Er spürte, daß der Mann so zäh und ausdauernd wie eine Bulldogge war. Es war ausgeschlossen, daß George Bennett Alison Carter aufgeben würde. Smart wußte aus Erfahrung, daß Alison Carters Verschwinden für die meisten anderen Polizisten nur ein Job wie jeder andere wäre. Sicher hatten sie Mitgefühl mit der Familie. Und er hätte wetten können, daß alle, die selbst Väter waren, jeden Abend ihre Töchter extra fest in den Arm nahmen, nachdem sie draußen im Moor nach Alison gesucht hatten.

Aber er spürte, daß es bei George anders war. Der fühlte sich persönlich zu dieser Aufgabe berufen. Der Rest der Welt mochte Alison Carter aufgeben, aber George hätte nicht leidenschaftlicher für ihre Sache eintreten können, wenn sie seine eigene Tochter gewesen wäre. Smart konnte sich vorstellen, wie unerträglich ein Versagen für diesen Mann sein müßte.

Und für ihn, Smart, war dies ein Geschenk des Himmels. In seiner Stellung beim Redaktionsbüro Nord der *Daily News* arbeitete er zum ersten Mal für eine große, überregionale Zeitung und hatte nur auf eine Story gewartet, mit der er es bis in ein Zentralbüro an der Fleet Street in London schaffen würde. Er hatte für die *Daily News* schon die Berichterstattung über Pauline Reades und John Kilbrides Fall gemacht und war fest entschlossen, George Bennett oder ein Mitglied seines Teams zu überzeugen, daß man sie mit Alison Carters Ver-

schwinden in Verbindung bringen mußte. Es würde ein toller Aufmacher für eine ganze Seite werden.
Was immer geschah, Scardale eignete sich jedenfalls großartig als Hintergrund für eine dramatische, rätselhafte Geschichte. In einer abgeschlossenen kleinen Gemeinde wie hier würde das Leben jedes einzelnen unter die Lupe genommen werden. Plötzlich würden alle möglichen Geheimnisse ans Tageslicht kommen, und das versprach garantiert kein schöner Anblick zu werden. Und Don Smart würde immer dabeisein.

In der Versammlungshalle der Methodisten warf auch George Bennett die Abendzeitung zur Seite. Er bezweifelte nicht, daß am Morgen ein wenig angenehmer Bericht auf den Seiten der sensationslüsternen *Daily News* erscheinen würde. Martin würde der Schlag treffen, wenn auch nur eine Andeutung erschien, daß die Polizei nicht kompetent sei. Er ging aus der Halle hinaus und über die Straße zu seinem Auto.
Bei Tageslicht nach Scardale hinunterzufahren war kaum weniger beunruhigend, als wenn man sich nachts oder in der Dunkelheit des frühen Morgens näherte. Wenigstens verdeckte die Finsternis die schlimmsten der überhängenden Felsen, von denen George sich nur allzuleicht vorstellen konnte, daß sie abbrechen und sein Auto wie eine Blechdose unter einer Dampfwalze zerquetschen könnten. Heute aber hatte sich etwas Wichtiges geändert: Das Tor an der Straße stand weit offen, und die Fahrzeuge hatten freie Durchfahrt. Ein uniformierter Polizist stand davor, schaute in Georges Auto hinein und salutierte zackig, als er den Fahrer erkannte. Armer Kerl, dachte George. Die Tage, die er selbst mit Herumstehen in der Kälte hatte verbringen müssen, waren Gott sei Dank bald vorbei gewesen. Er fragte sich, wie Polizisten, die nicht auf der schnellen Erfolgsleiter aufstiegen, die Aussicht ertrugen, Woche um Woche die Bürgersteige abzugehen, Tatorte zu bewachen und, wie heute, erfolglos durch unwirtliche Landstriche zu stapfen.

Das Dorf gewann durch das Tageslicht ebensowenig wie die Straße. Die ärmlichen kleinen Häuschen von Scardale hatten überhaupt nichts Romantisches an sich. Die grauen Steinbauten schienen sich an den Boden zu drücken, mehr wie eingeschüchterte Hunde als zum Sprung ansetzende Tiere. Bei einem oder zweien hingen die Dächer durch, und die meisten Holzteile hätten einen neuen Anstrich vertragen können. Hühner liefen frei herum, und jeder Wagen, der ins Dorf einfuhr, löste ein Heidenspektakel bei den Hunden aus, die an Torpfosten angebunden waren. Was sich nicht geändert hatte, waren die Augen, die die Ankunft jedes Neuankömmlings beobachteten. Als George einfuhr, war er sich dieser Beobachter bewußt. Er wußte jetzt mehr über sie als am Abend zuvor. Zum Beispiel war ihm bekannt, daß sie alle weiblich waren. Jeder gesunde Mann aus Scardale war mit den Suchtrupps draußen und unterstützte sie mit seiner Entschlossenheit und Ortskenntnis.

George fand einen Platz für sein Auto weiter hinten auf der Dorfwiese an der Seitenwand von Scardale Manor. Zeit für ein weiteres Gespräch mit Mrs. Hawkin, hatte er beschlossen. Auf dem Weg zum Haus hielt er bei dem Wohnwagen an, der heute morgen von der Kreisbehörde geschickt worden war. Er diente den Suchtrupps nicht als eigenes Einsatzzentrum, sondern als Verbindungszentrale, und zwei Polizistinnen waren ständig damit beschäftigt, Tee und Kaffee zu machen. George drückte die Tür auf und konnte sich insgeheim gratulieren, denn er hatte die Wette mit sich selbst gewonnen, daß Inspector Alan Thomas bequem in der wärmsten Ecke des Wohnwagens sitzen würde, die Teekanne auf der einen Seite und seine Bruyèrepfeife in einem Aschenbecher auf der anderen.

»George«, sagte Thomas herzlich. »Kommen Sie, setzen Sie sich hierher, Junge. Kalt draußen, was? Bin froh, daß ich nicht den Wald da drüben durchkämmen muß.«

»Gibt's was Neues?« fragte George und nickte zustimmend, als eine der Polizistinnen ihm einen Becher Tee anbot. Er nahm

Zucker aus einer offenen Tüte und lehnte sich gegen die Trennwand.

»Nicht die Bohne, Junge. Alle sind leer ausgegangen, mehr oder weniger. Mal ein Häufchen Kleider, aber nichts, was nicht schon seit Monaten da gelegen hätte«, sagte Thomas, und sein walisischer Akzent ließ die deprimierende Nachricht fast fröhlich klingen. »Nehmen Sie sich«, fügte er hinzu und wies auf einen Teller mit butterbestrichenen Scones. »Die Mutter des Mädchens hat sie gebracht. Sie hat gesagt, sie kann nicht einfach herumsitzen und warten.«

»Ich geh kurz rein und besuche sie.« George griff nach dem Gebäck und nahm sich einen Scone. Gar nicht schlecht, fand er. Auf jeden Fall besser als die von Anne. Sie war eine tolle Köchin, aber ihre Backkünste ließen einiges zu wünschen übrig. Er hatte gelogen und gesagt, er möge eigentlich Kuchen nicht so besonders. Andernfalls, so wußte er, hätte er sie schließlich irgendwann gelobt, weil er sie nicht kritisieren konnte. Und er wollte sich nicht zu fünfzig Jahren speckigem Rührkuchen, zähem Gebäck und steinharten Keksen verdammen, die direkt aus den umliegenden Steinbrüchen zu kommen schienen.

Plötzlich flog die Tür auf. Ein Mann mit rotem Gesicht, der eine dicke Lederweste über mehreren Hemden und Pullovern trug, taumelte schwer atmend und schwitzend in den Wohnwagen.

»Sind Sie Thomas?« fragte er und sah George an.

»Ich bin's, Junge«, sagte Thomas und stand auf, wobei sich ein Krümelregen zu Boden ergoß. »Was ist passiert? Haben Sie das Mädchen gefunden?«

Der Mann schüttelte den Kopf, hatte die Hände auf die Knie gestützt und versuchte, wieder zu Atem zu kommen. »Im Dickicht unterhalb von Shield Tor«, keuchte er. »Es sieht aus, als hätte es da einen Kampf gegeben. Zweige sind abgebrochen.« Er richtete sich auf. »Ich soll Sie hinbringen.«

George ließ Tee und Scone stehen und ging mit dem Mann

nach draußen, Thomas folgte als letzter. Er stellte sich vor und sagte: »Sind Sie von Scardale?«
»Ja. Ich bin Ray Carter. Alisons Onkel.«
Und Janets Vater, machte sich George klar. »Wie weit ist es von der Stelle, wo wir den Hund gefunden haben?« fragte er und zwang sich zu extra großen Schritten, um mit dem Farmer mithalten zu können, der viel schneller vorwärts kam, als man bei seiner untersetzten Gestalt erwartet hätte.
»Vielleicht eine Viertelmeile Luftlinie.«
»Es hat eine Weile gedauert, das zu finden«, sagte George nachsichtig.
»Man kann es vom Pfad aus nicht sehen. Daher wurde es beim ersten Suchen im Gehölz übersehen«, sagte Carter. »Außerdem ist es kein Fleck, den man leicht entdeckt.« Er blieb einen Augenblick stehen, drehte sich um und deutete auf Scardale Manor. »Sehen Sie. Dort ist das Gutshaus.« Er drehte sich schnell wieder um. »Dort ist das Feld, das zum Scarlaston und zu dem Wald führt, in dem der Hund gefunden wurde.« Er wandte sich noch einmal um. »Dort ist der Weg aus dem Tal hinaus. Und dort«, schloß er und zeigte auf eine Stelle mit Bäumen zwischen dem Gutshaus und dem Wald, wo Shep angebunden gewesen war, »gehen wir jetzt hin. Auf dem Weg nach nirgendwo«, fügte er bitter hinzu und zeigte mit einer abschließenden Handbewegung auf die hohen Kalksteinfelsen und den düsteren grauen Himmel.
George runzelte die Stirn. Der Mann hatte recht. Wenn Alison auf diesem Waldstückchen gewesen wäre, als sie ergriffen wurde, warum war dann der Hund auf einer Lichtung angebunden, die eine Viertelmeile davon entfernt lag? Aber wenn sie entführt worden war, ohne sich auf der Lichtung zu wehren, und es zum Kampf gekommen wäre, als sie die Chance sah, ihrem Entführer zu entkommen, was taten sie dann hier am geschlossenen Ende des Tals? Es war ein weiterer Widerspruch, den man sich einfach merken mußte, dachte er, und ging hinter Ray Carter auf den schmalen Baumgürtel zu.

Das Gehölz war eine Mischung aus Buchen, Eschen, Bergahorn und Ulmen, die in späterer Zeit gepflanzt worden waren als der Wald, in dem sie am vorigen Abend gewesen waren. Die Bäume waren kleiner, ihre Stämme dünner. Sie schienen zu nah nebeneinander zu stehen, und ihre Zweige bildeten ein lockeres Dach, durch das man aber fast nichts sah. Das Unterholz zwischen den jungen Bäumen war dicht, zu verwachsen, um sich leicht einen Weg bahnen zu können.

»Hier durch«, sagte Carter und ging schräg auf eine fast unsichtbare Öffnung zwischen den braunen Farnen und dem roten und grünen Laub der Brombeersträucher zu. Sobald sie das Dickicht betraten, ging ihnen der größte Teil des Nachmittagslichts verloren. Selbst halb blind, begriff George jetzt, warum der erste Suchtrupp etwas übersehen haben konnte. Es war ihm nicht klar gewesen, wie schwierig das Gelände oder wie leicht auch etwas so Großes wie, Gott behüte, eine Leiche zu übersehen war. Als sich seine Augen an das dämmerige Licht gewöhnt hatten, konnte er unter den Bäumen das Unterholz mit Büschen erkennen. Der Pfad mit den festgetrampelten Blättern fühlte sich rutschig an. »Ich sage dem Squire jetzt schon seit Monaten, daß dieses Dickicht ausgedünnt werden muß«, brummte Carter und drückte die dünnen, peitschenden Zweige eines niedrigen Holunderbuschs zur Seite. »Man könnte den halben Jagdclub von High Peak hier drin verlieren und es nicht mal merken.«

Plötzlich stießen sie auf den Rest des Suchtrupps. Drei Schutzpolizisten und ein Junge standen zusammen an einer Biegung des Wegs. Der Junge schien nicht älter als achtzehn und trug wie Carter eine Lederweste und eine dicke Cordhose. »Also«, sagte George, »wer kann mir und Mr. Thomas zeigen, was hier los ist?«

Einer der Polizisten räusperte sich. »Es ist gleich hier vorn, Sir. Ein anderes Team ist schon heute morgen hier durchgekommen, aber Mr. Carter hat vorgeschlagen, wir sollten noch mal nachsehen, weil das Unterholz hier so dicht ist.« Er winkte

George und Inspector Thomas heran, und die anderen traten, so gut es ging, zurück, um sie vorbeigehen zu lassen. Der Polizist deutete auf eine Lücke im Unterholz an der Südseite des Pfads, die fast nicht auszumachen war. »Der Junge hat's entdeckt. Charlie Lomas. Da ist eine sehr schwache Spur von abgebrochenen Zweigen und zertretenen Pflanzen. Ein paar Meter weiter rein sieht es aus, als hätte es einen Kampf gegeben.«

George kauerte sich nieder und betrachtete den Pfad. Der Mann hatte recht. Es war nicht viel zu sehen und ein Wunder, daß überhaupt einer von ihnen die Stelle aufgespürt hatte.

»Wie viele von euch sind mit ihren großen Latschen dort drüber getrampelt?« fragte Thomas.

»Nur ich und der junge Lomas, Sir. Wir waren so vorsichtig wie möglich. Wir haben versucht, nichts zu verändern.«

»Ich seh's mir mal an«, sagte George. »Mr. Thomas, könnte einer Ihrer Männer das Einsatzzentrum anrufen, damit sie einen Fotografen hier herunterschicken? Und ich hätte gern die Spürhunde hier. Wenn der Fotograf fertig ist, muß auch nach Fingerabdrücken gesucht werden.« Ohne eine Antwort abzuwarten, zog George vorsichtig die Zweige zurück, die über den kaum erkennbaren Pfad hingen, und versuchte, seitlich Abstand von der ursprünglichen Spur zu halten. Hier war es noch dunkler als auf dem Weg, und er hielt inne, um seine Augen an die Dunkelheit zu gewöhnen.

Die Beschreibung des Polizisten war bemerkenswert genau gewesen. Ein paar vorsichtige Schritte, und George fand, was er suchte. Geknickte Zweige und zertretene Farnwedel waren im Umkreis von etwa eineinhalb bis zwei Metern zu sehen. George war nicht vom Land, aber sogar er sah, daß diese Beschädigung nicht lange zurücklag. Die abgebrochenen Zweige und Ästchen sahen frisch abgeknickt aus. Ein immergrüner Busch war besonders stark mitgenommen und welk, aber nicht ganz verdorrt. Wenn dies nichts mit Alisons Verschwinden zu tun hatte, wäre es ein sehr merkwürdiger Zufall.

George beugte sich vor, eine Hand auf einen Ast gestützt. Es konnte hier wichtige Spuren geben. Er wollte den Boden nicht betreten und noch mehr Schaden anrichten, als das Suchteam schon verursacht hatte. Als ihm dieser Gedanke durch den Sinn ging, fiel seinem scharfen Blick ein dunkler Stoffetzen auf, der am Ende eines abgebrochenen Zweiges hing. Schwarze Wollstrumpfhose, hatte Ruth Hawkin gesagt. Georges Magen krampfte sich zusammen. »Sie ist hiergewesen«, sagte er leise.
Er trat nach links zurück, ging um die zertretene Stelle herum und hielt alle paar Schritte an, um prüfend zu betrachten, was vor ihm lag. Dann sah er es: Direkt rechts vor ihm war eine Art dunkler Fleck auf der erstaunlich weißen Rinde einer Birke. Unwiderstehlich angezogen ging er näher heran.
Das Blut war längst getrocknet. Aber daran klebte unverkennbar ein Dutzend hellblonder Haare. Und auf dem Boden neben dem Baum lag ein Knebelknopf aus Horn, an dem noch ein Stückchen Stoff hing.

6

Donnerstag, 12. Dezember 1963, 17 Uhr 05

George holte tief Luft und hob eine Hand, um anzuklopfen. Bevor seine Knöchel das Holz berührten, flog die Tür schon auf. Ruth Hawkin sah ihm entgegen, ihr abgehärmtes Gesicht war im Dämmerlicht des Abends grau. Sie trat zur Seite und stützte sich an den Türpfosten. »Sie haben etwas gefunden«, sagte sie mit tonloser Stimme.

George trat über die Schwelle und schloß die Tür hinter sich, er wollte die Neugierigen nicht länger als unvermeidlich zusehen lassen. Sein Blick schweifte automatisch durch den Raum. »Wo ist die Polizistin?« fragte er und drehte sich zu Ruth um.

»Ich habe sie weggeschickt. Ich brauche niemand, der auf mich aufpaßt wie auf ein Kind. Außerdem meine ich, sie könnte etwas tun, das meiner Alison mehr bringt, als den ganzen Tag auf ihrem Hintern zu sitzen und Tee zu trinken.« Eine Bitterkeit lag in ihrer Stimme, die George neu war. Das ist gesund, dachte er. Diese Frau würde nicht bei jeder neuen schlechten Nachricht als wimmerndes Häufchen zusammenbrechen. Er war erleichtert, denn er glaubte, sich bereits jetzt als Überbringer schlechter Nachrichten betrachten zu müssen.

»Sollen wir uns setzen?« fragte er.

Ihr Mund zuckte, das Gesicht verzerrte sich. »So schlimm, was?« Aber sie trat von der Wand weg und ließ sich auf einen der Küchenstühle fallen. George setzte sich ihr gegenüber

und bemerkte, daß sie dieselben Kleider trug wie am Abend zuvor. Sie war also nicht zu Bett gegangen. Hatte sicherlich nicht geschlafen, hatte es wahrscheinlich nicht einmal versucht.
»Ist Ihr Mann draußen beim Suchtrupp?« fragte er.
Sie nickte. »Ich kann nicht sagen, daß er besonders gern gegangen wäre. Er ist Naturfreund, mein Phil, aber nur bei gutem Wetter. Er mag die Sonne – wenn es aussieht wie auf einer seiner Postkarten. Aber an Tagen wie heute, kalt, feucht, mit einem eiskalten Nebel in der Luft, da sitzt er entweder am Ofen, oder er schließt sich mit zwei Paraffinöfchen in seine Dunkelkammer ein. Aber das muß ich ihm lassen, heute hat er eine Ausnahme gemacht.«
»Wenn Sie möchten, können wir warten, bis er zurückkommt«, sagte George.
»Das wird nichts daran ändern, was Sie mir zu sagen haben, oder?« sagte sie kraftlos.
»Nein, leider nicht.« George nahm zwei Plastiktütchen aus der Innentasche seines Mantels. Eines enthielt das weiche, flaumige Bällchen, das am Zweig hängengeblieben war, das andere den glatten, gerippten Knebelknopf, dessen natürliche Braun- und Beigetöne sich gegen das künstliche Plastik seltsam ausnahmen. Daran hing an einem starken dunkelblauen Faden ein Stückchen dunkelblauer Wollstoff. »Ich muß Sie fragen, ob Sie dies hier wiedererkennen.«
Sie nahm die Tütchen mit verständnislosem Gesicht und starrte sie eine gewisse Zeit an. »Was soll das sein?« fragte sie und stupste das Stückchen Stoff mit dem Zeigefinger.
»Wir glauben, daß es Wolle ist«, sagte George. »Vielleicht von Strumpfhosen wie der, die Alison trug.«
»Das könnte ja irgendwas sein«, sagte sie abwehrend. »Es könnte schon tagelang, wochenlang da draußen gelegen haben.«
»Wir werden abwarten müssen, was man in unserem Labor dazu sagt.« Es hatte keinen Sinn, sie zu zwingen, das zu

akzeptieren, was ihre Empfindung nicht wahrhaben wollte.
»Und der Knopf? Erkennen Sie den?«
Sie nahm die Tüte und fuhr mit dem Finger über das geschnitzte Stück Hirschhorn. Flehentlich sah sie zu ihm auf. »Ist das alles, was Sie von ihr gefunden haben? Haben Sie sonst nichts zu zeigen?«
»Wir haben Anzeichen von einem Handgemenge im Dickicht gefunden.« George deutete in eine Richtung und hoffte, es war die richtige. »Zwischen dem Haus und dem Wald, wo wir Shep gefunden haben, unten an der hinteren Seite des Tals. Es ist dunkel. Deshalb können wir jetzt nicht viel machen, aber gleich morgen früh untersuchen meine Leute das ganze Wäldchen auf Fingerabdrücke.«
»Aber das ist alles, was Sie gefunden haben?« Jetzt war ihr Gesichtsausdruck gespannt.
Er wollte ihre Hoffnung nicht zerstören, aber er konnte nicht lügen. »Wir haben auch Haare und ein bißchen Blut gefunden. Als ob sie sich den Kopf an einem Baum angeschlagen hätte.«
Ruth preßte die Hand vor den offenen Mund und unterdrückte einen Schrei. »Es war wirklich nur ein bißchen Blut, Mrs. Hawkin. Es ist nur ein Hinweis auf eine sehr kleine Verletzung, ganz bestimmt.«
Ihre großen Augen starrten ihn an, ihre Finger gruben sich in ihre Wange, als wolle sie durch das Zuhalten des Mundes tatsächlich ihre Antwort zurückhalten. Er wußte nicht, was er machen sollte. Er hatte so wenig Erfahrung mit den Reaktionen auf Schicksalsschläge und kritische Situationen. Die Anwesenheit von Vorgesetzten oder erfahreneren Kollegen hatte immer den bitteren Schmerz der Betroffenen abgefangen. Jetzt war er allein und wußte, er würde sich später immer daran messen müssen, wie er mit dieser leidgeprüften Frau umging.
George beugte sich über den Tisch und legte seine Hand auf die von Ruth Hawkin. »Ich müßte lügen, wenn ich sagen würde, es gibt keinen Grund zur Sorge«, sagte er. »Aber nichts

weist darauf hin, daß Alison ernsthaften Schaden genommen hat. Eigentlich eher im Gegenteil. Und eines wissen wir jetzt genau. Alison ist nicht von sich aus weggelaufen. Ich weiß, das wird im Moment kein großer Trost für Sie sein, aber es bedeutet, daß wir uns nicht mit Dingen beschäftigen müssen, die Zeitverschwendung wären. Wir wissen, daß Alison nicht allein weggegangen ist und einen Bus oder einen Zug genommen hat, also werden wir keine Leute dazu einsetzen, die Bahnhöfe zu kontrollieren. Wir können jeden Mann, den wir haben, für die Befragungen verwenden, die wirklich zu etwas führen könnten.«

Ruth Hawkins Hand fiel von ihrem Mund herunter. »Sie ist tot, nicht?«

George ergriff ihre Hand. »Es gibt keinen Grund, das anzunehmen«, sagte er.

»Haben Sie eine Zigarette?« fragte sie. »Meine sind vor einer Weile ausgegangen.« Sie stieß ein kurzes, bitteres Lachen aus. »Ich hätte die Polizistin zum Laden nach Longnor schicken sollen. Da hätte sie was Nützliches zu tun gehabt.«

Als sie beide rauchten, nahm er die Plastiktütchen und schob die Zigaretten hinüber an ihren Platz. »Behalten Sie die. Ich hab noch welche im Auto.«

»Danke.« Ihr erregtes Gesicht entspannte sich einen Moment, und George sah zum ersten Mal dasselbe Lächeln, das Alisons Foto so außergewöhnlich machte.

Er ließ sich und ihr genug Zeit, bis sie beide die tröstliche Beruhigung durch das Nikotin spürten. »Ich brauche Hilfe, Mrs. Hawkin«, sagte George. »Gestern abend mußten wir gegen die Uhr arbeiten, um Spuren von Alison zu finden. Und heute haben wir weitergesucht. Wir müssen all das Technische unter Dach und Fach kriegen, routinemäßige Untersuchungen, die oft zum Erfolg führen. Aber ich habe keine richtige Gelegenheit gehabt, mich hinzusetzen und mit Ihnen darüber zu sprechen, was für ein Mädchen Alison ist. Wenn jemand sie entführt hat – und ich möchte Sie nicht belügen, es sieht immer

mehr danach aus –, dann muß ich soviel wie möglich über Alison wissen, damit ich aufdecken kann, wo es zwischen Alison und dieser Person einen Kontakt gegeben hat. Deshalb müssen Sie mir alles über Ihre Tochter erzählen.«
Ruth seufzte. »Sie ist ein wunderbares Mädchen. Blitzgescheit, immer schon. Ihre Lehrer sagen alle, sie könnte ins College gehen, wenn sie sich ihre Bücher vornimmt. Sogar an die Universität.« Sie neigte den Kopf ein wenig zur Seite. »Sie haben wahrscheinlich studiert.« Es war eine Feststellung, keine Frage.
»Ja. Ich habe in Manchester Jura studiert.«
Sie nickte. »Sie werden also wissen, wie das ist, wenn man studiert. Man muß ihr nie sagen, daß sie ihre Hausaufgaben machen soll, nicht wie Derek und Janet. Ich glaube, sie macht die Sachen für die Schule gern, obwohl sie sich lieber die Zunge abschneiden würde, als es zuzugeben. Gott weiß, woher sie das hat. Ich und auch ihr Vater waren nicht verrückt nach der Schule. Wir konnten gar nicht schnell genug davon wegkommen. Aber sie ist keine Streberin. Sie hat schon auch gern Spaß, unsere Alison.«
»Was macht sie, wenn sie Spaß haben will?« fragte George vorsichtig nach.
»Sie sind alle ganz verrückt mit dieser Popmusik, sie und Janet und Derek. Die Beatles, Gerry and the Pacemakers, Freddie and the Dreamers zum Beispiel. Charlie auch, aber er hat nicht genug Zeit, er kann nicht jeden Abend herumsitzen und Platten hören. Aber er geht in die Pavilion Gardens tanzen und sagt Alison, welche Platten sie als nächstes kaufen soll. Sie hat mehr Schallplatten als der Laden, sage ich ihr immer. Man bräuchte mehr als zwei Ohren, wenn man das alles hören wollte. Phil kauft sie ihr. Er geht jede Woche nach Buxton und wählt eine Sammlung aus der Hitparade aus, auch die, von denen Charlie ihr erzählt hat ...« Sie verstummte.
»Was tut sie noch?«
»Manchmal geht Charlie mittwochs abends mit ihnen nach

Buxton zum Rollschuhfahren.« Ihr stockte der Atem. »O Gott, wäre ich gestern abend doch mit ihnen hingegangen«, schluchzte sie, dieser plötzliche Gedanke streckte sie nieder. Ihr Kopf fiel nach vorn, und sie zog so fest an der Zigarette, daß George den Tabak knistern hörte. Als sie aufschaute, standen Tränen in ihren Augen und eine flehentliche Bitte, die Georges professionelle Abwehrhaltung durchdrang und direkt sein Inneres traf. »Finden Sie sie, bitte«, stöhnte sie.

Er preßte die Lippen aufeinander und nickte. »Glauben Sie mir, Mrs. Hawkin, genau das will ich tun.«

»Sogar wenn es nur wäre, um sie zu begraben.«

»Ich hoffe, soweit wird es nicht kommen«, sagte er.

»Ja. Sie und ich, wir beide hoffen das.« Sie stieß ein dünnes Rauchwölkchen aus. »Sie und ich, wir beide.«

Er wartete einen Moment, dann sagte er. »Wie steht es mit Freundinnen? Mit wem ist sie befreundet?«

Ruth seufzte. »Es ist schwer, außerhalb von Scardale Freunde zu gewinnen. Die Kinder haben nie die Gelegenheit, nach der Schule mit den anderen etwas zu unternehmen. Wenn sie zu Partys oder so eingeladen werden, haben sie danach oft keine Heimfahrmöglichkeit. Höchstens bis nach Longnor können sie mit dem Bus fahren. Also gehen sie erst gar nicht. Außerdem haben die Leute in Buxton etwas gegen die aus Scardale. Sie denken, wir sind alle Heiden und Idioten wegen der Inzucht.« Sie klang sarkastisch. »Die Kinder werden gehänselt. So bleiben sie im großen und ganzen unter sich. Unsere Alison kommt gut mit anderen klar, und von ihren Lehrern höre ich, daß sie in der Schule beliebt ist. Aber sie hatte nie jemand, die man ihre beste Freundin nennen könnte, außer ihrer Cousine.«

Noch eine Sackgasse. »Da ist noch etwas ... ich hätte mir gern Alisons Zimmer angesehen, wenn ich darf. Nur um ein Gefühl dafür zu bekommen, was für ein Mensch sie ist.« Er fügte nicht hinzu: »Und damit ich mir Haare aus ihrer Haarbürste nehmen kann, die die Gerichtsmediziner mit denen vergleichen können, die wir am Baumstamm im Wäldchen gefunden haben.«

Sie stand auf, ihre Bewegungen schienen die einer älteren Frau. »Ich habe das Heizöfchen dort oben angemacht. Nur für den Fall ...« Sie sprach den Satz nicht zu Ende.

Er folgte ihr in den Flur, der jetzt nicht wärmer war als am Abend zuvor. Der Gegensatz verschlug ihm fast den Atem. Ruth ging auf einer breiten Treppe voran, deren Eichengeländer mit den gedrechselten, spiralig gewundenen Stäben vom Polieren über viele Jahre fast schwarz geworden war. »Noch eine Sache«, sagte er, während sie hinaufgingen. »Ich nehme an, daß Alison noch den Namen Carter trägt, weil Ihr Mann sie nicht offiziell adoptiert hat?«

Sie verkrampfte blitzartig ihre Nacken- und Rückenmuskeln, so schnell, daß George fast glauben konnte, er habe sich das eingebildet. »Phil war dafür«, sagte sie. »Er wollte sie adoptieren. Aber Alison war erst sechs, als ihr Vater ... starb. Das war alt genug, um sich erinnern zu können, wie lieb sie ihn hatte, und zu jung, um zu begreifen, daß er ein Mensch mit Fehlern und Schwächen war. Sie meint, wenn sie zuließe, daß Phil sie adoptiert, wäre das ein Verrat am Andenken ihres Vaters. Ich vermute, sie wird das mit der Zeit anders sehen, aber sie ist ein eigensinniges Mädchen und läßt sich nicht in eine Richtung drängen, die ihr nicht paßt.«

Sie standen jetzt auf dem Treppenabsatz, und Ruth drehte sich zu ihm um, ihr Gesicht war gefaßt, nichts ließ sich daraus ablesen. »Ich habe Phil überredet, es erst einmal zu lassen.« Sie zeigte an George vorbei den Korridor entlang, der in der Mitte, wo das Haus irgendwann einmal angebaut worden war, eine seltsam krumme Biegung machte. »Alisons Zimmer ist das letzte auf der rechten Seite. Es macht Ihnen doch nichts aus, wenn ich nicht mitkomme.« Wieder war dies eine Feststellung und keine Frage. George bemerkte, daß er diese Frau bewunderte; sie schaffte es, unter dieser extremen Belastung noch genau zu wissen, was sie wollte.

»Danke, Mrs. Hawkin. Ich brauche nicht lange.« Er ging den Gang entlang und fühlte ihren Blick auf sich ruhen. Aber sogar dieses unangenehme Gefühl lenkte ihn nicht von einer genauen Wahrnehmung seiner Umgebung ab. Der Teppich war abgenutzt, aber bestimmt einmal teuer gewesen. Einige der Drucke und Aquarelle an der Wand waren alt und fleckig, hatten aber trotzdem ihren Reiz nicht verloren. George erkannte mehrere Landschaften aus dem südlichen Teil der Grafschaft, wo er aufgewachsen war, daneben die historischen Anwesen von Chatsworth, Haddon und Hardwick. Er bemerkte, daß der Boden an der Biegung des Korridors uneben war, als hätten die Handwerker in allen drei Richtungen gepfuscht. Bei der letzten Tür rechts blieb er stehen und holte tief Luft. Näher würde er Alison Carter vielleicht nie kommen. Die Wärme umhüllte ihn wie eine Decke und schien seltsam gut zu dem Zimmer zu passen, das trotz seiner Größe gemütlich wirkte. Weil es an der Ecke des Hauses lag, hatte Alisons Zimmer zwei Fenster, die es geräumiger erscheinen ließen. Die Fenster waren lang und flach, jedes in vier Teile unterteilt, die die fast halbmeterdicken Wände aus dem achtzehnten Jahrhundert erkennen ließen. Er schloß die Tür und ging zur Mitte des Raums.

Erste Eindrücke sind wesentlich, sagte sich George. Es war warm. Ein Heizofen und ein ebenfalls mit Strom geheizter Ölradiator. Bequem: Das große Bett war mit einer dicken Steppdecke aus dunkelgrünem Satin bedeckt, und in den zwei Korbsesseln lagen dicke Kissen. Modern: Der langflorige, dicke Teppich war braun mit einem unregelmäßigen Muster aus olivgrünen und senffarbenen Kringeln, und an den Wänden hingen Bilder von Popstars – nach den schiefen Ecken zu urteilen die meisten aus Zeitschriften ausgeschnitten. Kostspielig: Der massive Holzkleiderschrank und eine dazu passende Frisierkommode mit einem langen, tief herunterreichenden Spiegel und einem Hocker davor waren unbeschädigt, so daß sie relativ neu sein mußten. George hatte Schlafzimmermöbel dieser Art gesehen, als er und Anne ihre eigene Einrichtung ausgesucht hatten, und wußte ziemlich genau, wieviel sie kosteten. Billig war das nicht. Auf einem Tisch unter dem Fenster stand ein Dansette-Plattenspieler, dunkelroter Kunststoff mit cremefarbenen Knöpfen. Ein dicker Stoß Platten war ziemlich unordentlich darunter aufgestapelt. Philip Hawkin war offensichtlich entschlossen, einen guten Eindruck auf seine Stieftochter zu machen, vermutete er. Vielleicht dachte er, der Weg in ihr Herz könne durch materielle Güter geebnet werden, die sie als Kind einer Witwe in einer so armen Gemeinde wie Scardale entbehrt haben mußte.

George ging zum Frisiertisch hinüber und setzte sich unbeholfen auf den Hocker. Er sah sich im Spiegel. Das letzte Mal hatten seine Augen so ausgesehen, als er mitten im Lernen für sein Examen gewesen war. Und er hatte ein paar Stoppeln unter dem linken Ohr übersehen, eine Folge der mangelnden Eitelkeit bei den Methodisten. Da es in der Sakristei keinen Spiegel gab, hatte er sich gezwungen gesehen, sich im Rückspiegel seines Wagens zu rasieren. Keine Werbeagentur, die etwas auf sich hielt, würde ihn einsetzen, um für etwas anderes als Schlaftabletten zu werben. Er zog eine Grimasse und machte sich an die Arbeit. Alisons Haarbürste lag mit den Borsten nach oben auf dem Frisiertisch, und George entnahm fachmännisch so viele Haare wie möglich. Zum Glück war sie nicht zu pingelig gewesen, und er konnte zwei Dutzend sammeln, die er in ein leeres Plastiksäckchen steckte.

Dann begann er seufzend die unangenehme Durchsuchung von Alisons persönlichen Dingen. Nach einer halben Stunde hatte er nichts Unerwartetes gefunden. Er hatte sogar jedes Buch auf dem kleinen Bücherregal am Bett durchgeblättert. Nancy Drew, *Die fünf Freunde*, Georgette Heyer, *Sturmhöhe* und *Jane Eyre* waren weder geheimnisvoll noch überraschend. Eine zerlesene Ausgabe von *Palgrave's Golden Treasury* enthielt nur Gedichte. Aus dem Frisiertisch förderte er die zur Schuluniform gehörende Unterwäsche, zwei Sport-BHs, ein halbes Dutzend parfümierte Seifenstücke, einen Bindengürtel, eine halbe Packung mit Binden und eine Schmuckschatulle

zutage, die einige billige Anhänger und ein silbernes Taufkettchen mit dem eingravierten Namen Alison Margaret Carter enthielt. Das einzige, das zu finden er erwartet hatte und das nicht auftauchte, war eine Bibel. Andererseits lag Scardale so weit ab vom Rest der Welt, vielleicht beteten sie hier noch zur Fruchtbarkeitsgöttin. Vielleicht waren die Missionare nicht so weit vorgedrungen.
Eine kleine Holzschachtel auf dem Frisiertisch brachte interessantere Ergebnisse. Sie enthielt ein halbes Dutzend Schnappschüsse in Schwarzweiß, die meisten mit vergilbten, eingerollten Rändern. Er erkannte Ruth Hawkin in jungen Jahren, den Kopf lachend zurückgeworfen: Sie sah zu einem dunkelhaarigen Mann auf, der linkisch und schüchtern den Kopf senkte. Es gab zwei weitere Fotos von dem Paar, untergehakt und mit sorglosen Gesichtern. Die Bilder waren offensichtlich alle auf der Golden Mile in Blackpool aufgenommen. Flitterwochen, vermutete George. Darunter waren zwei Fotos von demselben Mann, sein dunkles Haar fiel ihm in die Stirn. Er trug Arbeitskleidung, ein breiter Gürtel hielt seine Hose, die aussah, als sei sie für einen größeren Mann mit einem viel längeren Oberkörper gemacht. Auf einem der Fotos stand er auf einer Egge hinter einem Traktor. Auf dem anderen kauerte er neben einem blonden Kind, das fröhlich in die Kamera lächelte. Unverkennbar Alison. Das letzte Bild war, nach den weißen Rändern zu urteilen, neueren Datums. Darauf waren Charlie Lomas und eine ältere Frau zu sehen, die gegen eine Trockenmauer gestützt dastand; im Hintergrund sah man verschwommene Kalksteinfelsen. Das Gesicht der Frau lag im Schatten eines Strohhuts, dessen breiter Rand von einem unter dem Kinn gebundenen Tuch heruntergedrückt wurde. Man erkannte nur die gerade Linie ihres Mundes und ihr vorstehendes Kinn, aber an ihrem unbeholfen gebeugten Körper sah man eindeutig, daß sie viel zu alt war, um Charlie Lomas' Mutter sein zu können. Als hätten sie von einem viktorianischen Fotografen für den Schnappschuß strenge Anweisung

erhalten, stillzustehen, starrte Charlie mit versteinertem Gesicht geradeaus in die Kamera. Die Arme hielt er vor der Brust verschränkt und sah wie alle die ungeschickten und trotzigen Jungen aus, die George auf Polizeiwachen ihre Unschuld beteuern gesehen hatte.

»Faszinierend«, murmelte er. Die Fotos von ihrem Vater waren keine Überraschung, obwohl er erwartet hatte, sie gerahmt an der Wand vorzufinden. Aber daß das einzige andere Bild, das Alison Carter teuer war, ihren Cousin zeigte, der die hilfreiche Entdeckung im Wäldchen gemacht hatte, war, milde ausgedrückt, für einen im Mißtrauen geschulten Verstand recht interessant. Vorsichtig legte er die Fotos in die Schachtel zurück. Dann beschloß er, das von Charlie und der alten Frau mitzunehmen, und steckte es in die Tasche.

Die ersten Muster von Alisons Handschrift fand er zwischen den Platten. Auf Zetteln, die sie aus Schulheften herausgerissen hatte, standen Zeilen aus Songs, die für sie offenbar eine besondere Bedeutung hatten. Bruchstücke aus Elvis Presleys *Devil in Disguise*, Lesley Gores *It's My Party (And I'll Cry if I Want To)*, Cliff Richards *It's All in the Game* und Shirley Basseys *I (Who Have Nothing)* weckten die beunruhigende Vorstellung einer unglücklichen Alison Carter, ganz im Gegensatz zu dem Bild, das alle von ihr gehabt hatten. Die Zeilen sprachen von den Schmerzen der Liebe, von Untreue, Verlust und Einsamkeit. George fand nichts Außergewöhnliches dabei, daß Jugendliche solche Gefühle hatten und glaubten, niemand habe je dasselbe empfunden. Aber wenn Alison so fühlte, dann war es ihr jedenfalls sehr gut gelungen, es vor den Menschen ihrer Umgebung verborgen zu halten.

Das war nur eine kleine Ungereimtheit, die einzige, die George fand. Er steckte die Papierfetzen in eine weitere Plastiktüte. Es gab eigentlich keinen Grund, zu glauben, sie seien Beweismaterial, aber er wollte in dieser Sache kein Risiko eingehen. Er würde es sich nie verzeihen, wenn das eine Detail, das sich als wesentlich herausstellte, übersehen würde. Das konnte nicht

nur seiner Karriere schaden – viel wichtiger war, daß dadurch vielleicht Alisons Mörder davonkommen würde. Er hielt inne, mit der Hand schon fast am Türknopf.
Es war das erste Mal, daß er etwas vor sich selbst zugegeben hatte, von dessen Logik er als Profi schon längst überzeugt war. Er suchte nicht mehr nach Alison Carter. Er suchte ihre Leiche. Und ihren Mörder.

Donnerstag, 12. Dezember 1963, 18 Uhr 23

Erschöpft ging George den Weg vom Gutshaus hinunter. Er wollte im Einsatzzentrum in der Versammlungshalle vorbeischauen, falls sich etwas Neues ergeben hatte, dann die Haare bei der Polizei in Buxton abgeben und nach Hause fahren, ein heißes Bad nehmen, ein ordentliches, selbstgekochtes Essen verspeisen und ein paar Stunden schlafen. Das war während einer Ermittlung wie dieser ein normaler Arbeitstag. Aber vorher wollte er noch ein paar Worte mit dem jungen Charlie Lomas reden.
Er war kaum bis zur Dorfwiese gekommen, als sich plötzlich eine Gestalt vor ihm aus dem Schatten löste. Überrascht blieb er stehen, schaute hin und konnte kaum glauben, was er sah. Seine Übermüdung reizte ihn zu einem nervösen Kichern, das er aber unterdrücken konnte, bevor es in die neblige Nachtluft entschlüpfte. Was da jetzt klarere Umrisse bekam, hätte einen Maler in Entzücken versetzen können. Die vornübergebeugte alte Frau, die zu ihm heraufschielte, war der Inbegriff einer Hexe – mit einer Hakennase, die fast bis zum Kinn hinunterhing, inklusive der Warze, und einem schwarzen Tuch über Kopf und Schultern. Sie mußte das Original zu dem Foto sein, das er in der Tasche trug. Der merkwürdige Zufall ihres plötzlichen Auftauchens ließ ihn unwillkürlich auf die Tasche mit ihrem Abbild klopfen. »Sie sind also der Boss«, sagte sie, und ihre hohe Stimme klang wie das Knarren eines Tores.

»Ich bin Detective Inspector Bennett, wenn Sie das meinen, Madam«, erwiderte er.
Ihr Gesicht faltete sich zu einem verächtlichen Ausdruck. »Aufgeblasene Titel«, sagte sie. »In Scardale ist das Zeitverschwendung, Junge. Allerdings verschwendet ihr sowieso eure Zeit. Keiner von euch hat genug Phantasie, sich vorzustellen, was hier vor sich geht. Scardale ist nicht wie Buxton, wissen Sie. Wenn Alison Carter nicht da ist, wo sie sein sollte, dann ist die Antwort darauf im Kopf von jemand in Scardale zu suchen, nicht im Wald, wo sie liegt und wartet, bis man sie findet wie einen Fuchs in der Falle.«
»Vielleicht könnten Sie mir helfen, sie zu finden, Mrs. ...?«
»Und warum sollte ich das tun, Mister? Wir haben hier immer alles unter uns abgemacht. Ich weiß nicht, was in Ruth gefahren ist, Fremde in unser Tal zu rufen.« Sie wollte sich auf dem Pfad an ihm vorbeidrücken, aber er trat zur Seite und verstellte ihr den Weg.
»Ein Mädchen ist verschwunden«, sagte er ruhig. »Das ist etwas, was Scardale nicht allein lösen kann. Ob es Ihnen gefällt oder nicht, Sie leben in unserer Welt. Aber wir brauchen Ihre Hilfe genauso wie Sie die unsere.«
Die Frau räusperte sich plötzlich heftig und spuckte ihm vor die Füße auf den Boden. »Bis Sie mir zeigen, daß Sie wissen, nach was Sie suchen sollten, kriegen Sie keine Hilfe von mir, Mister.« Sie wandte sich ab und ging über die Wiese davon, erstaunlich flink für eine Frau, die vermutlich kaum jünger als achtzig Jahre sein konnte. Er stand da und sah ihr nach, bis sie im Nebel verschwand wie jemand, den ein Zeitsprung plötzlich in eine andere Welt versetzt hat.
»Sie haben also Ma Lomas kennengelernt«, sagte Detective Sergeant Clough, der plötzlich neben ihm stand, mit einem Grinsen.
»Wer ist Ma Lomas?« fragte George verwirrt.
»Wie bei Shakespeares Sylvia sollte die Frage nicht lauten: ›Wer ist Ma Lomas?‹, sondern ›Was ist sie?‹« verkündete

Clough feierlich. »Ma ist die Matriarchin von Scardale. Sie ist die älteste Einwohnerin, die einzige, die aus ihrer Generation noch übrig ist. Ma behauptet, sie hätte ihren einundzwanzigsten Geburtstag an Queen Victorias diamantenem Thronjubiläum gefeiert – aber ich weiß nicht recht.«

»Sie sieht alt genug dafür aus.«

»Ja. Aber wer, zum Teufel, wußte in Scardale überhaupt, daß Victoria auf dem Thron war, ganz zu schweigen davon, wie lange? Hm?« Clough brachte seine Pointe mit einem spöttischen Grinsen vor.

»Wie gehört sie da rein? Wie ist sie mit Alison verwandt?«

Clough zuckte die Achseln. »Wer weiß? Urgroßmutter, zweite Cousine ersten Grades, Tante, Nichte? Alles zusammen? Man muß schlauer als der *Gotha* sein, um alle Verbindungen zwischen den Leuten hier herauszutüfteln. Ich weiß nur von PC Grundy, daß sie das Auge und Ohr dieser kleinen Welt ist. Keine Maus läßt in Scardale einen Furz, ohne daß Ma Lomas Bescheid weiß.«

»Und trotzdem scheint sie nicht unbedingt scharf darauf zu sein, uns beim Auffinden eines vermißten Mädchens zu helfen. Eines Mädchens, die eine Blutsverwandte ist. Was glauben Sie, warum das so ist?«

Clough zuckte wieder die Schultern. »Sie gehören eben alle eng zusammen und mögen Außenseiter sogar in guten Zeiten nicht.«

»War das die Einstellung, mit der Sie und Cragg gestern abend konfrontiert wurden, als Sie die Leute gefragt haben, ob sie Alison Carter gesehen hätten?«

»Ziemlich oft, ja. Sie beantworten zwar die Fragen, aber sie geben niemals freiwillig die kleinste zusätzliche Einzelheit preis.«

»Glauben Sie, daß es die Wahrheit war, als sie aussagten, sie hätten Alison nicht gesehen?« fragte George und klopfte seine Taschen ab, da er nach seinen Zigaretten suchte.

Clough nahm seine eigene Packung heraus, und George fiel

ein, daß er seine Zigaretten Ruth Hawkin gegeben hatte. »Hier«, sagte Clough. »Ich glaube nicht, daß sie direkt gelogen haben. Aber sie haben vielleicht Informationen zurückgehalten, die wichtig sein könnten. Besonders wenn wir nicht die richtigen Fragen stellen konnten.«

»Wir müssen also noch einmal mit allen reden, oder?« seufzte George.

»Wahrscheinlich schon, Sir.«

»Dann werden sie bis morgen warten müssen, außer dem jungen Charlie Lomas. Sie wissen nicht zufällig, wo er ist?«

»Einer von den Rübenköpfen hat ihn zur Aussage in die Methodistenhalle mitgenommen. Muß jetzt eine halbe Stunde hersein«, antwortete Clough gleichgültig.

»Das will ich nie mehr hören, Sergeant«, sagte George, dessen Müdigkeit sich in Ärger verwandelte.

»Was?« Clough klang verwirrt.

»Eine Rübe ist eine Pflanze, die Farmer an Schafe verfüttern. Ich habe viele Kriminalbeamte getroffen, die man eher als dahinvegetierende Rüben bezeichnen könnte als die Uniformierten, die ich kenne. Wir brauchen die Kooperation der Polizisten in diesem Fall, und ich werde nicht zulassen, daß Sie sie gefährden. Ist das klar, Sergeant?«

Clough kratzte sich am Kinn. »So ziemlich, ja. Aber da ich ja das Gymnasium nicht geschafft hab, bin ich nicht sicher, ob ich mir das merken kann.«

George wußte, daß dies ein entscheidender Moment war. »Ich sag Ihnen was, Sergeant. Wenn der Fall abgeschlossen ist, kaufe ich Ihnen für jeden Tag, den Sie sich daran erinnern konnten, eine Packung Zigaretten.«

Clough grinste. »Na, das nenne ich mir einen Anreiz.«

»Ich gehe und spreche mit Charlie Lomas. Wollen Sie sich mit reinsetzen?«

»Mit Vergnügen, Sir.«

George ging auf sein Auto zu, hielt dann plötzlich inne und schaute seinen Sergeant stirnrunzelnd an. »Wieso sind Sie überhaupt noch hier? Ich dachte, Sie hätten noch bis zum Wochenende Nachtschicht?«

Clough schien verlegen. »Hab ich auch. Aber ich dachte, ich komme schon nachmittags zum Dienst, ich wollte Sie entlasten.« Er grinste schlau. »Ist schon gut, Sir, ich schreib die Überstunden nicht auf.«

George versuchte, seine Überraschung zu verbergen. »Nett von Ihnen«, sagte er. Als sie den Weg aus Scardale hinausfuhren, wunderte sich George über Cloughs Talent, ihn zu verwirren. Er hielt sich für einen ziemlich guten Menschenkenner, aber je länger er mit Tommy Clough zusammen war, desto mehr Widersprüche entdeckte er bei ihm.

Clough schien dreist und ordinär, gab immer als erster eine Runde aus, erzählte am lautesten die dreckigsten Witze. Aber die Liste der Verhaftungen, die er vornahm, sprach eine andere Sprache: Sein Vorgehen bei Ermittlungen war ausgeklügelt und überlegt, er war geschickt darin, die Schwäche der Verdächtigten zu finden und sie so lange zu bedrängen, bis sie aufgaben und ihm sagten, was er hören wollte. Er war immer der erste, der eine attraktive Frau musterte, und lebte doch in einer Junggesellenwohnung, die auf den See in den Pavilion Gardens hinausging. George hatte ihn dort einmal zu einer kurzfristig angesetzten Gerichtsverhandlung abgeholt. Er hatte erwartet, daß Cloughs Wohnung ein Dreckloch sein würde, aber sie war sauber, sparsam möbliert und voller Jazzplatten, und an den Wänden hingen Zeichnungen von einheimischen Vögeln. Clough schien etwas aus der Fassung, als George plötzlich vor seiner Tür stand und hereinkommen wollte, und war in Rekordzeit fertig gewesen.

Jetzt hatte der Mann, der immer der erste war, wenn es darum ging, ein paar zusätzliche Minuten Arbeit als Überstunden aufzuschreiben, seine Freizeit aufgegeben, um auf der Suche nach einem Mädchen, von dessen Existenz er vierundzwanzig Stunden vorher noch keine Ahnung gehabt hatte, das Gelände in Derbyshire zu durchstreifen. George schüttelte den Kopf. Er

fragte sich, ob er für Tommy Clough genauso ein Rätsel war wie der Sergeant für ihn. Eigentlich glaubte er das nicht.
George gab das Grübeln auf und schilderte dem Sergeant seinen Verdacht gegenüber Charlie Lomas. »Es ist nicht viel, ich weiß, aber zu diesem Zeitpunkt haben wir nichts anderes«, schloß er.
»Wenn er nichts zu verbergen hat, wird es ihm nicht schaden, sich darüber klarzuwerden, daß wir die Sache hier ernst nehmen«, sagte Clough grimmig. »Und wenn er etwas zu verbergen hat, dann wird es nicht lange so bleiben.«
In der Methodistenhalle herrschte eine seltsam gedrückte Stimmung. Zwei Uniformierte waren mit Schreibarbeit beschäftigt. Peter Grundy und ein Sergeant, den George nicht kannte, waren über Reliefkarten mit jedem Detail der unmittelbaren Umgebung gebeugt, die sie mit Bleistift in Quadrate einteilten. Im hinteren Teil des Raums lümmelte der schlaksige Charlie Lomas auf einem Klappstuhl, die Beine übereinandergeschlagen und die Arme vor der Brust gekreuzt. Ein Polizist saß ihm gegenüber an einem Spieltisch und schrieb eifrig an einer Aussage.
George ging zu Grundy und nahm ihn zur Seite. »Ich will mich kurz mit Charlie Lomas unterhalten. Was können Sie mir über den Jungen sagen?«
Sofort wurde das Gesicht des Polizisten aus Longnor starr. »In welcher Hinsicht, Sir?« fragte er förmlich. »Es gibt nichts zu wissen über ihn.«
»Ich weiß, daß er nicht vorbestraft ist«, sagte George. »Aber das hier ist Ihre Gegend. Sie haben Verwandte in Scardale . . .«
»Meine Frau«, unterbrach ihn Grundy.
»Was immer. Wer immer. Sie müssen einen Einblick haben, wie er ist, wozu er fähig wäre.«
Georges Worte hingen in der Luft. Auf Grundys Gesicht erschien langsam ein Ausdruck wütender Feindseligkeit. »Sie glauben doch nicht im Ernst, daß Charlie etwas mit Alisons Verschwinden zu tun hat?« fragte er ungläubig.

»Ich habe ein paar Fragen an ihn, und es würde mir helfen, wenn ich eine Ahnung hätte, mit was für einem Jungen ich es zu tun habe«, sagte George müde. »Das ist alles. Also, was für ein Typ ist er, PC Grundy?«

Grundy schaute nach rechts, nach links und dann wieder nach rechts wie ein Kind, das die Straße richtig überqueren will. Aber er konnte Georges Blick nicht entkommen. »Er ist ein guter Junge, der Charlie. Aber er ist in einem schwierigen Alter. All die Jungs von hier in seinem Alter gehen mal 'n paar Bier trinken und wollen was mit den Mädchen anfangen. Aber das ist nicht so leicht, wenn man am Ende der Welt wohnt. Das zweite an Charlie wäre, daß er ein kluger Junge ist. Intelligent genug, um zu wissen, daß er etwas aus seinem Leben machen könnte, wenn er es schaffen würde, aus Scardale herauszukommen. Nur hat er noch nicht die Courage, allein loszuziehen. So schimpft er von Zeit zu Zeit und beschwert sich, wie schwer er es hat. Aber er hat das Herz auf dem rechten Fleck. Er wohnt bei der alten Ma Lomas, weil es ihr nicht so gutgeht und die Familie sicher sein will, daß jemand da ist, der der alten Frau die Kohlen reinträgt und kleine Besorgungen macht. Es ist kein tolles Leben für einen Jungen wie ihn, aber darüber beklagt er sich nie.«

»War er mit Alison befreundet?«

George sah, daß Grundy überlegte, wie weit er gehen konnte. Das war mit das Schwierigste an seiner Arbeit, daß man sich ständig behaupten und vor den Kollegen beweisen mußte. »Sie sind sich alle sehr nahe, da unten«, sagte Grundy schließlich. »Es hat kein böses Blut zwischen ihm und Alison gegeben, ich habe nie von so etwas gehört.«

Es war jedoch nicht böses Blut, worauf George bei Cousin und Cousine aus Scardale anspielte.

Da ihm klar war, daß er alles aus Grundy herausgeholt hatte, was er von ihm erfahren konnte, nickte er dankend und schlenderte zum hinteren Teil der Halle, wobei er betete, daß er nicht so erschöpft aussah, wie er sich fühlte. Wahrscheinlich wäre es besser gewesen, mit der Befragung von Charlie Lomas bis morgen früh zu warten. Aber er wollte sein Manöver lieber jetzt durchziehen, solange der Junge in die Enge getrieben war. Außerdem gab es eine winzige Chance, daß Alison noch lebte, und bei Charlie Lomas lag vielleicht der Schlüssel zu ihrem Aufenthaltsort. Jede noch so schwache Möglichkeit war zu gut, um sie zu verschenken.

Während George auf ihn zuging, packte er einen Stuhl und stellte ihn beiläufig an die dritte Tischseite im rechten Winkel zu Charlie und dem Polizisten. Ohne daß er ihm etwas gesagt hatte, folgte Clough seinem Beispiel und nahm die vierte Seite des kleinen Tisches ein, so daß Charlie von allen Seiten eingekreist war. Sein Blick flog vom einen zum anderen, und er rutschte auf seinem Stuhl herum. »Du weißt, wer ich bin, nicht wahr, Charlie?« fragte George.

Der Junge nickte.

»Antworte, wenn man mit dir spricht«, sagte Clough scharf. »Ich wette, das sagt deine Großmutter auch immer zu dir. Sie ist doch deine Großmutter, oder? Ich meine, sie ist nicht deine Tante oder deine Nichte oder deine Cousine? Ist ja schwer auseinanderzuhalten hier bei euch.«

Charlies Mund zuckte, und er schüttelte den Kopf. »Das ist doch nicht nötig«, protestierte er. »Ich helfe Ihnen ja.«

»Und wir sind dankbar, daß du dich bereit erklärt hast, zu kommen und eine Aussage zu machen«, sagte George, der mühelos in die Rolle des guten Polizisten schlüpfte, im Gegensatz zu Clough als dem bösen Gegenpart. »Da wir schon hier sind, wollte ich dir ein oder zwei Fragen stellen. Geht das in Ordnung?«

Charlie atmete tief durch die Nase ein. »Ja. Fragen Sie nur.«

»Ich bin beeindruckt, daß du die zertrampelte Stelle im Wäldchen gefunden hast«, sagte George. »Vor dir ging ja ein Suchtrupp dort durch, und keiner hat auch nur die kleinste Spur davon entdeckt.«

Charlie zuckte leicht die Schultern, ohne aber seine abwehren-

de Haltung zu verändern. »Ich kenne das Tal wie meine Westentasche. Wenn man eine Gegend sehr gut kennt, fällt einem jede Kleinigkeit auf, die anders ist, das war alles.«
»Du warst nicht der erste aus Scardale, der da vorbeigegangen ist, aber du hast es als erster gesehen.«
»Ja, na ja, ich hab zufällig bessere Augen als manche von euch alten Kerlen«, sagte er gespielt draufgängerisch, blieb aber auf halbem Weg stecken.
»Ich finde das interessant, weißt du, weil wir wissen, daß manchmal Leute, die mit einem Verbrechen zu tun haben, sich selbst an der Untersuchung zu beteiligen versuchen«, erklärte George freundlich.
Charlies Arme und Beine zuckten wie elektrisiert. Er knallte die Füße auf den Boden und die Unterarme auf den Tisch. Einige Polizisten in der vorderen Hälfte der Halle sahen sich erstaunt um. »Sie sind ja krank«, sagte er.
»Ich bin nicht krank, aber ich habe das Gefühl, ich kenne hier jemanden in der Gegend, der es ist. Es ist meine Aufgabe, ihn zu finden. Also, wenn jemand Alison entführen oder irgend etwas mit ihr machen wollte, wäre es viel leichter für jemanden zu bewerkstelligen, den sie kennt und zu dem sie Vertrauen hat. Offensichtlich kennst du sie. Sie ist deine Cousine, ihr seid zusammen aufgewachsen. Du sagst ihr, welche Platten ihr Stiefvater ihr kaufen soll. Du sitzt mit ihr am Feuer, wenn deine Großmutter ihre Geschichten über die alten Zeiten im sonnigen Scardale erzählt. Du nimmst sie mittwochs mit zur Rollschuhbahn in Buxton.« George zuckte die Achseln. »Es wäre nicht schwer für dich, sie zu überreden, mit dir irgendwohin zu gehen.«
Charlie stieß sich vom Tisch zurück und steckte die zitternden Hände in die Hosentaschen. »Und?«
George zog das Foto heraus, das er aus Alisons Zimmer mitgenommen hatte. »Sie hatte ein Foto von dir in ihrem Zimmer«, sagte er nur, als er es Charlie zeigte.
Es zuckte in seinem Gesicht, und er schlug die Beine überein-

ander. »Sie hat das bestimmt wegen Ma aufgehoben«, sagte er nachdrücklich. »Sie hat Ma sehr gern, und die alte Hexe kann es nicht leiden, wenn man sie fotografiert. Das muß ungefähr das einzige Bild sein, das es von Ma gibt.«

»Bist du sicher, Charlie?« warf Clough ein. »Weil wir nämlich denken, mein Boß und ich, daß sie in dich verknallt war. Ein nettes junges Mädchen wie sie – kommt immer vorbei, betet den Boden unter deinen Füßen an –, nicht viele Typen würden zu so was nein sagen, oder? Besonders nicht bei so einem schönen Mädel wie Alison. Ein reifer Apfel, gerade richtig zum Pflücken, der dir praktisch in den Schoß fällt. Bist du sicher, daß es nicht so war, Charlieboy?«

Charlie wand sich und schüttelte den Kopf. »Sie sehen das alles ganz falsch, Mister.«

»Wirklich?« fragte George freundlich. »Wie war es denn, Charlie? War es peinlich für dich, wenn dir diese Kleine beim Rollschuhlaufen hinterherlief? War dir Alison im Weg, wenn es um ältere Mädchen ging, war das das Problem? Hast du sie gestern abend im Tal getroffen? Hat sie es ein bißchen zu weit getrieben mit dir?«

Charlie senkte den Kopf und holte tief Luft. Dann schaute er auf und sah George an. »Ich verstehe das nicht. Warum behandeln Sie mich so? Ich wollte doch nur helfen. Sie ist meine Cousine. Sie gehört zu meiner Familie. Wir in Scardale kümmern uns umeinander, wissen Sie. Es ist nicht wie in Buxton, wo sich niemand einen Dreck um die anderen schert.« Er zeigte mit ausgestrecktem Zeigefinger erst auf den einen, dann auf den anderen der beiden Detectives. »Sie sollten da draußen sein, um sie zu finden, und mich hier nicht so beleidigen.« Er sprang auf. »Muß ich hierbleiben?«

George stand auf und wies zur Tür. »Sie sind frei, zu gehen, wann immer Sie möchten, Mr. Lomas. Aber wir werden wieder mit Ihnen sprechen.«

Clough stand auf und kam auf Georges Seite herüber, während Charlie zornig durch die Tür stampfte, knochig, linkisch und empört. »Er hat nicht die Traute für so was«, sagte er.

»Eher nicht«, sagte George. Die beiden Männer gingen hinter Charlie hinaus und blieben auf der Schwelle stehen, während der Junge die Straße nach Scardale hinunterlief. George sah Charlie nachdenklich nach. Dann räusperte er sich. »Ich gehe jetzt nach Hause. Ich bin morgen früh wieder da, sobald es hell wird. Sie haben bis dahin die Leitung, auf jeden Fall für die Kriminalpolizisten.«

Clough stieß ein Lachen aus, das als weiße Dampfwolke in der schweren Nachtluft zu verpuffen schien. »Ich und Cragg, Sir, hm? Das wird den Schurken zu denken geben. Sollen wir eine bestimmte Richtung bei der Befragung verfolgen?«

»Wer immer Alison mitgenommen hat, muß sie irgendwie aus dem Tal herausgebracht haben«, sagte George, als denke er laut. »Er hätte sie nicht lange tragen können, ein normal entwickeltes, dreizehnjähriges Mädchen. Wenn er sie durch das Scarlastontal nach Denderdale hinuntergetragen hätte, wären es vier Meilen zu gehen gewesen bis zur Straße. Aber wenn er sie hier zur Straße nach Longnor heraufgebracht hätte, wären das wahrscheinlich nur circa eineinhalb Meilen Luftlinie gewesen. Könnten Sie und Cragg heute abend in Longnor in einer Tür-zu-Tür-Befragung herausfinden, ob jemand ein Fahrzeug bemerkt hat, das an der Straße in der Nähe der Abzweigung nach Scardale geparkt war?«

»Sie haben recht, Sir. Ich hole DC Cragg, und dann machen wir uns auf den Weg.«

George kehrte ins Einsatzzentrum zurück und veranlaßte, daß am folgenden Morgen Denderdale mit den Spürhunden abgesucht werden sollte, verbrachte eine halbe Stunde auf der Wache in Buxton mit dem Ausfüllen von Auftragsformularen des Labors und machte sich dann endlich auf den Heimweg. Die Dörfler würden eben bis morgen warten müssen.

7

Donnerstag, 12. Dezember, 20 Uhr 06

George konnte sich nicht erinnern, seine Haustür jemals mit größerer Erleichterung hinter sich geschlossen zu haben. Bevor er auch nur den Hut abnehmen konnte, ging die Tür zum Wohnzimmer auf, und Anne war da, drei kurze Schritte – und er hielt sie in den Armen. »Es ist schön, zu Hause zu sein«, seufzte er und sog den wohlriechenden Duft ihres Haars ein, wobei er sich bewußt war, daß er sich seit dem vorhergehenden Morgen nicht gewaschen hatte.

»Du arbeitest zu hart«, tadelte sie ihn sanft. »Du tust niemandem einen Gefallen damit, wenn du dich zu Tode arbeitest. Komm rein, das Feuer ist an, und es wird nur fünf Minuten dauern, den Eintopf aufzuwärmen.« Sie löste sich aus seiner Umarmung und betrachtete ihn kritisch. »Du siehst erschöpft aus und brauchst ein heißes Bad und dann ein Bett, sobald du deinen Tee getrunken hast.«

»Ich würde lieber zuerst baden, wenn das Wasser schon heiß ist.«

»Das kannst du. Ich habe den Boiler angeschaltet. Ich wollte selbst ein Bad nehmen, aber nimm du lieber das Wasser. Zieh dich aus, ich lasse es einlaufen.« Sie scheuchte ihn vor sich her nach oben.

Eine halbe Stunde später saß er in seinem Morgenmantel am Küchentisch und verschlang eine großzügige Portion Eintopf mit Rindfleisch und Karotten, dazu ein paar Butterbrote.

»Leider keine Kartoffeln«, entschuldigte sich Anne. »Ich dachte, Butterbrot würde schneller gehen, und ich wußte, du würdest gleich etwas brauchen, wenn du heimkommst. Bei der Arbeit ißt du ja nie richtig.«

»Hm«, brummte er mit vollem Mund.

»Hast du es gefunden, dein vermißtes Mädchen? Bist du deshalb schon zu Hause?«

Das Essen in seinem Mund schien sich in einen unverdaulichen Klumpen zu verwandeln. George beförderte ihn durch kräftiges Schlucken durch die Speiseröhre hinunter. Es war, als verschlänge er ein Haarknäuel von der Größe eines Golfballs.

»Nein«, sagte er und starrte auf seinen Teller hinunter. »Und ich glaube, wenn wir sie finden, wird sie nicht mehr lebendig sein.«

Anne wurde blaß. »Aber das ist ja furchtbar. Wie kannst du das wissen?«

Er schüttelte den Kopf und seufzte. »Ich bin nicht sicher. Aber wir wissen, daß sie nicht freiwillig weggegangen ist. Frag mich nicht, warum, aber wir wissen es. Bei der Familie, aus der sie stammt, würde sich eine Entführung wegen des Lösegelds nicht lohnen. Und Leute, die Kinder entführen, halten sie als Gefangene meistens nicht sehr lange am Leben. Ich vermute deshalb, daß sie schon tot ist. Und wenn nicht, wird sie tot sein, bevor wir sie finden, wir haben nämlich überhaupt nichts, worauf wir uns stützen können. Die Dörfler benehmen sich, als wären wir ihr Feind und nicht auf ihrer Seite, und das Gelände ist so schwierig abzusuchen, daß man das Gefühl bekommt, sogar das hätte sich gegen uns verschworen.« Er schob seinen Teller zurück und griff zu Annes Zigaretten.

»Das ist ja schrecklich«, sagte sie. »Wie kann ihre Mutter damit fertig werden?«

»Sie ist eine starke Frau, diese Ruth Hawkin. Ich nehme an, wenn man an einem Ort aufwächst, wo das Leben so hart ist wie in Scardale, lernt man, sich zu beugen, statt zu zerbrechen. Aber ich weiß nicht, wie sie es schafft, die Fassung nicht zu verlieren. Sie hat ihren ersten Mann vor sieben Jahren bei einem Unfall auf der Farm verloren, und jetzt noch das. Ihr zweiter Mann ist auch keine große Hilfe. Einer dieser egoistischen Schmarotzer, die alles danach beurteilen, wie es sich für sie auswirken wird.«

»Ach? Du sprichst wohl von einem Mann?« neckte Anne.

»Sehr witzig. Ich bin doch nicht so. Ich erwarte nicht, daß mein Essen auf dem Tisch steht, wenn ich die Tür aufmache, das weißt du doch. Du brauchst mich nicht zu bedienen.«

»Du wärst es aber bald leid, wenn es nicht da wäre, das Essen.«

George gab es mit einem Achselzucken und einem Lächeln zu. »Wahrscheinlich hast du recht. Wir Männer gewöhnen uns daran, daß ihr Frauen euch um uns kümmert. Aber wenn unser Kind jemals verschwunden wäre, glaube ich nicht, daß ich mein Abendessen verlangen würde, bevor ich meine Frau hinausließe, um es zu suchen.«

»Das hat er getan?«

»Nach einer Zeugenaussage, ja.« Er schüttelte den Kopf. »Ich sollte dir das nicht erzählen.«

»Wem soll ich's denn weitersagen? Die einzigen Leute, die ich in der Gegend hier kenne, sind die Frauen von anderen Polizisten. Und sie haben mich nicht gerade ins Herz geschlossen. Die in meinem Alter sind alle mit Männern aus niedrigeren Dienstgraden verheiratet, also trauen sie mir nicht, besonders wegen meiner Lehrerausbildung, während sie alle nichts Anspruchsvolleres gemacht haben, als in einem Laden oder einem Büro zu arbeiten. Und die Frauen der Diensthöheren sind alle älter als ich und behandeln mich wie ein dummes kleines Mädchen. Du kannst also sicher sein, daß ich nichts über deinen Fall herumtratschen werde, George«, sagte Anne mit einer gewissen Schärfe.

»Es tut mir leid. Ich weiß, es ist nicht leicht für dich gewesen, hier neue Bekannte zu finden.« Er streckte die Hand nach ihr aus.

»Ich weiß nicht, wie ich weiterleben könnte, wenn ich ein Kind verlieren würde.« Fast unbewußt legte sie die freie Hand auf ihren Bauch.

Georges Augen verengten sich mißtrauisch. »Gibt es etwas, das du mir verschweigst?« fragte er.

Annes helle Haut lief tiefrot an. »Ich weiß nicht, George. Es ist nur – ... na ja, meine Periode ist zu spät dran. Eine Woche. Also ... tut mir leid, Schatz, ich wollte nichts sagen, bis ich es genau weiß, wo du doch jetzt an einem Entführungsfall arbeitest. Aber ja, ich glaube, ich erwarte vielleicht ein Kind.«

Langsam breitete sich ein Lächeln über Georges Gesicht aus, als er den Sinn der Worte richtig verstand. »Wirklich? Ich werde Vater?«

»Es könnte falscher Alarm sein. Aber es ist bei mir noch nie später gekommen.« Sie sah fast ängstlich aus.

George sprang auf, riß sie von ihrem Stuhl hoch und schwang sie in einem Freudentanz herum. »Es ist wunderbar, wunderbar, wunderbar.« Sie kamen taumelnd zum Stehen, und er küßte sie heftig und leidenschaftlich. »Ich liebe Sie, Mrs. Bennett.«

»Und ich liebe Sie auch, Mr. Bennett.«

Er zog sie zu sich heran und vergrub sein Gesicht in ihrem Haar. Ein Kind. Sein Kind. Jetzt mußte ihm nur noch gelingen, was seit Adam und Eva von Eltern nie zu schaffen war: dafür zu sorgen, daß ihm nichts passierte.

Bis zu diesem Abend war Alison Carter für Detective Inspector George Bennett ein wichtiger Fall gewesen. Jetzt war er von symbolischer Bedeutung, war für ihn zu einem Kreuzzug geworden.

In Scardale war die Stimmung so deprimierend wie die Kalksteinfelsen, die das Tal umgaben. Charlie Lomas' Erfahrung mit der Polizei hatte sich so schnell im Dorf herumgesprochen wie die Nachricht über Alisons Verschwinden. Während die Frauen ängstlich immer wieder nachsahen, ob alle ihre Kinder schlafend in ihren Betten lagen, hatten sich die Männer in der

Küche von Bankside Cottage versammelt, wo Ruth und ihre Tochter bis zur Heirat mit Hawkin gewohnt hatten.

Terry Lomas, Charlies Vater, kaute an seinem Pfeifenstiel und maulte über die Polizei. »Sie haben kein Recht, unseren Charlie wie einen Kriminellen zu behandeln«, sagte er.

Charlies älterer Bruder John blickte finster drein. »Sie haben keine Ahnung, was mit unserer Alison passiert ist. Sie wollen nur an Charlie ein Exempel statuieren, damit es so aussieht, als ob sie etwas tun.«

»Sie werden aber nicht aufgeben, oder?« sagte Charlies Onkel Robert. »Sie werden sich uns einen nach dem anderen vornehmen, wenn Charlie seine Aussage nicht ändert. Der Bennett-Typ hat ja einen Tick mit Alison, das merkt man.«

»Aber das ist doch gar nicht schlecht, oder?« schaltete sich Ray Carter ein. »Das heißt immerhin, er wird seine Arbeit gut machen. Er wird keine Ruhe geben, bis er eine Antwort hat.«

»Das ist in Ordnung, wenn es die richtige Antwort ist«, sagte Terry.

»Ja«, meinte Robert nachdenklich. »Aber wie können wir sichergehen, daß er nicht von seiner Aufgabe abgelenkt wird, weil er zuviel damit zu tun hat, hinter Leuten wie Charlie her zu sein? Der Junge ist nicht so hart im Nehmen, das wissen wir alle. Sie werden ihm das Wort im Mund herumdrehen. Wenn sie den Richtigen nicht kriegen, schnappen sie sich vielleicht doch Charlie, und damit hat sich's. Wissen wir's denn?«

»Wir haben zwei Möglichkeiten«, sagte Jack Lomas. »Entweder können wir mauern, ihnen nichts sagen, außer dem, was nötig ist, um Charlie voll zu decken. Dann werden sie bald merken, daß sie einen anderen Sündenbock suchen müssen. Oder wir können uns wirklich anstrengen, ihnen zu helfen. Kann sein, daß ihnen dann klar wird, sie werden das Mädchen oder denjenigen nicht finden, der sie mitgenommen hat, wenn sie sich die Leute vorknöpfen, die unsere Alison liebgehabt haben.«

Darauf erfüllte langes Schweigen die Küche, das nur unterbrochen wurde, wenn Terry an seiner Pfeife zog. Schließlich sagte der alte Robert Lomas: »Vielleicht können wir beides machen.«

Die Arbeit ging ohne George weiter. Die Suchtrupps hatten für diesen Tag aufgehört, aber im Einsatzzentrum machten die Bereitschaftspolizisten bereits Pläne für den nächsten Tag. Sie hatten schon das Angebot von Freiwilligen der Armee und der Luftwaffe angenommen, die sich der Suchaktion am Wochenende anschließen wollten. Niemand sprach seine Gedanken aus, aber alle waren pessimistisch. Trotzdem würden sie jeden Zentimeter Erde in Derbyshire untersuchen, wenn es sein mußte.

Oben in Longnor hatten Clough und Cragg jede Menge Tee getrunken, aber keine Hinweise gefunden. Sie kamen um halb zehn überein, daß sie aufhören sollten, denn in einem Bauerndorf waren die Leute nicht so lange auf wie die Städter in Buxton. Gerade bevor sie Schluß machen wollten, tat Clough einen Glücksgriff. Ein älteres Ehepaar war nach seinen Weihnachtseinkäufen aus Leek zurückgekommen und hatte einen Landrover auf dem Grasstreifen neben der Methodistenkirche entdeckt. »Es war kurz vor fünf«, sagte der Mann bestimmt.

»Wieso haben Sie ihn bemerkt?« fragte Clough.

»Wir gehen dort zum Gottesdienst«, antwortete er. »Normalerweise parkt nur der Pfarrer an dieser Stelle. Alle anderen stellen ihre Autos auf den Seitenstreifen der Straße. Jeder aus dem Ort hier weiß das.«

»Glauben Sie, daß der Fahrer nicht auf der Straße parkte, um unbemerkt zu bleiben?«

»Das nehme ich an. Er konnte nicht wissen, daß das die einzige Stelle war, wo er auffallen würde, oder?«

Clough nickte. »Haben Sie den Fahrer gesehen?«

Beide schüttelten den Kopf. »Es war dunkel«, sagte die Frau

bestimmt. »Er hatte keine Scheinwerfer an. Und wir waren ganz schnell an ihm vorbei.«

»Gibt es irgend etwas, das Ihnen an dem Landrover auffiel? Hatte er einen langen oder eine kurzen Radabstand? Welche Farbe hatte er? Hatte er ein festes Dach oder eins zum Zurückklappen? Erinnern Sie sich an Zahlen oder Buchstaben auf dem Nummernschild?« fragte Clough nach.

Wieder schüttelten sie ratlos den Kopf. »Ehrlich gesagt, wir haben nicht besonders darauf geachtet«, antwortete der Mann. »Wir haben über die Viehausstellung geredet. Einer aus Longnor hat einen der Spitzenpreise bekommen und uns in Leek eingeladen, mit ihm etwas trinken zu gehen. Ich glaube, das halbe Dorf wollte hingehen. Aber wir sind nach Hause gefahren, denn meine Frau wollte den Weihnachtsbaum schmükken.«

Clough sah auf die selbstgemachten Papierketten und den Plastikbaum mit seiner armseligen Lamégirlande, die aussah, als hätte der Hund seit dem letzten Weihnachten darauf herumgekaut. »Ja, klar, das kann man verstehen«, sagte er mit unbewegter Miene.

»Ich schmücke ihn immer gern am Tag der Ausstellung«, sagte die Frau stolz. »Dann haben wir das Gefühl, es wird Weihnachten, nicht wahr, Papa?«

»Stimmt, Doris. Da verstehen Sie doch sicherlich, Sergeant, daß wir eigentlich mit den Gedanken gar nicht bei dem Landrover waren.«

Clough stand auf und lächelte. »Machen Sie sich nichts draus«, sagte er. »Wenigstens haben Sie bemerkt, daß er dort stand. Das ist mehr, als die anderen im Dorf geschafft haben.«

»Die hatten genug zu tun, Alec Grundys Rinder zu feiern«, erwiderte der Mann gnädig.

Clough bedankte sich noch einmal und traf sich sofort mit Cragg im Pub. Er war nie überzeugt davon gewesen, daß man das Trinkverbot im Dienst allzu wörtlich nehmen sollte, besonders wenn man Nachtschicht hatte. Ein oder zwei Drinks ließen seinen Verstand besser funktionieren, genau so, wie ein Motor mit hochwertigem Spitzenöl besser läuft. Bei einem Bier erzählte er Cragg, was er erfahren hatte.

»Das ist prima.« Cragg war begeistert. »Das wird dem Professor gefallen.«

Clough verzog das Gesicht. »Zum Teil schon. Er wird froh sein, daß wir zwei Zeugen haben, die einen Landrover gesehen haben, der an einer Stelle abgestellt war, wo die Einheimischen nicht parken. Es wird ihm auch gefallen, daß er gerade um die Zeit, als Alison verschwunden ist, an dieser ungewöhnlichen Stelle geparkt wurde.« Aber dann erklärte Clough, was George nicht gefallen würde.

»Scheiße«, sagte Cragg.

»Ja.« Clough trank einen großen Schluck von seinem Bier. »Scheiße.«

Freitag, 13. Dezember 1963, 5 Uhr 35

George kam durch das Büro an der Straßenseite in die Polizeiwache von Buxton und fand einen Polizisten vor, der mit Reißnägeln bunte Papierglocken an der Wand befestigte. »Sehr festlich«, brummte er. »Sergeant Lucas hier?«

»Vielleicht erwischen Sie ihn gerade noch, Sir. Er hat gesagt, er wollte in die Kantine gehen und ein Schinkenbrot essen, seine erste Pause heute nacht, Sir.«

»Die rote Glocke hängt höher als die grüne«, sagte George im Weggehen.

Der Polizist starrte die zufallende Tür an.

George fand Bob Lucas, der ein Schinkenbrot kaute und niedergeschlagen die Morgenzeitung betrachtete. »Haben Sie das gesehen, Sir?« begrüßte er ihn und schob ihm über den Tisch die *Daily News* zu. George nahm sie und begann zu lesen.

Daily News,
Freitag, 13. Dezember 1963, S. 5

**VERMISSTE KINDER:
GIBT ES EINEN ZUSAMMENHANG?**

Hunde suchen Alison

Vom einem Reporter der *Daily News*

Die Polizei wollte gestern einen Zusammenhang zwischen dem Verschwinden der Schülerin Alison Carter, 13, und zwei ähnlichen Fällen nicht ausschließen, die sich in den letzten sechs Monaten in einer Entfernung von weniger als dreißig Meilen ereignet haben.

Es gibt auffallende Übereinstimmungen zwischen den drei Fällen, und bei der Kriminalpolizei wurde inoffiziell darüber nachgedacht, ob man eine Sondereinheit aufstellen solle, die in Zusammenarbeit mit den drei Polizeidienststellen die Fälle untersuchen könnte.

Mit der neuesten Suchaktion will man Alison Carter auffinden, die spurlos aus dem abgelegenen Weiler Scardale in Derbyshire verschwand. Sie war mit ihrem Collie, Shep, nach der Schule spazierengegangen, aber als sie nicht nach Hause zurückkehrte, verständigte ihre Mutter, Mrs. Ruth Hawkin, die Polizei in Buxton.

Trotz Polizeihunden konnte keine Spur des Mädchens gefunden werden, obwohl ihr Hund unverletzt in einem nahe gelegenen Waldstück entdeckt wurde.

Sie verschwand auf geheimnisvolle Weise, weniger als drei Wochen nachdem der zwölfjährige John Kilbride in Ashton-under-Lyne vermißt wurde. Zuletzt wurde er am späten Nachmittag auf dem Marktplatz der Stadt gesehen. Der Polizei in Lancashire gelang es seitdem nicht, eine einzige Spur von ihm zu finden.

Pauline Reade, 16, wollte tanzen gehen, als sie im Juli aus

ihrem Elternhaus in der Wiles-Street in Gorton, Manchester, trat. Aber sie erreichte ihr Ziel nie, und genau wie bei John und Alison hat die Polizei keine Ahnung, was mit ihr geschah.
Ein höherer Polizeibeamter aus Derbyshire sagte: »In diesem Stadium schließen wir nichts aus, können uns aber auch nicht festlegen. Wir konnten keinen Grund für Alisons Verschwinden entdecken. Sie hatte weder zu Hause noch in der Schule Schwierigkeiten.
Wenn wir Alison heute nicht finden, werden wir die Suchaktion ausweiten. Wir wissen einfach nicht, was ihr passiert ist, und wir sind sehr besorgt, nicht zuletzt wegen des rauhen Wetters.«
Ein Vertreter der Kriminalpolizei in Manchester sagte der *Daily News*: »Natürlich hoffen wir, daß Alison bald gefunden wird. Aber wir wären gern bereit, die Ergebnisse unserer Ermittlung der Polizei in Derbyshire zur Verfügung zu stellen, wenn dieser Fall sich weiter in die Länge zieht.«

»Scheißreporter«, schimpfte George. »Sie drehen und wenden jedes Wort, das man sagt. Wo steht all das, was ich über mehr Unterschiede als Ähnlichkeiten gesagt habe? Das hätte ich mir alles sparen können. Dieser Don Smart schreibt, was er will, ganz egal, ob es die Wahrheit ist oder nicht.«
»Es ist doch immer dasselbe mit den Journalisten von der Fleet Street«, sagte Lucas bitter. »Die Regionalen müssen sich an die Wahrheit halten, weil sie jede Woche wieder wegen neuer Storys zu uns kommen, aber die Meute in London, die schert sich einen Dreck darum, ob sich die Polizei in Buxton aufregt oder nicht.« Er seufzte. »Haben Sie mich gesucht, Sir?«
»Ich wollte Ihnen etwas sagen, das Sie der Tagschicht ausrichten könnten. Ich glaube, es ist an der Zeit, daß wir die registrierten Sexualverbrecher der Gegend aufspüren und sie zur Befragung vorladen.«
»Im ganzen Bezirk, Sir?« Lucas klang müde.
Manchmal, dachte George, verstand er sehr gut, warum gewis-

se Polizisten während ihrer gesamten Dienstzeit nicht aus ihrer Uniform heraus- und in eine ranghöhere hineinkamen. »Ich denke, wir konzentrieren uns auf die Gegend um Scardale herum. Vielleicht im Umkreis von fünf Meilen, und im Norden nehmen wir Buxton mit rein.«

»Wanderer kommen von weit her in diese Gegend«, bemerkte Lucas. »Wer sagt uns, daß unser Mann nicht aus Manchester, Sheffield oder Stoke ist?«

»Ich weiß, Sergeant, aber irgendwo müssen wir ja anfangen.« George schob den Stuhl zurück und stand auf. »Ich gehe jetzt nach Scardale. Ich werde den ganzen Tag dort sein, nehme ich an.«

»Sie haben wahrscheinlich schon von dem Landrover gehört?« sagte Lucas in einem Tonfall, der so unbeteiligt klang, wie der Ausdruck auf seinem Gesicht selbstgefällig war.

»Landrover?«

»Ihre Leute haben gestern abend in Longnor zwei Zeugen gefunden. Sie haben einen Landrover gesehen, der zu der Zeit, als Alison aus dem Haus ging, an der Straße bei der Abzweigung nach Scardale geparkt war.«

Georges Gesicht strahlte. »Aber das ist ja eine phantastische Neuigkeit!«

»Nicht ganz. Es war dunkel. Die Zeugen konnten nichts sagen, außer daß es ein Landrover war.«

»Aber wir werden die Abdrücke der Reifen untersuchen können. Es ist doch ein Anfang«, sagte George und vergaß vor lauter Aufregung seinen Ärger über Lucas und die *Daily News*.

Lucas schüttelte den Kopf. »Leider nicht, Sir. Der Landrover stand neben der Methodistenkirche. Genau dort, wo unsere Autos gestern den ganzen Tag und Abend über rein- und rausgefahren sind.«

»Scheiße«, sagte George.

Tommy Clough hatte einen großen Becher Tee vor sich und rauchte, als George im Einsatzzentrum ankam. »Morgen, Sir«, sagte er und stand erst gar nicht auf.

»Sie sind immer noch da?« fragte George. »Sie können jetzt Feierabend machen, wenn Sie wollen. Sie müssen doch erschöpft sein.«
»Nicht schlimmer als Sie gestern, Sir, und wenn Sie nichts dagegen haben, würde ich lieber bleiben. Heute ist meine letzte Nachtschicht, da sollte ich mich sowieso wieder an die normale Schlafenszeit gewöhnen. Wenn Sie die Leute aus dem Dorf befragen, könnte ich vielleicht dabei helfen. Ich hab die meisten davon bereits gesehen und schon einiges an Hintergrundwissen gesammelt.«
George dachte einen Moment nach. Cloughs normalerweise rotes Gesicht war blasser als sonst, die Haut um die Augen etwas geschwollen. Aber seine Augen blickten noch wach, und er hatte einige Kenntnisse der Verhältnisse im Dorf, die George fehlten. Außerdem war es an der Zeit, daß George mit einem seiner drei Sergeants eine gut funktionierende, partnerschaftliche Beziehung aufbaute, die nicht nur an der Oberfläche blieb. »Also gut. Aber sobald Sie zu gähnen anfangen, wenn jemand seine Lebensgeschichte vor uns ausbreitet, schicke ich Sie sofort heim.«
»Geht in Ordnung, Sir. Wo wollen Sie anfangen?«
George ging zu einem der Tische hinüber und zog einen Stoß Papiere zu sich heran. »Eine Karte. Wer wo wohnt und wer wer ist. Da will ich anfangen.«
George kratzte sich am Kopf. »Sie wissen wohl nicht, wie sie alle verwandt sind?« fragte er und starrte die Skizze an, die Tommy Clough für ihn gezeichnet hatte.
»Da blicke ich nicht durch«, gab er zu. »Außer den paar Dingen, die offensichtlich sind, zum Beispiel, daß Charlie Lomas Terrys und Dianes Jüngster ist. Mike Lomas ist der Älteste von Robert und Christine. Dann gibt es Jack, der bei ihnen wohnt, und sie haben zwei Töchter – Denise, verheiratet mit Brian Carter, und Angela, die einen Kleinbauern drüben in der Gegend um Three Shires Head geheiratet hat.«
George hielt abwehrend die Hand hoch. »Das reicht«, rief er. »Da

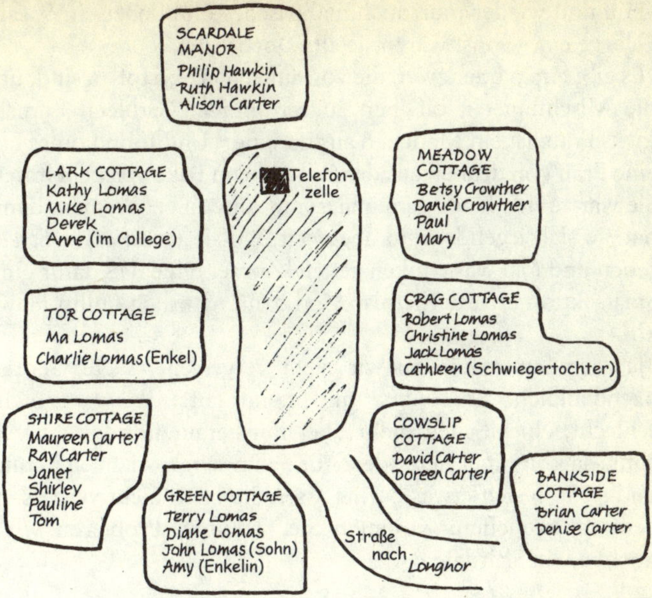

Sie offensichtlich ein Naturtalent für so was sind, werden Ihnen ab jetzt alle verwandtschaftlichen Angelegenheiten von Scardale unterstellt. Sie können mich darüber informieren, wer wohin gehört, wann und wo immer ich es wissen muß. Im Moment interessiert mich nur, von wem Alison Carter abstammt.«

Tommy schaute gen Himmel, als versuche er, sich den ganzen Familienstammbaum vorzustellen. »Okay. Lassen wir Cousins und Cousinen ersten, zweiten und dritten Grades mal weg. Ich halte mich an die Hauptlinien der Verwandtschaft. Irgendwie ist Ma Lomas ihre Urgroßmutter. Ihr Vater, Roy Carter, war Davids und Rays Bruder. Mütterlicherseits war sie eine Crowther. Ruth ist Daniels Schwester und zugleich die von Terry Lomas' Frau, Diane.« Clough zeigte auf die entsprechenden Häuser auf der Skizze. »Aber sie sind alle miteinander verwandt.«

»Hin und wieder muß auch mal frisches Blut dabeisein«, warf George ein. »Sonst wären sie alle Dorftrottel.«
»Es gibt einen oder zwei, die von außen dazugestoßen sind, um die Mischung ein bißchen zu verdünnen. Cathleen Lomas, Jacks Frau, ist ein Mädchen aus Longnor. Und John Lomas hat eine Frau von drüben aus der Gegend von Bakewell geheiratet. Sie war gerade lange genug hier, um Amy zu bekommen, dann hat sie sich irgendwohin abgesetzt, wo sie *Coronation Street* sehen und mal was trinken gehen konnte, ohne daß dafür eine Staatsaktion erforderlich ist. Und dann natürlich Philip Hawkin.«
»Ja, den Squire dürfen wir nicht vergessen«, sagte George nachdenklich. Er seufzte und stand auf. »Es wäre nicht schlecht, ein bißchen mehr über ihn herauszufinden. St. Albans, da kommt er her, oder?« Er nahm sein Notizbuch heraus und schrieb sich etwas auf. »Lassen Sie mich nicht vergessen, dem nachzugehen. Kommen Sie, Tommy. Probieren wir's noch mal in Scardale.«

Brian Carter wischte die Zitzen der nächsten Kuh in der Reihe ab und brachte mit überraschender Behutsamkeit die Melkmaschine an ihrem Euter an. Es waren noch mehrere Stunden bis zur Dämmerung, als er sein warmes Bett verlassen hatte, in dem er mit seiner ihm noch nicht lange angetrauten Frau Denise im Bankside Cottage lag, dem kleinen Haus mit drei Zimmern, wo 1950 Alison Carter an einem regnerischen Abend geboren worden war. Als er mit seinem Vater durch das stille Dorf hinaufstapfte, mußte er unwillkürlich und nicht ohne Bitterkeit daran denken, wie sehr das Verschwinden seiner Cousine seine Welt schon verändert hatte.
Sein Leben war einfach und unkompliziert gewesen. Sie hatten in Scardale immer selbstgenügsam gelebt und hatten sich auf sich selbst zurückgezogen. Er war daran gewöhnt, daß er in der Schule und später in den Pubs gehänselt wurde, wenn die Leute ein bißchen zuviel getrunken hatten. Er kannte all die lahmen,

alten Witze über Inzucht und geheime Rituale der Schwarzen Kunst, aber er hatte gelernt, sich um all das nicht zu kümmern und sein Leben zu leben.

Wenn es hell war, arbeitete man in Scardale, und wenn es nicht mehr hell war, hatte man immer noch zu tun. Die Frauen spannen Wolle, strickten Pullover, häkelten Umhängetücher, Decken und Säuglingskleidung, kochten Marmeladen und Chutneys, Dinge, die sie auf dem Landfrauen-Markt in Buxton verkaufen konnten. Die Männer reparierten Häuser und Hütten, von innen und außen. Sie stellten auch Gegenstände aus Holz her. Terry Lomas machte wunderbare gedrechselte Schalen aus glänzendem, sorgsam ausgesuchtem und besonders schön gemasertem Holz. Er schickte sie an ein Geschäft für kunstgewerbliche Produkte in London, wo sie zu Preisen verkauft wurden, die den anderen im Dorf lächerlich hoch erschienen. Brians Vater David machte Holzspielzeug für ein Geschäft in Leek. Sie hätten keine Zeit gehabt für die heidnischen Rituale, die man ihnen in den Bars von Buxton nachsagte, auch wenn es sie interessiert hätte. In Wirklichkeit arbeiteten alle in Scardale viel zu verdammt hart, als daß sie außer zum Essen und Schlafen für etwas anderes Zeit gehabt hätten.

Es gab wenig Anlaß, tagtäglich Kontakt mit der Außenwelt zu pflegen. Das meiste, was in Scardale verbraucht wurde, konnte auf der runden Fläche innerhalb der hochaufragenden Kalksteinfelsen erzeugt werden: Milch, Kartoffeln, Eier, etwas Obst und Gemüse. Ma Lomas machte Wein aus Holunderblüten, Holunderbeeren, Nesseln, Löwenzahnblüten, Birkensaft, Rhabarber, Stachelbeeren und Stechginsterbeeren. Alles, was wuchs, ließ sie vergären. Und alle tranken es. Sogar die Kinder bekamen hin und wieder ein Gläschen davon als Arznei. Dienstags kam ein Lieferwagen, der Fisch, Obst und Gemüse verkaufte. Ein anderer kam donnerstags mit Lebensmitteln aus Leek. Alles andere wurde vom Markt in Leek oder in Buxton von denen mitgebracht, die dort gerade ihre eigenen Agrarprodukte oder ihr Vieh verkauften.

Für Brian war der Übergang von der Schule, die er fünfmal pro Woche außerhalb des Tals besucht hatte, zum Erwachsenendasein, wo er nun auf den Äckern arbeitete und manchmal einen ganzen Monat nicht aus Scardale hinauskam, merkwürdig gewesen. Es gab nicht einmal das Fernsehen, um den ewig gleichen Rhythmus zu unterbrechen. Er erinnerte sich an den Tag, als der alte Squire Castleton mit einem Fernseher aus Buxton zurückkam, den er zu Elisabeths Krönung gekauft hatte. Sein Vater und sein Onkel Roy hatten die Antenne aufgestellt, und das gesamte Dorf hatte sich im Salon des Squires zusammengedrängt. Mit einer eleganten Handbewegung hatte der alte Mann den Apparat eingeschaltet, und alle starrten verblüfft auf einen Schneesturm im Februar. Was David und Roy auch mit der Antenne anstellten, es krachte nur wie Fett im Feuer, und sie sahen nichts als den gestörten Empfang. Und das war die einzige Störung, die man sich in Scardale von denen da draußen gefallen ließ.
Jetzt war alles anders geworden. Alison war fort, und plötzlich schien ihr Leben allen zu gehören. Der Polizei, den Zeitungen – sie alle wollten ihnen Fragen stellen und beantwortet bekommen, ob es sie etwas anging oder nicht. Und Brian schien es, als habe er keine eigene Kraft gegen eine solche Invasion. Er wollte jemandem weh tun. Aber es war niemand da.

Es war immer noch dunkel, als George und Clough den Rand des Dorfs erreichten. Das erste Licht, das sie sahen, fiel aus einem nur halb geschlossenen Scheunentor. »Fangen wir doch einfach hier an«, sagte George und fuhr mit dem Auto auf den Gehweg hinüber. »Wer ist das da drin?« fragte er und ging langsam die paar Meter über den schmutzigen Beton auf die Tür zu.
»Wahrscheinlich Brian und David Carter«, sagte Clough. »Sie kümmern sich um das Vieh.«
Die beiden Männer im Stall konnten nicht hören, daß sie näher kamen, weil die Melkmaschine so laut klirrte und rauschte.

George wartete, bis sie sich umdrehten, roch das seltsam süße Gemisch von Mist, schwitzenden Tieren und der Milch und beobachtete, wie die Männer das Euter jeder Kuh wuschen, bevor sie die Melkmaschine ansetzten. Endlich drehte sich der Ältere der beiden um. George schien es auf den ersten Blick, als seien Ruth Hawkins aufmerksame Augen auf eine Statue von den Osterinseln verpflanzt worden. Sein Gesicht bestand aus lauter Flächen und Winkeln, die Wangen schienen wie aus Steinplatten und die Augenhöhlen aus rosa Wachs geformt. »Gibt es etwas Neues?« fragte er laut gegen den Maschinenlärm an.

George schüttelte den Kopf. »Ich bin gekommen, um mich vorzustellen. Ich bin Detective Inspector George Bennett. Ich leite die Ermittlung.« Als er auf den älteren Mann zutrat, hielt der jüngere inne und lehnte sich mit vor der Brust verschränkten Armen gegen die wuchtige Flanke einer seiner friesischen Kühe.

»Ich bin David Carter«, sagte der ältere Mann, »Alisons Onkel. Und das ist mein Sohn Brian.« Brian Carter nickte bedächtig. Er hatte das Gesicht seines Vaters, aber die Augen waren schmal und hell wie Topassplitter. Er konnte kaum über Zwanzig sein, aber die nach unten gezogenen Mundwinkel schienen wie aus Stein gehauen.

»Ich wollte sagen, wir tun alles, was wir können, um herauszufinden, was mit Alison passiert ist«, sagte George.

»Ihr habt sie aber nicht gefunden, oder?« fragte Brian und klang genauso mißmutig, wie er aussah.

»Nein. Sobald es hell ist, werden wir weitersuchen. Und wenn Sie sich uns anschließen wollen, wäre es uns sehr recht. Aber das ist nicht der Grund, weswegen ich hier bin. Ich muß immer denken, die Antwort zu allem, was Alison passiert ist, liegt bestimmt irgendwo in ihren Lebensgewohnheiten. Ich glaube nicht, daß der Täter, wer immer es war, spontan gehandelt hat. Es war geplant. Und das heißt, jemand hat irgendwo Spuren hinterlassen. Ob Sie es wissen oder nicht, irgend jemand im

Ort muß etwas gesehen oder gehört haben, das uns einen Hinweis geben wird. Ich spreche heute mit allen im Dorf, und ich werde zu allen dasselbe sagen. Ich muß euch dazu bringen, daß ihr euer Gedächtnis nach allem, was ungewöhnlich war, durchforscht, nach jemandem, den ihr gesehen habt und der nicht hierhergehörte.«

Brian schnaubte, und es klang fast wie bei einer seiner Kühe. »Wenn Sie jemand suchen, der nicht hierhergehört, da brauchen Sie nicht lang zu suchen.«

»Wen meinen Sie?« fragte George.

»Brian«, warnte sein Vater.

Brian machte ein finsteres Gesicht und suchte in der Tasche seiner Arbeitshose nach einer Zigarette. »Dad, er gehört nicht hierher, und das wird er auch nie.«

»Von wem sprechen Sie denn?« beharrte George.

»Philip Hawkin, von wem sonst?« murmelte Brian mit dem Mund voller Rauch. Er hob den Kopf und starrte trotzig auf den Hinterkopf seines Vaters.

»Sie wollen doch damit nicht etwa sagen, daß Alisons Stiefvater irgend etwas mit ihrem Verschwinden zu tun hatte?« fragte Clough mit scharfer Herausforderung in der Stimme, der Brian Carter, so vermutete George, nicht würde widerstehen können.

»Das war nicht Ihre Frage. Sie haben gefragt, wer nicht hierhergehört. Also, das trifft auf ihn zu. Seit er hier aufgetaucht ist, hat er überall mitmischen wollen, hat uns gesagt, wie wir die Äcker bestellen sollen, als wäre er derjenige, der das schon seit Generationen macht. Er denkt, wenn man ein Buch oder eine Broschüre vom Landwirtschaftsverband gelesen hat, ist man plötzlich ein Fachmann. Und wie er meiner Tante Ruth den Hof gemacht hat. Er hat sie einfach nicht in Frieden gelassen. Sie hat überhaupt nur dadurch wieder ihre Ruhe gefunden, daß sie ihn geheiratet hat«, platzte Brian heraus.

»Ich wußte nicht, daß dich das stört«, sagte sein Vater sarkastisch. »Wenn Ruth und Alison nicht aus Bankside Cottage ausgezogen wären, hättet ihr – du und Denise – euer Leben als verheiratetes Paar in deinem alten Zimmer anfangen müssen. Ich weiß ja nicht, was du davon hältst, aber mir wäre es nicht besonders lieb gewesen, wenn das Bettgestell die halbe Nacht an die Wand gedonnert hätte.«

Brian wurde rot und sah seinen Vater finster an. »Laß Denise aus dem Spiel. Wir reden jetzt über Hawkin. Du weißt genausogut wie ich, daß er nicht hierhergehört. Und tu nicht so, als würdest du nicht den halben Tag maulen, was für ein wertloses Subjekt er ist und daß du wünschst, der alte Squire hätte mehr Verstand gehabt, als das Land einem Zugereisten wie Hawkin zu vererben.«

»Das heißt aber nicht, er hat etwas damit zu tun, daß Alison verschwunden ist«, sagte David Carter und rieb sich mit einer ihm offenbar eigenen ärgerlichen Geste mit der Hand übers Kinn.

»Ihr Vater hat recht«, sagte George freundlich.

»Vielleicht«, murmelte Brian unwillig. »Aber er muß immer alles besser wissen, dieser Hawkin. Wenn er im Haus genauso viele Vorschriften macht wie für die Felder, dann hat meine Cousine ein wahres Hundeleben. Es ist mir egal, was gesagt wird, aber sie kann nicht glücklich gewesen sein, mit Hawkin zusammenzuleben.« Er spie verächtlich auf den Betonboden, wandte sich abrupt ab und ging mit großen Schritten ans andere Ende des Melkschuppens.

»Kümmern Sie sich nicht um den Jungen«, sagte David Carter entnervt. »Sein Mundwerk ist schneller als sein Kopf. Hawkin ist ein Idiot, aber Ruth sagt, er hält große Stücke auf Alison. Und ich traue dem Wort meiner Schwester doch mehr als diesem Sohn.« Er schüttelte den Kopf und drehte sich halb zu Brian um, der sich an der Maschine zu schaffen machte. »Ich dachte, als er Denise geheiratet hat, das würde ihn zur Vernunft bringen. Aber da hab ich mir zuviel erhofft, nehme ich an.« Er seufzte. »Wir werden beim Suchtrupp draußen sein, Mr. Bennett. Und ich werde darüber nachdenken, was Sie mir gesagt haben. Mal sehen, ob mir noch was einfällt.«

Sie gaben sich die Hand. George fühlte Carters kühlen, abschätzenden Blick auf sich ruhen, als er hinter Clough in das gräuliche Licht der Dämmerung hinaustrat. »Keine große Liebe zwischen dem jungen Brian und dem Squire«, bemerkte George, während sie zum Wagen zurückgingen.
»Er sagt nichts, was der Rest der Bewohner von Scardale laut PC Grundy nicht auch dächte. Wir haben gestern abend kurz mit ihm gesprochen, nachdem wir unsere Befragungen erledigt hatten. Er sagt, alle Dörfler sind der Meinung, Hawkin hört sich furchtbar gern selbst reden. Er mag es, wenn die Leute genau wissen, wer der Boß ist, und in Scardale kommt so etwas nicht an. Hier war es immer Tradition, daß die Leute im Dorf das Land bearbeitet haben, wie sie es für richtig hielten, und der Squire bekommt seine Pacht und mischt sich nicht weiter ein. Da werden wir also viele Klagen über Hawkin hören«, sagte Clough.
Aber damit irrte er sich gründlich.

8

Freitag, 13. Dezember 1963, 12 Uhr 45

Vier Stunden später meinte George, er hätte jetzt mehr Familienähnlichkeiten gesehen, als er je brauchen würde. Die Nachnamen konnten dabei nach strengen genealogischen Regeln variieren, aber die körperlichen Entsprechungen schienen willkürlich verstreut. David Carters wie in Stein gemeißeltes Gesicht, Ma Lomas' Hakennase und Janet Carters Katzenaugen fanden sich in verschiedenen Kombinationen immer wieder mit anderen, ebenso typischen Merkmalen vereint. George kam sich wie ein Kind vor mit einem jener Bücher, deren Seiten aus drei Querstreifen bestehen und bei denen der Betrachter Augen, Nasen und Münder beliebig kombinieren kann.

Außerdem waren alle Leute von Scardale auch gleichermaßen ahnungslos, wohin Alison verschwunden sein könnte. Wie Clough vorausgesagt hatte, waren wenige bereit, auch nur so viel preiszugeben wie Brian Carter. Die meisten Gespräche waren äußerst mühsam. George stellte sich vor und hielt seine kleine Rede. Die Dörfler sahen nachdenklich drein, dann schüttelten sie den Kopf. Nein, nichts Ungewöhnliches war geschehen. Nein, sie hatten keine Fremden gesehen. Nein, sie glaubten nicht, daß jemand aus dem Dorf Alison ein Haar krümmen würde. Und übrigens, Charlie Lomas sei der gutmütigste Junge, den es je gegeben habe, und er verdiene es nicht, wie ein Krimineller behandelt zu werden.

Das einzig Interessante war, daß sich kein anklagender Finger gegen den Squire hob. Keine Beschwerden wurden geäußert, nicht eine Stimme erhob sich gegen ihn. Es stimmte allerdings, daß ihn auch niemand lobte, aber nach diesem Morgen war man in Versuchung zu glauben, Brian Carter sei der einzige in Scardale, der an Philip Hawkin etwas zu kritisieren fand.

Schließlich zogen sich George und Clough ohne Ergebnis in den Wohnwagen zurück, wo sich niemand außer der Polizistin aufhielt, die, als sie hereinkamen, sofort aufsprang und ihnen Tee kochte. »Sie hatten unrecht«, seufzte George.

»Bitte, Sir?« Clough öffnete seine Schachtel Zigaretten und schnippte, ohne zu fragen, eine für George heraus.

»Sie sagten, wir würden eine Menge Beschwerden über Hawkin hören. Aber außer dem jungen Hitzkopf Brian Carter hat keiner einen Ton verlauten lassen.«

Clough dachte einen Moment nach, und seine breite Stirn legte sich in Falten wie die Haut auf einem Karamelpudding. »Vielleicht gerade deshalb. Er ist jung genug, zu denken, es könnte in einem solchen Fall eine Rolle spielen, daß Hawkin nicht zu ihrer Gemeinschaft gehört. Die anderen sind klug genug, zu verstehen, daß es ein Riesenunterschied ist, jemand nicht zu mögen, weil er einem Vorschriften für den Ackerbau macht, oder ihn der Entführung eines Kindes zu verdächtigen.«

George trank vorsichtig einen Schluck Tee – nicht mehr so heiß, daß man sich verbrannte. Er trank wegen seiner trockenen Kehle die halbe Tasse leer. Was immer die Leute von Scardale sonst noch für Eigenheiten haben mochten, sie waren jedenfalls nicht großzügig mit warmen Getränken. Sie hatten tatsächlich in Diane Lomas' Küche gesessen, und die Frau hatte eine Kanne Tee vor sich stehen gehabt, ohne ihnen etwas davon anzubieten. »Vielleicht. Aber ich will die Tatsache nicht aus den Augen verlieren, daß dies eine sehr enge Gemeinschaft ist. Genau der Ort, wo man Lynchjustiz für die beste Art und Weise hält, mit Schwierigkeiten fertig zu werden. Es könnte sein, daß sie denken, Hawkin stecke dahinter und wir seien zu dumm, ihn zu überführen. Vielleicht halten sie es aber für das beste, damit so umzugehen, daß sie warten, bis wir Alison aufgeben und verschwinden. Danach könnte ein schrecklicher Unfall auf der Farm passieren – und Goodbye, Squire Hawkin. Das schafft für mich zwei Probleme. Erstens gibt es außer Vorurteilen keinen Grund für den Verdacht, Philip Hawkin könnte etwas mit Alisons Verschwinden zu tun haben. Und zweitens will ich sein Blut nicht an meinen Händen haben, ob er etwas damit zu tun hat oder nicht.«

Clough sah ihn mit höflicher Skepsis an. »Wenn Sie nicht mein Boß wären, würde ich sagen, Sie sehen zuviel fern«, erwiderte er. »Aber da Sie es sind, sage ich, es ist eine interessante Idee, Sir.«

George sah Clough scharf an. »Es ist jedenfalls etwas, das wir im Auge behalten werden, Sergeant«, sagte er nur. Dann hielt er der Polizistin seine Tasse hin. »Ist da noch was in der Kanne?«

Bevor sie seine Tasse vollschenken konnte, ging die Tür auf, und Peter Grundy kam herein. Der Polizist aus Longnor nickte zufrieden. »Hab ich mir doch gedacht, daß ich Sie hier finde. Eine Nachricht von Detective Chief Inspector Carver, Sir. Würden Sie ihn bitte so bald wie möglich in Buxton anrufen?«

George stand auf und nahm die Tasse. Er trank gierig und gab dann Clough ein Zeichen, daß er ihm folgen solle. »Gehen wir doch zum Einsatzzentrum hoch«, sagte er und steuerte auf seinen Wagen zu. Plötzlich flog die Tür eines Ford Anglia auf, versperrte ihm den Weg, und Don Smarts roter Haarschopf schaute heraus.

»Morgen, Inspector«, sagte er fröhlich. »Glück gehabt heute? Gibt's was zu berichten? Ich habe Sie um zehn bei der Pressekonferenz erwartet, wie Sie gestern sagten, aber Sie hatten offenbar Besseres zu tun.«

»So ist es«, sagte George und ging um die Tür des Wagens herum. »Die Männer, die mit Ihnen heute früh in Buxton

gesprochen haben, waren vollkommen über die Situation informiert.«
»Haben Sie unseren Artikel gelesen?«
»Ich bin mitten in einer wichtigen Ermittlung, Mr. Smart. Wenn Sie Kommentare von der Polizei in Derbyshire wünschen, müssen Sie den üblichen Weg einschlagen. Wenn Sie mich jetzt entschuldigen ...«
Das Raubtierlächeln erschien auf Smarts Gesicht. »Wenn Sie meinen Vorschlag zu Querverbindungen mit anderen Fällen nicht ernst nehmen wollen ... haben Sie schon an eine Hellseherin gedacht?«
George runzelte die Stirn. »Eine Hellseherin?«
»Das könnte Sie auf den richtigen Weg bringen. Sie könnten Ihre Aufmerksamkeit konzentrieren, statt die Suchaktion so weit auszudehnen.«
George schüttelte verwundert den Kopf. »Mir geht es um Tatsachen, Mr. Smart, nicht um Schlagzeilen.« Er machte einige schnelle Schritte von dem Reporter weg und drehte sich dann rasch um. »Wenn Sie wirklich etwas für Alison Carter tun wollen, nicht nur für Ihre eigene Karriere, könnten Sie dieses Foto hier bringen.«
»Das heißt also wohl, daß es noch keinen Durchbruch gibt?« fragte Smart Clough, während George mit großen Schritten zum Wagen ging.
»Warum verpissen Sie sich nicht nach Manchester?« sagte Clough mit leiser, aber fester Stimme und freundlichem Lächeln. Ohne die Wirkung seiner Worte abzuwarten, folgte er George.
»Smart denkt, er hat nicht nur den Namen, sondern ist auch von Natur aus clever«, sagte George bitter, als das Auto sich durch das Tal hinaufquälte. »Das kotzt mich an. Es geht doch nicht um eine Stufe auf seiner Karriereleiter, sondern das Leben eines Mädchens steht auf dem Spiel.«
»Er kann es sich nicht leisten, so zu denken. Wenn er das täte, könnte er nie einen Artikel schreiben«, erklärte Clough.

»Das wäre vielleicht für alle Beteiligten besser«, erwiderte George. Er war angespannt und verärgert, als er in die Methodistenhalle kam, und ging direkt zum nächsten Tisch mit einem Telefon. Ungeduldig stand er neben dem Polizisten, der gerade in den Hörer sprach, und klopfte mit einer noch nicht angezündeten Gold Leaf gegen die Packung. Der Constable warf ihm einen Blick zu, der seine Nervosität verriet.
»Das ist dann alles, Madam, vielen Dank«, murmelte er, drückte mit der Hand auf die Gabel und beendete damit den Anruf, noch bevor er zu sprechen aufhörte. »Hier Sir, bitte«, sagte er und streckte George beflissen den Hörer hin.
»Hier Detective Inspector Bennett für Detective Chief Inspector Carver«, schnauzte George.
Nach einer Pause hörte er die Stimme seines Chefs mit dem nasalen Midlands-Akzent. »Bennett? Sind Sie das?«
»Ja, Sir. Ich bekam eine Nachricht, daß Sie mich sprechen wollten.«
»Die haben sich aber Zeit gelassen, es Ihnen auszurichten«, brummte Carver. George hatte schon herausgefunden, daß Carver in seinen fast dreißig Jahren bei der Polizei das Kritisieren zur Kunstform entwickelt hatte. George hatte den ersten Monat in Buxton mit Entschuldigungen verbracht, den zweiten mit Beschwichtigungen. Dann hatte er gemerkt, wie alle anderen mit Carvers Kritik umgingen, und lernte, sie auch seinerseits einfach zu ignorieren.
»Gibt es etwas Neues, Sir?«
»Sie haben Sergeant Lucas Anweisungen für die Tagschicht gegeben«, sagte Carver anklagend.
»Das stimmt, Sir.«
»Die üblichen Verdächtigen zusammenzutragen ist meistens für alle Betroffenen nur Zeitverschwendung.«
George wartete und sagte nichts. Der Ärger über seine Begegnung mit Smart staute sich hinter einem Damm professioneller Gelassenheit auf, aber durch Carvers Kritik erreichte sein Zorn jetzt den kritischen Punkt. Das letzte, was er beruflich brau-

chen konnte, war jedoch, seine Wut an Carver auszulassen, also holte er tief Luft und atmete langsam durch die Nase wieder aus.

»Dieses Mal haben wir aber vielleicht ins Schwarze getroffen«, fuhr Carver fort. Widerwillig, mühsam und nur langsam kamen diese Worte heraus. Es klang, als hätte er es lieber gesehen, die Maßnahme wäre ein Mißerfolg gewesen, dachte George mit ungläubiger Erbitterung.

»Tatsächlich, Sir?«

»Es hat sich gezeigt, daß wir jemanden in unserer Kartei haben. Exhibitionismus vor Schülerinnen. Damenschlüpfer von der Leine geklaut. Nichts Schreckliches und nichts, was kürzlich passiert wäre«, fügte Carver als unzufriedene Nebenbemerkung hinzu. »Aber das Interessante ist, daß dieser gewisse Sittenstrolch Alison Carters Onkel ist.«

George fiel die Kinnlade herunter. »Ihr Onkel?« brachte er nach einem Augenblick heraus.

»Peter Crowther.«

George schluckte heftig. Er hatte nicht einmal gewußt, daß es einen solchen Peter Crowther *gab*. »Darf ich beim Verhör dabeisein, Sir?«

»Warum, glauben Sie wohl, habe ich Sie angerufen? Ich habe schreckliche Schmerzen am Knöchel. Außerdem wird es diesem Crowther wohl kaum Respekt einflößen, mich wie Hopalong Cassidy herumhumpeln zu sehen, oder? Kommen Sie sofort herüber.«

»Ja, Sir.«

»Oh, und, Bennett?«

»Ja, Sir?«

»Bringen Sie mir eine Portion Fish and Chips mit, ja? Ich kann das Kantinenessen nicht vertragen. Davon bekomme ich entsetzliche Verdauungsprobleme.«

George hängte auf und schüttelte den Kopf. Er steckte sich eine Zigarette an, kniff die Augen zusammen, drehte sich und sah sich im Raum um. Clough stand bequem an einen Tisch gelehnt und betrachtete eine der amtlichen topographischen Karten, die an der Wand hingen. Grundy stand an der Tür und war nicht sicher, ob er gehen oder bleiben sollte. »Clough, Grundy«, rief George durch einen Schwall von Rauch. »Wagen her, schnell. Wir müssen nach Buxton.«

Die Türen waren kaum zugeschlagen, als George sich auf dem Sitz umdrehte, Grundy anstarrte und sagte: »Peter Crowther.«

»Peter Crowther, Sir?« Grundy versuchte, unschuldig auszusehen, was ihm aber nicht gelang.

»Ja, Grundy. Alisons Onkel, der mit den Sexdelikten. *Der* Peter Crowther«, sagte George sarkastisch und rammte den Fuß aufs Gaspedal, so daß sie alle nach rückwärts fielen, als er die Straße nach Longnor hinaufraste.

»Was ist mit ihm, Sir?«

»Wieso höre ich ausgerechnet vom Chef zum ersten Mal etwas über Crowther? Wie kommt es, daß Sie es bei all Ihrer Kenntnis der hiesigen Verhältnisse versäumt haben, Peter Crowther zu erwähnen?« George hatte seinen Sarkasmus aufgegeben und setzte jetzt mehr auf die glatte, sanfte Redeweise eines sadistischen Lehrers, der seinen ahnungslosen Schüler in falscher Sicherheit wiegt, bevor er ihm plötzlich den Boden unter den Füßen wegzieht.

»Ich hielt es nicht für wichtig. Ich meine, er wohnt doch in Buxton, schon seit zwanzig Jahren oder länger. An ihn habe ich nie gedacht«, sagte Grundy mit roten Ohren.

»Deshalb sind Sie auch immer noch Constable«, sagte Clough, drehte sich um und durchbohrte ihn mit dem scharfen, unverschämten Blick, der schon eine bedauerliche Zahl von Häftlingen zu Gewalttätigkeiten gereizt hatte, für die sie zu einer doppelt so hohen Strafe verurteilt wurden, als für ihre ursprünglichen Vergehen zu erwarten war. »Sie können nicht denken.«

»Das stimmt, Clough, und man braucht auch keinen Grips, um in Derby mitten in der Stadt für ein paar Jahre im Verkehrsdienst festzuhängen«, argumentierte George süßlich. »Dorfpolizisten sollten allerdings selbständig denken können. PC Grundy, wenn Sie also keine neue Aufgabe anstreben, schlage ich vor, daß Sie die Fahrt zwischen hier und Buxton dazu verwenden, uns alles zu erzählen, was Sie über Peter Crowther wissen.«

Grundy rieb seine Augenbraue mit dem Knöchel des Zeigefingers. »Peter Crowther ist Ruth Hawkins Bruder«, sagte er wie einer, der eine komplizierte Rechenaufgabe im Kopf lösen muß. »Diane ist die Älteste, Terry Lomas' Frau Diane. Dann kommt Peter, dann Daniel, dann Ruth. Peter muß gut zehn Jahre älter sein als Ruth. Das heißt, er müßte jetzt so um die Fünfundvierzig sein.

Ich habe Peter eigentlich nie gekannt, er war schon aus Scardale weg, bevor ich in Longnor Dorfpolizist wurde. Aber ich habe von ihm reden hören. Offenbar ist er nicht ganz dicht. Sein Bruder Daniel hat ihn im Auge behalten, als er noch in Scardale war, aber etwas ist passiert – ich weiß nicht, was, niemand in Scardale weiß es –, da wollten sie ihn nicht mehr länger im Dorf haben. Also haben sie ihn nach Buxton geschickt. Er lebt in einem Heim für ledige Männer oben beim Golfplatz bei Waterswallows. Und er arbeitet in der Behindertenwerkstatt hinter dem Rangierbahnhof, wo sie Lampenschirme und Papierkörbe machen. Ich wußte, daß er als Spanner erwischt worden ist, aber es war eigentlich nicht so schlimm.«

George seufzte tief. »Sie haben all das über Peter Crowther gewußt, und es ist Ihnen nicht eingefallen, es zu erwähnen?«

Grundy rutschte von einer Gesäßhälfte auf die andere. »Sie werden es verstehen, wenn Sie ihn sehen, Sir. Peter Crowther hat Angst vor seinem eigenen Schatten. Ich glaube, er ist nicht imstande, jemand auch nur anzusprechen, und zu entführen schon gar nicht.«

»Er hätte aber Alison nicht zu entführen brauchen, oder?« mischte sich Clough ein, sein Sarkasmus war so schneidend wie ein Peitschenhieb und der Blick seiner blauen Augen kalt. »Er war ihr Onkel. Sie hätte keine Angst vor ihm gehabt. Wenn er gesagt hätte: ›He, Alison, ich habe ein Paar Rollschuhstiefel, die dir passen könnten, willst du kommen und sie dir ansehen?‹, hätte sie es sich nicht weiter überlegt und wäre mit ihm gegangen. Vielleicht wäre er ein bißchen merkwürdig gewesen, ihr Onkel Peter, aber schließlich war er kein Fremder, nicht wahr, PC Grundy?« Der Dienstgrad klang aus seinem Mund wie eine Beleidigung.

»Er würde sich das nicht trauen«, widersprach Grundy trotzig. »Außerdem, als ich sagte, sie wollten ihn im Dorf nicht, habe ich das auch so gemeint. Soweit ich weiß, ist Peter Crowther seit zwanzig Jahren nie wieder in Scardale gewesen. Und Scardale hat sich auch von ihm ferngehalten. Ich bezweifle, daß er Alison überhaupt erkannt hätte, wenn er ihr auf der Straße begegnet wäre.«

»Das werden wir ja sehen«, murmelte Clough, der mit grimmigem Gesicht wegen des Rauchs aus seiner Zigarette die Augen zusammenkniff.

* * *

Janet Carter hatte gebeten und gebettelt, nach Alisons Verschwinden von der Schule zu Hause bleiben zu dürfen. Das hätte sie sich sparen können. In den Zeiten damals, 1963, hatten Kinder nicht die gleichen Gefühle wie Erwachsene zu haben. Die Erwachsenen erzählten ihnen alles mögliche, um sie zu behüten und zu beschützen. Das Schlimmste war ihrer Meinung nach eine Unterbrechung der gewohnten Abläufe, denn nichts konnte den Jugendlichen ein deutlicheres Signal geben, daß etwas ernstlich nicht in Ordnung war. Auch wenn man also in dem kleinen Tal kurz vor dem Weltuntergang gestanden hätte, wären Janet und die anderen Kinder doch am Ende der Dorfstraße abgesetzt und in die Schule geschafft worden, als sei es ein ganz normaler Morgen.

Aber als sie schließlich in der Schule erschien, war es ganz unverhofft spannend geworden. Erstens stand sie ausnahmsweise einmal im Mittelpunkt der Aufmerksamkeit, denn alle wußten, daß Alison vermißt wurde. Die Polizei kam und sprach mit Alisons Klassenkameradinnen und ihren Lehrern. In der Pause gab es nur ein Thema, und Janet verfügte über das Insiderwissen. Sie war auf ihre bescheidene Art plötzlich eine Berühmtheit. Das war genug, um den Schrecken zu vergessen, der sie die halbe Nacht hatte wach liegen lassen, weil sie sich fragte, wo Alison war und was ihr passierte.

Eine fast genüßliche Angst lag in der Luft, das Gefühl, daß etwas Verbotenes geschehen sei, dessen Bedeutung die Kinder nicht recht erfassen konnten. Nicht einmal wenn sie auf einer Farm lebten. Sie wußten, was Tiere miteinander taten, aber irgendwie sahen sie nie die Verbindung zwischen Tieren und Menschen. Natürlich hatten alle einmal von Mädchen gehört, an denen sich jemand »vergangen« hatte, aber keine war sich darüber im klaren, was es wirklich bedeutete, außer daß es etwas mit »da unten« zu tun hatte und mit dem, was Mädchen passierte, wenn sie einen Jungen »zu weit« gehen ließen. Und dabei hatten die meisten nicht einmal eine Ahnung, was zu weit war.

Die Stimmung an der Peak Girls' High School war also sehr gespannt, nachdem Alison verschwunden war. Obwohl die meisten ihrer Klassenkameradinnen ebenso große Angst hatten und so nervös und fast so besorgt waren wie Janet, empfanden einige doch zugleich ein gewisses lustvolles Vergnügen. Dabei wußten sie, daß es eigentlich verwerflich war, so zu fühlen. Donnerstag und Freitag waren mit all diesen aufgewühlten Emotionen anstrengende Schultage gewesen. Als es endlich zum letzten Mal klingelte, konnte Janet nur noch daran denken, nach Haus zu kommen und sich von ihrer Mutter bei einer Tasse Tee umsorgen zu lassen.

Sie hatte nur wenig Kraft für den Schock übrig, der sie im Schulbus erwartete. Der Fahrer platzte mit der Nachricht heraus, Alisons Onkel sei auf der Polizeiwache und werde dort verhört. Ihre Reaktion war heftig und prompt. Es war, als schottete sie sich nach außen völlig ab. Sie saß auf dem vorderen Sitz, wo sie immer mit Alison gesessen hatte, so nah wie möglich beim Fahrer. »Welcher Onkel?« fragte Derek.

Der Fahrer wollte gerade einen der üblichen Witze darüber machen, daß in Scardale jeder mit jedem verwandt sei, sah aber gleich, daß Janet dafür nicht in Stimmung war. So sagte er einfach: »Peter Crowther.«

Janet runzelte die Stirn. »Es muß ein anderer Crowther sein, keiner aus Scardale. Alison hat keinen Onkel Peter.«

»Das weißt du eben nicht«, sagte er augenzwinkernd. »Peter Crowther ist der bekloppte Bruder von Alisons Mutter. Der, den sie aus Scardale weggeschickt haben.«

Janet sah Derek an, der die Schultern zuckte und genauso verblüfft und verwirrt war wie sie. Sie hatten nie auch nur ein Wort über einen zweiten Bruder der Crowthers gehört. Sein Name war nie erwähnt worden.

Bis ans Ende der Straße redete der Busfahrer weiter über Peter Crowther, der in einem Heim wohne und in einer Werkstatt für Spinner arbeite, die die Stadt für nicht bekloppt genug hielt, um sie einzusperren, und daß es angeblich in seiner Vergangenheit ein dunkles Geheimnis gegeben hätte und die Polizei jetzt der Meinung sei, er habe Alison umgebracht. Janet schaute starr auf seinen dicken roten Nacken und wünschte ihm den Tod.

Aber noch mehr wünschte sie, die Wahrheit zu erfahren. Ihr Vater wartete am Ende der Straße auf den Bus, der die Kinder absetzte. Er war schon seit zehn Minuten da; niemand in Scardale wollte ein Risiko eingehen. Als erstes sagte Janet, als die Tür des Busses sich geschlossen hatte: »Dad, wer ist Peter Crowther? Und was hat er getan?«

Da Ray Carter so war, wie er eben war, erzählte er ihr alles. Und sie wünschte sich, er hätte es nicht getan.

Grundy hatte wenigstens in einer Sache recht gehabt, dachte George, der sich gegen die Wand des Vernehmungszimmers lehnte. Peter Crowther hatte wirklich Angst vor seinem eigenen Schatten und vor dem aller anderen Menschen. Das erste, was ihm aufgefallen war, als er das ungelüftete Zimmer betrat, war der schwache, bittere Geruch von Crowthers Angst, der sich deutlich von dem käsigen Gestank seines dünnen, ungewaschenen Körpers abhob. »Nur für Kettenraucher«, murmelte Clough halblaut und rümpfte angewidert die Nase über Peter Crowthers Ausdünstungen.

»Was?« hatte George zur Antwort gebrummt, als sie auf der Schwelle standen und er Crowther sehr genau musterte, um dem Mann einen noch größeren Schrecken einzujagen.

»Man muß Kettenraucher sein, oder man muß kotzen«, klärte Clough ihn auf.

George nickte ihm zu, er habe verstanden. »Sie sind zuerst dran«, sagte er und trat zurück an die Wand, so daß Clough sich Crowther gegenüber setzen konnte. George warf einen kurzen Blick zur Tür, und der diensthabende Constable in Uniform schlüpfte mit einem Ausdruck der Erleichterung hinaus.

»Alles klar, Peter?« fragte Clough und beugte sich mit aufgestützten Ellbogen vor.

Peter Crowther schien sich noch kleiner machen zu wollen. Sein Kopf hatte die Farbe und die Form einer Ecke Edamer Käse, fand George. Edamer mit einem Büschel Kresse obendrauf. Merkwürdig, daß er so fettig, aber doch ordentlich aussah und dabei so furchtbar roch. Eigentlich sah er nicht schmutzig aus. Sein sorgfältig rasiertes, spitzes Kinn war nach unten auf die Brust gedrückt, seine Katzenaugen schielten zu Clough hinüber. Der Mann hätte gut als Illustration des Begriffs »Duckmäuser« in ein Bildwörterbuch gepaßt. Er schwieg auf Cloughs Bemerkung, allerdings bewegten sich seine Lippen und schienen schweigend Worte zu formen.

»Du wirst früher oder später mit mir reden, Peter«, sagte

Clough zuversichtlich, steckte eine Hand in die Tasche und zog seine Zigaretten heraus. Ungeniert zündete er sich eine an und blies Peter Crowther die Rauchwolke ins Gesicht. Crowthers Nase zuckte, als er den Rauch gierig einsog. »Es wäre besser, wenn es früher wäre«, fuhr Clough fort. »Also sag uns, wieso du am Mittwoch nach Scardale gegangen bist?«
Crowther runzelte die Stirn. Er schien wirklich verblüfft. Weswegen er auch Schuldgefühle haben mochte, es schien nichts mit Scardale zu tun zu haben. »Peter war nie«, sagte er, und sein Tonfall deutete eher Zweifel als die lautstarke Empörung eines tatsächlich Schuldigen an. »Peter wohnt in Buxton. Waterswallows Lodgings, Nummer siebzehn. Peter wohnt nicht mehr in Scardale.«
»Wir wissen das, Peter. Aber du bist am Mittwoch abend nach Scardale zurückgekehrt. Es hilft nichts, das abzustreiten, wir wissen, daß du dort warst.«
Peter zitterte. »Peter war nie.« Diesmal war seine Stimme fest. »Peter kann nicht nach Scardale zurückgehen. Das ist verboten. Er wohnt in Buxton. Waterswallows Lodgings, Nummer siebzehn.«
»Wer sagt, es ist verboten?«
Crowther senkte den Blick. »Unser Dan. Er sagt, wenn Peter wieder nach Scardale kommt, irgendwann, dann schneidet er Peter die Hände ab. Also geht Peter nicht hin, versteht ihr? Kann Peter 'ne Kippe haben?«
»Gleich«, sagte Clough nachlässig und blies mehr Rauch zu Crowther hinüber. »Was ist mit Alison? Wann hast du Alison zum letzten Mal gesehen?«
Crowther sah wieder auf, sein besorgtes Gesicht war völlig verwirrt. »Alison? Peter kennt keine Alison. Angela, die arbeitet mit ihm, sie macht die Fransen an die Lampenschirme. Meint ihr Angela? Peter mag Angela. Sie hat 'ne Lederjacke. Hat sie von ihrem Bruder. Der arbeitet in der Gerberei an der Whaley Bridge. Angelas Bruder, meine ich. Peter arbeitet mit Angela. Peter macht Drahtgestelle für Lampenschirme.«

»Alison. Deine Nichte Alison. Die Tochter deiner Schwester Ruth«, sagte Clough bestimmt.
Als Crowther den Namen Ruth hörte, zuckte er zusammen, zog die Knie zur Brust hoch und schlug die Arme fest darum.
»Peter nie«, keuchte er. »Peter nie!«
George kam näher und stützte sich mit den Fäusten auf den Tisch. »Du hast nicht gewußt, daß Ruth eine Tochter hat?« fragte er wohlwollend.
»Peter nie«, wiederholte Crowther unentwegt wie eine Beschwörungsformel.
George machte Clough unauffällig ein Zeichen, er solle aufhören. Der Sergeant lehnte sich zurück und blies den Rauch gegen die Decke. George nahm seine eigenen Zigaretten heraus, zündete eine an und gab sie Crowther, der jetzt zitterte und weiter »Peter nie, Peter nie!« murmelte. Erst nach ein paar Sekunden bemerkte er die angebotene Zigarette. Mißtrauisch sah er erst sie und dann George an. Verstohlen streckte er eine Hand aus und ergriff sie. Er hielt sie zwischen Daumen und Zeigefinger in der hohlen Hand fest, als erwarte er, sie werde ihm weggenommen. Dann zog er heftig und kurz daran, und sein Blick schoß zuckend zwischen George, Clough und der Zigarette hin und her.
»Wann hast du zum letzten Mal mit jemand aus Scardale gesprochen, Peter?« fragte George ruhig und ließ sich neben Clough auf einem Stuhl nieder.
Crowther zuckte verkrampft die Schultern. »Weiß nicht. Manchmal sieht Peter samstags Familie auf 'm Markt. Aber Familie spricht nicht mit Peter. Einmal im Sommer war Peter im Laden und hat sich Kippen gekauft, und unsere Diane ist reingekommen. Sie hat genickt, aber nix gesagt. Ich glaub, sie wollte was sagen, aber sie hat gewußt, wenn sie was sagt, tut unser Dan dem Peter weh. Dan macht dem Peter immer angst. Deshalb geht Peter nie nach Scardale.«
»Und du hast wirklich nicht gewußt, daß Ruth eine Tochter hat?« fragte Clough, der Skeptiker.

Crowther fuhr zusammen, seine Lippen preßten sich krampfhaft um die Zigarette. »Peter nie«, stöhnte er. Er beugte sich nach vorn auf die Knie und begann, sich hin und her zu wiegen. »Peter nie.«
George sah Clough an und schüttelte den Kopf. Er stand auf und ging zur Tür. »Wir lassen dir eine Tasse Tee bringen, Peter.« Clough folgte ihm auf den Flur. »Er verschweigt etwas«, sagte George bestimmt.
»Aber ich glaube, es ist nichts, was mit Alison zu tun hat«, antwortete Clough.
»Ich bin nicht sicher«, meinte George. »Ich will mich nicht festlegen, bevor ich nicht weiß, warum seine Familie ihn aus Scardale verjagt hat. Was immer es war, es muß etwas Schlimmes gewesen sein, wenn seine eigene Schwester nach zwanzig Jahren noch nicht mit ihm spricht.«
»Sie meinen also, wir sollten ihn hierbehalten?« fragte Clough, konnte aber nicht vermeiden, daß er wenig überzeugt klang.
»Ja, ich denke schon. Das ist der sicherste Ort für ihn, meinen Sie nicht?« sagte George über die Schulter, während er zum Büro ging. »Detective Chief Inspector Carver ist überzeugt, daß er unser Mann ist, und meine Meinung allein wird ihn nicht vom Gegenteil überzeugen. Und eine Polizeiwache ist immer so undicht wie ein Sieb. Vor heute abend wird die halbe Stadt wissen, daß Peter Crowther zu Alisons Verschwinden vernommen worden ist. Ich glaube, Waterswallows Lodgings Nummer siebzehn wäre unter diesen Umständen nicht der beste Ort für ihn.« Er stieß die Tür auf und sah seinen Chef, das Gipsbein auf den Papierkorb hochgelegt und die Abendzeitung vor sich. Im Raum hing noch der unverkennbare Geruch von in Zeitungspapier eingewickeltem Fisch und Chips mit Essig.
»Haben Sie ihn schon dazu gebracht, zu sagen, wo das Mädchen ist?« fragte Carver.
»Ich glaube nicht, daß er es weiß, Sir«, sagte George und hoffte, daß seine Stimme nicht so erschöpft klang, wie er sich fühlte.

Carver lachte schnaubend. »Soweit kommt man also mit einer akademischen Ausbildung? Unglaublich. Ich gebe Ihnen Zeit bis morgen früh, alles bis aufs I-Tüpfelchen aus dem Schlappschwanz in der Zelle herauszubekommen.« Er hielt inne. »Er ist doch noch in Haft, hoffe ich? Sie haben ihn doch nicht laufenlassen?«

»Mr. Crowther ist noch in Gewahrsam.«

»Gut. Ich gehe jetzt nach Hause, die Sache liegt in Ihren Händen. Wenn Sie bis morgen nicht die Wahrheit aus ihm herausbekommen haben, übernehme ich ihn, Gipsbein hin oder her. Er wird reden, glauben Sie mir. Bei mir wird er reden.«

»Bestimmt, Sir. Wenn Sie mich jetzt entschuldigen, ich muß nach Scardale zurück.« George ging, bevor ihm Carver weitere Beleidigungen in bezug auf seine Qualifikation an den Kopf werfen konnte.

»Gehen wir wirklich?« fragte Clough und folgte George zum Wagen. »Zurück nach Scardale?«

»Ich muß wissen, was Peter Crowther getan hat«, sagte George ohne Umschweife. »Er wird es uns nicht sagen, also muß jemand anders es tun. Ich habe es satt, daß diese Dörfler uns Dinge verschweigen, die wir wissen müssen.«

9

Freitag, 13. Dezember 1963, 16 Uhr 05

George glaubte allmählich, er werde sein ganzes Leben lang von der Straße nach Scardale träumen. Der Wagen rollte in der aufkommenden Dämmerung des düsteren Winternachmittags durch den schmalen Hohlweg. Wenn die Sonne es heute geschafft haben sollte, sich zwischen Nebel und Wolken zu zeigen, so hatte er sie jedenfalls verpaßt, dachte er und bremste, als sie die Dorfwiese erreichten. Männer standen um den Wohnwagen der Polizei herum, der Dampf aus ihren Teetassen stieg auf und vermischte sich mit den Nebelschwaden, die in das Tal heruntersanken. Die erfolglose Suche ging mit dem schwindenden Tageslicht zu Ende.

George beachtete die Leute nicht und ging zum Tor Cottage hinüber. Es war Zeit, daß Ma Lomas aufhörte, sich wie eine Figur in einem viktorianischen Melodram zu benehmen, und sich klarmachte, was Alison passieren konnte, wenn die Matriarchin und ihre Großfamilie weiterhin schwiegen, sagte er sich entschlossen. Als er um den Holzstoß herumging, der den Weg zu ihrer Haustür fast versperrte, blieb sein Fuß an etwas hängen, und er fiel nach vorn. Nur Cloughs schneller Griff nach seinem Arm verhinderte, daß er kläglich hinstürzte.

»Was, zum Teufel …?« rief George aus und taumelte, bis er wieder gerade stand. Er drehte sich um und starrte in der zunehmenden Dunkelheit Charlie Lomas an, der zwischen den

überall verstreut liegenden Holzscheiten stöhnend auf dem Rücken lag.
»Ich glaube, Sie haben mir den Knöchel gebrochen«, beschwerte sich Charlie.
»Was hast du da bloß gemacht?« fragte George und rieb sich ungehalten den Arm, wo Cloughs starke Finger sich in seine Muskeln gegraben hatten.
»Ich bin nur hier gesessen und hab mich um meine eigenen Angelegenheiten gekümmert, ich wollte fünf Minuten Ruhe haben. Das ist doch kein Verbrechen, oder?« Charlie drehte sich zur Seite und stand auf. Er rieb sich mit dem Handrücken heftig übers Gesicht, und George bemerkte, daß die Augen des Jungen im Lichtschein aus dem Fenster tränenfeucht glänzten. Er sah nicht aus, als könnte er ein Kätzchen entführen, viel weniger ein Mädchen.
»Denkst du an Alison?« fragte George verständnisvoll.
»Es ist ein bißchen spät, mich plötzlich als Mensch zu behandeln, Mister.« Charlie zog trotzig die Schultern hoch. »Was ist denn mit euch nur los? Sie war meine Cousine. Meine Familie. Habt ihr denn niemand, um den ihr euch sorgt, daß ihr denkt, es ist so furchtbar komisch, wenn wir uns aufregen?«
Charlies Worte rührten an etwas in Georges Erinnerung. Er hatte in seinem Berufsleben als Polizist schon früh gelernt, daß er seine Arbeit nicht so gut tun konnte, wie er wollte, wenn er den unverstellten Schmerz und den Ärger, auf die er bei seiner Arbeit so oft stieß, zu sehr an sein eigenes Inneres heranließ. Meistens gelang es ihm, die Mauer um sich herum aufrechtzuerhalten. Gelegentlich, wie zum Beispiel jetzt, stießen die zwei realen Welten jedoch zusammen. Plötzlich erinnerte sich George, daß er seit gestern abend noch um jemand anders wußte, um den er sich zu kümmern und zu sorgen haben würde.
Dabei trat ein Lächeln auf sein Gesicht, das er nicht unterdrücken konnte. Er sah Verachtung in Charlie Lomas' und Ratlosigkeit in Cloughs Augen. Aber plötzlich war das Bewußtsein des Kindes, das Anne trug, überwältigend für ihn.

»Was ist denn so verdammt komisch?« platzte Charlie heraus.
»Nichts ist komisch«, sagte George knapp und versuchte, zu einem normalen Gemütszustand zurückzufinden. »Ich habe gerade an meine Familie gedacht. Und du hast recht, ich wäre todunglücklich, wenn ihnen etwas zustoßen würde. Es tut mir leid, wenn ich dich verletzt habe.«
Charlie stand auf und klopfte sich mit den Händen ab. »Wie ich schon sagte, jetzt ist es ein bißchen spät dafür.« Er drehte halb den Kopf, so daß seine Augen im Schatten lagen. »Suchen Sie mich oder meine Großmutter?«
»Deine Großmutter. Ist sie da?«
Er schüttelte den Kopf. »Sie ist noch nicht zurück.«
»Zurück von wo?«
»Ich habe sie gesehen, als wir von der Suche nach Alison zurückkamen. Sie ist über die Felder gegangen, da drüben zwischen der Stelle, wo Sie Shep gefunden haben und wo wir gestern waren, als Sie das ... Zeug gefunden haben.« Charlie runzelte die Stirn, als erinnere er sich an etwas, das halb vergessen war. »Es war, als ob sie denselben Weg abginge, den der Squire am Mittwoch nachmittag gegangen ist.«
Manchmal läßt eine bestimmte Wortfolge die ganze Welt sich nur noch wie in Zeitlupe weiterbewegen. Als George die Bedeutung von Charlie Lomas' Worten erfaßte, hatte er das seltsam schwebende Gefühl eines Menschen, dessen auf Hochtouren geschaltete Wahrnehmung auf eine Außenwelt trifft, die viel zu langsam an ihm vorbeizukriechen scheint. Er blinzelte heftig, räusperte sich und fragte dann vorsichtig: »Was hast du gerade gesagt, Charlie?«
»Ich sagte, meine Großmutter ist über die Felder gegangen. So, als ob sie von hinten zum Gutshaus zurückkehren wollte«, fügte er hinzu. Offenbar hatte er jetzt, wo es in Alisons Interesse war, beschlossen, diesem seltsamen Polizisten trotz der Behandlung, die er von ihm erfahren hatte, zu helfen – diesem Polizisten, der sich völlig anders benahm als alle

anderen, die er tatsächlich oder im Kino von Buxton jemals gesehen hatte.

George mußte sich anstrengen, nicht die Beherrschung zu verlieren. Er hätte Charlie am liebsten am Kragen gepackt und ihn angeschrien, aber er sagte nur: »Du sagtest, sie sei da entlanggegangen, wo der Squire am Mittwoch nachmittag unterwegs war.«

Charlie verzog das Gesicht. »Na und? Warum sollte der Squire nicht über seine eigenen Felder gehen?«

»Am Mittwoch nachmittag, sagtest du.«

»Stimmt. Ich erinnere mich genau wegen der ganzen Aufregung, als Alison weg war.«

George warf Clough einen Blick zu. Seine eigene Fassungslosigkeit traf bei Clough auf Wut. »Du bist gefragt worden, ob du am Mittwoch jemand auf den Feldern oder im Wald gesehen hast«, stieß Clough mühsam hervor.

»Das stimmt nicht«, wehrte sich Charlie.

»Ich selbst habe dich gefragt«, zischte Clough ihn an.

»Nein, das haben Sie nicht«, beharrte Charlie. »Sie haben gefragt, ob wir Fremde gesehen hätten. Ob wir etwas Außergewöhnliches gesehen hätten. Und das hab ich nicht. Ich sah nur dasselbe, was ich schon tausendmal gesehen habe: der Squire ging über seine eigenen Äcker. Es kann sowieso nichts mit Alisons Verschwinden zu tun haben, weil es noch hell genug war, daß man deutlich sehen konnte, wer es war. Und nach dem, was Sie gesagt haben, ist Alison nicht rausgegangen, bevor es fast dunkel war. Sie brauchen also gar nicht so einen Ton anzuschlagen«, fügte er hinzu, straffte seine Schultern und versuchte, älter und reifer zu wirken, als er war. »Außerdem waren Sie viel zu sehr damit beschäftigt, mir einzureden, ich hätte etwas damit zu tun, um auf irgend etwas zu hören, was ich zu sagen hatte.«

George wandte sich voller Empörung ab und schloß einen Moment die Augen. »Wir werden eine Aussage dazu brauchen«, sagte er, und seine Erregung über die Möglichkeiten,

die diese Auskunft eröffnete, ließ ihn vergessen, daß sie kostbarste Zeit verloren hatten, weil die Köpfe in Scardale nicht weiterdachten und jede Frage so wörtlich nahmen, wie sie gestellt worden war. »Geh rauf zur Methodistenhalle und sag einem der Beamten, ich hätte dich geschickt. Und erzähle ihm jedes Detail: die Zeit, die Richtung, in die Mr. Hawkin ging, ob er etwas getragen hat oder nicht, was er anhatte. Tun Sie es jetzt, bitte, Mr. Lomas, bevor ich der Versuchung nachgebe, Sie wegen Behinderung einer polizeilichen Untersuchung zu verhaften.«
Er schaute noch rechtzeitig über die Schulter zurück, um zu sehen, daß Charlie erschrocken die Augen aufriß. »Das hab ich nie getan«, sagte er und klang nur halb so alt, wie er war. »Er hat mich nicht über den Squire befragt.«
»Ich hab dich auch nie über den Herzog von Edinburgh befragt, aber wenn er über die Felder gegangen wäre, nehme ich an, du hättest es mir gesagt«, knurrte Clough. »Also, jetzt verschwende nicht noch mehr Zeit. Beweg deinen Hintern die Straße rauf, bevor ich mit dem Stiefel nachhelfe.«
Charlie drückte sich an ihnen vorbei und fing an, über die Wiese auf einen der dreckbespritzten Landrover zuzulaufen, die gegenüber geparkt waren. »Diese Leute sind doch unglaublich«, rief George. »Mein Gott, ich frage mich, ob sie überhaupt wollen, daß Alison gefunden wird.« Er stieß einen Seufzer aus. »Wir werden mit Hawkin darüber sprechen müssen. Er hat uns angelogen, und ich will wissen, warum.« Er sah auf seine Uhr. »Aber ich will auch die Sache mit Crowther erfahren.«
»Je nachdem, was der Squire vorzubringen hat, könnte Peter Crowther unwichtig sein«, stellte Clough fest.
George runzelte die Stirn. »Sie glauben doch nicht im Ernst, daß Hawkin ...?«
Clough zuckte die Achseln. »Ob ich glaube, daß er imstande wäre, es zu tun? Ich habe keine Ahnung, ich habe kaum ein Wort mit dem Mann gesprochen. Andererseits hat er gelogen.«

Er zählte die Möglichkeiten an seinen kurzen, kräftigen Fingern ab. »Entweder hat er etwas zu verbergen, oder er deckt einen anderen, den er gesehen hat, oder er ist so zerstreut, daß es schon kriminell ist.«
Bevor George ihm antworten konnte, wurde die Frage durch das Erscheinen von Ma Lomas entschieden, die in einen Wintermantel und ein Kopftuch eingehüllt war. Sie legte den Kopf schief und sagte: »Sie stehen mir im Weg.«
Die zwei Männer traten zur Seite. Sie ging, ohne sich zu bedanken, weiter auf ihre Haustür zu. »Wir müssen mit Ihnen sprechen«, sagte George.
»Ich muß aber nicht mit Ihnen sprechen«, gab sie zurück und steckte umständlich einen großen, eisernen Schlüssel in das Türschloß. »Bevor Ruth Carter Fremde ins Tal gebracht hat, hat man nie abschließen müssen.« Der Schlüssel drehte sich knirschend, und Metall quietschte auf Metall.
»Ist es Ihnen egal, was mit Ihrem eigenen Fleisch und Blut passiert?« fragte George.
Sie wandte ihm das Gesicht mit halb zusammengekniffenen Augen zu. »Sie wissen nichts, überhaupt nichts.« Dann öffnete sie die Tür.
»Wir werden mit dem Squire reden, nachdem wir uns mit Ihnen unterhalten haben«, schaltete sich Clough ein, als sie schon fast im Haus war. Sie blieb auf der Schwelle stehen, still wie eine Maus, über der ein Habicht kreist. »Wir wissen, daß er über das Feld gegangen ist, wo Sie gerade waren. Mrs. Lomas, wir müssen Peter Crowther aus unseren Verhören ausschließen, wenn er unschuldig ist.«
Sie stand einen Moment da, überlegte und ließ die Sätze, die anscheinend nichts miteinander zu tun hatten, auf sich wirken. Dann nickte sie, neigte den Kopf zur Seite und fixierte Clough mit einem starr abschätzenden Blick. »Dann kommen Sie mal rein«, sagte sie endlich. »Aber wischen Sie sich die Füße ab. Und kein Rauchen hier drin. Es ist schlecht für meine Brust.«
Sie folgten ihr in ein Wohnzimmer, das kaum drei mal drei

Meter groß war. Es war dunkel, hatte nur ein Fenster und roch schwach nach Kampfer und Eukalyptus. Der Steinboden war mit verschossenen Flickenteppichen bedeckt. Zu beiden Seiten eines Kamins standen zwei schwarze Eisenöfen, jeder so groß wie ein Kasten Bier, und daneben je ein Sessel. Ein Kessel stand auf einem der Öfen, aus dessen Tülle eine kleine Dampfwolke stieg und im Kamin verschwand. Auf der gegenüberliegenden Seite des Zimmers befand sich ein Sideboard, auf dem geschnitzte Holztiere und leicht polierte Kalksteinstücke mit versteinerten Fossilien verstreut lagen. In dem winzigen Erker ragten drei schwarze Eichenstühle vor einem kleinen Eßtisch auf und schienen ihn mit ihren hohen Rückenlehnen erschlagen zu wollen.

Der einzige Schmuck waren Dutzende von grellbunten Postkarten jeder Art, von spanischen Stränden bis hin zu skandinavischen Barockhäusern. Als sie Georges verwirrten Blick sah, sagte Ma Lomas: »Sie gehören Charlie. Wie Brieffreundschaften, nur mit Postkarten. Er ist ein Träumer. Ich muß immer lachen, daß es überall in der Welt Hunderte von Leuten gibt, die Squire Hawkins Postkarte von Scardale betrachten und denken, das Leben in einem Dorf in Derbyshire besteht aus schneeweißen Schafen auf einem sonnigen Feld.« Sie humpelte zu dem Sessel hinüber, der gegenüber der Tür stand, ließ sich darin nieder und rückte die Schultern zurecht, bis sie bequem saß.

»Darf ich mich setzen?« fragte George.

»In dem Sessel sitzen Sie nicht gut«, sagte sie zu ihm. Mit dem Kopf zeigte sie auf die Stühle. »Sowieso besser für den Rükken.«

Sie drehten zwei der Stühle um, so daß sie sich ihr gegenüber hinsetzen konnten, während sie sich vorbeugte und die glühenden Kohlen zum Auflodern brachte. »Peter Crowther ist in Buxton in Haft«, sagte George, als sie sich bequem hingesetzt hatte.

»Ja, das habe ich gehört.«

»Meinen Sie, er sollte dort sein?«
»Sie sind von der Polizei, nicht ich. Ich bin bloß eine alte Frau, die immer nur in diesem Tal in Derbyshire gelebt hat.«
»Wir könnten viel Zeit verschwenden mit dem Versuch, eine Verbindung zwischen Peter Crowther und Alison herzustellen«, fuhr George fort, ohne sich ablenken zu lassen. »Zeit, die wir besser verwenden sollten, um sie zu finden.«
»Ich habe Ihnen schon gesagt, das Schlimme mit Ihnen und Ihren Detectives ist, daß Sie überhaupt keine Ahnung von diesem Ort haben«, antwortete sie gereizt.
»Ich versuche ja, zu verstehen. Aber den Leuten in Scardale scheint es wichtiger zu sein, mich zu behindern, statt mich zu unterstützen. Ich habe gerade mit Ihrem Enkelsohn die Erfahrung gemacht, daß er mir etwas verschwiegen hat, das ein wichtiges Verdachtsmoment sein könnte.«
»Das ist nicht überraschend, wenn man sich anschaut, wie Sie den Jungen behandelt haben. Wieso hatte keiner von Ihnen genug Verstand, zu fragen, ob er überhaupt etwas damit zu tun haben konnte, daß Alison plötzlich weg war? Er konnte nämlich nichts damit zu tun haben. Als sie verschwunden ist, war er hier im Haus bei mir. Das nennt man doch ein Alibi, oder?« fragte sie höhnisch.
»Sind Sie da sicher?« fragte George skeptisch.
»Ich bin zwar alt, aber ich hab schon noch alle Tassen im Schrank. Charlie ist kurz vor halb fünf reingekommen und hat angefangen, Kartoffeln zu schälen. Ich kann das nicht mehr mit meiner Arthritis, deshalb muß er es machen. Jeden Abend dasselbe. Er hat sich nicht mit Alison herumgetrieben, er war hier und hat sich um mich gekümmert.«
George holte tief Luft. »Es hätte viel Zeit gespart, wenn entweder Sie oder Charlie es für nötig gehalten hätten, uns das zu sagen. Mrs. Lomas, in Fällen, wo es um vermißte Kinder geht, sind die ersten achtundvierzig Stunden ausschlaggebend. Diese Zeit ist fast verstrichen, und wir sind noch genausoweit davon entfernt wie am Anfang, das junge Mädchen zu finden,

das mit Ihnen verwandt ist.« George war so frustriert, daß er immer lauter sprach. »Mrs. Lomas, ich schwöre, ich werde Alison Carter finden. Früher oder später werde ich herausfinden, was hier vor zwei Tagen geschehen ist. Und wenn ich jedes Haus im Dorf vom Dachfirst bis zum Fundament durchsuchen muß, ich werde es tun. Wenn ich jedes Feld und jeden Garten im Tal umgraben lassen muß, wir werden es tun, und zum Teufel mit eurer Ernte und eurem Vieh. Wenn ich euch alle verhaften und euch Behinderung der Ermittlungen oder sogar Begünstigung zur Last legen muß, ich werde es tun.« Er hielt unvermittelt inne und beugte sich vor. »Sagen Sie mir also: Glauben Sie, daß Peter Crowther etwas mit Alisons Verschwinden zu tun hatte?«

Sie schüttelte ungeduldig den Kopf. »Soviel ich weiß – und glauben Sie mir, ich weiß das meiste, was in Scardale los ist –, war Peter seit Kriegsende nicht mehr in diesem Tal. Ich glaube, er weiß nicht einmal, daß es Alison gibt. Und ich würde auf die Bibel schwören, daß sie nie seinen Namen gehört hat.« Sie preßte die Lippen so fest aufeinander, daß Nase und Kinn sich einander wie die Schenkel eines Greifzirkels näherten.

»Wir wissen es nicht mit Sicherheit. Das Mädchen ist in Buxton zur Schule gegangen. Sie sieht aus wie ihre Mutter. Vergessen Sie nicht, Mrs. Hawkin war ungefähr genauso alt wie Alison jetzt, als ihr Bruder zuletzt viel mit ihr zusammen war. Bei jemand, der ein bißchen schwach im Oberstübchen ist, könnten allerhand Erinnerungen hochgekommen sein, wenn er Alison auf der Straße gesehen hätte.«

Ma Lomas verschränkte die Arme fest vor der Brust und schüttelte heftig den Kopf, während George sprach. »Ich glaub's nicht, wirklich nicht«, sagte sie.

»Sollten wir also Peter Crowther vernehmen, Mrs. Lomas?« fragte George, und seine Stimme wurde jetzt angesichts ihres offensichtlichen Kummers wieder freundlicher.

»Wenn er ins Tal gekommen wäre, hätten wir es alle gemerkt.

Außerdem müßte er doch bei der Arbeit gewesen sein«, fügte sie verzweifelt hinzu.

»Sie haben mittwochs den Nachmittag frei. Er hätte hier sein können. Mrs. Lomas, was hat Peter Crowther getan, warum wurde er weggeschickt?«

»Das geht heute niemand mehr etwas an«, sagte sie energisch. Sie kniff jetzt die Augen zusammen, als wäre der Feuerschein die helle Mittagssonne.

»Ich muß es wissen«, beharrte George.

»Das müssen Sie nicht.«

Tommy Clough beugte sich, die Ellbogen auf die Knie gestützt, vor und ließ sein Notizbuch zwischen den Beinen baumeln. George beneidete ihn um seine Fähigkeit, locker zu wirken, selbst wenn die Stimmung bei einer Befragung so angespannt war wie jetzt. »Ich glaube, Peter Crowther könnte keiner Fliege etwas zuleide tun«, sagte er. »Leider bin ich nicht derjenige, der die Entscheidungen trifft. Ich glaube, es könnte eine Weile dauern, bis Peter wieder herauskommt. Eine Frau wie Sie, Mrs. Lomas, die nie außerhalb eines Tals in Derbyshire gelebt hat, kann nicht wissen, was Gefangene mit Männern machen, von denen sie glauben, sie hätten Kindern etwas angetan. Was sie tun, treibt Gesunde zum Wahnsinn. Sie hängen sich am Fensterkreuz auf. Sie trinken Säure. Sie würden sich mit dem Buttermesser die Pulsadern aufschneiden, wenn jemand blöd genug wäre, ihnen eines zu geben. Ihr Peter würde schlimmer mißbraucht werden als eine Prostituierte in einem Kriegsgebiet. Ich glaube, Sie wollen nicht, daß ihm das zustößt. Weder Sie noch sonst irgend jemand in Scardale. Wenn Sie es wollten, hätten Sie dafür gesorgt, daß er vor zwanzig Jahren erwischt worden wäre. Aber Sie haben ihn laufenlassen. Sie haben ihm erlaubt, sich sein eigenes kleines Leben aufzubauen. Was für einen Sinn hätte es, jetzt einfach nur zuzusehen, wie er es verliert?«

Es war eine überzeugende Rede, aber sie hatte keine Wirkung. »Ich kann es Ihnen nicht sagen«, antwortete sie und schüttelte schwach und fast unmerklich den Kopf.

George schob geräuschvoll seinen Stuhl zurück, die Beine quietschten laut auf dem Steinboden. »Ich kann meine Zeit nicht hier verschwenden«, sagte er. »Wenn Ihnen egal ist, was aus Peter Crowther wird und ob wir etwas über Alison herausfinden, dann gehe ich zu jemandem, dem es wichtig ist. Ich bin sicher, Mrs. Hawkin wird uns alles sagen, was wir wissen wollen. Schließlich ist er ihr Bruder.«

Ma Lomas' Kopf schnellte in die Höhe, als hätte ihr jemand das Haar am Hinterkopf hochgezerrt. Sie riß die Augen auf. »Nicht Ruth. Nein, das dürfen Sie nicht. Nicht Ruth.«

»Warum nicht?« fragte George und machte seinem Ärger Luft. »Sie will, daß Alison gefunden wird, sie will nicht, daß wir unsere Zeit auf falschen Fährten verschwenden. Sie wird uns alles sagen, was wir wissen wollen, glauben Sie mir.«

Sie starrte ihn an, ihr Hexengesicht war so wütend wie eine Halloweenmaske. »Setzen Sie sich«, zischte sie. Es war ein Befehl, keine Aufforderung. George zog sich auf seinen Stuhl zurück. Ma Lomas stand auf und ging unsicher zum Sideboard hinüber. Sie machte die Tür auf und nahm eine Flasche heraus, auf deren Etikett »Whisky« stand. Die Flüssigkeit in der Flasche war aber klar wie Gin. Sie füllte ein Sherryglas und trank es mit einem Schluck aus. Sie hustete zweimal heftig, die Schultern hoben und senkten sich, dann wandte sie sich ihnen wieder mit wäßrigen Augen zu. »Peter war immer ein Problem«, sagte sie langsam.

»Er hatte immer schon schmutzige Gedanken«, fuhr sie fort und ging zu ihrem Sessel zurück. »Abscheulich. Dreckig. Man fand ihn oft im Feld, er starrte die Tiere bei der Paarung an. Je älter er wurde, desto schlimmer wurde es. Er verfolgte alle, die einem Mädchen den Hof machten, seine eigenen Blutsverwandten, und wollte unbedingt sehen, was sie taten. Man wußte, wann der Schafbock zu den Schafen ging, nämlich dann, wenn man in den Wald ging, und Peter stand dort mit seinem« – sie hielt inne, schob die Lippen vor, dann fuhr sie fort – »seinem *Ding* in der Hand, die Augen traten ihm aus dem

Kopf, und er sah den Tieren zu. Man hat ihn dafür geohrfeigt, angeschrien, getreten und beschimpft, aber es war ihm egal. Nach einiger Zeit machte es uns nicht mehr soviel aus. In einem Ort wie Scardale muß man sich mit dem abfinden, was man nicht heilen kann.«

Sie starrte ins Feuer und seufzte. »Dann wurde aus der kleinen Ruth eine junge Frau. Peter war wie besessen. Er folgte ihr überallhin wie ein Rüde, der einer läufigen Hündin hinterherschnüffelt. Dan erwischte ihn zweimal auf einer Leiter draußen vor dem Zimmer des Mädchens, wo er sie durch einen Spalt im Vorhang beobachtete. Wir haben alle versucht, ihn zur Vernunft zu bringen – sie war doch seine eigene Schwester, es konnte nicht so weitergehen. Aber Peter ließ sich nichts sagen. Am Ende hat ihn Dan aus dem Haus geschafft, und er mußte hier drüben bei mir wohnen.«

Ma Lomas machte eine Pause und rieb sich kurz über die geschlossenen Augenlider. Weder George noch Clough machten auch nur eine einzige Bewegung, entschlossen, den Fortgang der Geschichte nicht zu stören. »Eines Nachts kam Dan aus Longnor zurück. Er hatte etwas getrunken. Es war Krieg und Verdunkelung. Als er ins Tal herunterkam, sah er vom Dorf her einen dünnen Lichtstreifen wie von einem Leuchtturm. Er trat in die Pedale und fuhr, so schnell er konnte, um Bescheid zu sagen, daß ein Licht zu sehen war, bevor der Polizist es bemerken und ihnen eine Geldstrafe aufbrummen würde. Er war noch eine halbe Meile weg, als er merkte, daß es von seinem eigenen Haus kommen mußte. Da flitzte er erst richtig los. Bald erkannte er, welches Fenster es war – Ruths Zimmer. Er wußte, daß Diane mit Ruth allein war und glaubte, etwas Furchtbares wäre einer von ihnen passiert.« Sie wandte sich ihren gebannten Zuhörern zu.

»Also, er hatte unrecht und zugleich recht. Er brüllte und fegte wie ein Sturm durchs Haus, nahm zwei Stufen auf einmal und wäre mit dem Kopf fast gegen den Balken gestoßen. Er riß die Tür zu Ruths Zimmer auf und sah Peter mit heruntergelassener

Hose an Ruths Bett stehen, und das Laternenlicht warf einen Schatten von seinem Schwanz an die Decke, der aussah wie ein Besenstiel. Das Mädchen hatte fest geschlafen, aber als Dan ins Zimmer stürmte wie ein Irrer, wachte sie auf. Sie muß es für einen Alptraum gehalten haben.« Die alte Frau schüttelte den Kopf. »Ich habe ihr Schreien über die ganze Dorfwiese bis hierher gehört.

Als nächstes hörte ich Peter schreien. Drei Männer mußten Dan von ihm wegzerren. Ich dachte, er wäre tot; er war blutverschmiert wie ein Kalb nach einer schweren Geburt. Wir haben ihn in einen Schafstall gesperrt, bis seine Wunden anfingen zu heilen, dann sorgten wir dafür, daß er im Heim in Buxton bleiben konnte. Dan sagte zu ihm, wenn er jemals wieder in Ruths Nähe oder nach Scardale käme, würde er ihn mit bloßen Händen umbringen. Peter glaubte ihm damals und glaubt ihm auch jetzt noch. Ich weiß, Sie werden denken, was ich Ihnen gesagt habe, könnte bedeuten, er hätte Ruth in Alison sehen können und ihr etwas Furchtbares antun. Aber da haben Sie unrecht. Es bedeutet genau das Gegenteil. Wenn Sie wollen, daß Peter Crowther auf dem Boden kriecht und um Gnade bittet, brauchen Sie ihm nur zu sagen, Ruth und Dan suchen ihn. Der letzte Ort, an den er jemals kommen würde, ist Scardale. Und die letzte Person, der er sich nähern würde, ist jemand, der etwas mit Scardale zu tun hat. Glauben Sie mir, ich weiß es bestimmt.«

Nach ihrem Bericht ließ sie sich in den Sessel zurückfallen. Die Tradition der mündlichen Überlieferung würde nicht sterben, solange Ma Lomas am Leben war, dachte George. Sie verkörperte die Dorfälteste, die die Stammesgeschichte am Leben erhält und deren Echtheit allein durch ihre persönlichen Fähigkeiten verbürgt. Er hätte nie erwartet, jemanden wie sie im Jahr 1963 in Derbyshire anzutreffen. »Danke, Mrs. Lomas, daß Sie uns das erzählt haben«, sagte er förmlich. »Sie haben uns sehr geholfen. Nur noch eines, bevor wir Sie in Frieden lassen. Charlie hat gesagt, er hätte am Mittwoch nachmittag

Mr. Hawkin auf dem Feld zwischen dem Wald und dem Gehölz gesehen. Er hat uns gesagt, Sie wären diesen Weg gerade eben abgegangen. Haben Sie also am Mittwoch auch den Squire gesehen?«

Sie sah ihn an und überlegte, ihre Augen glänzten wie die eines Papageis. »Nicht, nachdem Alison verschwunden war, nein.«

»Aber vorher?«

Sie nickte. »Ich habe eine Tasse Tee mit unserer Diane getrunken. Als ich aus dem Haus kam, stieg Kathy gerade in den Landrover, um den Weg raufzufahren und Alison, Janet und Derek vom Schulbus abzuholen. Ich sah David und Brian bei der Milchkammer, sie brachten die Kühe rein. Und ich sah Squire Hawkin, der übers Feld ging.«

»Warum haben Sie das nicht erwähnt?« fragte George ärgerlich.

»Warum sollte ich? Das war doch nichts Besonderes. Es ist sein Feld, warum sollte er nicht da gehen? Er ist immer mit seiner Kamera draußen und knipst drauflos, wenn man es am wenigsten erwartet. Außerdem, wie ich schon gesagt habe, Alison war noch nicht einmal von der Schule zu Haus. Er müßte elend langsam gegangen sein, wenn er noch im Feld gewesen sein sollte, als sie mit Shep herauskam. Und bei diesem Wetter geht niemand langsam in Scardale«, sagte sie bestimmt, als brächte sie eine Streitigkeit zu Ende.

George schloß die Augen und atmete tief durch die Nase ein. Als er sie wieder öffnete, hätte er schwören können, daß ein Lächeln in den Mundwinkeln der alten Frau zuckte. »Ich werde das alles als Aussage tippen lassen«, sagte er, »und ich erwarte von Ihnen, daß Sie es unterschreiben.«

»Wenn es die Wahrheit ist, werde ich nichts dagegen sagen. Lassen Sie jetzt Peter gehen?«

George stand auf und schob seinen Stuhl sorgsam wieder unter den Tisch. »Wir werden das, was Sie uns gesagt haben, berücksichtigen, wenn wir unsere Entscheidung treffen.«

»Er ist nicht gewalttätig, Inspector«, sagte sie. »Selbst wenn er

Alison gesehen und sie ihn an Ruth erinnert hätte, hätte sie ihn nur zurückzuschubsen brauchen. Er ist feige. Verschwenden Sie Ihre Zeit nicht mit Peter, und lassen Sie nicht einen Schuldigen davonkommen.«

»Sie scheinen sicher zu sein, daß jemand Alison das angetan haben muß, was immer mit ihr geschehen ist«, sagte Clough und stand auf, hielt aber bewußt sein offenes Notizbuch weiter bereit.

Ihr Gesicht wurde sofort steinern, die Augen schmal, sie preßte den Mund zu, um die Nase erschienen Falten. »Was ich denke und was Sie wissen, das sind völlig verschiedene Dinge. Sehen Sie zu, daß Sie sie ein bißchen näher zusammenbringen, Sergeant Clough. Dann werden wir vielleicht alle erfahren, was unserem Mädchen passiert ist.« Sie sah zur Uhr hoch. »Ich dachte, Sie hätten gesagt, Sie würden mit Squire Hawkin sprechen?«

»Das werden wir auch«, sagte George.

»Da sollten Sie sich aber beeilen. Er hat sein Essen gern genau um sechs auf dem Tisch, und ich kann mir nicht vorstellen, daß er Ihnen zuliebe davon abweicht.«

Sie gingen hinaus. »Was halten Sie davon, Tommy?« fragte George.

»Sie sagt uns die Wahrheit, so wie sie sie versteht, Sir.«

»Und das Alibi für Charlie?«

Clough zuckte die Schultern. »Sie könnte für ihn lügen. Sie würde für ihn lügen. Ich glaube, das steht fest. Aber bis wir jemand finden, der etwas anderes aussagt, oder etwas, das ihn klarer mit Alisons Verschwinden in Verbindung bringt, haben wir keinen Grund, ihre Aussage anzuzweifeln. Und was Crowther angeht, muß ich ihr zustimmen, was immer das bringt.«

»Ich auch.« George rieb sich mit einer Hand übers Gesicht. Die Haut tat weh vor Müdigkeit, die Knochen schienen direkt unter der Oberfläche zu liegen. Er seufzte.

»Wir sollten ihn gehen lassen«, sagte Clough, nahm seine Zigaretten und gab George eine. »Er wird nicht weglaufen. Er

kann nirgendwo hin. Ich könnte die Wache von der Telefonzelle aus anrufen und ihnen sagen, sie sollen ihn unter gewissen Bedingungen freilassen. Sie können ihm strenge Vorschriften machen – er dürfe nicht näher als fünf Meilen an Scardale herankommen, er solle in seinem Heim bleiben und sich täglich auf der Wache melden. Aber es ist bestimmt nicht nötig, ihn dort weiter festzuhalten.«
»Sie glauben nicht, daß wir ihn damit der Lynchjustiz ausliefern?« fragte George.
»Je länger wir ihn behalten, desto schlimmer sieht es für ihn aus. Wir könnten dem Kollegen vom Dienst sagen, er soll den Presseleuten den Hinweis geben, Crowther sei nie verdächtig gewesen, nur ein besonders empfindlicher Verwandter, den wir auf der Wache befragen wollten, um ihm den Streß aus seiner Umgebung zu ersparen. Irgend so einen Mist. Und ich könnte erwähnen, daß man dasselbe in den Pubs verbreiten soll.« Um Cloughs Kinn lag ein trotziger, fester Zug. Er mochte recht haben, und George war zu müde, um über etwas zu streiten, das ihm so oder so nicht wichtig war.
»In Ordnung, Tommy. Rufen Sie sie an und sagen Sie, man soll ihn auf meine Veranlassung hin freilassen. Und daß auf jeden Fall jemand dem Chef Bescheid sagt. Es wird ihm nicht gefallen, aber das ist sein Problem. Ich sehe Sie dann im Wohnwagen. Wenn ich dort nicht etwas Heißes zu trinken bekomme, falle ich unter den Tisch, bevor ich aus dem Squire etwas herauskriegen kann.«
George wartete die Antwort nicht ab. Er ging direkt über die Wiese zum Polizeiwagen. Kein ungutes Vorgefühl ließ ihn sich umdrehen und Detective Sergeant Clough zurückhalten. Schließlich war Clough überzeugt, richtig zu handeln. Nicht einmal Ma Lomas' sicherer Instinkt meldete sich gegen Peter Crowthers Freilassung zu Wort.
Dieses Wissen war eine Bürde, an der alle gemeinsam tragen würden.

10

Freitag, 13. Dezember 1963, 17 Uhr 52

Ruth Hawkin wischte sich die Hände an ihrer Schürze ab, als sie die Küchentür von Scardale Manor öffnete. Ein kurzer Hoffnungsschimmer ließ ihre Augen aufleuchten, aber sie fand nichts in den Gesichtern der Männer, das diesen Funken weiter entfachte. Die Hoffnung verging, und sofort trat Angst an ihre Stelle. Die dunklen Schatten unter ihren Augen und der verhärmte Ausdruck auf ihrem blassen Gesicht ließen darauf schließen, daß sie die bange Furcht in den letzten zwei Tagen kaum jemals verlassen hatte. Als er ihren Kummer sah, sagte George schnell: »Wir haben keine neuen Nachrichten, Mrs. Hawkin. Es tut mir leid. Können wir einen Moment reinkommen?«

Ruth nickte, trat stumm zur Seite und rieb weiter ihre Hände an dem rauhen geblümten Baumwollstoff ihrer Ärmelschürze ab. Ihre Schultern waren nach vorn gesunken, ihre Bewegungen träge, und sie wirkte zerstreut. George und Clough gingen nacheinander an ihr vorbei und standen verlegen mitten in der Küche. Der unverkennbare Duft von Steak und Nieren lag in der Luft und ließ beiden Männern vor Hunger das Wasser im Mund zusammenlaufen. George kam der flüchtige Gedanke, was Anne ihm wohl vorsetzen würde, wenn er es je nach Hause schaffte. Eines war sicher: Wenn es so weiterging, würde es so vertrocknet und verschrumpelt sein, daß er es nicht mehr essen mochte. »Ist Ihr Mann zu

Hause?« fragte er. »Wir müßten eigentlich mit ihm sprechen.«
»Er ist mit den anderen Männern auf der Suche gewesen«, sagte sie schnell. »Er ist erschöpft heimgekommen und ist gleich raufgegangen, um ein Bad zu nehmen. Kann ich Ihnen helfen?«
George schüttelte den Kopf. »Es ist nichts, worüber man sich Sorgen machen müßte. Wir müssen ihn nur kurz sprechen.«
Sie warf einen Blick auf den angeschlagenen Emailwecker auf einem Regal über dem Herd. »Er wird in zehn Minuten zum Essen runterkommen.« Sie kaute am rechten Mundwinkel auf der Unterlippe herum und zeigte so unbewußt ihre Nervosität. »Es wäre besser, wenn Sie später noch einmal kommen könnten, nachdem er gegessen hat. Vielleicht in einer halben Stunde? Ich sage ihm, daß er sich dann bereithalten soll.« Sie lächelte nervös.
»Wenn es Ihnen nichts ausmacht, das Essen warm zu halten, Mrs. Hawkin, würden wir mit Ihrem Mann sprechen, wenn er herunterkommt«, sagte George ruhig. »Wir wollen keine Zeit verlieren.«
Um ihre Augen und den Mund trat ein gespannter Zug. »Meinen Sie, das ist mir nicht klar? Aber er braucht sein Essen, wo er doch den ganzen Nachmittag draußen im Tal gewesen ist.«
»Ich verstehe, und wir werden es so kurz wie möglich machen.«
»So kurz wie möglich womit, Inspector?«
George drehte sich halb um. Er hatte nicht gehört, daß Hawkin die Tür hinter ihm geöffnet hatte. Der Squire trug einen zottigen Morgenmantel aus Kamelhaar über einem gestreiften Schlafanzug. Seine Haut leuchtete rosa vom Bad, das Haar lag noch glatter am Kopf als zuvor. Eine Hand steckte in der Tasche, die andere hielt eine Zigarette. Es war eine Pose, die in einem West-End-Theaterstück flott ausgesehen hätte, in einer Farmküche in Derbyshire aber nur lächerlich wirkte. George

grüßte nickend. »Wir müßten ein paar Minuten Ihrer Zeit in Anspruch nehmen, Mr. Hawkin.«

»Ich wollte gerade essen, Inspector«, sagte er verstimmt. »Meine Frau hat Ihnen das wahrscheinlich schon gesagt. Vielleicht könnten Sie später wiederkommen?«

Interessant, dachte George, daß Hawkin nicht einmal gefragt hatte, ob die Polizei wegen neuer Ergebnisse in seine Küche gekommen war. Kein Wort über Alison, kein Hinweis, daß er sich über irgend etwas Sorgen machte außer darüber, daß er etwas in den Magen bekam. »Leider nicht, Sir. Wie ich schon angedeutet habe, bei Befragungen dieser Art glauben wir, daß es von größter Wichtigkeit ist, keine Zeit zu verschwenden. Wenn es Mrs. Hawkin also nichts ausmachen würde, Ihr Essen warm zu halten, würden wir Sie gern kurz sprechen.«

Hawkin seufzte laut und theatralisch. »Ruth, du hast gehört, was der Inspector sagt.« Er trat an den Tisch heran, nahm langsam die Hand aus der Tasche und griff nach der Rückenlehne des Stuhls.

»Vielleicht wäre es woanders besser, Sir«, sagte George.

Hawkin zog die Augenbrauen hoch. »Wie bitte?«

»Wir möchten die Zeugen lieber getrennt hören. Und da Ihre Frau hier zu tun hat, wäre es vernünftig, in einen anderen Raum zu gehen. Das Wohnzimmer vielleicht?« George war ausgesprochen höflich, aber äußerst bestimmt.

»Ich gehe nicht ins Wohnzimmer. Da ist es so kalt wie in einem Kühlhaus, und ich habe keine Lust, mir Ihnen zuliebe eine Lungenentzündung zu holen.« Er versuchte rasch, seine Worte mit jenem dreieckigen Lächeln abzumildern, aber das überzeugte George nicht. »In meinem Arbeitszimmer ist es wärmer«, fügte Hawkin hinzu und ging auf die Tür zu.

Sie folgten ihm durch den kalten Flur zu einem Zimmer, das wie ein Herrenclub in Kleinformat aussah. Zwei Ledersessel standen zu beiden Seiten des Kamins, daneben noch ein niedriger Paraffinofen. Hawkin ging auf den einen Sessel zu, von dem aus man das Fenster sehen konnte. Ein breiter

Schreibtisch mit verkratzter Lederschreibfläche, auf der dekorative Briefbeschwerer standen, nahm das andere Ende des Zimmers ein. An den Wänden zogen sich Mahagoniregale entlang, die mit ledergebundenen Bänden in der Größe von hohen, schmalen Geschäftsbüchern bis zu ganz kleinen Taschenbüchern beladen waren. Ein Parkettboden, mit den Jahren abgenutzt und uneben geworden, war zum Teil von einem ausgefransten und verblaßten Orientteppich verdeckt. An der Tür stand ein Glasschrank mit einem Paar zusammenpassender Schrotflinten. George wußte nichts über Gewehre, aber sogar er erkannte, daß diese hier keine gewöhnlichen Flinten für Farmer zum Abschießen von Saatkrähen waren. »Das ist ein schöner Raum, Sir«, sagte er und ging zu dem Sessel, der Hawkin gegenüberstand.

»Ich glaube, mein Onkel hat seit der Zeit seines Großvaters nichts verändert«, erwiderte Hawkin. »Ich werde es ein bißchen modernisieren. Werde den alten schäbigen Schreibtisch rauswerfen und einige von den Büchern, damit für Neues Platz ist. Ich muß meine Bücher über Fotografie und meine Negative irgendwo unterbringen.«

George hielt sich zurück. Er hätte wahnsinnig gern so einen Raum gehabt, der an eine mit der Gegenwart verbundene Vergangenheit erinnerte, ein Zimmer, das er sich vorstellen konnte an einen Sohn zu vererben. Wenn er das Glück haben würde, einen Sohn zu bekommen. Der Gedanke an das, was Hawkin vorhatte, schmerzte ihn, auch wenn er zugeben mußte, daß es ihn nichts anging. Aber das machte ihm den Mann nicht sympathischer. Er warf einen Blick über die Schulter zu Clough, der sich auf den Stuhl am Schreibtisch gesetzt hatte und das offene Notizbuch bereit- und den Bleistift gezückt hielt. Der Sergeant nickte. George räusperte sich und wünschte, er hätte jetzt schon die Autorität, die ein paar Dienstjahre mehr ihm automatisch bringen würden. »Bevor ich zu dem Hauptgrund komme, weswegen wir Sie sprechen wollten, Sir, möchte ich fragen, ob Sie eine Lösegeldforderung für Alison erhalten haben.«

Hawkin sah finster drein. »Bestimmt würde doch niemand denken, daß ich soviel Geld habe, Inspector? Nur weil ich ein bißchen Land besitze?«
»Die Leute kommen auf die seltsamsten Ideen, Sir. Und da gerade die Sinatra-Entführung in den Nachrichten war, sollte man das als Möglichkeit ins Auge fassen.«
Hawkin schüttelte bekümmert den Kopf. »Ich habe nichts bekommen. Keinen Brief, keinen Anruf. Wie haben heute mehrere Briefe von Leuten aus Buxton erhalten, die gehört haben, daß Alison verschwunden ist, aber sie wollten alle nur ihr Mitgefühl zum Ausdruck bringen, kein Geld fordern. Sie dürfen sie gern sehen; sie liegen auf dem Schrank in der Küche.«
»Sollten Sie doch so etwas erhalten, Sir, dann ist es wichtig, uns zu verständigen. Auch wenn Sie davor gewarnt werden, es uns zu sagen, dürfen Sie es uns in Alisons Interesse nicht vorenthalten. Wir brauchen dabei die Zusammenarbeit mit Ihnen.«
Hawkin stieß ein nervöses Lachen aus. »Glauben Sie mir, Inspector, wenn jemand denkt, er könnte mir mein Geld und meine Stieftochter nehmen, der wird sich wundern. Sie können sich darauf verlassen, daß ich mich gleich bei Ihnen melden werde, wenn jemand so dumm ist, zu glauben, ich sei in der Lage, für Alison Lösegeld zu zahlen. Also, weswegen wollten Sie mit mir sprechen? Ich bin den ganzen Nachmittag draußen gewesen und bin völlig ausgehungert.«
»Wir haben einen kleinen Widerspruch zwischen verschiedenen Aussagen entdeckt und wollten die Sache klären. Da Alison allererste Priorität hat, müssen wir mögliche Mißverständnisse so schnell wie möglich ausräumen.«
»Natürlich«, sagte Hawkin und wandte sich ab, um seine Zigarette im Aschenbecher auszudrücken, der auf einem Stoß Zeitungen neben seinem Stuhl stand.
»Sie haben ausgesagt, daß Sie an dem Nachmittag, als Alison verschwand, in Ihrer Dunkelkammer waren?«
Hawkin hielt den Kopf etwas schief. »Ja«, sagte er langsam mit einem wachsamen Blick.

»Den ganzen Nachmittag?«
»Warum ist es wichtig, wann ich in meine Dunkelkammer gegangen bin?« fragte er. »Ich verstehe nicht, was meine Nachmittagsbeschäftigung mit Alison zu tun hat.«
»Wenn Sie sich vielleicht etwas gedulden könnten, Sir, können wir dieses Problem sehr schnell lösen. Können Sie uns sagen, wann Sie in Ihre Dunkelkammer gegangen sind?«
Hawkin rieb sich mit dem Zeigefinger den Flügel seiner schmalen Nase. »Wir haben wie gewöhnlich um halb eins zu Mittag gegessen, dann bin ich hier hereingekommen, um die Zeitung zu lesen. Es ist einer der Nachteile, wenn man auf dem Land wohnt, daß die Post und die Morgenzeitungen selten vor dem Mittagessen kommen. Ich ziehe mich deshalb immer nach dem Essen hierher zurück und halte mein kleines Ritual ab, das heißt, ich erledige die Post und lese den *Express*. Am Mittwoch mußte ich zwei Briefe beantworten, deshalb war es wahrscheinlich so etwa halb drei, als ich in die Dunkelkammer ging. Es ist ein kleines Nebengebäude hinter dem Haus, das fließendes Wasser hat. Ich habe es umbauen lassen. Interessieren Sie sich für Fotografie, Inspector? Ich kann Ihnen sagen, eine so gut eingerichtete und ausgestattete Dunkelkammer für private Zwecke wie meine haben Sie noch nicht gesehen.« George hatte auf Hawkins Gesicht noch nie etwas entdeckt, das einem offenen, gelösten Ausdruck ähnlicher gewesen wäre als sein jetziges Lächeln.
»Ich würde sie mir gern mal ansehen, wenn ich darf.«
»Aber gern. Ihre Polizisten waren an dem Abend dort, als Alison verschwand, nur um nachzusehen, ob sie sich da versteckt hielt, aber ich habe ihnen erklärt, daß sie normalerweise abgeschlossen ist. Wegen der wertvollen Ausrüstung. Aber überprüfen Sie das ruhig. Und wenn Sie je professionelle Fotos brauchen ...« Hawkin sah auf den glänzenden Goldring an Georges Finger. »Vielleicht ein Porträt von Ihnen und Ihrer Frau?«
George fand die Vorstellung, wie Hawkin seinen Charme eines

Salonlöwen vor Anne ausspielte, selbst mit Kamera und Linse dazwischen, außerordentlich abstoßend. Aber er verbarg seine Abscheu und sagte nur: »Das ist ein sehr freundliches Angebot, Sir, also, zu Mittwoch nachmittag. Sie haben uns gesagt, daß Sie etwa um halb drei in Ihre Dunkelkammer gingen. Wie lange sind Sie dort geblieben?«
Hawkin nahm stirnrunzelnd seine Zigaretten. »Ich hatte eine Menge Abzüge zu machen. Fotos, die ich bei einem Wettbewerb einreichen will, daher ist es wichtig, daß die Abzüge einwandfrei sind. Ich bin erst vor dem Abendessen wieder hereingekommen. Ich fand meine Frau und Kathy Lomas in der Küche, die sich furchtbar wegen Alison aufregten. Habe ich damit Ihre Frage beantwortet, Inspector?«
»Meine Frage ist beantwortet, aber meine Schwierigkeit nicht behoben. Sehen Sie, Sir, man hat uns gesagt, daß Sie gesehen wurden, als Sie von dem Wald, wo wir Shep gefunden haben, zu dem Gehölz gegangen sind, wo wir Spuren von einem Kampf mit Alison entdeckt zu haben glauben. Es wurde ungefähr vier Uhr Mittwoch nachmittag dafür angegeben. Können Sie uns erklären, warum irgend jemand das sagen würde, Sir?«
Zuerst liefen Hawkins Ohren rot an, dann breitete sich eine tiefe Röte über Kinn und Wangen aus. »Weil sie dumme Bauern sind, vielleicht, Inspector?«
George richtete sich im Sessel auf, erstaunt über die Schärfe von Hawkins Reaktion. »Wie bitte?«
»Sie haben seit Jahrhunderten Inzucht getrieben, Inspector. Ein Dorf, in dem es nur drei Familiennamen gibt! Sie werden nicht gerade ein Intelligenzquiz gewinnen, oder? Manche von ihnen wissen kaum, welches Jahr wir schreiben, viel weniger, welchen Tag wir haben. Nur weil irgendeiner dieser Schwachköpfe den Dienstag mit dem Mittwoch verwechselt hat ... na ja, das ist doch wohl nichts, was man *ernst* nehmen sollte, oder? Hören Sie, Inspector, mein Onkel hat dieses Dorf betrieben, als wäre es sein persönliches, privates Hobby – und

nicht ohne Grund. Er wußte, daß die Leute in Scardale ohne den Schutz eines Squire nicht überleben würden. Sie sind einfach nicht gerüstet für die moderne Welt.« Plötzlich schienen Hawkin die ätzenden Boshaftigkeiten auszugehen. Er fuhr sich mit der Hand übers Haar und setzte sein nettes Lächeln auf. »Glauben Sie mir, Inspector, ich habe an dem Mittwoch nachmittag keinen Schritt aus meiner Dunkelkammer gemacht. Wer immer Ihnen etwas anderes erzählte, hat sich geirrt.«

Bevor George antworten konnte, meldete sich Clough mit dem perfekten Timing, das zwei Comedydarsteller zu Stars werden läßt. Betont auffällig blätterte er die Seiten seines Notizbuchs zurück und sagte bedauernd: »Sir, es gab zwei Aussagen dazu. Zwei Personen behaupten, Sie ungefähr um vier Uhr am Mittwoch am selben Ort gesehen zu haben. Wenn es nur einer wäre, na ja, ehrlich gesagt, wir haben in den letzten zwei Tagen genug gesehen, um gut zu verstehen, was Sie meinen. Aber mit zwei ... ist es ein bißchen schwieriger.«

Diesmal schien Hawkins Lächeln echt zu sein. Zum ersten Mal begriff George, was eine Witwe aus Scardale wie Ruth Carter zu ihm hingezogen hatte. Wenn er lächelte, hatte Hawkin dieselbe verwegene Ausstrahlung wie der junge David Niven. Und dieselbe Gewandtheit, fügte George für sich hinzu, als Hawkin den beiden Beamten mit einer großzügigen Geste Zigaretten anbot. »Gott sei Dank gibt es eine vollkommen vernünftige Erklärung dafür«, sagte er und strengte sich an, seiner Stimme eine harmlose Leichtigkeit zu verleihen.

»Und die wäre?« fragte George und beugte sich vor, um sich Feuer geben zu lassen, wobei sein Blick nicht von Hawkins Augen wich.

»Ich bin oft draußen im Tal. Ich fotografiere, gehe über meine Felder und vergewissere mich, daß alles so ist, wie es sein sollte. Man muß immer danach sehen, sonst wären die Mauern nur Geröllhaufen aus Kalkstein. Und die Tore ...« Er schob die Lippen vor und schüttelte den Kopf. »Jedenfalls, zufällig war ich gerade am Dienstag auf dem Feld, das Sie erwähnt haben. Offensichtlich haben mich zwei Leute aus dem Dorf da gesehen. Nachdem Alison verschwand, werden sie gestritten haben, an welchem Tag es war. Wenn ich ein Carter oder ein Crowther oder ein Lomas wäre, hätte man im Zweifelsfall zu meinen Gunsten entschieden, und sie hätten alle gesagt, es war am Dienstag. Aber ich bin ein Außenseiter, und so denken sie immer das Schlimmste von mir. Und vergessen wir nicht, sie sind wie die Kinder, ständig wollen sie sich in Szene setzen. Wenn es also bei den Carters, den Crowthers und den Lomas' einen Zweifel gäbe, wofür man sich entscheiden sollte, würden sie automatisch eine Deutung der Ereignisse vorziehen, nach der sie selbst wichtig aussehen und ich in schlechtem Licht erscheine.« Hawkin lehnte sich im Sessel zurück, schlug ein Bein über das andere, und ein knochiges Fußgelenk und ein paar Zentimeter weiße, behaarte Haut zwischen Schlafanzug und Pantoffel kamen zum Vorschein.

»Sie sind sicher, daß es nicht am Mittwoch war?« fragte George.

»Ich bin vollkommen sicher.«

»Und Sie wären bereit, eine Aussage unter Eid zu machen?« fragte George. Nichts von dem, was Hawkin gesagt hatte, überzeugte ihn davon, daß Ma Lomas und Charlie sich geirrt hatten, aber ihre Aussage stand gegen seine. Und George wußte, wer als Zeuge glaubwürdiger sein würde.

Sie waren nach ein paar Minuten wieder in der Küche. Ruth Hawkin saß am Küchentisch, eine vergessene Zigarette im Aschenbecher neben ihr verwandelte sich in zentimeterlange graugesprenkelte Asche. Sie hielt die Hand vor den Mund gepreßt, und ihr Blick war auf die Titelseite einer Zeitung vor ihr auf dem Tisch gerichtet.

»Was ist los?« fragte Hawkin, und seine Stimme verriet tiefere Sorge um seine Frau, als George je zuvor von ihm gehört hatte. Wortlos schob sie den drei Männern die Zeitung hin. Es war die an diesem Nachmittag gedruckte Ausgabe des wöchentlich erscheinenden *High Peak Courant*. George starrte gebannt auf die Schlagzeilen der Titelseite:

VERWANDTER AUF POLIZEIWACHE
SUCHAKTION FORTGESETZT

Ein Mann wird in Zusammenhang mit dem Verschwinden des Schulmädchens Alison Carter aus Scardale von der Polizei in Buxton befragt. Der Mann soll ein Verwandter der Dreizehnjährigen sein, die seit dem späten Mittwoch nachmittag nicht mehr gesehen wurde.
Alison ging mit ihrem Collie Shep im Wald am Scarlaston spazieren, was sie oft tat, wenn sie aus der Schule nach Hause kam.
Spürhunde der Polizei wurden für eine gründliche, zwei Tage andauernde Durchsuchung des abgelegenen Tals eingesetzt. Farmer aus der Umgegend haben in einsam gelegenen Gebäuden nachgesehen, und die High-Peak-Bergwacht hat unzugängliche Schluchten abgesucht, wo Alison gestürzt sein könnte.
Die Fortsetzung der Suchaktion ist für das Wochenende geplant. Freiwillige werden aufgefordert, sich vor der Methodistenhalle an der B 8673 südlich von Longnor um acht Uhr dreißig am Samstag früh zu versammeln.
Der befragte Mann soll ein naher Verwandter Alison Carters sein und die Gegend von Scardale kennen, obwohl er seit zwanzig Jahren nicht mehr dort lebt.
Es heißt, er lebe in einem Heim für ledige Männer am Stadtrand von Buxton. Er soll in einer städtischen Behindertenwerkstätte beschäftigt sein, wo die Polizei ihn abholte, als er heute morgen zur Arbeit erschien.
Ein Sprecher der Polizei wollte den Bericht des *Courant* weder bestätigen noch dementieren, es wurde nur versichert, daß die umfassenden Ermittlungen zu Alisons Verschwinden fortgesetzt werden.
Unter den Befragten sind auch Alisons Klassenkameradinnen an der Peak Girls' High School ...

George konnte kaum glauben, was er sah. Der profilierungssüchtige Detective Chief Inspector Carver hatte sich nicht schlecht beeilt, die Nachricht der Lokalzeitung zuzuspielen. Er mußte schon mit ihnen telefoniert haben, bevor Peter Crowther auf der Wache war. Bestürzung erfaßte George. Er hatte gemeint, er und Clough hätten Crowther geschützt, indem sie dafür gesorgt hatten, daß sich das Gerücht verbreitete, der Mann hätte nichts mit dem Verschwinden seiner Nichte zu tun. Sie hatten nicht mit Buxtons Buschtrommeln gerechnet und ebensowenig mit dem unmittelbar bevorstehenden Erscheinen des Wochenblatts *Courant*. Die Zeitung war schon auf Buxtons Straßen. Und durch seine Schuld war auch Peter Crowther auf diesen Straßen.

Dann sah er Ruth Hawkins niedergeschlagenes Gesicht und sagte sich, daß er jetzt seinen Ärger zurückstellen mußte. »Es tut mir leid«, sagte er. »Es gibt keinen Grund, anzunehmen, daß er etwas mit Alisons Verschwinden zu tun hatte. Er ist bereits entlassen worden. Die Nachricht hätte nie in der Zeitung erscheinen sollen.«

»Wovon reden Sie denn?« wollte Hawkin wissen, und seine Ahnungslosigkeit klang echt. Er zog die Zeitung näher zu sich heran und las noch einmal die ersten paar Abschnitte. »Ich verstehe das nicht. Wer ist dieser Verwandte, der verhaftet worden ist? Warum wurde uns nichts davon gesagt? Und warum belästigen Sie mich hier mit sinnlosen Fragen, wenn Sie schon jemanden verhaftet haben?«

»Das sind viele Fragen auf einmal, Sir«, erwiderte George. »Wenn wir sie also der Reihe nach vornehmen, der Mann in dem Artikel ist der Bruder Ihrer Frau, Peter Crowther.«

»Nein, das stimmt nicht, ihr Bruder heißt Daniel«, widersprach Hawkin.

»Mrs. Hawkins anderer Bruder heißt Peter«, beharrte George.

Hawkin starrte seine Frau an. »Welcher andere Bruder, Ruth?« Seine Stimme klang so angespannt wie eine Angelschnur mit einem Lachs am Haken.

Sie konnte immer noch nichts sagen, schüttelte nur den Kopf. George kam ihr zu Hilfe. »Peter Crowther war hier fehl am Platz, deshalb hat die Familie es so eingerichtet, daß er in Buxton wohnen und arbeiten konnte. Er ist seit zwanzig Jahren nicht in Scardale gewesen, und es gibt keinen Grund, anzunehmen, daß er am Mittwoch hier war.«

»Aber Sie haben ihn doch verhaftet!« warf Hawkin ein.

»Der Artikel behauptet das nicht«, erwiderte George und war sich seines Ausweichmanövers bewußt. »Man hat nur mit Andeutungen und ein paar herausgepickten Tatsachen diesen Eindruck erweckt. Peter Crowther ist zur Befragung auf die Polizeiwache gebracht worden, weil mein Vorgesetzter der Meinung war, daß die Umstände einer Vernehmung dort für ihn günstiger wären als an seinem Arbeitsplatz oder in seinem Zimmer im Heim, das er sich mit einem anderen Bewohner teilt. Er ist befragt worden, und dann hat man ihn freigelassen.« Er wandte sich wieder Ruth zu, zog den Stuhl neben ihr heraus und setzte sich. »Es tut mir sehr leid, Mrs. Hawkin. Wir kennen die Umstände, und wir wollten wirklich nicht, daß Sie sich noch mehr aufregen. Möchten Sie, daß einer von uns Ihrem Mann die Sache erklärt, oder würden Sie lieber selbst mit ihm sprechen?«

Sie schüttelte den Kopf, nahm die Hand vom Mund und ließ sie sinken. Dann griff sie nach der abgebrannten Zigarette und schien überrascht, nichts zu finden außer einem Filter und Asche. Clough gab ihr eine brennende Zigarette in die Hand.

»Fragen Sie Ma«, sagte sie erschöpft und sah Hawkin mit einem müden, bittenden Blick an. »Sie wird's ihm sagen. Bitte. Ich kann nicht.«

Hawkin stand abrupt auf. »Drecksbauern«, murmelte er. Er wandte sich unvermittelt vom Tisch ab, stapfte aus der Küche und schlug die Tür hinter sich zu.

Ruth seufzte. »Hatte Peter Angst?« fragte sie.

»Leider ja, glaube ich«, sagte George.

»Gut.« Sie schaute nachdenklich auf ihre Zigarette. »Verdammt gut.«

Freitag, 13. Dezember 1963, 21 Uhr 47

Als Georges Augen sich nicht mehr auf die Zeugenaussagen konzentrieren konnten, war er nach Hause gegangen. Eine Planungsbesprechung der Schutzpolizei und der Kriminalbeamten hatte stattgefunden, um die Suchaktion der Freiwilligen für den nächsten Morgen zu organisieren. Ein Vertreter des Wasserwerks war dazugekommen, um die Entleerung der zwei Staubecken im Moor in vier Meilen Entfernung von Scardale zu besprechen, eines auf dem düsteren Hochland in Staffordshire und eines in den grüneren Hügeln zwischen Scardale und Longnor. George fand seinen Eifer fast makaber.

Nachdem alles für den Morgen festgelegt war, schlug er Tommy Clough vor, sie könnten kurz etwas trinken gehen. Sie waren zu dem winzigen Pub *Baker's Arms* hinuntergefahren und standen mit ihrem Bier in der düstersten Ecke. »Ich habe im Heim nachgefragt«, sagte Clough. »Crowther ist sofort, nachdem sie ihn freigelassen haben, zurückgekehrt. Er hat zu Abend gegessen und ist etwa eine Stunde später ausgegangen. Er hat nicht gesagt, wohin er gehen wollte, aber daran ist nichts Außergewöhnliches. Der Heimleiter meint, er sei wahrscheinlich ein Bier trinken gegangen. Niemand hat nach ihm gesucht, es scheint also, daß er davongekommen ist, ohne daß man mit Fingern auf ihn zeigt.«

»Das hoffe ich. Ich habe schon genug Probleme, ohne mich auch noch dafür verantwortlich fühlen zu müssen, was mit Peter Crowther passiert.«

»Es ist nicht Ihre Schuld, Sir. Wenn wirklich etwas passieren sollte, ist es dem Chef und dem dummen Schnösel Colin Loftus vom *Courant* zuzuschreiben. Wenn man je einen sofort nach der Geburt hätte ersäufen sollen, dann ist es dieser Loftus.«

»Ich habe Crowthers Freilassung angeordnet«, erinnerte ihn George.

»Und mit Recht. Wir hatten keinen Grund, ihn weiter festzuhalten. Er ist absolut nicht der Typ für diese Tat.«

»Mal angenommen, daß es sie gibt«, erwiderte George mißmutig.

»Wir wissen beide, es muß eine Tat geben. Achtundvierzig Stunden und kein Anzeichen außer den Kampfspuren und ein bißchen Blut? Sie ist tot, es kann nicht anders sein.«

»Nicht unbedingt. Wer immer sie hat, könnte sie gefangenhalten.«

Clough sah seinen Chef skeptisch an. »Wahrscheinlich doch wie beim Lindbergh-Baby.«

George starrte in sein Bier. »Ich werde sie finden, Tommy. Es wäre fabelhaft, wenn sie noch am Leben wäre. Aber so oder so, ich werde Alison Carter finden. Was immer dazu nötig sein muß, Mrs. Hawkin wird erfahren, was mit ihrer Tochter passiert ist.« Er trank den Rest des Biers aus und stand auf. »Ich gehe zurück ins Büro und lese noch ein paar Aussagen durch. Sie müssen unbedingt mal schlafen. Und das ist ein Befehl.«

Er mußte mit dem Lesen der Zeugenaussagen Schluß machen, als Hunger und Erschöpfung zu stark wurden. Anne hatte zu Hause auf ihn gewartet, saß friedlich strickend in ihrem Sessel und sah fern. Kaum war er ein paar Minuten zur Tür herein, hatte sie ihm schon einen Teller Suppe hingestellt. Er saß am Küchentisch, und die gleichförmige Bewegung, mit der er den Löffel vom Teller zum Mund führte, war fast zuviel für ihn. Anne stand hinter ihm am Herd und briet eine Art Haschee aus geschnittenem Speck, Zwiebeln, Kartoffeln und Eiern.

»Wie fühlst du dich?« fragte er schnell, zwischen dem Rest der Suppe und der nächsten Ladung.

»Mir geht es gut«, sagte Anne und setzte sich ihm mit einer Tasse Tee gegenüber. »Ich bin schwanger, nicht leidend. Du sollst dich nicht sorgen. Es ist kein krankhafter Zustand. Ich mache mir eher Gedanken um dich, immer bei der Arbeit, ohne richtig zu essen oder auszuruhen.«

George blickte auf sein Essen und kaute mechanisch vor sich hin. »Ich kann's nicht ändern«, sagte er. »Alison Carter hat eine Mutter. Ich kann sie nicht hängenlassen, ohne daß sie weiß,

was mit ihrer Tochter geschehen ist. Ich denke immer daran, wie ich mich fühlen würde, wenn mein Kind verschwunden wäre, und niemand wüßte, was mit ihm passiert ist, und niemand helfen zu können scheint.«
»Um Gottes willen, George, du lädst dir zuviel auf. Du bist doch nicht der einzige Polizeibeamte, der für das verantwortlich ist, was da draußen vor sich geht. Du verlangst dir zuviel ab«, sagte Anne leicht irritiert.
»Das ist leicht gesagt; der Gedanke, daß es ein Wettrennen mit der Zeit ist, verfolgt mich. Sie könnte noch am Leben sein. Solange das noch möglich ist, muß ich alles geben, was ich geben kann.«
»Aber ich dachte, du hättest jemanden verhaftet? Jetzt kannst du's doch bestimmt ein bißchen leichter nehmen?« Sie beugte sich über den Tisch, um ihm Tee nachzuschenken.
George schnaubte. »Du hast wieder mal geglaubt, was du in den Zeitungen gelesen hast, oder?« fragte er spöttisch, mit ärgerlichem Unterton.
»Na ja, der *Courant* ließ ja nicht viel Spielraum für eine andere Auslegung.«
»Der Artikel im *Courant* ist nichts als ein wirres Durcheinander von Anspielungen und Ungenauigkeiten. Ja, wir haben Alison Carters Onkel mitgenommen. Auch ist er wegen sexueller Vergehen vorbestraft. Und damit hört die Ähnlichkeit zwischen der Wahrheit und dem Inhalt des Artikels auch schon auf. Er ist ein trauriges Häufchen Elend, das Angst vor seinem eigenen Schatten hat. Zweifellos sind bei ihm ein paar Schrauben locker. Er ist nie für mehr als Exhibitionismus verknackt worden, und das liegt Jahre zurück. Aber als DCI Carver dies über ihn erfuhr, war er ganz begeistert und ist darauf abgefahren wie eine Rakete.«
»Na ja, du kannst ihn dafür eigentlich nicht kritisieren, George. Ihr seid doch alle völlig verrückt wegen dieses Falls. Es ist nicht überraschend, daß jemand das nötige Augenmaß verliert. Daß der Onkel ein Verdächtiger ist, muß für ihn ganz

offensichtlich gewesen sein. Der arme Mann«, fuhr Anne fort. »Er muß zu Tode erschrocken sein.« Sie schüttelte den Kopf. »Dieser Fall bringt so viel Schmerz mit sich.«

»Und es gibt keine Anzeichen, daß es besser wird.« Er schob den leeren Teller weg. »Bei den meisten Fällen sieht man einen klaren Weg vor sich. Es ist ziemlich klar, wer was getan hat, und wenn es ganz schlimm kommt, weiß man zumindest, wo man suchen sollte. Aber bei diesem nicht. Lauter Sackgassen und dunkle Winkel. Sie haben das ganze Tal abgesucht und nichts gefunden, das uns zu Alison Carter führen könnte. Jemand muß wissen, was mit ihr geschehen ist.« Er seufzte verzweifelt. »Ich wollte bei Gott, ich könnte herausfinden, wer es ist.«

»Das wirst du auch, Schatz«, sagte Anne und goß ihm Tee nach. »Wenn jemand es kann, dann bist du es. Jetzt versuch mal, dich zu entspannen. Dann kannst du morgen die Dinge neu betrachten.«

»Hoffentlich«, sagte George inbrünstig. Er griff nach seinen Zigaretten, aber bevor er eine aus der Packung ziehen konnte, klingelte das Telefon. »Ach Gott«, seufzte er. »Das war's wohl mit der Entspannung.«

11

Freitag, 13. Dezember 1963, 22 Uhr 26

George beugte sich auf dem Beifahrersitz von Tommy Cloughs Zephyr vor und spähte angestrengt durch die Windschutzscheibe. Draußen fiel der Schein der Straßenbeleuchtung auf schräg fallende, dichte Schwaden von Schneeregen, die der Wind vor sich hertrieb wie dünne Vorhänge im Luftzug. Das Wetter interessierte George jedoch nicht, sondern die Schlacht, die sich vor dem Heim für ledige Männer in Waterswallows einmal im Schein der Straßenlampen und dann wieder im Dunkeln abspielte.

»Es ist kaum zu glauben«, sagte er kopfschüttelnd. »Man sollte doch meinen, daß sie froh sein könnten, an einem Abend wie heute vom Pub nach Hause zu gehen. Würden Sie nicht lieber vor dem eigenen Kamin sitzen, statt sich vielleicht eine doppelseitige Lungenentzündung zu holen und sich dazu noch Dresche von einem Polizeiknüppel einzuhandeln?«

»Wenn man genug Bier intus hat, ist einem das egal«, sagte Clough zynisch. Er war selbst in einem Pub gewesen, als er gehört hatte, daß ein zur Lynchjustiz entschlossener Haufen dabei sei, vor das Männerheim in Waterswallows zu marschieren. Er hatte nur angehalten, um die Wache anzurufen, und war dann direkt zu Georges Haus gefahren, da er wußte, daß sein Chef bestimmt informiert werden wollte. Jetzt beobachteten sie ein Dutzend Polizisten, die den Mob, etwa dreißig wütende, angetrunkene Männer, mit kontrollierter Härte wie in einem perfekt choreographierten Ballett auseinandertrieben. George war zutiefst dankbar dafür, daß sich dies nicht bei einem Wetter abspielte, das klar genug zum Fotografieren war. Das allerletzte, was er brauchen konnte, war eine Gruppe von Menschenrechtlern, die behaupteten, die Polizisten seien Schläger, wo sie doch nur dafür sorgten, daß ein Haufen betrunkener selbsternannter Ordnungshüter nicht einen Unschuldigen windelweich schlugen.

Plötzlich standen drei Männer vor dem Auto – zwei Polizisten in Uniform und ein Mann mit blutüberströmtem Gesicht und mit Schultern, die einen Meter breit waren. Ein Knüppel hob sich und sauste auf die Schultern des Mannes herunter, der bewußtlos auf die Motorhaube des Zephyrs stürzte. »Na prima. Jetzt können wir ihn auch noch wegen mutwilliger Sachbeschädigung belangen«, sagte Clough sarkastisch, während ein Polizist die Hände des Mannes hinter dem Rücken in Handschellen legte und ihn auf der Haube liegenließ, von wo er langsam, Blut und Schleim spuckend, zu Boden sank.

»Ich nehme an, wir sollten ihnen beistehen«, sagte George mit der Begeisterung eines Mannes, dem eine Zahnbehandlung ohne Betäubung bevorsteht.

»Wenn Sie meinen, Sir. Nur könnten wir, da wir in Zivil sind, mehr Verwirrung stiften.«

»Stimmt. Wir sollten warten, bis die Uniformierten die Sache im Griff haben.« Sie beobachteten die Szene weitere zehn Minuten. Dann war ein Dutzend Männer in verschiedenen Bewußtseinsstadien in einen Polizeiwagen verfrachtet. Zwei Polizisten hielten sich Taschentücher vor die Nase, während ein anderer seine Mütze suchte, die er in dem Chaos verloren hatte. Bob Lucas tauchte aus dem Schneeregen auf, er hatte den Kragen gegen das Unwetter hochgeschlagen, riß die hintere Tür des Wagens auf und stürzte sich hinein.

»Das ist vielleicht eine Nacht«, sagte er mit einer Stimme, die so rauh war wie das Wetter. »Wir wissen alle, wer daran schuld ist, oder?«

»Der *Courant?*« fragte Clough gespielt harmlos.
»Na ja«, sagte Lucas. »Eher derjenige, der gemeint hat, der *Courant* sollte Bescheid wissen. Wenn ich glaubte, es wäre einer von meinen Männern, ich würd ihm lebendig die Haut abziehen.«
»Na«, sagte Clough mit einem Seufzer, »wir wissen alle, es war keiner von Ihren Leuten, Bob. Niemand in Uniform hätte die Frechheit, vertrauliche Informationen an die Presse weiterzugeben.« Er milderte die unterschwellige Beleidigung mit einem scheinheiligen Lächeln über die Schulter ab. »Sie haben sie doch viel zu gut gedrillt für so was.«
»Ist Crowther in Sicherheit?« fragte George und drehte sich auf dem Sitz nach hinten, um dem Sergeant eine Zigarette anzubieten.
Lucas bedankte sich mit einem Nicken und nahm sich eine. »Er ist nicht da. Nachdem wir ihn freigelassen haben, kam er hierher zurück, hat gegessen und ist wieder ausgegangen. Sie müssen um neun im Haus sein, dann werden die Türen abgeschlossen. Aber der Heimleiter sagt, Crowther sei nicht aufgetaucht. Er hat ihm eine Viertelstunde länger Zeit gegeben, da er wußte, was für einen Tag er hinter sich hatte, aber dann hat er abgeschlossen wie immer. Er sagt, niemand hat geklingelt oder an die Tür geklopft, bevor die Bande hier aufgetaucht ist. Gott sei Dank war er schlau genug, nicht aufzumachen, und sie haben es nicht geschafft, die Tür einzuschlagen, bevor wir kamen.«
»Wo ist er denn dann?« fragte Clough und machte das Ausstellfenster ein bißchen auf, damit der Wind den Rauch in die Nacht hinausfegen konnte.
»Wir haben keine Ahnung«, gab Lucas zu. »Sein Stammlokal ist der *Wagon*, und ich dachte, ich könnte auf dem Weg zur Wache dort vorbeigehen und hören, was sie zu sagen haben.«
»Wir machen das jetzt«, sagte George bestimmt, froh darüber, von der ständig an ihm nagenden Sorge wegen der Ermittlung abgelenkt zu werden.

»Ich habe hier noch ein paar Dinge zu erledigen«, widersprach Lucas.

»Gut. Tun Sie das, wir gehen und reden mit dem Wirt im *Wagon.*« George nickte abweisend. Lucas warf ihm einen verdrossenen Blick zu, zog noch einmal tief an seiner Zigarette und stieg ohne ein weiteres Wort aus dem Wagen. Hätte man ihn darauf angesprochen, hätte er wohl gesagt, der Wind hätte die Autotür zugeschlagen.

»Kennen Sie den Wirt?« fragte George, als Clough den Wagen die Rutschbahn hinuntermanövrierte, in die sich die Fairfield Road verwandelt hatte.

»Fist Ferguson? Ich kenne ihn.«

»Fist?«

»Ja. Er war früher Profiboxer. Dann hörte man, er hätte sich schmieren lassen und einen Kampf absichtlich verloren, sei erwischt worden und hätte seine Lizenz eingebüßt. Danach hat er sich eine Weile mit illegalem Boxen ohne Handschuhe sein Geld verdient, und zwar genug, um das Pub zu kaufen.«

»Da muß man sich fragen, wem die Stadtverwaltung eigentlich eine Schanklizenz verweigern würde«, meinte George, als das Auto an den Gehweg vor dem schmuddeligen *Wagon Wheel Pub* heranrutschte. Hinter den geschlossenen Türen und Vorhängen war kein Licht zu sehen.

»Es ist auf seine Frau eingetragen.«

Sie gingen rasch um das Haus herum und kauerten sich im Schutz aufgestapelter Bierkästen an die Wand. Clough schlug an die Tür. »Ich hab keine Lust, morgen bei der Suchaktion mitzumachen, wenn das so bleibt«, sagte er und neigte den Kopf nach hinten, um die oberen Fenster sehen zu können. Er hämmerte wieder an die Tür.

Ein schmutziggelbes Viereck erschien über ihren Köpfen. Ein Glatzkopf erschien und verdeckte das meiste Licht. »Mach auf, Fist, hier ist Tommy Clough.«

Sie hörten jemand eine Treppe herunterpoltern. Riegel klapperten an der Tür, dann ging sie auf, und ein Mann füllte fast die ganze Öffnung zu dem schmalen Korridor aus. Er trug eine wollene lange Unterhose, die früher einmal weiß gewesen sein mochte, jetzt aber die Farbe von getrocknetem Rotz hatte. »Was, zum Teufel, wollen Sie mitten in der Nacht? Wenn Sie noch was trinken wollen, können Sie Leine ziehen.« Er kratzte sich ausführlich an den Eiern.

»Ich freu mich auch, dich zu sehen, Fist«, sagte Clough. »Haste 'ne Minute Zeit?«

Ferguson trat zögernd zurück. Sie gingen hintereinander ins Haus, George als letzter. »Wer ist denn das?« erkundigte sich Ferguson und zeigte mit seinem dicken Finger auf ihn.

»Mein Boss. Sag dem Detective Inspector Bennett guten Abend.«

Ferguson machte ein merkwürdiges, brummendes Geräusch, das George ein Lachen zu sein schien. »Sieht so jung aus, als könnte er Ihr Junior sein. Was ist also los? Muß ja schon was Größeres sein, Tommy, als 'n Saufgelage nach Torschluß, wenn Sie den Capo mitbringen.«

»Peter Crowther ist doch Stammgast hier«, sagte Clough.

»Nach heute abend nicht mehr«, sagte Ferguson und ballte die Hände unbewußt zur Faust. »Ich will niemand in meiner Bar, der sich an jungen Mädchen vergeht.«

»Was ist heute abend passiert?« fragte George.

»Crowther ist zur selben Zeit wie immer gekommen. Ich dachte noch, der hat mehr Mumm, als ich geglaubt hätte, aber dann kam raus, er hatte keine Ahnung davon, daß alle wußten, daß er den ganzen Tag im Knast war. Ich hab ihm die Zeitung unter die Nase gehalten, und er hat fast zu heulen angefangen. Ich hab ihm gesagt, wenn er heute abend in Buxton was trinken will, muß er ein Pub finden, wo niemand lesen kann. Dann hab ich ihm erklärt, er hat Hausverbot, solange er lebt.« Ferguson schob die Brust vor und straffte die Schultern.

»Sehr couragiert von Ihnen«, sagte George trocken. »Mr. Crowther ist dann wahrscheinlich gegangen?«

»Natürlich ist er gegangen, verdammt noch mal«, schnauzte Ferguson ungehalten.

»Wissen Sie, wohin er gegangen ist?« fragte Clough.

»Ich weiß nicht, und es ist mir auch scheißegal«, erwiderte Ferguson lässig.

»Nur um das klarzustellen, Mr. Ferguson«, sagte George. »Mr. Crowther hatte nichts mit dem Verschwinden seiner Nichte zu tun. Der Artikel im *Courant* dieser Woche ist reine Erfindung. Ich wäre Ihnen dankbar, wenn Sie das Verbot wieder aufheben würden, bevor Ihre Schanklizenz erneuert werden muß.« Er drehte sich auf dem Absatz um und ging wieder in das Unwetter hinaus, das ihm plötzlich freundlicher erschien als der Wirt des Pubs.

»Du solltest beachten, was Mr. Bennett dir sagt«, riet ihm Clough, als er George folgte. »Er wird noch eine ganze Weile in der Gegend hier arbeiten.« Ferguson starrte auf Georges Rücken, sagte aber nichts.

Sie saßen im Auto und schauten düster auf den wirbelnden Schneeregen draußen. »Wir sollten zur Wache zurückgehen und eine Anweisung für die Streifendienste aushängen, nach Crowther Ausschau zu halten«, seufzte George. »Meinen Sie, morgen wird es besser als heute?«

Samstag, 14. Dezember 1963, 7 Uhr 18

George konnte zur Strategie für die Suchtrupps, die die Vorgesetzten der Schutzpolizei für den Tag festlegten, nicht viel beitragen, also ging er wieder in sein Büro hinauf und begann mit der ermüdenden Arbeit, Zeugenaussagen auf eventuelle Hinweise durchzuarbeiten. Er las gerade das Gespräch mit Alisons Englischlehrerin, als Tommy Clough den Kopf zur Tür hereinsteckte.

»Haben Sie die *Daily News* von heute morgen gesehen?« fragte er.

»Nein. Der Laden war noch zu, als ich zur Arbeit kam.«
Clough trat ein und schloß die Tür hinter sich. »Der Zug von Manchester ist gerade angekommen. Ich hab eine vom Zugführer bekommen. Ich glaub, das wird Ihnen nicht gefallen.« Er ließ die Zeitung, die auf Seite drei aufgeschlagen war, vor George auf den Tisch fallen.

Hellseherin schließt sich Suche nach der vermißten Alison an

Von einem Mitarbeiter unserer Redaktion

Eine französische Hellseherin der Spitzenklasse hat der *Daily News* in einem Exklusivinterview anvertraut, daß die verschwundene Schülerin Alison Carter noch am Leben sei.
Außerdem bot sie ihre Dienste bei der Suche nach der Dreizehnjährigen an, deren Verschwinden die Polizei vor ein Rätsel stellt.
Madame Colette Charests hellseherische Fähigkeiten haben die Polizei in ihrer Heimat in Erstaunen versetzt. Sie glaubt, beim Auffinden Alisons, die am Mittwoch von zu Hause verschwand, helfen zu können.
Mit der Erlaubnis der besorgten Eltern hat ein Redaktionsmitglied mit Mme. Charest telefoniert und sie über die Einzelheiten von Alisons Nachmittag informiert, nachdem sie aus der Schule in ihr kleines Dorf Scardale in Derbyshire zurückkam, wo sie mit ihrer Mutter und ihrem Stiefvater lebte.

In Sicherheit und wohlauf

Mme. Charest sagte, sie sei überzeugt, daß das Mädchen noch am Leben sei. »Sie ist in Sicherheit«, sagte sie unserem Mitarbeiter. »Sie ist mit jemandem gegangen, den sie kennt, sie sind zusammen Auto gefahren. Sie befindet sich in einem kleinen Haus, in einer Reihe ganz ähnlicher Häuser. Ich glaube, es ist in einer großen Stadt, aber viele Meilen von ihrem Zuhause entfernt.«

Mme. Charest erklärte, daß sie ohne ein Foto von Alison und eine Landkarte der Gegend keine genaueren Auskünfte geben könne. Diese wurden mit Sonderkurier auf dem Luftweg nach Lyon, Frankreich, geschickt. Ein ausführlicher Bericht über Mme. Charests Erkenntnisse wird in der Montagsausgabe der *News* erscheinen.

Zusicherung der Polizei

Ein Sprecher der Polizei sagte: »Wir haben keine Pläne, eine Hellseherin zu Rate zu ziehen, wollen aber Mme. Charests Äußerungen nicht voreilig abtun. Schließlich sind schon seltsamere Dinge geschehen.«
Nachdem sie in Fällen geholfen hatte, wo die Polizei keine Hinweise hatte, sollen französische Gendarmen gesagt haben, ihre Fähigkeiten seien geradezu »unheimlich«.
Wenn das Wetter es erlaubt, werden heute freiwillige Helfer die Polizei in Derbyshire bei der Fortsetzung der Suche in den rauhen Mooren und in den Tälern um Scardale herum unterstützen.

George knüllte die Zeitung zu einem festen Ball zusammen und warf ihn quer durchs Zimmer. »Dieser Scheiß-Don-Smart«, fluchte er mit rotem Gesicht, das sich von den dunklen Schatten unter seinen Augen abhob. »Kann man das fassen? In Sicherheit und wohlauf?«
»Ich nehme an, *möglich* ist es.« Clough lehnte sich an den Aktenschrank und zündete sich eine Zigarette an.
»Natürlich ist es *möglich*«, explodierte George. »Es ist *möglich*, daß Martin Bormann wohlauf ist und in Chesterfield lebt, aber es ist nicht wahrscheinlich, verdammt noch mal, oder? Wie wird dies auf Ruth Hawkin wirken? Ich kann kaum glauben, daß irgendeine Zeitung so unverantwortlich sein kann! Und wer hat ihnen dieses blöde Zitat gegeben?«

»Wahrscheinlich niemand. Smart hat es bestimmt erfunden.«
»O Gott«, seufzte George. »Was wird es nächstes Mal sein, Tommy?« Er nahm eine Zigarette aus der Schachtel, die schon offen auf seinem Schreibtisch lag, und fing an, sie mit langen Zügen zu rauchen. »Ich kaufe Ihnen eine andere Zeitung«, entschuldigte er sich. »Alles, was Sie wollen, außer der *News*. Ach Gott, er wird bei der Pressekonferenz sein und unverschämt grinsen.«
»Sie könnten den Chef bitten, ihm das Wort zu verbieten.«
»Die Genugtuung gönne ich ihm nicht.« George stieß seinen Stuhl zurück und stand auf. »Gehen wir nach Scardale. Ich hab die vier Wände hier satt.«

Smart war schon vor ihnen da. Als sie an der Dorfwiese ankamen, sahen sie, daß er etwas in den Briefkasten von Crag Cottage steckte. Sie beobachteten ihn, und er ging weiter zu Meadow Cottage und lieferte dort eine weitere Zeitung ab. »Ich bring ihn noch um«, sagte George, machte die Wagentür auf und ging über die Wiese, um den Reporter zur Rede zu stellen. Seufzend stieg Clough aus und folgte ihm.
»Gratuliere«, knurrte George, noch ein paar Schritte von Smart entfernt.
»Gute Story, was?« sagte Smart mit einem überraschten Lächeln auf seinem Fuchsgesicht. »Ich dachte aber nicht, daß ein gebildeter Mann wie Sie so etwas zu schätzen weiß.«
»Oh, ich habe Ihnen nicht zu dem Artikel gratuliert«, sagte George, jetzt nur noch ein paar Schritte von dem Mann weg. »Ich habe Sie zu Ihrer Auszeichnung beglückwünscht.«
»Zu meiner Auszeichnung?«
Clough konnte fast nicht glauben, daß Smart darauf hereingefallen war. Er verbiß sich ein Grinsen.
»Ja, Ihre Auszeichnung«, fuhr George mit falscher Jovialität fort. »Der Preis des Polizistenbundes für den verantwortungslosesten Journalisten des Jahres.«
»Ach Gott, Inspector, hat man Ihnen an der Uni nicht beige-

bracht, daß Sarkasmus die niedrigste Form des Witzes ist?« Smart lehnte sich an die Wand von Meadow Cottage und verschränkte die Arme vor der Brust.

»Niemand anders wird den Preis für irgend etwas auf niedrigstem Niveau bekommen, solange es Sie gibt, Mr. Smart. Haben Sie sich eine Minute lang überlegt, wie grausam es ist, in Mrs. Hawkin solche Hoffnung zu wecken?«

»Wollen Sie damit sagen, daß sie die Hoffnung aufgeben sollte? Ist das die offizielle Meinung der Polizei?« Smart beugte sich mit struppigem Bart und lauerndem Blick vor.

»Natürlich nicht. Aber was Sie heute morgen mit diesem Schrott ausgelöst haben, ist doch eine falsche Hoffnung. Einfach irgendwelchen Schlagzeilen nachhetzen, ohne an die Folgen zu denken.« George schüttelte angewidert den Kopf. »Gibt es sie überhaupt, Ihre Madame Charest? Oder haben Sie sie genauso aus der Luft gegriffen wie den Kommentar der Polizei?«

Jetzt war Smart an der Reihe, vor Wut rot zu werden. Seine Haut sah fleckig aus wie Corned beef. »Ich erfinde nichts. Ich versuche, keine Vorurteile zu haben. Es könnte Ihnen vielleicht nützen, wenn Sie das auch täten, Inspector. Was ist, wenn Madame Charest recht hätte? Was wäre, wenn Alison viele Meilen von hier in einem Haus in Manchester oder Sheffield oder Derby eingeschlossen ist? Was tun Sie, um das herauszubekommen?«

George stöhnte nur ungläubig. »Soll das heißen, wir sollten in jeder Stadt in England von Tür zu Tür gehen, nur wegen der völlig vagen Möglichkeit, daß das Hirngespinst irgendeiner Schwindlerin in Frankreich vielleicht ein Treffer sein könnte? Sie sind ja noch dümmer, als ich dachte.«

»Natürlich meine ich das nicht. Aber Sie könnten einen Aufruf an die Zeitungen geben: ›Hat jemand dieses Mädchen gesehen? Wir glauben, daß Alison Carter eventuell bei einer Person ist, die sie kennt. Wenn Sie von einem Haus wissen, wo in den letzten Tagen ein Teenager aufgetaucht ist, oder wenn

Sie jemanden kennen, der Verbindungen nach Scardale oder Buxton hat und dessen Benehmen als ungewöhnlich auffiel, dann rufen Sie bitte die Polizei in Derbyshire unter dieser Nummer an.‹ Das werde ich Ihrem Chef bei der Pressekonferenz heute morgen vorschlagen.« Smart richtete sich mit triumphierendem Gesichtsausdruck auf. »Ja, das werde ich vorschlagen. Und wir werden sehen, wie schlau Sie aussehen, wenn Sie neben ihm sitzen und er sagt, was für eine ausgezeichnete Idee das ist.«

»Sie sind krank, wissen Sie das, Smart?« Etwas Besseres fiel George nicht ein, und er wußte, schon als er es sagte, daß es schwach war.

»Sie sind doch derjenige, der sagte, Sie würden tun, was immer nötig sei, um herauszufinden, was Alison Carter zugestoßen ist. Ich habe Sie beim Wort genommen. Ich dachte, Sie wären ein bißchen anders als die anderen, George. Aber wenn's ernst wird, sind Sie genauso eingefahren wie alle. Na ja, Gott helfe Alison Carter, wenn Sie die größte Hoffnung für ihre Rettung sind.« Smart ging zur Seite und wollte an George vorbeigehen. Der Polizist legte eine Hand mitten auf Smarts Brust. Er stieß ihn nicht zurück, hielt ihn nur entschlossen auf. »Ich werde herausfinden, was mit Alison geschehen ist«, sagte er mit bewegter Stimme. »Und wenn es soweit ist, werden Sie der letzte sein, der es erfährt.« Er trat zurück und ließ den Reporter gehen, der nun stehenblieb und starr zu ihm zurückblickte.

Dann verzog sich Smarts Mund zu einem verkniffenen, spitzen Lächeln, das aber nichts am harten Glanz seiner Augen änderte. »Oh, das bezweifle ich doch sehr«, sagte er. »Der Gedanke gefällt Ihnen vielleicht nicht, George, aber Sie und ich, wir sind zwei von derselben Sorte. Wir scheren uns nicht drum, wen wir ärgern oder aufregen, wenn wir nur unsere Aufgabe so gut wie möglich erledigen. Sie werden mir vielleicht jetzt nicht zustimmen, aber wenn Sie nach Hause gehen und es mit Ihrer hübschen Frau besprechen, werden Sie wissen, daß ich recht habe.«

George tat einen so tiefen Atemzug, daß er tatsächlich körperlich größer zu werden schien. Hastig trat Clough vor und legte eine Hand auf den Arm seines Chefs. »Ich glaube, Sie sollten gehen, Mr. Smart«, sagte er. Ein Blick in sein Gesicht, und der Reporter drückte sich um die zwei herum und ging rasch zu seinem Wagen.

»Wie lange, glauben Sie, würde ich bekommen, wenn ich dieses Lächeln mit einem Schlagstock von seinem Gesicht wischen würde?« fragte George mit unbeweglichen Lippen.

»Kommt darauf an, ob die Geschworenen ihn kennen oder nicht. Eine Tasse Tee?«

Sie gingen zusammen zum Wohnwagen, wo die Polizistinnen sogar schon so früh am Tee- und Kaffeekochen waren. George sah in seine Tasse und sagte leise: »Ich nehme an, Sie haben schon öfter bei einem solchen Fall mitgearbeitet, Tommy? Nur Sackgassen und nichts als Frustration?«

»Ja, bei einem oder zwei«, gab Clough zu und rührte drei Löffel Zucker in seinen Tee. »Es ist eben so, Sir, Sie müssen sich einfach weiter abrackern. Es mag sich anfühlen, als rennen Sie mit dem Kopf gegen die Wand, aber oft ist die Wand nur aus angemalter Pappe, so daß sie echt aussieht. Der Durchbruch kommt meistens früher oder später. Und es ist noch früh, auch wenn es einem nicht so vorkommt.«

»Und was ist, wenn der Durchbruch nicht kommt? Was ist, wenn wir nie herausfinden, was Alison Carter zugestoßen ist? Was dann?« George blickte auf, und in seinen weit aufgerissenen Augen sah man die Furcht davor, was ein solches Versagen für ihn persönlich und beruflich bedeuten würde.

Clough holte tief Luft und atmete langsam wieder aus. »Dann, Sir, gehen Sie weiter zum nächsten Fall. Sie gehen tanzen mit Ihrer Frau, Sie trinken ein Bier im Pub und versuchen, nachts nicht wach zu liegen und sich über Dinge aufzuregen, die Sie doch nicht ändern können.«

»Und ist das ein Rezept, das sich bewährt hat?« fragte George niedergeschlagen.

»Ich weiß nicht, Sir, ich habe keine Frau.« Cloughs ironisches Lächeln konnte die Überzeugung, die sie teilten, nicht beschönigen: Wenn sie Alison Carters Schicksal nicht aufdeckten, würden sie beide Narben davontragen.
»Meine ist schwanger.« Die Worte waren heraus, bevor George wußte, daß er sie sagen würde.
»Gratuliere.« Cloughs Stimme war merkwürdig tonlos. »Nicht der beste Moment für so eine Neuigkeit. Wie geht es Mrs. Bennett?«
»Bis jetzt ganz gut. Morgens wird ihr noch nicht schlecht. Ich hoffe nur ... na ja, ich hoffe, daß ihr keine schwierige Zeit bevorsteht. Ich kann diese Ermittlung nicht zur Seite schieben, egal, wie lang sie dauert.« George schaute durch die beschlagenen Fenster des Wohnwagens hinaus und bemerkte nicht, wie der Himmel langsam heller wurde und einen weiteren Tag ankündigte, der mit Suchen ausgefüllt sein würde.
»Mit dieser Arbeitsweise geht es nicht allzu lange weiter, wissen Sie«, sagte Clough und erinnerte George an etwas, was er, der Jüngere, theoretisch wußte, aber womit er nicht viel praktische Erfahrung hatte. »Wenn wir sie nach zehn Tagen oder so nicht gefunden haben, sagen wir, bis nächstes Wochenende, dann hören wir auf zu suchen. Sie schließen das Einsatzzentrum und gehen nach Buxton zurück. Wir verfolgen nach wie vor weitere Hinweise, aber nach nicht viel längerer Zeit als einem Monat hat die Sache nur noch zweitrangige Priorität. Sie und ich, wir werden bis über die Ohren in anderen Fällen stecken, aber wir werden diesen hier nicht schließen. Es bleibt weiterhin ein ungelöster Fall, wir werden alle drei Monate oder so eine Überprüfung haben, aber wir werden nicht so intensiv daran arbeiten wie jetzt.«
»Ich weiß, Tommy, aber irgendwie ist es ein besonderer Fall. Ich habe an einem ungelösten Mordfall mitgearbeitet, als ich Detective Constable in Derby war, aber er ist mir nicht so unter die Haut gegangen. Vielleicht weil das Opfer über fünfzig war. Man hatte das Gefühl, er hatte ein Leben gehabt. Jetzt sieht es

immer mehr so aus, als würden wir Alison nicht finden, und es macht mich so wütend, weil sie kaum angefangen hat zu leben. Selbst wenn sie nur in Scardale geblieben wäre und Kinder bekommen und Pullover gestrickt hätte, ist es ihr doch genommen worden, und ich will, daß das Gesetz dasselbe mit dem macht, der ihr das angetan hat. Ich bedauere nur, daß wir solche Bestien nicht mehr hängen.«

»Sie glauben also immer noch an den Tod durch den Strang?« fragte Clough und beugte sich auf dem Stuhl vor.

»Wenn es kaltblütiger Mord ist, ja. Wenn einer spontan tötet, ist es etwas anderes. Ich würde ihm nur lebenslänglich geben, genug Zeit, um zu bedauern, was er getan hat. Aber die Scheusale, die Kinder quälen, oder die Unmenschen, die einen unschuldigen Unbeteiligten umbringen, weil er bei einem Raub im Weg ist, ja, die würde ich hängen. Sie nicht?«

Clough ließ sich Zeit mit seiner Antwort. »Ich dachte das früher auch immer. Aber vor zwei Jahren las ich das Buch über Timothy Evans' Fall, *Ten Rillington Place*. Bei seinem Prozeß glaubten alle, seine Schuld sei einwandfrei erwiesen. Er ermordete seine Frau und sein Kind. Die Jungs von der Metropolitan Police in London hatten sogar ein Geständnis von ihm. Dann kommt raus, daß Evans' Vermieter mindestens vier Frauen ermordet hat, und es könnte also sein, daß er es war, der Beryl Evans umgebracht hat. Aber es ist zu spät, zu Timothy Evans zu gehen und zu sagen: ›Tut uns leid, Kumpel, wir haben Mist gebaut.‹«

George gestand ihm dies mit einem schwachen Lächeln zu. »Vielleicht. Aber ich kann für die schlechte Verfahrensweise und die Fehler anderer Leute keine Verantwortung übernehmen. Ich glaube, ich habe nie einen unschuldigen Mann zum Geständnis gedrängt, würde es auch nie tun, und ich bin willens, mich an meinen eigenen Ergebnissen messen zu lassen. Wenn Alison Carter ermordet worden ist, wie wir inzwischen wohl beide glauben, dann wäre ich zufrieden, den Mann, der das getan hat, am Galgen hängen zu sehen.«

»Vielleicht wird genau das eintreten, wenn der Scheißkerl eine Schußwaffe benutzt hat. Dafür kann man ihn noch hängen, vergessen Sie das nicht.«
George konnte keine Antwort darauf geben. Die Tür des Wohnwagens flog auf, und Peter Grundy stand in der Tür, sein Gesicht war blutleer und so grau wie die Felsen im Tal von Scardale. »Sie haben eine Leiche gefunden«, sagte er.

12

Samstag, 14. Dezember 1963, 8 Uhr 47

Peter Crowther lag zusammengekrümmt im Windschatten einer Trockenmauer drei Meilen Luftlinie nördlich von Scardale. Die Leiche war zusammengerollt wie ein Fötus, die Knie unters Kinn hochgezogen, die Arme um die Schienbeine geschlungen. Der Nachtfrost hatte die Straßen mit einem trügerischen weißen Zuckerguß aus Rauhreif bedeckt und ließ sie irgendwie harmlos aussehen. Aber der Tod war nicht zu verkennen.

Er war erkennbar an der blaugetönten Haut, den unbeweglich starrenden Augen, dem gefrorenen Speichel auf dem Kinn. George Bennett sah auf die äußere Hülle eines Menschen hinunter, und dieses Bewußtsein durchdrang ihn mit einer schärferen Kälte als das Wetter. Er sah zu dem wunderbar blauen Himmel auf und war merkwürdig überrascht, daß die Wintersonne schien, als habe sie etwas zu feiern. Bei ihm war das ganz bestimmt nicht der Fall. Er fühlte sich schlecht, sowohl im Gemüt als auch im Magen. Der bittere Geschmack der Verantwortung brannte in seinem Mund. Er hatte seine Arbeit nicht gut gemacht, und jetzt war ein Mann tot.

George senkte den Kopf, wandte sich ab und ließ Tommy Clough in der Hocke bei der Leiche sitzen, von wo er sie eine Minute lang musterte. Er ging übers Feld zum Tor, wo zwei Polizisten standen, um die Stelle abzuschirmen, bis der Pathologe kam. »Wer hat die Leiche gefunden?« fragte er.

»Der Farmer. Dennis Dearden ist sein Name. Na ja, genaugenommen war es sein Hund. Mr. Dearden kam gleich nach Tagesanbruch heraus, um nach seinem Vieh zu sehen, wie er es immer tut. Der Hund lenkte seine Aufmerksamkeit auf den Toten«, sagte der ältere Polizist.

»Wo ist Mr. Dearden jetzt?« fragte George.

»Das ist seine Farm dort oben am Weg. Das kleine Haus.« Der Constable deutete auf ein einstöckiges Gebäude ein paar hundert Meter weiter.

»Ich werde dort sein, wenn mich jemand sprechen will.« George ging mit schweren Schritten und genauso schwerem Herzen den Weg hinauf. Er blieb an der Tür des Häuschens stehen, um sich zu fassen. Bevor er anklopfen konnte, ging die Tür auf, ein Gesicht wie ein verschrumpelter Apfel erschien, und kleine braune Augen sahen ihn an. Sie saßen wie Kerne zu beiden Seiten der Nase, die so formlos wie ein Sahneklecks war.

»Sie sind also der Boss«, sagte der Mann.

»Mr. Dearden?«

»Ja, Jungchen, sonst gibt's hier niemand. Meine Frau ist zu Besuch bei ihrer Schwester in Bakewell. Sie besucht sie immer ein paar Tage im Dezember und kauft alles für Weihnachten auf dem Markt. Kommen Sie rein, Junge, Sie müssen frieren da draußen.« Dearden trat zurück und führte George in die Küche, die von blendendem Sonnenschein erfüllt war. Alles glänzte: Das Email am Herd, das Holz von Tisch, Stühlen und Regalen, der Chromkessel, die Glasgefäße in einem Schrank in der Ecke, sogar der Gasofen. »Setzen Sie sich dort ans Feuer«, fügte Dearden gastlich hinzu und schob George einen geschnitzten Stuhl hin. Er ließ sich steif und langsam auf einem Eßzimmerstuhl nieder und lächelte. »So ist es besser, oder? Sie müssen erst mal ein bißchen Wärme in die Knochen kriegen. Jesses, Sie sehen ja schlimmer aus als Peter Crowther.«

»Kannten Sie ihn?«

»Nicht persönlich. Aber ich wußte, wer er war. Ich habe im

Lauf der Jahre geschäftlich mit Terry Lomas zu tun gehabt. Ich kenne alle in Scardale. Aber ich sage Ihnen, eine schreckliche Minute lang habe ich gedacht, es wäre das Mädchen. Ich habe öfter an sie gedacht, genau wie alle in der Gegend hier, nehme ich an.« Er zog eine Bruyèrepfeife aus seiner Westentasche und fing an, mit einem Taschenmesser darin herumzustochern. »Was für eine furchtbare Sache. Ihre arme Mutter muß halb verrückt sein vor Sorgen. Wir haben alle die Augen offengehalten, damit sie nicht etwa verletzt in einem Graben liegt oder sich in einer Scheune oder einem Schafstall versteckt hält. Da hab ich natürlich, als ich das gesehen habe ... also, mein erster Gedanke war, daß es die kleine Alison sein muß.« Er hielt inne, um seine Pfeife zu stopfen, und gab George zum ersten Mal Gelegenheit zu sprechen.

»Was ist denn genau passiert?« fragte er, erleichtert, daß er endlich mit einem Zeugen zu tun hatte, der eifrig all sein Wissen anzubieten schien. Nach nur drei Tagen in Scardale hatte er bereits eine ganz neue Wertschätzung für Geschwätzigkeit entwickelt.

»Sobald ich das Tor öffnete, flitzte Sherpa davon, schnell wie ein Blitz an der Mauer entlang. Ich hab gleich gewußt, daß irgendwas nicht stimmt. Sie ist kein Hund, der voreilig Alarm schlägt, nicht ohne Grund. Da war sie das halbe Feld hinuntergerannt, dann läßt sie sich auf den Bauch fallen, als ob sie von einem Schuß getroffen wäre. Kopf unten zwischen den Vorderpfoten, und ich kann sie über das halbe Feld winseln hören. So wie sie es machen würde, wenn sie ein totes Mutterschaf findet. Aber ich hab gewußt, daß es kein Schaf war, weil das Feld jetzt leer ist. Ich habe nur das Tor aufgemacht, weil es eine Abkürzung zum unteren Teil ist.« Dearden führte ein Streichholz an die Pfeife und zog an ihr. Der Tabak roch gut und erfüllte die Luft mit dem Aroma von Kirschen und Gewürznelken. »Zünden Sie sich auch eine an, wenn Ihnen danach ist.« Er schob einen abgenutzten Beutel aus Öltuch über den Tisch. »Meine eigene Mischung.«

»Nein, danke«, sagte George und nahm mit entschuldigender Miene seine Zigaretten heraus.
»Ja, Sie werden bei Ihrer Arbeit keine Zeit haben für etwas Umständlicheres als Zigaretten. Trotzdem, Sie sollten sich mal überlegen, ob Sie nicht das Pfeifenrauchen anfangen wollen. Es ist wunderbar für die Konzentration. Wenn ich irgendwo bin, wo ich nicht rauchen kann, schaffe ich doch einfach das Kreuzworträtsel nicht.« Er zeigte mit dem Daumen auf den *Daily Telegraph* vom Tag vorher. George verkniff es sich, zu zeigen, wie beeindruckt er war. Es war ja bekannt, daß das Kreuzworträtsel im *Telegraph* leichter war als das der *Times*. Aber er wußte, es war nicht zu unterschätzen, wenn jemand es regelmäßig lösen konnte. Offensichtlich hatte Dennis Dearden nicht nur ein plapperndes Mundwerk, sondern auch einen klugen Kopf.
»Als ich also gesehen habe, wie der Hund sich benimmt, schlug mir das Herz bis zum Hals«, fuhr Dearden fort. »Ich kenne nur eine Person, die vermißt wird, und das ist Alison. Ich konnte den Gedanken nicht ertragen, daß sie nur Minuten von meiner Haustür entfernt tot im Feld lag. So rannte ich hin, so schnell ich konnte, was jetzt nicht mehr sehr schnell ist. Ich schäme mich zu sagen, daß ich ziemlich erleichtert war, als ich gesehen hab, daß es Peter war.«
»Sind Sie ganz nah an die Leiche herangegangen?« fragte George.
»Das war nicht nötig. Ich konnte Peter ansehen, daß er nicht aufwachen würde, bevor die Posaunen des Jüngsten Gerichts blasen.« Er schüttelte betrübt den Kopf. »Der dumme Kerl. Von allen Nächten mußte er sich ausgerechnet so eine schlimme aussuchen und sich in den Kopf setzen, nach Scardale zurückzukehren. Er war zu lang vom Leben auf dem Land weg gewesen und hatte vergessen, wie so ein Wetter wie das gestern nacht die Menschen mitnehmen kann. Der Schneeregen durchnäßt einen bis auf die Haut. Wenn es dann aufklart und der Rauhreif herunterkommt, hat man keine Widerstands-

kraft. Man schleppt sich weiter, aber die Kälte geht durch bis auf die Knochen. Dann will man sich nur noch hinlegen und ewig schlafen. Das hat Peter letzte Nacht gemacht.« Er zog an seiner Pfeife und ließ eine Rauchfahne seitlich aus dem Mund entweichen. »Er hätte in Buxton bleiben sollen. In der Stadt konnte er sich schützen.«

George preßte die Lippen fest auf seine Zigarette. Da konnte er es auch nicht mehr, dachte er. Peter Crowther hatte keine Wahl mehr. Seine schreckliche Angst, den zweiten Ort zu verlieren, an dem er sich sicher gefühlt hatte, ließ ihn trotz aller Drohungen zu dem Ort zurückkehren, wo man ihn abgewiesen hatte. Es war genau das, was George befürchtet hatte. Aber trotz seiner Bedenken hatte er Tommy Clough erlaubt, ihn zu überreden, Crowther freizulassen, weil es der bequemste Weg war, mit dem Problem fertig zu werden. Und dank dem Leiter der Kriminalpolizei und einer sensationshungrigen Regionalzeitung lag Peter Crowther nun steif gefroren auf einer Schafweide in Derbyshire.

»Ihre Farm liegt ein bißchen abseits vom Weg von Buxton nach Scardale, oder?« fragte er. Es war das einzige Detail, das ihm einen Grund gab, Deardens Theorie zu Crowthers Tod anzuzweifeln.

Dearden lachte leise in sich hinein. »Sie denken wie ein Autofahrer, Junge. Peter Crowther dachte wie einer vom Land. Gehen Sie mal und sehen sich eine topographische Karte an. Wenn Sie eine Linie von Scardale nach Buxton ziehen und dabei die schlimmsten Steigungen vermeiden würden, kämen Sie genau durch dieses Feld dort. Früher, bevor wir alle unsere Landrover hatten, kam mindestens einmal am Tag jemand aus Scardale über mein Land. Es ist allerdings auf Karten nicht als Fußweg eingezeichnet. Es ist kein Weg mit Durchgangsrecht. Aber alle aus der Gegend hier wissen, daß man das Vieh in Frieden läßt, es hat mich deshalb nie gestört und meinen Vater früher auch nicht, daß die Leute aus Scardale es als Abkürzung benutzt haben.« Er schüttelte den Kopf. »Ich hab

nie gedacht, daß das einem von ihnen den Tod bringen könnte.«
George stand auf. »Danke für Ihre Hilfe, Mr. Dearden. Und für das warme Plätzchen. Wir werden noch einmal kommen, um die Aussage aufzunehmen. Und ich werde dafür sorgen, daß Ihnen jemand Bescheid gibt, wenn wir die Leiche entfernt haben.«
»Das wäre mir recht.« Dearden folgte ihm hinaus bis zur Tür. Der alte Mann schaute an ihm vorbei den Weg hinunter auf einen braunen Jaguar, der mit zwei Rädern auf dem Seitenstreifen stand. »Das ist der Arzt«, sagte er.
Bis George den Weg entlang und aufs Feld gegangen war, stand der Pathologe schon auf und wischte seinen Kamelhaarmantel ab. Er sah George neugierig durch die schweren, viereckigen Gläser seiner schwarzgeränderten Brille an. »Und wer sind Sie?« fragte er.
»Das ist Detective Inspector Bennett«, schaltete sich Clough ein. »Sir, das ist Dr. Blake, der Rechtsmediziner. Er hat gerade eine vorläufige Untersuchung durchgeführt.«
Der Arzt nickte kurz. »Also, er ist auf jeden Fall tot. Nach der rektalen Temperatur zu schließen, würde ich sagen, seit fünf bis acht Stunden. Keine Anzeichen von Gewalt oder Verletzungen. Wenn man betrachtet, wie er gekleidet ist – kein Mantel, nicht mal ein Regenmantel –, würde ich sagen, die wahrscheinlichste Todesursache ist Unterkühlung. Natürlich werden wir es nicht mit Sicherheit wissen, bevor der Gerichtsmediziner ihn auf dem Tisch auseinandergenommen hat, aber ich würde sagen, es ist eine natürliche Todesursache. Es sei denn, Sie hätten eine Möglichkeit gefunden, dem Wetter in Derbyshire den Mord anzulasten«, fügte er mit einem grimmigen Zucken der Mundwinkel hinzu.
»Danke, Doc«, sagte George. »Also – wann? So etwa zwischen ein und vier Uhr morgens?«
»Aha, hier haben wir also nicht nur ein gutaussehendes Gesicht? Ach, natürlich, Sie müssen ja der junge Akademiker sein, von dem

wir alle schon soviel gehört haben«, sagte der Arzt mit herablassendem Lächeln. »Ja, Inspector, das stimmt. Wenn Sie erst einmal wissen, wer er ist, können Sie vielleicht sogar rauskriegen, warum er mitten in der Nacht mit einem Paar abgenutzter Schuhe, die kaum dem Wetter in der Stadt und viel weniger hier draußen standhalten konnten, im Moor von Derbyshire herumgeirrt ist.« Blake zog ein Paar dicke Lederhandschuhe an.
»Wir wissen, wer er ist und was er hier wollte«, sagte George ruhig. Er war schon öfter von Experten von oben herab behandelt worden und würde sich von diesem hier auch nicht ärgern lassen, vor allem, da er nicht mehr als fünf Jahre älter sein konnte als er.
Die Augenbrauen des Arztes hoben sich. »Oh, sehen Sie mal an, Sergeant, das perfekte Beispiel dafür, wie Bildung unsere Polizei im Kampf gegen das Verbrechen voranbringen wird. Na, dann überlasse ich Ihnen das Feld. Sie werden meinen Bericht Anfang nächster Woche haben.« Er trat mit einem flüchtigen Winken zur Seite und ging aufs Tor zu.
»Eigentlich, Sir, hätte ich ihn gern morgen«, sagte George.
Blake blieb stehen und drehte sich halb um. »Es ist Wochenende, Inspector, und es kann doch nicht dringend sein, wenn Sie schon die Identität Ihrer Leiche kennen und noch dazu den Grund seines Hierseins.«
»So ist es, Sir. Aber dieser Tod steht mit einer größeren Ermittlung in Verbindung, und ich benötige den Bericht morgen. Es tut mir leid, wenn dadurch Ihre Pläne durcheinanderkommen, aber deshalb bezahlt Sie die Grafschaft ja so gut, Sir.« Georges Lächeln war freundlich, aber sein Blick hielt dem Blakes, ohne mit der Wimper zu zucken, stand.
Der Arzt knurrte mißbilligend. »Na gut. Aber wir sind hier nicht in Derby, Inspector. Wir sind eine kleine Gemeinde hier draußen. Die meisten von uns versuchen, das nicht zu vergessen.« Er ging rasch weg.
»Offenbar ist dies meine Woche der neuen Freundschaften«, bemerkte George, als er sich zu Clough umdrehte.

»Er ist ein fauler Hund«, sagte Clough unbekümmert. »Gut, daß jemand ihn mal daran erinnert, wer für seinen Jaguar und den Golfclub bezahlt. Man sollte doch meinen, daß er sich für die Identität der Leiche interessiert, die er sich gerade so ausführlich betrachtet hat, nicht? Heute nachmittag wird er an der Strippe hängen, um zu erfahren, welchen Namen er auf den Bericht schreiben soll, wette ich.«

»Wir werden Mrs. Hawkin die Neuigkeit überbringen müssen«, sagte George, »und zwar sofort, denn die Buschtrommeln sind bestimmt schon wieder im Einsatz. Sie wird bereits wissen, daß im Moor eine Leiche liegt, und das Schlimmste denken.« Er schüttelte den Kopf. »Schon ziemlich makaber, wenn der Tod des eigenen Bruders als gute Nachricht gilt.«

Kathy Lomas war gerade dabei, ihre Schweine zu füttern, und füllte die Tröge mit einer Mischung aus verwelktem Rübenkraut, Gemüseabfall und Speiseresten aus dem Dorf. Der Lärm von Schritten auf dem gefrorenen Boden machte sie aufmerksam, sie drehte sich um und sah Charlie Lomas über das hintere Feld laufen, als ob Höllenhunde hinter ihm her wären. Er wäre direkt an ihr vorbeigerannt, wenn sie nicht einen seiner wild herumfuchtelnden Arme gepackt hätte.

Der Schwung schleuderte ihn herum und ließ ihn an die Wand des Schweinestalls prallen, wo er direkt in den Stall hineingefallen wäre, hätte seine Tante ihn nicht hinten an seiner schweren Lederweste gepackt.

»Was gibt's, Charlie?« verlangte Kathy zu wissen. »Was ist passiert?«

Atemlos beugte er, die Hände auf die Knie gestützt, den Oberkörper vor und rang nach Luft. Endlich gelang es ihm zu stammeln: »Der Hund vom alten Dennis Dearden hat eine Leiche auf einer seiner Schafwiesen gefunden.«

Kathys Hand flog an ihre Brust. »O nein, Charlie. Nein«, rief sie. »Das kann nicht stimmen. Nein, ich glaub's nicht.«

Charlie stand jetzt halb aufgerichtet und stützte sich keuchend an der Wand ab. »Ich war unten am Scarlaston. Ich hab verbotene Fallen da unten und wollte sie wegnehmen, bevor die Suchtrupps von Denderdale bis hier raufkommen. Ich bin durch Carters Waldstück wieder zurückgekommen und hab zwei Polizisten darüber reden hören. Es stimmt, Tante Kathy, sie haben eine Leiche auf Dennis Deardens Acker gefunden.«

Kathy griff nach ihrem Neffen und hielt sich an ihm fest. Sie standen so da und hielten sich unbeholfen umfaßt, bis Charlie wieder zu Atem gekommen war. »Du mußt es Ruth sagen«, stieß sie schließlich hervor.

Er schüttelte den Kopf. »Ich kann nicht. Ich kann nicht. Ich wollte es Ma sagen.«

»Ich komm mit dir«, sagte Kathy bestimmt, packte ihn am Arm und führte ihn über die hinteren Felder zum Gutshaus. »Diese Dreckskerle«, murmelte sie wütend, »wie können sie es wagen herumzutratschen, bevor jemand es für nötig gefunden hat, es unserer Ruth zu sagen. Also, ich denke nicht dran, darauf zu warten, bis sie sich endlich aufraffen, ihr die Nachricht zu bringen.«

Kathy zog Charlie, ohne anzuklopfen, in die Küche des Gutshauses. Ruth und Philip saßen am Küchentisch beim Frühstück. Sein Frühstück, bemerkte Kathy. Sie glaubte nicht, daß Ruth außer Zigaretten etwas anderes als Tee zu sich genommen hatte, seit Alison verschwunden war.

»Charlie hat euch was zu sagen«, verkündete sie knapp. Sie wußte um die Sinnlosigkeit, eine schlechte Nachricht zu beschönigen.

Charlie wiederholte stammelnd seine Worte und sah ängstlich zu Ruth hin. Hätte sie nicht schon gesessen, wäre sie zusammengebrochen. Das bißchen Farbe in ihrem Gesicht verschwand, und sie sah aus wie ein Modell aus Gips. Dann fing sie an zu zittern, als hätte sie Fieber. Ihre Zähne klapperten, und ihr ganzer Körper bebte. Kathy machte ein paar große, schnelle Schritte durch die Küche, hielt sie fest und wiegte sie, wie sie es mit ihren Kindern getan hatte.

Philip Hawkin schien überhaupt nichts um sich herum wahrzunehmen. Wie Ruth war er bei der Nachricht blaß geworden. Aber das war die einzige Gemeinsamkeit ihrer Reaktion. Er schob den Stuhl vom Tisch zurück und ging wie ein Schlafwandler aus der Küche. Kathy war zu sehr mit Ruth beschäftigt, um es gleich zu bemerken, aber Charlie stand da und starrte ihm mit offenem Mund nach, nicht imstande zu glauben, was er gerade gesehen hatte.

Ruth Hawkin hatte sich umgezogen, bemerkte George. Ein braunes Jerseykleid unter einer Strickjacke aus rosagesprenkelter Wolle zeigte, daß sie wahrscheinlich zum ersten Mal seit Alisons Verschwinden zu Bett gegangen war und zu schlafen versucht hatte. Die dunklen Ringe unter ihren Augen zeugten davon, daß ihr dies nicht gelungen war. Sie saß zusammengesunken am Küchentisch, eine Zigarette in den zitternden Fingern. Kathy Lomas stand stirnrunzelnd und mit verschränkten Armen an den Herd gelehnt.

»Ich verstehe das nicht«, sagte Kathy. »Warum wollte Peter jetzt nach Scardale zurückkommen? Bei allem, was hier los ist?«

Ruth Hawkin seufzte. »So wird er nicht gedacht haben, Kathy«, sagte sie müde. »Nichts geht in seinen Kopf, außer was sich direkt auf ihn auswirkt. Es hat ihm bestimmt angst gemacht, auf der Polizeiwache zu sein, und als er dann ins Pub kam und dachte, dort wäre er sicher, wird er vom Wirt bedroht. Er kennt nur zwei Orte – Buxton und Scardale. Aber bei Gott, er muß Todesangst ausgestanden haben, daß er dachte, nach Scardale zurückzukommen würde die einfachere Lösung sein.« Sie drückte ihre Zigarette aus und rieb sich das Gesicht, als wasche sie sich. »Ich kann es nicht ertragen.«

»Es war doch nicht deine Schuld«, sagte Kathy bitter. »Wir wissen alle, wo die Schuld liegt.« Sie schob die Lippen vor und starrte George und Clough an.

»Nein, nicht Peter. Das kann ich ertragen. Um ihn trauere ich nicht. Ich kann es nicht ertragen, an Alison zu denken. Als Charlie hereingerannt kam und gesagt hat, oben bei Deardens Farm wäre eine Leiche, hab ich keine Luft mehr gekriegt. Es war, als hätte mich jemand vor die Brust gestoßen. Alles in mir ist stillgestanden.«

George erinnerte sich, daß sie noch nicht zu einem normalen Zustand zurückgefunden hatte, als er kam. Ruth hatte am Tisch gesessen, die Hände mit aufgestützten Ellbogen über dem gesenkten Kopf gefaltet, als wolle sie nichts hören und nichts sehen. Kathy saß neben ihr, hatte einen Arm um ihre Schultern gelegt und streichelte mit der anderen Hand ihr Haar. Ruths Mann war nirgends zu sehen. Als George nach ihm fragte, hatte Kathy gereizt geantwortet, Philip sei weiß wie ein Leintuch geworden, als Charlie die Nachricht brachte, und sei dann aus dem Haus gegangen. »Er kann nicht weit sein«, sagte sie. »Wahrscheinlich hat er sich in seiner Dunkelkammer eingeschlossen. Da geht er immer hin, wenn etwas los ist, womit er nichts zu tun haben will.«

George fand, Ruth Hawkin hatte ein größeres Recht darauf, die Nachricht so schnell wie möglich zu erfahren, als ihr Mann darauf, anwesend zu sein. In einem einzigen Satz platzte er mit der Neuigkeit heraus. »Es ist ein Mann, die Leiche, die wir gefunden haben.«

Ruths Kopf fuhr hoch. Der Ausdruck strahlender Freude auf ihrem Gesicht hätte die Weihnachtsbeleuchtung der Regent Street blaß erscheinen lassen.

»Sie ist es nicht?« rief Kathy aus.

»Es ist nicht Alison«, bestätigte George. Er holte tief Luft. »Aber leider ist es nicht nur eine gute Nachricht. Wir haben eine vorläufige Identifizierung der Leiche vorgenommen. Sie muß noch von einem Mitglied der Familie bestätigt werden, aber wir glauben, daß der Tote Peter Crowther ist.«

Eine langes, fassungsloses Schweigen folgte. Ruth starrte ihn einfach nur an, als könne sie nach der Nachricht, daß die Leiche im Feld nicht ihre Tochter sei, nichts Neues mehr aufnehmen. Kathy schien entgeistert. Sie sprang mit empörtem Gesicht auf, ging ein paar Augenblicke ruhelos auf und ab, dann blieb sie mit finsterem Gesicht beim Herd stehen. Sie wußte, wem die Schuld zukam, dachte George.

»Jetzt kann ich nur denken, Gott sei Dank, es ist nicht meine Alison«, fuhr Ruth fort. »Ist das nicht entsetzlich? Peter war auch ein Mensch, aber ich glaube, kaum jemand wird um ihn trauern.«

»Wir sollten eigentlich gar niemanden zu betrauern haben«, sagte Kathy mit einer Stimme, die George einen brennenden Schmerz zufügte. »Als Ma Lomas mit ihrer Schwarzseherei angefangen hat, daß wir alle Schlimmes durchmachen würden, weil Fremde ins Tal gerufen wurden, hab ich gedacht, sie tut mal wieder des Guten zuviel wie immer. Aber da war etwas dran, was sie gesagt hat. Ihr habt Alison nicht finden können, und jetzt ist noch einer von unserer Familie tot.«

»Wenn ihr ihn mehr wie einen von euch behandelt hättet, wäre er vielleicht noch lebendig«, sagte eine Stimme aus dem Hintergrund. George drehte sich um und sah Philip Hawkin. Er hatte keine Ahnung, wie lange Hawkin an der halboffenen Tür gestanden hatte. Aber er hatte offenbar das meiste des Gesprochenen gehört. »Sie haben ihn aus dem Dorf gejagt, und dann hat ihn die Gestapo zurückgejagt«, fuhr er fort. »Ach Gott, die Dummheit der Leute. Er war offensichtlich ganz harmlos. Er war doch nie gewalttätig; hat nie, soweit ich weiß, auch nur gegen irgendein weibliches Wesen die Hand erhoben. Ich kann nichts dafür, aber der arme Tropf tut mir leid.«

»Sie müssen doch erleichtert sein, daß es nicht Alisons Leiche war«, sagte Clough und ging über Hawkins Ärger hinweg.

»Natürlich, wem würde es nicht so gehen? Aber ich muß sagen, daß ich von Ihnen und Ihren Männern enttäuscht bin, Inspector. Zweieinhalb Tage, und nichts über Alison erfahren. Sie sehen ja, wie erschüttert meine Frau ist. Ihr Versagen wird für sie zur Qual. Können Sie nicht zusätzlich etwas unternehmen? Ihre Phantasie walten lassen? Gründlicher suchen? Wie steht es mit der Hellseherin, die von der Zeitung eingeschaltet wurde? Könnten Sie nicht beachten, was sie geäußert hat?« Er stützte sich mit den Fäusten auf den Tisch, auf seinen blassen Wangen waren zwei rote Flecken. »Es ist eine furchtbare Belastung für uns, Inspector. Wir erwarten keine Wunder, wir wollen nur, daß Sie Ihre Arbeit tun und herausfinden, was mit unserer Kleinen passiert ist.«

George strengte sich an, seine Frustration hinter einer Maske dienstlicher Gelassenheit zu verbergen. »Wir tun unser Bestes, Sir. Gegenwärtig gehen neue Suchtrupps los. Wir haben Hunderte von Freiwilligen aus Buxton, Stoke, Sheffield und Ashbourne, außerdem die Leute von der Gegend hier. Wenn sie da draußen gefunden werden kann, dann werden wir sie finden, das verspreche ich Ihnen.«

»Ich weiß«, sagte Ruth leise. »Phil weiß, daß Sie Ihr Bestes tun. Es ist nur ... die Ungewißheit. Es ist eine Qual.«

George nickte verständnisvoll. »Wir werden Sie informieren, wenn wir etwas Neues wissen.«

Als er draußen über die Wiese ging und tief einatmete, stach die rauhe Winterluft in seine Lunge wie mit Messern. Tommy Clough mußte fast rennen, um mit ihm Schritt zu halten, und sagte: »Irgend etwas kommt mir an Philip Hawkin faul vor.«

»Seine Antworten klingen alle falsch. Wie wenn jemand eine Fremdsprache spricht, die er in der Abendschule gelernt hat. Man macht vielleicht die Grammatik richtig, und die Aussprache ist korrekt, aber man wird nie als Muttersprachler angesehen werden, weil die beim Sprechen nie nachdenken müssen.«

George warf sich auf den Beifahrersitz seines Wagens. »Aber nur daß er hier nicht reinpaßt, macht ihn noch nicht zum Kidnapper oder zum Mörder.«

»Trotzdem ...« Clough ließ den Motor an.

»Trotzdem müssen wir uns jetzt der Pressekonferenz stellen. Der Polizeichef wird jemanden dafür festnageln wollen, und es ist so sicher wie das Amen in der Kirche, daß Carver seinen Gegenschlag schon unter Dach und Fach hat.« George lehnte sich zurück und steckte sich eine Zigarette an. Er schloß die Augen und fragte sich, warum er sich für die Arbeit bei der Polizei entschieden hatte. Er hätte mit seinem abgeschlossenen Jurastudium in eine gemütliche Anwaltssozietät in Derby gehen und als Rechtsreferendar arbeiten können. Jetzt wäre er dann wahrscheinlich dabei, Partner für etwas Friedfertiges wie Eigentumsübertragungen oder Testamentsangelegenheiten zu werden. Der Gedanke stieß ihn meistens ab. Aber heute morgen war er seltsam verlockend.

Er machte die Augen auf, und eine lange Kette von Männern kam im Abstand von jeweils einer Armeslänge durch das Tal auf sie zu. »Die finden ja doch nichts außer dem, was die früheren Suchtrupps verloren haben«, sagte er bitter.

»Sie werden hier im Tal die nehmen, die nicht so fit sind«, sagte Clough fachmännisch. »Sie reservieren die Spitzenleute für die Schluchten und Täler, die weiter abgelegen sind. Bei solchem Gelände gibt es immer Stellen, die übersehen worden sind, weil wir es nicht so gut kennen.«

»Meinen Sie, sie werden etwas finden?«

Clough verzog das Gesicht. »Kommt darauf an, was es zu finden gibt. Ob ich meine, daß sie eine Leiche finden werden? Nein.«

»Warum nicht?«

»Wenn wir bis jetzt die Leiche nicht gefunden haben, dann ist sie gut versteckt. Das heißt, sie ist von jemand da hingebracht worden, wo sie ist, der sich viel besser auskennt als jeder, der da draußen die Gegend absucht. Also nein, ich glaube nicht, daß wir eine Leiche finden werden. Ich glaube, wir haben alles gefunden, was wir, ohne weitere Hinweise zu haben, finden können.«

George schüttelte den Kopf. »Ich kann nicht so denken, Tommy. Das läuft ja darauf hinaus, daß wir sagen, wir werden nicht nur Alison nicht finden, sondern auch den nicht, der sie entführt und wahrscheinlich getötet hat.«

»Ich weiß, es ist schwer, Sir, aber damit waren unsere Kollegen in Cheshire und Manchester auch konfrontiert. Ich weiß, daß Sie nicht daran erinnert werden wollen, was Don Smart geschrieben hat, aber wir müssen aus ihrer Erfahrung lernen, auch wenn es nur ist, wie man damit fertig wird, daß man absolut überhaupt nichts erreicht.« Clough hielt unvermittelt an. An der Straße war kein Platz mehr zum Parken, so weit das Auge reichte. Pkws, Lieferwagen und Landrover standen überall auf den Seitenstreifen. Wo es kleinere Lücken gab, waren dazwischen Motorräder und Roller abgestellt. »Ach, verdammter Mist. Was soll ich denn jetzt machen?«

Es gab nur eine vernünftige Lösung. George stand an der Methodistenkirche und beobachtete, wie Clough das große Auto gekonnt wendete und wieder den Weg nach Scardale hinunterfuhr. Er straffte die Schultern, zog noch einmal an seiner Zigarette und warf sie auf die Straße. Er hatte keine Lust auf das, was ihn in der Halle erwartete, aber es hatte keinen Sinn, es länger hinauszuschieben.

13

Samstag, 14. Dezember 1963, 10 Uhr 24

Das Fegefeuer der Pressekonferenz war dank dem forschen, militärischen Stil von Superintendent Martin schneller vorbei, als George befürchtet hatte. Er kommentierte Peter Crowthers Tod mit einigen Sätzen lakonischen Bedauerns. Als einer der Reporter die inoffizielle Weitergabe von Informationen an den *Courant* hinterfragte, wandte sich Martin mit schwerem Geschütz gegen den Mann.

»Diese unvorsichtigen Spekulationen hat der *Courant* selbst zu verantworten«, sagte er mit einer Stimme, als sei er auf dem Exerzierplatz und offensichtlich nicht an Widerspruch gewöhnt. »Hätten sie das Gerücht überprüft, das sie aufgeschnappt hatten, dann hätte man ihnen genau das gesagt, was auch jeder andere Reporter erfuhr, nämlich daß man einen Mann im Interesse seiner eigenen Annehmlichkeit zur Vernehmung auf die Polizeiwache gebracht und ohne einen Makel an seiner Person auch wieder entlassen hatte. Ich werde nicht zulassen, daß meine Leute wegen der Verantwortungslosigkeit der Presse zu Sündenböcken gemacht werden. Also, wir müssen ein vermißtes Mädchen finden. Ich stelle mich Ihren Fragen, die im Sinne dieser Ermittlung relevant sind.«

Es gab ein paar routinemäßige Fragen, und unvermeidlich tauchte plötzlich Don Smarts Fuchsgesicht auf, der den Kopf vom Notizblock hob. »Ich weiß nicht, ob Sie den Artikel in der *News* von heute früh gesehen haben?«

Martins bellendes Lachen war so schroff wie seine Worte. »Bis ich Sie kennenlernte, Sir, waren die Prostituierten, die ich in Friedenszeiten traf, immer Frauen. Aber vielleicht liege ich trotz des Barts gar nicht so falsch, denn alle Ihre Artikel eignen sich ja ausschließlich für die sensationslüsternste Frauenzeitschrift. Ich werde Ihre jämmerlichen Anstrengungen, Unfrieden zu stiften, keines Kommentars würdigen. Außer um zu sagen, daß es Unsinn ist, Sir, barer Unsinn. Ich war in Versuchung, Sie ganz von diesen Pressekonferenzen auszuschließen, aber ich habe mich schließlich von meinen Kollegen überzeugen lassen, daß das bedeuten würde, Ihnen gerade die Beachtung zu schenken, die Sie wollen. Sie dürfen also bleiben, aber vergessen Sie nicht, der Zweck unseres Hierseins ist, ein junges, verletzliches Mädchen, das zu Hause vermißt wird, zu finden, und nicht, eine größere Auflage Ihres miesen kleinen Schmierblatts zu verkaufen.«

Am Ende dieser Tirade war Martins Hals rot wie ein Hahnenkamm. Don Smart zuckte nur die Schultern und senkte den Blick wieder auf sein Notizbuch. »Ich verstehe das als ›kein Kommentar‹«, sagte er dann leise.

Martin brachte die Konferenz kurz danach zu einem raschen Ende. Als die Reporter murmelnd und Notizen vergleichend hinausgingen, machte sich George auf das Schlimmste gefaßt. Nachdem der Polizeichef jetzt in der Auseinandersetzung mit Smart in Fahrt gekommen war, erwartete George, daß er ihn in der Luft zerreißen und am Boden zerstört zurücklassen würde. Martin fuhr sich über die graumelierten Borsten seines Schnurrbarts und starrte George an. Ohne den Blick abzuwenden, nahm er seine Capstans aus der Tasche und zündete sich eine an.

»Und?« sagte er.

»Sir?«

»Ihre Version der gestrigen Ereignisse.«

George faßte seine persönliche Begegnung mit Crowther kurz zusammen. »Ich habe also Sergeant Clough angewiesen, dem diensthabenden Kollegen in Buxton auszurichten, daß Crowther entlassen werden solle. Wir waren uns auch einig, der Kollege sollte sowohl bei der Presse als auch durch den Streifendienst am Ort verbreiten, daß Crowther nicht unter Verdacht stand.«

»Sie hatten den Artikel im *Courant* nicht gesehen?« erkundigte sich Martin.

»Nein, Sir. Wir waren den ganzen Tag draußen in Scardale gewesen. Die Zeitung kommt dort erst am Samstag hin, und wir hatten keine Gelegenheit, die Frühausgabe zu lesen.«

»Und der diensthabende Kollege auf der Wache hat zu Clough nichts über den Artikel gesagt?«

»Bestimmt nicht. Hätte er das getan, dann hätte Clough sich mit mir in Verbindung gesetzt, bevor er die Freilassung des Mannes erlaubt hätte.«

»Sind Sie sicher?«

»Sie müßten Clough noch einmal danach fragen, Sir, aber so wie ich ihn kenne, hätte er einen solchen Artikel als Veränderung der Sachlage betrachtet, die meine Entscheidung beeinflußt hätte.« George bemerkte das Stirnrunzeln auf Martins Gesicht und war auf den Anpfiff vorbereitet.

Aber er kam nicht, Martin nickte nur. »Ich hatte das Gefühl, daß es Probleme bei der Verständigung gegeben hat. Das sind zwei Punkte gegen uns. Erstens hat einer unserer Leute der Presse etwas erzählt, was sie nie hätte erfahren dürfen. Zweitens hat der diensthabende Polizeibeamte versäumt, den Kollegen draußen die notwendige Information zu geben, die sie für ihre Entscheidung gebraucht hätten. Wir können fast dankbar sein, daß Mr. Crowthers Familie zu sehr von ihrem anderen Verlust betroffen ist, als daß sie sich noch viele Gedanken über unsere Rolle bei seinem Tod machen könnte. Was haben Sie heute noch vor?«

George wies mit dem Daumen auf einen Stoß Pappschachteln neben einem der Tapeziertische. »Ich habe die Zeugenaussagen von Buxton hierherbringen lassen, so daß ich sie durchsehen kann und doch vor Ort bin, wenn bei der Suche irgend etwas herauskommen sollte.«

»Sie werden doch bis vier mit der Suche fertig sein, oder?«

»So etwa«, sagte George, von dieser Frage verwirrt.

»Wenn nichts Neues gefunden wird, erwarte ich von Ihnen, daß Sie um fünf zu Hause sind.«

»Sir?«

»Ich weiß, wie Sie und Clough sich bei diesem Fall eingesetzt haben, und sehe keinen Grund, warum Sie sich von der Arbeit kaputtmachen lassen sollten. Sie beide haben heute abend frei, und das ist ein Befehl. Sie haben morgen einen wichtigen Tag vor sich, und ich will, daß Sie ausgeruht sind.«

»Morgen, Sir?«

Martin schüttelte ungeduldig den Kopf. »Hat Ihnen niemand Bescheid gesagt? Mein Gott, wir müssen wirklich etwas zur Verbesserung der Kommunikation in dieser Kreisbehörde tun. Morgen haben wir das Vergnügen, Besuch von zwei Kollegen aus anderen Dienststellen zu bekommen, Bennett, einer aus Manchester und der andere aus Cheshire. Wie Sie zweifellos wußten, auch bevor Mr. Smart von der *Daily News* unsere Aufmerksamkeit darauf lenkte, hat es an beiden Orten in letzter Zeit Fälle gegeben, bei denen Jugendliche auf mysteriöse Weise verschwanden. Sie wollen uns treffen und darüber sprechen, ob es wesentliche Gemeinsamkeiten zwischen ihren und unseren Fällen gibt.«

George war bedrückt. Diplomatische Gespräche mit anderen Dienststellen – das war Zeitverschwendung und würde ihm nicht helfen herauszufinden, was Alison Carter zugestoßen war. Die Polizei von Manchester hatte über fünf Monate Zeit gehabt, Pauline Reade zu finden, und die in Cheshire versuchte schon seit gut drei Wochen, John Kilbride aufzuspüren – ohne Ergebnis. Die Kriminalbeamten, die an diesen Fällen arbeiteten, klammerten sich einfach an jeden Strohhalm. Es war ihnen wichtiger, den Eindruck zu erwecken, daß sie in ihren hoffnungslosen Fällen etwas unternahmen, als ihm bei seiner Ermittlung zu helfen.

Wäre er jemand gewesen, der Wetten abschließt, hätte er sein Geld darauf gesetzt, daß das Treffen morgen schon Gegenstand einer Presseverlautbarung der beiden anderen Polizeibehörden war. »Wäre es nicht besser, wenn DCI Carver dieses Treffen übernehmen würde?« fragte er verzweifelt.

Martin sah angeekelt auf seine Zigarette. »Sie haben generell eine bessere Kenntnis der Einzelheiten dieses Falls«, antwortete er kurz, drehte sich um und ging auf die Tür zu. »Elf Uhr, in der Kreispolizei«, sagte er, ohne sich noch einmal umzudrehen oder die Stimme zu erheben.

George stand nach diesem aufrechten Abgang Martins lange da und starrte auf die Tür. Er war zugleich wütend und hoffnungslos. Jetzt schrieben schon andere, unbeteiligte Personen Alisons Verschwinden als unwiderruflich ab. Ob sein Fall nun etwas mit den anderen zu tun hatte oder nicht, ihm war klar, daß seine Vorgesetzten von ihm nicht mehr erwarteten, daß er sie fand, und schon gar nicht lebend.

Er biß die Zähne zusammen, schob einen Stuhl neben die Schachteln mit Unterlagen und fing an, die restlichen Zeugenaussagen zu sichten. Er wußte, daß es wahrscheinlich sinnlos war. Aber es gab eine winzige Chance, daß dem nicht so war. Und er hatte das Gefühl, daß winzige Chancen die einzigen waren, die ihm noch blieben.

Sonntag, 15. Dezember 1963, 10 Uhr 30

Ausnahmsweise hatte eine der Zeitungen einmal das Richtige getan. Jedem *Sunday Standard* lag ein Bild im Format 30x48 cm bei. Zusätzliche Aushänge wurden an alle Zeitungshändler im Land verteilt, und jeder, an dem George auf dem Weg zur Wache vorbeigekommen war, hatte das Bild gut sichtbar angebracht. Unter die dicke schwarze Schlagzeile:

HABEN SIE DIESES MÄDCHEN GESEHEN?

hatte die Zeitung eines von Hawkins ausgezeichneten Porträts von Alison gesetzt. Dann folgte der Text:

> Alison Carter aus dem Dorf Scardale, Derbyshire, wird seit Mittwoch, den 11. Dezember, um halb fünf Uhr vermißt.
> Merkmale: 13 Jahre alt, 1,53 groß, schlank, blond, blaue Augen, helle Haut, schräge Narbe an der rechten Augenbraue; sie trägt einen dunkelblauen Dufflecoat über einer Schuluniform, einen schwarzen Blazer, braune Strickjacke, braunen Rock, weiße Bluse, schwarzbraune Krawatte, schwarze Wollstrumpfhose und schwarze Stiefel mit Schaffell gefüttert.
> Hinweise an die Derbyshire County Police in Buxton oder jede andere polizeiliche Dienststelle.

So konnten Journalisten der Polizei helfen, dachte George. Er hoffte, daß Don Smart sich an seinem Frühstück verschluckt hatte, als die Beilage aus seinem *Sunday Standard* gerutscht war. Er fragte sich auch, in wie vielen Häusern das Bild bei Anbruch der Dämmerung zu sehen sein würde. Er schätzte, es würden mehr Bilder von Alison Carter in den Fenstern der Gegend um den High Peak zur Schau gestellt werden als Weihnachtsbäume.

Das war ein guter Anfang für diesen Tag, dachte er froh. Und auch vorher hatte er schon gut begonnen. Da er nicht bereits beim Morgengrauen aus der Tür zu stürzen brauchte, hatten Anne und er Gelegenheit gehabt, langsam und entspannt aufzuwachen und gemütlich plaudernd noch liegen zu bleiben. Er hatte eine Kanne Tee nach oben gebracht, und sie hatten eine kostbare harmonische Stunde zur Besiegelung des gestrigen Abends zusammen verbracht. Hätte man ihn vorher gefragt, George hätte bestimmt heftig bestritten, daß er Alison Carter für mehr als eine oder zwei Minuten vergessen könnte. Aber irgendwie hatte Annes unkomplizierte Art ihm geholfen, abzuschalten und nicht an die frustrierenden Ermittlungen zu denken. Sie aßen bei Kerzenlicht zu Abend, dann kauerten sie

zusammen auf der Couch, hörten Radio, träumten und machten zögernde Pläne für ihr ungeborenes Kind. Die Ruhepause war zwar kurz gewesen, hatte ihm aber Kraft und neues Selbstvertrauen gegeben, obwohl er unruhig geschlafen hatte.
George befestigte das Bild am schwarzen Brett des Büros der Kriminalpolizei mit Reißnägeln, die er von ein paar anderen offiziellen Bekanntmachungen abgenommen hatte. Es würde die Kollegen, die zu Besuch kamen, nachdrücklich darauf hinweisen, daß dieser Fall noch keineswegs abgeschrieben war.
»Das sieht gut aus«, hörte er Tommy Cloughs Stimme vom anderen Ende des Raums, als die Tür hinter ihm zufiel. Er streifte seinen Mantel ab und hängte ihn an den Kleiderständer.
»Ich hatte keine Ahnung, daß sie das planten«, sagte George und tippte mit dem Fingernagel auf das Bild.
»Es ist alles gestern morgen festgelegt worden«, sagte Clough lässig, machte seinen obersten Hemdenknopf zu und richtete seine Krawatte, während er durch den Raum ging.
George schüttelte den Kopf. »Ich wünschte, ich wäre an Ihren Draht zur Flüsterpropaganda angeschlossen, Tommy. Nichts passiert hier, was Sie nicht mitkriegen.«
Clough grinste. »Wenn Sie mal so lange hier gewesen sind wie ich, werden Sie mehr vergessen haben, als ich je wissen werde. Ich habe das mit den Aushängern nur mitbekommen, weil ich gerade durchs Büro ging, als ein Bote kam, um das Foto abzuholen. Ich wollte es Ihnen eigentlich sagen, aber dann hab ich es verschusselt. Tut mir leid, Sir.«
George wandte sich um und bot ihm seine Zigaretten an. »Da wir ja jetzt so eng zusammenarbeiten, sagen Sie doch ruhig George, wenn wir allein sind.« Clough nahm eine Zigarette, legte den Kopf schief und erwiderte: »Recht so, George.«
Bevor sie mehr sagen konnten, wurde die Tür aufgestoßen, und Superintendent Martin marschierte herein. Zwei Männer in fast gleichen dunkelblauen Anzügen mit Filzhüten und Trenchcoats folgten ihm. Trotz ihrer so ähnlichen Kleidung hätte man sie wohl kaum verwechseln können. Der eine hatte breite Schultern

und einen massiven Oberkörper auf so kurzen Beinen, daß sie fast komisch wirkten und ihn gerade noch die vorgeschriebene Größe von 1,65 Meter erreichen ließen. Der andere war über einsachtzig groß, sah aber aus, als könnte er hinter einem Telegrafenmast verschwinden. Martin stellte sie vor. Der Kräftige war Detective Chief Inspector Gordon Parrott von der Manchester City Police, der andere Detective Chief Inspector Terry Quirke von der Polizei der County Cheshire.

Martin ließ sie allein und versprach, Tee von der Kantine heraufschicken zu lassen. Zuerst verhielten sich die vier Männer mißtrauisch wie fremde Hunde, die in einem unbekannten Wohnzimmer ihr bestes Benehmen herauskehren. Als sie jedoch allmählich die Einzelheiten ihrer Untersuchungen austauschten, ohne Fehlleistungen zu finden, fingen sie an, sich zu entspannen. Zwei Stunden später stimmten alle vier überein, daß es fast genau so viele Gründe für die Vermutung gab, die drei vermißten Kinder seien von einer Person entführt worden, wie für die Annahme, es seien drei verschiedene Täter gewesen. »Was bedeutet, daß wir keinen Grund haben, etwas zu sagen, was in die eine oder die andere Richtung geht«, äußerte Parrott niedergeschlagen.

»Außer daß es nicht oft Fälle gibt, bei denen man absolut nichts über den Verlauf vermuten kann«, sagte George. »Was bei Ihnen beiden der Fall ist. Ich habe wenigstens den Hund, der in einem Waldstück angebunden war, und die Spuren eines Kampfes an einer anderen Stelle. Das ist das wichtige Element, das Alison Carters Verschwinden von dem Pauline Reades und John Kilbrides unterscheidet.«

Murmelnde Zustimmung war am Tisch zu hören. »Ich sage Ihnen was«, fügte Clough hinzu, »ich würde Geld darauf wetten, daß Pauline und John von jemand im Auto mitgenommen worden sind. Vielleicht von zwei Personen. Einer, der gefahren ist, und einer, der das Opfer festgehalten hat. Wenn der Entführer zu Fuß unterwegs gewesen wäre, hätte es Zeugen geben müssen. In ein Auto einzusteigen, das ist eine Angelegenheit von Sekunden. Aber trotz des alten Ehepaars in Longnor, das den bei der Kapelle abgestellten Landrover gesehen hat, verstehe ich nicht, wie Alison so etwas passiert sein könnte. Ein Entführer hätte sie nicht den ganzen Weg vom Wald bei Scardale bis zur Methodistenkirche tragen können, außer wenn er wie Tarzan gebaut gewesen wäre. Und im Dorf sind an dem Nachmittag keine fremden Autos gesehen worden.«

»Und sie wären gesehen worden«, bestätigte George. »Wenn eine Maus in Scardale niesen muß, hat sie ein halbes Dutzend Hausmittel gegen Erkältung zur Auswahl, bevor sie sich die Nase putzen kann.«

Parrott seufzte. »Wir haben unsere Zeit verschwendet.«

George schüttelte den Kopf. »Eigentlich doch nicht. Es hat mir geholfen, meine Denkansätze zu klären. Ich weiß jetzt, worum es bei uns nicht geht. Je mehr ich heute morgen geredet und zugehört habe, desto sicherer bin ich, daß es keine Entführung durch einen Fremden war. Was immer mit Alison geschehen ist, sie wußte, mit wem sie es zu tun hatte.«

Montag, 16. Dezember 1963, 7 Uhr 40

Die gute Laune, die George für einen weiteren Tag ergebnislosen Suchens Auftrieb gegeben hatte, verflüchtigte sich mit der Montagsausgabe der *Daily News*. Diesmal hatte Don Smarts treu ergebene Hellseherin ihn auf die Titelseite gebracht:

VERMISSTES MÄDCHEN: FRANZÖSISCHE HELLSEHERIN GIBT SENSATIONELLE HINWEISE

Exklusivbericht unseres Mitarbeiters

Die Ermittlungen im Fall der dreizehnjährigen Alison Carter nahmen heute eine sensationelle Wendung, als eine Hellseherin der Polizei wichtige Hinweise zu ihrem Aufenthaltsort gab.

Madame Colette Charest machte ausführliche Angaben über Alisons Verbleib, nachdem diese vor fünf Tagen aus dem kleinen Weiler Scardale in Derbyshire verschwand.
Von ihrer Wohnung in Lyon, Frankreich, aus sprach Mme. Charest über die Ergebnisse, die sie mit Hilfe einer detaillierten amtlichen Landkarte der Gegend, eines Fotos des hübschen blonden Mädchens und anhand von Zeitungsausschnitten der *News* erarbeitet hat.

Beeindruckendes Talent

Die Angaben wurden gestern abend an Detective Chief Inspector M. C. Carver weitergegeben, der die Untersuchungskommission des mysteriösen Falls leitet. Er sagte: »Wir können es uns nicht leisten, irgendwelche Hinweise unbeachtet zu lassen. Ihre Darstellung ist eindrucksvoll.«
Mme. Charest hat die französische Polizei mit ihren außergewöhnlichen Fähigkeiten, mit denen sie schon verschiedentlich bei Fahndungen behilflich war, in Erstaunen versetzt.
Die siebenundvierzigjährige französische Witwe sagte, sie habe Alison mit einem Mann, den sie kannte, durch einen Wald gehen »sehen«. Er war zwischen 35 und 45 Jahre alt und dunkelhaarig.
Sie sagte, Alison hätte bei einem Wasserlauf auf den Mann gewartet, sei traurig gewesen und habe Angst gehabt.

Alison lebt

Am interessantesten dürfte sein, daß Mme. Charest auf ihrer Überzeugung beharrte, Alison sei noch am Leben und in Sicherheit. »Sie wohnt in einer Stadt in einem Reihenhaus aus Backstein an einem Hügel.
Sie kam dort in einem transporterähnlichen, kleineren Fahrzeug an. Es war Nacht, und sie hat seit ihrer Ankunft das Haus nicht verlassen. Sie kann sich nicht frei bewegen, hat aber keine Schmerzen.

In der Nähe des Hauses ist ein Schulhof. Sie kann die Kinder spielen hören, und das macht sie traurig.«

In den Tälern und dem Moor um Scardale haben unterdessen die Freiwilligen ihre unermüdliche Suche zusammen mit der Polizei und der Bergwacht fortgesetzt.

Hunde und Suchhaken wurden eingesetzt, um die ausgedehnten Moorflächen einschließlich der Teiche und Quellen abzusuchen.

DCI Carver sagte: »Wir dehnen die Suchaktion so weit wie möglich aus.

Die Mitarbeit der Öffentlichkeit ist erstaunlich, aber uns fehlen nach wie vor sichere Erkenntnisse darüber, wohin Alison ging, als sie am Mittwoch nachmittag mit ihrem Hund ihr Elternhaus verließ.

Vielleicht können diese neuen Hinweise dem Gedächtnis des einen oder anderen nachhelfen. Wir möchten, daß uns jeder, der vielleicht etwas weiß, dies mitteilt, so unbedeutend es auch scheinen mag.«

»Was für ein Spiel treibt Carver eigentlich?« sagte George schimpfend zu Anne. »So etwas sollten wir überhaupt nicht unterstützen. Wir werden uns nicht mehr zu helfen wissen vor bescheuerten Hellsehern, die uns aus dem ganzen Land überrennen.«

Anne strich ruhig Butter auf ihren Toast und sagte: »Wahrscheinlich haben sie ihm das Wort im Mund verdreht.«

»Da hast du vermutlich recht«, gab George zu. Er faltete die Zeitung zusammen, schob sie seiner Frau über den Tisch zu und stand auf. »Ich muß jetzt gehen. Ich kann nicht sagen, wann ich zurück sein werde.«

»Versuch doch, zu einer einigermaßen vernünftigen Zeit heimzukommen, George. Ich will nicht, daß du dich daran gewöhnst, dauernd und jederzeit bei der Arbeit zu sein. Ich will nicht, daß unser Kind aufwächst, ohne zu wissen, wer sein Vater ist. Ich habe gehört, wie die anderen Polizistenfrauen über ihre Männer reden. Es ist fast so, als redeten sie über ferne

Verwandte, die sie nicht besonders mögen. Es hört sich an, als wäre das Zuhause für diese Männer nur ein Ort, wo man hingeht, wenn die Pubs und Clubs alle schon zugemacht haben. Die Frauen sagen, sogar die Ferien seien stressig. Jahr für Jahr ist es, als seien sie mit einem Fremden zusammen, der sich die ganze Zeit nur Sorgen macht und schlechte Laune hat. Entweder das, oder sie trinken und verspielen ständig ihr Geld.«

George schüttelte den Kopf. »Ich bin bestimmt nicht so, das weißt du doch.«

»Ich glaube, die meisten dachten nicht, daß es so werden würde, als sie frisch verheiratet waren«, erwiderte Anne trokken. »Deine Arbeit unterscheidet sich von anderen Tätigkeiten. Du läßt sie nicht am Ende des Arbeitstags hinter dir. Ich will nur sicher sein, daß du nicht vergißt, es gibt mehr für dich im Leben, als Kriminelle zu fassen.«

»Wie könnte ich das vergessen, wo ich doch dich habe, zu der ich nach Hause kommen kann?« Er beugte sich hinunter und küßte sie. Sie roch süß, wie frisch gebackene Kekse. Er wußte inzwischen, daß das ihr besonderer Morgenduft war. Sie hatte ihm gesagt, sein Geruch sei leicht herb wie das Fell einer sauberen Katze. Da hatte er begriffen, daß jeder seine eigene, unverwechselbare Duftnote hat. Er fragte sich, ob die Erinnerung an den persönlichen Duft ihrer Tochter auch eines der Dinge war, die Ruth Hawkin quälten. Er unterdrückte einen Seufzer, umarmte Anne schnell und eilte zu seinem Wagen hinaus, bevor die Gefühle ihn überwältigten.

Er fuhr bei der Kreispolizei vorbei, um Tommy Clough mitzunehmen. George hatte beschlossen, heute morgen nicht zur Pressekonferenz zu gehen. Superintendent Martin war Don Smart viel besser gewachsen, als er es je sein würde, und das letzte, was er brauchen konnte, war, sich in eine öffentliche Auseinandersetzung hineinziehen zu lassen, die wegen seiner Wut fast unvermeidlich sein würde. »Gehen wir und sprechen wir mit den Hawkins«, sagte er zu seinem Sergeant. »Sie

müssen im Grunde wissen, daß es kaum noch Hoffnung gibt. Aber sie werden es nicht zugeben wollen, weder vor sich selbst noch anderen gegenüber. Wir sind es ihnen schuldig, aufrichtig mit ihnen über die Situation zu sprechen.«
Die Scheibenwischer kämpften in dumpfer Monotonie gegen den Regen am Fenster, als sie sich durch das Moor nach Scardale aufmachten. Schließlich sagte Clough düster: »Sie wird nicht in dem Wetter da draußen sein und noch leben.«
»Sie wird überhaupt nirgendwo noch am Leben sein. Sie ist schließlich kein kleines Kind, dem man einen Schrecken einjagen und es dann in einem Keller einsperren kann. Wer einen Teenager gefangenhalten will, muß in einer anderen Liga spielen. Außerdem wollen Sexualmörder nicht auf ihre Befriedigung warten. Sie wollen sie gleich. Und wenn sie jemand entführt hätte, der dumm genug wäre zu denken, Hawkin habe genug Geld für ein saftiges Lösegeld, dann wäre es inzwischen gefordert worden.« George seufzte, als er die Hand hob und einen klatschnassen Constable grüßte, der immer noch am Tor von Scardale Wache stand. »Mal abgesehen von den Hawkins. *Wir* müssen der Tatsache ins Auge sehen, daß wir inzwischen nur noch nach einer Leiche suchen.«
Nur das schabende Geräusch der Scheibenwischer unterbrach die Stille, bis sie auf der Dorfwiese neben dem Wohnwagen zum Stehen kamen. Die zwei Männer rannten durch den Regen und stellten sich, als George angeklopft hatte, auf der winzigen Veranda unter, während sie auf Ruth Hawkin warteten. Zu ihrer Überraschung öffnete Kathy Lomas die Tür. Sie trat zurück und ließ sie eintreten. »Sie sollten reinkommen«, sagte sie knapp.
Sie ging in die Küche. Ruth saß in einem rosa wattierten Nylonmorgenmantel mit teilnahmslosem Blick am Tisch, ihr Haar hing lose und ungekämmt herunter. Ihr gegenüber saß Ma Lomas, sie trug verschiedene Strickjacken übereinander und oben drüber ein kariertes Umhängetuch, das auf der Brust mit einer großen Nadel für Windeln festgesteckt war. George

erkannte die vierte Frau im Raum, es war Diane, Ruths Schwester und die Mutter von Charlie Lomas. Die drei jüngeren Frauen rauchten, und Ma Lomas' Lunge schien in diesem Fall nichts dagegen zu haben.

»Was gibt's?« fragte Ma Lomas, bevor George etwas sagen konnte.

»Wir haben nichts Neues zu berichten«, gab George zu.

»Anders als die Zeitungen also«, sagte Diane Lomas bitter.

»Ja, die haben immer irgendwas auf Lager«, fügte Kathy hinzu.

»All das Zeug ist doch Unsinn, daß Alison in einem Reihenhaus in einer Stadt festsitzt. Man kann in der Stadt niemand verstecken, der sich nicht versteckt halten will. Die Häuser haben doch Wände wie Pappdeckel. Können Sie sie nicht davon abhalten, so einen Schrott zu drucken?«

»Wir leben in einem freien Land, Mrs. Lomas. Mir gefällt die Zeitung von heute morgen genausowenig wie Ihnen, aber ich kann daran nichts ändern.«

»Sehen Sie sich mal an, wie sie aussieht«, sagte Diane und zeigte mit dem Kopf zu Ruth hin. »Sie denken nicht daran, wie das auf sie wirkt. So was dürfte nicht sein.«

George preßte die Lippen zu einem dünnen Strich zusammen. Schließlich sagte er: »Das ist einer der Gründe, weshalb ich heute morgen zu Ihnen gekommen bin, Mrs. Hawkin.« Er zog sich einen Stuhl heran und setzte sich Ruth und ihrer Schwester gegenüber. »Ist Ihr Mann da?«

»Er ist nach Stockport gefahren«, sagte Ma verächtlich. »Er braucht Chemikalien für seinen Fotokram. Natürlich kann er kommen und gehen, wie es ihm paßt. Nicht wie manche, die in Scardale geboren und aufgewachsen sind.« Ihre Worte hingen wie ein hingeworfener Fehdehandschuh in der Luft.

George nahm ihn nicht auf. Seine Rolle bei Peter Crowthers Tod belastete sein Gewissen schon genug, auch ohne daß Ma Lomas' spitze Zunge ihn beschimpfte. Er nickte nur bestätigend und sprach weiter. »Ich wollte Ihnen beiden sagen, daß wir die Suche nach Alison fortsetzen werden. Aber ich würde meine Pflicht vernachlässigen, wenn ich Ihnen verschweigen würde, daß es immer unwahrscheinlicher wird, sie noch lebend zu finden.«

Ruth schaute auf. Ihr Gesicht war eine reglose Maske der Resignation. »Sie glauben, das ist mir neu?« sagte sie müde. »Ich habe nichts anderes erwartet, seit der Minute, als ich merkte, daß sie weg war. Ich kann das ertragen, weil ich muß. Was ich nicht aushalten kann, ist, nicht zu wissen, was mit meinem Kind geschehen ist. Ich verlange nur, daß Sie herausfinden, was ihr passiert ist.«

George holte tief Luft. »Glauben Sie mir, Mrs. Hawkin, ich bin entschlossen, das zu tun. Sie haben mein Wort, daß ich Alison nicht aufgeben werde.«

»Schöne Worte, Junge, aber was bedeuten sie?« Ma Lomas' sarkastische Stimme machte der gerührten Stimmung ein Ende.

»Sie bedeuten, daß wir weitersuchen werden. Es bedeutet, wir stellen weiterhin Fragen. Wir haben das Tal schon von einem Ende zum anderen und auch das umliegende Land abgesucht. Wir haben Staubecken überprüft, und Taucher haben den Scarlaston untersucht. Und wir haben nicht mehr gefunden als das, was wir schon in den ersten vierundzwanzig Stunden entdeckt hatten. Aber wir geben nicht auf.«

Ma lachte prustend vor sich hin, ihre Nase und das Kinn stießen fast zusammen, als sie das Gesicht verzog. »Wie können Sie hier sitzen und Ruth in die Augen sehen und sagen, Sie haben das Tal abgesucht? Sie sind nicht einmal in der Nähe der alten Bleimine gewesen.«

14

Montag, 16. Dezember 1963, 9 Uhr 06

Verwirrt sah George, wie seine Überraschung sich auch auf den Gesichtern ihm gegenüber spiegelte. Ruths Augenbrauen zogen sich zusammen, als sei sie nicht sicher, recht gehört zu haben. Diane schien verdutzt. »Welche alte Bleimine, Ma?« fragte sie.

»Na, du weißt doch, oben im Scardale Crag.«

»Das hör ich zum ersten Mal«, sagte Kathy und klang etwas beleidigt.

»Moment mal, bitte«, unterbrach George. »Wovon sprechen Sie eigentlich? Um welche Mine geht es?«

Ma stieß einen frustrierten Seufzer aus. »Wieviel klarer soll ich's noch sagen? Innen im Scardale Crag ist eine alte Bleimine. Tunnel und Gruben und alles mögliche. Nichts Großartiges, aber sie ist dort.«

»Wie lang ist es her, seit dort zuletzt gefördert wurde?« fragte Clough.

»Wie soll ich das wissen?« wehrte sich die alte Frau. »Nicht, seitdem ich auf der Welt bin, das ist sicher. Soweit ich weiß, ist sie da, seit die Römer hier waren. Sie haben in der Gegend Blei und Silber aus dem Boden geholt.«

»Ich hab nie von einer Bleimine im Felsen gehört«, beharrte Diane. »Und ich hab von klein auf hier gelebt.«

Nur mit Mühe widerstand George dem Impuls, die Frauen anzuschreien.

»Wo ist diese Bleimine genau?« fragte er. Seine Stimme war so schneidend, daß Clough froh darüber war, nicht der Angesprochene zu sein. Er hatte keine Ahnung gehabt, daß George zu solcher Schärfe fähig war, aber es gab Clough die Gewißheit, auf das rechte Pferd gesetzt zu haben.

Ma Lomas zuckte die Schultern. »Wie soll ich das wissen? Wie gesagt, zu meiner Zeit ist dort nie etwas abgebaut worden. Ich weiß nur, daß man irgendwo hinter dem Wäldchen reingehen kann. Dort war früher ein Bach. Aber er ist schon lange eingetrocknet, schon als ich noch ein kleines Mädel war.«

»Es könnte also gut sein, daß überhaupt niemand weiß, daß es die Mine gibt«, sagte George und ließ die Schultern hängen. Was wie ein Faden ausgesehen hatte, den zu verfolgen sich vielleicht lohnen könnte, zerfiel ihm zusehends in der Hand, dachte er.

»Also, ich weiß es ja zum Beispiel«, sagte Ma nachdrücklich. »Der Squire hat sie mir gezeigt. In einem Buch. Der alte Squire, meine ich. Nicht Philip Hawkin.«

»Was für ein Buch?« fragte Ruth und zeigte erste Anzeichen lebhafterer Anteilnahme, seit die beiden Männer gekommen waren.

»Ich weiß jetzt nicht mehr, wie es hieß, aber ich könnte es wahrscheinlich wiedererkennen«, sagte die alte Frau und schob ihren Stuhl vom Tisch weg. »Hat dein Mann etwa die Bücher des Squire weggeworfen?« Ruth schüttelte den Kopf. »Also, dann sehen wir doch mal nach.«

Wenn Philip Hawkin nicht da war, war sein Arbeitszimmer so kalt wie der Flur. Ruth zitterte und zog den Morgenmantel enger um sich. Diane warf sich auf einen der Sessel und nahm eine Zigarette aus der Schachtel, zündete sie an, ohne jemand anderem eine anzubieten; dann rollte sie sich in dem Sessel zusammen wie eine pummelige Tigerkatze mit einer Maus in der Pfote. Kathy spielte mit einem Paar Prismen auf dem Schreibtisch, die sie gegen das Licht hielt und hin und her

drehte. Inzwischen betrachtete sich Ma genau die Regale, und George hielt die Luft an.
Ungefähr in der Mitte des mittleren Regals zeigte sie mit einem knochigen Finger auf ein Buch. »Da«, sagte sie zufrieden. »*Ein Potpourri der wunderlichen Kuriosa im Tal des Scarlaston.*«
George griff nach dem Band und nahm ihn herunter. Es war offensichtlich einmal ein schönes Buch gewesen, jetzt aber durch Alter und häufigen Gebrauch abgegriffen. Es war in rotes Maroquinleder gebunden, etwa fünfundzwanzig mal zwanzig Zentimeter groß und über zwei Zentimeter dick. Er legte es auf den Schreibtisch und schlug es auf.
Ein Potpourri der wunderlichen Kuriosa des Tals des Scarlaston in der County von Derbyshire mit der Riesenhöhle und der mysteriösen Quelle des Flusses. Wie berichtet von Reverend Onesiphorus Jones. Herausgegeben von Messrs. King, Bailey & Prosser in Derby, MDCCCXXII, las George. »1822«, sagte er. »Und wo ist die Sache über die Mine, Mrs. Lomas?«
Ihre knotigen, rheumatischen Finger fuhren über die Stirnseite und schlugen das Inhaltsverzeichnis auf. »Ich weiß noch, es war irgendwo in der Mitte«, sagte sie leise. George beugte sich über ihre Schulter und überflog schnell das Inhaltsverzeichnis. »Ist es das?« fragte er und zeigte auf *Kapitel XIV – Die geheimen Mysterien von Scardale Cragg. Der Mensch des Altertums im Tal. Katzengold und das Urmetall der Alchimisten.*
»Ja, ich glaube schon.« Sie trat zurück. »Es ist sehr lange her. Der Squire hat immer gern mit mir über die Geschichte dieses Tals gesprochen. Seine Frau war eine Zugereiste, wissen Sie.«
George hörte nur halb hin. Er blätterte in den gelblichen Seiten, die hier und da Flecken hatten, bis er zu dem gesuchten Teil kam. Er fand die Geschichte der Bleiförderung in Scardale mit fachkundigen Zeichnungen illustriert, denen jedoch jede künstlerische Qualität fehlte. Die Blei- und Eisenkiesadern wurden im späten Mittelalter entdeckt, aber erst im achtzehnten Jahrhundert vollständig abgebaut, als vier große Stollen und zwei Höhlen ausgegraben wurden. Die Flöze waren jedoch nicht so ergie-

big, wie man geglaubt hatte, und irgendwann in den neunziger Jahren des achtzehnten Jahrhunderts hatte man das Bergwerk stillgelegt. Als das Buch geschrieben wurde, war die Mine schon mit einer Holzpalisade verschlossen.

George deutete auf die Beschreibung. »Ist das hier genau genug, daß wir zu den Schächten finden können?«

»Das würden Sie nie finden«, sagte Diane. Sie war aufgestanden und sah über seinen Arm ins Buch. »Ich kann Ihnen aber sagen, wer es könnte.«

»Wer?« fragte George. Es konnte nicht schwerer sein, Blei aus dem Boden zu holen, als von den Einheimischen von Scardale Auskünfte zu bekommen, dachte er erschöpft.

»Ich wette, unser Charlie könnte es«, sagte Diane, die von seiner Frustration überhaupt nichts merkte. »Er kennt das Tal besser als irgend jemand sonst. Und er ist kerngesund und geschickt. Wenn man irgendwo hochklettern oder in eine Höhle hinuntersteigen muß, dann ist er der Mann dafür. Den brauchen Sie, Mr. Bennett. Unseren Charlie. Das heißt natürlich nur, wenn er will, nachdem Sie ihn so behandelt haben.«

Montag, 16. Dezember 1963, 11 Uhr 33

Charlie Lomas war so unruhig wie ein junger Hund, der an der Leine zerrt und die Fährte eines Hasen riecht. Wie George wäre er am liebsten durch das Tal zu der Stelle hinuntergestürzt, wo der Fluß auf den Felsen stieß, nachdem er gehört hatte, was los war. Aber anders als George, der die Tugend der Geduld gelernt hatte, sah er keinen Vorteil darin, zu warten, bis die ausgebildeten Höhlenspezialisten ankamen. Nach Charlies Ansicht war es genug, aus Scardale zu sein, wenn es um die Erforschung der Geheimnisse des Scardale Crag ging. So war er kettenrauchend vor dem Wohnwagen auf und ab gegangen und hatte nervös von dem Tee getrunken, der schon lange eiskalt sein mußte.

George schaute mit finsterem Blick aus dem Fenster des Wohnwagens zum Dorf hinüber. »Es ist ja nicht so, als wären wir nicht daran gewöhnt, daß Leute ihr Wissen nicht preisgeben, aber normalerweise gibt es doch ein erkennbares Motiv dafür. Meistens schützen sie sich selbst oder andere. Oder sie sind einfach dickköpfige Strolche, die sich freuen, wenn sie uns ärgern können. Aber hier? Es ist verlorene Liebesmüh, ihnen etwas abpressen zu wollen.«
Clough seufzte. »Ich glaube, es ist nicht böse gemeint. Oft sind sie sich nicht einmal bewußt, das zu tun. Es ist eine Gewohnheit, die sie im Lauf der Jahrhunderte angenommen haben, und ich glaube, es wird sich nicht so schnell ändern. Es ist, als seien sie überzeugt, daß niemand das Recht hat, von ihren Angelegenheiten zu erfahren.«
»Es ist mehr als das, Tommy. Sie haben alle so lange so eng beieinander gewohnt, sie wissen alles, was es über Scardale und über die anderen zu wissen gibt. Dieses Wissen ist ihnen selbstverständlich, und sie vergessen einfach, daß es für uns anders ist.«
»Ich weiß, was Sie meinen. Immer wenn wir etwas finden, was sie uns hätten sagen sollen, ist es, als wären sie sprachlos, daß wir es nicht schon wußten.«
George nickte. »Das hier ist das perfekte Beispiel. Ma Lomas hat nicht irgendwann einmal gesagt: ›Ach, wußten Sie, daß es im Scardale Crag alte Schächte einer Bleimine gibt? Es würde sich vielleicht lohnen, dort zu suchen.‹ Nein, wie alle anderen nahm sie an, wir wüßten darüber Bescheid, und ihr einziges Motiv, das zu erwähnen, war, mir eins reinzuwürgen, weil sie die Suche der Polizei für ungenügend hält.«
Clough stand auf und ging in dem engen Wohnwagen auf und ab. »Es könnte einen rasend machen, aber wir können es nicht ändern, weil uns erst klar wird, was wir nicht wissen, wenn wir entdecken, daß wir es nicht wußten.«
George rieb sich müde die Augen. »Ich kann nicht umhin zu denken, daß wir Alison vielleicht hätten retten können, wenn

ich die Einheimischen dazu gebracht hätte, uns zu sagen, was sie wissen.«

Clough blieb stehen und starrte zu Boden. »Ich glaube, da haben Sie unrecht. Ich würde sagen, als der erste Anruf bei der Polizeiwache in Buxton einging, war es schon zu spät für Alison Carter.« Er sah George an, konnte aber nicht ertragen, was er in seinen Augen erblickte, und fügte hinzu: »Vielleicht beruhige ich mich damit auch nur, weil ich die Alternative nicht aushalten kann.«

George wandte sich ab, warf wieder einen Blick in das Buch aus dem neunzehnten Jahrhundert und versuchte, die Beschreibung darin mit der detaillierten, offiziellen Landkarte in Einklang zu bringen. Tommy Clough erkannte seine momentan begrenzten Möglichkeiten, setzte sich wieder ans Fenster und beobachtete ein Amselpaar, das auf der Erde unter dem Schutz einer dichten alten Eibe herumscharrte. Es würde bald genug Arbeit geben, also konnte er sich fürs erste damit zufriedengeben, dazusitzen und nachzudenken.

Die Höhlenspezialisten kamen in einem großen Transporter, dessen Sitze in Reihen am Boden festgeschraubt waren. *Peak-Park-Höhlenrettungsteam* stand in ungelenk amateurhafter Schrift auf den Türen.

Ein halbes Dutzend Männer stiegen aus und verteilten sich über die Dorfwiese – offenbar machte ihnen der Regen nichts aus – und holten sich ihre Ausrüstung hinten aus dem Transporter. Ein Mann trennte sich von der Gruppe und kam zum Wohnwagen herüber. Charlie blieb stehen und starrte ihn gespannt an wie ein Jagdhund, der das Wild sichtet. Der Mann erschien unter der Tür und sagte: »Wer ist denn hier der Boss?«

George stand auf und mußte sich unter der niedrigen Decke bücken. »Detective Inspector George Bennett«, sagte er und streckte die Hand aus.

»Sie sehen aus wie Jimmy Stewart, hat Ihnen das schon mal jemand gesagt?« meinte der Mann und schüttelte George kurz die Hand.

George runzelte die Stirn, als er Clough grinsen sah. »Das haben wir schon mal gehört. Danke fürs Kommen.«
»Wir freuen uns. Wir haben schon seit Ewigkeiten keine gute Rettungsaktion mehr gehabt. Wir fiebern vor Ungeduld, mal etwas außer der Reihe machen zu dürfen. Wie wollen Sie's anpacken?« Er setzte sich auf die Bank, sein nasser Gummianzug legte sich auf seinem flachen Bauch in Falten.
»Wir haben eine ungefähre Idee, wo der Eingang zu diesen Schächten sein könnte«, sagte George. Er faßte kurz zusammen, was er aus dem Buch und vom Betrachten der Karte her wußte. »Charlie ist von hier. Er kennt das Tal und kann uns wahrscheinlich im Gelände ein paar Tips geben. Wenn wir es finden, dann will ich dabeisein, wenn Sie reingehen.«
Der Spezialist schien seine Zweifel zu haben. »Waren Sie schon mal bei einer Höhlenerkundung dabei? Oder beim Klettern?«
George schüttelte den Kopf. »Ich werde keine Belastung sein. Ich bin fit und kann schon was aushalten.«
»Sie werden eine Belastung sein, egal, was Sie sagen. Wir sind ein Team, wir sind aufeinander eingespielt und gewöhnt, aufeinander aufzupassen. Sie werden unsere Routine durcheinanderbringen. Ich will wirklich nicht mit jemand, der sich nicht auskennt, in ein unbekanntes Höhlensystem einsteigen.« Er rieb sich mit den Knöcheln nervös die Wange. »Leute kommen in Höhlen um«, fügte er hinzu. »Deshalb gibt es uns.«
»Sie haben recht«, sagte George. »Leute kommen in Höhlen um. Genau deshalb muß ich mit Ihnen gehen. Es ist möglich, daß Sie mitten auf einem Tatort landen. Und ich bin nicht bereit, die Zerstörung eventueller Spuren zu riskieren. Sie haben ein Spezialwissen, das bestreite ich nicht. Ich aber auch. Da das so ist, gehen Sie nicht ohne mich rein. Also – haben Sie eine extra Ausrüstung, oder muß ich einen Ihrer Leute sich ausziehen lassen, damit er mir seinen nassen Anzug gibt?«
Der Höhlenspezialist schaute ihn rebellisch an. »Ich werde mein Team nicht wegen Ihrer Unerfahrenheit gefährden.«
»Das verlange ich nicht. Ich werde zurückbleiben und Sie

vorgehen und eventuelle Gefahren sondieren lassen. Ich werde Ihre Befehle befolgen. Aber ich muß dabeisein.« George gab nicht nach.
»Ich will auch mit«, platzte Charlie heraus, der sich nicht mehr zurückhalten konnte. »Ich war schon in Höhlen. Ich kenne mich mit Höhlen und mit Klettern aus. Ich habe Erfahrung. Ich kenne das Gelände. Sie müssen mich mitnehmen.«
Tommy legte ihm eine Hand auf den Arm. »Das ist keine gute Idee, Charlie. Wenn Alison da drin ist, kann es sein, daß sie nicht gut aussieht. Es würde dich aufregen, und du könntest Spuren verwischen, ohne es zu wollen. Bei meinem ersten Mord, da dachte ich, ich käme auch gleich dran. Mir ist schlecht geworden, überall über den ganzen Tatort habe ich gekotzt, und der DCI hat mich angesehen, als würde er am liebsten *mich* umbringen. Glaub mir, es ist besser, wenn du uns nur den Weg finden hilfst.«
Der junge Mann schaute finster und strich sich das Haar aus der Stirn. »Sie gehört zur Familie, Mr. Clough. Jemand sollte für sie dasein.«
»Du kannst dich darauf verlassen, daß DI Bennett das Beste für sie tun wird«, sagte Tommy. »Du weißt, er will genausosehr wie du, daß die Sache aufgeklärt wird.«
Charlie wandte sich ab und ließ die Schultern hängen. »Worauf warten wir also noch?« fragte er, aber seine heisere Stimme strafte seinen draufgängerischen Tonfall Lügen.
»Ich muß mich umziehen«, sagte George. »Ich weiß nicht, wie Sie heißen«, wandte er sich an den Höhlenspezialisten.
»Ich bin Barry.« Er seufzte. »Also gut, wir haben einen extra Anzug, der Ihnen passen dürfte. Sie werden aber Ihre eigenen Stiefel brauchen.«
»Ich habe meine Gummistiefel im Auto. Tun die's?«
Barry warf ihm einen verächtlichen Blick zu. »Werden sie müssen.«
Zwanzig Minuten später bewegten sie sich in einer seltsamen Prozession durch das Tal und das Wäldchen, wo Charlie die

Spuren eines Kampfes mit Alison entdeckt hatte. Charlie führte, George und Clough folgten ihm. Dahinter kamen die Höhlenspezialisten in einer Gruppe, lachend, sich unterhaltend und rauchend, als stünde ihnen nichts Anstrengenderes bevor als einer der gewohnten Sonntagsausflüge zu einem faszinierenden Höhlenkomplex.

Als sie den Fuß der Felsenformation erreichten, hockten sich die Höhlenspezialisten unter dem nächsten Baum auf den Boden und warteten auf Anweisungen. Charlie ging langsam am Rand der Kalkfelsen entlang, drückte das Gebüsch zur Seite und stieg ab und zu über heruntergefallene Steinbrocken, um nachzusehen, ob sie die Überreste einer einhundertfünfzig Jahre alten Palisade verdeckten. George folgte ihm, wo er konnte, überließ aber den größten Teil der Suche Charlie und verglich ständig das Gelände mit der Beschreibung im Buch.

Charlie schob sich durch ein Dickicht junger Bäume und trockener Farnwedel, dann zog er sich über eine Gruppe kleiner Felsbrocken hoch und sprang auf der anderen Seite hinunter. Man konnte ihn nicht mehr sehen, aber die Männer, die im Tal warteten, konnten seine Stimme klar hören. »Hier ist ein Riß in der Klippe. Es ... sieht aus, als wäre hier eine Barrikade gewesen, die weggefault ist.«

»Warte dort, Charlie«, befahl George. »Sergeant, kommen Sie mit. Wir müssen sehen, ob es Anzeichen dafür gibt, daß jemand hier war außer Charlie.«

Sie kämpften sich zu dem Haufen Felsbrocken durch, wobei sie aufpassen mußten, daß die herunterhängenden Äste ihnen nicht ins Gesicht peitschten oder daß sie über das dichte Brombeergestrüpp stolperten, das sich überall durchs Unterholz wand. »Es ist unmöglich zu sagen, ob hier jemand war«, sagte Clough enttäuscht. »Man könnte durch den Wald oder von der anderen Seite durchs Tal hierherkommen. Als aussagekräftiger Tatort ist das hier völlig unbrauchbar.«

Sie krochen über die Felsen und fanden Charlie ungeduldig von einem Fuß auf den anderen tretend. »Sehen Sie«, rief er aus, sobald er sie sah. »Das muß es doch sein, oder, Mr. Bennett?«

Es war schwierig, das, was George da vor sich sah, mit dem Eingang zum Bergwerk in Einklang zu bringen, dessen Abbildung er den ganzen Morgen angeschaut hatte. Steinklumpen waren vor den Tunnel gefallen und hatten die Form des Eingangs völlig verändert. Der Bogen, der mit einfachen Werkzeugen aus dem weichen Kalkstein ausgehöhlt worden war, sah jetzt eher wie ein schmaler dreieckiger Riß aus, mindestens zweimal so hoch, wie er gewesen war. Adlerfarne und andere Pflanzen standen hüfthoch, und ein Holunderbusch verdeckte den oberen Teil dessen, was so aussah, als könnte es der Eingang sein. »Sehen Sie«, sagte Charlie stolz, »man kann die Reste der Eisenstifte erkennen, mit denen sie die Holzabsperrung zusammengenagelt hatten.« Er zeigte auf zwei schwarze Stümpfe, die auf der einen Seite aus dem Stein herausragten. »Und hier unten ...« Er zog die Farnwedel zur Seite, und die verrotteten Überreste von schweren Balken kamen zum Vorschein. »Ich dachte, ich kenne jeden Zentimeter im Tal, aber ich habe nie etwas von dem hier gewußt.«

George sah sich betrübt um. Charlie hatte wie ein junger Elefant die ganze Fläche zertrampelt. Wenn Alison hier gewesen war, allein oder in der Gewalt eines anderen, dann würden jetzt bestimmt keine Spuren davon übrig sein. Er holte tief Luft und rief: »Barry? Bringen Sie Ihre Männer hier herauf, ja?« Er wandte sich an Clough: »Sergeant, ich möchte, daß Sie und Mr. Lomas zum Wohnwagen zurückgehen. Ich werde hier ein paar Polizisten brauchen, die diesen Bereich absperren. Und erst mal kein Wort zur Presse.«

»Da haben Sie recht, Sir.« Clough legte eine schwere Hand auf Charlies Schulter. »Zeit für uns, zu gehen und die Sache den Fachleuten zu überlassen.«

»Ich sollte mit da rein«, sagte Charlie und versuchte, sich loszureißen und zum Eingang vorzudringen. George stellte

ihm ein Bein, Charlie fiel zu Boden, rollte auf die Seite und sah gekränkt und wütend zu George hoch.
»Lassen wir das doch«, sagte George. »Komm, Charlie, mach es nicht schwerer, als es ist. Ich verspreche dir, du wirst als erster davon hören, wenn wir etwas finden.«
Charlie stand auf und zog sich ein paar Brombeerästchen aus den Haaren. »Ich gehe heim und erzähle meiner Großmutter, was ich gefunden habe«, murmelte er trotzig.
Aber George hatte seine Aufmerksamkeit schon den Spezialisten zugewandt, die sich auf den Felsstücken verteilten, als wären es kleine Unebenheiten auf einem Weg. Jetzt, wo ihre eigentliche Arbeit bevorstand, waren sie still und gingen systematisch vor, und jeder überprüfte sorgfältig seine Ausrüstung.
Barry gab George einen Helm mit einer Grubenlampe auf der Stirn. »Wir machen es also so: Sie bleiben immer etwas hinter uns. Wir wissen nicht, wie es da drin aussieht. Nach dem Zustand hier draußen zu schließen, wird es nicht allzu gut sein, oder allzu sicher. Wie gehen also zuerst rein, und Sie folgen, wenn ich es Ihnen sage, und nicht vorher. Ist das klar?«
George nickte und schnallte seinen Helm fest. »Aber wenn Sie etwas finden, das nach neuen Spuren aussieht, dürfen Sie nichts daran ändern. Wenn das Mädchen da drin ist . . . na ja, dann müssen wir einfach gleich wieder rauskommen.«
Barry wies mit dem Kopf auf einen der Männer. »Trevor hat eine Spezialkamera, mit der man Bilder in Höhlen machen kann. Wir haben sie mitgebracht, nur für den Fall.« Er sah sich um. »Also. Des, du gehst vor. Ich bleibe am Schluß, damit ich sicher sein kann, daß George tut, was man ihm sagt. Ihr habt gehört, was er gesagt hat, Männer – nichts anfassen, wenn ihr etwas findet. Oh, und George – da unten ist Rauchverbot. Man weiß nie, was für kleine Überraschungen die Erde bereithält.«
Es war, als beträten sie die Unterwelt. Der Spalt an der Seite des Berges nahm sie auf, und sobald sie durch diese Pforte gegangen waren, war fast alle Helligkeit verschwunden. Schwache gelbe Lichtkegel fielen auf die gestreiften weißen

Wände des kohlehaltigen Kalksteins. Hier und da glitzerte Quarz; feuchte Tröpfchen nasser, angeschwemmter Gesteinslagen glänzten auf. In Streifen und Tupfen bedeckten Mineralien in verschiedenen Farbschattierungen den Fels. Sie erinnerten George an den Besuch einer Höhle in der Nähe von Castleton zusammen mit Anne, aber er hatte vergessen, welche Substanzen die merkwürdige Musterung verursachten. Er konnte sich gerade mal klarmachen, daß er in einem schmalen Durchgang stand, nicht breiter als ein Meter zwanzig und nicht höher als ein Meter siebzig. Er mußte mit gebeugten Knien gehen, um mit seinem Helm nicht an die merkwürdigen Zacken zu stoßen, die von der Decke hingen.

Die Luft war feucht, aber erstaunlich frisch, als würde sie ständig erneuert. Man hörte das unregelmäßige Plätschern von Tropfen, die von den Stalaktiten herunterfielen, wenn sie zu schwer und ihre Oberflächenspannung zu groß wurde. Der Boden unter seinen Füßen war uneben und schlüpfrig, und George mußte den Strahl seiner Taschenlampe nach unten richten, um nicht über die vielen aufstrebenden Stalagmiten zu stolpern, mit denen der Boden des Gangs übersät war.

»Es ist erstaunlich, nicht?« rief Barry über die Schulter zurück, und blendete George einen Moment mit seinem Licht.

»Sehr eindrucksvoll.«

»Wenn man es hundertfünfzig Jahre in Frieden läßt, wird es langsam zu einer Höhle, die man Touristen zeigen könnte. Ich kann Ihnen sagen, wenn wir heute nichts finden, werden wir am Wochenende wiederkommen, um das hier mal richtig auszukundschaften. Sie wissen doch, wie der Scarlaston plötzlich einfach aus dem Boden kommt? Das heißt, es muß hier in der Gegend unterirdische Höhlen geben, und diese Mine ist vielleicht der Weg dorthin.« Barrys atemlose Erregung rief bei George leichte Übelkeit hervor. Er hatte wirklich keine Platzangst, aber Barrys unverhohlener Wunsch, Stunden unter diesen Tonnen von feindseligen Felsenmassen zu verbringen, war ihm völlig fremd. Er liebte Sonne und Luft auf der Haut zu

sehr, als daß er sich von dieser fremden Schattenwelt hätte angezogen fühlen können.
Bevor George antworten konnte, hörten sie das Echo eines vor ihnen ausgestoßenen Rufs, der so verzerrt bei ihnen ankam, daß es unmöglich war, ihn zu verstehen. Er wollte nach vorn stürzen, aber Barrys Arm versperrte ihm den Weg. »Warten Sie«, befahl ihm der Höhlenspezialist. »Ich gehe vor und sehe nach, was los ist. Ich bin gleich zurück.«
George stand da und versuchte, dem Gemurmel der Stimmen vor ihm etwas zu entnehmen. Es kam ihm vor, als warte er schon eine Ewigkeit, aber nach ein paar Minuten erschien Barry wieder. »Was ist?« fragte George.
»Es ist keine Leiche«, sagte Barry schnell. »Aber Kleider. Weiter vorn. Kommen Sie und sehen Sie sich's an.«
Die Männer drückten sich an die Wand, um George vorbeigehen zu lassen. Ein paar Meter weiter verbreiterte sich der Durchgang, offenbar waren hier vier Gänge zusammengekommen. Die anderen Tunnel waren mit Felsen und Geröll zugeschüttet, und so blieb eine kleine Höhle von etwa dreieinhalb Meter Breite und etwas über zwei Meter Höhe. An der hinteren Seite war unter den Lampen der Männer etwas, das wie ein Häufchen Kleider aussah, kaum auszumachen.
»Hat jemand ein helleres Licht?« fragte George.
Man gab ihm eine stärkere Lampe. Er knipste sie an und richtete den hellen Strahl auf die Kleider. Etwas Dunkles lag gegen den Fels gelehnt. Was zuerst wie zwei dunkle Streifen aussah, war jetzt als eine schadhafte Strumpfhose zu erkennen. Der dunkle Stoff daneben, begriff George plötzlich, und Schmerz und Widerwillen durchfuhren ihn, war eine zerrissene Hose.
Er zwang sich, tief durchzuatmen. »Wir werden jetzt alle gehen. Der Mann am Ende – drehen Sie um und gehen Sie hinaus, alle anderen folgen bitte. Ich komme als letzter.« Einen Augenblick standen alle still da. »Ich sagte, jetzt«, schrie George, und wurde so einen Teil der beinahe unerträglichen Überreiztheit seiner Nerven los.

George sah die Männer finster an. Endlich drehten sie um und entfernten sich, ihre Trittsicherheit wie ein Hohn im Vergleich zu seinem unsicheren Stolpern. Als sie wieder ans Tageslicht kamen, hatte er das Gefühl, stundenlang drinnen gewesen zu sein, aber ein Blick auf die Uhr zeigte, daß es weniger als eine Viertelstunde gewesen war. Erst jetzt traten zwei Polizisten in Uniform aus dem Wald, die die alte Mine vor neugierigen Blicken und störendem Getrampel schützen sollten.

George räusperte sich und sagte: »Barry, ich möchte, daß Ihr Kollege Trevor mit mir zusammen hierbleibt und ein paar Fotos macht. Was die anderen betrifft, wäre ich dankbar, wenn sie hier warten könnten, bis ich den Bereich richtig abgesichert habe. Wenn Sie jetzt ins Dorf zurückkehren, wird sich das Gerücht verbreiten, wir hätten etwas gefunden, und sie werden in Scharen hier einfallen.«

Die Männer murmelten zustimmend. Barry holte eine Packung Zigaretten aus einem wasserdichten Beutel, den er um den Hals hängen hatte. »Sie sehen aus, als täte Ihnen eine von denen gut«, sagte er.

»Danke.« George wandte sich an die zwei Polizisten und sagte: »Kann bitte einer von euch zum Wohnwagen zurückgehen und Sergeant Clough sagen, wir haben Kleidungsstücke gefunden und brauchen ein Team hier unten, um den eventuellen Tatort zu untersuchen. Und seien Sie, um Himmels willen, vorsichtig, Mann. Wenn irgend jemand fragt, wir haben auf keinen Fall eine Leiche gefunden. Ich will nicht noch einmal so einen Artikel wie am Freitag sehen.«

Einer der Polizisten nickte nervös, drehte sich auf dem Absatz um und lief den Weg hinauf, der mitten ins Dorf führte. »Ihre Aufgabe ist es, sicherzustellen, daß niemand, der nicht zur Polizei gehört, näher als sechzig Meter an diesen Eingang zum Bergwerk herankommt«, sagte George zu dem anderen Constable, bevor er sich wieder Barry zuwandte. »Diese Stelle in der Mitte – ist es möglich, daß es andere Gänge gibt, die von dort aus zu begehen sind?«

Barry zuckte vielsagend die Schultern. »Es sieht nicht so aus. Aber bevor ich genau nachgesehen habe, bin ich nicht sicher. Es ist immer möglich, daß es einen Durchgang gab, den jemand hinter sich zugeschüttet hat, damit er unpassierbar aussieht. Aber wir haben hier eine Mine vor uns, keine Höhlen. Es kann sein, daß es nur einen geraden Weg hinein und einen heraus gibt. Wenn sich jemand in den Hügel eingegraben hätte, dann ist er noch drin, aber wahrscheinlich nicht lebendig und wohlauf. Ich glaube nicht, daß sie da drin ist, Junge.« Er legte George die Hand auf den Arm und wandte sich dann ab, um sich mit seinen Kameraden auf den Felsen zu setzen.

Sie brauchten sieben Stunden, um die Höhle gründlich zu untersuchen. Trevor, der Höhlenspezialist, nahm seine Kamera mit hinunter und fotografierte gewissenhaft jeden Zentimeter der Wände und des Bodens. Es gab keinen anderen Zugang oder Ausgang als den schmalen Tunnel. Die blockierten Gänge sahen nicht so aus, als sei in letzter Zeit etwas daran verändert worden. Sie fanden keine Spur einer Leiche. George wußte nicht, ob er niedergeschlagen oder ermutigt sein sollte.

Bis zur Mitte des Nachmittags waren ein Dufflecoat, von dem ein Knopf fehlte, eine Strumpfhose, die so brutal zerrissen war, daß die Beine komplett auseinandergetrennt waren, und eine dunkelblaue Sporthose unterwegs zum Polizeilabor der Grafschaft. Alles war vorsichtig eingepackt worden, damit eventuelle Spuren erhalten blieben. Aber George brauchte keine wissenschaftliche Untersuchung, die ihm sagte, daß die Flekken an den feuchten Kleidern von einem Menschen stammten. Er war zu lange bei der Polizei, um Blut und Sperma nicht erkennen zu können.

Zwei weitere Entdeckungen waren womöglich noch beunruhigender. Einer der Polizeibeamten hatte einen verformten Metallklumpen gefunden, der einmal eine Kugel gewesen war und sich in die Wand der Höhle gebohrt hatte. Das hatte dazu geführt, daß sie den rissigen Kalkstein Zentimeter um Zenti-

meter absuchten. Tief in einer Ritze wurde ein zweites Metallstück gefunden.
Diesmal gab es keinen Zweifel, wozu es gedient hatte. Es war unbestreitbar eine Kugel von einer Handfeuerwaffe.

Erstes Buch

TEIL 2

Der lange Weg

Daily News, Freitag, 20. Dezember 1963, S. 5

Kummervolle Weihnachten für Mutter des vermißten Mädchens

Von unserem Reporter Donald Smart

Mrs. Ruth Hawkin kauft dieses Jahr keine Weihnachtsgeschenke für ihre Tochter Alison. Aber Alisons Stiefvater, Philip Hawkin, hat bunt verpackte Geschenke, Schallplatten, Bücher und Make-up im Zimmer des Mädchens aufgebaut.
Mrs. Hawkin, die vierunddreißigjährige Mutter von Alison, bringt es nicht über sich, für ihre Tochter Weihnachtseinkäufe zu machen. Vor neun Tagen winkte sie ihrer Tochter zu, als diese das Elternhaus in dem kleinen Weiler Scardale in Derbyshire zu einem Spaziergang mit ihrem Hund verließ. Seitdem hat sie ihre dreizehnjährige Tochter nicht wiedergesehen.

Eine Verwandte sagte: »Wenn Alison nicht gefunden wird, werden alle in Scardale eine sehr traurige Weihnacht haben. In unserer Gemeinde sind sich alle gegenseitig sehr nah, und dies hat uns tief getroffen. Alisons Verschwinden stellt uns alle vor ein Rätsel. Sie ist ein wunderbares Mädchen, und niemand kann sich vorstellen, warum sie weggelaufen sein könnte.«
Die Polizei hat Tausende befragt. Die Suche in entlegenen Tälern und Mooren, Flüssen und Staubecken nach dem hübschen blonden Mädchen blieb ergebnislos.
Für zwei andere Familien wird es an Weihnachten eine ebenso schmerzliche Lücke beim Festmahl geben. Vor einem Monat verschwand John Kilbride, 12 Jahre alt, aus Ashton-under-Lyne, Smallshaw Lane. Zuletzt wurde er auf dem Markt in Ashton gesehen. Vor fünf Monaten wollte die siebzehnjährige Pauline Reade von ihrem Elternhaus zu einer Tanzveranstaltung in Wiles-Street, Gorton, Manchester gehen. Keines der Kinder wurde je wieder gesehen.

1

Es wurde nicht das Weihnachtsfest, das George Bennett sich ein paar Monate zuvor ausgemalt hatte. Er hatte sich auf das erste Fest im eigenen Heim gefreut, nur er und Anne allein. Aber er hatte die subtilen Druckmittel der Familie nicht berücksichtigt. Anne war ein Einzelkind, so daß ihre Eltern keinen Ansprüchen von verschiedenen Seiten ausgesetzt waren; und da sie frisch verheiratet waren, wurden sie automatisch auch zum Gegenstand der Aufmerksamkeit von Georges Mutter und Vater. Sie wußten, es würde ihre erste und letzte Chance sein, allein zu feiern, also hatte Anne ihr Bestes getan, ihre Familien zu überzeugen, eine Familienfeier am zweiten Feiertag sei doch genau das richtige. Aber ihr Bemühen schlug fehl. Im Endeffekt waren sie gerade noch Georges Schwester, seinem Schwager und ihren drei kleinen Kindern entkommen. Aber es war ein schönes Essen gewesen. Anne hatte seit Wochen geplant und gearbeitet, damit alles klappte. Nicht einmal Alison Carters Verschwinden konnte ihrer Entschlossenheit, die erste Weihnacht in ihrem eigenen Heim vorbildlich zu gestalten, etwas anhaben. Und so war es auch gewesen. Als die Geschenke ausgepackt waren und George sich über Socken, Hemden, Pullover und Zigaretten gebührend erfreut gezeigt hatte, gab es für ihn wenig mehr zu tun, als dafür zu sorgen, daß die Gläser immer mit Sherry und Babycham für die Frauen und Bier für die Männer gefüllt waren.

Wie geplant gaben sie nach der Rede der Königin bekannt, daß Anne schwanger sei. Die Mütter wetteiferten in ihrer Begeisterung und verschwanden bald in die Küche, um – mit dem Abwasch als Vorwand – der zukünftigen Mutter gute Ratschläge geben zu können. Annes Vater gratulierte George auf seine etwas barsche Art und machte es sich mit Brandy und einer Zigarre vor dem Fernseher bequem. George und sein Vater Arthur blieben am Eßtisch sitzen. Wie gewöhnlich, wenn sie allein zusammensaßen, waren sie nicht ganz unbefangen, aber die Nachricht, daß ein Baby erwartet wurde, hatte geholfen, die Kluft zwischen dem Akademiker George und seinem Vater, dem Lokführer, zu überbrücken.
»Du siehst müde aus, Junge«, sagte Arthur.
»Die letzten zwei Wochen waren anstrengend.«
»Das vermißte Mädchen, nicht?«
George nickte. »Alison Carter. Wir haben alle jede Menge Überstunden gemacht, aber wir sind nicht viel weiter gekommen seit dem Abend, an dem sie verschwand.«
»Habe ich nicht irgendwo in den Zeitungen gelesen, daß ihr ihre Kleider gefunden habt?« fragte Arthur und schickte einen perfekten Rauchring zur Lampe hinauf.
»Stimmt. In einer stillgelegten Bleimine. Aber dadurch sind wir eigentlich nur sicher, daß sie nicht weggelaufen ist. Wir haben immer noch nicht mehr darüber erfahren, was wirklich geschehen ist oder wo sie jetzt ist. Außer, daß wir auch zwei Kugeln gefunden haben, die im Kalkstein steckengeblieben sind«, fügte er hinzu. »Eine war so verformt, daß man nichts mehr erkennen konnte, aber wir hatten Glück mit der anderen. Sie ist in eine Spalte der Kalksteinmauer geflogen, so daß die Spurensicherung sie mehr oder weniger als ganzes Stück herausnehmen konnte. Wenn wir jemals die Waffe dazu finden, erlaubt uns das eine eindeutige Identifikation.«
Sein Vater trank von seinem Brandy und schüttelte traurig den Kopf. »Armes Mädchen. Sie wird nicht mehr am Leben sein, wenn ihr sie findet, oder?«

George seufzte. »Man braucht kein Buchmacher zu sein, um sich die Chancen auszurechnen. Ich kann nachts schon nicht mehr schlafen. Besonders bei dem Zustand, in dem Anne jetzt ist. Es verändert alles, nicht wahr? Ich hatte vorher nie viel darüber nachgedacht. Du weißt ja, wie es ist – man stellt sich vor, man findet das richtige Mädchen, heiratet, hat eine Familie. So geht es, wenn man Glück hat. Aber ich habe mich nicht hingesetzt und darüber nachgedacht, was Vater zu sein bedeuten würde. Jetzt, wo ich weiß, daß es bald soweit ist, und dann mitten in so einer Ermittlung ... Na ja, man fragt sich einfach, wie man sich fühlen würde, wenn es das eigene Kind wäre.«

»Ja.« Sein Vater atmete lautstark durch die Nase aus. »Du hast recht, George. Ein Kind zu haben macht einem klar, wie viele Gefahren es auf der Welt gibt. Man würde verrückt, wenn man darüber nachgrübelte. Man muß sich einfach sagen, daß dem eigenen nichts passieren wird.« Er lächelte etwas spöttisch. »Du hast es schließlich mehr oder weniger unbeschadet überstanden.«

Das war ein Stichwort, Kindergeschichten über Georges Begegnungen mit der Gefahr zum besten zu geben. Aber ein Teil von ihm machte diesen Themenwechsel nicht mit. Tief in seinem Inneren saß der Gedanke an Alison Carter wie ein Krümel in der Speiseröhre. Schließlich drückte George seine Zigarre aus und stand auf. »Ich hoffe, es macht dir nichts aus, Dad, ich geh mal schnell eine Stunde weg. Mein Sergeant hat sich freiwillig zum Dienst über die Feiertage gemeldet, und ich dachte, ich schau mal kurz auf der Wache vorbei und wünsche ihm frohe Weihnachten.«

»Geh nur, Junge. Ich setze mich zu Annes Vater und tu so, als würde ich fernsehen.« Er zwinkerte ihm zu. »Wir werden uns anstrengen, nicht zu laut zu schnarchen.«

George steckte eine Packung mit fünfzig Zigaretten, das Geschenk einer Tante, in die Tasche und fuhr ans andere Ende der Stadt zur Polizeiwache. Auf Tommy Cloughs Schreibtisch lag nur der Bericht des Schußwaffenexperten zu den Kugeln aus der Mine. Sein Jackett hing über der Stuhllehne, er konnte also nicht weit sein, dachte George. Er nahm die Akte, die er schon kannte, und blätterte darin herum. Eine Kugel war unwiederbringlich verformt, aber die andere, die in der Felsspalte gelandet war, sagte dem prüfenden Waffenexperten einiges.

»Bei dem Stück handelt es sich um eine Bleikugel mit abgerundetem Stahlmantel«, las er. *»Das Kaliber ist .38. Die Kugel zeigt sieben Erhebungen und Rillen, die Erhebungen sind schmal, die Rillen breiter. Die Rillen verlaufen in einer rechtsdrehenden Spirale. Diese Schußspuren entsprechen einem Geschoß, das aus einem Webley-Revolver abgefeuert wurde.«*

Die Tür ging auf, und Tommy Clough kam stirnrunzelnd mit einem Telex in der Hand herein. »Frohe Weihnachten«, sagte George und warf die Packung Zigaretten quer durch den Raum.

»Hallo, George«, sagte Clough überrascht. »Wieso sind Sie hier? Familienkrach?« Er ging durch den Raum, setzte sich und schob das Telex in die Akte.

»Ich habe da gesessen mit meinem Papierhütchen auf dem Kopf, mit den Knallbonbons und dem Gänsebraten und habe mir überlegt, wie Weihnachten wohl in Scardale Manor aussieht.«

Clough riß die Cellophanhülle von den Zigaretten. Er richtete sich auf seinem Stuhl auf, schob die Akte zur Seite und hielt George die offene Packung hin. »Ich würde sagen, das kommt darauf an, wie schlau Ruth Hawkin ist. Und darauf, ob wir ihr dieses Telex zeigen oder nicht.«

»Und das bedeutet?«

Clough zündete sich gemächlich seine Zigarette an. »Da wir nicht damit weitergekommen sind, eine Verbindung zwischen Hawkin und einem Webley-Revolver herzustellen, habe ich beschlossen, es mal andersherum zu versuchen. Ich habe eine Anfrage nach Informationen über gestohlene Webleys rausgeschickt. Neben allen möglichen unwichtigen Angaben war auch eine dabei, die interessant aussah. Aus St. Albans. Vor zwei Jahren zeigte ein Mr. Richard Wells einen Einbruch in seinem Haus an. Unter den gestohlenen Gegenständen war ein Webley-Revolver, .38er Kaliber.«

Seine gespannte Haltung verriet George, daß noch mehr kommen würde. »Und?« fragte er.

»Mr. Wells wohnt zwei Häuser neben Philip Hawkins Mutter. Die Familien spielten früher einmal die Woche zusammen Bridge. Dem diensthabenden Kollegen zufolge hat Mr. Wells oft mit dem Webley-Revolver als Andenken aus dem Krieg angegeben. Sie haben nie jemanden finden können, der den Einbruch begangen hatte. Die Familie war in die Ferien gefahren, es hätte also damals zu jedem Zeitpunkt in dieser Woche passieren können.« Clough grinste. »Frohe Weihnachten, George.«

»Das ist ein besseres Geschenk als eine Packung Zigaretten. Würden Sie gern mal rausfahren? Nur um 'n bißchen frische Luft zu schnappen?«

»Warum nicht?«

Während der Fahrt sprachen sie kaum. Als sie in den Weg einbogen, der nach Scardale führte, sagte George: »Würden Sie mir das noch etwas näher erklären, was Sie darüber sagten, daß ihr Weihnachtsfest davon abhänge, wie schlau Mrs. Hawkin ist?«

»Es ist nichts, was wir in den letzten Tagen nicht schon mehrmals besprochen hätten«, sagte Clough. »Erstens haben wir den Widerspruch zwischen Hawkins Aussage darüber, wo er sich an dem Nachmittag aufhielt, als Alison verschwand, und dem, was wir von Ma Lomas und Charlie gehört haben. Zweitens haben wir die Bleimine. Außer Ma Lomas bestreiten alle in Scardale, auch nur von den alten Schächten gehört, geschweige denn gewußt zu haben, wo sie sind. Aber das Buch, das genaue Angaben über den Eingang enthält, steht zufällig auf dem Regal in Philip Hawkins Bibliothek.«

»Und die Laborergebnisse sollten wir auch nicht vergessen«, sagte George leise. Die Schlußfolgerung dessen, was sie in der Bleimine gefunden hatten, war unweigerlich, daß Alison Carter vergewaltigt und fast ohne Zweifel auch ermordet wurde. Die Blutflecken auf ihren Kleidern waren alle Gruppe 0 gewesen, was mit der Patientenkartei bei Alisons Arzt übereinstimmte. Wer immer Alison Carters Hose mit Sperma beschmiert hatte, war ein »Sekretor«, das heißt ein Mann, dessen Blutgruppe über das Sperma zu bestimmen war. Dank dieser Tatsache wußte die Polizei jetzt, daß der Mann, der sie überfallen hatte, Blutgruppe A hatte. Dies war etwas, das Philip Hawkin mit zweiundvierzig Prozent der Bevölkerung gemeinsam hatte. Es traf auch auf drei andere Männer im Tal zu – auf zwei Onkel von Alison und ihren Cousin Brian. Aber anders als Philip Hawkin hatten diese alle ein Alibi für die Zeit ihres Verschwindens. Ein Onkel war nach dem Viehmarkt in einem Pub in Leek, und ihr Cousin Brian war zusammen mit seinem Vater beim Kühemelken gewesen. Wenn Alison also von jemandem aus dem Tal überfallen worden war, dann begann es so auszusehen, als gebe es dafür nur einen Kandidaten.

»Es könnte jemand gewesen sein, der von Denderdale durch das Scarlaston-Tal heraufkam. Jemand, der sie von Buxton her kannte. Ein Lehrer oder Schüler. Oder einfach ein perverser Typ, der sie in der Schule beobachtet hatte«, sagte Clough, nachdem er das Tor, das die Straße zum Dorf versperrte, geschlossen hatte und zum Auto zurückkehrte.

»Er hätte nicht früh genug dasein können. Von der Straße in Denderdale am Flußufer entlang sind es gut eineinhalb Stunden zu Fuß. Und er hätte es in der Dunkelheit mit Alison, ob lebendig oder tot, nie geschafft. Sie wären beide im Fluß gelandet«, erwiderte George bestimmt. »Ich stimme Ihnen zu. Alle Indizien belasten einen bestimmten Mann. Aber wir haben keine Leiche und keine direkten Beweise. Ohne diese läßt es sich nicht rechtfertigen, ihn auf die Wache zu bringen und zu befragen, geschweige denn, Anklage gegen ihn zu erheben.«

»Was tun wir also?«

»Das wüßte ich gern«, seufzte George. Das Auto kam neben dem braunen Fleck im Gras zum Stehen, wo der Wohnwagen gestanden hatte. Auf Superintendent Martins Anordnung hin war er am vergangenen Freitag wieder nach Buxton zurückgebracht worden. Auch die Arbeit der Suchtrupps war praktisch am selben Tag beendet worden. Es gab kein Gelände mehr, das man nicht schon abgesucht hatte.

George trat in die kalte Abendluft hinaus. Das Dorf schien merkwürdig unberührt von dem, was geschehen war. Kein äußeres Zeichen wies darauf hin, daß sich irgend etwas geändert hatte, außer dem Poster aus der Zeitung, das an die Rückwand der Telefonzelle geklebt war. Die Häuser standen immer noch zusammengekauert um die Dorfwiese. Lichter brannten hinter Vorhängen, ab und zu unterbrach das Bellen eines Hundes die Stille. Allerdings war an keinem der Fenster ein Weihnachtsbaum zu sehen. Auch keine Stechpalmenkränze an den Haustüren von Scardale. Aber George war sich nicht sicher, ob es in anderen Jahren in Scardale welche gegeben hatte.

Er und Clough standen an die Motorhaube des Zephyrs gelehnt und rauchten schweigend. Nach einigen Augenblicken erschien ein gelber Lichtkegel vor der Tür von Tor Cottage. Ma Lomas' unverkennbare Umrisse hoben sich vor dem Licht im Haus ab. Dann verschwand der Lichtschein so schnell, wie er aufgetaucht war. George blinzelte heftig, da er im Dunkeln nicht genau sehen konnte. Die alte Frau war plötzlich bei ihnen, fast bevor er begriffen hatte, daß sie nicht wieder hineingegangen war.

»Haben Sie kein Zuhause, wo Sie hingehen können?« fragte sie.

»Er hat Dienst«, sagte George.

»Und was ist Ihre Ausrede?«

»Weihnachten ist für Kinder, so sagt man doch, oder? Und da gibt es ein Kind, an das ich einfach immer denken muß.«

»Bei Gott, ein Polizist mit Herz«, sagte Ma verächtlich. Sie machte ihren weiten Mantel auf und nahm eine Flasche mit dem klaren Schnaps, von dem sie schon früher einmal getrunken hatte, aus der Innentasche. Aus einer anderen Tasche zog sie drei dicke Gläschen hervor. »Ich dachte, Sie würden vielleicht gern was gegen die Kälte trinken.«

»Das wäre eine wahrhaft christliche Tat«, sagte Clough.

Sie sahen zu, wie sie die Gläschen auf die Motorhaube stellte und drei großzügige Portionen einschenkte. Andächtig gab sie jedem ein Glas und hob ihres dann zum Anstoßen.

»Auf was trinken wir?« fragte George.

»Wir stoßen darauf an, daß genug Beweise gefunden werden«, sagte sie mit einer Stimme, die kälter war als die Nachtluft.

»Ich würde lieber darauf trinken, daß wir Alison finden«, sagte er.

Sie schüttelte den Kopf. »Wenn Sie Alison finden könnten, hätten Sie sie mittlerweile gefunden. Wo immer er sie hingebracht hat, ihr kann jetzt nur noch ein glücklicher Zufall helfen, und wir können nur noch hoffen, daß Sie es schaffen, ihn dafür büßen zu lassen.«

»Haben Sie da an jemand Bestimmten gedacht?« fragte Clough.

»An denselben wie Sie, würd mich jedenfalls nicht wundern«, sagte sie trocken, drehte sich zum Gutshaus um und hob ihr Glas. »Auf die Beweise.«

George trank einen Schluck aus seinem Glas und wäre fast erstickt. »Ungefähr neunzigprozentiger Alkohol, würde ich sagen«, keuchte er, als er wieder sprechen konnte. »Heiliger Strohsack, was ist das für ein Zeug? Raketentreibstoff?«

Die alte Frau kicherte. »Unser Terry nennt es Höllenfeuer. Es ist destilliert aus Holunderblüten und Stachelbeerwein.«

»Aber wir haben keine Brennerei gefunden, als wir das Dorf durchsucht haben«, bemerkte Clough.

»Nein, wohl nicht.« Sie leerte ihr Glas. »Also, was jetzt? Wie kriegen Sie ihn?«
George zwang sich, den Rest des feurigen Trunks hinunterzukippen. Als er der Sprache wieder mächtig war, sagte er: »Ich weiß nicht, ob wir das können. Aber davon abgesehen, gebe ich nicht auf.«
»Sehen Sie zu, daß Sie das nicht tun«, sagte sie grimmig. Sie streckte die Hand aus und sammelte die leeren Gläser ein, kehrte ihnen dann den Rücken und verschwand in ihrem Häuschen.
»Jetzt hat man uns aber mal Bescheid gesagt«, sagte Clough. »Und Ihnen auch eine verdammt schöne Weihnacht.«

* * *

Am ersten Montag im Februar saß George um acht Uhr an seinem Platz. Einige Minuten später klopfte Tommy Clough an die Tür und hielt in seiner großen Hand zwei dampfende Becher Tee. »Wie war das Wetter?« fragte er.
»Besser, als man erwarten konnte«, sagte George. »Es war kalt, aber die Sonne schien jeden Tag. Uns macht die Kälte eigentlich nichts aus, wenn's nur trocken bleibt, und Norfolk ist flach, da konnte Anne meilenweit gehen.«
Clough setzte sich George gegenüber hin und zündete eine Zigarette an. »Sie sehen gut aus. Eher so, als hätten Sie vierzehn Tage an der Costa Brava als eine Woche in Wells-next-the-Sea verbracht.«
George grinste. »Unser strenger General Martin hat also recht gehabt.« Er hatte sich entrüstet gewehrt, als Superintendent Martin darauf bestanden hatte, er solle sich für die vielen Stunden der Ermittlung im Fall Alison Carter einige Zeit freinehmen. Als Jack Martin seinen Vorschlag schließlich zu einem Befehl umfunktioniert hatte, gab er widerwillig nach und erlaubte Anne, in einer Pension eines Seebades in Norfolk Zimmer zu bestellen. Sie waren die einzigen Gäste und wurden von der Wirtin verwöhnt, die der Überzeugung war, jedermann sollte mindestens drei richtige

Mahlzeiten pro Tag einnehmen. Eine Woche mit regelmäßigem Essen, frischer Luft und der ungeteilten Aufmerksamkeit seiner Frau hatten George mit Energie und Entschlossenheit erfüllt.

»Er ist hinter mir her, daß ich dasselbe machen soll«, gab Clough zu. »Vielleicht tu ich's auch, jetzt, wo Sie wieder zurück sind.«

»Irgendwas Neues?« fragte George und blies vorsichtig in seinen Tee.

»Na ja, ich habe die neue Polizistin von Chapel-en-le-Frith am Freitag abend in die Pavilion Gardens zu einem Konzert mit Acker Bilk und seiner Paramount Jazz Band eingeladen, und es war ein sehr netter Abend. Ich glaub, ich werd sie fragen, ob sie gern den Albert-Finney-Film im Opera House sehen will. *Tom Jones* heißt er. Offenbar ist es genau der richtige Film, wenn man eine junge Lady in die richtige Stimmung bringen will.« Clough grinste, jedoch ohne Anzüglichkeit.

»Ich meinte in unserem Fall, nicht in Ihrem rührenden Liebesleben«, antwortete George gut gelaunt.

»Merkwürdigerweise gab's da tatsächlich was. Am Sonntag hat Philip Hawkin hier angerufen. Er sagte, er hätte in der Zeitung ein Bild von einem Fußballspiel gesehen, und er könnte schwören, Alison habe in der Menge neben dem Tor gestanden.« Er warf George durch den Rauch einen kurzen Blick zu. »Was halten Sie davon?«

George spürte ein seltsames Flattern im Magen. »Erzählen Sie weiter, Tommy, ich bin ganz Ohr.« Der Tee war vergessen, George beugte sich vor und sah den Sergeant gespannt an.

»Ich bin sofort rausgefahren, um herauszufinden, was da los war. Es war das Match in Nottingham Forest im *Sunday Sentinel*. Sobald ich das Foto sah, wußte ich, warum er angerufen hatte. Zugegeben, es war ein winziges Foto, aber es sah Alison wirklich sehr ähnlich. Ich habe die Zeitung angerufen, und sie haben ihre Leute das Bild vergrößern lassen. Sie haben es per Bahn hergeschickt, und es war Montag am späten Nachmittag hier.« Er erzählte nicht weiter; man konnte den Rest der Geschichte an seinem Gesicht ablesen. Eine genauere

Prüfung hatte ergeben, daß das Mädchen unter den Zuschauern des Fußballspiels eine andere Person war.
George holte tief Luft und schloß einen Moment die Augen. »O Himmel«, sagte er leise. Er sah Clough an und lächelte. »Wissen wir zufällig, ob Philip Hawkin die *Manchester Evening News* abonniert hat?«
»Komischerweise weiß ich das sogar genau. Kathy Lomas erwähnte es, als sie vom Abholen der Kinder sprach. Weil die Tageszeitung erst um die Mittagszeit nach Scardale kommt und Hawkin seine Zeitung gern beim Frühstück liest, wirft der Zeitungshändler von Longnor jeden Morgen eine *Evening News* in den Briefkasten am Ende des Wegs, und wer die Kinder zum Schulbus bringt, liefert die Zeitung dann im Gutshaus ab.«
George lächelte immer breiter. »Hab ich mir's doch gedacht.« Er sprang auf und riß die Schublade seines Aktenschranks auf, wühlte ein wenig und fand einen großen braunen Umschlag. Er schwang ihn vor Clough hin und her und rief triumphierend: »Das nenne ich mir ein Druckmittel.«
Clough fing den Umschlag auf, der durch die Luft auf ihn zugesegelt kam. PAULINE CATHERINE READE stand darauf. Er klappte ihn auf, und ein dünner Stoß Zeitungsausschnitte fiel heraus und verteilte sich über den Schreibtisch. Er runzelte die Stirn, als er sah, daß das Datum jeweils mit rotem Kuli am Rand der Ausschnitte eingetragen war. »Sie haben das von Anfang an verfolgt, seit letztem Juli. Das sind ja vier Monate, bevor Alison vermißt wurde«, sagte er, und man hörte ihm an, wie merkwürdig er ein solches Benehmen fand.
George strich sich das blonde Haar aus der Stirn. »Ich interessiere mich immer für Fälle, die auch in unserer Gegend hier auftauchen könnten«, sagte er nur.
»Nach was soll ich suchen?« fragte Clough und blätterte die Ausschnitte durch.
»Sie werden es wissen, wenn Sie es sehen.« George lehnte sich mit verschränkten Armen gegen den Aktenschrank, ein gelassenes Lächeln auf den Lippen.

Plötzlich erstarrte Clough. Sein Zeigefinger stieß auf einen einzelnen Ausschnitt, als könne er ihn dazu bringen, sich zu wehren. »Ach du Scheiße«, sagte er leise.

Manchester Evening News,
Montag, 2. November 1963, S. 3

Foto zerstört Hoffnung einer Mutter

Das Bild einer Menschenmenge im Sportteil der *Manchester Evening News & Chronicle* ließ für ein paar kurze Stunden die Hoffnung von Mrs. Joan Reade aufleben, ihre vermißte sechzehnjährige Tochter wiederzusehen.
Aber diese Hoffnung wurde zunichte gemacht, als man Mrs. Reade einen vergrößerten Abzug des Fotos zeigte, das extra zu diesem Zweck angefertigt wurde. In ihrem Heim in Wiles-Street, Gorton, sagte sie heute tieftraurig: »Das ist doch nicht Pauline.«
Pauline wird seit dem 12. Juli vermißt, als sie tanzen ging und nicht mehr zurückkam.
Mrs. Reades Sohn Paul, 15, sah im Sportteil vom letzten Samstag eine Menschenmenge beim Endspiel der Rugby Liga von Lancashire in Swinton und dachte, er hätte Pauline in der Menge gesehen.

Clough sah auf. »Er hält uns für blöd.«
»Sind Sie sicher, daß es Hawkin war, der die Ähnlichkeit feststellte, und nicht seine Frau?«
»Er hat angerufen und das Verdienst für sich in Anspruch genommen, das Bild gefunden zu haben. Als ich Mrs. Hawkin fragte, was sie von der Ähnlichkeit halte, sagte sie, sie sei zuerst sicher gewesen, aber als sie es länger angeschaut habe, war sie nicht mehr überzeugt. Er klang ein bißchen sauer, als erwarte er, daß sie hundert Prozent hinter ihm steht, und fand, sie benehme sich nicht, wie man es von einem pflichtbewußten Frauchen verlangen könne.«

George nahm seine Zigaretten und ging auf und ab, während er sprach. »Er versucht jetzt also, einen guten Eindruck auf uns zu machen. Warum hat er das zu diesem Zeitpunkt getan?« Clough wartete und wußte, er sollte den Boß seine Frage selbst beantworten lassen. »Warum? Weil er erwartete, daß wir Alison längst aufgegeben hatten und zum nächsten Fall übergegangen sind. Er ist beunruhigt, weil Sie und ich immer noch zwei- oder dreimal pro Woche da draußen in Scardale sind, mit den Leuten reden, im Gelände herumgehen, die Sache nicht ruhen lassen. Er ist nicht dumm; er muß doch wissen, daß wir das Gefühl haben, er komme für das in Frage, was immer seiner Stieftochter zugestoßen sein mag. Gar nicht von der Tatsache zu reden, daß Ma Lomas denkt, er habe es getan, und ich kann mir nicht vorstellen, daß sie zu ihm zurückhaltender ist als hinter seinem Rücken.«

»Allerdings verdankt jeder im Dorf sein Dach über dem Kopf und seinen Broterwerb Hawkin«, erinnerte ihn Clough. »Sogar Ma Lomas würde es sich vielleicht überlegen, ob sie es ihm ins Gesicht sagen sollte, wenn sie meint, er habe Alison Carter vergewaltigt und ermordet.«

George nahm dieses Argument mit einem Nicken zur Kenntnis. »Okay, das gebe ich zu. Aber er muß sich doch im klaren sein, daß die Dörfler ihn im Verdacht haben, er könnte etwas Schreckliches mit Alison gemacht haben, wenn auch nur deshalb, weil er ein Außenseiter ist. Wenn es Hawkin also klar ist, daß sich die Sache nicht einfach in Luft auflöst, wird er beschließen, es sei an der Zeit, etwas zu tun, was ihn gut aussehen läßt. Und er erinnert sich an die Story, die er in der *Manchester Evening News* über Pauline Reade gelesen hat.« George hielt inne und stützte sich auf den Schreibtisch. »Was meinen Sie, Tommy? Ist das genug, um ihn zur Vernehmung zu holen?«

Clough stülpte die Lippen vor wie ein Goldfisch. »Ich weiß nicht. Was sollen wir ihn fragen?«

»Ob er die *Evening News* liest. Wie seine Beziehung zu Alison war. Das Übliche. All die Punkte, mit denen wir Druck

ausüben können. Nahm sie es ihm übel, daß er den Platz ihres Vaters einnahm? Fand er sie attraktiv? Mein Gott, Tommy, wir können ihn fragen, was seine Lieblingsfarbe ist. Ich will nur, daß wir ihn hier haben, unter Druck, damit wir sehen können, was geschieht. Wir haben ihn bisher ziemlich geschont, weil wir nicht genügend Anhaltspunkte hatten, die uns berechtigt hätten, ihn nicht wie einen besorgten Elternteil zu behandeln. Aber jetzt, glaube ich, haben wir ihn.«
Clough kratzte sich am Kopf. »Wissen Sie, was ich denke?«
»Was?«
»Ich finde, sie bezahlen uns nicht gut genug, um uns die Folgen solch einer Entscheidung ausbaden zu lassen. Ich meine, für so etwas bekommen doch der Chef und unser strenger General Martin ihr Geld. Wenn ich Sie wäre, würde ich zu ihnen gehen und ihnen all das schildern und abwarten, was sie dazu sagen.«
George ließ sich schwer wie ein Kohlensack auf einen Stuhl fallen, er schien entmutigt. »Ach, Tommy, sagen Sie bloß nicht, Sie meinen, ich rede Unsinn?«
»Nein, ich denke, Sie haben recht. Ich glaube, Hawkin ist der Mann, der weiß, was mit Alison geschehen ist. Aber ich weiß nicht, ob jetzt die rechte Zeit ist, Druck zu machen, und ich will ihn nicht verlieren, weil wir zu scharf auf ihn sind. George, wir sind zu nah an diesem Fall dran. Wir haben beinahe sieben Wochen bei jedem Atemzug, sogar im Schlaf und im Traum daran gedacht. Wir sehen vor lauter Bäumen den Wald nicht mehr. Gehen Sie und reden Sie mit dem strengen Martin. Wenn die Sache schiefgeht, dann können sie den Fall wenigstens nicht nur uns um die Ohren hauen.«
Georges Lachen klang bitter. »Glauben Sie das wirklich? Tommy, wenn es schiefläuft, werden wir in Derby für den Rest unserer Laufbahn den Verkehr regeln dürfen.«
Clough zuckte die Schultern. »Dann sollten wir schon sicher sein, daß wir es richtig machen.«

2

Clough brachte Hawkin ins Vernehmungsbüro, wo George bereits wartete. Er saß am Tisch und las aufmerksam in einer Akte. Als Hawkin hereinkam, schaute George nicht einmal auf. Er machte einfach weiter und runzelte die Stirn, weil er so konzentriert arbeitete. Es war der erste Schachzug eines sorgsam durchdachten und abgestimmten Vorgehens. Schweigend bedeutete Clough Hawkin, er solle sich George gegenüber hinsetzen. Hawkin tat mit zusammengepreßten Lippen und ausdruckslosem Blick, wie ihm geheißen wurde. Clough packte einen Stuhl und drehte ihn um, so daß er zwischen Hawkin und der Tür stand. Er setzte sich rittlings darauf und legte sein Notizbuch auf die Lehne. Hawkin schnaubte heftig durch die Nase, sagte aber nichts.

Schließlich schloß George die Akte, legte sie ordentlich vor sich auf den Tisch und sah Hawkin ruhig an. Er betrachtete den teuren Mantel, den er über dem Arm hängen hatte, das maßgeschneiderte Tweedjackett über dem Rollkragenpullover aus feiner Wolle und die übereinandergeschlagenen Beine in hellen, cremefarbenen Hosen. Er hätte ein Monatsgehalt gewettet, daß Hawkin einen Batzen seines Erbes darauf verwendet hatte, sich seinen Country-Squire-Look als Sonderposten bei Austin Reed zu kaufen. Der Stil schien fehl am Platze bei einem Mann, der aussah, als gehöre er in den billigen, dunkelblauen Anzug eines Bankangestellten. »Nett von Ihnen, Mr.

Hawkin, daß Sie hergekommen sind«, sagte George in einem Tonfall, der nicht wie eine freundliche Begrüßung klang.
»Ich hatte sowieso vor, heute nach Buxton zu kommen, es war also keine große Mühe«, erwiderte Hawkin langsam. Er schien vollkommen gelassen, sein kleiner, dreieckiger Mund war beherrscht und offenbar kurz davor, zu lächeln.
»Trotzdem erkennen wir es an, wenn die Bevölkerung ihrer Pflicht nachkommt, der Polizei zu helfen«, sagte George scheinheilig. Er nahm seine Zigaretten heraus. »Sie rauchen, nicht wahr?«
»Danke, Inspector, aber ich bleibe lieber bei meinen eigenen«, sagte Hawkin und lehnte die angebotene Packung Gold Leaf mit leichtem Spott ab. »Wird dies hier lange dauern?«
»Das hängt von Ihnen ab«, raunzte Clough hinter Hawkins rechter Schulter.
»Ich muß sagen, der Ton Ihres Sergeants gefällt mir nicht«, sagte Hawkin verärgert.
George starrte Hawkin an und sagte nichts. Als der Ältere sich auf seinem Stuhl zurechtsetzte, sagte George steif und offiziell: »Ich muß Ihnen einige Fragen im Zusammenhang mit dem Verschwinden Ihrer Stieftochter, Alison Carter, am elften Dezember letzten Jahres stellen.«
»Natürlich. Warum sonst sollte ich hiersein? Es ist ja wohl kaum wahrscheinlich, daß ich in etwas Kriminelles verwickelt bin, oder?« Hawkin lächelte selbstzufrieden, als wisse nur er um ein Geheimnis, das kein anderer erraten könne.
»Während ich letzte Woche weg war, riefen Sie uns an, weil Sie dachten, Sie hätten Alison auf dem Foto von einem Fußballspiel in der Zeitung gesehen.«
Hawkin nickte. »Leider hatte ich unrecht. Aber ich hätte schwören können, daß sie es war.«
»Und natürlich haben Sie das Auge eines Fotografen für solche Dinge. Sie hätten nicht erwartet, sich zu irren«, fuhr George fort.
»Sie haben vollkommen recht, Inspector.« Hawkin warf ihm

ein kurzes, herablassendes Lächeln zu und holte seine Zigaretten heraus. Er schien jetzt entspannter, so wie George es erwartet hatte.

»Sie haben also die Ähnlichkeit gesehen, und nicht Ihre Frau?«

Jetzt drehte Hawkin richtig auf. »Meine Frau hat viele gute Eigenschaften, Inspector, aber bei uns bin ich derjenige, der auf Dinge aufmerksam wird.« Als hätte er sich plötzlich an den Grund der Befragung erinnert, setzte er eine salbungsvolle Miene auf. »Außerdem, Inspector, müssen Sie wissen, daß meine Frau das Interesse für die Welt da draußen verloren hat, seit Alison aus unserem Leben gegangen ist. Sie bringt es gerade noch fertig, ein halbwegs normales häusliches Leben aufrechtzuerhalten. Darauf bestehe ich natürlich. Es ist das beste für sie, die Gedanken auf gewohnte Dinge wie Kochen und Haushalt zu richten.«

»Das ist ja sehr rücksichtsvoll von Ihnen«, sagte George. »Dieses Foto war im *Sunday Sentinel*, ist das richtig?«

»Genau, Inspector.«

George schaute etwas skeptisch drein. »Welche Zeitungen haben Sie abonniert?«

»Wir hatten immer den *Express* und die *Evening News*. Und sonntags den *Sentinel*. Wegen des Presserummels nach Alisons Verschwinden habe ich natürlich, solange Sie noch Ihre täglichen Pressekonferenzen abhielten, dafür gesorgt, daß wir alle Zeitungen bekamen. Na ja, irgend jemand muß ja aufpassen, daß sie nicht alles durcheinanderbringen, oder? Ich wollte nicht, daß sie Dinge über uns schreiben, die nicht wahr sind. Und ich wollte vorgewarnt sein. Ich wollte nicht, daß Ruth sich aufregt, weil irgendeine taktlose Person ihr ohne Vorwarnung erzählen würde, was in den Zeitungen stand. Deshalb habe ich mich darum gekümmert, daß ich wußte, was los war.« Er klopfte lächelnd die Zigarettenasche ab. »Furchtbare Leute, diese Reporter. Ich weiß nicht, wie Sie es über sich bringen, mit ihnen umzugehen.«

»Wir müssen in unserem Beruf mit allen möglichen Leuten umgehen«, fertigte Clough ihn unverschämt ab.

Hawkin schürzte die Lippen, sagte aber nichts. George beugte sich leicht vor. »Sie lesen also die *Evening News?*«

»Habe ich Ihnen doch gesagt«, antwortete Hawkin ungeduldig. »Natürlich bekommen wir sie erst am nächsten Morgen, aber es ist die einzige Zeitung, die sie vor dem Frühstück bringen können, daher muß ich mich mit ihrer provinziellen Sicht der Welt zufriedengeben.«

George öffnete seine Akte und nahm eine Klarsichthülle heraus, die einen Zeitungsausschnitt enthielt. Er schob sie über den Tisch. »Dann werden Sie sich an diesen Artikel erinnern.«

Hawkin griff nicht nach dem Ausschnitt. Nur seine Augen bewegten sich und huschten über die gedruckten Zeilen. Die Asche seiner Zigarette wurde länger und krümmte sich unter ihrem eigenen Gewicht. Schließlich hob er den Blick zu George und sagte langsam und bedächtig: »Ich habe diesen Artikel bis zum heutigen Tag noch nie gesehen.«

»Das ist doch ein merkwürdiger Zufall, meinen Sie nicht?« sagte George. »Ein verschwundenes Mädchen, jemand von der Familie findet eine Ähnlichkeit mit ihr auf dem Foto in einer Menschenmenge bei einem Sportereignis, aber alle Hoffnungen werden zerschlagen, als sich das als tragischer Irrtum erweist. Und dieser Artikel erscheint in einer Zeitung, die an sechs Tagen der Woche in Ihr Heim geliefert wird.«

»Ich sagte Ihnen schon, ich habe diesen Artikel noch nie gesehen.«

»Er ist schwer zu übersehen. Er war auf Seite drei der Zeitung.«

»Niemand liest die *Evening News* von vorn bis hinten. Ich muß den Artikel übersehen haben. Wieso sollte er für mich überhaupt interessant gewesen sein?«

»Sie sind der Stiefvater eines jungen Mädchens«, sagte George ruhig. »Ich stelle mir vor, daß Geschichten über Teenager für Sie sehr interessant sein mußten. Schließlich ist es ja eine relativ neue Erfahrung für Sie. Sie müssen doch das Gefühl gehabt haben, daß Sie eine Menge zu lernen hatten.«

Hawkin drückte seine Zigarette aus. »Alison war Ruths Angelegenheit. Es ist Aufgabe der Mutter, sich um die Kinder zu kümmern.«

»Aber Sie hatten das Mädchen offensichtlich sehr gern. Ich habe ihr Zimmer gesehen, vergessen Sie das nicht. Schöne Möbel, neuer Teppich. Sie haben für sie an nichts gespart, nicht wahr?« fuhr George unbeirrt fort.

Hawkin runzelte irritiert die Stirn, bevor er antwortete. »Das Mädchen hatte seit Jahren keinen Vater mehr. Die meisten Dinge, die für andere Mädchen selbstverständlich sind, fehlten ihr. Ich war ihrer Mutter wegen nett zu ihr.«

»Sind Sie sicher, daß das alles war?« schaltete sich Clough ein. »Sie haben ihr einen Plattenspieler gekauft. Jede Woche neue Schallplatten. Was immer in den Top Ten war, haben Sie ihr besorgt. Worum auch immer sie Sie auf Charlie Lomas' Rat hin bat, kauften Sie ihr. Wenn Sie mich fragen, geht das weit über nett sein um der Mutter willen hinaus.«

»Danke, Sergeant«, unterbrach ihn George und brachte ihn zum Schweigen. »Mr. Hawkin, wie nahe waren Sie und Alison einander?«

»Was meinen Sie damit?« Er nahm sich noch eine Zigarette und mußte mehrmals versuchen, sie anzuzünden. Er inhalierte dankbar und wiederholte die Frage, auf die keine Antwort gekommen war. »Was soll das heißen, wie nahe wir uns waren? Ich habe Ihnen gesagt, ich habe es Alisons Mutter überlassen, sich um sie zu kümmern.«

»Mochten Sie sie?« fragte George.

Hawkins dunkle Augen verengten sich. »Was ist das für eine Fangfrage? Wenn ich mit nein antworte, werden Sie sagen, ich wollte sie los sein. Wenn ich ja sage, werden Sie das deuten, als wäre an meinen Gefühlen für sie etwas Unnatürliches gewesen. Wollen Sie die Wahrheit hören? Das Mädchen war mir weitgehend gleichgültig. Hören Sie« – er beugte sich vor und versuchte ein Lächeln von Mann zu Mann –, »ich habe ihre Mutter aus drei Gründen geheiratet. Erstens fand ich sie einigermaßen attraktiv. Zweitens brauchte ich eine Frau, die sich um mich und das Haus kümmerte, und ich wußte, daß eine halbwegs tüchtige Haushälterin nicht gern an einem gottverlassenen Ort wie Scardale wohnen würde. Und drittens wollte ich, daß die Dörfler aufhörten, mich wie einen Außerirdischen von einem anderen Stern zu behandeln. Ich habe sie nicht geheiratet, weil ich Absichten auf ihre Tochter hatte. Das ist doch krank, ehrlich.« Er lehnte sich nach diesem Ausbruch auf dem Stuhl zurück, als wolle er es George unmöglich machen, weiterzureden.

George sah ihn mit kühler Neugier prüfend an. »Ich habe nie angedeutet, daß Sie das getan haben, Sir. Aber ich finde es interessant, daß Ihre Gedanken von sich aus in diese Richtung gehen. Und außerdem finde ich es interessant, daß Sie immer in der Vergangenheitsform sprechen, wenn Sie von Alison reden.«

Seine Worte schienen greifbar wie Zigarettenrauch in der Luft zu hängen. Dunkle Röte stieg in Hawkins Wangen auf, aber es gelang ihm, Schweigen zu bewahren. Offensichtlich fiel es ihm nicht leicht.

»Als sprächen Sie über jemand, der nicht mehr lebt«, fuhr George unerbittlich fort. »Warum, glauben Sie, ist das so, Sir?«

»Diese Ausdrucksweise ist nur eine Angewohnheit«, erwiderte Hawkin kurz. »Sie ist schon so lange weg. Es bedeutet nichts. Alle sprechen jetzt so über Alison.«

»Eigentlich nicht, Sir. Ich habe es bei meinen Besuchen in Scardale bemerkt. Alle sprechen von Alison immer noch in der Gegenwartsform. Als wäre sie nur mal kurz rausgegangen, werde aber bald zurück sein. Nicht nur Ihre Frau spricht so. Alle tun es. Alle außer Ihnen.« George zündete sich eine Zigarette an und versuchte, ein gelassenes Selbstbewußtsein zu demonstrieren, das er allerdings nicht in sich spürte. Als er und Clough das Gespräch durchgespielt hatten, waren sie sich nicht sicher gewesen, wie Hawkin reagieren würde. Es war eine Befriedigung, zu sehen, daß er sich aufregte, aber sie waren noch sehr weit weg von irgendwelchen verwendbaren Geständnissen.

»Ich glaube, Sie müssen sich irren«, sagte Hawkin plötzlich. »Also, wenn Sie keine weiteren Fragen haben?« Er schob seinen Stuhl zurück.

»Ich habe ja kaum angefangen, Sir«, sagte George, und sein strenger Gesichtsausdruck betonte seine Ähnlichkeit mit James Stewart. »Ich würde gern noch einmal zu dem Nachmittag zurückkehren, als Alison verschwand. Ich weiß, wir haben mit Ihnen schon darüber gesprochen, aber ich möchte es noch einmal durchgehen, nur der Ordnung halber.«

»Ach, um Himmels willen!« explodierte Hawkin.

Was immer er sagen wollte, wurde durch ein Klopfen an der Tür unterbrochen. Sie ging auf und zeigte DC Craggs schläfrige, peinlich berührte Miene. »Tut mir leid, Sir, ich weiß, Sie sagten, Sie wollten nicht gestört werden, aber ich habe einen dringenden Anruf für Sie.«

George versuchte, den Ärger und die Enttäuschung zu verbergen, die in ihm aufkamen. Der Verlauf des Gesprächs hatte sich günstig für ihn entwickelt, und jetzt war die Stimmung zerstört. »Kann es nicht warten, Cragg?« schnauzte er.

»Ich glaube nicht, Sir, nein. Ich glaube, Sie würden den Anruf bestimmt lieber annehmen.«

»Wer ist es denn?« wollte George wissen.

Cragg warf einen besorgten Blick auf Hawkin. »Ich ... äh ... ich kann es wirklich nicht sagen, Sir.«

George sprang auf, sein Stuhl fiel zu Boden. »Sergeant, bleiben Sie hier bei Mr. Hawkin. Ich werde zurück sein, sobald ich kann.« Er ging eilig aus dem Zimmer und brauchte den letzten Rest Selbstbeherrschung, um die Tür nicht hinter sich zuzuschlagen.

»Was, zum Teufel noch mal, ist denn hier los?« zischte er Cragg zu, als sie den Korridor zu seinem Büro hinuntergingen. »Ich habe doch extra gesagt, keine Unterbrechungen. Verstehen Sie denn, verdammt noch mal, kein Englisch, Cragg?«

Der junge Constable lief hinter ihm her und wartete auf eine

Unterbrechung seines Wortschwalls. »Es ist Mrs. Hawkin, Sir«, brachte er schließlich heraus.
George blieb jetzt so plötzlich stehen, daß Cragg von hinten auf ihn aufprallte. Er fuhr herum und rief ungläubig: »Was?«
»Es ist Mrs. Hawkin. Sie ist furchtbar aufgeregt, Sir. Sie hat Sie verlangt.«
»Hat sie gesagt, warum?« George drehte sich auf dem Absatz um und rannte förmlich zum Telefon.
»Nein, Sir, nur, daß sie dringend mit Ihnen sprechen müßte.«
»Mein Gott«, murmelte George und ergriff den Hörer, noch bevor er sich hinsetzte. »Hallo? Hier ist DI Bennett.«
»Mr. Bennett?« sagte eine tränenerstickte Stimme.
»Sind Sie es, Mrs. Hawkin?«
»Ja, ich bin's. Oh, Mr. Bennett ...« Ihr Schluchzen steigerte sich zu einem furchtbaren Crescendo.
»Was ist geschehen, Mrs. Hawkin?« fragte er und überlegte eilig, ob zur Zeit eine Polizistin im Dienst war.
»Können Sie herkommen, Mr. Bennett? Können Sie jetzt kommen?« Ihre Worte kamen keuchend zwischen Schluchzern und Schniefen.
»Ich habe Ihren Mann hier, Mrs. Hawkin. Möchten Sie, daß ich ihn nach Haus bringe?«
»Nein!« schrie sie fast. »Nur Sie, bitte!«
»Ich komme, sobald ich kann. Mrs. Hawkin, versuchen Sie, sich zu beruhigen. Holen Sie jemand von der Familie, der bei Ihnen bleiben kann. Ich werde gleich dasein.« Er knallte den Hörer auf die Gabel und stand einen Augenblick still, von der Intensität des Gehörten benommen. Er hatte keine Ahnung, warum Ruth Hawkin verlangte, er solle kommen, aber es war offenbar etwas Traumatisches geschehen. Sie konnte doch keine Leiche gefunden haben ... Er verdrängte den Gedanken, bevor er richtig Form annehmen konnte.
»Cragg«, brüllte er, als er aus seinem Büro kam. »Gehen Sie und lösen Sie Sergeant Clough ab. Sie bleiben hier bei Mr. Hawkin, bis wir zurück sind. Lassen Sie ihn nicht weggehen.

Erklären Sie ihm höflich, daß wir dringend gerufen wurden und daß er warten soll, bis wir wiederkommen. Wenn er darauf besteht wegzugehen, dann gehen Sie mit ihm. Lassen Sie sich nicht von ihm terrorisieren.«

Cragg schien fassungslos. An dieses Tempo war er bei der Kripo in Buxton nicht gewöhnt. »Was, wenn er in sein Auto steigt?«

»Sein Auto ist nicht hier. Sergeant Clough hat ihn hergefahren. Cragg, Beeilung!«

George packte Cloughs Mantel und seinen eigenen Trenchcoat und stülpte sich den Hut aufs Haar. Sobald Clough verwirrt aus dem Vernehmungsraum kam, packte George ihn am Arm und eilte mit ihm die Treppe hinunter. »Ruth Hawkin«, sagte George, bevor Clough ihn fragen konnte, was los sei. »Sie hat angerufen, völlig aufgelöst. Sie will, daß ich sofort nach Scardale komme.«

»Warum?« fragte Clough, als sie in den Hof der Wache hinausliefen und zu seinem Wagen gingen.

»Ich weiß nicht. Sie war zu aufgeregt, um sich verständlich auszudrücken. Ich weiß nur, daß sie vollkommen ausgerastet ist, als ich fragte, ob ich Hawkin mitbringen solle. Was immer es ist, es ist etwas Wichtiges.«

Clough ließ den Motor aufheulen. »Da sollten wir nicht länger hier herumhängen.«

George hatte keine Ahnung gehabt, daß man die Fahrt nach Scardale in so kurzer Zeit schaffen konnte. Clough brach jedes Tempolimit und die meisten anderen Verkehrsregeln dazu, als er den großen Wagen um die Kurven riß. Sie sprachen wenig auf der Fahrt, beide Männer waren zu nervös angesichts der Möglichkeit, daß etwas den Fall Alison Carter wieder in Gang bringen könnte. Als sie bei der Dorfwiese anhielten, sagte George: »Es ist an der Zeit, daß wir mal ein bißchen Glück hätten, Tommy. Er steht mit dem Rücken zur Wand. Wenn Ruth Hawkin etwas für uns hat, dann könnte es jetzt soweit sein.«

Sie rannten den Weg zum Gutshaus entlang. Bevor sie klopfen konnten, ging die Küchentür weit auf, und Ma Lomas begrüßte sie. »Wir haben wieder Ihre Arbeit für Sie getan«, sagte sie. Ruth Hawkin saß am Tischende, ihr Gesicht war von Tränen und Make-up verschmiert, die Augen rot und geschwollen. Kathy saß neben ihr. Sie hatte die von der Arbeit geröteten Hände so verkrampft gefaltet, daß die Knöchel weiß hervortraten. Auf dem Tisch vor ihnen lag ein zerknittertes Bündel karierten Wollstoffs. Es war schmutzig, aber bedrohlicher schienen die großen rostroten Flecken, die auffallend nach getrocknetem Blut aussahen.

»Sie haben etwas gefunden«, sagte George, ging durch den Raum und setzte sich Kathy gegenüber.

Ruth holte zitternd Luft und nickte. »Es ist ein Hemd. Und ein ... und ein ...« Ihre Stimme versagte, und sie verstummte. George holte einen Kuli heraus, hob damit das Bündel auf und zog die Falten auseinander. Es war tatsächlich ein Hemd aus feinem Wollstoff. Der Name des Herstellers stand auf dem Schildchen am Kragen. Er hatte Philip Hawkin sehr oft ähnliche Hemden tragen sehen. In der Mitte des Stoffstücks lag ein Revolver. George wußte nicht viel über Waffen, aber er hätte ein Jahresgehalt darauf wetten können, daß dies hier ein .38-er Webley-Revolver war. »Wo haben Sie das gefunden, Mrs. Hawkin?«

Kathy sah ihn scharf an. »Haben Sie Philip Hawkin noch auf der Wache?«

»Mr. Hawkin ist noch dort, um uns bei unserer Ermittlung zu helfen«, sagte Clough entschieden vom unteren Ende des Tisches her, wo er mit offenem Notizbuch saß. »Er wird uns hier nicht überraschen.«

Kathy drückte Ruths Hände noch fester. »Es ist schon gut, Ruth. Du kannst es ihm sagen.«

»Ich warte gewöhnlich, bis er mal einen ganzen Tag weggeht, wenn ich die Dunkelkammer putzen will. Er kann es nicht leiden, wenn ich ihm im Weg bin, deshalb warte ich immer, bis ich weiß, daß er ein paar Stunden weg sein wird«, platzte sie jetzt heraus. »Ich weiß nicht, wie ich dazu gekommen bin, es herauszuziehen ... Ich dachte, ich könnte endlich mal gründlich saubermachen; ich bin ja schon fast verrückt geworden, weil ich nichts zu tun hatte ...«

George gab ihr eine Zigarette und schaffte es, sie anzuzünden, obwohl ihre Hand heftig zitterte. Er wünschte, er könnte die richtigen Worte finden, wußte aber, es war sinnlos, Ruth Hawkin zu sagen, alles werde gut werden. Nichts würde für diese Frau je wieder gut werden. Er konnte nur still dasitzen und zusehen, wie sie tiefe Lungenzüge machte, bis ihr hämmerndes Herz ruhig genug wurde, daß sie weitererzählen konnte.

Als sie weitersprach, war es fast wie im Traum. »Der Tisch, an dem er arbeitet, ist eigentlich ein alter Küchentisch mit Schubladen. Ich habe ihn von der Wand weggezogen. Es war eine Heidenarbeit, er ist wirklich schwer. Aber ich wollte dahinter mal richtig saubermachen. Ich sah diesen Stoff aus dem Loch heraushängen, wo sonst eine der Schubladen war. Ich fragte mich, was es sein könnte, und zog es heraus.«

»Sie hat geschrien wie ein abgestochenes Schwein«, warf Ma Lomas ein. »Ich habe sie bis drüben über die Felder gehört.«

George atmete tief ein. »Es könnte eine harmlose Erklärung dafür geben, Mrs. Hawkin.«

»O ja?« bemerkte Ma spöttisch. »Dann lassen Sie uns die mal hören. Nehmen Sie's mit, und lassen Sie das Blut untersuchen, Junge. Sehen Sie doch mal, wo das Blut ist, Sie blöder Klotz. Es ist alles vorn, genau dort, wo man es erwarten würde. Und die Waffe? Wie unschuldig kann eine Pistole sein? Untersuchen Sie mal die Waffe. Ich wette, die Kugel, die Sie in der Mine gefunden haben, stammt daher.« Sie schüttelte empört den Kopf. »Ich dachte, Ihre Leute hätten das ganze Haus durchsucht?«

»Ich glaube, mich zu erinnern, daß Mr. Hawkin in bezug auf seine Dunkelkammer sehr eigen war«, sagte George.

»Das wäre um so mehr ein Grund gewesen, ganz besonders

rücksichtslos in jeder Ritze nachzusehen«, sagte Kathy grimmig. »Nehmen Sie ihn jetzt also fest?«
»Haben Sie eine Tüte für das Hemd und den Revolver?« fragte George.
Ruth warf Kathy stumm einen auffordernden Blick zu. Sie sprang auf, wühlte im Schrank unter dem Spülbecken und brachte eine große braune Papiertüte zum Vorschein. George nahm das Hemd mit der Spitze des Kulis auf und stopfte es in die Tüte, ohne es zu berühren. Dann wickelte er die Waffe sehr sorgfältig in ein sauberes Taschentuch aus seiner Tasche und legte sie vorsichtig auf das Hemd. »Ich muß nach Buxton zurückfahren«, sagte er leise. »Sergeant Clough wird hierbleiben und aufpassen, daß niemand das Nebengebäude mit Mr. Hawkins Dunkelkammer betritt.« Er seufzte. »Ich werde ein Team herausschicken, das eine gründliche Suche durchführt, sobald ich einen Durchsuchungsbefehl habe.«
»Aber werden Sie ihn verhaften?« beharrte Kathy weiter.
»Sie werden über alles weitere genau informiert«, sagte George.
Die Frauen warfen sich einen merkwürdigen Blick zu. »Wenn Sie ihn nicht verhaften, dann sollten Sie ihn besser nicht hierher zurückkommen lassen«, sagte Ma Lomas. »Seiner Gesundheit zuliebe.«
George sah sie lange und fest an. »Sagen wir lieber, ich hätte diese Drohung nicht gehört, Mrs. Lomas.«
Er fuhr in Tommy Cloughs Wagen, den er nicht gewöhnt war, mit einer seltsamen Mischung aus Niedergeschlagenheit und Hochgefühl nach Buxton zurück. Er parkte sorgfältig und ging ruhig und entschlossen in das Vernehmungsbüro hinauf. Er wußte, daß er eigentlich mit seinem Chef DCI Carver oder Superintendent Martin sprechen sollte, bevor er handelte, aber er fand, es sei schließlich sein Fall. George stieß die Tür auf und fixierte Hawkin, dessen aufgebrachter Protest verstummte, als er seinen Gesichtsausdruck sah.
George holte tief Luft. »Philip Hawkin, ich verhafte Sie wegen Mordverdacht.«

3

George verschwendete keine Zeit. Hawkin wurde zu den Zellen hinunterbefördert, wo er sich über erfundene Lügen beschwerte und einen Anwalt verlangte. George beachtete ihn nicht. Er würde später genug Zeit haben, sich mit Hawkin zu befassen. Wenn er recht hatte, würde niemand sein Handeln hinterfragen. Sogar wenn er unrecht hätte, würde ihm niemand einen Vorwurf machen. Niemand, außer vielleicht DCI Carver, der alles, was George tat, als Grund für Vorwürfe betrachtete und einen Fehlschlag und eine Blamage seines Untergebenen genießen würde. Aber sich bei DCI Carver beliebt zu machen war im Moment Georges geringste Sorge.

Als die Tür hinter dem immer noch protestierenden Hawkin zufiel, nahm George Constable Cragg zur Seite. »Cragg, ich möchte, daß Sie die Kriminalpolizei in St. Albans anrufen, wo Hawkin herkommt. Wir wissen, daß er nicht vorbestraft ist, weil Sergeant Clough das schon überprüft hat. Aber ich will wissen, ob er einmal im Gerede war. Ob es Gerüchte oder Tratsch im Revier gab. Irgend etwas, das ihm zur Last gelegt wurde und dann mangels Beweisen nie zur Anklage gekommen ist.«

»Sie meinen Sexualdelikte?«

»Ich meine alles, Cragg. Klemmen Sie sich hinter die Kollegen vor Ort, und fragen Sie sie aus.« Er merkte, daß er immer noch die Papiertüte mit dem beschmutzten Hemd und dem eingewickelten Revolver umklammerte. In der Eile hatte er vergessen, daß sie mit einem Etikett versehen ins Labor geschickt werden mußten. Er sah auf die Uhr. Fast zwölf. Wenn er sich beeilte, konnte er noch einen der Richter im High-Peak-Gericht erwischen. Er war sicher, es würde nicht schwierig sein, einen Durchsuchungsbefehl zu bekommen. Alle wollten das Verschwinden Alison Carters aufgeklärt wissen, und Hawkin hatte noch nicht genug Zeit gehabt, sich einflußreiche Freunde in einer Stadt zu suchen, wo man Leute aus nur fünf Meilen Entfernung schon als Fremde betrachtete. Schnell füllte er das Antragsformular aus und rannte hinaus. Er ließ sein Auto stehen, lief die Silverlands hinunter und ging über den Marktplatz auf das Gerichtsgebäude zu. Zehn Minuten später verließ er das Peak Building mit einem unterschriebenen Durchsuchungsbefehl für Scardale Manor und die Nebengebäude. Als er aus dem Gebäude trat, kam gerade die Sonne heraus und traf ihn mit einem kurzen Strahl blassen Winterlichts. Es war fast unmöglich, dies nicht als eine Art Vorzeichen zu betrachten.

Wieder bei der Kreispolizei, trug er immer noch die Papiertüte und war erleichtert zu sehen, daß Sergeant Bob Lucas Dienst hatte. Es schien nur passend, daß der Polizeibeamte, der ihn zuerst nach Scardale begleitet hatte, jetzt zur Durchsuchung mitkam und mithelfen konnte, wenn möglicherweise der Durchbruch in diesem Fall bevorstand. George faßte kurz zusammen, was geschehen war, und erledigte endlich die nötigen Formalitäten, um das Hemd und die Waffe ins Labor zu schicken, ohne daß die Gegenstände durch mehrere Hände gegangen waren. Inzwischen stellte Lucas ein kleines Team aus zwei Constables und einem Polizeianwärter für die Durchsuchung zusammen, alle, die bei der Tagschicht abkömmlich waren.

Der Streifenwagen folgte Georges nicht gekennzeichneter Limousine aus der Stadt hinaus durch die farblose Februarlandschaft nach Scardale. Die Nachricht von Ruths Entdeckung hatte sich offenbar ebenso schnell verbreitet wie der erste Bericht von Alisons Verschwinden. Frauen schauten aus den offenen Türen, und die Männer standen an die Häuser gelehnt und ließen die Polizisten nicht aus den Augen, die um das Gutshaus herum auf das Nebengebäude zugingen, wo Philip Hawkin seinem Hobby frönte. Noch beunruhigender als ihre Blicke war ihr Schweigen.

George fand Clough mit verschränkten Armen vor der Tür des kleinen Steingebäudes, eine Zigarette im Mundwinkel. »Probleme?« fragte George.

Clough schüttelte den Kopf. »Das Schwierigste war, nicht reingehen zu können.«

George öffnete die Tür zu dem Gebäude und warf zum ersten Mal einen Blick in Hawkins Dunkelkammer. Es war offensichtlich, daß kaum alle sechs Polizisten hineinpassen würden, geschweige denn richtig suchen könnten. »Gut«, sagte er. »Sergeant Clough und ich werden die Dunkelkammer übernehmen. Sergeant Lucas, Ihre Männer nehmen bitte das Haus. Wie Sie alle wissen, ist es schon durchsucht worden. Aber unser Ziel war damals, nachzusehen, ob es irgendwelche versteckten Botschaften von Alison oder Spuren eines Überfalls oder Mords im Bereich des Gutshauses gab. Jetzt suchen wir nach etwas, das die Beziehung Philip Hawkins zu seiner Stieftochter erhellen könnte. Oder Dinge, die uns etwas über den Mann selbst sagen. Da wir keine Leiche haben, brauchen wir jedes winzige Indiz, das wir finden können, um auf Hawkin Druck auszuüben. Sie können in seinem Arbeitszimmer anfangen.«

»Sie haben recht, Sir«, sagte Lucas grimmig. »Kommt, Jungs, wir nehmen den Schuppen bis auf die Backsteine auseinander.«

Die vier uniformierten Polizisten gingen zur Hintertür. George konnte Kathy Lomas durchs Küchenfenster sehen, wie sie alles beobachtete. Als sein Blick sie traf, schaute sie weg.

»Okay, Tommy, fangen wir an.« George trat über die Schwelle und knipste einen Lichtschalter an. Rotlicht erfüllte den Raum.

»Na prima«, murmelte er. An der Wand sah er einen zweiten Schalter. Als er ihn umlegte, ging statt der unheimlichen roten Lampe normales elektrisches Licht an. Er sah sich um und schätzte ab, was durchsucht werden mußte. Außer dem schweren Tisch, der schräg zur Wand stand, war alles fast beklemmend sauber und ordentlich. Zwei schwere Steinspülbecken, die aussahen, als wären sie schon seit dem Mittelalter da, standen an der Wand und waren mit glänzenden neuen Armaturen ausgestattet. Auch die Fotoausrüstung war neu.
In einer Ecke standen zwei graue Metallaktenschränke an der Wand. George ging zu ihnen hinüber und rüttelte an den Schubladen. Sie waren abgeschlossen. »Scheiße«, sagte er leise.
»Kein Problem«, sagte Clough und drängte seinen Chef zur Seite. Er nahm den am nächsten stehenden Schrank und zog ihn zu sich heran. Als er etwa zehn Zentimeter von der Wand abgerückt war, kippte er ihn nach hinten. »Können Sie ihn so halten?« fragte er. George lehnte sich so gegen den Schrank, daß er schräg stand. Clough kniete sich auf den Boden und hantierte eine Weile darunter herum. George hörte das Schleifen und Klicken von einem Schloß, das aufging, dann brummte Clough zufrieden. »Sehen Sie hier, George. Sehr unvorsichtig von Mr. Hawkin, auszugehen und seine Aktenschränke unverschlossen zu lassen.«
»Ich fange an, den hier durchzusehen«, sagte George. »Sie sehen im Tisch und auf den Regalen nach.« Er zog die oberste Schublade auf und begann damit, Dutzende von Hängekarteien durchzusehen. Jede enthielt Streifen mit Negativen, Kontaktbögen und unterschiedlich viele Abzüge. Er überprüfte rasch die anderen Schubladen. Alle enthielten das gleiche. Er stöhnte. »Das wird ja ewig dauern«, sagte er.
Clough kam und half ihm »Das sind Tausende.«
»Ich weiß. Aber wir werden sie alle durchsehen müssen. Wenn er jemals anrüchige Fotos gemacht hat, könnten sie irgendwo zwischen den harmlosen in den Schubladen versteckt sein.« Er seufzte.

»Sollen wir im anderen Aktenschrank nachsehen, damit wir einen Überblick über das Ausmaß des Problems haben?« fragte Clough.
»Gute Idee«, sagte George. »Dasselbe noch mal?« Diesmal zog er den Schrank selbst von der Wand weg und ließ Clough wieder darunter herumfummeln.
»Moment mal«, sagte Clough und machte sich unter dem Metallboden zu schaffen. »Mein Ärmel ist an etwas hängengeblieben.« Seine Hand kam hoch, griff in seine Jackentasche und holte ein Feuerzeug heraus. Das Rädchen daran drehte sich, und die Flamme beleuchtete die Stelle unter dem Aktenschrank. »Ach du meine Güte«, sagte er leise. Er schaute zu George auf. »Sie werden begeistert sein, George. Da ist ein Loch im Boden mit einem Safe drin.«
George hätte vor Schreck fast den Aktenschrank auf den Boden plumpsen lassen. »Ein Safe?«
»Genau.« Clough kroch vom Schrank zurück und stand auf. »Jetzt schieben wir ihn weg, dann werden Sie sehen, was ich meine.«
Sie hoben den schweren Schrank von seinem Standplatz und trugen ihn zur Seite. George ging in die Hocke und starrte. Die grüne Metalltür maß etwa fünfundvierzig Zentimeter im Quadrat und war mit einem Messingschlüsselloch und einem Griff versehen, der etwa zwei Zentimeter über die Safetür hinaus in die Vertiefung am Boden des Aktenschranks hineinragte. Er seufzte. »Wir werden die Spezialisten für Fingerabdrücke brauchen, damit sie den Griff auf Hawkins Fingerabdrücke untersuchen können. Ich will nicht, daß er mit der Lüge durchkommt, er habe mit dem Inhalt des Safes nichts zu tun, weil jemand anders, was immer da drin ist, reingelegt hat.«
»Sicher?« fragte Clough skeptisch. »Wir haben Glück, wenn auch nur der Teil eines Fingerabdrucks auf einem Griff wie diesem hier zu finden ist. Das, was drin ist, ist das Wesentliche. Er hat doch bestimmt keine Handschuhe getragen, seine Fingerabdrücke werden auf allem sein, was da drin ist.«

George ging in die Hocke. »Sie haben wahrscheinlich recht. Also, wo ist der Schlüssel?«
»Ich an seiner Stelle würde ihn bei mir haben.«
George schüttelte den Kopf. »Cragg hat ihn durchsucht, als wir ihn in die Zelle gebracht haben. Die einzigen Schlüssel, die er hatte, waren seine Autoschlüssel.« Er dachte einen Moment nach. »Gehen Sie und fragen Sie Sergeant Lucas, ob sie Schlüssel gefunden haben, die aussehen, als könnten sie von einem Safe sein. Ich suche inzwischen hier.«
George setzte sich an den Tisch und fing an, die zwei Schubladen zu durchsuchen. In der einen war peinlich geordnet eine Sammlung von Utensilien – Scheren, Messerchen, Pinzetten, winzige weiche Pinsel und Zeichenfedern. In der anderen war das übliche Sammelsurium einer Schublade für Krimskrams – Bindfaden, Reißnägel, eine zerbrochene Nagelfeile, zwei halb aufgebrauchte Rollen Tesafilm, heruntergebrannte Kerzen, Birnchen für Taschenlampen, Streichholzschachteln und einzelne Schrauben. In keiner der Schubladen ein Schlüssel. George zündete sich eine Zigarette an und rauchte wütend. Er fühlte sich wie eine bis an die Grenze ihrer Spannung aufgezogene Uhrfeder.
Während der gesamten Ermittlung hatte er sich gezwungen, unvoreingenommen an alles heranzugehen, weil er wußte, wie leicht man eine fixe Idee entwickeln kann und dadurch jede neue Information mit Gewalt der einmal vorgefaßten Meinung anzupassen versucht. Aber wenn er ehrlich war, hatte er Philip Hawkin nie ohne Voreingenommenheit betrachtet. Je wahrscheinlicher es wurde, daß Alison tot war, desto wahrscheinlicher war es auch, daß ihr Stiefvater dafür verantwortlich war. Die Statistik sprach dafür und wurde durch seine eigene Abneigung gegen den Mann gestützt. Er hatte versucht, diese instinktive Reaktion zu unterdrücken, da ihm klar war, daß Voreingenommenheit die Zusammenstellung unanfechtbaren Beweismaterials störte. Aber immer wieder hatte sich Hawkin

in seinem Bewußtsein als der Hauptverdächtige festgesetzt, falls Mord sich als zwingender Verdacht bestätigen sollte.
Nun schien dieser Verdacht unvermeidliche Gewißheit zu werden, die sich einstellte wie das Einrasten der Riegel in einem gutgeölten Schloß. Die Frage war nur, ob er mit seinen gesammelten Beweisen auch wirklich überzeugen konnte.
George verließ die Dunkelkammer und ging in die kalte Dämmerung des Nachmittags hinaus. Die Lampen in den Häusern brannten blaßgelb, und er sah Schatten sich hinter den Fenstern bewegen. Er erhaschte einen Blick auf Ruth Hawkin, die durch die Küche ging, und ihm wurde klar, wie er den Moment fürchtete, wenn er ihr gegenüber würde bestätigen müssen, was sie alle sowieso schon annahmen. Ganz gleich, wie sehr sie vielleicht daran geglaubt hatte, mit dem Verlust ihrer Tochter fertig werden zu können – in dem Augenblick, wenn er ihr sagen würde, daß sie Alisons Verschwinden nun offiziell als Mordfall behandelten, würde ein stechender Schmerz ihr Herz durchbohren.
Er zündete sich eine neue Zigarette an und ging vor der Dunkelkammer im Kreis umher. Wo blieb Clough so lange? Mitten in der Durchsuchung konnte er das Nebengebäude nicht verlassen, weil er das spätere Argument der Verteidigung befürchten mußte, jemand hätte unbewacht belastendes Beweismaterial hineinschmuggeln können. Er wollte die Suche auch nicht weiter fortsetzen, da ihm klar war, daß bei einer ausschließlich auf Indizien fußenden Beweiskette jede wichtige Entdeckung von einem Zeugen belegt werden mußte. George zwang sich zu tiefem Durchatmen und ließ die Schultern unter dem Mantel langsam rotieren, um einen Teil der Spannung abzubauen, die ihm das Gefühl gab, seine Nackenmuskeln seien gestraffte Bänder.
Als das letzte Licht hinter dem westlichen Rand des Tals verschwand, tauchte Clough breit grinsend wieder auf. »Tut mir leid, daß ich so lange gebraucht habe«, sagte er. »Ich mußte alle Schubladen durchsuchen. Nichts. Dann sah ich, daß eine

davon nicht fest zuging. Also zog ich sie heraus und – voilà! Da war der Schlüssel für den Safe, hinten an der Schublade mit Heftpflaster befestigt.« Er ließ den Schlüssel vor George herumbaumeln. »Übrigens dieselbe Art von Heftpflaster, mit dem die Schnauze des Hundes zugeklebt war.«

»Gute Arbeit, Tommy.« Er nahm den Schlüssel, ging wieder in die Dunkelkammer, kauerte sich vor den Safe und sah über die Schulter zu seinem Sergeant zurück. »Ich habe fast Angst, ihn aufzumachen.«

»Weil der Beweis drin sein könnte, daß sie tot ist?«

George schüttelte den Kopf. »Weil vielleicht gar kein Beweis für irgendwas drin ist. Ich bin jetzt überzeugt, Tommy. Zu viele kleine Zufälle. Hawkin ist wegen Alison dran, und ich will ihn dafür hängen sehen.« Er ging an die Arbeit und steckte den Schlüssel ins Schloß. Er ließ sich glatt und lautlos umdrehen. Ein paar Sekunden schloß er die Augen. Fünf Minuten zuvor hätte er sich noch als Ungläubigen bezeichnet, jetzt war er ein Eiferer.

Langsam drehte er den Griff und zog die schwere Stahltür hoch. Es war nichts außer einem Stoß brauner Umschläge darin. George nahm sie fast ehrfürchtig heraus. Er zählte sie Clough laut vor, der sein Notizbuch schon geöffnet und den Bleistift bereithielt. »Sechs braune Umschläge«, sagte er, stand auf und legte sie auf den Tisch. George setzte sich. Er hatte das Gefühl, er werde eine Stütze brauchen können. Er zog seine weichen Autohandschuhe an und begann mit der Arbeit.

Die dreieckigen Klappen der Umschläge waren alle nach innen gesteckt. George fuhr mit dem Daumen hinein und machte den ersten auf. Er enthielt Fotos im Format zwanzig mal fünfundzwanzig Zentimeter. George nahm sie heraus, indem er die Seiten des Umschlags nach innen bog und die Fotos auf den Tisch rutschen ließ, um das Verwischen eventueller Fingerabdrücke zu vermeiden. Es war ein halbes Dutzend Fotos, die er mit Hilfe seines Kulis ausbreitete.

Alison Carter war auf allen Bildern nackt. Ihr Gesicht hatte seine natürliche Anmut verloren, wirkte häßlich und von Angst verzerrt. In ihrer Haltung drückte sich der absolute Widerwille aus, Stellungen einzunehmen, die auch bei einer Erwachsenen unanständig gewesen wären, bei einem Kind aber von qualvoller und zugleich abstoßender Tragik waren. Außer natürlich bei einem Betrachter, der pädophil war wie der Fotograf.

Clough sah ihm über die Schulter. »Mein Gott«, sagte er mit vor Abscheu erstickter Stimme.

George konnte gar nichts sagen. Er sammelte die Fotos wieder ein, steckte sie in den Umschlag zurück und legte ihn vorsichtig zur Seite. Der zweite Umschlag enthielt Streifen großformatiger Negative. Mit Hilfe eines Leuchttischs, der Teil der Ausstattung war, stellten sie fest, daß es die Negative von diesen Abzügen waren. Es waren sechzehn. Zehn davon hatte Hawkin gar nicht entwickelt, nämlich die, auf denen Alison zu weinen schien.

Der dritte Umschlag war noch schlimmer, die Posen noch eindeutiger. Diesmal schien das Gesicht des Mädchens erschlafft, die Augen schauten abwesend. »Sie ist entweder betrunken oder steht unter Drogen«, sagte Clough. George konnte immer noch nichts sagen. Systematisch tat er jedes Foto wieder in den Umschlag zurück und kontrollierte, ob die Negative im vierten Umschlag mit den Bildern, die sie gerade betrachtet hatten, übereinstimmten.

Der fünfte Umschlag übertraf alles, was George sich hätte vorstellen können. Diesmal waren alle sechzehn Negative entwickelt worden. Und Hawkin war mit seiner Stieftochter zusammen auf den Bildern. Der Hintergrund war fraglos Alisons Zimmer, und gerade seine Alltäglichkeit bildete einen unfaßbar obszönen Gegensatz zu den Handlungen, die dort stattgefunden hatten. Es war ein so harmloser Hintergrund für Erfahrungen, die keine Dreizehnjährige dieser Welt machen sollte. In einer Serie schrecklicher Schwarzweißbilder vergewaltigte Hawkin Alison in unterschiedlichen Positionen. Seine

Finger erforschten ihren Körper mit sachkundiger, abstoßender Rücksichtslosigkeit. Dabei starrte er in die Kamera und genoß seine Macht.

»Der Scheißkerl«, stöhnte Clough.

George trat plötzlich hastig vom Tisch zurück und warf dabei einen Stuhl um. Er drängte sich an seinem Sergeant vorbei und kam gerade noch durch die Tür, bevor er sich erbrach. Er lag auf Händen und Knien, bis sein entleerter Magen nur noch krampfhaft zuckte und er nichts als Schmerz empfand. Halb stützte er sich und halb fiel er gegen die Mauer, Schweiß und Tränen liefen ihm übers Gesicht, und er merkte nichts von dem kalten Nachtwind und dem Schneeregen, der durchs Tal fegte.

Er hätte lieber ihre Leiche gefunden, als diese Bilder ihres geschändeten Körpers ertragen zu müssen. Es hätte wahrlich genügend Gründe für sie gegeben, wegzulaufen. Aber noch mehr Motive, sie zu beseitigen, hatte der Mann, der sie überfallen hatte, falls sie sich endlich gewehrt und seine widerliche Perversion aufzudecken gedroht hätte. George fuhr sich mit zitternder Hand über das feuchte Gesicht und stand mühsam auf.

Clough, der direkt hinter ihm in der Tür stand, gab ihm die schon angezündete Zigarette in die Hand. Sein fleischiges Gesicht war so fahl wie die Nachtwolken. George holte tief Luft und hustete, als er den Rauch durch seinen vom Erbrechen gereizten Rachen zog. Der Regen klatschte sein Haar am Kopf fest, aber er reagierte nicht auf die eisigen Wassertropfen, die ihm über das Gesicht liefen.

»Ich könnte ihn mit meinen eigenen Händen umbringen«, knurrte Clough mit einer Stimme, die tief aus seiner Kehle kam.

»Heben Sie ihn für den Henker auf, Tommy. Den werden wir genau nach Vorschrift behandeln, ganz korrekt. Er wird nicht zufällig fallen, nicht aus Versehen in eine Zelle zu einem Betrunkenen gesperrt werden, der Sexualverbrecher haßt. Wir

bringen ihn unversehrt vor Gericht«, sagte George mit heiserer Stimme.
»Das wird nicht leicht sein. Was sagen wir inzwischen Alisons Mutter? Der Frau dieser ... Bestie? Wie sagt man so etwas zu einer Frau: ›Übrigens, dieser Mann, den Sie geheiratet haben – er hat Ihre Tochter vergewaltigt und wahrscheinlich ermordet‹?«
»O Gott«, sagte George. »Wir brauchen eine Polizistin hier draußen. Und einen Arzt.«
»Sie wird keine Polizistin wollen, George. Sie vertraut Ihnen. Und sie hat eine Familie um sich herum. Sie werden besser für sie sorgen als irgendein Arzt. Wir werden einfach reingehen müssen und irgendeinen Weg finden, wie wir es ihr sagen können.«
»Wir sollten auch den Kollegen Bescheid geben. Sie sollten dann besonders auf Fotos und Negative achten.« Er schauderte, als er tief einatmete. »Lassen Sie uns diese Umschläge einpacken und etikettieren. Die Spurensicherungsexperten werden sie für ihre Arbeit brauchen.«
Sie zwangen sich, in die Dunkelkammer zurückzugehen, und sammelten die Umschläge mit ihrem grausamen Inhalt ein. »Bringen Sie sie rein zu Sergeant Lucas«, wies George Clough an. »Ich will nicht dastehen und sie in der Hand halten, wenn ich mit Ruth Hawkin spreche. Ich sehe hier kurz nach, um festzustellen, ob es sonst noch irgend etwas Auffälliges gibt. Wir werden ein Team brauchen, das jedes einzelne dieser Negative überprüfen muß. Aber nicht heute abend.«
Clough verschwand in der Nacht. George überprüfte den Raum, konnte aber nichts mehr entdecken, was seine Aufmerksamkeit verdient hätte. Dann ging er wieder in das miserable Wetter hinaus und schloß die Tür hinter sich. Behutsam brachte er zwei Siegel an, so daß niemand die Beweislage manipulieren konnte. Er würde über Nacht einen Mann vor dem Nebengebäude postieren müssen, um es zu schützen. Morgen würde er ein Team zusammenstellen, das

die Dunkelkammer auseinandernehmen und die langwierige Überprüfung von Hawkins Fotosammlung angehen würde. Es würde nicht an Freiwilligen fehlen.

»Ich habe Sergeant Lucas das Beweismaterial übergeben«, sagte Clough, als er vom Haus herübergerannt kam.

»Danke. Also, ich habe folgendes vor. Sie übernehmen die Verwandten, ich werde mit Ruth Hawkin allein sprechen. Sagen Sie ihnen einfach, wir hätten Beweise gefunden, die darauf hinweisen, daß Hawkin vielleicht etwas mit Alisons Verschwinden zu tun hatte und daß wir ihn heute abend mindestens wegen *eines* schweren Verbrechens belasten werden. Wir überlassen es Ruth, wieviel sie ihnen erzählen will.«

»Sie werden alles ganz genau wissen wollen, besonders Ma Lomas«, warnte Clough.

»Dann können sie ja zur Verhandlung kommen. Ich mache mir nur Sorgen um Ruth Hawkin. Sie ist von jetzt ab meine wichtigste Zeugin, und sie hat das Recht zu entscheiden, wieviel ihre Familie zu diesem Zeitpunkt erfährt«, sagte George abweisend. »Sagen Sie ihnen so wenig wie möglich.« Er straffte die Schultern und warf seine Zigarettenkippe in die Nacht hinaus. Dann wischte er mit der Hand über seine klatschnassen Haare, wobei Clough einen Regen aus winzigen Wassertröpfchen abbekam. »Also gut.« Er holte tief Luft. »Gehen wir.«

Sie gingen durch die Hintertür und kamen über den Flur in die Wärme der rauchigen Küche. Das Hilfsteam aus Ma Lomas und Kathy war durch Ruths Schwester Diane und Janets Mutter, Maureen, erweitert worden. Die Gesichter der fünf Frauen waren angsterfüllt, als sie die grimmigen Mienen der Männer sahen. »Wir haben Neuigkeiten für Sie, Mrs. Hawkin«, sagte George ernst. »Ich möchte mit Ihnen unter vier Augen sprechen, wenn ich darf. Der Rest der Damen – würden Sie bitte mit Sergeant Clough gehen, er wird erklären, was los ist.«

Kathy öffnete den Mund, um Einspruch zu erheben, aber ein

zweiter Blick auf Georges Gesicht ließ ihren Protest verstummen. »Wir gehen ins Wohnzimmer«, sagte sie leise.
Ruth schwieg, als sie hintereinander hinausgingen. Ihr Gesicht war so verschlossen wie eine verriegelte Tür, die Kinnmuskeln angespannt vor Anstrengung, das Schweigen zu bewahren. Als George sich ihr gegenüber hinsetzte, wandte sie den Blick nicht ab. Er wartete, bis sich die Tür hinter Clough schloß, dann sagte er: »Es ist nicht leicht, Mrs. Hawkin, Ihnen dies zu sagen. Wir haben Hinweise gefunden, daß Philip Hawkin schwere sexuelle Vergehen an Ihrer Tochter verübt hat. Es besteht kein Zweifel daran, und noch heute wird Anklage gegen ihn erhoben werden.«
Ein Wimmern kam von ihren Lippen, aber ihr Blick hielt ihn weiter fest. Er rutschte auf seinem Stuhl hin und her und griff automatisch nach seinen Zigaretten. Sie schüttelte den Kopf, als er ihr eine anbot, und so ließ er die Schachtel auf dem Tisch liegen. »Wenn Sie das zu den Beweisstücken, dem Hemd mit den Flecken und der Waffe, die Sie im Nebengebäude gefunden haben, dazunehmen, ist es schwierig, nicht zu der Schlußfolgerung zu kommen, daß er sie sehr wahrscheinlich auch ermordet hat. Es tut mir wirklich sehr, sehr leid, Mrs. Hawkin.«
»Nennen Sie mich nicht so«, zischte sie. »Nennen Sie mich nicht bei seinem Namen.«
»Ich werde es nicht mehr tun«, sagte George. »Und ich werde mein Bestes tun, daß auch sonst niemand von der Polizei Sie so nennt.«
»Sie sind sicher, nicht wahr?« fragte sie mit unbewegten Lippen. »Sie sind tief im Innern sicher, daß sie tot ist?«
George wäre überall lieber gewesen als in Ruth Carters Küche, von ihren Augen zur Wahrheit verpflichtet. »Ja«, sagte er. »Ich kann keinen Grund finden, etwas anderes zu denken, und ein großer Teil der Indizien führt mich zu dieser Schlußfolgerung. Gott weiß, ich will es nicht glauben, aber ich kann nicht anders.«

Ruth fing an, auf ihrem Stuhl vor und zurück zu schaukeln, die Arme vor die Brust und die Hände wie Klauen in die Achselhöhlen gepreßt. Ihr Kopf fiel nach hinten, und sie stieß einen gequälten Schrei aus, den wortlosen Wehruf eines tödlich verwundeten Tieres. Hilflos saß George da, steif wie ein Stück Holz. Irgendwie war ihm klar, daß sie zu berühren das Schlimmste wäre, was er jetzt tun könnte.

Das Klagen hörte auf, ihr Kopf fiel nach vorn, hochrot und mit hängendem Kinn. Ihre Augen glitzerten von ungeweinten Tränen. »Sorgen Sie dafür, daß er gehängt wird«, sagte sie hart und klar.

Er nickte, nahm seine Zigaretten und zündete sich eine an. »Ich werde es versuchen.«

Sie schüttelte den Kopf. »Nicht versuchen. Tun Sie es, George Bennett. Wenn Sie nicht dafür sorgen, daß er stirbt, wird jemand anders es tun, und es wird dabei verdammt noch mal grausamer zugehen als beim Henker.« Ihre Heftigkeit schien ihre letzten Kraftreserven aufgebraucht zu haben. Sie wandte sich ab und sagte atemlos: »Jetzt gehen Sie.«

George stand langsam auf. »Ich werde morgen wiederkommen, um Ihre Aussage aufzunehmen. Wenn Sie etwas brauchen, egal was, können Sie mich auf der Wache erreichen.« Er suchte in seiner Jackentasche nach seinem Notizbuch und kritzelte seine private Nummer auf eine herausgerissene Seite. »Wenn ich nicht da bin, rufen Sie mich zu Hause an. Jederzeit. Es tut mir leid.«

Er ging rückwärts auf die Tür zu und griff blind nach der Klinke. Er schloß die Tür hinter sich und lehnte sich an die Wand, der Rauch der Zigarette stieg an seinem Arm entlang in kleinen Wirbeln nach oben. Der Klang der Stimmen vom anderen Ende des Flurs führte ihn in das trostlose Zimmer, wo die anderen Frauen aus Scardale Tommy Clough umlagerten. »Zum Teufel mit dem Gehilfen, hier kommt der Boss«, sagte Maureen Carter, als sie George sah. »Sagen Sie es uns. Werden Sie den Mistkerl Hawkin aufhängen?«

»Solche Entscheidungen treffe nicht ich, Mrs. Carter«, erwiderte George und versuchte zu verbergen, wie wenig er jetzt noch imstande war, zu argumentieren. »Darf ich vorschlagen, daß Sie Ihre Zeit und Ihre Energie besser für Ruth verwenden? Sie braucht Ihre Unterstützung. Wir werden sofort gehen, aber ein Posten wird über Nacht vor dem Nebengebäude stehen. Ich wäre dankbar, wenn Sie sich jetzt um Ruth versammeln und sich wirklich gut überlegen könnten, ob Ihnen noch irgend etwas Belastendes einfällt, das uns helfen würde, den Fall voranzubringen.«

»Er hat recht, laßt ihn in Ruhe«, sagte Ma Lomas unerwartet. »Er ist noch ein Junge und hat für einen Tag viel hinter sich. Kommt, Mädels. Wir sollten uns um Ruth kümmern.« Sie scheuchte sie vor sich aus der Tür, dann drehte sie sich zu ihrer unvermeidlichen Abschiedspointe um. »So leicht kommen Sie uns nicht noch mal davon, Junge. Es ist Zeit, sich zusammenzureißen.« Sie schüttelte den Kopf. »Ich gebe die Schuld dem alten Squire. Er hätte es wissen müssen. Eine halbe Stunde mit Philip Hawkin, und man weiß eines mit Sicherheit: Wer sich gegen den nicht wehrt, der wird sich niemals wehren.« Die Tür schloß sich hinter ihr mit einem scharfen Klicken.

Als wäre es choreographisch festgelegt, sanken George und Clough auf zwei Stühle, die sich gegenüber standen, und ihre Mienen waren so erschöpft wie ihr Inneres ausgelaugt. »Ich will das nie mehr tun müssen«, seufzte George und stieß eine Rauchwolke aus. Er sah sich nach einem Aschenbecher um, fand aber unter den Nippesfiguren nichts Geeignetes. Er beschloß, die heiße Asche mit den Fingern in den leeren Kamin zu schnippen.

»Kann aber sein, daß Sie es doch noch mal tun müssen, bevor Sie pensioniert werden«, sagte Clough. Im Flur klingelte ein Telefon. Beim sechsten oder siebten Klingeln nahm jemand ab. Ein fragendes Murmeln, dann näherten sich Schritte vor der Wohnzimmertür. Diane Lomas steckte den Kopf herein und sagte. »Es ist für den Inspector. Jemand, der Carver heißt.«

Erschöpft zog sich George aus dem Sessel hoch und ging durch den Raum. Er hob den Hörer und sagte: »DI Bennett.«

»Was, zum Teufel, treiben Sie denn, Bennett? Alfie Naden ist hier und liest mir die Leviten und behauptet, wir hätten seinen Klienten einfach mir nichts, dir nichts eingesperrt und ihn schmoren lassen, während Sie irgendwo in Derbyshire herumgeistern und wieder mal einem Hirngespinst nachjagen.«

Und wie, fragte sich George, hatte der teuerste Anwalt der Stadt überhaupt erfahren, daß Philip Hawkin inhaftiert war? Cragg war ein unfähiger Trottel, aber er hätte nicht ohne seine Einwilligung den Rechtsanwalt angerufen. Es sah so aus, als hätte Carver nichts aus dem Tod von Peter Crowther gelernt und einfach wieder nach seinem Gutdünken gehandelt. George hielt eine zornige Antwort zurück und sagte: »Ich wollte gerade zur Wache zurückkommen und gegen Mr. Hawkin Anklage erheben.«

»Weswegen? Naden sagte, Sie hätten Hawkin mitgeteilt, er sei wegen Mordverdacht verhaftet. Sie haben keinen Mord, dessen Sie ihn anklagen können!« Carvers aufdringlicher Midlands-Akzent wurde immer ausgeprägter, wenn er unter Druck stand. George erkannte die Anzeichen, daß dieser Mann hier kurz davor war, die Beherrschung zu verlieren. Das hatten sie nun gemeinsam.

Er schluckte seinen Ärger hinunter und sagte ruhig: »Ich werde ihn der Vergewaltigung anklagen, Sir. Für den Anfang. Das sollte uns genug Freiraum geben, die Staatsanwaltschaft zu fragen, wie die Möglichkeiten einer Mordanklage ohne Leiche sind.«

Ein Moment benommenen Schweigens folgte. »Vergewaltigung?« Ungläubigkeit ließ das Wort noch länger klingen.

»Wir haben Fotos als Beweismittel, Sir. Glauben Sie mir, sie sind knallhart und stichhaltig. Also, wenn Sie mich entschuldigen, Sir. Ich muß jetzt gehen. Ich werde in etwa einer halben Stunde im Büro sein und Ihnen dann das Beweismaterial vorlegen.« George legte leise den Hörer auf und drehte sich um, wo Bob Lucas in der Tür des Arbeitszimmers stand. »DCI Carver möchte, daß wir nach Buxton zurückkommen«, sagte er. »Und ich muß diese Umschläge mitnehmen. Kann ich es Ihnen überlassen, für die Nacht eine Wache vor der Dunkelkammer zu organisieren?«

»Ich erledige das, Sir. Nur noch kurz: Wir haben jedes Buch im Arbeitszimmer durchgesehen, und es sind nirgends Fotos zu finden. Wir werden aber weitersuchen. Viel Glück mit Hawkin.« Sein Kopf mit den glatten Haaren nickte kurz und fürsorglich. »Wollen wir hoffen, daß er es Mrs. Hawkin nicht so schwer macht und sich entschließt, ein Geständnis abzulegen.«

»Irgendwie glaub ich das nicht, Bob«, sagte Clough von der Flurtür her. »Der ist viel zu großspurig dazu.«

»Das bringt mich auf etwas: Sie will nicht, daß wir sie weiter Mrs. Hawkin nennen. Ich denke, wir sprechen sie mit Mrs. Carter an«, seufzte George. »Sagt es weiter.« Er strich sich über sein immer noch nasses Haar. »Also dann, gehen wir und geben wir's dem Scheißkerl.«

4

Die Fotos brachten Carver zum Schweigen. George schätzte, es war nicht das letzte Mal, daß sie diese Wirkung haben würden. Carver starrte sie an, als könne er die Bilder irgendwie auslöschen und sie durch die Postkartenidylle von Scardale ersetzen, die Hawkin in den Geschäften der Gegend verkaufte. Dann wandte er sich plötzlich ab. Er zeigte auf ein Blatt Papier. »Nadens Privatnummer. Er wird dabeisein wollen, wenn Sie den Gefangenen vernehmen.« Er stand auf und nahm seinen Mantel vom Haken an der Wand hinter seinem Schreibtisch.

»Sie bleiben nicht zur Vernehmung, Sir?« fragte George bestürzt.

»Es war von Anfang an Ihr Fall. Sie sollten ihn zu Ende bringen«, sagte Carver distanziert. »Tun Sie es, Sie und Clough.«

»Aber Sir«, begann George. Er wollte sagen, daß er noch nie etwas so Schwerwiegendes übernommen, noch nie eine Vernehmung geleitet hatte, wo es so wenig gab, worauf er sich stützen konnte, und daß es Carvers Aufgabe als Detective Chief Inspector sei, die Situation in die Hand zu nehmen. Er verstummte, als er begriff, daß Carver seine Schäfchen ins trockene bringen wollte für den Fall, daß die Anklage sich als unhaltbar erwies. Da wollte er nicht dabeisein.

»Aber was?«

»Nichts, Sir.«

»Worauf warten Sie also? Ich kann mein Büro nicht abschließen, wenn mein Mitarbeiter mittendrin steht, oder?«

»Tut mir leid, Sir.« George nahm den Zettel von Carvers Schreibtisch. Er wandte ihm den Rücken zu und ging ins große Büro hinaus. »Sergeant«, rief er Clough zu, »schnappen Sie sich Ihren Mantel. Lassen Sie uns gehen.«

Überrascht tat Clough, was ihm gesagt wurde. Carver sah ihn böse an. »Wohin gehen Sie denn? Sie haben einen Gefangenen, den sie verhören und dem sie sein Vergehen zur Last legen müssen.«

»Ich rufe Mr. Naden an und bitte ihn, in einer Stunde hierzusein. Dann nehme ich Sergeant Clough zu einem anständigen Essen mit mir nach Hause. Wir haben beide seit dem Frühstück nichts mehr gegessen, und für eine wichtige Vernehmung brauchen wir mehr als Nikotin und Koffein, um uns bei Kräften zu halten, Sir«, sagte George seelenruhig.

Carver erwiderte spöttisch: »Hat man Ihnen das an der Universität beigebracht?«

»Nein, Sir, das ist etwas, was ich von Superintendent Martin gelernt habe. Er sagt, man sollte nie seine Truppen mit hungrigem Magen in die Schlacht schicken.« George lächelte. »Also, wenn Sie uns entschuldigen, Sir, wir haben noch Arbeit.« Er wandte sich ab und ergriff den Hörer. Er fühlte, wie sich Carvers Blick in seinen Rücken bohrte, während er wählte. »Hallo? Mr. Naden? Hier Detective Inspector Bennett von der Kriminalpolizei in Buxton. Ich habe vor, Ihren Klienten in einer Stunde zu befragen, mit dem Verdacht auf Mord und Vergewaltigung. Ich wäre Ihnen sehr verbunden, wenn Sie dann hiersein könnten ... Gut, also bis dann. Danke.« Er beendete den Anruf, indem er die Gabel drückte und dann neu wählte. »Anne, ich bin's.« Er wandte sich um und starrte Carver demonstrativ an, der verächtlich schnaubte und mit großen Schritten zur Treppe ging.

Genau eine Stunde später wurde Alfie Naden ins Vernehmungsbüro geführt. Er sah aus wie der Prototyp eines erfolgreichen Anwalts vom Lande: Sein kleiner Bauch war von einem dreiteiligen, gut sitzenden Anzug aus tadellosem dunklem Kammgarn umschlossen. Die Goldrandlesebrille saß auf einer fleischigen Nase und wurde von roten Wangen flankiert. Seine Glatze glänzte unter den Lampen, und sein Kinn war so glatt, als hätte er sich gerade rasiert, bevor er zu diesem Abendtermin kam. Man hätte ihn leicht mit einem Kürbis verwechseln können, wären da nicht seine Augen gewesen. Klein und dunkel glitzerten sie wie die Glasaugen eines altertümlichen Teddybärs. Sie standen selten still, außer wenn er prüfend einen Zeugen betrachtete, und es entging ihnen nichts. Er war ein gewitzter Gegner, und George wünschte, Hawkin hätte sich in der Gegend nicht gut genug ausgekannt, um diesen Mann zu beauftragen.

Nachdem Clough Hawkin von den Zellen heraufgeführt hatte, brachten sie die Formalitäten hinter sich. Hawkin schwieg, und seine Lippen kräuselten sich leicht angewidert. Er sah genauso ordentlich und selbstbewußt aus wie um zehn Uhr morgens.

George verlas ihm seine Rechte und sagte dann: »Nach Ihrer Verhaftung wegen Mordverdachts heute morgen habe ich einen Durchsuchungsbefehl von den Richtern des High-Peak-Gerichts erhalten.« Er händigte den Durchsuchungsbefehl an Naden aus, der ihn sorgfältig betrachtete und kurz nickte. »Meine Kollegen und ich haben heute nachmittag die Durchsuchung in Scardale Manor durchgeführt. Im Verlauf dieser Suche haben wir im Nebengebäude, das Sie zu einer Dunkelkammer umgebaut haben, einen in den Boden versenkten Safe entdeckt. Als der Safe mit einem Schlüssel, der in Ihrem Arbeitszimmer im Gutshaus versteckt war, geöffnet wurde, haben wir sechs braune Umschläge gefunden.«

»Sechs?« warf Hawkin ein.

»Sechs Umschläge, die gewisse Abzüge und Fotonegative ent-

hielten, auf Grund deren ich Ihnen, Philip Hawkin, Vergewaltigung vorwerfe.«
Während George diese förmlichen Sätze sprach, zeigte Hawkins Gesichtsausdruck keine Anzeichen einer Veränderung. Er würde also nicht einknicken, dachte George. Er denkt, er ist mit dem Mord noch einmal davongekommen, und so wird er sich auf die Zunge beißen und die bittere Pille schlucken, was die Vergewaltigung betrifft.
»Dürfen wir die Beweise sehen?« sagte Naden ruhig.
George sah Hawkin fragend an. »Wollen Sie wirklich, daß Ihr Anwalt die Fotos sieht? Ich meine, Mr. Naden ist der beste Anwalt, den wir in unserer Gegend haben. Wenn ich Sie wäre, würde ich es nicht riskieren, daß er sich zurückzieht.«
»Mr. Bennett«, warnte Naden.
»Er kann mich nicht verteidigen, wenn er nicht weiß, was ihr Gauner zusammengeschustert habt«, sagte Hawkin. Seine Ausdrucksweise war seit dem Morgen, als er noch seine herablassende Art zur Schau getragen hatte, um einige Stufen auf der sozialen Leiter nach unten gerutscht.
George öffnete eine Mappe, die vor ihm lag. In der Stunde, die sie weg gewesen waren, hatte Cragg jedes Foto und jeden Streifen mit Negativen in einzelne Plastikhüllen gesteckt. Der Kollege von der Nachtschicht hatte sie alle etikettiert. Morgen würde die Spurensicherung sie zur Verfügung haben, danach die Fotoabteilung Kopien der Negative machen. Aber heute abend mußte George an den Beweisstücken festhalten.
Schweigend legte er das erste Foto von Alison vor Hawkin und Naden hin. Hawkin schlug die Beine übereinander und sagte: »Haben Sie mir Kippen gebracht?«
Naden riß seinen entsetzten Blick von dem Foto los und sah Hawkin an, als sei er ein Wesen von einem anderen Stern. »Was?« fragte er matt.
»Kippen. Sie sind mir ausgegangen«, sagte Hawkin.
Naden blinzelte ein dutzendmal sehr schnell hintereinander und machte dann seine Aktentasche auf. Er nahm eine Packung

Benson & Hedges heraus, die noch in der Cellophanhülle steckte, und warf sie Hawkin hin. George legte die Bilder systematisch eins nach dem anderen vor Naden hin, aber Hawkin schaute demonstrativ kein weiteres Foto mehr an. Der Anwalt schien wie gebannt von dem Spektrum von Entwürdigung und Schmutz, das vor ihm ausgebreitet wurde. Als das letzte Foto vor ihm lag, räusperte er sich.

»Sie haben sie getürkt«, sagte Hawkin. »Jedermann weiß, daß man Fotos fälschen kann. Meine Stieftochter ist verschwunden, und sie haben sie nicht finden können, und jetzt wollen sie mir das anhängen, damit sie besser dastehen.«

»Wir haben auch die Negative«, sagte George mit tonloser Stimme.

»Negative kann man auch fälschen«, erwiderte Hawkin hochnäsig. »Zuerst türkt man das Foto, dann fotografiert man es. Bingo, man hat ein Negativ, von dem man Abzüge machen kann.«

»Leugnen Sie, daß Sie Alison Carter vergewaltigt haben?« fragte George ungläubig.

»Ja«, sagte Hawkin bestimmt.

»Wir haben auch ein blutbeflecktes Hemd sichergestellt, das in allen Einzelheiten identisch ist mit den Hemden, die Sie von einem Londoner Schneider nach Maß anfertigen lassen. Es war ebenfalls in Ihrer Dunkelkammer versteckt.«

Hawkin schien endlich erschrocken. »Was?«

»Das Hemd war vorn sehr stark mit Blut befleckt, vor allem die Ärmel und die Manschetten. Ich nehme an, wenn wir es untersuchen, wird es genau zu dem Blut passen, das wir zuvor an Alisons Unterwäsche gefunden haben.«

»Was für ein Hemd? In der Dunkelkammer war kein Hemd«, rief Hawkin, beugte sich vor und stieß die Zigarette in die Luft, um das Gesagte zu unterstreichen.

»Dort wurde es gefunden. Zusammen mit der Waffe.«

Hawkins Augen wurden immer größer. »Was für eine Waffe?«

»Ein Webley-Revolver .38 Kaliber. Genau wie der, der dem Nachbarn Ihrer Mutter vor zwei Jahren gestohlen wurde.«
»Ich habe keinen Revolver«, schwadronierte Hawkin. »Sie machen einen großen Fehler, Bennett. Sie mögen denken, Sie kommen damit durch, daß Sie mir das anhängen, aber Sie sind nicht so clever, wie Sie denken!«
Georges Lächeln war so eisig wie der Wind, der draußen pfiff. »Sie sollten wissen, daß ich beabsichtige, diese Erkenntnisse dem Oberstaatsanwalt in dem festen Glauben vorzulegen, daß er uns erlauben wird, Sie des Mordes anzuklagen«, fuhr er unerbittlich fort.
»Das ist ein Skandal!« explodierte Hawkin. Er drehte sich auf dem Stuhl zur Seite und richtete seine Wut gegen seinen Anwalt. »Sagen Sie ihnen doch, sie können das nicht machen. Sie haben doch nur ein paar gefälschte Bilder. Sagen Sie es ihnen!«
Naden sah aus, als wünschte er, er sei zu Hause geblieben. »Ich muß Ihnen raten, nichts mehr zu sagen, Mr. Hawkin.« Hawkin machte den Mund auf, um zu widersprechen. »Nichts mehr, Mr. Hawkin«, wiederholte Naden mit einer Härte in der Stimme, die ganz im Gegensatz zu seinem jovialen Äußeren stand. »Mr. Bennett, mein Mandant wird zu diesem Zeitpunkt keine weiteren Aussagen machen, noch wird er Ihre Fragen beantworten. Und ich benötige ein Gespräch mit meinem Mandanten unter vier Augen. Ansonsten werden wir uns morgen früh vor den Richtern sehen.«

* * *

George saß da und starrte auf die Schreibmaschine. Er mußte einen Bericht über den Vergewaltigungsvorwurf für den Inspector der Schutzpolizei schreiben, der die Angelegenheiten mit dem Friedensgericht erledigte. Es war ein einfaches Gesuch um weiteren Verbleib in Untersuchungshaft, aber da Alfie Naden den Squire von Scardale vor der lokalen Prominenz verteidigen würde, wollte George absolut nichts riskieren. Dabei war es nicht besonders hilfreich, daß sein Kopf vor Schmerzen fast zersprang, so daß er kaum der Versuchung widerstehen konnte, ein Auge zuzumachen, um sie etwas zu lindern.

Er seufzte und zündete sich noch eine Zigarette an. »Gründe gegen eine Freilassung auf Kaution«, murmelte er.

Ein durchdringendes Klopfen an der Tür. So spät am Abend war es wahrscheinlich jemand von der Nachtschicht, der sich seiner erbarmte und ihm eine Tasse Tee brachte. »Herein«, rief er.

Superintendent Martin, der Polizeichef, stieß die Tür auf; statt der Uniform trug er einen tadellosen Smoking. »Ich hoffe, ich störe nicht?« fragte er.

»Sie sind eine willkommene Unterbrechung, Sir«, erwiderte George und meinte es ehrlich.

Martin setzte sich George gegenüber und holte einen silbernen Flachmann aus seiner Gesäßtasche. »Haben Sie etwas, woraus man trinken könnte?« fragte er.

George schüttelte den Kopf. »Nicht einmal eine schmutzige Tasse. Tut mir leid.«

»Macht nichts. Dann machen wir es eben wie im Schützengraben«, sagte Martin, trank einen Schluck aus der Flasche, wischte die Öffnung ab und gab die Flasche George. »Bitte. Ich wette, Sie können es brauchen.«

Dankbar trank George einen Schluck Brandy. Er schloß die Augen und genoß das Brennen, das durch seine Kehle rann und ihm die Brust wärmte. »Ich wußte nicht, daß Sie Qualitäten als Mediziner haben. Das ist genau das, was der Arzt verordnet ...«

»Ich war bei einem Essen der Freimaurer. DCI Carver war auch da. Er erzählte mir, was Sie planen.« Martin sah ihn ruhig und fest an. »Ich hätte es lieber von Ihnen gehört.«

»Alles ... ist heute ziemlich schnell gegangen. Ich war beunruhigt wegen der Sache mit dem Foto in der Zeitung von letzter

Woche. Ich dachte, man müßte die Angelegenheit noch weiter untersuchen. Aber ich hatte nur vor, Hawkin zu befragen, um zu sehen, ob ich ihn aus der Fassung bringen und vielleicht erreichen könnte, daß er einen Fehler machte. Als dann seine Frau anrief ... ich dachte daran, zu Ihnen zu kommen, bevor wir das Gutshaus durchsuchten, aber dann hätte ich die Richter verpaßt, und Sie wissen ja, wie schwierig manche von ihnen sein können, wenn sie in der Zeit, die sie als ihre Freizeit ansehen, Durchsuchungsbefehle unterschreiben sollen. Da ... bin ich einfach losgegangen.«

»Und was haben Sie nun eigentlich vor?«

»Ich habe ihm Vergewaltigung zur Last gelegt. Er wird morgen früh wegen der Verlängerung der Untersuchungshaft vor den Richtern erscheinen. Ich erledige gerade die nötigen Formalitäten. Ich sollte Sie informieren, daß er sich von Alfie Naden verteidigen läßt, und er bereitet als Verteidigung die Behauptung vor, wir hätten die Fotos gefälscht, damit es aussehe, als hätten wir im Fall Alison Carter nicht völlig versagt.«

Martin prustete los. »Das wird ihm niemand abnehmen. Ich bezweifle, daß wir einen Fotografen oder die Ausrüstung haben, um etwas so Kompliziertes auszuhecken. Trotzdem wird es eine Menge Unruhe stiften, und er könnte damit durchkommen. Mit Geschworenen weiß man nie, und der Kerl sieht gut aus.« Er holte ein Zigarrenetui aus seiner Innentasche, lockerte die Krawatte und knöpfte den obersten Knopf seines Frackhemds auf. »So ist es besser«, sagte er. »Zigarre?«

»Ich bleibe bei meinen Zigaretten, danke.« Beide Männer fingen an zu rauchen.

Martin stieß eine blaue Rauchwolke aus. »Was liegt vor, das für Mord spricht? Erklären Sie es mir.«

George lehnte sich zurück. »Erstens: Wir wissen jetzt, daß er sich an seiner Stieftochter vergangen und pornographische Bilder von ihr gemacht hat. Zweitens: An dem Nachmittag, als sie verschwand, behauptet er, allein in seiner Dunkelkammer gewesen zu sein. Aber wir haben zwei Zeugen, die ihn gesehen haben, als er über das Feld ging – zwischen dem Wald, wo Alisons Hund gefunden wurde, und dem Wäldchen, wo es Anzeichen eines Kampfes mit ihr gab.«

»Verdächtig«, kommentierte Martin.

»Drittens, der Hund lebte in seinem Haushalt. Wenn jemand ihm das Maul hätte zukleben können, ohne gebissen zu werden, war es jemand, den der Hund kannte. Wir werden bei den Drogerien fragen müssen, ob jemand sich erinnert, ihm eine Rolle Heftpflaster verkauft zu haben. Viertens: Niemand im Dorf außer Ma Lomas gibt zu, jemals von der stillgelegten Bleimine gehört zu haben. Aber ein Buch, das die genaue Lage des Eingangs zur Mine beschreibt, wurde auf dem Regal in Hawkins Arbeitszimmer gefunden.«

»Verdächtig, aber nur ein Indiz.«

George nickte. »Alles nur Indizien. Aber andererseits, wie oft haben wir einen erhärteten Zeugenbericht zu einem Mord?«

»Das ist wahr. Lassen Sie mich den Rest hören.«

George hielt einen Moment inne, um seine Gedanken zu sammeln. »Okay, fünftens: Hawkin hat dieselbe Blutgruppe wie die Person, die Sperma auf Alisons Unterwäsche hinterlassen hat. An dem Kleidungsstück war auch Blut, das von derselben Blutgruppe wie Alisons ist und dem entspricht, das an dem Baum im Wäldchen gefunden wurde. Wir wissen, daß es Blut einer weiblichen Person war, weil es Barr-Körper enthielt. Man muß also vernünftigerweise annehmen, daß Alison von dem, der sie mißbraucht hat, zumindest verletzt, wenn nicht getötet wurde. Und wir wissen von den Fotos, daß Hawkin zu dieser Kategorie gehört. Sechstens: Alison wurde angeblich auf dem Foto einer Zuschauermenge auf einem Fußballplatz erkannt. Das entspricht ganz genau einem Zeitungsartikel über das in Manchester vermißte Mädchen, Pauline Reade. Ich glaube, er hat diese Geschichte als Mittel benutzt, um sich das Image eines besorgten und liebevollen

Vaters zu geben. Was ihm bis zu diesem Punkt noch nicht recht gelungen war, muß ich sagen.
Siebtens: Zwei Kugeln wurden in der Bleimine gefunden. Eine war noch so intakt, daß man feststellen konnte, sie stammt aus einem .38-kalibrigen Webley-Revolver. Eine entsprechende Waffe wurde aus einem Haus gestohlen, wo Hawkin vor zwei Jahren oft zu Gast war. Eine ähnliche Schußwaffe wurde in seiner Dunkelkammer gefunden, die Seriennummer war abgefeilt. Wir wissen noch nicht, ob der Mann, dessen Revolver gestohlen wurde, ihn als dieselbe Waffe erkennen kann. Und wir wissen auch noch nicht, ob dies der Revolver ist, aus dem die Kugeln in der Mine abgefeuert wurden. Aber wir werden es bald wissen.
Und schließlich haben wir das mit Blut befleckte Hemd. Es gleicht denen, die er in London nach Maß anfertigen läßt – bis hin zum Schild des Schneiders auf dem Kragen. Es ist voller Blut. Wenn dieses Blut zu dem anderen Blut paßt, das wir durch Indizienbeweise als das von Alison ermittelt haben, dann würde sich daraus ergeben, daß Hawkin sie überfallen hat.«
George hob die Augenbrauen. »Was meinen Sie?«
»Wenn wir eine Leiche hätten, würde ich sagen, wir sollten ihn wegen Mordes anklagen. Aber wir haben keine Leiche. Wir haben keinen schlüssigen Beweis, daß Alison Carter nicht noch lebt und wohlauf ist. Der Oberstaatsanwalt wird eine Mordanklage ohne Leiche nie schlucken.«
»Es hat solche Fälle schon gegeben«, protestierte George. »Haigh, der Säurebadmörder. Da gab es keine Leiche.«
»Es gab den Beweis, daß ein Körper beseitigt wurde, und gerichtsmedizinisch analysierte Spuren, die auf das Opfer hinwiesen, wenn ich mich recht erinnere«, sagte Martin.
»Es gab einen anderen Präzedenzfall mit noch weniger Beweisen. 1955. Ein polnischer Ex-Militär, der wegen Mordes an seinem Geschäftspartner verurteilt wurde. Die Anklage behauptete, er hätte die Leiche an die Schweine auf seiner Farm verfüttert. Die einzigen Hinweise, die sie hatten, waren Aus-

sagen der Freunde und Nachbarn, daß die beiden Männer Streit gehabt hätten. In der Küche des Farmhauses waren Blutflecken, der Geschäftspartner war spurlos verschwunden und hinterließ gerade mal sein Postsparbuch. Wir haben viel mehr. Es gibt keine Zeugen dafür, daß Alison Carter je wieder gesehen wurde, seit sie verschwand. Wir haben Beweise, daß sie sexuell mißbraucht wurde und daß sie eine beträchtliche Menge Blut verloren hat. Es ist nicht wahrscheinlich, daß sie noch lebt, oder?«

Martin lehnte sich zurück und ließ den Rauch seiner Zigarre in kleinen Wölkchen zur Decke steigen. »Es ist ein großer Unterschied zwischen ›nicht wahrscheinlich‹ und ›zweifelsfrei erwiesen‹. Auch mit dem Revolver. Wenn er sie aus der Nähe getötet hat, warum sind dann zwei Kugeln in der Wand?«

»Vielleicht ist sie ihm zuerst entkommen, und er hat auf sie geschossen, um ihr Angst einzujagen. Vielleicht hat sie sich gewehrt, und er hat sie mit den zwei Schüssen bedroht, um sie gefügig zu machen?«

Martin dachte nach. »Möglich. Aber die Verteidigung wird diese zwei Kugeln nutzen, um die Geschworenen zu verwirren. Und wenn er das Mädchen in der Mine getötet hat, warum hätte er dann ihre Leiche weggebracht?«

George strich sich das Haar aus der Stirn. »Ich weiß nicht. Vielleicht kannte er einen noch besseren Platz, um die Leiche zu verstecken. Muß er wohl, oder? Sonst hätten wir sie mittlerweile gefunden.«

»Wenn er also einen besseren Ort wußte, wo er die Leiche loswerden konnte, warum hinterließ er dann Spuren eines sexuellen Übergriffs in der Mine?«

George seufzte. So frustriert er von Martins Fragen auch war, er wußte, die Anwälte der Verteidigung würden noch hundertmal schlimmer sein. »Ich weiß nicht. Vielleicht hatte er einfach nicht die Gelegenheit. Er mußte sich zu Hause beim Abendessen zeigen und konnte es sich nicht leisten, ausgerechnet an diesem Abend später zu kommen. Und nach dem

Abendessen hatte sich die Neuigkeit über Alisons Verschwinden herumgesprochen, und er konnte nicht mehr zurückgehen?«
»Das ist mager, George.« Martin richtete sich auf und sah George in die Augen. »Es ist nicht genug. Sie werden ihre Leiche finden müssen.«

Erstes Buch

TEIL 3

Prozeß mit Schwierigkeiten

Die Untersuchungshaft

Es war in ein paar Minuten vorbei. Als George sich umsah, fiel ihm das Erstaunen auf den Gesichtern der Leute aus Scardale auf, die zahlreich erschienen waren. Sie waren gekommen, um sich einen elementaren Wunsch zu erfüllen: den Mann, dem sie die Rolle des Bösewichts zugedacht hatten, auf der Anklagebank zu sehen. Sie brauchten eine gewisse zeremonielle Feierlichkeit, um dieses Bedürfnis zu stillen, aber dort, in einem modernen Gerichtssaal, der eher wie die Aula einer Schule wirkte als das Old Bailey in Film und Fernsehen, gab es nichts, was diesem Bedürfnis Rechnung tragen konnte.

Alle Varianten der Scardale-typischen Gesichtszüge waren bei den sieben Männern und acht Frauen, die gekommen waren, vertreten – von Ma Lomas' gebogener Nase bis zu Brian Carters flächigem Gesicht. Bemerkenswert war, daß eine Person abwesend war: Ruth Carter selbst.

Die Presse war natürlich vertreten, wenn auch nicht so zahlreich, wie bei der Überstellung ans Gericht und der Verhandlung zu erwarten gewesen wäre. Man durfte in diesem Stadium so wenig berichten, daß es sich kaum lohnte, zu kommen. Um den Regeln der Unschuldsvermutung zu entsprechen, mußten die Redakteure jetzt, wo Hawkin etwas zur Last gelegt worden war, vorsichtig sein. Jede Andeutung, daß gegen ihn eine spätere Mordanklage erfolgen könne, war tabu.

Der Gefangene wurde in den Saal geführt, wo zwei Männer

und eine Frau, die Friedensrichter, auf der Richterbank saßen. Alfie Naden wartete schon und war bereit. Ebenso der Inspector von der Polizei, der den Fall dem Gericht vorlegte. Hawkin schien sich wohler zu fühlen als sie alle, sein frisch rasiertes Gesicht war das Abbild reiner Unschuld, sein schwarzes Haar glänzte im Schein der Lampen. Ein leises Murmeln aus den Zuschauerreihen wurde durch ein scharfes Wort des Gerichtsdieners beendet.

Der Protokollführer stand auf und faßte die Vorwürfe gegen Hawkin zusammen. Bevor er noch zu Ende gesprochen hatte, war Naden schon aufgestanden. »Euer Ehren, ich habe dem Gericht eine Vorlage zu machen. Wie Euer Ehren bekannt ist, ist es die Pflicht des Gerichts nach Absatz neununddreißig des Gesetzes zum Schutz von Kindern und Jugendlichen, die Identität Minderjähriger zu schützen, die Opfer von unzüchtigen strafbaren Handlungen wurden. Dies vor Augen, ist es üblich, daß das Gericht den Vertretern der Presse die Nennung des Namens des Angeklagten untersagt, da er indirekt die Möglichkeit bieten würde, das Opfer zu identifizieren, wenn eine familiäre Beziehung vorliegt, so wie es bei dieser Anschuldigung der Fall ist. Ich möchte deshalb Euer Ehren bitten, in diesem Fall eine solche Anordnung zu treffen.«

Als sich Naden setzte, erhob sich der Inspector wieder. Er hatte diese Möglichkeit schon mit George und Superintendent Martin besprochen. »Ich möchte einer solchen Eingabe widersprechen«, sagte er gewichtig. »Erstens wegen der Schwere der Umstände in diesem Fall. Wir glauben, daß dies nicht das erste Mal ist, daß der Angeklagte Kinder sexuell mißbraucht hat. Wenn sein Name veröffentlicht wird, kann dies dazu führen, daß sich andere Opfer bei uns melden.« Dieser Teil der Argumentation war kaum mehr als ein Versuchsballon; Craggs Bemühen, von den Kollegen in St. Albans etwas über Gerüchte zu erfahren, war ein eklatanter Mißerfolg gewesen. George wollte Clough zu einem zweiten Versuch dorthinschicken, aber im Moment hatten sie nichts weiter als Vermutungen.

»Zweitens«, fuhr der Inspector fort, »sieht die Anklage die Lage so, daß das Opfer des Überfalls nicht mehr am Leben ist und deshalb den Schutz des Gerichts nicht braucht.«

Den Leuten im Saal verschlug es den Atem. Von einer der Frauen aus Scardale war leises Stöhnen zu hören. Die Reporter sahen einander verblüfft an. Durften sie über diesen Ausspruch berichten, weil er in einer öffentlichen Sitzung des Gerichts gemacht worden war? Würde dics trotzdem als Mißachtung des Gerichts gelten? Würde es davon abhängen, wie die Entscheidung der Richter ausfiel?

Naden stand auf. »Euer Ehren«, protestierte er und war die Empörung selbst. »Dies ist eine skandalöse Behauptung. Es stimmt, daß das angebliche Opfer dieses angeblichen Überfalls zur Zeit von zu Hause verschwunden ist, aber der Hinweis der Polizei, daß das Mädchen tot sei, soll nur die Verunglimpfung meines Klienten in Gang setzen. Ich muß auf die Entscheidung drängen, daß Sie der Presse lediglich die Tatsache zu berichten erlauben, ein Mann sei der Straftat der Vergewaltigung verdächtigt worden.«

Die Richter steckten die Köpfe mit dem Protokollführer zusammen. George trommelte ungeduldig mit den Fingern auf sein Knie. Ehrlich gesagt war es ihm eigentlich egal, ob die Presse Hawkin nannte oder nicht. Das einzig Wichtige für ihn war, mit seinen Ermittlungen weiterzukommen.

Endlich räusperte sich der Vorsitzende. »Wir stimmen überein, daß für die Anhörung wegen Verlängerung der Untersuchungshaft der Presse die Nennung des Namens des Angeklagten untersagt wird. Jedoch braucht diese Entscheidung nicht für jede weitere Anhörung vor Eröffnung des Verfahrens und für die beteiligten Untersuchungsrichter verbindlich zu sein.«

Naden verbeugte sich dankend. »Ich bin Ihnen sehr verbunden«, sagte er.

Als der Termin für das Eröffnungsverfahren auf vier Wochen später festgesetzt wurde, sprang Naden wieder auf. »Euer Ehren, ich möchte bitten, die Frage der Kaution in Betracht zu ziehen. Mein Mandant ist ein rechtschaffenes Mitglied seiner Gemeinde, nicht vorbestraft und ohne jeden Makel, was seinen Charakter betrifft. Er betreibt ein großes Anwesen, und es steht außer Frage, daß seine Abwesenheit für seine Pächter eine beträchtliche Härte darstellen würde.«

»Quatsch!« brüllte eine Stimme aus dem hinteren Teil des Saals. George erkannte Brian Carter, dessen Gesicht vor Erregung tiefrot war. »Wir sind besser dran ohne ihn.«

Der vorsitzende Richter schien erstaunt. »Entfernen Sie diesen Mann sofort«, sagte er, empört über einen solchen Mangel an Respekt.

»Ich gehe sowieso«, rief Brian und sprang auf, bevor jemand zu ihm hingehen konnte. Er stürzte wütend hinaus, schlug die Tür hinter sich zu und hinterließ betroffenes Schweigen.

Der Vorsitzende holte tief Luft. »Wenn es weitere Ausbrüche geben sollte, werde ich den Gerichtssaal räumen lassen«, sagte er streng. »Bitte, fahren Sie fort, Mr. Naden.«

»Danke. Wie ich schon sagte, Mr. Hawkins Anwesenheit ist von großer Wichtigkeit für den ungehinderten Betrieb des Scardale-Gutes. Wie Sie gehört haben, wird seine Stieftochter vermißt, und er sieht seinen Platz an der Seite seiner Frau, der er Trost und Beistand leisten will. Er ist kein gewissenloser Straftäter, der von Ort zu Ort zieht. Er hat nicht die Absicht, den Zuständigkeitsbereich des Gerichts zu verlassen. Ich bitte unter diesen außergewöhnlichen Umständen dringend um die Freilassung gegen Kaution.«

Der Inspector stand langsam auf. »Euer Ehren, die Polizei spricht sich gegen eine Freilassung gegen Kaution aus, mit der Begründung, daß der Angeklagte genügend finanzielle Mittel hat und wir ein Fluchtrisiko nicht ausschließen können. Er hat keine tiefen Wurzeln in dieser Gegend, da er erst nach dem Tod seines Onkels vor etwas mehr als einem Jahr hierhergezogen ist. Wir befürchten auch eine eventuelle Beeinflussung von Zeugen. Viele potentielle Zeugen der Anklage sind nicht nur seine Pächter, sondern auch seine Angestellten, und es liegt eine reale Gefahr der Einschüchterung vor. Aus der Sicht der Polizei geht es um eine äußerst schwere Straftat, und es ist wahrscheinlich, daß sich in der nahen Zukunft weitere schwerwiegende Vorwürfe gegen den Beschuldigten ergeben werden.«

George war erleichtert, als er sah, daß die Richterin entschieden und zustimmend zu jedem Argument des Inspectors nickte. Falls die anderen unentschieden wären, dachte er, würde ihre Überzeugung ausreichen, sie umzustimmen. Als sie sich zurückzogen, um ihre Entscheidung zu besprechen, begann wieder eine murmelnde Diskussion auf den Bänken der Presse. Die Abordnung aus Scardale saß beharrlich und schweigend da, ihre Augen schienen Löcher in Philip Hawkins Nacken zu bohren. Hawkin selbst war ins Gespräch mit seinem Anwalt vertieft.

George wünschte, er könnte rauchen.

Innerhalb von ein paar Minuten kamen die Richter wieder an ihren Platz zurück. »Freilassung auf Kaution ist abgelehnt«, sagte der Vorsitzende bestimmt. »Bringen Sie den Gefangenen hinunter.«

Als Hawkin an George vorbeikam, warf er ihm einen Blick voller Gehässigkeit zu. George schien durch ihn hindurchzusehen.

Daily News, Donnerstag, 6. Februar 1964, S. 2

Mann erscheint vor Gericht

Über einen Mann, dem Vergewaltigung angelastet wird, wurde bei einer Sitzung der Richter des Kreisgerichts High Peak weiterhin Untersuchungshaft verhängt. Der Mann, der aus juristischen Gründen nicht genannt werden darf, wohnt im Dorf Scardale in Derbyshire.

Die Mordanklage

Es war seltsam, dachte George, daß alle Amtsstuben so gleich aussahen. Irgendwie hatte er sich die Büroräume des Oberstaatsanwalts so großartig wie seinen Titel vorgestellt. Obwohl der Unterschied zwischen dem Gebäude im Regency-Stil am Queen-Anne-Tor und dem modernen, quadratischen Backsteingebäude, in dem die Unterabteilung der Kreispolizei von Buxton untergebracht war, nicht größer hätte sein können, bestand die Innenausstattung aus dem üblichen Mobiliar wie in allen staatlichen Ämtern. Der Anwalt, den er und Tommy Clough vier Tage nach der Anhörung trafen, war in einem Raum untergebracht, der seinem eigenen Büro so sehr glich, daß es fast verwirrend war. Akten waren auf Aktenschränken aufgetürmt, ein paar juristische Handbücher standen auf dem Fensterbrett, und der Aschenbecher quoll über. Auf dem Boden lag die gleiche Art von Linoleum, die Wände waren in demselben getönten Weiß gestrichen.

Jonathan Pritchard entsprach genausowenig seinen Erwartungen. Er war Mitte Dreißig und hatte karottenrotes, widerspenstiges Haar. Es stand in Büscheln und Wirbeln vom Kopf ab und bauschte sich an einer Seite der Stirn zu einer Art Kamm. Seine Gesichtszüge waren ebenso unregelmäßig. Die Augen, blaugrau wie nasser walisischer Schiefer, waren rund, hatten goldene Wimpern und standen weit auseinander. Seine lange, knochige Nase bog sich am Ende plötzlich nach links, und sein

Mund wirkte mit seinem schiefen Winkel etwas ironisch. Das einzig Ordentliche an ihm war sein untadeliger dunkelgrauer Nadelstreifenanzug, sein blendend weißes Hemd und eine perfekt gebundene Krawatte des Garderegiments. »Also«, begrüßte sie der Anwalt und sprang auf, »Sie sind die Leute ohne Leiche. Kommen Sie, setzen Sie sich. Ich hoffe, Sie haben sich vorher versorgt, hier gibt es absolut keine Chance auf eine anständige Tasse Kaffee.« Er blieb höflich stehen, bis George und Clough Platz genommen hatten, und ließ sich dann auf seinem abgenutzten Drehstuhl nieder. Er holte noch einen Aschenbecher aus einer Schublade hervor und schob ihn zu ihnen hinüber. »Das ist alles, was wir an Gastlichkeit zu bieten haben«, sagte er bedauernd. »Also wer ist wer?«

Sie stellten sich vor. Pritchard notierte etwas auf einem Block. »Verzeihen Sie«, sagte er. »Aber ist es nicht ziemlich ungewöhnlich, daß ein so wichtiger Fall von einem Detective Inspector bearbeitet wird? Besonders von einem Detective Inspector, der erst seit fünf Monaten in dieser Position ist?«

George unterdrückte einen Seufzer und zuckte die Schultern. »Der Detective Chief Inspector hatte zu der Zeit, als das Mädchen verschwand, einen Gips wegen eines Knöchelbruchs, so daß ich den Einsatz leitete und direkt Superintendent Martin unterstand. Er ist der Ranghöchste der Polizei in Buxton. Als der Fall sich dann weiterentwickelte, wollte man bei der Grafschaftspolizei einen Kriminalbeamten mit mehr Erfahrung einsetzen, aber der Superintendent weigerte sich. Er sagte, er wollte es von seinen eigenen Leuten geregelt haben.«

»Sehr löblich, aber sicher waren Ihre Beamten in der Grafschaftsbehörde nicht besonders erfreut darüber?« fragte Pritchard.

»Darüber weiß ich nichts, Sir.«

Clough beugte sich vor. »Der Superintendent hat beim Militär zusammen mit dem stellvertretenden Polizeipräsidenten gedient, Sir. Die Leute an der Spitze wissen, sie können seinem Urteil trauen.«

Pritchard nickte. »Ich war selbst Militäranwalt. Ich weiß, wie das läuft.« Er nahm eine Schachtel Zigaretten, Black Sobranie, aus seiner Tasche und zündete sich eine an. George konnte sich vorstellen, was für einen Eindruck es im Besprechungszimmer der Anwälte in Buxton machen würde, wenn es so laufen würde, daß Pritchard die Anklage beim Eröffnungsbeschluß übernähme. Gott sei Dank würden die Richter nicht dabeisein.
»Ich habe die Unterlagen zu dem Fall gelesen«, sagte Pritchard. »Und ich habe die Fotos gesehen.« Unwillkürlich schauderte er leicht. »Sie gehören wirklich mit zum Abstoßendsten, was mir je untergekommen ist. Ich habe keinen Zweifel, daß wir allein aufgrund der Fotos eine Anklage wegen Vergewaltigung erreichen werden. Was wir jetzt besprechen müssen, ist die Frage, ob wir genug Beweise haben, um weiter für eine Mordanklage zu plädieren. Das Haupthindernis ist natürlich das Fehlen einer Leiche.«
George öffnete den Mund, aber Pritchard hob warnend einen Finger, er wolle weitersprechen. »Wir müssen jetzt das Corpus delicti sezieren – nicht, wie die meisten Leute meinen, die Leiche des Opfers, sondern vielmehr die Leiche des Verbrechens, das heißt, die wesentlichen Bestandteile eines Verbrechens und die Umstände, unter denen es begangen wurde. Im Fall eines Mordes muß die Anklage nachweisen, daß ein Tod vorgekommen ist, daß die tote Person die Person ist, von der behauptet wird, sie sei getötet worden, und daß der Tod das Resultat einer strafbaren Gewalttat war. Am leichtesten ist es, das zu beweisen, wenn man eine Leiche hat, würden Sie nicht auch meinen?«
»Es gibt aber frühere Fälle von Verurteilungen wegen Mordes auch ohne Leiche«, sagte George. »Haigh, der Säurebadmörder, und James Camb. Und Michael Onufrejczyk, der Schweinezüchter. Das ist der Fall, bei dem der Lordoberrichter feststellte, die Tatsache des Todes könne durch Indizien bewiesen werden. Wir haben doch sicher genug Indizien, daß es sich lohnt, Klage zu erheben?«

Pritchard lächelte. »Ich sehe, Sie haben die maßgeblichen Präzedenzfälle studiert. Ich muß sagen, Inspector Bennett, ich finde die Umstände dieses Falls äußerst faszinierend. Man kann nicht leugnen, daß er mit anscheinend sehr gravierenden Problemen aufwartet. Es gibt jedoch, wie Sie richtig bemerken, eine beträchtliche Menge Indizien. Wenn wir also kurz die Beweislage durchsprechen könnten?«

Zwei Stunden lang überprüften sie jedes Detail, das darauf hinwies, daß Philip Hawkin seine Stieftochter ermordet hatte. Pritchard hinterfragte alles genau und intelligent, forschte immer wieder nach und versuchte, die Schwächen in der Beweiskette aufzudecken. Der Anwalt verriet wenig von seiner persönlichen Einschätzung ihrer Erklärungen, aber er war offenbar fasziniert.

»Es gibt noch etwas, ein Ergebnis, das nicht in Ihren Unterlagen stand«, schloß Clough. »Wir haben erst gestern am späten Nachmittag den Bericht bekommen. Das Blut an dem Hemd ist von Alisons Blutgruppe, und es stammt von einer Frau, genau wie das andere Blut. Aber am Hemd gibt es auch versengte Stellen und Pulver, was darauf hinweist, daß eine Waffe aus großer Nähe abgefeuert worden ist. Und es steht außer Frage, daß es Hawkins Hemd ist.«

»Alles Wasser auf Ihre Mühlen, Sergeant. Sogar ohne die neuesten Beweisstücke gibt es für mich wenig Zweifel, daß Hawkin das Mädchen umgebracht hat. Aber die Frage bleibt bestehen, ob wir einen Fall mit genug Tatsachen und Argumenten haben, um die Geschworenen zu überzeugen.« Pritchard fuhr sich mit der Hand durchs Haar und ließ es noch wirrer erscheinen. George verstand, warum er sich dafür entschieden hatte, Anwalt zu werden; mit einer Perücke aus Roßhaar würde er fast normal aussehen. Und obwohl es sich nicht leugnen ließ, daß er der Upper Class entstammte, war sein Akzent nicht so abgehoben, daß es auf die Geschworenen befremdlich wirkte.

»Wo immer die Leiche ist, es ist ihm gelungen, sie gut zu

verstecken. Wir werden sie nicht finden, außer es stolpert jemand durch Zufall darüber. Ich glaube, wir werden nicht viel mehr zusammenbringen als das, was wir schon haben«, sagte George und versuchte, nicht so niedergeschlagen zu klingen, wie er sich immer fühlte, wenn Annes unruhiger Schlaf ihn frühmorgens aufweckte und er wach lag und vor sich hin grübelte.

Pritchard rutschte auf seinem Stuhl von links nach rechts. »Trotzdem ist es eine faszinierende Aufgabe, nicht wahr? Ich kann mich an keinen Fall erinnern, der mich in letzter Zeit so in Fahrt gebracht hätte. Was für ein Kräftemessen kluger Köpfe! Ich muß leider zugeben, die Arbeit an dem Fall könnte großen Spaß machen.«

»Würden Sie dann die Anklage vertreten?« fragte Clough.

»Weil es offensichtlich ein kontroverser Fall sein wird, müßten wir einen Anwalt der Krone nehmen, sowohl für die Anhörung zum Eröffnungsbeschluß als auch für den eigentlichen Prozeß. Aber ich wäre jedenfalls gern sein Mitarbeiter und würde weitgehend dafür verantwortlich sein, den Fall vorzubereiten. Ich muß sagen, ich bin dafür, die Sache zügig voranzutreiben.« Erneut hob er mahnend einen Finger. »Aber das heißt nicht, daß Sie gleich Anklage erheben können. Ich werde dies hier dem Oberstaatsanwalt selbst vorlegen und ihn überzeugen müssen, daß wir uns nicht der Lächerlichkeit aussetzen, wenn wir den Fall weiterverfolgen. Ich bin sicher, Sie wissen, wie sehr unsere Vorgesetzten es verabscheuen, der Lächerlichkeit preisgegeben zu sein«, fügte er mit einem ironischen Lächeln hinzu.

»Wann bekommen wir Bescheid?« fragte George.

»Bis Ende der Woche«, antwortete Pritchard bestimmt. »Er wird wochenlang darauf sitzen wollen, aber der Zeitfaktor ist wichtig, finde ich. Ich werde Sie spätestens am Freitag anrufen.« Pritchard stand auf und streckte die Hand aus. »Inspector, Sergeant.« Er schüttelte ihnen die Hand. »Es war mir ein Vergnügen. Daumen drücken, ja?«

Daily News, Montag, 17. Februar 1964, S. 1

Mordanklage im Fall des vermißten Mädchens

Von einem Mitarbeiter unserer Redaktion

Eine neue, sensationelle Wende gab es gestern abend, als dem siebenunddreißigjährigen Philip Hawkin der Mord an seiner Stieftochter, der verschwundenen Schülerin Alison Carter, zur Last gelegt wurde.
Ungewöhnlich ist dies deshalb, weil Alisons Leiche nicht gefunden wurde. Die hübsche Blondine, 13, ist nicht mehr gesehen worden, seit sie am elften Dezember letzten Jahres ihr Zuhause im winzigen Weiler Scardale in Derbyshire nach der Schule zu einem Spaziergang mit ihrem Hund verließ.
Hawkin wird morgen zwecks Verlängerung seiner Untersuchungshaft bis zum Eröffnungsbeschluß vor den Richtern in Buxton erscheinen.

Präzedenzfälle

Dies ist nicht das erste Mal, daß eine Mordanklage erfolgt, obwohl keine Leiche vorliegt. Im Fall von John George Haigh, dem berüchtigten Säurebadmörder, wurden nur ein Gallenstein, einige Knochen und die Zahnprothese des Opfers gefunden.
Aber diese Überreste waren genug, um zu zeigen, daß eine Leiche beseitigt wurde, und Haigh wurde wegen Mordes gehängt.
James Camb, Steward auf einem Luxusschiff, das zwischen Südafrika und England verkehrte, wurde angeklagt, eine Passagierin, die Schauspielerin Gay Gibson, ermordet zu haben. Er behauptete, sie sei an einem Anfall gestorben, während er mit ihr allein in ihrer Kabine war. Er hätte mit panischem Schrecken reagiert und gedacht, man werde ihn beschuldigen, sie getötet zu haben. Deshalb hätte er ihre Leiche durch ein Bullauge geworfen.

Man glaubte ihm diese Geschichte nicht, und er wurde für schuldig befunden.
Ein weiterer Fall ereignete sich auf einer entlegenen Farm in Wales. Ein polnischer Kriegsheld wurde wegen Mordes an seinem Geschäftspartner verurteilt, dessen Leiche er auf der Farm, die ihnen zusammen gehörte, an die Schweine verfüttert hatte.

Der Eröffnungsbeschluß

George wachte am Montag, dem 23. Februar, schon um sechs Uhr auf. Er bemühte sich, Anne nicht zu stören, schlüpfte aus dem Bett und ging leise in Morgenmantel und Pantoffeln hinunter. Er machte eine Kanne Tee und trug sie ins Wohnzimmer. Als er die Vorhänge zurückzog, um zu beobachten, wie die Dunkelheit der Dämmerung wich, sah er erstaunt, daß Tommy Cloughs Wagen draußen stand. Das Glimmen einer Zigarette zeigte, daß sein Sergeant so wach war wie er.
Minuten später saß Clough George gegenüber, eine dampfende Tasse Tee in einer seiner großen Hände. »Ich dachte, Sie würden wahrscheinlich früh auf sein. Ich hoffe, Hawkin schläft genauso schlecht wie wir«, sagte er bitter.
»Bei Annes unruhigem Schlaf und den Sorgen über diesen Eröffnungsbeschluß kann ich mich überhaupt nicht erinnern, wann ich zum letzten Mal acht Stunden am Stück geschlafen habe«, stimmte George zu.
»Wie geht's ihr?«
George zuckte die Achseln. »Sie wird leicht müde. Wir haben am Freitag abend im Opera House *The Great Escape* gesehen, und sie ist nach der Hälfte eingeschlafen. Und sie sorgt sich.« Er seufzte. »Ich nehme an, es hilft nicht gerade, daß sie nie weiß, wann ich heimkomme.«
»Nach dem Prozeß wird es lockerer werden«, tröstete ihn Clough.

»Ja, wahrscheinlich. Ich mache mir immer Sorgen, daß er doch ungeschoren davonkommen wird. Ich meine, wir werden bei dem Eröffnungsbeschluß zeigen müssen, was wir haben, damit die Richter zustimmen, ihn an den Bezirksgerichtstagen vor Gericht zu stellen. Dann wird er mindestens zwei Monate Zeit haben, um seine Verteidigung aufzubauen, und er weiß genau, was wir gegen ihn auffahren werden. Es ist nicht wie bei Perry Mason – da könnten wir plötzlich im letzten Moment einen Überraschungsknüller loslassen.«
»Die Anwälte würden die Sache nicht betreiben, wenn sie nicht gute Gewinnchancen sähen«, erinnerte ihn Clough. »Wir haben unseren Teil getan. Jetzt müssen wir es ihnen überlassen«, fügte er hinzu.
George lachte. »Das soll mich trösten? Tommy, ich finde dieses Stadium furchtbar, in dem der Fall jetzt ist. Alles ist mir aus den Händen genommen, und ich kann nicht beeinflussen, was passiert. Ich fühle mich so machtlos. Und wenn Hawkin nicht verurteilt wird ... na ja, mal abgesehen von den Anwälten, *ich* werde das Gefühl haben, versagt zu haben.« Er lehnte sich zurück und zündete sich eine Zigarette an. »Aus vielen verschiedenen Gründen würde ich es nicht ertragen können. Hauptsächlich, weil ein Mörder ungestraft freikommen würde. Aber ich bin als Mensch verletzlich genug, es persönlich zu nehmen. Können Sie sich vorstellen, wie DCI Carver sich darüber freuen würde? Können Sie sich die Schlagzeilen vorstellen, die die Kanalratte Don Smart rausschlagen würde?«
»Kommen Sie, George, alle wissen, wie Sie sich in die Sache reingekniet haben. Wenn Carver die Leitung gehabt hätte, hätten wir nie die Beweise für die Vergewaltigungsanklage gefunden. Und das steht felsenfest. Es ist nicht möglich, daß er sich da herauswinden kann, was immer mit der Mordsache passiert. Und Sie können Ihren letzten Penny verwetten, daß jeder Richter, der die Beweise hört und dann eine Jury bekommt, die dumm genug ist, mit einem ›Nicht schuldig‹ über die Mordanklage zu entscheiden, die Vergewaltigung nutzen wird, um

Hawkin die höchstmögliche Strafe aufzubrummen. Er wird nicht so bald wieder in Scardale herumspazieren.«
George seufzte. »Sie haben recht. Ich wünschte nur, wir hätten Hawkin eindeutiger mit der Waffe in Verbindung bringen können. Wir haben aber auch Pech. Da gibt es einen Mann, der möglicherweise unsere Waffe als den Webley-Revolver identifizieren kann, der in St. Albans gestohlen wurde. Mr. Hawkins Nachbar, Mr. Wells – und wo ist er? Verbringt ein paar Monate bei seiner Tochter, die nach Australien ausgewandert ist. Und nicht einer seiner Freunde oder Nachbarn hat seine Adresse. Sie können sich nicht genau erinnern, wann er zurückkommen soll. Natürlich haben wir den Verdacht, daß Hawkins Mutter all diese Einzelheiten sofort parat hätte, da sie Mr. und Mrs. Wells' beste Freundin ist, aber sie wird es gewiß nicht den bösen Polizisten verraten, die diese schrecklichen Anschuldigungen gegen ihren lieben Sohn vorbringen«, fügte er sarkastisch hinzu.
Er stand auf. »Ich wasche und rasiere mich. Möchten Sie eine frische Kanne Tee? Ich bringe Anne eine Tasse, wenn ich angezogen bin. Dann lade ich Sie zu einem kompletten englischen Frühstück in der Raststätte ein.«
»Hört sich gut an. Wir werden vorsorgen müssen. Es wird ein langer Tag.«

Die Rathausuhr schlug zehn, die tiefen Klänge waren bis in den Gerichtssaal auf der anderen Straßenseite zu hören. Jonathan Pritchard schaute von einem Stoß Unterlagen auf, seine Augenbrauen hoben sich voller Erwartung. Neben ihm, noch mit seinen Notizen beschäftigt, stand die kräftige Gestalt von Desmond Stanley, Kronanwalt. Während seines Studiums in Oxford als Rugbyspieler ausgezeichnet, hatte er mit einem strengen Fitnessprogramm verhindert, daß er nach Überschreiten der Vierzig die Form verlor. Er bestand darauf, seine Übungen zu machen, wo immer er arbeitete. Stanleys Gepäck enthielt neben der üblichen Perücke, der Robe und dem

Beffchen des Anwalts immer auch seine Hanteln. In Umkleideräumen überall im Land hatte er Krafttraining, Liegestütz und Kopfstand gemacht, bevor er in den Gerichtssaal schritt und anklagend oder verteidigend den schlimmsten Verbrechern begegnete, die das Land aufzubieten hatte.
Es war merkwürdig, daß er nie gesund aussah. Er hatte von Natur aus eine fahle Gesichtsfarbe, seine Lippen waren blutleer und blaß, und seine dunkelbraunen Augen tränten ständig. Er hatte immer ein auffällig buntes Seidentuch im Ärmel stecken, so daß er seine wäßrigen Augen abtupfen konnte. Als George ihn zum ersten Mal sah, hatte er sich gefragt, ob Stanley lange genug leben würde, um den Fall zu verhandeln. Später hatte Pritchard ihn aufgeklärt. »Er wird uns alle überleben«, vertraute er ihm an. »Seien Sie froh, daß er auf unserer Seite ist und nicht gegen uns, denn Desmond Stanley ist gefährlich, das können Sie mir glauben.«
Pritchard war um so dankbarer, daß Stanley auf seiner Seite war, als er sah, wer der Anwalt der Gegenseite war. Der Kronanwalt Rupert Highsmith hatte sich seinen beeindruckenden Ruf, er sei in Kreuzverhören chirurgisch genau und vollkommen rücksichtslos, in einer Reihe von aufsehenerregenden Fällen in den frühen fünfziger Jahren erworben, als er noch ein junger Anwalt war. Zehn zusätzliche Jahre vor den Gerichten hatten seine Fähigkeiten nicht verringert, sondern ihn mit einer Reihe neuer Tricks ausgestattet, die seine Gegner so leiden ließen, daß die weniger Hochbegabten zögerten, nicht absolut hieb- und stichfeste Aussagen ihrer Zeugen überhaupt zu verwenden: Sie hatten Angst davor, was er im Kreuzverhör damit machen würde.
Highsmith lehnte sich zufrieden auf seinem Stuhl zurück und ließ den Blick über die vollen Reihen für die Presse und über die Zuschauergalerie schweifen, wobei sein Profil so kantig erschien, als sei es aus Bauklötzen zusammengesetzt. Wenig wohlwollende Kollegen flüsterten sich zu, er habe Schönheitschirurgen bemüht, um sein Kinn so straff zu erhalten. Er sah

sich sein Publikum immer gern an, damit er abschätzen konnte, welchen Eindruck der Fall wohl machen würde. Er fand, die Verhandlung war nicht schlecht besucht. Eine gute Gelegenheit, sein Talent zur Schau zu stellen. Er war einer der wenigen Verteidiger, die bei Eröffnungsbeschlüssen zu imponieren vermochten. Da die Anhörung beim Eröffnungsbeschluß lediglich der Entscheidung diente, ob der Anscheinsbeweis der Staatsanwaltschaft gegen den Angeklagten anerkannt wurde, trug gewöhnlich nur die Anklage ihre Argumente den Richtern vor. Die einzige Gelegenheit, die Highsmith haben würde, seine Fähigkeiten unter Beweis zu stellen, war die Befragung der Zeugen im Kreuzverhör. Und das war seine Stärke.

Eine Tür an der Seite des Gerichtssaals öffnete sich, und Hawkin kam herein, von zwei Polizisten begleitet. Auf Georges Anweisung hin war Hawkin nicht an die Begleiter gefesselt, denn George war entschlossen, nichts zu tun, was die leiseste Sympathie für Hawkin wecken könnte. Außerdem wußte er, daß die Verteidigung als allererstes verlangen würde, die Handschellen abzunehmen, und wahrscheinlich würden die Richter zustimmen, nicht zuletzt, weil es schwer für sie war, den Gutsbesitzer Hawkin nicht als ihresgleichen zu betrachten. Und Pritchard hatte betont, wie wichtig es psychologisch war, daß der erste, günstige Eindruck nicht zugunsten der Verteidigung entstand.

Achtzehn Nächte hinter Gittern hatten sich auf Philip Hawkins äußere Erscheinung wenig ausgewirkt. Sein dunkles Haar war kürzer als gewöhnlich, da Gefangene sich den Friseur nicht aussuchen dürfen, sondern nehmen müssen, was kommt. Aber es war immer noch glänzend und glatt aus der breiten, fast viereckigen Stirn zurückgekämmt. Aus seinen dunkelbraunen Augen warf er einen kurzen Blick in den Gerichtssaal, bevor er seine Augen auf seinen Anwalt richtete. Das Lächeln, das ständig auf seinen Lippen zu liegen schien, wurde breiter, als er Highsmiths kurzes Nicken erwiderte. Hawkin ließ sich Zeit, als er sich auf der Anklagebank niederließ, zog sorgfältig die

Bügelfalten seines guten, dunklen Anzugs hoch und setzte sich dann auf die Bank.

Die Tür hinter der erhöhten Richterbank ging auf, der Gerichtsdiener sprang auf und rief: »Erheben Sie sich.« Stühle quietschten auf dem Fliesenboden, als die drei Richter eintraten. Hawkin stand als einer der ersten und zeigte dabei einen Respekt, der Pritchard als beobachtenswert auffiel. Entweder war Hawkin ein guter Schauspieler, oder er glaubte wirklich, diese Richter hätten Macht über ihn und würden sie zu seinem Vorteil ausüben.

Die drei Männer, die den Fall für die Staatsanwaltschaft verhandeln sollten, setzten sich, und alle anderen außer dem Gerichtsdiener folgten ihnen unter scharrenden Geräuschen. Der Gerichtsdiener teilte ihnen mit, das Gericht tage, um das Verfahren zu beraten, in dem Philip Hawkin aus Scardale in der County Derbyshire vor Gericht gestellt werden solle.

Desmond Stanley stand auf. »Euer Ehren, ich vertrete den Oberstaatsanwalt in dieser Sache. Philip Hawkin wird der Vergewaltigung an Alison Carter, dreizehn Jahre alt, angeklagt. Es wird ihm ferner vorgeworfen, bei einer anderen Gelegenheit am oder um den elften Dezember 1963 herum die oben genannte Alison Carter ermordet zu haben.«

Der einzige Mensch im Saal, der lächelte, war Don Smart, der sich über seinen Stenoblock beugte. Die Vorstellung hatte begonnen.

Nachdem George seine Beweise dargelegt und Highsmiths ätzend scharfsinnigem Kreuzverhör standgehalten hatte, trat er aus dem Zeugenstand und ging erhobenen Hauptes mit zwei roten Flecken auf seinen heißen Wangen durch den vollen Gerichtssaal zurück. Morgen würde er wiederkommen und unter den Zuschauern sitzen, um die abschließenden Darlegungen der Anklage zu hören. Aber jetzt brauchte er eine Zigarette und eine Stunde Ruhe. Er wollte gerade die Treppe hinunterlaufen, als er Clough seinen Namen rufen hörte. Er drehte sich halb um. »Nicht jetzt, Tommy. Treffen Sie mich im *Baker's,* wenn aufgemacht wird.« Sich um den Treppenpfosten herumschwingend, eilte er die Treppe hinunter und aus dem Gebäude hinaus.

Innerhalb von vierzig Minuten kam er schwer atmend auf dem runden Gipfel des Mam Tor an, hoch auf dem Grat, wo der Kalkstein auf Sandstein stößt, der White Peak zu seiner Rechten, der Dark Peak zur Linken. Der peitschende Wind nahm ihm den Atem, und die Temperatur fiel schneller, als die Sonne sank. George warf den Kopf zurück und brüllte seine aufgestaute Frustration den vorbeijagenden Wolken und den gleichgültigen Schafen entgegen.

Er wandte sich dem dunklen, zusammengekauerten Hang des Kinder Scout zu, dessen rauhes Moorland die Sicht nach Norden versperrte. Er drehte sich um neunzig Grad und schaute über den Grat von Hollins Croß und Lose Hill Pike bis zur Spitze des fernen Win Hill. Stannage Edge und Sheffield lagen jenseits davon und waren nicht zu sehen. Dann noch eine Drehung um neunzig Grad, um die weiße Narbe des Winnats-Passes und die Mulden und Hügel der Kalksteintäler dahinter zu überblicken. Endlich wandte er sich nach Osten, ließ den Blick über das wellige Land von Rushup Edge und den sanften Abhang nach Chapel-en-le-Frith hinunter schweifen. Irgendwo da draußen lag Alison Carter, ihr Körper den Naturgewalten ausgesetzt, ihr Leben ausgelöscht.

Er hatte getan, was er konnte. Jetzt waren die anderen an der Reihe. Er mußte lernen, loszulassen.

Später traf er Clough, der mit dem Rest eines Biers an einem ruhigen Tisch in einer Ecke des *Baker's Arms* saß. Die Stammgäste wußten, daß sie sie besser in Ruhe ließen, und der Wirt hatte schon drei Reportern einschließlich Don Smart abgeschlagen, sie weiter zu bedienen. Dieser hatte gedroht, er werde sich beklagen, wenn die Friedensrichter zur nächsten Besprechung der Schankkonzessionen zusammenkämen. Der

Wirt hatte leise gelacht und gesagt: »Sie würden mir einen Orden geben. Sie sind hier und verschwinden wieder – aber wir müssen alle hier leben.«
George ging mit einem frischen Bier für Clough und einem für sich selbst hinüber. »Ich brauchte mal frische Luft«, sagte er, als er sich setzte. »Wenn ich noch länger geblieben wäre, hätten Sie mich wegen der Ermordung eines Kronanwalts einsperren müssen.«
»Was für ein Arschloch«, sagte Clough und tat so, als spucke er auf den Boden.
»Ich nehme an, er würde sagen, er tue nur seine Arbeit.« George trank einen großen Schluck Bier. »Ah, das ist besser. Ich war oben auf dem Mam Tor und hab die Spinnweben wegblasen lassen. Na ja, wenigstens sehen wir jetzt, wo die Verteidigung hinsteuert. Es ist eine von mir angezettelte Verschwörung, um Philip Hawkin etwas anzuhängen, damit ich meine Beförderung schneller bekomme.«
»Die Richter werden nicht darauf hereinfallen.«
»Aber die Geschworenen vielleicht«, sagte George bitter.
»Warum sollten sie? Sie haben doch als netter, sympathischer Mensch überzeugt. Man braucht sich ja Hawkin nur anzusehen, und die Alarmglocken läuten Sturm. Er hat ein Aussehen, dem Frauen nicht widerstehen können und dem Männer sofort mit Abneigung und Haß begegnen. Es gibt keine Chance, daß diese Verteidigung Erfolg hat, außer wenn Highsmith es so hinkriegt, daß die Jury nur aus Frauen besteht.«
»Ich hoffe, Sie haben recht. Muntern Sie mich ein bißchen auf. Erzählen Sie mir, was ich verpaßt habe.«
Clough grinste. »Sie haben Charlie Lomas verpaßt. Er sieht gut aus, wenn er sich feinmacht, das muß ich sagen. Er hat es fertiggebracht, einen Anzug zu tragen, ohne wie in einer Zwangsjacke auszusehen. Er war so aufgeregt wie ein Tiger im Käfig, aber der Junge ist standhaft geblieben, das muß ich ihm lassen. Stanley hat mit einem guten Schlag gegen Highsmiths Verleumdungskampagne gekontert. Er ließ Charlie über die

Bleimine sprechen und daß es für einen Außenseiter wie Sie völlig unmöglich sei, den Weg dorthin zu finden, sogar mit dem Buch. Er ließ Charlie auch erklären, daß Hawkin, obwohl er relativ neu im Tal ist, allerlei Erkundungen für seine Postkartenfotos angestellt hat.«

George stieß einen Seufzer der Erleichterung aus. »Wie ist er mit Highsmith klargekommen?«

»Er ist einfach bei seiner Aussage geblieben. Ließ sich nicht davon abbringen. Ja, er war sicher, daß es Mittwoch war, als er Hawkin über die Felder gehen sah. Nein, es war nicht Dienstag. Nein, Montag auch nicht. Er war standhaft wie ein Felsen, der Charlie. Er machte einen guten Eindruck auf die Richter, das sah man.«

»Gott sei Dank, wenigstens einer.«

»Hören Sie auf, sich zu bemitleiden, George. Sie haben es gut gemacht. Highsmith versuchte, Sie als falschen Hund hinzustellen, aber es ist ihm nicht gelungen. Wenn man bedenkt, wie wenig klare Beweise wir haben, würde ich sagen, es läuft gut für uns. Jetzt – wollen Sie die gute Nachricht hören?«

Georges Kopf schnellte hoch wie an einem Faden. »Es gibt eine gute Nachricht?« fragte er.

Clough grinste. »O ja, ich glaube, das könnte man sagen.« Er ließ sich Zeit, holte seine Zigaretten heraus und zündete sich eine an. »Ich habe noch mal mit dem Sergeant in St. Albans unten gesprochen.«

»Wells ist zurück?« George konnte kaum an sich halten.

»Nein, noch nicht.«

George sank seufzend auf seinen Stuhl zurück. »Das ist die Nachricht, derentwegen ich die Luft anhalte«, gab er zu.

»Na ja, die hier ist auch nicht schlecht. Es hat sich gezeigt, daß unser Sergeant Hawkin kennt. Er wollte nichts sagen, bis er mit einem oder zwei anderen gesprochen und von ihnen die Zustimmung bekommen hatte, daß es in Ordnung geht, mit mir zu reden.« Clough trank sein Bier aus. »Dasselbe noch mal?«

George nickte belustigt und frustriert. »Machen Sie nur so weiter. Ich weiß, daß Sie es genießen, mich zappeln zu lassen. Da können Sie ruhig für Ihr Vergnügen bezahlen.«
Als Clough zurückkam, hatte George eine halbe Zigarette mit der nervösen Konzentration eines Mannes geraucht, der gleich zu einer langen Fahrt in ein Nichtraucherabteil steigen muß. »Also, kommen Sie«, drängte er, beugte sich vor und schob ihm sein Bier hin. »Lassen Sie's uns hören.«
»Sergeant Stillmans Frau ist aktiv bei den Pfadfinderinnen. Hawkin bot ihnen an, ihr offizieller Fotograf zu sein. Er würde Bilder bei Umzügen, Zeltlagern und so weiter machen und die Bilder an die Pfadfinderinnen und ihre Familien zu einem extra niedrigen Preis verkaufen. Als Gegenleistung, sagte er, wolle er Porträtaufnahmen von den Mädchen für seine Kollektion machen. Es schien alles korrekt zu sein. Hawkin war ja kein Fremder. Er und seine Mutter waren beide Mitglieder der Kirche, der die Pfadfindergruppe angeschlossen war. Und er war immer völlig einverstanden, wenn die Mütter bei den Aufnahmen dabei waren.« Clough machte eine Pause und zog die Brauen hoch.
»Was ist also schiefgegangen?« fragte George genau zum richtigen Zeitpunkt.
»Die Zeit verging. Hawkin freundete sich ein wenig mit den älteren Mädchen an, arrangierte Sitzungen ohne ihre Mütter. Es gab ein paar ... Vorfälle. Beim ersten Mal leugnete er alles ab, sagte, das Mädchen lüge, um sich wichtig zu machen. Beim zweiten Mal dasselbe, nur sagte Hawkin diesmal, das Mädchen wolle sich rächen, weil er kein Interesse mehr daran gehabt habe, sie zu fotografieren. Er sagte, sie hätte gewußt, welchen Aufruhr es wegen der Anschuldigung des ersten Mädchens gegeben habe, und drohte, dasselbe zu sagen, wenn er ihr kein Geld für Süßigkeiten gebe und mit den Fotos aufhöre. Na ja, niemand wollte irgendwelche Schwierigkeiten, und es gab keine wirklichen Beweise, also nahm Sergeant Stillman Hawkin zur Seite und sprach mit ihm. Er schlug vor, er solle von

kleinen Mädchen wegbleiben, um jede Möglichkeit von Mißverständnissen zu vermeiden.«

George stieß einen leisen Pfiff aus. »Sieh da, sieh da. Ich dachte, da muß doch irgendwo etwas gewesen sein. Kinderschänder fangen nicht plötzlich in Hawkins Alter damit an. Gut gemacht, Tommy. Wenigstens wissen wir, wir haben uns nicht von einer verrückten Idee mitreißen lassen. Hawkin ist genau das, wofür wir ihn hielten.«

Clough nickte. »Das einzige Problem ist, wir können nichts davon im Gericht verwenden. Was Stillman zu sagen hat, sind nur Gerüchte aus zweiter Hand.«

»Wie steht's mit den Mädchen?«

Clough prustete. »Stillman nennt sie nicht einmal beim Namen. Der Hauptgrund, weswegen es vorher nie zu einer offiziellen Anklage kam, ist die hartnäckige Weigerung der Mütter, ihre kleinen Mädchen der Tortur einer Gerichtsverhandlung auszusetzen. Wenn sie schon bei einem Verfahren wegen unsittlicher Belästigung nichts davon wissen wollten, dürfte es unmöglich sein, sie bei einem Mordfall dazu zu überreden, der wie dieser in den Schlagzeilen ist.«

George stimmte traurig nickend zu. Er konnte nichts gegen Leute sagen, die ihre Kinder schützen wollten, auch wenn der Schaden schon angerichtet war. Aber da er jetzt bald selbst Vater wurde, fühlte er zum ersten Mal im Leben den wütenden Impuls, die Schwachen durch Gewalt zu schützen. Er konnte nicht verstehen, warum Hawkin noch frei herumgelaufen war. Als Polizist hatte Stillman eine Fülle von Mitteln, dem Mann Schaden zuzufügen, körperlich und in seinem sozialen Umfeld. Aber das hatte er nicht getan. Er hatte sogar gezögert, Clough davon zu erzählen. »Sie gehen die Dinge offenbar anders an, da unten«, sagte er müde. »Wenn ich als Polizist wüßte, daß ein perverser Typ ein Kind belästigt hat, das einem Freund von mir gehört, könnte ich ihn nicht einfach so weggehen lassen. Ich hätte eine Möglichkeit gefunden, ihn bezahlen zu lassen. Entweder durch das Gesetz oder ...«

»Ich dachte, Sie glauben nicht an die dunklen Hintertürchen der Justiz?« sagte Clough ironisch.
»Mit Kindern ist es aber etwas anderes, oder?«
Es war eine große Frage, die offenbleiben mußte. Sie dachten schweigend darüber nach, bis sie ihre Gläser ausgetrunken hatten. Als George mit der dritten Runde zurückkam, schien er etwas besser aufgelegt. »Wir haben doch genug, auch ohne die Dinge in St. Albans.«
»Ich glaube, Stillman hat ein schlechtes Gewissen, weil er nicht mehr getan hat«, sagte Clough.
»Gut. Das sollte er auch. Vielleicht wird er sich anstrengen und die Augen offenhalten, wann Mr. und Mrs. Wells zurückkommen.«
»Das hoffe ich, George. Auch wenn wir unseren Eröffnungsbeschluß bekommen, sind wir noch weit weg vom sicheren Hafen.«

Daily News, Freitag, 28. Februar 1964, S. 1

Alisons Stiefvater soll wegen Mordes vor Gericht

Der Stiefvater der verschwundenen Schülerin Alison Carter wird wegen Mordes an ihr vor Gericht gestellt, obwohl die Leiche der Dreizehnjährigen nicht gefunden wurde.
Die Richter in Buxton haben gestern die dramatische Entscheidung getroffen, Philip Hawkin des Mordes und der Vergewaltigung anzuklagen und ihn während der Bezirksgerichtstage in Derby vor Gericht zu stellen.
Alison ist nicht gesehen worden, seit sie am 11. Dezember letzten Jahres aus dem abgelegenen Dorf Scardale in Derbyshire verschwand.
Während des viertägigen Eröffnungsverfahrens sagte ihre Mutter, die Hawkin vor etwas mehr als einem Jahr heiratete, als Zeugin für die Anklage aus. Mrs. Carter (wie sie jetzt genannt werden möchte) entdeckte die Waffe, mit der, so

behauptet Mr. Desmond Stanley, Kronanwalt und Anwalt der Anklage, ihre Tochter ermordet worden sei.
Gestern hörte das Gericht von Professor John Hammond, daß das Fehlen von Blut am vermuteten Schauplatz des Mordes nicht unbedingt bedeutet, daß keine Tötung stattgefunden hat.
Er bezeugte auch, daß das Blut auf einem Hemd, das als Hawkins Hemd identifiziert wurde, sehr wohl von Alison stammen könnte.

(Forts. auf S. 2)

Der Prozeß

1

High Peak Courant, Freitag, 12. Juni 1964

Mordprozeß nächste Woche

Der Prozeß gegen den Gutsbesitzer Philip Hawkin beginnt am Montag bei den Bezirksgerichtstagen in Derby.
Hawkin wird Vergewaltigung und Mord an seiner Stieftochter Alison Carter vorgeworfen. Beim Eröffnungsbeschluß vor den Richtern in Buxton im Februar war seine Frau unter den Zeugen der Anklage.
Alison ist seit dem Nachmittag des 11. Dezember letzten Jahres nicht mehr gesehen worden. Sie verschwand, nachdem sie nach der Schule mit ihrem Collie Shep im Tal spazierenging.
Vorsitzender Richter beim Prozeß wird Mr. Fletcher Sampson sein.

Der Klang der Trompetenfanfare durchzog die Luft wie ein schimmernder Regenbogen. In seiner ganzen scharlachroten, hermelinbesetzten Pracht war Richter Fletcher Sampson mit einer berittenen Polizeieskorte in der eichengetäfelten Halle des Bezirksgerichts eingetroffen. George Bennett saß in einem Vorzimmer und rauchte am offenen Fenster. Er stellte sich den eindrucksvollen Einzug des Richters in seinen Gerichtssaal vor, wo er seinen angestammten Platz am richterlichen Rednerpult unter dem königlichen Wappen einnahm. Am ersten Tag des Bezirksgerichts würde der High Sheriff, der oberste Polizeibeamte von Derbyshire, in seiner feierlichen Amtstracht an seiner Seite stehen.

Jetzt, dachte er, würden sie im Gerichtssaal sein und vom Rednerpult auf die Anwälte hinuntersehen, die mit ihren grauen Perücken, schwarzen Roben, den leuchtend weißen Beffchen und Hemden vor ihnen aufgereiht standen, in denen sie wie eine merkwürdige Kreuzung aus Nebelkrähen und Elstern aussahen. Hinter den Rechtsanwälten der Stab der ihnen zuarbeitenden Anwälte und Schreibkräfte, dahinter dann die prachtvolle, mächtige Anklagebank, wo Hawkin mit zwei Polizisten an seiner Seite saß, ganz klein vor der Holzbank und sicher durch eine Reihe Eisenspitzen an seinem Platz festgehalten. Hinter Hawkin waren die Bänke für die Presseleute mit ihrer Mischung eifriger junger Journalisten, die verzweifelt versuchten, sich zu profilieren, und mit den alten Hasen, die das Gefühl brauchten, sie hätten alles schon einmal gesehen und gehört. Don Smarts fuchsrotes Haar stach unter ihnen wie ein Feuerbrand heraus. Über und hinter den Journalisten kam die Zuschauergalerie, dicht gedrängt die besorgten Gesichter aus Scardale und die lüsternen Blicke der anderen Leute.

Und auf der einen Seite, jenseits des Zeugenstands, würden bald die wichtigsten Leute im ganzen Saal Platz nehmen: die Geschworenen, zwölf Männer und Frauen, die Philip Hawkins Schicksal in ihren Händen halten würden. George versuchte, nicht an die Möglichkeit zu denken, daß sie die Anklage zurückweisen könnten, an der er zusammen mit den Anwälten so hart gearbeitet hatte, aber er konnte die quälende Angst nicht loswerden, die sich nachts, wenn er zu schlafen versuchte und oft kläglich scheiterte, in ihm regte. Er seufzte und warf die Zigarettenkippe auf die Straße. Er fragte sich, wo Tommy

Clough war. Sie hatten sich eigentlich um acht Uhr auf der Polizeiwache treffen wollen, aber als George hinkam, hatte Bob Lucas ihm gesagt, Clough habe eine Nachricht hinterlassen, er würde ihn im Gericht treffen. »Wahrscheinlich ist er unten in Derby hinter einem Weibsstück her«, sagte Lucas augenzwinkernd. »Versucht, sich vom Prozeß abzulenken.«

George zündete sich eine neue Zigarette an und lehnte sich auf das Fenstersims. Jetzt würde der Gerichtsdiener des Bezirksgerichts all jene auffordern, deren Angelegenheiten vor den Richtern der Königin im Hohen Gericht verhandelt werden sollten, heranzutreten und aufzumerken. Gott schütze die Königin. Er erinnerte sich, daß er die merkwürdig pompösen Ausdrücke nachgeschlagen hatte, als er sich in jungen Jahren für die Rechtswissenschaft begeistert hatte.

Philip Hawkins Fall würde als einziger Mordprozeß der Bezirksgerichtstage als erstes verhandelt werden. Zwei Tage zuvor hatte George ein letztes Mal versucht, Hawkin zu einem Geständnis zu überreden. Er hatte ihn hinter den hohen Mauern des Gefängnisses besucht, wo sie sich in einem winzigen Besuchsraum, der nicht appetitlicher als die Zellen selbst war, gegenübersaßen. Der Grundsatz, daß ein Mensch als unschuldig betrachtet werden muß, bis seine Schuld erwiesen ist, wurde in einem Gefängnis nie lange eingehalten; George wußte, daß Hawkin hinter Gittern sein Verhalten bestimmt schon hier und da mit gleicher Münze heimgezahlt worden war. Die Aufseher beeilten sich nicht besonders, einzugreifen, wenn einer, der vergewaltigt hatte, angegriffen wurde. Und sie sorgten immer dafür, daß die anderen Gefangenen genau wußten, wer die Kinderschänder waren. Während der zivilisierte Mensch in George Einspruch dagegen erhob, fand der werdende Vater das ganz in Ordnung.

Sie hatten sich über den schmalen Tisch hinweg angesehen.

»Haben Sie Zigaretten mitgebracht?« fragte Hawkin.

Schweigend legte George eine offene Packung Gold Leaf zwischen sie. Hawkin schnappte sich gierig eine, und George

gab ihm Feuer. Hawkin zog den Rauch ein, und sein Körper entspannte sich. Er fuhr sich mit der Hand übers Haar und sagte: »Ich werde in ein paar Tagen draußen sein. Sie wissen das doch? Mein Anwalt wird der Welt sagen, was für ein verlogenes Pack ihr Kerle seid. Sie wissen, ich habe Alison nicht umgebracht, und ich werde Sie dazu bringen, daß Sie jedes einzelne Wort zurücknehmen müssen.«
George schüttelte den Kopf; fast bewunderte er den Starrsinn des Mannes. »Sie pfeifen im Wald, um sich Mut zu machen, Hawkin«, sagte er absichtlich herablassend. »Wie sehr Sie der Welt auch das Gegenteil einzureden versuchen, ich bin ein ehrlicher Polizist. Sie wissen es, und ich weiß, daß niemand Ihnen etwas angehängt hat. Niemand brauchte das zu tun, weil Sie Alison umgebracht haben, und wir haben Sie erwischt.«
»Ich hab sie nicht umgebracht«, sagte er, und seine Stimme war so eindringlich wie sein Blick. »Sie haben mich hier einsperren lassen, und wer immer Alison entführt hat, läuft frei herum und lacht Sie aus.«
George schüttelte den Kopf. »Es funktioniert nicht, Hawkin. Sie spielen das gut, aber die Beweise gegen Sie häufen sich.« Er nahm eine Zigarette aus der Packung und zündete sie gemütlich an. »Allerdings«, fuhr er fort, »haben Sie noch eine Wahl.«
Hawkin schwieg, neigte aber den Kopf zur Seite. Er lächelte nicht und preßte die Lippen zu einer dünnen Linie zusammen.
»Sie können wählen, ob Sie lebenslänglich bekommen, mit der Chance, die Welt da draußen in zwanzig Jahren oder so wiederzusehen, oder ob sie gehängt werden. Es kommt auf Sie selbst an. Es ist nicht zu spät, um Ihre Aussage zu ändern. Sie bekennen sich schuldig – und Sie leben. Sie machen uns Mühe und Arbeit – und Sie werden gehängt. Am Hals. Bis Sie endgültig und bestimmt tot sind.«
Hawkin lächelte spöttisch. »Sie werden mich nicht hängen. Sogar, wenn sie mich schuldig sprechen, gibt es keinen Richter im Land, der sich trauen würde, mich an den Galgen zu bringen. Nicht mit dem Beweismaterial, das Sie haben.«

George lehnte sich zurück und zog die Augenbrauen hoch. »Sie glauben das nicht? Wenn es für die Geschworenen gut genug ist, um Sie zu verurteilen, dann ist es gut genug für den Richter, um Sie zu hängen. Besonders für einen scharfen Hund wie Fletcher Sampson. Er hat keine Angst vor irgendwelchen Liberalen.« Er beugte sich mit einem Ruck vor, legte die Unterarme auf den Tisch und sah Hawkin direkt in die Augen. »Hören Sie, tun Sie sich selbst einen Gefallen. Sagen Sie uns, wo wir sie finden können. Tun Sie es zur Beruhigung ihrer Mutter. Es wird beim Richter Eindruck machen. Wenn Ihr Anwalt mildernde Umstände für Sie zusammenbringt, könnten Sie in zehn Jahren wieder draußen sein.«

Hawkin schüttelte entnervt den Kopf. »Sie hören wohl nicht gut, George«, und er sagte den Namen so, daß er wie eine Beleidigung klang. »Ich weiß nicht, wo sie ist.«

George stand auf und steckte die Schachtel Zigaretten in seine Tasche zurück. »Bitte, wie Sie möchten, Hawkin. Das muß mich nicht stören. Ich kriege die Beförderung, ob Sie mit dem Geständnis rüberkommen oder nicht. Weil wir nämlich gewinnen werden – da draußen.«

Als er jetzt die Leute auf der Straße unten beobachtete, die ihren Geschäften nachgingen und von dem Drama im Gerichtssaal keine Ahnung hatten, wünschte er sich, er könnte wirklich so zuversichtlich sein, wie er hoffentlich geklungen hatte. Er wandte sich vom Fenster ab und ließ sich auf einen Stuhl fallen. Jetzt war die Anklage schon verlesen, und Hawkin hatte zweifellos beide Male mit »nicht schuldig« geantwortet.

Stanley würde warten, bis die Geschworenen Platz genommen hatten, dann würde er für die Staatsanwaltschaft die einleitende Begründung vortragen. George fand immer, daß dies der kritischste Moment bei einem Prozeß war. Er glaubte, daß die Leute sich am meisten von dem beeindrucken ließen, was sie am Anfang eines Prozesses hörten, wenn sie noch frisch waren und ihr Bewußtsein für überzeugende Argumente empfänglich. Wenn der Anwalt der Anklage eine Eröffnungsrede hielt,

die absolut überzeugt klang, und das, was er zu beweisen vorhatte, so darstellte, als sei es schon eine offensichtlich unwiderlegbare Tatsache, so gab das dann der Verteidigung eine harte Nuß zu knacken. George war zuversichtlich, daß Stanley genau dies gelingen würde. George erwartete, seine eigenen Beweise erst am zweiten Prozeßtag vorbringen zu können, aber er konnte einfach nicht wegbleiben.
Er wünschte nur, Clough würde auftauchen, dann hätte er wenigstens jemanden, mit dem er seine Unruhe teilen konnte.

Desmond Stanley stand auf. »Euer Ehren, ich vertrete den Oberstaatsanwalt in dieser Sache. Philip Hawkin ist der Vergewaltigung von Alison Carter, dreizehn Jahre alt, angeklagt. Es wird ihm weiterhin vorgeworfen, bei einer anderen Gelegenheit am oder um den elften Dezember 1963 die vorgenannte Alison Carter ermordet zu haben.«
Er machte eine Pause, um die Schwere der Anklagen wirken zu lassen. Im Gerichtssaal war es so still, als hätten alle zu atmen aufgehört, um Stanleys klangvoller Stimme zu lauschen.
»Meine Damen und Herren Geschworenen, Philip Hawkin zog im Sommer 1962 nach dem Tod seines Onkels nach Scardale. Er erbte ein ansehnliches Gut – das ganze Tal, das aus fruchtbarem Ackerland besteht, einen beträchtlichen Viehbestand, Schafe und Rinder, Scardale Manor selbst und acht kleine Häuser, die den Weiler Scardale bilden. Alle Leute, die in Scardale wohnen und arbeiten, tun das nur mit seinem Segen, was Euer Ehren nicht vergessen sollten, wenn Sie die Zeugenaussagen der Leute hören, die seine Pächter sind. Es zeigt anerkennenswerten Mut und beträchtliche Uneigennützigkeit, daß diese Leute bereit sind, als Zeugen der Anklage zu erscheinen.
Nicht lange nachdem Philip Hawkin in Scardale auftauchte, begann er sich für eine der Frauen im Dorf, Ruth Carter, zu interessieren. Mrs. Carter war sechs Jahre zuvor Witwe geworden und hatte eine Tochter, Alison, aus dieser Ehe. Alison war

damals zwölf Jahre alt. Sie sollten bei der Darlegung unseres Beweismaterials in Erwägung ziehen, ob Hawkins primäres Interesse überhaupt der Mutter galt. Es ist möglich, daß er durch die Heirat mit der Mutter von seinem perversen Interesse für Alison ablenken wollte. Wenn Alison ihren Peiniger beschuldigt hätte, wer hätte der Tochter seiner gerade Angetrauten eine solche Geschichte geglaubt? Zweifellos hätte man sie beschuldigt, sie handle aus Abneigung gegen ihren Stiefvater oder aus Eifersucht wegen der Aufmerksamkeit, die ihm von ihrer Mutter entgegengebracht wurde. Was immer sein Motiv war, der Angeklagte verfolgte Mrs. Carter hartnäckig, bis sie schließlich einwilligte, ihn zu heiraten. Wir behaupten, daß Hawkin einige Zeit nach der Hochzeit anfing, seine Stieftochter sexuell zu belästigen. Sie werden Fotos besonders verabscheuungswürdiger Art sehen, die nicht nur zeigen, daß Philip Hawkin seine Stieftochter mißhandelte, sondern auch ohne den geringsten Zweifel beweisen, daß er auf die berechnendste und abstoßendste Weise der Vergewaltigung von Alison Carter schuldig ist.

Die Anklage gedenkt zu beweisen, daß Alison weiterhin von einem Mann mißbraucht wurde, der ihr die Fürsorgepflicht eines Vaters schuldete. Wir werden vielleicht den Grund nie erfahren, warum Philip Hawkin beschloß, sie für immer zum Schweigen zu bringen. Sie mag gedroht haben, ihrer Mutter oder sonst einer Respektsperson von seinen bestialischen Praktiken zu erzählen; sie mag sich geweigert haben, seine niederträchtigen Wünsche weiter zu erfüllen; er mag einfach aufgehört haben, sie attraktiv zu finden und wollte sie beseitigen, um für den Mißbrauch eines anderen Kindes frei zu sein. Wie ich sagte, werden wir es vielleicht nie wissen. Aber was ich zu beweisen beabsichtige, ist die Tatsache, daß Philip Hawkin, aus welchem Motiv auch immer, Alison Carter mit vorgehaltener Waffe entführt, ein letztes Mal sexuell mißbraucht und dann ermordet hat.

Am Nachmittag des elften Dezember letzten Jahres verließ

Alison Carter das Haus der Familie, um nach der Schule mit ihrem Hund Shep spazierenzugehen. Wir behaupten, daß Philip Hawkin ihr in einen nahe gelegenen Wald folgte und sie zwang, ihn zu begleiten. Ihr Hund wurde später dort an einen Baum gebunden vorgefunden, seine Schnauze war mit Heftpflaster verklebt, das identisch mit dem ist, welches Hawkin eine Woche zuvor in einem Geschäft im Nachbarort gekauft hatte.

Er brachte sie dann an einen einsamen Ort, eine Höhle in einer stillgelegten Mine, deren Existenz allen im Tal außer einer Einwohnerin unbekannt war. Auf dem Weg dorthin kamen sie durch ein anderes Waldstück, wo es Alison irgendwie gelang, sich loszureißen, und wo ein Kampf folgte. Im Laufe dieser Auseinandersetzung schlug sie mit dem Kopf an einen Baum, und Hawkin konnte sie dann in die Höhle bringen. Um dies zu erhärten, werden wir Beweise vorlegen, die von der Spurensicherung gefunden wurden.

Als es ihrem Stiefvater gelungen war, sie an diesen abgelegenen Ort zu bringen, wo er vor neugierigen Augen und Ohren sicher war, vergewaltigte er sie noch einmal brutal. Dann tötete er sie. Danach trug er die Leiche an einen anderen Ort. Daß sie noch nicht gefunden wurde, ist nicht unbedingt überraschend, denn der Kalkstein um Scardale herum ist voller unterirdischer Höhlen und Grotten. Aber Hawkin hatte keine Zeit, zurückzukehren und den Rest der Beweisstücke zu entfernen, denn als er gerade rechtzeitig zum Abendessen nach Hause kam, hatte die Suche nach seiner Stieftochter schon begonnen.

Wir wissen mit Sicherheit, daß die Schüsse, die in jener Höhle abgefeuert wurden, aus einer Waffe stammen, die später auf Philip Hawkins Anwesen gefunden wurde – und zwar in einem von ihm als Dunkelkammer für fotografische Zwecke genutzten, abgeschlossenen Nebengebäude. Wir wissen, daß ein Hemd, das Philip Hawkin gehört, stark mit Blut befleckt ist, das nicht von ihm stammt. Es gibt keine gerichtsmedizinischen

Hinweise, die der überzeugenden Schlußfolgerung widersprechen, daß Hawkin Alison Carter ermordete.
Es gibt eine überwältigende Beweislast, die den Fall auf seiten der Anklage stützt, und wir beabsichtigen, dies im Gerichtssaal zu demonstrieren. Mit Euer Ehren Erlaubnis möchte ich meine erste Zeugin rufen?«
Sampson nickte. »Bitte, Mr. Stanley.«
»Danke. Ich rufe Mrs. Ruth Carter.«
Jetzt wurde die Stille im Gerichtssaal durch ein Raunen unterbrochen. Nur die Abordnung der Dörfler aus Scardale bildete mit unbewegten Gesichtern eine einzige Insel des Schweigens. Alle Erwachsenen, die nicht als Zeugen gebraucht wurden, saßen da in ihrem unbequemen Sonntagsstaat, entschlossen, dabeizusein, wenn Alison Gerechtigkeit widerfahren würde, wie sie es wollten.
Ruth Carter ging durch den Gerichtssaal und hielt den Blick fest geradeaus gerichtet. Sie erlag kein einziges Mal der Versuchung, zu ihrem Mann auf der Anklagebank zu schauen. Sie trug ein einfaches schwarzes Kostüm, dessen düsteres Aussehen nur durch den Kragen ihrer weißen Bluse aufgelockert wurde. Sie hielt eine kleine schwarze Tasche fest in der behandschuhten Hand. Als sie den Zeugenstand erreichte, stellte sie sich bewußt so hin, daß ihr Blick nicht zufällig auf Hawkin treffen konnte. Sie sprach den Schwur ohne Zögern und mit leiser, klarer Stimme. Stanley wischte sich über die Augen und blickte sie ernst an. Er stellte ihr die offiziellen Fragen nach ihrer Identität und Beziehung zum Angeklagten und kam dann gleich zum wichtigsten Teil seiner Befragung.
»Erinnern Sie sich an jenen Mittwoch nachmittag, den elften Dezember letzten Jahres?«
»Ich werde ihn nie vergessen«, sagte sie einfach.
»Können Sie den Richtern sagen, was an diesem Tag geschah?«
»Meine Tochter Alison kehrte von der Schule heim und kam zu mir in die Küche, wo ich das Abendessen richtete. Sie ging gleich wieder hinaus, um mit dem Hund spazierenzugehen. Sie

tat das gewöhnlich, wenn das Wetter nicht zu schlecht war. Nach dem ganzen Tag im Klassenzimmer ging sie gern ins Freie. Die letzten Worte, die sie zu mir sagte, waren: ›Bis gleich, Mam.‹ Ich habe sie seit diesem Tag nicht mehr gesehen. Sie ist nie zurückgekommen.« Ruth schaute zur Richterbank auf. »Mein Leben ist seitdem die Hölle auf Erden.«

Stanley ging mit ihr behutsam die Ereignisse jenes Abends durch: ihre verzweifelte Suche im Dorf, als sie an jeder Tür nachfragte, ihr aufgeregter Anruf bei der Polizei und deren Ankunft im Gutshaus. »Wie war die Einstellung Ihres Mannes zu Alisons Verschwinden?«

Die Linien um ihren Mund wurden härter. »Er nahm es sehr leicht. Er sagte immer wieder, sie hätte es absichtlich getan, um uns angst zu machen, damit wir, wenn sie nach Haus käme, so froh sein würden, daß wir ihr jeden Willen lassen würden.«

»War er dafür, die Polizei anzurufen?«

»Nein, er war dagegen. Er sagte, es sei nicht nötig, denn in Scardale, wo sie jeden Zentimeter des Geländes und alle, die da wohnten, kenne, könnte ihr nichts passieren.« Ihre Stimme zitterte, und sie nahm ein kleines weißes Taschentuch aus ihrer schwarzen Handtasche. Stanley wartete, bis sie sich die Augen abgetupft und die Nase geputzt hatte.

»Ärgerte sich Ihr Mann über die Liebe, die Sie Ihrer Tochter entgegenbrachten?« fragte Stanley. »Im allgemeinen, meine ich.«

»Ich glaube nicht. Ich fand, daß er sie verwöhnte. Er schenkte ihr dauernd Sachen. Er kaufte ihr einen teuren Plattenspieler, und jede Woche ging er nach Buxton und besorgte ihr Platten. Für die Einrichtung ihres Zimmers gab er ein Vermögen aus – mehr, als er je für unser Schlafzimmer aufwendete. Er sagte immer, er wolle das ausgleichen, was sie vorher vermißt hatte, und ich war dumm genug, ihm zu glauben.«

Stanley ließ ihre Worte wirken. »Wie sehen Sie das jetzt?« fragte er.

»Ich glaube, er hat sich dadurch ihr Stillschweigen erkauft. Ich hätte mehr darauf achten sollen, wie sie sich ihm gegenüber verhielt.«

»Und wie verhielt sie sich?«

Ruth seufzte und schaute auf ihre Füße hinunter. »Sie mochte ihn nie. Sie wollte nicht in einem Zimmer mit ihm allein sein – wenn ich jetzt darüber nachdenke. Zu Hause war sie launisch, was sie vorher nie gewesen war, obwohl alle sagten, sie sei genauso wie immer, wenn sie von mir und ihm weg war. Ich habe es damals darauf zurückgeführt, daß sie dachte, niemand könne ihren Vater ersetzen. Aber da habe ich mich getäuscht.« Sie hob den Blick und sah den Richter flehend an. »Als ich ihn heiratete, dachte ich, ich täte das, was am besten für sie war. Ich dachte, sie würde nach einiger Zeit ihre Meinung über ihn ändern.«

»Wußten Sie, daß Ihr Mann Fotos von Alison machte?«

»O ja«, sagte sie bitter. »Er ließ sie immer Modell stehen. Aber er ist ein schlauer Kerl. Neun von zehnmal war alles unschuldig, korrekt und öffentlich. Alison mit den Kälbern, Alison am Fluß. So habe ich nie nachgefragt, wenn er sie die anderen Male zu einer der Scheunen mitnahm oder wenn er sagte, er würde mit ihr eine Sitzung machen, während ich zum Einkaufen weg war.« Sie legte eine Hand an ihre Wange, als sei sie entsetzt über das, was sie sagte. »Sie versuchte, mir zu sagen, was sich da abspielte, aber ich hörte nur die Worte, nicht, was dahintersteckte. Ein paarmal vertraute sie mir an, daß sie die Fotositzungen haßte und nicht gern sein Modell war. Aber ich erwiderte ihr, sie solle nicht so blöd sein, es sei nun mal sein Hobby und außerdem etwas, was sie zusammen tun könnten.« Ihre Worte fielen wie Steine in den Gerichtssaal. Während ihrer ganzen Aussage saß Hawkin da und schüttelte den Kopf, als sei er völlig erstaunt, daß sie solche Dinge über ihn sagen konnte.

»Gehen wir weiter, Mrs. Carter. Hat Ihr Mann je eine Schußwaffe besessen?«

Sie nickte. »O ja. Er zeigte sie mir nach unserer Heirat. Er sagte, sie sei ein Andenken seines Vaters an den Krieg, er hätte aber keinen Waffenschein, und ich sollte niemandem etwas davon erzählen.«

»Haben Sie etwas Besonderes daran bemerkt?«

»Über den Griff liefen kreuz und quer Linien, und an der Unterseite war eine Ecke angeschlagen.«

Stanley machte eine Notiz und fuhr dann fort. »Wo hob er den Revolver auf?«

»In seinem Arbeitszimmer in einem abgeschlossenen Metallkasten.«

»Haben Sie in letzter Zeit diesen Kasten gesehen?«

»Die Polizei hat ihn gefunden, als sie das Arbeitszimmer am Tag seiner Verhaftung durchsuchte. Aber er war leer.«

»Können wir Mrs. Carter das Beweisstück ...«, Stanley blätterte in seinen Unterlagen, »das Beweisstück vierzehn zeigen?«

Der Gerichtsdiener gab Ruth den Webley-Revolver, mit einem beschrifteten Schildchen daran. »Das ist er«, sagte sie. »Der Griff ist hier beschädigt, unten, wie ich sagte.«

Hawkin zog die Stirn kraus und warf seinem Anwalt Rupert Highsmith, der fast unmerklich den Kopf schüttelte, einen Blick zu.

Stanley kam dann zu der Entdeckung von Hemd und Revolver in Hawkins Dunkelkammer und war behutsam und geduldig, als er Ruth über die schmerzlichen Beweisstücke befragte. Endlich schien er fertig zu sein. Aber schon halb bei seinem Platz angekommen, blieb er stehen, als sei ihm plötzlich etwas eingefallen. »Noch eines, Mrs. Carter. Haben Sie Ihren Mann je gebeten, für Sie Heftpflaster zu kaufen?«

Ruth sah ihn an, als habe er den Verstand verloren. »Heftpflaster? Wenn wir Heftpflaster brauchen, kaufe ich es vom Lieferwagen.«

»Vom Lieferwagen?«

»Von dem mobilen Laden, der einmal die Woche kommt. Ich habe *ihn* nie gebeten, Heftpflaster zu kaufen.«

»Danke, Mrs. Carter. Ich habe keine weiteren Fragen, aber Sie

müssen warten, ob mein verehrter Kollege noch etwas von Ihnen wissen will.« Er setzte sich.
Die Rathausuhr hatte inzwischen schon lange zwölf geschlagen. Sampson lehnte sich zurück und sagte: »Wir werden jetzt unterbrechen und um zwei Uhr fortfahren.«
Bevor sich die Tür hinter dem Richter schloß, wurde Hawkin bereits aus dem Gerichtssaal gebracht. Er warf einen Blick über die Schulter auf seine Frau, und hinter der Maske der Unerschütterlichkeit zeigte sich endlich sein bitterer Haß. Highsmith sah den Blick und seufzte. Er wünschte, er hätte eine andere Möglichkeit, seine Fähigkeiten einzusetzen, aber leider gab es nichts Anspruchsvolleres und Spannenderes, als jemanden zu verteidigen, von dem er instinktiv wußte, daß er schuldig war. Man hatte ihn oft gefragt, wie er sich fühlte, wenn er Mördern geholfen hatte, ihrer Bestrafung zu entgehen. Er lächelte dann und sagte, es sei ein Fehler, das Gesetz mit der Moral zu verwechseln. Es sei schließlich die Aufgabe der Anklage und nicht die des Verteidigers, ihre Auffassung zu beweisen.
Nach der Mittagspause bemühte er sich, der Anklage soviel Schaden wie möglich zuzufügen. Er versuchte nicht, den Eindruck zu erwecken, als wolle er besonders freundlich zu Ruth sein. Mit ernstem Gesicht kam er gleich zur Sache. »Sie waren schon einmal verheiratet, Mrs. Hawkin?« Die Verteidigung mochte seinetwegen ihre Beziehung zu dem Mann auf der Anklagebank verwischen, er selbst würde sie aber wie eine Waffe gegen sie benutzen.
Ruth runzelte die Stirn. »Ich nenne mich nicht mehr Mrs. Hawkin«, sagte sie kalt, aber ohne Trotz.
Highsmiths Augenbrauen hoben sich, und er wandte das Gesicht den Geschworenen zu. »Aber das ist doch Ihr rechtlicher Status, nicht wahr? Sie sind die Frau von Philip Hawkin?«
»Dem Namen nach, ja«, antwortete Ruth. »Aber ich werde nicht gern daran erinnert und wäre Ihnen dankbar, wenn Sie so freundlich wären, mich Mrs. Carter zu nennen.«

Highsmith nickte. »Ich danke Ihnen, daß Sie Ihre Position so klar dargelegt haben, Mrs. *Carter*«, sagte er. »Vielleicht würden Sie jetzt so gut sein, meine Frage zu beantworten? Sie waren schon einmal verheiratet, bevor Sie schworen, Mr. Hawkin zu lieben, zu ehren und ihm zu gehorchen?«

»Ich wurde Witwe, als Alison sechs Jahre alt war.«

»Sie werden also wissen, was ich meine, wenn ich von einem erfüllten Eheleben spreche?«

Ruth warf ihm einen angriffslustigen Blick zu. »Ich bin nicht dumm. Und ich bin auf einer Farm aufgewachsen.«

»Beantworten Sie die Frage, bitte.« Seine Stimme war messerscharf.

»Ja, ich weiß, was Sie meinen.«

»Und führten Sie ein erfülltes Eheleben mit Ihrem ersten Gatten?«

»Ja.«

»Dann heirateten Sie Philip Hawkin. Und Sie hatten ein erfülltes Eheleben mit Mr. Hawkin?«

Ruth sah ihm direkt ins Gesicht, und eine tiefe Röte erschien auf ihren Wangen. »Er hat es gemacht, aber nicht so oft, wie ich es gewöhnt war«, sagte sie mit einem kleinen angeekelten Schauder.

»Sie haben also nichts Abnormales an den Wünschen Ihres Mannes bemerkt?«

»Wie ich schon sagte, er schien im Vergleich zu meinem ersten Mann nicht so oft zu wollen.«

»Der natürlich viel jünger war als Mr. Hawkin. Und haben Sie ihn je in einer verfänglichen Situation mit Alison gesehen?«

»Ich weiß nicht, was Sie meinen.«

Er war beeindruckt. Sie behauptete sich viel besser, als er erwartet hatte. Die meisten Frauen ihrer sozialen Schicht waren so eingeschüchtert von seiner charmanten, dominanten Persönlichkeit, daß sie einknickten und ihm fast sofort das lieferten, was er hören wollte. Er schüttelte den Kopf und lächelte herablassend. »Natürlich wissen Sie das, Mrs.

Carter. Hat er sie spätabends allein in ihrem Zimmer besucht?«
»Nein, nicht daß ich so etwas je erfahren hätte.«
»Ging er ins Bad, wenn sie drin war?«
»Natürlich nicht.«
»Hat er sie manchmal auf seinem Schoß sitzen lassen?«
»Nein, dazu war sie zu groß.«
»Kurz gesagt, Mrs. Carter, Sie haben nie etwas gesehen oder gehört, das Sie im mindesten mißtrauisch machte in bezug auf die Beziehung Ihres Mannes zu Ihrer Tochter.« Es war so eindeutig eine Feststellung statt einer Frage, daß Ruth nicht einmal zu überlegen schien, ob sie auf die implizierte Bedeutung eingehen sollte. Highsmith schaute auf seine Unterlagen, sah dann auf und neigte den Kopf zur Seite.
»Also, jetzt zur Schußwaffe. Sie haben dem Gericht gesagt, Ihr Mann hatte einen Revolver, den er in einem Kasten in seinem Arbeitszimmer aufbewahrte. Haben Sie irgend jemand anderem von diesem Revolver erzählt? Jemandem von Ihrer Familie, Ihren Freunden?«
»Er sagte, ich sollte den Mund halten, und das habe ich getan.«
»Wir haben also allein Ihre Aussage, daß der Revolver überhaupt jemals da war.« Ruth machte den Mund auf, um etwas zu sagen, aber er preschte weiter. »Und natürlich waren auch Sie es, die der Polizei die Waffe gab, Sie hatten somit genügend Gelegenheit, sich eventuelle Merkmale an diesem sonst unidentifizierbaren Revolver zu merken. Es ist also nur Ihre Aussage, die eine Verbindung zwischen Ihrem Mann und der Waffe hergestellt hat, nicht wahr?«
»Ich habe meine Tochter nicht vergewaltigt, Mister. Und ich habe sie auch nicht erschossen«, sagte Ruth langsam. »Also habe ich keinen Grund, zu lügen.«
Highsmith hielt inne. Sein Gesichtsausdruck wechselte von grimmigem Ernst zu Anteilnahme. »Aber Sie wollen jemanden, dem Sie die Schuld geben können, nicht wahr, Mrs. Carter? Am allermeisten möchten Sie glauben, daß Sie wissen, was mit

Ihrer Tochter geschehen ist, und Sie wollen jemandem die Schuld daran geben. Deshalb folgen Sie so bereitwillig dem Verlauf des Falls, wie die Polizei ihn ausgeheckt hat. Sie wollen jemandem die Schuld geben.«

Stanley stand auf und erhob Einspruch. Aber es war zu spät. Highsmith hatte schon gemurmelt: »Keine weiteren Fragen«, und sich hingesetzt. Der Schaden war angerichtet.

Sampson sah ungehalten auf Highsmith herab. »Mr. Highsmith, ich werde nicht zulassen, daß Anwälte die Vernehmung von Zeugen als Vorwand zum Redenhalten benutzen. Sie werden Gelegenheit haben, den Geschworenen Ihre Ansicht darzulegen. Bitte beschränken Sie sich darauf. Also, Mr. Stanley, habe ich recht, daß Ihr nächster Zeuge der Hauptzeuge der Polizei, Detective Inspector Bennett, ist?«

»Ja, Euer Ehren.«

»Ich denke, es wäre wahrscheinlich besser, erst morgen mit seiner Aussage zu beginnen. Das Gericht hat noch zivile Fälle zu erledigen, und ich habe die Absicht, mich heute damit zu befassen.«

»Wie es Euer Ehren beliebt«, sagte Stanley und verneigte sich.

Auf den Pressebänken zog Don Smart eine schwungvolle Linie über die Seite. Jede Menge gutes Material für Schlagzeilen. Und morgen würde er beobachten können, wie George Bennett die Schlinge um Hawkins unsympathischen Hals legte. Die Tür war kaum hinter dem Richter zugefallen, als er sich erhob und zum nächstgelegenen Telefon eilte.

Clough war am Ende des Nachmittags immer noch nicht erschienen, obwohl der Gerichtsdiener eine telefonische Nachricht von Sergeant Lucas übermittelt hatte. »Clough ist aufgehalten worden«, las er. »Er sagt, er wird Sie morgen in Derby vor der Gerichtsverhandlung treffen.« George fragte sich flüchtig, was der Sergeant trieb. Wahrscheinlich hatte er mit einem anderen Fall zu tun, dachte er. In den Wochen seit Philip Hawkins Verhaftung hatten die beiden Männer in der

Zeit, die der Fall Alison Carter ihnen ließ, mehr als genug zu tun gehabt.

George kam aus dem Vorzimmer heraus, als er das Murmeln auf dem Treppenabsatz hörte, aus dem er schloß, die Sitzung des Gerichts sei für diesen Tag beendet. Er sah Ruth Carter, die von Freunden und Verwandten umgeben war, schaute aber absichtlich nicht hin. Jetzt, wo der Prozeß begonnen hatte, war es wichtig, daß die Zeugen sich nicht untereinander absprachen, bevor sie tatsächlich ihre Aussagen machten. George ging in entgegengesetzter Richtung in den Gerichtssaal. Highsmith und sein Mitarbeiter waren schon weg, aber Stanley und Pritchard saßen noch an ihrem Tisch, die Köpfe zu einer Besprechung zusammengesteckt.

»Wie war es?« fragte George und nahm sich den Stuhl neben Pritchard.

»Desmond war fabelhaft«, sagte Pritchard begeistert. »Ausgezeichnete Eröffnungsrede. Die Geschworenen waren fasziniert. Highsmith hat beim Mittagessen nicht einmal mit uns gesprochen. Sie wären sehr beeindruckt gewesen, George.«

»Gute Arbeit«, sagte George. »Wie war Mrs. Carter?«

Die zwei Anwälte tauschten Blicke. »Ein bißchen emotional«, sagte Pritchard. »Sie ist zweimal auf dem Zeugenstand in Schluchzen ausgebrochen.« Er sammelte den Rest seiner Unterlagen zusammen und steckte sie in eine Mappe.

»Es ist natürlich zu unserem Vorteil«, warf Stanley ein. »Aber trotzdem bringe ich eine Frau nicht gern zum Weinen.«

»Sie hat einiges hinter sich«, sagte George. »Es ist nicht auszudenken, wie es sein muß, wenn man weiß, daß man den Mann geheiratet hat, der das eigene Kind vergewaltigt und ermordet hat.«

Pritchard nickte. »Sie hält sich unter den Umständen ausgezeichnet. Sie ist eine gute Zeugin. Sie gibt nicht nach, und gerade ihre Starrköpfigkeit läßt Highsmith brutal erscheinen, was den Geschworenen gar nicht gefällt.«

»Was wird er zur Verteidigung vorbringen? Wissen Sie es?«

fragte George und stand auf, damit Pritchard und Stanley zusammenpacken konnten.
»Es ist schwer, sich auszumalen, was er glaubwürdig vorbringen könnte, außer einen Versuch, die Geschworenen zu überzeugen, daß die Polizei seinem Mandanten eine Falle gestellt hat.«
Stanley nickte. »Und das wäre ein schlimmer Fehler, glaube ich. Britische Geschworene mögen es ebensowenig wie die britische Öffentlichkeit, wenn man ihre Polizei angreift.« Er lächelte. »Sie stufen Polizisten ein wie Labradors – aufopfernd, treu, gut zu Kindern, Beschützer und Freunde des Bürgers. Trotz gegenteiliger Beweise weigern sie sich, zuzugeben, daß Polizisten korrupt, listig oder verlogen sein können, weil das bedeuten würde, daß wir am Rande der Anarchie leben. Wenn Highsmith Sie also angreift, wäre das eine Strategie, die ein großes Risiko in sich birgt.«
»Nolens volens muß er das trotzdem«, kommentierte Pritchard trocken. »Er wird sich mit allen anderen Argumenten schwertun. Wir mögen zwar nur Indizien haben, aber so viele, daß Highsmith eine schlüssige Gegentheorie braucht, um sie zu untergraben. Es wird nicht ausreichen, für jedes Beweisstück nur eine andere Erklärung anzubieten.«
Die gelassene Sachkenntnis der zwei Anwälte beruhigte George. »Ich hoffe, Sie haben recht.«
»Wir werden Sie morgen im Zeugenstand sehen«, sagte Pritchard. »Gehen Sie nach Hause zu Ihrer Frau, und schlafen Sie sich richtig aus, George.«
Er sah sie durch die Seitentür das Gebäude verlassen und ging dann langsam durch den leeren Gerichtssaal. Der Sinn stand ihm überhaupt nicht danach, durch das abendliche Derbyshire mit seinem üppigen Grün zurückzufahren. Er wünschte, er könnte ein ruhiges Pub finden und sich betrinken. Aber zu Hause hatte er eine Frau, die fast im siebten Monat schwanger war, und für sie war es wichtig, ihn stark zu sehen, nicht seine Schwäche. Mit einem Seufzer zog George die Autoschlüssel aus der Tasche und stellte sich der Welt.

Der Prozeß

2

George betrat den Zeugenraum am zweiten Tag von Philip Hawkins Prozeß und fand Tommy Clough auf einen Stuhl hingeflegelt, mit einer Flasche Limonade neben sich auf dem Boden, einer Zigarette im Mundwinkel und der *Daily News* auf den Knien. Er grüßte seinen Chef mit einem Nicken und schwenkte die Zeitung in seine Richtung. »Ruth Carter scheint bei den Schakalen einen guten Eindruck gemacht zu haben. Ich hatte geschätzt, sie würden sie zum Sündenbock machen. Sie wissen doch, wie das dann klingt: Die Frau, die eine Bestie heiratete –«, verkündete Clough mit belustigtem Pathos.

»Ich bin überrascht, daß sie sie so leicht haben davonkommen lassen«, gab George zu. »Ich hatte erwartet, daß sie behaupten würden, sie hätte wissen müssen, was für ein Mensch Hawkin war und was er mit Alison tat. Genau wie Sie dachte ich wirklich, sie würden hauptsächlich ihr die Schuld geben. Aber ich nehme an, sie haben selbst gesehen, in welcher Verfassung sie ist. Sie ist keine Frau, die wegschauen oder stillschweigend dulden würde, was der Kerl ihrer Tochter angetan hat.«

»Ich habe mit Pritchard in seinem feinen Hotel gefrühstückt«, gestand Clough. »Er sagte, sie hätte keine bessere Zeugin sein können, selbst wenn sie monatelang mit ihr dafür geübt hätten. Danach müssen Sie sich anstrengen, George.«

»Frühstück mit dem Anwalt, Tommy? Sie verkehren jetzt wohl in besseren Kreisen. Übrigens, wo waren Sie denn gestern?«
Clough richtete sich auf seinem Stuhl auf, faltete die Zeitung zusammen und warf sie zu Boden. »Ich dachte, Sie würden mich überhaupt nicht mehr danach fragen. Ich habe am späten Sonntag abend einen Anruf bekommen. Erinnern Sie sich an Sergeant Stillman?«
»In St. Albans?« George war plötzlich hellwach und beugte sich gespannt vor wie ein Hund, der an der Leine zieht.
»Derselbige. Er rief mich an, um mir zu sagen, Mr. und Mrs. Wells seien aus Australien zurück. Zwei Stunden zuvor, um genau zu sein. Also habe ich mich ins Auto gesetzt und bin direkt hinuntergefahren. Um acht Uhr gestern früh habe ich an ihre Haustür geklopft. Sie waren nicht erfreut, mich zu sehen, aber sie wußten offenbar, weswegen ich da war.«
George nickte ärgerlich und ließ sich auf einen Stuhl fallen. »Hawkins Mutter.«
»Ja. Wie wir dachten, hatte sie doch eine Adresse von ihnen. Jedenfalls tat ich ganz unschuldig. Ich erklärte, daß die Beschreibung des Webley-Revolvers, der ihm gestohlen wurde, mit einer Waffe übereinstimme, von der bei einem Verbrechen in Derbyshire oben Gebrauch gemacht wurde. Ich trug dick auf und sagte, wir wären beeindruckt gewesen von der Genauigkeit seiner Beschreibung und daß es die Übereinstimmung sehr wahrscheinlich mache.«
George lächelte. Er konnte sich vorstellen, wie raffiniert Clough Mr. Wells in die Enge getrieben hatte, so daß ihn nur eine Kolonne von Tunnelbauern hätte befreien können. »Als Sie ihm die Fotos zeigten, konnte er natürlich nichts anderes tun, als seine Waffe zu identifizieren?«
Clough grinste. »Sie haben's erfaßt. Und dann mußte ich die Wahrheit über Hawkin und den Prozeß in dieser Woche sagen. Wells regte sich furchtbar auf. Er könnte nicht gegen einen Freund und Nachbarn aussagen, wir müßten einen Fehler gemacht haben, bla, bla, bla.«

George zündete sich eine Zigarette an. »Was haben Sie also getan?«
»Ich war die halbe Nacht aufgewesen und hatte keine gute Laune. Ich verhaftete ihn wegen Behinderung.«
George sah ihn entsetzt an. »Sie haben ihn verhaftet?«
»Ja, hab ich. Er ärgerte mich wirklich«, sagte Clough selbstgefällig. »Jedenfalls, bevor ich noch damit fertig war, ihn über seine Rechte aufzuklären, knickte er ein. Er erklärte sich prompt bereit, als Zeuge auszusagen und mit mir nach Derby zu kommen. Also haben wir uns darauf geeinigt zu vergessen, daß ich ihn je verhaftet hatte. Dann gab er seiner Frau einen Brandy, da sie aussah, als würde sie ohnmächtig werden, holte seinen Mantel und Hut und kam so zahm wie ein Lämmchen mit mir.«
George schüttelte empört und zugleich bewundernd den Kopf. »Eines Tages, Tommy, eines Tages ... Wo ist er jetzt?«
»In einem sehr gemütlichen Zimmer im *Lamb and Flag.* Ich habe gestern, als wir hierherkamen, eine komplette Aussage von ihm bekommen, und Mr. Stanley will ihn gleich morgen früh in den Zeugenstand rufen«, grinste Clough.
»Vor mir?« fragte George.
»Stanley will, daß es zügig vorangeht. Er will nicht riskieren, daß Mrs. Wells zu Hawkins Mutter Kontakt aufnimmt und sie warnt, daß Wells aussagen wird. Er will versuchen, Highsmith zu überrumpeln, wenn er kann.«
»Aber Mrs. Hawkin ist doch wegen des Prozesses hier oben.«
»Stimmt. Aber ich gehe jede Wette ein, daß Mrs. Wells wissen wird, wen sie fragen muß, um herauszufinden, wo Mrs. Hawkin übernachtet.«
»Highsmith wird Einspruch gegen einen Zeugen erheben, der nicht beim Eröffnungsbeschluß mit dabei war.«
»Ich weiß. Aber Stanley sagt, der Richter wird es erlauben, da Wells zu der Zeit ja außer Landes war.« Clough stand auf und wischte die Asche weg, die auf seinen grauen Flanellanzug gefallen war. Er richtete seine Krawatte und zwinkerte George

zu. »Ich sollte also in den Saal gehen und sehen, wie er sich hält.«

Richard Wells, ein pensionierter Beamter, hatte schon den Eid geleistet, als Clough in den Gerichtssaal schlüpfte. Der Sergeant fand, er sah nicht aus wie jemand, der den Krieg so erlebt hatte, daß er einen Webley-Revolver als Souvenir mitgebracht hätte. Wenn je ein Mann für den administrativen Dienst in der Armee geschaffen war, dann war es Richard Wells: grauer Anzug, graues Haar, graue Krawatte. Sogar sein Schnurrbart wirkte gegen die gefährlich hochrote Gesichtshaut, der die heiße australische Sonne nicht gutgetan hatte, kümmerlich und langweilig.
Hawkin beugte sich gespannt auf der Anklagebank vor, zwei senkrechte Linien erschienen zwischen seinen Augenbrauen, und Clough hatte ein kindisches Vergnügen an seiner offensichtlichen Besorgnis. Stanley ging mit Wells die Formalitäten durch, dann sagte er ganz leger: »Ist irgend jemand im Saal, den Sie zuvor schon einmal gesehen haben?«
Wells nickte zur Anklagebank hin. »Philip Hawkin.«
»Woher kennen Sie Mr. Hawkin?«
»Seine Mutter ist unsere Nachbarin.«
»Kannte er Ihr Haus?«
»Er kam oft abends mit seiner Mutter zu uns zum Bridgespielen, bevor er wegzog.« Wells' Blicke schweiften immer wieder von dem Rechtsanwalt zu dem Gefangenen. Er fühlte sich trotz Stanleys entspanntem Ton offensichtlich nicht wohl in seiner Rolle.
»Sie besaßen früher einen Webley-Revolver, .38er Kaliber, nicht wahr?«
»Ja.«
»Haben Sie ihn je Mr. Hawkin gezeigt?«
Clough verfolgte Wells' angstvollen Blick zur Zuschauergalerie hinauf, wo er auf Hawkins Mutter ruhte. Wells holte tief Luft und murmelte. »Das kann sein.«

»Denken Sie sorgfältig nach, Mr. Wells.« Stanleys Stimme war sanft. »Haben Sie den Revolver Mr. Hawkin gezeigt oder nicht?«
Wells schluckte. »Ich habe ihn ihm gezeigt.«
»Wo bewahrten Sie den Revolver auf?«
Wells entspannte sich sichtlich, die abwehrende Stellung der Schultern lockerte sich etwas. »In einer abgeschlossenen Schublade meines Sekretärs im Wohnzimmer.«
»Und haben Sie ihn da herausgenommen, als Sie ihn Mr. Hawkin zeigten?«
»So wird es wohl gewesen sein.« Er schien jedes Wort in die Länge zu ziehen.
»Mr. Hawkin wußte also, wo die Waffe war?«
Wells senkte den Blick. »Ich nehme an«, murmelte er.
Der Richter beugte sich vor. »Sie müssen deutlich sprechen, Mr. Wells. Die Geschworenen müssen Ihre Antworten hören können.«
Stanley lächelte. »Danke, Euer Ehren. Also, Mr. Wells, würden Sie uns erzählen, was mit dem Revolver geschah?«
Wells preßte einen Augenblick fest die Lippen aufeinander und antwortete dann mit leiser, gepreßter Stimme: »Er wurde gestohlen. Bei einem Einbruch. Vor etwas mehr als zwei Jahren. Wir waren in Urlaub gefahren.«
»Keine angenehme Rückkehr für Sie und Ihre Frau. Haben Sie viel verloren?« fragte Stanley voller Mitgefühl.
Wells schüttelte den Kopf. »Eine silberne Reiseuhr, eine goldene Uhr und den Revolver. Sie sind nicht weiter gegangen als bis ins Wohnzimmer. Die goldene Uhr war in derselben Schublade wie der Revolver.«
»Sie haben der Polizei eine sehr gute Beschreibung des Revolvers gegeben. Können Sie sich erinnern, was ihn außer der Seriennummer kennzeichnete?«
Wells räusperte sich und strich seinen Schnurrbart glatt. Seine Augen schielten zu Hawkin hin, dessen düstere Miene noch finsterer geworden war. »An der unteren Ecke des Griffs war

eine angeschlagene Stelle«, sagte er so hastig, daß die Worte sich überstürzten.

Stanley wandte sich an den zweiten Gerichtsdiener. »Würden Sie bitte Mr. Wells das Beweisstück vierzehn zeigen?«

Der Gerichtsdiener nahm den Revolver vom Tisch mit den Beweisstücken und trug ihn durch den Saal zu Wells. Er drehte ihn um, so daß der Zeuge beide Seiten des kreuz und quer mit Linien überzogenen Griffstücks sehen konnte. »Nehmen Sie sich Zeit«, sagte Stanley leise.

Wells sah wieder zur Zuschauergalerie hinauf. Clough bemerkte, daß sich Mrs. Hawkins Gesicht verzog, als sie die schwerwiegende Erkenntnis plötzlich traf. »Es ist mein Revolver«, sagte er mit dumpfer, tonloser Stimme.

»Sie sind sicher?«

Wells seufzte. »Ja.«

Stanley lächelte. »Danke, daß Sie heute hierhergekommen sind, Mr. Wells. Wenn Sie jetzt da bleiben würden, wo Sie sind, hat vielleicht mein verehrter Kollege Mr. Highsmith noch Fragen an Sie.«

Das würde interessant werden, dachte Clough. Es gab fast keine Fragen, die Highsmith stellen konnte, die seinen Klienten nicht noch tiefer in den Schlamassel geraten lassen würden. Hawkin, der während der letzten paar Fragen und Antworten verzweifelt etwas gekritzelt hatte, gab seinem Anwalt einen Zettel. Er warf einen kurzen Blick darauf und reichte ihn dem Mitarbeiter Highsmiths weiter, der ihn dann vor Highsmith selbst hinlegte.

Highsmith stand jetzt auf, die kantigen Linien seines Gesichts wurden von einem Lächeln gemildert. Er sah kurz auf das Zettelchen, dann begann er Wells noch freundlicher zu befragen, als Stanley es getan hatte. »Als der Einbruch in Ihrem Haus geschah, waren Sie im Urlaub, nicht wahr?«

»Ja«, sagte Wells müde.

»Hatten Sie irgendeinem Nachbarn einen Schlüssel gegeben?«

Wells hob den Kopf, ein Funke Hoffnung schimmerte in

seinen Augen. »Mrs. Hawkin hatte immer einen Schlüssel. Für Notfälle.«
»Mrs. Hawkin hatte immer einen Schlüssel«, wiederholte Highsmith, und seine Blicke schweiften über die Geschworenen hinweg, um sicher zu sein, daß sie verstanden hatten, was er meinte. »Hat die Polizei nach dem Einbruch Fingerabdrücke genommen?«
»Sie versuchten es, aber wer immer eingebrochen hatte, trug Handschuhe, sagten sie.«
»Hat man Ihnen gegenüber je eine Theorie entwickelt, wer verantwortlich sein könnte?«
»Nein.«
»War jemals die Rede davon, daß sie Mr. Hawkin im Verdacht hatten?«
Noch während Wells »Nein« antwortete, war Stanley aufgesprungen.
»Euer Ehren«, protestierte er. »Mein verehrter Kollege beeinflußt nicht nur den Zeugen, sondern läßt ihn Aussagen machen, die auf Hörensagen beruhen.«
Sampson nickte. »Meine Damen und Herren Geschworenen, betrachten Sie die letzte Frage und die Antwort darauf als unerheblich. Mr. Highsmith?«
»Danke, Euer Ehren. Mr. Wells, hatten Sie jemals den Verdacht, daß Mr. Hawkin in Ihr Haus eingebrochen haben könnte?«
Wells schüttelte den Kopf. »Niemals. Warum sollte ich? Wir waren seine Freunde.«
»Danke, Mr. Wells. Ich habe keine weiteren Fragen.«
Daher weht also der Wind, dachte Clough, als er sich leise aus dem Gerichtssaal verzog. Er schlüpfte vor dem Gerichtsdiener in eines der Zeugenzimmer. George sprang auf, sein Gesichtsausdruck eine einzige Frage.
»Die Verteidigung hat die Identifizierung des Revolvers nicht hinterfragt. Ich glaube, ihre Strategie wird sein, daß Hawkin den Revolver in einer Kneipe gekauft hat und nicht wußte, daß es der war, der Wells gestohlen wurde.«

George seufzte. »Und ich habe den Revolver gefunden und ihn benutzt, um ihn verdächtig zu machen. Es ändert also nichts.«
»Doch«, sagte Clough ernst. »Es bringt Hawkin mit dem Revolver in Verbindung. Normale Leute haben keine Schußwaffen, George. Das wissen Sie doch?«
Bevor George antworten konnte, ging die Tür auf, und der Gerichtsdiener sagte: »Detective Inspector Bennett? Sie sind jetzt an der Reihe.«
Der Weg zum Zeugenstand kam ihm wie eine der längsten Strecken seines Lebens vor. Er fühlte Blicke auf sich gerichtet, die ihm jeden seiner Schritte bewußtmachten. Als er den Zeugenstand erreichte, drehte er sich nachdrücklich um und starrte in Philip Hawkins gelassenes Gesicht. Er hoffte, Hawkin spüren zu lassen, daß die Vergeltung nahte.
Stanley wartete, während der Protokollführer den Eid abnahm, dann stand er auf und tupfte leicht über seine feuchten Augen. »Würden Sie für das Protokoll Ihren Namen und Dienstgrad nennen, Inspector?«
»Ich bin George Bennett, Detective Inspector der Polizei von Derbyshire, stationiert in Buxton.«
»Ich möchte mit Ihnen zum Anfang dieses Falls zurückkehren, Inspector. Wann hörten Sie zum ersten Mal von Alison Carters Verschwinden?«
Sofort war George wieder im Büro der Kriminalpolizei an jenem bitterkalten Dezemberabend und hörte von Sergeant Lucas, daß in Scardale ein Mädchen verschwunden sei. Er begann seine Aussage mit der Klarheit eines Mannes, der in die Szenen der Vergangenheit hineinschlüpfen und sie mit der Unmittelbarkeit der Gegenwart beleben kann. Stanley lächelte fast vor Erleichterung, einen so eindrucksvollen Zeugen der Polizei zu haben. Nach seiner Erfahrung war es immer ein Vabanquespiel mit den Polizeibeamten. Manchmal vertraute er ihnen weniger als zwielichtigen Figuren im Zeugenstand. Aber George Bennett sah gut aus und machte einen ordentlichen Eindruck. Er klang so aufrichtig wie ein Filmstar, der einen ehrlichen Polizisten spielt.

Stanley verschwendete keine Zeit, und bis zum Ende des Vormittags waren der Anfangsteil des Berichts über Alisons Verschwinden, das erste Gespräch mit der Mutter und dem Stiefvater, die ersten Suchaktionen und die Entdeckung des Hundes im Wald abgeschlossen.

Dann ließ ihn Stanley ausführlich eineinhalb Stunden lang die Ergebnisse der Ermittlung schildern. Das Blut und die Stoffetzen im Wäldchen, das Buch in Hawkins Arbeitszimmer mit den detaillierten Angaben zu den alten Schächten im Felsen, die befleckten Kleidungsstücke und die Kugeln in der Bleimine, das blutige Hemd und der Revolver, die entsetzlichen Fotos und Negative im Safe.

»Es ist ungewöhnlich, einen Mann des Mordes anzuklagen, wenn es keine Leiche gibt«, sagte Stanley gegen Ende des Nachmittags.

»Ja, Sir. Aber in diesem Fall hielten wir die Beweislast für so überwältigend, daß man zu keiner anderen Schlußfolgerung kommen konnte.«

»Und es gibt natürlich andere Fälle, wo Personen des Mordes für schuldig befunden wurden, obwohl die Leiche fehlte. Inspector Bennett, haben Sie bei der Schwere der Vorwürfe noch irgendwelche Zweifel daran, daß es korrekt ist, Mr. Hawkin anzuklagen?«

»Jeder, der auf den Bildern gesehen hat, was er seiner Stieftochter angetan hat, als sie noch lebte, weiß, daß er ein Mann ist, der vor nichts zurückschreckt. Deshalb – nein, ich habe keinerlei Zweifel.« Es war das erste Mal, daß George seine Gefühle zeigte, und Stanley war zufrieden, zu sehen, daß die Geschworenen von seiner Leidenschaft beeindruckt schienen.

Er sammelte seine Unterlagen zusammen. »Ich habe keine weiteren Fragen an den Zeugen«, sagte er.

Er hatte sich noch nie so heftig nach einer Zigarette gesehnt, dachte George, als er darauf wartete, daß Rupert Highsmith aufhören möge, in seinen Unterlagen herumzusuchen, und seine Attacke begann. Stanleys Fragen waren gründlich und bohrend, aber es hatte nichts gegeben, worauf er nicht gut vorbereitet gewesen wäre. Highsmith hatte versucht, dem Richter vorzuschlagen, das Kreuzverhör auf den nächsten Morgen zu vertagen, aber Sampson war nicht in der Stimmung, zu warten.

Highsmith stand lässig mit dem Rücken an das Geländer gelehnt. »Sie werden nicht vergessen, daß Sie immer noch unter Eid aussagen, Inspector? Nun, sagen Sie dem Gericht, wie alt Sie sind.«

»Ich bin neunundzwanzig Jahre alt, Sir.«

»Und wie lange sind Sie Polizeibeamter?«

»Fast sieben Jahre.«

»Fast sieben Jahre«, wiederholte Highsmith voller Bewunderung. »Und Sie haben schon die stolzen Höhen eines Detective Inspector erklommen. Bemerkenswert. So haben Sie bestimmt nicht viel Zeit gehabt, Erfahrung mit komplizierten, ernsten Fällen zu sammeln?«

»Ich habe meinen Anteil davon abbekommen, Sir.«

»Aber Sie genießen den Vorzug der beschleunigten Beförderung für Beamte mit abgeschlossenem Hochschulstudium, nicht wahr? Sie erreichten Ihre Beförderungen nicht aufgrund ausgezeichneter Leistungen als Detective. Einfach, weil Sie Ihren Abschluß von der Universität haben, wurde Ihnen zügige Beförderung versprochen, egal, ob Sie wegen eines Mordes oder wegen Ladendiebstahls ermittelt hatten. Ist es nicht so?« Highsmith runzelte die Stirn, als mache ihm dieser Gedanke tatsächlich Kopfzerbrechen.

George atmete tief ein und durch die Nase wieder aus. »Ich bin als Hochschulabsolvent zur Polizei gekommen. Aber man machte mir klar, wenn meine Leistungen nicht gewissen Erwartungen entsprächen, würde ich nicht automatisch die Dienstgrade durchlaufen.«

»Tatsächlich?« Hätte Highsmith diesen Ton im Kricketclub angeschlagen, dann hätte George ihn fertiggemacht.

»Tatsächlich«, wiederholte er und preßte dann fest die Lippen zusammen.

»Es ist für einen so jungen Polizeibeamten sehr unüblich, eine Ermittlung von dieser Wichtigkeit zu leiten, nicht wahr?« drängte Highsmith weiter.

»Der Detective Chief Inspector der Kreisbehörde war wegen eines gebrochenen Knöchels nicht einsatzfähig. Am Anfang wußten wir nicht, als wie ernst sich die Ermittlung herausstellen würde, also bat mich Superintendent Martin, die Leitung zu übernehmen. Als es dann später ernster zu werden begann, schien es sinnvoller, die Kontinuität zu erhalten, als den Fall an jemanden von der übergeordneten Polizeibehörde zu übergeben, der wieder von vorn hätte anfangen müssen. Ich stand jederzeit unter direkter Aufsicht von Detective Chief Inspector Carver und dem Chef der Kreispolizei, Superintendent Martin, Sir.«

»Waren Sie überhaupt jemals vorher in einem Ermittlungsfall tätig, bei dem es um ein vermißtes Kind ging?«

»Nein, Sir.«

Highsmith verdrehte die Augen und seufzte. »Haben Sie je eine Ermittlung in einer Mordsache geleitet?«

»Nein, Sir.«

Highsmith runzelte die Stirn, rieb sich die Nasenwurzel mit dem Zeigefinger und sagte: »Korrigieren Sie mich, wenn ich unrecht habe, Inspector, aber dies ist die erste wichtige Ermittlung in einem Kriminalfall, die Sie überhaupt *jemals* geleitet haben, nicht wahr?«

»Geleitet, ja. Aber ich habe ...«

»Danke Inspector, Sie brauchen nur die Frage zu beantworten, die ich gestellt habe«, unterbrach ihn Highsmith brutal.

George warf ihm einen verärgerten Blick zu. Dann gelang es ihm irgendwie, verächtlich mit den Mundwinkeln zu zucken, als wisse er, was man mit ihm vorhatte.

»Sie haben ein starkes persönliches Interesse an diesem Fall, nicht wahr?«

»Ich habe meine Arbeit getan, Sir.«

»Sogar nachdem die Suche abgebrochen wurde, besuchten Sie Scardale immer noch mehrmals pro Woche, oder?«

»Zweimal pro Woche, ja. Ich wollte Mrs. Carter beruhigen und ihr zu erkennen geben, daß der Fall noch weiterverfolgt wurde und wir ihre Tochter nicht vergessen hatten.«

»Sie meinen Mrs. Hawkin, nicht wahr?« Daß Highsmith Ruths angeheirateten Namen verwendete, war eindeutig für die Geschworenen gedacht, als ein Mittel, um sie an ihre Beziehung zu dem Mann auf der Anklagebank zu erinnern.

George war gegen solche Provokationen gefeit. Er lächelte. »Es ist nicht verwunderlich, daß sie den Namen aus ihrer ersten Ehe bevorzugt. Wir respektieren diesen Wunsch gern.«

»Sie haben an Weihnachten sogar Ihre Familie einschließlich Ihrer schwangeren Frau allein gelassen, um Scardale zu besuchen.«

»Ich mußte immer daran denken, wie sich die Sache mit Alison auf die Gefühle der Leute in Scardale gerade an Weihnachten auswirken mußte. Ich machte mit meinem Sergeant einen kurzen Besuch, nur um uns sehen zu lassen und auch, um unser Mitgefühl zu zeigen.«

»Um Ihr Mitgefühl zu zeigen. Wie äußerst lobenswert«, sagte Highsmith herablassend. »Sie besuchten das Gutshaus oft, nicht wahr?«

»Ich ging immer mal vorbei, ja.«

»Kannten Sie das Arbeitszimmer?«

»Ich bin dort gewesen, ja.«

»Wie oft, würden Sie sagen?«

George zuckte die Achseln. »Es ist schwer, genau zu sagen, wie oft. Bevor wir die Durchsuchung machten, vielleicht vier- oder fünfmal.«

»Und waren sie jemals allein dort?«

Die Fragen kamen schnell wie Peitschenhiebe und taten genauso weh. Es war jetzt klar, was Highsmith plante. »Nur kurz.«

»Wie oft?«

George runzelte die Stirn. »Zweimal, glaube ich«, sagte er vorsichtig.

»Für wie lang?«

Stanley war aufgestanden. »Euer Ehren, dies soll ein Kreuzverhör sein. Mein verehrter Kollege scheint auf eine Art Fischzug auszugehen.«

Sampson nickte. »Mr. Highsmith?«

»Euer Ehren, die Anklage stützt sich weitgehend auf Indizien, die zum Teil im Arbeitszimmer meines Mandanten gefunden wurden. Ich glaube, es ist nur vernünftig, wenn mir erlaubt wird, festzustellen, daß andere Personen Gelegenheit hatten, sie dort zurückzulassen.«

»Gut, Mr. Highsmith, Sie dürfen fortfahren«, erlaubte ihm der Richter widerwillig.

»Wie lange waren Sie allein im Arbeitszimmer?«

»Bei einer Gelegenheit eine Minute oder höchstens zwei. Beim zweiten Mal muß ich etwa zehn Minuten da gewesen sein, bevor Mr. Hawkin erschien«, sagte George zögernd.

»Lange genug«, sagte Highsmith anscheinend zu sich selbst, nahm einen anderen Notizblock und blätterte darin herum. »Können Sie uns sagen, was für Hobbys Sie haben, Inspector?« fragte er sanft.

»Hobbys?« fragte George, aus dem Konzept gebracht.

»Ja.«

George sah Stanley einen Augenblick hilfesuchend an, aber der Rechtsanwalt konnte nur die Achsel zucken. »Ich spiele Krikket. Ich gehe Bergwandern. Ich habe keine Zeit für eine Menge Hobbys«, sagte er und klang so verblüfft, wie er wirklich war.

»Eins haben Sie ausgelassen«, sagte Highsmith, jetzt wieder mit eisiger Stimme. »Etwas von besonderer Wichtigkeit für diesen Fall.«

George schüttelte den Kopf. »Es tut mir leid, ich weiß nicht, wovon Sie sprechen.«

Highsmith nahm einen dünnen Stoß Fotokopien. »Euer Ehren, ich möchte diese Unterlagen als Beweisstücke der Verteidigung Nummer eins bis fünf verzeichnen lassen. Beweisstück eins ist aus der Schülerzeitschrift der Grammar School in Cavendish für Jungen von 1951. Es ist der Jahresbericht des Fotoklubs

der Schule, geschrieben vom Schriftführer George Bennett.« Er gab das oberste Blatt an den Gerichtsdiener weiter. »Die anderen Beweisstücke sind aus einem Mitteilungsblatt des Camera Clubs der Universität Manchester, wo Detective Inspector Bennett sein Studium absolvierte. Sie enthalten Artikel über Fotografie, die von einem George Bennett verfaßt wurden.« Er übergab die Papiere dem Gerichtsdiener.
»Inspector Bennett, leugnen Sie, daß Sie diese Artikel über Fotografie geschrieben haben?«
»Natürlich nicht.«
»Sie sind in der Tat so etwas wie ein Experte in Sachen Fotografie?«
George runzelte die Stirn. Er sah die Falle. Es zu leugnen würde ihn wie einen Lügner dastehen lassen, es zuzugeben konnte die Argumentation der Staatsanwaltschaft für eine Anklage gravierend schädigen. »Die Kenntnisse, die ich hatte, sind längst veraltet«, sagte er vorsichtig. »Außer für Schnappschüsse von der Familie habe ich seit fünf oder sechs Jahren keine Kamera mehr in der Hand gehabt.«
»Aber Sie würden wissen, wo Sie herausfinden könnten, wie man Fotos fälscht«, sagte Highsmith.
George wußte mehr über die Methoden der Anwälte als Ruth Carter. Er war sich klar, daß man eine Frage nicht unbeantwortet lassen darf. »Nicht besser als Sie, Sir.«
»Fotos lassen sich fälschen, nicht wahr?« fragte er.
»Nach meiner Erfahrung längst nicht so sauber wie diese hier«, sagte George.
Highsmith stürzte sich auf den ungewöhnlichen Versprecher. »Nach Ihrer Erfahrung? Sagen Sie dem Gericht hiermit, daß Sie Erfahrung im Fälschen von Fotografien haben?«
George schüttelte den Kopf. »Nein, Sir. Ich sprach von versuchten Fälschungen, die ich gesehen habe, nicht solchen, die ich hergestellt habe.«
»Aber Sie wissen, daß Fotos gefälscht werden können?«
George holte tief Luft. »Wie ich schon sagte, sind meine

Kenntnisse der Fotografie völlig veraltet. Alles, was ich über Fotografie weiß, ist wahrscheinlich von Neuerungen in Aufnahmeverfahren und Technik inzwischen überholt.«
»Inspector, bitte beantworten Sie die Frage, wissen Sie oder wissen Sie nicht, daß Fotos gefälscht werden können?« Highsmith klang ungehalten. George wußte, daß Highsmith diesen Ton anschlug, um ihn nicht vertrauenswürdig erscheinen zu lassen, aber er konnte nichts tun, um diesen Eindruck zu verwischen, außer wenn er zugab, ein geschickter Fälscher von Fotos zu sein.
»Ich habe einige theoretische Kenntnisse, ja, aber ich habe nie ...«
»Danke«, sagte Highsmith laut und fiel ihm ins Wort. »Eine einfache Antwort genügt immer. Nun, diese Negative, die die Anklage als Beweisstücke vorgelegt hat. Was für eine Kamera würde man brauchen, um sie aufzunehmen?«
Unter dem Pult des Zeugenstands, wo die Geschworenen es nicht sehen konnten, ballte George die Fäuste, bis die Nägel sich tief in seine Handflächen drückten. »Man würde eine Porträtkamera brauchen. Eine Leica oder Rolleiflex, so etwas.«
»Besitzen Sie eine solche Kamera?«
»Ich habe meine Rolleiflex seit mindestens fünf Jahren nicht mehr benutzt«, sagte er und wußte schon, während er es sagte, daß er ausweichend klang.
Highsmith seufzte. »Die Frage war, ob Sie eine solche Kamera besitzen, nicht, wann Sie sie zuletzt benutzt haben, Inspector. Besitzen Sie eine solche Kamera? Ja oder nein reicht als Antwort.«
»Ja.«
Highsmith hielt inne und blätterte in seinen Unterlagen. Dann sah er auf. »Sie glauben, daß mein Mandant schuldig ist, nicht wahr?«
George wandte das Gesicht den Geschworenen zu. »Was ich glaube, spielt keine Rolle.«
»Aber Sie glauben an die Schuld meines Mandanten?« beharrte Highsmith.

»Ich glaube, was mir das Beweismaterial sagt und daher also, daß Philip Hawkin seine dreizehnjährige Stieftochter vergewaltigt und ermordet hat«, sagte George und trotz seiner Absicht, sich in acht zu nehmen, verriet die Stimme seine Gefühle.

»Was beides schreckliche Verbrechen sind«, sagte Highsmith. »Jeder vernünftige Mensch wäre entsetzt und gewillt, denjenigen der Gerechtigkeit zuzuführen, der sie begangen hat. Das Problem ist nur, Inspector, es gibt keine hieb- und stichfesten Beweise dafür, daß diese Verbrechen je begangen wurden, nicht wahr?«

»Wenn es keine Beweise gäbe, hätten die Richter Ihren Mandanten nie ans Gericht überstellt, und wir wären heute nicht hier.«

»Aber es gibt eine andere Erklärung für jedes einzelne Indiz, das heute vorgelegt wurde. Und viele dieser Erklärungen führen genau zu Ihnen. Es ist Ihre Besessenheit im Fall Alison Carter, die uns heute hierhergebracht hat, nicht wahr, Inspector?«

Stanley stand wieder auf. »Euer Ehren, ich muß protestieren. Mein verehrter Kollege scheint entschlossen, Reden zu halten, statt Fragen zu stellen, abfällige Bemerkungen zu machen, statt direkt anzuklagen. Wenn er Detective Inspector Bennett etwas zu fragen hat, gut und schön. Aber wenn er nur die Absicht hat, vor den Geschworenen Verunglimpfungen und versteckte Andeutungen zu äußern, sollte er daran gehindert werden.«

Sampson schaute finster von seiner Bank herunter. »Er ist nicht der einzige, der außer der Reihe schöne Reden hält, Mr. Stanley.« Er schaute wie ein kurzsichtiger Maulwurf über seine Brillengläser auf die Geschworenen. »Sie sollten nicht vergessen, daß Sie hier sind, um die Beweisführung zu hören, und sollten alle Bemerkungen, die die Anwälte nebenbei machen, nicht beachten. Bitte, Mr. Highsmith, fahren Sie fort, aber zur Sache.«

»Gern, Euer Ehren. Inspector, denken Sie bitte daran, daß Sie

mit ja oder nein antworten sollten – sind Sie ein ehrgeiziger Mann?«
Stanley griff wieder ein. »Euer Ehren«, rief er entrüstet aus, »dies hat nichts mit der hier vor Gericht verhandelten Sache zu tun.«
»Es sagt etwas über seine Motivation aus«, erklärte Highsmith rasch. »Die Verteidigung behauptet, daß viele der Beweise gegen meinen Mandanten konstruiert sind. Inspector Bennetts Gemütszustand wird deshalb zum Thema für die Verteidigung.«
Sampson überlegte einen Moment und sagte dann. »Ich beabsichtige, die Frage zuzulassen.«
George holte tief Luft. »Mein einziger Ehrgeiz ist es, dazu beizutragen, daß Gerechtigkeit geschieht. Ich glaube, daß die Leiche eines Mädchens irgendwo da draußen liegt, eines Mädchens, das grausam mißbraucht wurde, bevor es ermordet wurde, und ich glaube, daß der Mann, der das getan hat, hier auf der Anklagebank sitzt.« Highsmith versuchte, ihn aufzuhalten, aber er sprach trotzdem weiter. »Ich bin hier, weil ich versuchen muß, dafür zu sorgen, daß er für das, was er getan hat, bezahlt, und nicht um meiner Karriere willen.« Er hielt plötzlich inne.
Highsmith schüttelte den Kopf, anscheinend empört. »Ja oder nein, darum hatte ich Sie gebeten.« Er seufzte. »Ich habe keine weiteren Fragen an diesen Zeugen«, sagte er, den Geschworenen zu- und vom Richter abgewandt, und sein Gesicht zeigte eine Verachtung, die in seiner Stimme nicht zum Ausdruck kam.
George trat vom Zeugenstand herunter. Er konnte dem Anblick Hawkins nicht mehr ausweichen, den er während der ganzen Dauer des Verhörs absichtlich vermieden hatte. Hawkin starrte ihn mit einem fast triumphierenden Blick an. Das Lächeln, das so oft seine Lippen umspielte, war wieder da, und er saß so bequem auf der Anklagebank, als sei er in seiner eigenen Küche. Mit Mordlust im Herzen schritt George an der

Anklagebank vorbei und geradewegs aus dem Gerichtssaal. Hinter sich hörte er den Richter den Beschluß der Sitzung für den Tag verkünden. Er eilte weiter, den Korridor hinunter zur Toilette, stürzte hinein, schob den Riegel vor und beugte sich über die Schüssel. Er schaffte es gerade noch. Das im Rachen brennende Erbrochene platschte gegen das weiße Klosettbecken, und der dünne, saure Geruch ließ ihn von neuem würgen.

Er zog an der Kette und lehnte sich dann gegen die Wand, kalter Schweiß stand ihm im Gesicht. Einen schrecklichen Moment lang hatte er im Gerichtssaal mit Entsetzen geahnt, was Highsmiths Verdächtigungen und Vorwürfe ihm antun konnten. Es würde nicht mehr brauchen als zwei leichtgläubige Geschworene mit einem Groll gegen die Polizei, und Hawkin würde nicht nur freikommen, sondern auch Georges Karriere und guten Ruf ruinieren. Es war ein unerträglicher Gedanke, der zu den Dingen gehörte, die einem um drei Uhr morgens Alpträume und Magenschmerzen verursachen. Er hatte für diese Anklage den Kopf hingehalten. Jetzt ließ er zum ersten Mal zu, daß ihm bewußt wurde, wie leicht er selbst für seinen Untergang verantwortlich werden konnte. Kein Wunder, daß Carver so großzügig darauf bestanden hatte, George den Fall selbst zu Ende führen zu lassen. Man hatte ihm nicht den Giftkelch gereicht, sondern er selbst hatte ihn ihren Händen entrissen.

Aber was hätte er sonst tun können? Auch als er dastand und der Chlorgeruch ihm in der Kehle brannte und seine Augen tränen ließ, wußte George, daß es für ihn eigentlich keine andere Wahl gegeben hatte.

Als er herauskam, wartete Clough schon auf ihn, die übliche Zigarette im Mundwinkel. »Ich kenne eine gute Kneipe an der Ashbourne Road«, sagte er. »Trinken wir doch ein Glas auf dem Heimweg.«

Er war ein bemerkenswerter Polizist, dachte George.

Der Prozeß

3

Den Rest der Woche saß George hinten im Saal und fand immer die Möglichkeit, ein paar Minuten nach Beginn der Sitzung zu kommen und wieder hinauszuschlüpfen, bevor sie beendet war. Er wußte, daß das lächerlich war, aber er konnte sich von der Vorstellung nicht freimachen, daß alle sich fragten, ob er unehrlich sei, oder, noch schlimmer, bereits glaubten, daß er es war. Er haßte den Gedanken, als einer jener Polizisten zu gelten, die sich ungeachtet der Beweislage vornehmen, jemanden wegen eines Verbrechens zu überführen. Aber er konnte nicht fernbleiben.

Am dritten Verhandlungstag erschienen die Zeugen aus Scardale. Charlie Lomas gelang es, sein gelassenes Auftreten zu wiederholen und die Geschworenen mit seiner offenen Art und seinem offensichtlichen Kummer wegen des Verschwindens seiner Cousine zu beeindrucken.

Als nächste kam Ma Lomas, für diese Gelegenheit in einen verschossenen schwarzen Mantel gekleidet, auf dessen Kragen ein Zweiglein weißes Heidekraut festgesteckt war. Sie sagte, ihr Name sei Hester Euphemia Lomas. Es war offensichtlich, daß sie vor dem Gericht weder Ehrfurcht noch Respekt hatte; sie antwortete den beiden Anwälten der Krone genauso, wie sie mit George in ihrem eigenen Wohnzimmer gesprochen hatte. Sie bestand auf einem Stuhl und einem Glas Wasser, die sie dann aber nicht beachtete. Stanley behandelte sie mit

übertriebener Höflichkeit, was sie mit der größten Gleichgültigkeit erwiderte.
»Und sind Sie absolut sicher, daß es Mr. Hawkin war, den Sie das Feld überqueren sahen?« fragte Stanley.
»Ich brauche nur zum Lesen eine Brille«, erwiderte die alte Frau. »Ich kann immer noch einen Turmfalken von einem Sperber in hundert Meter Entfernung unterscheiden.«
»Wie können Sie sicher sein, daß es Mittwoch war?«
Sie sah ihn ungeduldig an. »Weil es der Tag ist, an dem Alison verschwand. Wenn so etwas passiert, bleibt einem alles andere, was an dem Tag passiert, im Gedächtnis.«
Stanley fand offensichtlich, dagegen lasse sich nichts sagen. Er sprach mit ihr über ihre Kenntnis der Bleimine aus dem Buch im Arbeitszimmer von Scardale Manor. »Hat Squire Castleton oft mit Ihnen über die Geschichte der Gegend gesprochen?«
»O ja«, erwiderte sie leichthin. »Ich kannte ihn, seit er ein kleiner Junge war. Er hat seine Pächter nie herumkommandiert, der *alte* Squire nicht. Wir sind oft zusammengesessen und haben geredet, er und ich. Wir sagten oft, wenn er mal nicht mehr da wäre, würde die halbe Geschichte des Tals mit ihm verschwinden. Er war immer hinter mir her, daß ich alles aufschreiben sollte, aber das war mir zuviel.«
»Aber so wußten Sie, wo das Buch zu finden war?«
»Stimmt. Oft haben wir dagesessen und das Buch angeschaut, der alte Squire und ich. Ich habe es sofort gefunden.«
»Warum haben Sie die alte Bleimine nicht früher der Polizei gegenüber erwähnt?« fragte Stanley scheinbar ganz nebenbei.
Sie kratzte sich mit einem knotigen, arthritischen Finger an der Schläfe. »Ich weiß eigentlich nicht. Ich vergesse manchmal, daß nicht jeder das Tal so gut kennt wie ich. Ich habe seitdem oft wach gelegen und mich gefragt, ob es für die arme Alison einen Unterschied gemacht hätte, wenn ich die Bleimine an dem Abend, als sie verschwand, Inspector Bennett gegenüber erwähnt hätte.« Sie seufzte. »Es ist eine furchtbare Last für mich.«

»Ich habe keine Fragen mehr an Sie, Mrs. Lomas, aber mein Kollege Mr. Highsmith wird Sie zu einigen Dingen fragen müssen. Würden Sie also hier warten?« Stanley verbeugte sich leicht vor der Matriarchin, bevor er sich setzte.

Diesmal wartete Highsmith ein paar Augenblicke, bevor er sich erhob. »Mrs. Lomas«, begann er. »Es muß schwer für Sie sein, den Neffen Ihres alten Freundes hier auf der Anklagebank zu sehen.«

»Ich dachte nie, daß ich einmal froh sein würde, daß Squire Castleton tot ist«, sagte sie mit leiser Stimme. »Das hier hätte sein Herz gebrochen. Er liebte Alison, als wäre sie seine eigene Enkelin.«

»Wirklich. Wenn ich Sie mit ein paar Fragen belästigen dürfte, wäre ich sehr dankbar.«

Sie schaute auf, und George, der hinten im Gerichtssaal saß, erhaschte das böse Funkeln in ihren Augen. Er zuckte zusammen. »Fragen sind keine Belästigung für mich«, sagte sie bissig. »Die Wahrheit sagen und den Teufel beschämen. Ich habe nichts zu befürchten von Ihren Fragen, also fragen Sie nur.«

Highsmith schien momentan erstaunt. Ihre fügsamen Antworten auf Stanleys Fragen hatten ihn nicht auf eine Ma Lomas in Kampfeslaune vorbereitet. »Wie können Sie sicher sein, daß es Mr. Hawkin war, den Sie an jenem Nachmittag übers Feld gehen sahen?«

»Wie kann ich sicher sein? Weil ich ihn gesehen habe. Weil ich ihn kenne, wie er aussieht, wie er geht, die Kleider, die er trägt. Es gibt niemand in Scardale, mit dem man ihn verwechseln könnte«, erwiderte sie empört. »Ich mag zwar alt sein, aber blöd bin ich nicht.«

Ein Kichern ging durch die Reihen der Journalisten, und die Abordnung aus Scardale erlaubte sich ein knappes Lächeln. Ma würde diesem Londoner Rechtsanwalt zeigen, wo es langging.

»Das ist offensichtlich, Madam«, kam Highsmiths knappe Antwort.

»Sie brauchen mich nicht Madam zu nennen, Junge. Ma tut's schon.«
Highsmith blinzelte heftig. Die Spitze seines Bleistifts brach auf dem Notizblock in seiner Hand ab. »Dieses Buch im Arbeitszimmer des Gutshauses – Sie sagten, Sie wußten genau, wo Sie danach suchen mußten?«
»Gut behalten, Junge«, sagte Ma grimmig.
»Es war also da, wo es hätte sein sollen?«
»Wo sonst hätte es sein sollen? Natürlich war es da, wo es hätte sein sollen.«
Highsmith stürzte sich auf diese Aussage. »Niemand hatte es also herausgenommen?«
»Das kann ich nicht wissen, oder? Wie sollte ich? Es wäre nicht schwer gewesen, es an den richtigen Platz zurückzustellen – die Regale sind voll. Wenn man ein Buch herausnimmt, hinterläßt es eine Lücke. Man stellt es also an denselben Platz zurück. Ganz automatisch«, sagte sie verächtlich.
Highsmith lächelte. »Aber es gab kein Anzeichen, daß jemand das getan hatte. Danke, Mrs. Lomas.«
Der Richter beugte sich vor. »Sie sind jetzt frei, zu gehen, Mrs. Lomas.«
Sie wandte sich mit einem boshaft triumphierenden Lächeln zu Hawkin. George war erleichtert zu sehen, daß sie den Geschworenen den Rücken zuwandte. »Ja, ich weiß«, sagte sie. »Das ist mehr, als der hier von sich sagen kann, nicht?« Sie schritt durch den Saal wie die königliche Hoheit, die sie in ihrem Dorf war, und nahm auf einem für sie freigehaltenen Stuhl in der Mitte ihrer Familie Platz.
Der nächste Tag verging mit einer Menge verschiedener Spezialisten, die zu besonderen Fakten aussagen konnten. Hawkins Schneider war von London heraufgekommen, um zu bestätigen, daß das in der Dunkelkammer versteckte befleckte Hemd zu einer Bestellung gehörte, die der Angeklagte weniger als ein Jahr zuvor nach Maß hatte anfertigen lassen. Ein Verkäufer der Drogerie Boots sagte aus, daß er Philip Hawkin

zwei Rollen Heftpflaster verkauft hatte, von genau der Sorte, die sowohl an der Schnauze von Alisons Hund gefunden worden war und mit der auch der Schlüssel an die Rückseite der Schublade in Hawkins Arbeitszimmer angeklebt war.
Ein Spezialist für Fingerabdrücke berichtete, daß Abdrücke von Philip Hawkin auf den Fotos und den Negativen im Safe gefunden wurden. Aber es waren keine Abdrücke an dem Webley-Revolver, und es war unmöglich gewesen, auf dem antiquarischen Buch Abdrücke zu finden.
Der letzte Zeuge des Tages war der Experte für Feuerwaffen. Er bestätigte, daß eine der Kugeln in der Höhle klar als .38er Kaliber identifiziert werden konnte und aus der Waffe abgefeuert wurde, die Ruth Carter in der Dunkelkammer ihres Mannes gefunden hatte.
Bei all diesen Zeugenaussagen stellte Highsmith wenige Fragen, außer wenn er zu zeigen versuchte, daß es zu allen Aussagen, die die Anklage machen ließ, alternative Erklärungen gab. Jedermann, so argumentierte er, hätte sich ein Hemd verschaffen können, das Hawkin gehörte. Man hätte es sogar von der Wäscheleine beim Gutshaus stehlen können. Hawkin hätte eventuell das Heftpflaster nicht für sich, sondern im Auftrag für jemand anderen gekauft haben können. Natürlich waren seine Abdrücke auf den Bildern und den Negativen – die Polizei hatte sie in einem Vernehmungsbüro vor ihm auf den Tisch geworfen, bevor sie in Plastikhüllen gesteckt worden waren und bevor sein Anwalt überhaupt bei der Polizeiwache angekommen war. Und die einzige Person, die eine Verbindung zwischen der Waffe und Hawkin herstellte, war natürlich seine Frau, die so verzweifelt nach einer Erklärung für das Verschwinden ihrer Tochter suchte, daß sie sogar bereit war, sich gegen ihren Mann zu wenden.
Die Geschworenen saßen gelassen da und ließen nichts von ihrer Meinung zu diesem Auftritt erkennen. Am Ende des dritten Tages vertagte man die Verhandlung bis zum nächsten Morgen.

Am Freitag morgen stand ein Artikel im *Daily Express*, der eine quälende Lektüre für George war.

Polizeihunde bei Suche nach vermißtem Jungen eingesetzt

Acht Polizeibeamte mit zwei Diensthunden suchten heute Bahnlinien, Parks und verlassene Gebäude nach dem kurzsichtigen Schüler Keith Bennett ab, der schon seit fast drei Tagen zu Hause vermißt wird.

Ein Polizeibeamter sagte: »Wenn wir ihn heute nicht finden, wird die Suche verstärkt. Wir wissen einfach nicht, was mit ihm geschehen ist. Wir vermuten noch keine Gewalt, können aber keinen Grund für sein Verschwinden finden.«

Der zwölfjährige Keith aus der Eston Street, Chorlton-on-Medlock, Manchester, verschwand am Dienstag abend, als er auf dem Weg zu seiner Großmutter war. Er wohnt in einer Gegend von Manchester, wo bereits mehrere Morde und Vermißtenfälle vorkamen.

Ein häusliches Kind

Die Brille mit den dicken Gläsern, eines davon zerbrochen, ließ er zu Hause zurück.

Keiths Mutter, Mrs. Winifred Johnson, 30, die noch fünf Kinder hat und ihr siebtes in zwei Wochen erwartet, sprach heute unter Tränen von ihrem verschwundenen Sohn.

Sie sagte: »Er hat noch nie so etwas getan. Er ist ein Junge, der sonst sehr häuslich ist. Er kann ohne seine Brille kaum sehen.«

Seine Großmutter, Mrs. Gertrude Bennett, 63, aus der Morton Street, Longsight, Manchester, erklärte: »Wir können vor Sorge um ihn weder essen noch schlafen oder überhaupt irgend etwas tun.«

Das Suchteam der Polizei besteht aus einem Sergeant, fünf Constables und zwei Diensthundeführern. Sie suchen eine große Fläche innerhalb einer Meile um Keiths Zuhause ab.

George starrte auf die Zeitung. Der Gedanke an eine weitere Mutter, die das durchstand, was Ruth Carter erlebt hatte, war eine Qual für ihn. Aber in einem Winkel seines Bewußtseins konnte er nichts anderes denken, als daß dies zu keinem opportuneren Zeitpunkt hätte kommen können. Wenn jemand von den Geschworenen diese Zeitung las, konnte Winifred Johnsons qualvolle Not Ruth Carters Leid nur unterstreichen und jeder Neigung, Hawkin zu glauben, entgegenwirken. Scham überkam ihn plötzlich. Wie konnte er so gefühllos sein? Wie konnte er auch nur daran denken, das Verschwinden eines anderen Kindes auszunutzen? Von sich selbst angeekelt, zerknüllte er die Zeitung und warf sie in den Papierkorb.

An diesem Nachmittag, als er die Treppe zum Gerichtssaal hinaufging, sah er eine vertraute Gestalt an der Tür warten. In seiner makellosen Galauniform stand Superintendent Martin da und strich über seine weichen schwarzen Lederhandschuhe. Als George näher kam, schaute er auf. »Inspector«, grüßte er ihn mit unergründlichem Gesichtsausdruck. »Ich möchte Sie gerne kurz sprechen.«

George folgte ihm einen Seitenkorridor entlang zu einem kleinen Zimmer, das nach Schweiß und Zigarettenrauch roch. Er schloß die Tür hinter sich und wartete.

Martin zündete sich eine seiner Zigaretten ohne Filter an und sagte unvermittelt: »Ich möchte, daß Sie nächste Woche wieder im Büro in Buxton sind.«

»Aber Sir ...«, protestierte George.

Martin hielt beschwichtigend eine Hand hoch. »Ich weiß, ich weiß. Die Staatsanwaltschaft wird ihre Darlegungen heute abschließen, und dann wird nächste Woche die Verteidigung drankommen. Und das ist genau der Grund, warum ich will, daß Sie in Buxton bleiben.«

George hob den Kopf und starrte den obersten Vorgesetzten seiner Dienststelle an. »Dies ist mein Fall, Sir.«

»Ich weiß. Aber Sie wissen genausogut wie ich, welche Richtung Highsmith bei der Verteidigung einschlagen wird. Er hat keine andere Wahl. Und ich werde nicht zulassen, daß einer meiner Leute im Saal sitzt und sich anhören muß, wie sein Charakter von einem gewieften Anwalt verleumdet wird, dem es gleichgültig ist, welchen Schaden er einem achtbaren Mann zufügt.« Verräterische Röte stieg an Martins Hals hoch. Er begann, auf und ab zu gehen.

»Mit Respekt, Sir, ich kann alles ertragen, was Highsmith mir vorwerfen mag.«

Martin blieb stehen und schaute George an. »Das glauben Sie wohl? Doch selbst wenn Sie das könnten, lasse ich es nicht zu, daß Sie der Presse auf Gnade und Ungnade ausgeliefert sind. Wenn Sie von sich aus nicht willens sind, in Deckung zu gehen, dann sollten Sie es für Ihre Frau tun. Es wird schlimm genug sein, wenn sie die Berichte lesen muß, die Sie aller möglichen Untaten bezichtigen, ganz abgesehen von den Fotos, auf denen Sie sich aus Autos heraus- und wieder hineinstehlen, als seien Sie derjenige, der vor Gericht steht.«

George strich sich mit der Hand über die Haare. »Ich habe noch Urlaub, der mir zusteht.«

»Und ich gebe Ihnen keine Erlaubnis, ihn zu nehmen«, schnauzte Martin. »Sie werden Derby fernbleiben, bis der Prozeß zu Ende ist. Und das ist ein Befehl.«

George wandte sich ab und zündete sich eine Zigarette an. Es war schwer, seine Verbannung nicht als die Rache der Götter für seine Reaktion auf Keith Bennetts Verschwinden zu sehen. »Lassen Sie mich wenigstens beim Urteilsspruch dabeisein«, murmelte er.

Professor John Patrick Hammond trug seine Qualifikationen vor, die ihn zu einem der führenden Experten für Kriminaltechnik im Norden Englands machten. Sein Name stand in der öffentlichen Meinung ebenbürtig neben Bernard Spilsbury, Sydney Smith und Keith Simpson, also einer Gruppe von Männern, die man an den Fingern abzählen konnte. Sie hatten die Fähigkeit, mit Hilfe ihrer wissenschaftlichen Spezialkennt-

nisse aus einer Reihe verstreuter Spuren unwiderlegbare Schuldbeweise abzuleiten. Pritchard, vom Büro des Oberstaatsanwalts, hatte darauf bestanden, einen profilierten Experten mit diesem Fall zu betrauen. »Da wir so wenig haben, auf das wir uns stützen können, sollten wir es mit allen Mitteln verteidigen«, hatte er gesagt, und Superintendent Martin hatte zugestimmt.
Hammond war ein kleiner, pedantischer Mann, dessen Kopf zu groß für seinen Körper war. Er kompensierte sein etwas lächerliches Äußeres durch eine salbungsvolle und gewichtige Art, sich zu geben. Geschworene waren immer von ihm begeistert, weil er die Fachsprache der Wissenschaft in die Sprache der Laien übersetzen konnte, ohne ihnen jemals das Gefühl zu geben, er spreche von oben herab. Stanley war vernünftig genug, seine Fragen auf ein Minimum zu beschränken, und erlaubte Hammond, selbst zu entscheiden, welche Erklärungen er geben wollte.
Hammond sorgte dafür, daß die Geschworenen richtig verstanden, welchen Tatsachen eine Schlüsselfunktion zukam. Das Blut am Baum in dem Wäldchen, an der zerrissenen Wäsche in der Höhle und an dem befleckten Hemd stammte von einem weiblichen Wesen mit der Blutgruppe 0, die auch Alisons Blutgruppe war. Die große Menge Blut am Hemd deutete auf eine ernstzunehmende Wunde hin. Das Sperma am Hemd stammte von einem Sekretor mit der Blutgruppe A. Der Angeklagte war ein Sekretor mit Blutgruppe A.
Er erklärte auch, daß die Untersuchung durch die Spurensicherung Brandspuren an dem Hemd ergeben hatte, die ohne jeden Zweifel darauf hinwiesen, daß eine Waffe aus großer Nähe abgefeuert wurde. Hammond zeigte dies, indem er das Hemd vor sich selbst hochhielt. George bemerkte, daß Ruth Carter das Gesicht mit beiden Händen bedeckte. Kathy Lomas legte einen Arm um sie und zog sie zu sich heran.
»Wie Sie sehen werden, Euer Ehren«, erklärte Hammond, »gibt es Schmauchspuren des Schusses auf der rechten Man-

schette und auch auf der rechten Vorderseite des Hemdes. Wenn jemand dieses Hemd getragen und nicht weit davon entfernt eine Waffe gehalten hätte, wären dies genau die Stellen, wo man erwarten würde, die Spuren zu finden. Es gibt keine andere Erklärung für eine solche spezielle Kombination und Anordnung von Schmauch- und Blutspuren.«

Highsmith erhob sich leicht frustriert zum Kreuzverhör. Dieser Fall war bis jetzt nicht gerade einer der erfolgreichsten Auftritte seines Lebens gewesen. Es gab so wenig, was sich greifen ließ, und das bißchen, das es gab, war dürftig. Wenigstens hier war jetzt etwas Konkretes, das man angreifen konnte. »Professor Hammond, können Sie uns sagen, welcher Prozentsatz der Bevölkerung die Blutgruppe A hat?«

»Ungefähr zweiundvierzig Prozent.«

»Und wie hoch ist in der Bevölkerung der prozentuale Anteil von Sekretoren, bei denen in den anderen Körperflüssigkeiten die Blutgruppe erkennbar ist?«

»Ungefähr achtzig Prozent.«

»Verzeihen Sie, Mathematik war noch nie meine Stärke. Wieviel Prozent der Bevölkerung gehören also zu Blutgruppe A und sind Sekretoren?«

Hammonds Augenbrauen zuckten auf und ab. »Etwa dreiunddreißig Prozent.«

»Wir können also lediglich feststellen, daß diese Spermaflecken von einem Drittel der männlichen Bevölkerung in diesem Land hätten sein können?«

»Das ist korrekt, ja.«

»Sie können also, statt auf meinen Mandanten persönlich hinzuweisen, lediglich sagen, daß diese Tests ihn nicht ausschließen.« Das war keine Frage, und Hammond gab keine Antwort. »Kommen wir weiter zu diesem befleckten Hemd. Gibt es etwas, das darauf hinweist, daß der Angeklagte die Person war, die das Hemd getragen hat, als der Schuß abgefeuert wurde?«

»Was die Spurensicherung betrifft, nicht.« Hammond klang

widerwillig wie immer, wenn er zugeben mußte, daß seine Wissenschaft nicht jede Frage beantworten konnte.

»Irgend jemand anders hätte also das Hemd tragen können?«

»Ja.«

»Und die Person, die das Hemd trug, muß nicht dieselbe Person gewesen sein, die das Sperma auf dem anderen Kleidungsstück hinterließ?«

Hammond schwieg einen Moment. »Ich finde es ziemlich unwahrscheinlich, aber ich nehme an, es ist möglich.«

»Die Blutmenge auf dem anderen Kleidungsstück war beträchtlich geringer. Könnte sie von der Art von Blutung herrühren, die eintritt, wenn das Hymen durchstoßen wird?«

»Es ist unmöglich, das genau festzustellen. Manche Frauen verlieren eine beträchtliche Menge Blut, wenn sie ihre Jungfräulichkeit verlieren. Andere überhaupt keines. Aber wenn die Blutflecken auf dem Hemd diesen Ursprungs gewesen wären, hätte diese Frau eine so starke Blutung gehabt, daß sie möglicherweise zum Tod geführt hat.«

»Und doch war kein Blut am vermuteten Tatort. Wenn jemand in der Höhle tödlich verletzt worden wäre, wäre doch überall Blut gewesen? In Pfützen auf dem Boden, in Spritzern an den Wänden und der Decke? Wie ist es möglich, daß überhaupt kein Blut da war außer dem auf den verschiedenen Kleidungsstücken?«

»Fordern Sie mich auf zu spekulieren?« fragte Hammond knapp.

»Ich frage Sie, ob Ihrer Erfahrung nach jemand in der Höhle hätte erschossen werden können, ohne daß es am Tatort Blutspuren gegeben hätte«, sagte Highsmith und sprach die Worte langsam und deutlich aus.

Hammond runzelte die Stirn, überlegte einen Moment und blickte nachdenklich nach oben. Schließlich sagte er: »Ja, es ist möglich.«

Highsmith runzelte die Stirn. Aber bevor er etwas sagen konnte, fuhr Hammond fort. »Wenn, sagen wir, das Mädchen festgehalten und ihm die Waffe unter die Rippen gestoßen wurde. Eine Kugel hätte dann auf einer nach oben führenden Bahn das Herz zertrümmern, sich aber ebensogut hinter dem Schulterblatt festsetzen können. Wenn es keine Wunde gab, wo die Kugel austrat, konnte vorn auch kein Blut herausspritzen. Und wenn sie festgehalten wurde, wären die Spritzer nach hinten als größere Blutflecken vom Hemd aufgesaugt worden.«

Highsmith erholte sich schnell. »Sie können also nur eine Variante unter allen denkbaren Szenarien dieses mutmaßlichen Mordes finden, die das Fehlen von Blut am Tatort erklären würde?«

»Immer von der Vermutung ausgehend, daß das Mädchen in der Höhle getötet wurde? Ja, ich kann nur eine Erklärung finden.«

»Eine Möglichkeit von Dutzenden, Hunderten gar. Das würde man also kein wahrscheinliches Szenario nennen?«

Hammond zuckte die Schultern. »Ich habe keine Ahnung.«

»Danke, Professor Hammond.« Highsmith setzte sich. Er hatte mehr herausgeholt, als er erwartet hatte. Er traute sich zu, daß er die Geschworenen mit wissenschaftlichen Tatsachen verblüffen und so ratlos machen konnte, daß der Freispruch der einzig vernünftige Ausweg wäre.

»Hiermit ist der Fall für die Anklage abgeschlossen«, verkündete Stanley, als Professor Hammond seine Unterlagen einsammelte und den Zeugenstand verließ.

»Ich unterbreche die Sitzung bis nächste Woche«, verkündete Sampson.

Der Prozeß

4

Manchester Guardian, Montag, 22. Juni 1964

Neuer Hinweis auf vermißten Jungen

Die Polizei änderte ihre Suche nach einem fast blinden Jungen, der seit fünf Tagen vermißt wird, nachdem einer seiner Schulfreunde ausgesagt hatte: »Er hatte irgendwo ein supergeheimes Versteck.«
Die Suche wurde von der Gegend um die Eston Street, Longsight, Manchester, wo Keith Bennett wohnt, auf ein nahe gelegenes Gebiet mit Feldern und Bäumen verlegt.
Ein Polizeisprecher sagte: »Der Junge hat vielleicht ein Versteck und könnte Essensvorräte haben. Wo immer sein Unterschlupf ist, er muß gut sein.«

Rußland gab zu, mit Satelliten im Weltall seine Feinde beobachten zu können; ein Herzanfall beendete Nehrus Führung in Indien; Rhodesiens neuer Führer Ian Smith drohte mit Säbelrasseln; The Searchers und Millie und die Four Pennies stritten sich um die Spitzenstellung in den Pop Charts. Aber George sah nur die Zeitungsberichte zu Philip Hawkins Prozeß. Er versuchte, die Zeitungen von Anne fernzuhalten, aber sie ging jeden Tag zum Zeitungshändler und kaufte sich alle selbst. Sie mußte mit den Frauen der anderen Polizeibeamten darüber sprechen; sie wollte hören, was man über ihren Mann sagte, um zu wissen, wie sie für ihn am besten zurückschlagen konnte, wenn jemand so töricht war und die Solidarität der unter Druck stehenden Polizei zu durchbrechen versuchte.

Der einzige Zeuge der Verteidigung außer Hawkin selbst war sein früherer Chef, der ihm ein untadeliges Zeugnis ausstellte. Er war nicht gerade leidenschaftlich an Hawkins Fall interessiert, bezeugte aber, daß er nie etwas gehört hatte, das gegen den früheren Zeichner sprach.

Als Hawkin in den Zeugenstand trat, war das Feuerwerk losgegangen. Am folgenden Morgen war in den Schlagzeilen zu lesen:

POLIZEI HAT MICH REINGELEGT;

ANGEKLAGTER BEHAUPTET, BEWEISE SEIEN ERFUNDEN;

**LÜGEN, LÜGEN UND NOCH MAL LÜGEN,
SAGT DER ANGEKLAGTE;**

ALISONS MÖRDER NOCH FREI;

GERICHTSVERHANDLUNG GEHT WEITER.

George saß in seinem Büro und starrte erbittert auf die Worte, die er vor sich sah. Sie würden zwar schon morgen Einwickelpapier für Fish and Chips sein, aber etwas von dem Dreck würde hängenbleiben. Was immer nach dem Fall passieren würde, er wollte um eine Versetzung bitten.

Hawkin hatte nach allem, was man hörte, im Zeugenstand eine blendende Vorstellung gegeben und bei jeder Gelegenheit seine Unschuld beteuert. Highsmith hatte ihm viele dieser Gelegenheiten zugespielt. Für jedes Indiz gegen ihn hatte er eine Widerlegung gefunden, von denen einige überzeugender waren als andere. Er hatte seine Aussagen freimütig gemacht, sich an die Geschworenen gewandt und schien offen und aufrichtig.

Er hatte sogar den Besitz des Webley-Revolvers zugegeben, aber nicht, daß er ihn von Richard Wells gestohlen hatte. Seine Version war, daß er die Waffe von einem früheren Kollegen gekauft hatte, der inzwischen praktischerweise verstorben war. Er hatte immer ein Verlangen danach gehabt, einen Revolver zu besitzen, gestand er ziemlich beschämt. Der Mann hatte ihn zum Verkauf angeboten, bevor Hawkin überhaupt von dem Einbruch gehört hatte. Danach hatte er den Zusammenhang begriffen, aber Angst gehabt, sich zu melden, weil er dachte, er werde sonst vielleicht verdächtigt, selbst den Einbruch verübt zu haben. Und, ja, er hatte den Revolver seiner Frau gezeigt. Er sei jetzt sehr beschämt über sein Benehmen, hatte er hinzugefügt. Die Zeitungen schrieben, er scheine bei seiner Aussage keine Angst gehabt zu haben. Hawkin hatte mehrmals gesagt, er glaube, obwohl er von der Polizei hintergangen worden sei, doch an die Gerechtigkeit in Großbritannien und die Vernunft britischer Geschworener.

»Trägt 'n bißchen dick auf«, knurrte George, als er den ausführlichen Bericht unter Don Smarts Namen in der *Daily News* las.

Clough steckte den Kopf durch die Tür. »Wenn Sie mich fragen, er bemüht sich zu sehr. Geschworene hassen nichts mehr, als wenn sie glauben, man schmeichelt ihnen. Man kann ihnen schöntun, soviel man will, solange sie es nicht merken. Aber er schwafelt ihnen so viel vor, daß sie es nicht schlucken werden.«

»Sie bemühen sich, mich aufzumuntern«, seufzte George. »Ich wünschte, ich könnte dort sein, um Stanleys Kreuzverhör mitzubekommen.«

»Wahrscheinlich wird er seine Sache besser machen, wenn er weiß, daß Sie nicht da sind.«

Manchester Evening News, Mittwoch, 24. Juni 1964

Vermißte Jungen – und zwei wartende Mütter

Von einem unserer ständigen Reporter

Zwei Frauen mit traurigem Gesicht trafen sich heute zum ersten Mal in Ashton-under-Lyne. Beide kennen sie die Qualen einer Mutter, deren Kind verschwunden ist.
Mrs. Sheila Kilbride und Mrs. Winifred Johnson saßen an einem Tisch in Mrs. Kilbrides Sozialwohnung in der Smallshaw Lane in Ashton und sprachen über ihre Söhne, die vermißt werden.
John Kilbride, von zu Hause verschwunden seit dem letzten November, war zwölf Jahre alt. Genauso alt war Keith Bennett aus der Eston Street, Chorlton-on-Medlock, Manchester, dessen Mutter Mrs. Johnson ist. Keith verschwand vor sieben Tagen.
Beide sind die ältesten Söhne großer Familien. Und beide verschwanden spurlos.

»Ein Alptraum«

Mrs. Kilbride und Mrs. Johnson sprachen leise miteinander, als könnten sie kaum glauben, daß ihnen dies geschehen sei.
Mrs. Kilbride sagte: »Sogar nach so langer Zeit ist es immer noch ein Alptraum.«
Als die Zeit verging, sagte sie, lernte sie mit den falschen Hoffnungen zu leben und mit den Momenten, wo einem das Herz bis zum Hals schlägt, wann immer draußen ein Auto vorfährt.
Aber die schlaflosen Nächte und die Tage tiefer Verzweiflung nehmen kein Ende.
Sie riet Mrs. Johnson: »Sie müssen irgendwie weitermachen. Wir sind eine große Familie so wie Sie, und oft erwähnen wir Johns Namen jetzt nicht einmal mehr.«

Die Betrüger

Mrs. Kilbride warnte vor den Spinnern und Schaumschlägern, die mit ihren Betrügereien nur noch mehr Schmerz verursachten.
»Ich habe gelernt, jedem, der kommt, mit Mißtrauen zu begegnen«, sagte sie.
»Wenn sie behaupten, von der Polizei oder Reporter zu sein, und ich kenne sie nicht, verlange ich ihren Ausweis.«
Mrs. Kilbride, die Frau eines Bauarbeiters, hat mit John sieben Kinder. Mrs. Johnson, deren Mann Schreiner und arbeitslos ist, hat sechs Kinder und erwartet am 5. Juli ihr siebtes.

Suchaktion der Polizei

Die Polizei sucht immer noch nach den beiden Jungen. Keiths Beschreibung ist im ganzen Land verbreitet worden.
Ein Polizeisprecher in Manchester sagte: »Wir sind natürlich besorgt um seine Sicherheit. Es ist insofern ein besonderer Fall, als dieser Junge noch nie von zu Haus weggegangen ist und seine Brille dort liegenließ, ohne die er nur sehr schlecht sieht.
Er hatte nur einen Shilling in der Tasche. Wir finden solche Jungen normalerweise recht schnell. Wir haben keine Hinweise, tun aber alles, was in unserer Macht steht.«

Der Prozeß

5

Auszüge des offiziellen Protokolls vom Prozeß der Krone gegen Philip Hawkin; Desmond Stanley, Anwalt der Krone, hält sein Abschlußplädoyer für die Anklage an die Geschworenen.

Meine Damen und Herren Geschworenen, ich möchte Ihnen für Ihre Geduld im Lauf dieses schwierigen Gerichtsverfahrens danken. Es ist immer erschütternd, vom Mißbrauch Jugendlicher zu erfahren, wie Sie es in diesem Fall mußten. Ich werde versuchen, mich so kurz wie möglich zu fassen, aber zuerst muß ich auf die Unterstellungen antworten, die mein verehrter Kollege im Verlauf der Verteidigung vorgebracht hat.

Sie haben Detective Inspector George Bennett selbst gesehen und gehört. Sie haben auch den Angeklagten Philip Hawkin gesehen. Nun, *ich* kenne Inspector Bennett als einen Polizeibeamten von untadeliger Integrität, aber Sie haben nicht den Vorteil, ihn persönlich zu kennen. Sie müssen sich deshalb auf die Fakten verlassen, die uns hier vorliegen. Inspector Bennetts guter Ruf ging diesem Mann im Gerichtssaal voraus. Wir hörten Mrs. Carter, die Frau des Angeklagten, die voll Anerkennung war. Später hörten wir Mrs. Hester Lomas und Mr. Charles Lomas mit großer Herzlichkeit von seiner Hilfe für die Dorfbewohner von Scardale sprechen, die einen jungen Menschen aus ihrer Mitte verloren hatten, und sie berichteten von

seinem unermüdlichen Einsatz, um herauszufinden, was mit Alison Carter geschah.
Mr. Hawkin andererseits gibt selbst zu, ein Mann zu sein, der eine illegale Feuerwaffe kaufte und sie in einem Haus aufbewahrte, in dem ein junges Mädchen wohnte.
Dies sind Fakten, meine Damen und Herren. Keine Mutmaßungen, sondern Tatsachen. Trotz der Dinge, die mein verehrter Kollege unterstellt hat, gibt es viele andere Fakten in diesem Fall. Es ist eine Tatsache, daß Philip Hawkin den .38-kalibrigen Revolver besitzt, der in der entlegenen Höhle abgefeuert wurde, wo man die Kleidungsstücke entdeckte, die von Alisons eigener Mutter identifiziert wurden. Es ist eine Tatsache, daß Philip Hawkin ein Buch besitzt, das ausführlich die Lage der Höhle beschreibt, an die sich niemand außer einer älteren Frau erinnerte. Es ist eine Tatsache, daß das Sperma von Philip Hawkin stammen kann, das auf den Resten von Alison Carters Schulkleidung war.
Es ist eine Tatsache, daß Philip Hawkins Revolver in ein blutbeflecktes Hemd eingewickelt und in Philip Hawkins Dunkelkammer versteckt war, in einem Nebengebäude, wo sich niemand außer dem Angeklagten aufhielt. Es ist eine Tatsache, daß jenes Hemd Philip Hawkin gehört. Es ist eine Tatsache, daß das Blut an diesem Hemd, die große Blutmenge an diesem Hemd, von Alison Carter sein könnte. Es ist eine Tatsache, daß es eine vollkommen vernünftige Erklärung für das Fehlen von Blut in der Höhle gibt.
Außerdem ist es eine Tatsache, daß die obszönen Fotos von Alison Carter und die Negative dazu überall Philip Hawkins Fingerabdrücke aufweisen und nicht die von Inspector Bennett. Es ist eine Tatsache, daß diese Fotos in Alison Carters Zimmer aufgenommen und nicht einer Pornozeitschrift entnommen wurden. Es ist eine Tatsache, daß Philip Hawkin die fotografische Ausstattung besaß, die man braucht, um solche Fotos zu machen und zu entwickeln. Inspector Bennett mag eine Kamera haben, mit der man diese Fotos aufnehmen

könnte, aber er hat keine geeignete Dunkelkammer in einer Ecke seines Gartens. Er besitzt keine Schalen zum Entwickeln, keine Vergrößerungsapparate oder Vorräte an Fotopapier oder anderes Zubehör, das er gebraucht hätte, um eine so ausgefeilte Fälschung durchzuführen. Außerdem fehlt ihm dazu die Zeit.

Es ist eine Tatsache, daß die Fotos gut in einem Safe verborgen waren, dessen Schlüssel in Philip Hawkins Arbeitszimmer versteckt war. Es ist eine Tatsache, daß Hawkin diesen Safe einbauen ließ, als er das Nebengebäude zu einer Dunkelkammer umbauen ließ.

Tatsachen, meine Damen und Herren, sind keine Mangelware in diesem Fall. Diese Tatsachen sind Beweise, und das Beweismaterial weist eindeutig auf eine Schlußfolgerung hin. Daß es keine Leiche gibt, heißt nicht, daß kein Verbrechen begangen wurde. Es mag Ihnen helfen, zu wissen, daß nicht von Ihnen verlangt wird, eine Entscheidung zu treffen, die noch nie dagewesen ist. Geschworene haben in anderen Fällen schon Angeklagte des Mordes für schuldig befunden, in denen keine Leiche gefunden wurde. Wenn Sie aufgrund der Beweise, die vorgelegt worden sind, und aufgrund Ihres Urteils über die Zeugenaussagen überzeugt sind, daß die Verbrechen der Vergewaltigung und des Mordes von dem Angeklagten an Alison Carter begangen wurden, dann müssen Sie Ihre Pflicht tun und einen Schuldspruch fällen.

Ich sagte bereits, daß den Ereignissen des Falles ein klares Muster zugrunde liegt, das unausweichlich auf eine Schlußfolgerung hinausläuft. Philip Hawkin kam nach Scardale und hatte zum ersten Mal im Leben Macht und Reichtum. Zum ersten Mal im Leben hatte er die Chance, seiner pervertierten Neigung zu jungen Mädchen nachgeben zu können.

Um seine wahren Wünsche zu verbergen, machte er Ruth Carter den Hof, einer Frau, die sechs Jahre zuvor Witwe geworden war. Er war nicht nur überzeugend und aufmerksam, sondern er schien das Kind eines anderen Mannes gelassen hinzunehmen. Insgeheim war er nicht gelassen, sondern euphorisch wegen der Aussichten, die er vor sich sah, wenn er nur die Mutter überzeugen konnte, daß sein Interesse ihr galt und nicht dem attraktiven Mädchen. Dies gelang ihm. Und da endete Alison Carters Kindheit.

Als sie Philip Hawkins Stieftochter wurde, wurde sie auch zu seiner Beute. Da sie unter demselben Dach lebten, gab es kein Entrinnen. Er machte pornographische Fotos von ihr. Er verführte sie. Er vergewaltigte sie. Er hatte Analverkehr mit ihr. Er zwang sie zum oralen Geschlechtsverkehr. Er terrorisierte sie. Wir wissen dies, weil wir es mit eigenen Augen auf Fotos gesehen haben, die kein Zeichen der Fälschung, sondern alle Merkmale der Echtheit aufweisen. Grauenhaft, gemein, entwürdigend und über allen Zweifel erhaben liegt uns hier eine Chronik dessen vor, was Alison Carter durch ihren Stiefvater zugefügt wurde.

Was dann passierte, werden wir nie wissen, da der Angeklagte sich geweigert hat, die Gelegenheit zu ergreifen, Ruth Carters Leid zu mildern und uns zu sagen, wie er ihre Tochter beseitigte und warum er es tat. Vielleicht drohte Alison, es ihrer Mutter oder einer anderen erwachsenen Person zu erzählen. Vielleicht war er ihrer überdrüssig und wollte sie loswerden. Vielleicht geriet ein morbides Sexspiel außer Kontrolle. Was immer der Grund war – und es ist nicht schwierig, sich in einem so verhängnisvollen und barbarischen Fall Motive vorzustellen –, Philip Hawkin beschloß, seine Stieftochter zu töten. So vergewaltigte er sie in einer dunklen, feuchten Höhle zum letzten Mal, zog den Abzug des Revolvers und ermordete die arme dreizehnjährige Schülerin.

Als er dann mit seiner Untat konfrontiert wurde, hatte er die Unverschämtheit zu versuchen, seinen Hals aus der Schlinge zu ziehen, indem er den guten Namen eines ehrlichen Polizeibeamten besudelte.

Philip Hawkin hatte Alison Carter gegenüber eine Fürsorgepflicht. Statt dessen benutzte er seine Stellung, um sie sexuell zu mißbrauchen, und als etwas schiefging, erschoß er sie. Dann beseitigte er die Leiche, weil er glaubte, daß es ohne Leiche keine Anklage und keine Feststellung der Schuld geben könne. Meine Damen und Herren Geschworenen, Sie können sich von der Beweislage führen lassen und zeigen, daß er unrecht hatte. Philip Hawkin ist dessen schuldig, was ihm vorgeworfen wird, und ich rate Ihnen dringlich, mit dem entsprechenden Urteil in diesen Gerichtssaal zurückzukehren.

Der Prozeß

6

Auszüge aus dem offiziellen Protokoll vom Prozeß der Krone gegen Philip Hawkin; Rupert Highsmith, Anwalt der Krone, hält vor den Geschworenen sein Abschlußplädoyer für die Verteidigung.

Meine Damen und Herren Geschworenen, Ihnen kommt die wichtigste Aufgabe in diesem Gerichtssaal zu. In Ihren Händen liegt das Leben eines Mannes, der der Vergewaltigung und des Mordes an seiner Stieftochter angeklagt ist. Es ist die Aufgabe der Anklage, absolut zweifelsfrei zu beweisen, daß er diese Verbrechen begangen hat. Es ist meine Aufgabe, Ihnen alle Punkte in ihrer Argumentation aufzuzeigen, wo ihr das nicht gelungen ist. Ich glaube, wenn Sie gehört haben, was ich zu sagen habe, werden Sie es nicht über sich bringen, Philip Hawkin überhaupt eines Verbrechens schuldig zu sprechen.

Die Anklage muß als erstes zeigen, daß ein Verbrechen tatsächlich geschehen ist. Nun, dieser Fall bietet gleich von Anfang an einige ungewöhnliche Probleme. Es gibt keinen Kläger. Alison Carter ist verschwunden, deshalb ist sie nicht in der Lage, eine Anklage wegen Vergewaltigung vorzubringen, und nicht in der Lage, den Angreifer zu identifizieren – wenn es wirklich einen Angreifer gegeben hat, denn die Anklage hat keine dritte Partei vorladen können, bei der Alison Carter sich beklagte, daß sie mißbraucht wurde. Es gibt keine Zeugen der behaupteten Vergewaltigung. Philip Hawkin kam nicht zerkratzt und blutend nach Hause, als sei er in einen Kampf verwickelt gewesen. Der einzige Beweis für die Vergewaltigung sind die Fotografien. Ich werde noch auf die Fotos zurückkommen. Alles, was ich zu diesem Zeitpunkt sagen will, ist, daß Sie nicht vergessen sollten, daß die Kamera in der Tat lügen kann.

Sie mögen denken, die Entdeckung von Unterwäsche, die bekanntermaßen Alison gehörte und mit Blut und Sperma befleckt ist, sei ein Hinweis auf Vergewaltigung. Das ist aber nicht so, meine Damen und Herren. Sexuelle Aktivität kann viele Formen annehmen. Sie mögen das geschmacklos finden, aber dazu gehört auch, daß erwachsene Frauen die Kleider von Schülerinnen tragen, um gewissen männlichen Phantasien und Wünschen gerecht zu werden. Ebenfalls gehört dazu das Vorspielen von Gewalttätigkeit. Diese Beweisstücke zeigen also für sich allein genommen überhaupt nichts.

Das bringt uns zur zweiten Anklage, wegen Mordes. Aber wieder gibt es keine Zeugen. Die Staatsanwaltschaft sah sich nicht in der Lage, auch nur eine einzige Person zu finden, die aussagen kann, daß Philip Hawkin ein gewalttätiger Mann ist. Nicht ein einziger Zeuge hat erklärt, daß Hawkin in seinem Benehmen seiner Stieftochter gegenüber anders als normal war. Es gibt nicht nur keine Zeugen, sondern es gibt auch keine Leiche. Nicht nur keine Leiche, es gibt auch kein Blut am angeblichen Tatort. Das erste Verbrechen mit einer Schußwaffe in der Geschichte der Kriminaltechnik, das keine Spuren am angeblichen Tatort hinterlassen hat. Soweit die Staatsanwaltschaft weiß, könnte Alison Carter weggelaufen sein und am Rand der Gesellschaft irgendwie überleben. Ohne Blut, ohne eine Leiche, wie kann die Anklage Philip Hawkin Mord vorwerfen? Wie können sie es wagen, ihm einen Mord zur Last zu legen?

Sie haben lediglich eine Kette von Indizien. Es ist bekannt, daß eine Kette nur so stark ist wie ihr schwächstes Glied. Was sollen wir mit einer Kette anstellen, die nur aus schwachen

Gliedern besteht? Lassen Sie uns die Beweise Stück für Stück betrachten und auf Stichhaltigkeit überprüfen. Ich bin überzeugt, meine Damen und Herren Geschworenen, daß Sie es danach unmöglich finden werden, Philip Hawkin weder des einen noch des anderen schrecklichen Verbrechens schuldig zu sprechen, derentwegen er angeklagt ist.

Sie haben zwei Zeugen gehört, die aussagten, an dem Nachmittag, als Alison verschwand, hätten sie Philip Hawkin auf dem Feld zwischen dem Waldstück, wo Alisons Hund gefunden wurde, und dem Wäldchen gesehen, wo später Spuren eines Handgemenges entdeckt wurden. Ich will keineswegs behaupten, daß einer der Zeugen oder beide lügen. Ich glaube, sie sind beide überzeugt, daß sie nichts als die Wahrheit sagen.

Aber ich weise darauf hin, daß in einer kleinen Bauerngemeinde wie Scardale ein Winternachmittag dem anderen ähnelt. Es wäre nicht schwer, Dienstag mit Mittwoch zu verwechseln. Nun, vergessen Sie nicht, daß alle in Scardale von Alison Carters Verschwinden verwirrt und aufgeregt waren. Wenn jemand mit Autorität, wie zum Beispiel ein Polizeibeamter, nachdrücklich andeutet, daß ein Fehler gemacht wurde, und die Korrektur dieses Fehlers helfen würde, das Rätsel zu lösen, wäre es da so verwunderlich, daß Zeugen sich bereitfinden, diesem Vorschlag zu folgen? Vor allem da es bedeuten würde, die Schuld außerhalb der Gemeinde dieser eng miteinander verbundenen Bewohner zu suchen und den Verdacht auf den Mann zu lenken, den sie alle als Außenseiter wahrnahmen, ihren neuen und heftig abgelehnten Squire Philip Hawkin? Lassen Sie uns nicht vergessen, meine Damen und Herren, wenn Philip Hawkin am Galgen endet, geht Scardale und alles, was dazugehört, auf seine Frau über, die ganz eindeutig eine der ihren ist.

Als nächstes kommen wir zur Aussage von Mrs. Hawkin selbst. Und was immer sie auch dagegen vorbringt, lassen Sie uns nicht vergessen, daß sie immer noch Mrs. Hawkin ist. Sie mögen denken, daß schon allein die Tatsache für sich spricht, daß sie gegen ihn auszusagen bereit ist. Was könnte schließlich eine Frau, die erst achtzehn Monate verheiratet ist, dazu bewegen, die Anklage gegen ihren Mann zu unterstützen, wenn nicht zwingend überzeugende Beweise? Sagt es uns nicht etwas über den Angeklagten, daß sie gegen ihn aussagte, obwohl doch die Ausgangslage der Staatsanwaltschaft so schwach ist?

Nein, meine Damen und Herren, das tut es nicht. Es sagt uns nur, daß es keine stärkere Bindung für eine Frau gibt als die Mutterbindung.

Mrs. Hawkins Tochter verschwand am Mittwoch, den elften Dezember. Sie ist verzweifelt. Sie ist außer sich. Sie ist verwirrt. Der einzige Mensch, der ihr Hoffnung zu bieten scheint, ist ein junger Detective Inspector, der sich mit Leidenschaft und Engagement auf den Fall stürzt. Er ist immer zur Stelle. Er ist mitfühlend und mit Leib und Seele bei der Sache. Aber er kommt nicht voran. Schließlich entsteht bei ihm der Verdacht, daß der Ehemann die Hand bei Alisons Verschwinden im Spiel gehabt haben könnte. Und seine Entschlossenheit wächst, seine Theorie als Tatsache zu erhärten. Stellen Sie sich vor, was das für eine Frau wie Mrs. Hawkin in ihrem erregten Gemütszustand bedeutet. Natürlich ist sie beeinflußbar. Und was er ihr sagt, ist vollkommen schlüssig – weil sie Antworten will. Sie will, daß diese entsetzliche Ungewißheit ein Ende hat. Es ist besser, ihrem Mann die Schuld zu geben, als in stetiger Angst zu leben, was ihrer Tochter wohl zugestoßen sein könnte.

Und deshalb, meine Damen und Herren Geschworenen, müssen Sie Mrs. Hawkins Aussage mit großer Skepsis betrachten.

Was die sogenannten physischen Beweise betrifft, zeigt nicht ein einziger davon auf Philip Hawkin. Etwa sechs Millionen Männer im Land haben dieselbe Blutgruppe wie Philip Hawkin und derjenige, wer immer es gewesen sein mag, der die Spermaspuren in der Bleimine hinterließ. Wieso bringt ihn das in Verdacht? Es gibt vierhundertdreiundzwanzig Bände in Squire Castletons Arbeitszimmer und keine Anzeichen, daß das einzelne Buch, das die Details über die Bleimine enthält, von irgend jemandem angerührt wurde, einschließlich Hester Lomas oder Detective Inspector Bennett. Wieso deutet das auf ihn? Die Drogerie Boots in Buxton verkauft jede Woche zwischen zwanzig und dreißig Rollen Heftpflaster, wovon Philip Hawkin, der in einer Gemeinde auf dem Land wohnt, wo Schnitte und Kratzer wohl kaum etwas Ungewöhnliches sind, zwei nahm. Wieso spricht dies dafür, daß er vergewaltigt oder gemordet hat?

Es spricht überhaupt nicht dafür, natürlich. Aber wie schwach diese Kette von Indizien auch sein mag, es kann nicht geleugnet werden, daß ein bestimmter Eindruck entsteht. Wenn es aber nicht Mr. Hawkins Benehmen war, das diese nicht von der Hand zu weisende Wirkung hatte, wessen Benehmen war es dann?

Es gibt einen Aspekt dieser Arbeit, den jeder Anwalt haßt. Während die große Mehrheit unserer Polizeibeamten ehrenwert und unbestechlich ist, gehen die Dinge von Zeit zu Zeit schief. Und von Zeit zu Zeit müssen wir auf die faulen Äpfel im Korb zeigen. Wer meiner Meinung nach noch schlimmer ist als der Polizist, der aus Gier aus dem Rahmen fällt, ist derjenige, der aus Eifer das Gesetz in die eigene Hand nimmt.

Was uns heute hierhergebracht hat, ist nicht das Böse in Philip Hawkin, sondern Detective Inspector Bennetts Eifer. Er hat sich von seinem Wunsch, Alisons Verschwinden aufzuklären, leiten lassen, den Lauf der Gerechtigkeit zu pervertieren. Es kann keine andere Erklärung für die Ereignisse geben. Es ist wirklich grauenhaft, wozu ein Mann fähig ist, wenn er blind seiner Überzeugung folgt.

Wenn wir die Indizien überprüfen, wird es klar, daß *ein* Mann ein Motiv, die Mittel und die Gelegenheit hatte, Philip Hawkin in eine verfängliche Situation zu bringen. Es ist ein junger und unerfahrener Polizeibeamter, der durch den Mißerfolg in diesem Fall frustriert war. Er muß gefühlt haben, wie die Augen seiner Vorgesetzten seine Maßnahmen verfolgten, und

er war entschlossen, einen Verbrecher zu finden und einen Schuldspruch zu erreichen.
George Bennett war bei mehreren Gelegenheiten allein in Mr. Hawkins Arbeitszimmer, sicherlich lange genug, um einen Revolver zu finden, ein Buch durchzublättern, sogar das Versteck des Schlüssels zum Safe zu entdecken. Wer wäre besser in der Lage gewesen, eines von Mr. Hawkins Hemden zu nehmen? Er gewann das Vertrauen der Dorfbewohner. Wer wäre besser in der Lage gewesen, Mrs. Lomas und ihren Enkel zu überzeugen, daß sie sich irrten, was den Tag betraf, an dem sie Mr. Hawkin über sein eigenes Feld gehen sahen?
Und schließlich, die Fotos. George Bennett hat dasselbe Hobby wie Philip Hawkin. Er macht nicht nur Urlaubsschnappschüsse wie die meisten von uns. Er war Schriftführer des Camera Clubs seiner Schule, er schrieb als Student Artikel über Aspekte der Fotografie, er besitzt eine Porträtkamera von dem Typ, der benutzt worden sein muß, um diese Bilder herzustellen. Er weiß, was in der Welt der Fotografie möglich ist. Er weiß, wie man Bilder fälscht. Philip Hawkin hat Dutzende von Fotos von Alison in seiner Sammlung, viele davon spontan aufgenommen. Auf manchen davon ist sie zornig oder aufgeregt. Er hat auch Fotos von sich selbst. Mit solchem Material und dem Zugang zu der Art von beschlagnahmter Pornographie, die es auf vielen Polizeiwachen gibt, hätte George Bennett diese angeblich belastenden Fotos selbst herstellen können.
Im schlimmsten Fall haben wir eine erschreckende Verschwörung aufgedeckt, die aus der arroganten Überzeugung eines Mannes entstand, daß er wisse, wo die Gerechtigkeit zu finden sei. Im besten Fall haben wir gezeigt, daß die Argumentation der Anklage ganz sicher nicht über jeden Zweifel erhaben ist. Meine Damen und Herren, ich lege das Schicksal Philip Hawkins in Ihre Hände. Es ist meine feste und unerschütterliche Überzeugung, daß Sie ihn in beiden Fällen freisprechen werden. Ich danke Ihnen.

Der Prozeß

7

Auszüge aus dem offiziellen Protokoll vom Prozeß der Krone gegen Philip Hawkin; Richter Fletcher Sampson faßt für die Geschworenen zusammen.

Meine Damen und Herren Geschworenen, es ist die Aufgabe der Anklage, ohne jeden Zweifel zu beweisen, daß der Angeklagte dessen schuldig ist, was ihm vorgeworfen wird. Es ist die Aufgabe der Verteidigung, aufzudecken, ob es genügend Schwächen in ihrer Argumentation gibt, daß Zweifel angebracht sind. Manche von Ihnen werden vielleicht erwarten, daß ich Ihnen jetzt erkläre, ob ich den Angeklagten für unschuldig oder schuldig halte. Aber das ist nicht meine Rolle. Es ist Ihre Verantwortung, und Sie müssen versuchen, ihr nicht auszuweichen. Meine Rolle ist es, für Fairneß zu sorgen, und damit Gerechtigkeit waltet, ist es meine Aufgabe, den Fall zusammenzufassen und Sie in juristischen Fragen zu beraten.

Der Fall, den wir vor uns haben, ist vor allem wegen der Abwesenheit von Alison Carter schwierig – ob sie nun noch lebt oder tot ist. Wenn sie noch am Leben wäre, würde die zweite Anklage, die Mordanklage, offensichtlich fallen, aber sie wäre die beste Zeugin für die erste Anklage, die der Vergewaltigung. Wäre ihre Leiche entdeckt worden, hätte sie unseren Experten von der Spurensicherung und Gerichtsmedizin viel zu sagen gehabt und uns unvermeidlich mit einer beträchtlichen Menge von Beweisen versorgt. Aber sie ist nicht

hier, um ihre Aussage zu machen, und so sind wir gezwungen, uns auf Beweise aus anderen Quellen zu verlassen.
Erstens muß ich Ihnen sagen, daß die Anklage für eine Mordvermutung keine Leiche vorweisen muß. Angeklagte sind des Mordes für schuldig befunden worden, ohne daß je eine Leiche gefunden wurde. Wenn die Anklage Sie überzeugt hat, daß es genug Beweise gibt und daß sie unausweichlich auf *eine* Schlußfolgerung hinauslaufen, ist es Ihr Recht, einen Schuldspruch zu verhängen. Und ebenso müssen Sie das Urteil »nicht schuldig« fällen, wenn es der Verteidigung gelungen ist, Ihre Sicherheit genug zu erschüttern.
Nun, was die Beweise in diesem Fall …

Das Urteil

George tat so, als lese er den Bericht über einen Einbruch in ein Lebensmittelgeschäft mit Lizenz zum Alkoholverkauf, als das Telefon klingelte. »Die Geschworenen haben sich zur Beratung zurückgezogen«, sagte Clough.

»Bin schon unterwegs«, erwiderte George, knallte den Hörer auf die Gabel und sprang auf. Er ergriff Hut und Mantel und rannte aus seinem Büro. Er hörte nicht auf zu laufen, bis er sich hinter das Steuerrad seines Wagens warf. Als er um den Torpfosten des Parkplatzes herumschlitterte, sah er gerade noch Superintendent Martin am Fenster seines Büros und fragte sich, ob er dieselbe Botschaft erhalten hatte.

George donnerte durch die Stadt und auf die alte Römerstraße hinaus, die grüne Felder und grauweiße Trockenmauern durchschnitt wie eine Schere eine Patchworkdecke. Sein Fuß drückte das Gaspedal bis zum Boden durch, und der Zeiger auf dem Tacho kroch über fünfzig Meilen, über sechzig und stand zitternd jenseits der siebzig. Wann immer irgend etwas vor ihm auftauchte, sorgte ein langes, plärrendes Hupen dafür, daß alle zur Seite wichen und ihn vorbeifahren ließen.

Er hatte keine Augen für die einfache Schönheit des Sommernachmittags. Er war voll auf die Straße konzentriert, die sich vor ihm hinzog. Er passierte die Kreuzung bei Newhaven und mußte langsamer fahren, als die Römerstraße aufhörte und von einer Landstraße mit mehr Kurven ersetzt wurde, die ihn holpernd auf und ab über kleine Hügel und an tempofeindlichen Hindernissen vorbei führte. Sein einziger Gedanke waren die zehn Männer und zwei Frauen, die im Geschworenenzimmer eingeschlossen waren. Schließlich lag die kleine Marktstadt Ashbourne hinter ihm, und die Straße wurde wieder breiter.

Würden sie ihre Entscheidung getroffen haben, bevor er dort ankam? fragte sich George. Eigentlich rechnete er nicht damit. Sosehr er glauben wollte, daß er Stanley mit genug Munition ausgestattet hatte, um Hawkin im Kugelfeuer zu begraben, wußte er doch, Highsmith hatte der Anklage einigen Schaden zugefügt.

Als er in die Seitenstraße bei dem Gebäude einbog, in dem die Bezirksgerichtstage abgehalten wurden, fuhr jemand aus einer Parklücke am Seitentor weg. »Das ist ein gutes Vorzeichen«, murmelte George, als er das Auto auf den freien Platz fuhr. Er stürmte ins Gebäude, verwirrt, es fast leer vorzufinden. Die Türen des Gerichtssaals standen offen, er war verwaist bis auf einen Gerichtsdiener, der den *Mirror* las.

George ging zu ihm hin und fragte: »Die Geschworenen sind noch nicht zurück?«

Der Mann schaute auf. »So ist es.«

George fuhr sich durch die Haare. »Wissen Sie, wo ich die Anklagevertreter finden kann?«

Der Gerichtsdiener runzelte die Stirn. »Sie sind wahrscheinlich im Nebenzimmer des *Lamb and Flag.* Drüben über dem Platz. Die Kantine ist geschlossen, wissen Sie.« Er legte die Stirn in Falten. »Sie waren letzte Woche hier«, sagte er vorwurfsvoll. »Sie sind Inspector Bennett.«

»Stimmt«, sagte George matt.

»Ihr Freund ist heute im Gericht gewesen«, fuhr der Gerichtsdiener fort. »Derjenige, der wie ein Rugbyspieler aussieht.«

»Wissen Sie, wo er geblieben ist?«

»Er hat gesagt, wenn ich Sie sehe, sollte ich Ihnen sagen, er ist im *Lamb and Flag.* Es ist der einzige Ort, an dem Sie sicher sein können zu hören, wann die Geschworenen zurückkommen.«

»Danke«, rief George über die Schulter zurück, eilte aus der Tür und über den Platz zu dem ehemaligen Gasthaus, das in der Postkutschenzeit Sammelstelle für die Reisenden gewesen war. Er wäre fast über Cloughs Beine gestolpert, als er durch den Haupteingang stürzte. Der Sergeant saß bequem auf einem Chintzsessel im Empfangsbereich, einen Scotch in der Hand und eine qualmende Zigarette in einem großen Aschenbecher neben sich.

»Ich hoffe, die Kollegen von der Verkehrspolizei haben Sie nicht erwischt«, sagte Clough und setzte sich auf. »Ziehen Sie sich einen Sessel rüber.« Er wies auf ein halbes Dutzend Sessel, die zu groß wirkten für die winzigen runden Tische und die den engen Raum vor der verglasten Empfangskabine ausfüllten. Die Tischdecken mit einem Muster aus rosa und grünen gefüllten Rosen bildete einen unschönen Kontrast zu den satten Rot- und Blautönen des traditionellen Wilton-Teppichs, aber die beiden waren nicht in der Stimmung, sich daran zu stören.

George setzte sich. »Wie haben Sie das fertiggebracht?« fragte er, auf den Scotch zeigend. »Sie machen doch erst in einer Stunde oder so auf.«

Clough zwinkerte ihm zu. »Ich habe die Empfangsdame kennengelernt, als ich Wells von St. Albans heraufgebracht habe. Wollen Sie einen?«

»Ich würde nicht nein sagen.«

Clough ging zum furnierten Empfangstisch hinüber und stützte sich darauf.

George hörte murmelnde Stimmen, dann war der Sergeant wieder bei ihm. »Sie bringt Ihnen einen rüber.«

»Danke. Wie waren die Plädoyers und die Zusammenfassung?«

»Sehr unparteiisch. Nichts, was das Berufungsgericht in Aufregung versetzen würde. Der Richter legte die Beweise dar, fair und ordentlich. Er stellte Sie einmal als Unschuldsengel hin, dem Unrecht getan wurde, dann sagte er wieder, einer müsse

Lügen erzählen, und die Geschworenen müßten entscheiden, wer. Er verbreitete sich lange über den Unterschied zwischen weit hergeholtem und begründetem Zweifel. Die Geschworenen schienen sehr bedrückt, als sie hinausgingen, muß ich sagen.«

»Danke, daß Sie heruntergekommen sind«, sagte George.

»Es ist interessant gewesen.«

»Ich weiß, aber es ist doch Ihr freier Tag heute.«

Clough zuckte die Achseln. »Ja, aber Martin hat mir das Kommen nicht verboten, oder?«

George grinste. »Nur weil er nicht daran dachte. Wo sind übrigens all die Jungs von der Presse?«

»Sie sind oben in Don Smarts Zimmer mit einer Flasche Bell's. Einer der Lokalreporter hat das kürzeste Streichholz gezogen, er ist drüben im Gericht und ruft hier an, sobald es ein Zeichen von den Geschworenen gibt. Die Anwälte sind alle im Nebenzimmer. Jonathan Pritchard geht auf und ab wie ein werdender Vater.«

George seufzte. »Ich weiß genau, wie er sich fühlt.«

»Wenn wir schon davon reden, wie geht's Anne?«

George hob die Augenbrauen und zündete sich eine Zigarette an. »Sie regt sich wegen der Dinge auf, die sie in den Zeitungen liest. Dieses warme Wetter nimmt sie auch ziemlich mit. Sie sagt, sie fühlt sich, als schleppe sie einen Sack Kartoffeln in ihrem Bauch herum.« Er kaute nervös auf der Nagelhaut seines Daumens. »Jetzt, wo sie in anderen Umständen ist und zugleich dieser Fall läuft, sind meine Nerven einfach total kaputt.« Er sprang auf und lief zum nächsten Fenster, starrte über den Platz zum Gericht hinüber und sagte: »Was soll ich tun, wenn sie für ›unschuldig‹ stimmen?«

»Sogar wenn er in der Mordsache ungeschoren davonkommt, werden sie ihn doch wegen der Vergewaltigung kriegen«, sagte Clough besonnen. »Sie werden nicht glauben, daß Sie diese Fotos gefälscht haben, egal, was Highsmith zu behaupten versuchte. Ich denke, im schlimmsten Fall kann es passieren,

daß sie vielleicht zu dem Entschluß kommen, Sie hätten sich hinreißen lassen, als Sie die Bilder fanden, und beschlossen, Hawkin auch wegen Mordes zu belangen.«
»Aber Ruth Carter hat die Waffe gefunden, bevor ich die Bilder aufgespürt habe«, protestierte George und starrte Clough empört an.
»›Das sagen Sie‹, denken die Geschworenen vielleicht«, stellte Clough fest. »Hören Sie, was immer sie denken, sie werden, wenn sie in bezug auf die Vergewaltigung im Zweifel sind, nicht zu seinen Gunsten entscheiden. Na, Sie waren doch im Gericht, als sie diese Fotos gesehen haben. Da hat sich die Stimmung der Geschworenen gegen Hawkin gewendet. Glauben Sie mir, sie werden darauf brennen, eine Möglichkeit zu finden, ihn beider Delikte schuldig zu sprechen. Also, kommen Sie, Ihr Drink ist da. Setzen Sie sich, und hören Sie auf, sich zu sorgen. Sie machen mich nervös«, fügte er hinzu, aber sein Versuch, ihn aufzumuntern, mißlang.
George ging zum Tisch hinüber und nahm sein Glas, kehrte dann zum Fenster zurück, um still, ohne etwas zu sehen, den Druck eines viktorianischen Jagdmotivs in grellen, leuchtenden Farben anzustarren. »Wie lange ist es jetzt?« fragte er.
»Eine Stunde und siebenunddreißig Minuten«, antwortete Clough mit einem Blick auf seine Uhr. Plötzlich klingelte das Telefon in der Rezeption. George fuhr herum und starrte auf die junge Frau hinter dem Schreibtisch.
»Rezeption Hotel *Lamb and Flag*«, sagte sie gelangweilt. Sie schaute zu George hinüber. »Ja. Wie war Ihr Name?« Sie schwieg und starrte auf die Zimmerliste. »Mr. und Mrs. Duncan. Wann werden Sie ankommen?«
Mit einem frustrierten Seufzer wandte sich George wieder der Betrachtung des Gerichtsgebäudes zu. »Ich habe noch nie verstehen können, warum Geschworene soviel Zeit brauchen«, beklagte er sich. »Sie sollten einfach abstimmen und so entscheiden wie die Mehrheit. Warum muß es einstimmig sein? Wie viele Verbrecher gehen wohl unbehelligt aus dem

Gerichtssaal, weil ein dickköpfiger Geschworener sich nicht überzeugen ließ? Es ist ja nicht so, als gehörten sie alle zur intellektuellen Elite der britischen Inseln, oder?«

»George, sie könnten stundenlang beraten. Sie könnten die ganze Nacht und den ganzen Tag morgen brauchen, warum setzen Sie sich also nicht hin, trinken etwas und rauchen Ihre Zigaretten? Andernfalls werden wir beide noch wegen zu hohen Blutdrucks in die Derby Royal Infirmary eingeliefert«, sagte Clough.

George seufzte tief und ging langsam zu seinem Sessel zurück. »Sie haben recht. Ich weiß, daß Sie recht haben. Ich bin einfach so nervös.«

Clough zog ein Kartenspiel aus der Jackentasche. »Spielen Sie Cribbage?«

»Wir haben kein Brett«, wandte George ein.

»Doreen?« rief Clough. »Können wir vielleicht das Cribbage-Brett von der Bar haben?«

Doreen verdrehte die Augen mit der weltweit üblichen, verächtlichen Geste »Männer!«, verschwand dann aber durch die hintere Tür des Empfangs. »Sie haben sie gut angelernt«, kommentierte George.

»Mach's immer so, daß sie noch mehr wollen, das ist mein Motto.« Clough hob die Karten ab und teilte sie aus. Doreen kam zurück und schob das Brett zwischen sie. »Danke, Schätzchen.«

»Na, paß bloß auf, wen du Schätzchen nennst«, sagte sie mißbilligend und warf den Kopf zurück, während sie unsicher auf ihren zu hohen Stöckelschuhen hinter ihren Schreibtisch zurückstakste.

»Ich paß schon auf«, sagte Clough gerade laut genug, daß sie es hören konnte. Normalerweise hätte George das Geplänkel amüsiert, aber heute machte es ihn nur gereizt. Er gab sich Mühe, sich auf die Karten in seiner Hand zu konzentrieren, aber jedesmal, wenn das Telefon klingelte, sprang er wie von der Tarantel gestochen auf.

Sie spielten in angespanntem Schweigen, das nur unterbrochen wurde, wenn sie ihre gewonnenen Punkte nannten und das Klicken des Feuerzeugs beim Anzünden einer Zigarette zu hören war. Um halb sieben hatten sie zusammen fast zwanzig Zigaretten geraucht und jeder vier große Scotch getrunken. Am Ende einer Runde stand George auf. »Ich brauche frische Luft«, sagte er. »Ich gehe mal ums Karree.«

»Ich komme mit«, sagte Clough. Sie ließen ihre Karten und Gläser auf dem Tisch zurück, und Clough sagte Doreen, sie würden gleich wieder dasein.

Es war ein warmer Sommerabend, das Stadtzentrum war jetzt leer, nur hier und da war noch jemand wegen dringender Arbeiten spät in seinem Büro. Es war zu früh für Kinobesucher, und die beiden Männer hatten den Platz mehr oder weniger für sich. Sie blieben bei einem Standbild von George II. stehen und rauchten gegen den Sockel gelehnt noch eine Zigarette.

»Ich war noch nie im Leben so nervös«, sagte George.

»Ich weiß, was Sie meinen«, erwiderte Clough.

»Sie? Sie sind so entspannt wie ein dreizehiges Faultier, Tommy«, warf George ein.

»Alles nur Fassade, George, mein Magen krampft sich auch zusammen.« Er zuckte die Achseln. »Ich kann es nur besser verbergen als Sie. Sie sagten vorher, Sie wüßten nicht, was Sie tun sollen, wenn Hawkin freikommt? Also, ich weiß genau, was ich mache. Ich reiche meine Kündigung ein und suche mir eine Arbeit, von der man keine Magengeschwüre bekommt.« Er warf seine Zigarettenkippe mit zornigem Schwung weg und verschränkte die Arme vor der Brust, sein Mund war eine dünne Linie in seinem breiten Gesicht.

»Ich ... ich hatte keine Ahnung«, stammelte George.

»Was? Daß es mir soviel ausmacht? Glauben Sie, Sie sind der einzige, der nachts wach liegt und sich Gedanken über Alison Carter macht?« fragte Clough herausfordernd.

George rieb sich mit beiden Händen übers Gesicht und fuhr sich durch die Haare. »Nein, das glaube ich nicht.«

»Sie hat sonst niemand, der sich für ihre Sache einsetzt«, sagte Clough zornig. »Und wenn *er* heute abend als freier Mann den Gerichtssaal verläßt, dann haben wir sie im Stich gelassen.«
»Ich weiß«, murmelte George. »Und wissen Sie noch was anderes, Tommy?«
»Was?«
George schüttelte den Kopf und wandte sich ab. »Ich kann's nicht glauben, daß ich so was auch nur denken, geschweige denn laut sagen würde. Aber ...«
Clough wartete. Dann sagte er: »Was denken?«
»Je mehr ich in den Zeitungen las, daß ich ein korrupter Polizist bin, der Hawkin alles angehängt hat, desto mehr denke ich, daß ich vielleicht wirklich sonstwas hätte tun sollen, um die ganze Sache bombensicher zu machen«, sagte er bitter. »So sehr hat mich dieser Drecksfall mitgenommen.«
Bevor Clough antworten konnte, bemerkten beide Männer den großen Auszug aus dem *Lamb and Flag,* angeführt von den Anwälten, deren Roben wie schwarze Flügel flatterten. Hinter ihnen kamen die Journalisten, die sich durch die Türen drängten, einige waren noch dabei, ihre Jacken anzuziehen und ihre Hüte auf die Köpfe zu stülpen. Clough und George sahen sich an und holten beide tief Luft. »Es ist soweit«, sagte George leise.
»Ja. Nach Ihnen, Boss.«
Plötzlich war der Platz voller Leute. Carters, Crowthers und Lomas' kamen von Westen, wo ein Cafébesitzer eine gewinnbringende Idee gewittert hatte und so lange geöffnet hielt, wie Scardale Tee trinken und Pommes essen wollte. Hawkins Mutter erschien vom Süden her mit Mr. und Mrs. Wells aus St. Albans. Alle trafen sich am Seiteneingang des Gerichtsgebäudes, wo sie einander im Gedränge auf unangenehme Weise nahe kamen. George hätte schwören können, daß Mrs. Hawkin die Gelegenheit nutzte, ihm scharf in die Rippen zu stoßen, aber jetzt war ihm das gleichgültig. Irgendwie quetschten sie sich alle bis zu den ihnen zugewiesenen Plätzen im Gerichtssaal durch. Als sie sich niedergelassen hatten wie ein Schwarm

Vögel auf den Bäumen der Stadt bei Sonnenuntergang, wurde Hawkin von den beiden Polizisten hereingebracht, die jeden Tag bei der Verhandlung neben ihm gestanden hatten. Er sah düsterer und erschöpfter aus als in der Woche zuvor, bemerkte George. Hawkin sah sich um und winkte kurz seiner Mutter auf der Zuschauergalerie zu. Diesmal gab es kein Lächeln für George, nur einen kalten, undurchdringlichen Blick.

Bei der Rückkehr des Richters in seiner prächtigen scharlachroten, hermelinbesetzten Robe und des Hohen Sheriffs standen alle hastig und füßescharrend auf. Dann kam endlich der Augenblick, den jeder aus ganz persönlichen Gründen gefürchtet hatte. Die Geschworenen kamen hintereinander herein und bemühten sich, niemanden anzusehen. George versuchte zu schlucken, aber sein Mund war vollkommen trocken. Es galt als alter Brauch, daß Geschworene die Angeklagten nicht ansahen, wenn sie sich auf einen Schuldspruch geeinigt hatten. Nach seiner eigenen Erfahrung blickten die Geschworenen den Angeklagten aber niemals an, wenn sie auf ihre Plätze zurückkehrten Wie immer das Urteil ausfallen mochte, es schien etwas Beschämendes zu haben, über einen Mitbürger ein Urteil gefällt zu haben.

Der gewählte Obmann, ein Mann mittleren Alters mit einem schmalen Gesicht, rosa Wangen und einer Hornbrille, blieb stehen, als die anderen sich setzten, und sah mit festem Blick den Richter an.

»Geschworene, haben Sie sich auf Ihr Urteil geeinigt?«

Der Obmann nickte. »Ja.«

»Und wie lautet Ihr Spruch zu Anklagepunkt eins?«

»Schuldig.«

Wie ein kollektiver Seufzer ging ein Raunen durch den Gerichtssaal. George spürte, wie sein Magen sich etwas entkrampfte.

»Anklagepunkt zwei?«

Der Obmann räusperte sich. »Schuldig«, sagte er.

Lauter werdendes Murmeln erfüllte die Luft wie das abendliche Summen von Bienen um den Bienenstock. George schämte sich des Gefühls nicht, das er beim Anblick von Hawkins Gesichtsausdruck empfand. Seine gutaussehenden Gesichtszüge hatten alle Farbe verloren und wirkten starr wie eine Tuschezeichnung. Sein Mund ging auf und schloß sich wieder, als schnappe er nach Luft.

George suchte in der aufgeregten Menge aus Scardale nach Ruth Carter. In diesem Moment drehte sie sich zu ihm um, die Augen voller Tränen, ihr Mund vor Erleichterung offen wie eine klaffende Wunde. Er sah das Wort »Danke« auf ihren Lippen, bevor sie sich zu den offenen Armen ihrer Verwandten umdrehte.

»Ruhe im Gericht«, dröhnte der Gerichtsdiener.

Das Murmeln verebbte, und alle wandten sich der Richterbank zu. Richter Fletcher Sampson schaute grimmig drein. »Philip Hawkin, haben Sie etwas zu sagen, bevor das Urteil nach dem Gesetz über Sie verhängt wird?«

Hawkin stand auf. Er hielt sich an der Anklagebank fest. Dann sagte er mit verzweifeltem Nachdruck: »Ich habe sie nicht getötet. Euer Ehren, ich bin unschuldig.«

Nach der Wirkung seiner Worte auf Sampson zu schließen, hätte er sie sich genausogut sparen können. »Philip Hawkin, die Geschworenen haben durch ihren Urteilsspruch befunden, daß Sie Ihre Stieftochter – Alison Carter, ein Mädchen von erst dreizehn Jahren – vergewaltigt und später ermordet haben. Daß Sie eine Schußwaffe bei dem Verbrechen benutzten, erlaubt mir, den Richterspruch zu fällen, den das Gesetz zuläßt und die Gerechtigkeit verlangt.« In absoluter Stille griff er nach dem Viereck aus schwarzem Stoff und legte es sich behutsam über seine Perücke. Hawkin schwankte leicht, aber der Polizist zu seiner Rechten ergriff seinen Ellbogen und zwang ihn, aufrecht zu stehen.

Sampson sah auf die Karte mit den schicksalsschweren Worten hinunter. Dann schaute er auf, und sein Blick traf auf die fassungslosen Augen von Alison Carters Mörder. »Philip Hawkin, man wird Sie an den Ort bringen, von dem Sie gekommen sind, und von dort zu einem rechtmäßigen Ort der Hinrichtung. Dort sollen Sie am Hals gehängt werden, bis der Tod eintritt, und danach soll Ihr Körper in einem Gemeinschaftsgrab auf dem Gelände des Gefängnisses begraben werden, wo Sie zuletzt vor der Hinrichtung festgehalten wurden; und möge sich Gott Ihrer Seele erbarmen.«

Im Gerichtssaal herrschte benommenes Schweigen. Dann schrie eine Frauenstimme: »Nein!«

»Bitte bringen Sie den Gefangenen hinunter«, befahl Sampson den Polizisten.

Sie mußten Hawkin fast aus dem Gerichtssaal tragen. Der Schock schien ihm die Fähigkeit zu gehen genommen zu haben. George konnte eine solche Reaktion verstehen. Seine eigenen Beine schienen unwillig, ihn zu tragen. Plötzlich merkte er, daß er der Mittelpunkt einer Gruppe von Menschen war, die ihm alle die Hand schütteln wollten. Charlie Lomas, Brian Carter, sogar Ma Lomas riefen ihre Glückwünsche. Die zugeknöpfte Selbstbeherrschung, mit der er bisher die Dörfler von Scardale in Verbindung gebracht hatte, war bei dem Urteil und dem Richterspruch über Hawkin von ihnen abgefallen.

Pritchards Gesicht kam von irgendwoher auf ihn zu. »Rufen Sie Ihre Frau an, und sagen Sie ihr, Sie bleiben über Nacht in Derby«, rief er. »Wir haben drüben Sekt.«

»Alles zu seiner Zeit«, rief Ma Lomas zurück. »Er trinkt zuerst mit Scardale. Kommen Sie, George, wir lassen Sie nicht weg, bis Sie mit jedem von uns angestoßen haben. Und bringen Sie den großen Ochsen mit, Ihren Sergeant.«

George Bennett war schwindlig, und sein Magen revoltierte, als er in die Nacht hinausgedrängt wurde. Obwohl alles gegen ihn gewesen war, hatte er gewonnen. Er hatte Alison Carter die Gerechtigkeit verschafft, die sie von ihm verlangt hatte. Er hatte seine Vorgesetzten und die Grundsätze des englischen Rechtssystems herausgefordert, hatte den gemeinen Verleumdungen der Presse getrotzt und gewonnen.

Ein Ort für die Ewigkeit

Am Abend des 27. August 1964, einem Donnerstag, stiegen zwei Männer aus dem Zug am Bahnhof von Derby, jeder mit einem kleinen Koffer. Keiner der Mitreisenden hatte mehr als einen Blick auf sie verschwendet, aber ein Dienstwagen der Polizei stand bereit, um sie durch die Straßen zum Gefängnis zu bringen, wo Philip Hawkin mit zwei Wärtern als Wache vor der Vollstreckung des Todesurteils in einer Zelle saß. Später am Abend schob der ältere der beiden Männer die gutgeölte Klappe zurück, die ihm erlaubte, in die Zelle des Verurteilten hineinzuschauen. Er sah einen nicht sehr großen Mann von durchschnittlich kräftiger Statur, dessen Körper offensichtlich jedes Gramm überflüssiges Fett verloren hatte. Er ging rastlos auf und ab, eine brennende Zigarette in der Hand. Er sah nichts, was den Berechnungen widersprochen hätte, die er nach den Angaben bereits auf einem Zettel angestellt hatte. Auf dem Stück Papier stand: »1,78 m, 67,5 kg«. Eine Fallhöhe von 2,20 Metern würde es vollauf tun.
Hawkin war die Nacht über wach gewesen und hatte einige Zeit damit verbracht, einen Brief an seine Frau zu schreiben. Detective Sergeant Cloughs Aussage zufolge, dem Ruth Carter den Brief gezeigt hatte, beteuerte er darin seine Unschuld.

Welche Kränkungen ich Dir auch angetan haben mag, das Unrecht, Deine geliebte Tochter umzubringen, war nicht dabei.

Viele Sünden und Verbrechen habe ich in meinem Leben begangen, aber keinen Mord. Ich werde hängen für etwas, das ich nicht getan habe, aber mein Schicksal ist jetzt besiegelt, weil andere Leute gelogen haben. Sie haben mein Blut an ihren Händen. Ich verüble es Dir nicht, daß Du Dich von ihren Lügen hast täuschen lassen. Glaube mir, wenn ich sage, ich habe keine Ahnung, was mit Alison geschehen ist. Ich habe jetzt nichts mehr zu verlieren als mein Leben, und das wird mir morgen früh genommen werden, es gibt also für mich keinen Grund, zu lügen. Es tut mir leid, daß ich kein besserer Ehemann war.

Weniger als fünf Meilen entfernt auf der anderen Seite der Stadt lag auch George Bennett wach. Er stand rauchend am offenen Schlafzimmerfenster des Hauses, das seit seiner Versetzung von Buxton einen Monat zuvor sein Zuhause war. Aber es war nicht Philip Hawkins Schicksal, das ihm seinen Schlaf raubte. Um neunzehn Uhr dreiundfünfzig hatte sich Anne auf ihrem Stuhl aufgerichtet und vor Schmerz gestöhnt. Sie war schwankend aufgestanden, und George war blitzschnell bei ihr gewesen. Es war offensichtlich der Moment, auf den er seit zwei Wochen gewartet hatte, seit dem Tag, an dem Annes Baby kommen sollte, der aber ohne ein Anzeichen von Wehen vorbeigegangen war. Alle hatten gesagt, das erste Kind käme oft später, aber das machte die Sache nicht leichter. Jetzt lief, bevor sie die Wohnzimmertür erreicht hatte, für George plötzlich und unerklärlich, eine klare Flüssigkeit aus ihr heraus. Sie war stolpernd die Treppe hinuntergegangen, hatte sich hingesetzt und ihn beruhigt, das sei ganz normal, aber es sei Zeit, sie zur Klinik zu bringen. Sie hatte auf den kleinen Koffer gezeigt, der gepackt in einer Ecke des Flurs bereitstand.
Halb verrückt vor Sorge und Angst brachte George Anne zum Auto und rannte wieder zurück, um den Koffer zu holen. Dann fuhr er wie ein Wahnsinniger durch die stillen Straßen, zog scharfe Blicke ehrbarer Gärtner und bewundernde von an den Straßenecken herumstehenden Jugendlichen auf sich. Als er

endlich die Klinik erreichte, schrie Anne alle zwei Minuten vor Schmerzen auf.
Fast ehe er begreifen konnte, was vor sich ging, war ihm Anne entführt und in die fremde Welt der Entbindungsstation gebracht worden, an einen Ort, wo kein Mann ohne Stethoskop beachtet wurde. Obwohl er protestierte, wurde George energisch in die Anmeldung zurückgedrängt, wo ihm von einer Krankenschwester, die in Superintendent Martins Regiment nicht fehl am Platze gewesen wäre, gesagt wurde, er solle jetzt ruhig heimgehen, da er seiner Frau und dem Klinikpersonal weder zum Nutzen noch zur Zierde gereichen könne.
Benommen und verwirrt stand George plötzlich draußen auf dem Parkplatz und wußte nicht recht, wie er dorthin kam. Was sollte er jetzt tun? Anne hatte eifrig Bücher gelesen, die sie auf das Muttersein vorbereiteten, aber niemand hatte George gesagt, was er tun sollte. War das Baby erst einmal da, dann war alles in Ordnung, dann wußte er Bescheid. Zigarren für alle Kollegen im Büro, dann zum Pub, um das Baby zu begießen. Aber was sollte er in der Zeit bis zu diesem Moment machen? Dazu kam noch die Frage, wie lange es dauern würde.
Mit einem Seufzer setzte er sich wieder ins Auto und machte sich auf den Heimweg. Als er die schicke kleine Doppelhaushälfte erreichte, die genauso wie das Haus in Buxton aussah, nur ohne den Vorteil eines Eckgartens, griff er sofort zum Telefon und rief die Klinik an.
»Es wird einige Stunden nichts passieren«, sagte ihm eine Schwester ungehalten.
»Gehen Sie doch ruhig mal zeitig zu Bett, und rufen Sie uns morgen früh wieder an.«
George legte klappernd den Hörer auf. Er kannte bei der Kriminalpolizei der Stadt noch niemanden gut genug, um anzurufen und vorzuschlagen, man könnte doch etwas trinken gehen. Er wollte gerade eine Flasche Whisky vom Sideboard in Angriff nehmen, als das Telefon klingelte und ihn so erschreck-

te, daß er eines der Kristallgläser fallen ließ, die sie als Hochzeitsgeschenk bekommen hatten. »Verdammt!« rief er, während er abnahm.
»Kein guter Zeitpunkt, George?« Tommy Cloughs lockerer Ton kam ihm so gelegen wie der Verrat eines Spitzels.
»Ich habe gerade Anne zur Entbindungsstation gebracht, aber sonst ist alles klar. Was kann ich für dich tun?«
»Ich habe es gerade geschafft, meine Schicht zu tauschen und auf morgen zu verschieben. Ich dachte, ich könnte runterkommen und nachsehen, ob sie den Kerl auch wirklich morgen früh hängen. Und dann dachte ich, wir könnten einen trinken gehen und uns mal vollaufen lassen. Aber es hört sich an, als hättest du anderes zu tun.«
George klammerte sich an den Hörer wie ein Ertrinkender an einen Rettungsring. »Komm runter. Ich könnte jemanden brauchen, der mir Gesellschaft leistet. Diese Schwestern tun so, als hätten Männer überhaupt nichts mit Babys zu tun.«
Tommy lachte leise. »Darauf gibt es schon eine Antwort, aber du bist ja verheiratet, da werde ich deinen Ohren nichts Obszönes zumuten. Ich bin in einer Stunde oder so bei dir.«
George verbrachte einen Teil der Zeit damit, vom Pub Flaschenbier zu holen, um den Whisky zu ergänzen. Tatsächlich tranken sie dann sehr wenig, jeder auf seine Weise von der Macht der Ereignisse um sie herum ergriffen.
Einige Zeit nach Mitternacht – und nach Georges viertem Anruf in der Entbindungsstation – hatte Clough sich im Gästezimmer hingelegt. Aber es war nicht sein sanft prustendes Schnarchen, das George nicht schlafen ließ. Als die lange Nacht in Dämmerung überging, vermischten sich die Bilder von Alison Carters Schicksal mit dem, was Anne seiner Vorstellung nach jetzt durchlitt, bis er das Leiden der beiden nicht mehr voneinander trennen konnte. Als der Himmel im Osten hell zu werden begann, schlummerte er schließlich in einer Ecke des Betts wie ein Fötus zusammengekauert ein.
Der Wecker klingelte um sieben Uhr; er riß die Augen auf und

war sofort hellwach. War er schon Vater? Er streckte die Beine und rannte fast durchs Zimmer, fiel beinahe hin, als er nach unten zum Telefon eilte. Der Ton war derselbe, allerdings diesmal mit einem anderen Akzent. Nichts Neues. Der Untertitel: Lassen Sie uns in *Ruhe*.
Cloughs zerzauste Locken und seine verschlafenen Augen erschienen über dem Treppengeländer. »Gibt's was Neues?«
George schüttelte den Kopf. »Nein, nichts.«
»Irgendwie komisch«, Clough gähnte, »daß Anne gerade jetzt die Wehen bekommt.«
»Eigentlich nicht. Sie war schon zwei Wochen überfällig. Angst kann manchmal die Wehen auslösen, steht in einem ihrer Bücher. Und sie hat mehr als ihren Anteil Angst im Zusammenhang mit diesem Fall ausgestanden«, sagte George und ging wieder hinauf. »Erstens mußte sie damit fertig werden, daß ich durch die Ermittlungen ständig weg war, dann all den Dreck in den Zeitungen lesen, ich sei korrupt und schicke einen Unschuldigen an den Galgen, dann schließlich nach der Berufung alles noch mal, und jetzt muß sie darüber nachdenken, daß ein Mann gehängt wird, weil ich meine Arbeit getan habe.« Er stand auf dem Treppenabsatz und schüttelte den Kopf, und seine zerzausten Haare flogen in alle Richtungen. »Es ist ein Wunder, daß sie es nicht verloren hat.«
Clough legte ihm eine Hand auf die Schulter. »Komm. Wir ziehen uns an. Ich lade dich zum Frühstück ein. Nicht weit vom Gefängnis entfernt ist ein Café.«
George wurde ganz starr. »Gehst du zum Gefängnis?«
»Wolltest du nicht hin?«
George schien überrascht. »Ich gehe ins Büro. Jemand wird mich anrufen, wenn alles vorbei ist.«
»Du kommst nicht mit zum Gefängnis? Sie werden alle dasein, die Lomas' und die Carters und die Crowthers. Du bist der Mann, den sie sehen wollen.«
»Bin ich das?« sagte George mit schneidender Bitterkeit in der

Stimme. »Na ja, sie werden sich eben mit dir begnügen müssen, Tommy.«
Clough zuckte die Achseln. »Ich habe immer gefunden, wenn ich meinen Teil dazu beigetragen habe, einen Mann an den Galgen zu bringen, dann sollte ich die Konsequenzen tragen.«
»Tut mir leid, mir ist nicht danach. Ich lade dich zum Frühstück in der Polizeikantine ein, dann kannst du hingehen, wenn du Lust hast.«
»Ja, in Ordnung.«
George wandte sich ab und ging ins Bad.
»George?« sagte Clough leise. »Es gibt nichts, weshalb wir uns schämen sollten, so oder so. Es gibt nichts Schlimmeres als das in diesem Beruf, nicht einmal einer Mutter sagen zu müssen, daß ihr Kind tot ist. Aber man muß es überstehen. Ich tu das auf meine Art, und du bist dabei, deine Art zu finden. Lassen wir das mit dem Frühstück. Ich treffe dich später, und heute abend gehen wir aus und machen einen drauf.«

Acht Uhr neunundfünfzig. George beobachtete den großen Zeiger seiner Armbanduhr, der sich rhythmisch über das Zifferblatt bewegte. Der Priester würde jetzt mit Hawkin fertig sein. George fragte sich, wie Hawkin sich fühlte. Bestimmt hatte er entsetzliche Angst. Er würde wahrscheinlich versuchen, Würde zu bewahren.
Der große Zeiger erreichte die Zwölf, und vom Kirchturm in der Nähe ertönte der erste der neun Glockenschläge. Die Doppeltür der Zelle des Verurteilten würde sich öffnen, und Hawkin würde die letzten sechs Meter seines Lebens zurücklegen. Der Henker würde sich einen Lederstreifen ums Handgelenk binden.
Der zweite Schlag. Jetzt würde der Scharfrichter vor Hawkin hergehen, sein Helfer hinter ihm. Sie würden möglichst gleichmäßig gehen, und die staatlich beauftragten Killer würden versuchen, so zu tun, als sei es nur ein Spaziergang im Park.

Der dritte Schlag. Hawkin steht jetzt auf der Falltür, einen Fuß auf jeder Seite des Doppelflügels, der sich unter ihm auftun und sein Leben mit hinabnehmen wird.
Der vierte Schlag. Der Scharfrichter dreht sich zu dem Verurteilten um und streckt die Hände aus, um ihn zu halten, während sein Gehilfe in die Hocke geht und Hawkins Beine mit einem Riemen zusammenschnallt.
Der fünfte Schlag. Der Leinenbeutel erscheint wie von Geisterhand. Der Henker stülpt ihn Hawkin mühelos mit einer oft geübten Bewegung über den Kopf. Jetzt geht es schneller, weil niemand mehr den Mann anschauen muß, der in einer Minute tot sein wird; er sieht sie nicht mehr flehend an, er hat aufgehört, sie mit dem milchigweißen Blick eines Tieres auf der Schlachtbank zu behelligen. Der Henker zieht den Leinenbeutel herunter und legt ihn glatt um den Hals, damit sich der Stoff nicht in der Schlinge verfängt.
Der sechste Schlag. Der Henker streift ihm die Schlinge über den Kopf und vergewissert sich, daß die Messingöse, die den traditionellen Schlaufenknoten ersetzt hat, hinter Hawkins Ohr zu liegen kommt, um höchste Schnelligkeit beim Genickbruch und der anschließenden Verrenkung des Körpers zu garantieren, die das Hängen theoretisch zu einer geschwinden und relativ schmerzlosen Todesart machen.
Der siebte Schlag. Der Henker tritt zurück, gibt seinem Gehilfen ein Zeichen. Der zieht den Splint aus dem Sicherungsmechanismus, und fast im gleichen Moment drückt der Henker den Hebel herunter.
Der achte Schlag. Die Falltür geht auf, Hawkin stürzt im tödlichen Fall.
Der neunte Schlag. Es ist vorbei.
George spürte Schweiß auf seiner Lippe. Er sah, daß seine Hand zitterte, als er nach den Zigaretten griff. Winzige Zeichen des Mitgefühls, die für Hawkin jetzt keine Bedeutung mehr hatten, und für Alison Carter schon lange nicht mehr.
Erst als er ausatmete, wurde ihm bewußt, daß er den Atem

angehalten hatte. Er rieb sich mit den Händen übers Gesicht und spürte mit einer Art Dankbarkeit seine rauhe Haut.
Als das Telefon klingelte, fuhr er auf.
In den gleichen fünf Minuten, da Philip Hawkin die Lebenden verließ, hatte sich Paul George Bennett zu ihnen gesellt.
Tommy Clough und George gingen an jenem Abend nicht mehr zusammen aus.

Zweites Buch

TEIL 2

Brookdene, Green Close 14,
Cromford, Derbyshire

10. August 1998

Liebe Catherine,
die Sache, deretwegen ich Ihnen schreibe, ist für uns beide sehr wichtig. Es fällt mir nicht leicht, diesen Brief zu schreiben, um so mehr, als ich Ihnen keine Erklärung für das geben kann, was ich von Ihnen verlange. Ich kann Sie nur um Verzeihung bitten und darum, daß Sie mir weiterhin Vertrauen entgegenbringen, wie Sie es in den vergangenen sechs Monaten getan haben, als wir an dem Projekt »Ein Ort für die Ewigkeit« arbeiteten.

Catherine, Sie müssen die Veröffentlichung dieses Buchs verhindern. Es darf nicht herauskommen. Ich bitte Sie zu tun, was immer nötig ist, um zu verhindern, daß es jemals erscheint. Ich weiß, daß Sie erst kürzlich Ihr fertiges Manuskript beim Verlag abgeliefert haben, so kann man dort mit der Bearbeitung noch nicht sehr weit sein. Aber wie ungelegen es dem Verlag auch kommen mag, Sie müssen klarstellen, daß dieses Buch nie veröffentlicht werden darf.

Ich weiß, daß Ihnen dies unerhört erscheinen muß, besonders da ich Sie darum bitte, ohne zu erklären, warum. Ich kann nur sagen, daß ich neue Informationen erhalten habe, die es untragbar machen, daß dieses Buch als der endgültige Bericht über den Fall Alison Carter stehenbleibt. Ich kann Ihnen nicht sagen, um welche Informationen es geht, weil sie außer mir noch andere Personen betreffen. Ich habe Angst, daß das Buch bei der Veröffentlichung viel Publicity bekommen und dadurch schreckliche Folgen für Unschuldige haben würde. Ich bitte Sie, den Betroffenen diese Konsequenzen zu ersparen, denn sie haben nichts getan, um sie zu verdienen.
Der einzige, der für meine Fehler büßen sollte, bin ich selbst. Ich verstehe, daß der Vorschuß des Verlags zurückgezahlt werden muß, und beabsichtige, den ganzen Betrag, inklusive Ihres Anteils, zurückzuzahlen. Sie verdienen es, für Ihre bereits geleistete Arbeit entschädigt zu werden, und ich werde das Ganze nicht dadurch noch schlimmer machen, daß ich von Ihnen erwarte, das bereits erhaltene Geld zurückzugeben.

Ich weiß, es ist furchtbar, so etwas von einer Autorin zu verlangen, aber ich muß Sie bitten, dieses Buch zu vergessen, diesen Fall zu vergessen und sich von Alison Carters und Philip Hawkins Geschichte abzuwenden. Sie haben die Fähigkeit, die Wahrheit herauszufinden, aber um Ihres inneren Friedens willen dringe ich in Sie, dieses Projekt aufzugeben, wie schmerzlich dies für Sie auch immer sein mag.

Catherine, ich weiß, Sie werden versuchen, mir diese Entscheidung auszureden, aber sie steht fest. Wenn Sie versuchen, mit dem Buch weiterzumachen, werde ich die entsprechenden rechtlichen Schritte unternehmen müssen. Ich würde das sehr ungern tun, weil ich meine, daß im

Lauf dieser Arbeit eine Freundschaft zwischen uns entstanden ist, die zu verlieren mir leid täte. Aber Sie können daran sehen, wie ernst mir die Sache mit dem Buch ist, daß ich unsere Freundschaft opfern würde, um zu verhindern, daß es je an die Öffentlichkeit kommt.

Dies alles bedauere ich mehr, als ich sagen kann. Neue Ereignisse haben mein Leben auf den Kopf gestellt, und ich kann kaum noch klar denken. Doch des einen bin ich mir sicher: Sie müssen dafür sorgen, daß unser Buch nie herauskommt.

Mit freundlichem Gruß

Ihr George Bennett

Zweites Buch

TEIL 1

1

Februar 1998

Selbst die schwache Wintersonne verlieh dem White Peak eine majestätische Würde. Der kühle blaue Himmel kontrastierte mit dem matten Grün der Felder, die ein wenig vom grauen Schimmer der Trockenmauern angenommen zu haben schienen. Es gab hier mehr Grauschattierungen, als man für möglich gehalten hätte: Das getönte Weiß der Kalksteinfelsen in Streifen und Tupfen, das mit einem ganzen Spektrum von Taubengrau über stumpfes Uniformgrau bis fast Schwarz reichte. Dann die dunkleren Töne der Scheunen und Häuser, die über die Landschaft verstreut lagen; die flachen mattgrauen Schieferdächer mit weißen Rauhreifflecken dort, wo die Sonne nicht hingekommen war, und das schmutzige Grau der Moorschafe. Trotzdem beherrschten das Grün und Blau von Gras und Himmel die Landschaft.

Das rote Coupé rollte gemächlich über die schmale Landstraße und hob sich davon ab wie ein exotischer Papagei in einem englischen Waldstück. Als die Methodistenkirche auf der rechten Seite auftauchte, trat die blonde Frau hinter dem Steuer sachte auf die Bremse. Der Wagen fuhr langsamer, und sie schaltete bei einem Straßenschild herunter, an das sie sich nicht erinnerte. Es wies nach links auf eine schmale Abzweigung und trug die Aufschrift SCARDALE 1.

Endlich, dachte sie. Das unbekannte Straßenschild kam ihr gerade recht als eine Erinnerung daran, daß die Welt sich verändert hatte. Heutzutage mußte es auch Leuten, die den Weg nicht genau kannten, möglich sein, nach Scardale zu finden. Wenn sie soviel Erfolg hätte, wie sie sich erhoffte, würde es noch viele andere geben, die diesen Hinweis brauchen würden. Mit einem kleinen, aufgeregten Zittern nahm sie die Kurve. Obwohl sie sich noch an das Auf und Ab der sich windenden Straße erinnerte, fuhr sie sehr langsam. Durch die hohen Kalksteinmauern hatte die schwache Februarsonne nicht auf die einspurige Straße scheinen können, und sie war noch voller Rauhreif, außer dort, wo Spuren anderer Autos den schwarzen Teerbelag erkennen ließen. Es würde kein günstiger Start für ihr Projekt sein, wenn sie ins Schleudern käme und einen Blechschaden hätte, ermahnte sie sich selbst.

Ein Schock war es für Catherine Heathcote nicht, daß die Trockenmauern plötzlich von aufragenden Klippen grauen Kalksteins ersetzt wurden. Aber es war allerdings eine Überraschung, daß kein Tor mehr an der Straße stand und das öffentliche vom privaten Gelände trennte. Die einzigen Anzeichen, daß Scardale sich früher absichtlich von der Welt abgeschottet hatte, waren jetzt die Steinpfosten des Tors und ein Viehgitter, über das ihre breiten Reifen sanft hinwegholperten.

Sie fand, daß nichts in der Gegend sich wesentlich verändert hatte. Shield Tor und Scardale Crag ragten noch über dem Tal auf. Schafe grasten immer noch friedlich vor sich hin, obwohl – ein Zugeständnis an den Zeitgeschmack – eine Herde modischer Jacobs-Schafe sich unter die vertrauteren, widerstandsfähigeren Moorschafe gemischt hatte. Die kleinen Wäldchen waren gewachsen, das stimmte, aber sie waren gut gepflegt, junge Bäume an die Stelle derjenigen getreten, die abgeholzt oder vom rauhen Wetter gefällt worden waren. Aber man hatte immer noch das Gefühl, die Welt hinter sich zu lassen und ein eigenes Reich zu betreten, dachte Catherine. Wenn sich auch mancher Anblick verändert hatte, konnte sie sich doch fast wieder in das Kind versetzen, das vom Rücksitz über die Schultern der Erwachsenen hinwegsah, wenn sie in diesen entfernten Winkel hinunterfuhren, um an einem Sonntag nachmittag die geheimnisvoll sickernde Quelle des Scarlaston zu finden.

Erst als sie am Rand der Dorfwiese anhielt, war eine wirkliche Veränderung zu sehen. In den Jahren nach Hawkins Hinrichtung hatte ein neuer Wohlstand in Scardale Einzug gehalten. Sie rief sich ins Gedächtnis, was sie erfahren hatte, als sie vor zwölf Jahren zum ersten Mal über die Ermordung Alison Carters in einem Artikel berichtet hatte, für den sie den Auftrag bekam, als wieder ein Fall »ohne Leiche« in den Schlagzeilen war. Catherines Recherchen in den Archiven der Lokalzeitungen und bei den Bridge-Freundinnen ihrer Mutter hatten zutage gebracht, daß Ruth Hawkin, nachdem sie das Tal und das Dorf von ihrem Mann geerbt hatte, beschloß, alle Erinnerungen hinter sich zu lassen. Sie hatte das Gutshaus verkauft und für die Verwaltung der Ländereien und Farmen eine Vermögensverwaltung eingesetzt. Den Pächtern wurde Gelegenheit gegeben, ihre Häuschen zu kaufen, und in der Zwischenzeit hatten manche sie an Käufer von außerhalb veräußert. Ruth Hawkin war nicht zu finden gewesen und hatte alle Versuche Catherines, über den Rechtsanwalt, der das Vermögen verwaltete, ein Interview zu bekommen, abgeblockt.

Unvermeidlich hatten die Vorgänge, die durch Ruths Maßnahmen in Gang kamen, zu einer Verschönerung des Dorfs geführt. Frische Farbe glänzte auf Fenstern und Türen, Gärten waren wie aus dem Nichts entstanden, und sogar im eisigen Griff des Winters sorgten frühe Krokusse, winzige Schwertlilien und Schneeglöckchen hier und da für Farbkleckse. Und natürlich hatten Autos auf der Dorfwiese Einzug gehalten, wo einst nur zerbeulte Landrover und der Austin Cambridge des Squires gestanden hatten. Eine moderne Telefonzelle aus durchsichtigem Plexiglas hatte die alte, rote ersetzt, aber der Findling lehnte noch im gleichen vertrauten Winkel daneben. Sogar mit den modernen Autos und den verschönerten Häuschen war es an einem kalten Nachmittag wie diesem nicht schwer, sich Scardale so vorzustellen, wie es gewesen war, als sie es in ihrer Kindheit und dann später, als ihre kindliche Unschuld schon dahin war, als Teenager besucht hatte.

Sie war sechzehn gewesen. Zweieinhalb Jahre waren seit Alison Carters Ermordung vergangen, und Catherine hatte einen Freund mit einem Motorroller. Sie hatte ihn eines Frühlingsnachmittags überredet, sie nach Scardale zu fahren, damit sie selbst den Ort sehen konnten, wo es geschehen war. Sie gestand sich mit einiger Beschämung ein, daß es reine Neugier und Lust am Makabren gewesen war. Sie war in dem Alter gewesen, wo das Ziel jeder Unternehmung das Aufregende und Skandalöse war. Sie hatten weder den Mumm noch das richtige Schuhwerk gehabt, um sich durchs Unterholz zu der alten Mine durchzukämpfen, aber ihr pubertäres Geknutsche im Wald hinter dem Gutshaus hatte für sie gerade wegen der berüchtigten Bekanntheit des Orts einen besonders lustvollen Reiz gehabt.

Wie sie jetzt wußte, war es zugleich auch eine Art Exorzismus des Schreckens gewesen, den der Prozeß gegen Philip Hawkin hervorgerufen hatte. Natürlich waren die meisten Einzelheiten hinter den sensationslüsternen Redewendungen des Journalistenjargons versteckt, aber Catherine und alle ihre Freundinnen wußten, daß etwas Schreckliches mit Alison Carter passiert war – etwas von dem Schrecklichen, das einem Fremde antun konnten und vor dem man sie schon immer gewarnt hatte. Es war um so beängstigender gewesen, weil es Alison von jemandem angetan wurde, den sie kannte und dem gegenüber sie eigentlich berechtigtes Vertrauen hätte haben dürfen. Für Catherine und ihre Freundinnen, die alle behütet in bürgerlichen Familien aufwuchsen, war der Gedanke, daß ihr Zuhause nicht unbedingt zugleich Sicherheit bedeutete, zutiefst beunruhigend.

Auf der praktischen Ebene bedeutete dies Beschränkungen im Alltagsleben – auferlegt durch die Eltern, aber durchaus auch durch sie selbst. Sie waren so sorgsam begleitet und bewacht worden, daß es sie einengte, besonders zu einer Zeit, als andere Teenager in England gerade die Swinging Sixties entdeckten. Alisons Schicksal hatte über Catherines Jugend einen bis dahin unbekannten dunklen Schatten geworfen, und sie hatte nie weder den Fall noch das Opfer vergessen können. Mehr als jeder andere Faktor hatte sie dies bei der Entscheidung beeinflußt, sobald sie nur irgend konnte, den Staub von Buxton von ihren Schuhen abzuschütteln. Das Studium in London, dann die Arbeit als Mädchen für alles bei einer Nachrichtenagentur und schließlich die Stelle bei der Nachrichtenredaktion als Verfasserin von Features hatten ihr erlaubt, die Bande zu ihrer Vergangenheit zu durchtrennen, ihr Leben mit neuen Gesichtern und neuen Interessen zu füllen und nichts unabgeschlossen und ungelöst hinter sich zu lassen.
Als Catherine von einer Sprosse der Karriereleiter zur nächsten aufgestiegen war, hatte sie sich oft gefragt, was Alison die Zukunft wohl gebracht hätte. Nicht daß sie davon besessen war, sagte sie sich, sie war nur von der natürlichen Neugier getrieben, die jeden Journalisten bewegen sollte, der in der Nähe eines solch merkwürdigen und erschütternden Ereignisses aufgewachsen ist.
Und jetzt würde sie wie durch ein Wunder diejenige sein, die endlich die Vergangenheit bloßlegen und die Geschichte hinter der Geschichte aufdecken würde. Es paßte zu ihr, fand sie. Keine andere Journalistin wäre besser geeignet dafür.
Catherine stieg aus dem Auto, machte ihre Barbour-Jacke zu und wickelte den Schal fest um den Hals. Sie ging über die Wiese und kletterte über die Stufen zu dem Weg hinauf, von dem sie wußte, daß er sie durch das Wäldchen führen würde, wo Shep gefunden wurde, und weiter bis zur Quelle des Scarlaston.
Als das rauhreifbedeckte Gras unter ihren Füßen knirschte,

verglich sie unwillkürlich den heutigen Spaziergang mit ihrem letzten Besuch in Scardale. Ein heißer Julinachmittag vor zehn Jahren, die Sonne brannte von einem glänzend blauen Himmel, die Bäume boten willkommenen Schutz vor der Hitze. Catherine und zwei Freundinnen hatten ein Ferienhäuschen in Dovedale als Ausgangspunkt für einen Wanderurlaub in der Gegend der Peaks gemietet. Eine ihrer Wanderungen führte sie von Denderdale am Scarlaston entlang nach Scardale hinauf. Es war heiß, sie waren nach ihrem Ausflug verschwitzt, riefen von der Telefonzelle auf der Dorfwiese ein Taxi und saßen dann wartend auf einer Mauer und redeten über ihre Kollegen in London. Catherine hatte Alison dabei nicht erwähnt, sie war seltsam abergläubisch, wenn es darum ging, mit Kollegen über diese Geschichte zu sprechen.

Es war ihr nicht eingefallen, daß sie die Person sein könnte, der es gelingen würde, George Bennett zu überreden, sein fünfunddreißigjähriges Schweigen zu brechen und über den Fall zu sprechen. Obwohl sie Alison Carter nie vergessen konnte, hatte sie keineswegs geplant, das maßgebende Buch über einen der interessantesten Fälle des Jahrhunderts zu schreiben.

Ganz bestimmt hatte sie nicht daran gedacht, als sie im Herbst des Vorjahres in Brüssel war. Aber nach Catherines Erfahrung waren die besten Storys sowieso nie diejenigen, nach denen man suchen mußte. Und für sie gab es keine Frage, daß dies die beste Story ihrer Karriere sein würde.

2

Oktober 1997 – Februar 1998

Der Regen strömte unablässig vom Himmel. Es wäre noch erträglich gewesen, wenn sie bequem und gemütlich in einem Café mit großen Fenstern zur Grand' Place hin gesessen und sich die Hände an einem dampfenden Irish Coffee gewärmt hätte, voll diebischer Freude über die vorbeihastenden Gestalten, die mit ihren Schirmen gegen den Wind ankämpften. Aber an einem regnerischen Mittwoch nachmittag in einem Euro-Betonkasten mit der Aussicht auf andere Bürogebäude herumzuhängen, während sie darauf wartete, daß eine Kommissarin aus Schweden sich an ihre Verabredung erinnerte, war nicht das, was sich Catherine unter einer angenehmen Beschäftigung vorstellte. Es war ganz und gar nicht, was sie sich erhofft hatte, als sie ihre kleine Spritztour nach Euroland plante.

Obwohl Catherine Chefredakteurin für Reportagen bei einer monatlich erscheinenden Hochglanzzeitschrift für Frauen war, hatte sie doch nie die Lust verloren, Nachrichtenfeatures, mit denen sie ihren ersten Ruhm erworben hatte, selbst zu schreiben. Von Zeit zu Zeit entfloh sie gern dem Streß des alltäglichen Papierkrams und der kleinlichen Bürointrigen. Sie entschuldigte das mit dem Bedürfnis, weiterhin in Kontakt mit der kreativen Seite ihrer Arbeit und mit den sich verändernden Arbeitsumständen der Journalisten, denen sie Aufträge gab, zu bleiben. So plante sie hin und wieder eine Reportage, die ihr

erlaubte, Recherchen, Interviews und das Abfassen des Artikels selbst zu übernehmen.
Sie hatte gedacht, es würde interessant sein, eine Serie von Interviews mit führenden Frauen in der EU zu machen. Sie hatte aber nicht mit der schwerfälligen Bürokratie und dem miesen Wetter gerechnet. Ganz zu schweigen von der Tatsache, daß die Meetings immer überzogen wurden und niemand jemals pünktlich zu den Interviews kam. Seufzend nahm Catherine den Hörer im Konferenzraum ab und rief ihren Betreuer, einen britischen Pressebeauftragten namens Paul Bennett an. Sie hatte erwartet, daß er gleichgültig und eher hochnäsig wie die meisten Pressevertreter der Regierung sein würde, aber sie war angenehm überrascht gewesen. Als sie erst einmal entdeckt hatten, daß sie beide in Derbyshire aufgewachsen waren, lief ihre Zusammenarbeit noch besser, und Paul hatte bis jetzt die meisten Pannen für sie ausgebügelt.
»Paul? Hier Catherine Heathcote. Sigrid Hammarqvist hat mich versetzt.«
»Ach, Mist«, sagte er ungehalten. »Können Sie einen Moment dranbleiben?«
Klassische Musik dröhnte ihr ins Ohr, die Geigen klangen wie wütende Moskitos. Catherine wünschte manchmal, sie könnte ein klassisches Stück vom anderen unterscheiden, aber sie bezweifelte, daß ihr das gerade jetzt viel geholfen hätte. Sie hielt den Hörer weit genug vom Ohr weg, um sich dem Lärm zu entziehen, aber nah genug, damit sie Paul hören würde, wenn er wieder an den Apparat kam. Zwei Minuten vergingen, dann sagte er: »Catherine? Es tut mir leid, schlechte Nachrichten. Oder gute, es kommt darauf an, wie Sie Mrs. Hammarqvist sehen. Sie mußte wegen einer Besprechung nach Straßburg fahren. Sie wird erst morgen früh wieder zurück sein, aber ihre Sekretärin hat hoch und heilig versprochen, Sie für morgen um elf einzutragen. Wenn das paßt?«
»Jetzt bin ich dran, ›ach Mist‹ zu sagen«, antwortete Catherine

sarkastisch. »Ich hatte gehofft, ich könnte heute abend den Zug zurück nach London nehmen.«

»Tut mir leid«, sagte Paul. »Die Skandinavier neigen dazu, Journalisten ein bißchen zu weit unten in der Nahrungskette anzusiedeln, um sich ihretwegen Gedanken zu machen.«

»Es ist nicht Ihre Schuld. Danke, daß Sie es für mich geregelt haben. Wenigstens darf ich jetzt einen zusätzlichen Tag im sonnigen Brüssel verbringen«, fügte sie ironisch hinzu.

Paul lachte. »Ja, stimmt. Aber ich finde es nicht schön, daß Sie hier herumsitzen müssen, ohne etwas zu tun zu haben. Hören Sie, wenn Sie nichts anderes vorhaben, dann kommen Sie doch zu uns nach Hause auf einen Drink.«

»Nein, machen Sie sich keine Gedanken, ich komme schon zurecht«, erwiderte sie mit professioneller Unbekümmertheit.

»Ich lade Sie nicht nur aus Pflichtgefühl ein«, sagte er beharrlich. »Ich hätte gern, daß Sie Helen kennenlernen.«

Seine Partnerin, erinnerte sie sich. Eine Dolmetscherin und Übersetzerin bei der Europäischen Kommission. »Ich bin sicher, das ist ganz genau das, was sie sich nach einem Tag im Turm zu Babel wünscht«, sagte sie spöttisch.

»Sie liest jeden Monat Ihre Zeitschrift und wird mich umbringen, wenn ich diese Chance verstreichen lasse, Sie auf ein Glas Wein – oder drei – mit nach Hause zu bringen. *Und* sie ist auch eine aus dem Norden«, fügte er hinzu, als ob damit der Fall erledigt wäre.

Irgendwie war es auch so, denn kurz nach sieben stand Catherine Helen Markiewicz gegenüber und tauschte kleine Küßchen, die in der Luft landeten. Nicht unbedingt eine typische Begrüßung für Leute aus Derbyshire, dachte sie süffisant, während sie Pauls Partnerin prüfend betrachtete. Etwas über Dreißig, die dunklen, kurzen Haare ein zerzauster Schopf, der über die breite Stirn nach vorn fiel. Sie hatte ein herzförmiges Gesicht, gerade dunkle Brauen, hohe Wangenknochen und ein offenes Lächeln. Ihr Make-up war dezent, aber wirkungsvoll, genau wie es die Modeseiten für die berufstätige Frau vorschlugen. Helen kam ihr irgendwie bekannt vor, und sie fragte sich, ob sie ihr während der letzten paar Tage in den Korridoren der EU-Gebäude begegnet war. Eine so eindrucksvolle und elegante Frau wäre ihr aufgefallen, und wenn auch nur unbewußt. Sie verstand gut, warum Paul darauf erpicht war, sie vorzuzeigen.

Während Paul Rotwein in große Gläser schenkte, machten die beiden Frauen es sich in den entgegengesetzten Ecken einer weichen Couch bequem. »Paul hat mir erzählt, daß Mrs. Hammarqvist Sie versetzt hat«, sagte Helen, und ihre Aussprache hatte noch deutliche Spuren eines Yorkshire-Akzents. »Das muß so ähnlich sein, als raffte man sich auf, zum Zahnarzt zu gehen, und fände dann heraus, daß die Praxis schon geschlossen ist.«

»So schlimm ist sie nicht«, protestierte Paul.

»Für Geld würde sie auch Grendels Mutter versetzen«, sagte Helen etwas zusammenhanglos.

»Ich bin sicher, Catherine wird ihr nicht zuviel durchgehen lassen.«

»O ja, das glaub ich auch, Schatz«, sagte Helen und grinste zu Catherine hinüber. »Hat er Ihnen erzählt, daß ich ein großer Fan von Ihnen bin? Im Ernst – ich habe wirklich ein Abonnement.«

»Da bin ich echt beeindruckt«, erwiderte Catherine. »Aber sagen Sie, wie haben Sie beide sich kennengelernt? Ist es eine Euro-Romanze?«

»Paß auf, Helen, sie ist schon dabei, Material für das Feature in der Valentinstag-Ausgabe von nächstem Jahr auszukundschaften.«

»Nicht alle nehmen ihre Arbeit nach Feierabend mit nach Hause«, sagte Helen neckend zu Paul. »Ja, Catherine, wir haben uns in Brüssel kennengelernt. Paul war der erste Mensch bei der Kommission mit einem Akzent aus Nordengland, da hatten wir sofort einen Berührungspunkt.«

»Und ich hab mich sofort in sie verknallt, so hatte sie keine Chance«, fügte Paul hinzu und sah zu Helen hinüber.

»Woher kommen Sie, Helen?«
»Sheffield«, antwortete sie.
»Von meiner Stadt aus gerade mal auf der anderen Seite der Pennines. Ich bin in Buxton aufgewachsen.«
Helen nickte. »Meine Schwester wohnt jetzt in der Gegend. Kennen Sie ein Dorf, das sich Scardale nennt?«
Catherine erkannte den Namen mit einem kleinen überraschten Schock. »Natürlich kenne ich Scardale.«
»Jan ist vor zwei Jahren dorthin gezogen.«
»Wirklich? Warum Scardale?« fragte Catherine.
»Wie es manchmal so geht. Meine Tante hat viele Jahre bei uns gewohnt, und sie hat von einer entfernten Verwandten ihres verstorbenen Mannes dort ein Haus geerbt. Eine Cousine zweiten Grades oder so etwas. Als meine Tante starb, ist es an unsere Mutter übergegangen. Und als sie vor drei Jahren gestorben ist, hat sie es mir und Jan hinterlassen. Es ist immer vermietet gewesen, aber Jan wollte gern auf dem Land wohnen, da hat sie beschlossen, den Mietern zu kündigen, und ist eingezogen. Es würde mich zum Wahnsinn treiben, da draußen zu wohnen, wo Fuchs und Hase sich gute Nacht sagen, aber sie ist begeistert. Allerdings reist sie beruflich viel, so kommt sie vermutlich gar nicht dazu, der Sache überdrüssig zu werden.«
»Was macht sie beruflich?« fragte Catherine.
»Sie hat eine Beratungsfirma. Ihre Kunden sind hauptsächlich große Multis, für die sie psychologische Gutachten der Führungskräfte erstellt. Sie übt die Tätigkeit erst seit ein paar Jahren aus, aber sie steht recht gut da«, sagte Helen. »Das muß sie allerdings auch, um die Heizung für diese Scheune von einem Haus zu zahlen.«
Es gab nur eine Immobilie in Scardale, auf die diese Beschreibung paßte. »Sie wohnt doch nicht in Scardale Manor, oder?« fragte Catherine.
»Sie kennen es offensichtlich«, lachte Helen. »Stimmt. Wieso kennen Sie ein Kaff wie Scardale so gut?«

»Helen«, sagte Paul mit warnendem Unterton.
Catherine verzog das Gesicht zu einem Lächeln. »Es gab einen Mord in Scardale, als ich ein Teenager war. Ein junges Mädchen wurde entführt und von ihrem Stiefvater ermordet. Sie war genauso alt wie ich.«
»Alison Carter?« rief Helen aus. »Sie kennen den Fall Alison Carter?«
»Ich bin überrascht, daß Sie ihn kennen«, sagte Catherine. »Sie können doch kaum auf der Welt gewesen sein, als er Schlagzeilen machte.«
»Oh, wir kennen den Fall Alison Carter gut, nicht wahr, Paul?« sagte Helen mit diebischem Vergnügen.
»Nein, Helen, das tun wir nicht«, erwiderte Paul und klang etwas ärgerlich.
»Na gut, vielleicht nicht«, sagte Helen beschwichtigend und streckte die Hand aus, um seinen Arm zu berühren. »Aber wir kennen einen Mann, der Bescheid weiß.«
»Laß doch, Helen. Catherine interessiert sich nicht für einen Mordfall von vor fünfunddreißig Jahren.«
»Da liegen Sie falsch, Paul. Der Fall hat mich immer fasziniert. Was ist Ihre Verbindung dazu?« Sie schaute auf seinen mißbilligenden Gesichtsausdruck. Plötzlich fiel der Groschen. Eine leichte Ähnlichkeit, die sie fast unbewußt wahrgenommen hatte, als sie sich kennenlernten, und jetzt sein Name in Verbindung mit dem Fall Alison Carter. Schnell zog sie die entsprechenden Schlüsse. »Warten Sie mal ... Sie sind nicht *George* Bennetts Sohn, oder?«
»Das ist er«, sagte Helen triumphierend.
Paul schien mißtrauisch. »Sie kennen meinen Vater?«
Catherine schüttelte den Kopf. »Nein, nicht persönlich. Aber ich habe von ihm gehört im Zusammenhang mit dem Alison-Carter-Fall. Da hat er ausgezeichnete Arbeit geleistet.«
Paul sagte: »Ja, na ja, es war, bevor ich zur Welt kam, und Dad hat nie sehr viel über seine Arbeit gesprochen.«
»Es war wirklich ein wichtiger Fall, wissen Sie. Angehende

Rechtsanwälte müssen ihn immer noch studieren wegen der Konsequenzen für Mordfälle, bei denen es keine Leiche gibt. Und es hat nie ein Buch über den Fall gegeben. Es sind nur Zeitungsberichte aus der Zeit damals zu finden und die juristischen Abhandlungen über Präzedenzfälle, die leider furchtbar trocken sind. Ich bin erstaunt, daß Ihr Vater keine Memoiren geschrieben hat«, sagte Catherine.
Paul zuckte die Schultern und fuhr sich mit der Hand durch sein gut geschnittenes blondes Haar. »Es ist nicht sein Stil. Ich erinnere mich, daß einmal ein Journalist bei uns zu Haus auftauchte. Ich muß etwa sechzehn gewesen sein. Dieser Typ sagte, er hätte über den Fall berichtet, und wollte, daß Dad an einem Buch mitarbeitete, aber Dad schickte ihn auf der Stelle weg. Er sagte danach zu Mum, daß Alisons Mutter damals genug mitgemacht hätte und sie es nicht verdiene, daß alles wieder ausgegraben würde.«
Catherines Journalisteninstinkte waren sofort geweckt. »Aber sie ist doch tot, Alisons Mutter. Sie ist fünfundneunzig gestorben. Jetzt gibt es keinen Grund mehr, warum er nicht über den Fall sprechen sollte.« Sie beugte sich vor, plötzlich aufgeregt. »Ich würde sehr gern die Insidergeschichte über den Fall Alison Carter schreiben. Diese Dinge sollten erzählt werden, Paul. Nicht zuletzt, weil alle Berichte damals die Wahrheit über Philip Hawkins sexuellen Mißbrauch seiner Stieftochter beschönigt haben. Es war ein wichtiger Fall. Nicht nur in juristischer Hinsicht, sondern auch in der Art, wie er das Leben vieler Leute beeinflußte.«
Überraschenderweise leistete ihr Helen Beistand. »Catherine hat recht, Paul. Du weißt doch, wie skrupellos manche Journalisten sind. Und du weißt auch, wie diese alten Fälle immer wieder zur Sprache kommen. Wenn dein Dad nicht seine eigene Geschichte erzählt, wird nichts weiter passieren, als daß irgendein Schmierfink, dem es nur um seinen eigenen Vorteil geht, nach seinem Tod darüber schreibt, und es wird niemand dasein, der einer reißerischen Version der Ereignisse wider-

sprechen kann. Und da Jan ja sozusagen so nah dran ist, hätte Catherine die Möglichkeit, der Sache vor Ort auf den Grund zu gehen.«

Paul gab sich geschlagen und hielt mit einer Geste gespielter Resignation die Hände hoch. Offensichtlich hatte Helen alles, was nötig war, um ihn von seiner an Feindseligkeit grenzenden Skepsis zu eifriger Unterstützung zu bekehren. »Also gut, in Ordnung, Mädels. Ihr habt gewonnen. Ich werde nächstes Mal, wenn ich zu Hause anrufe, mit dem alten Herrn reden. Ich werde ihm sagen, ich habe die letzte vertrauenswürdige Journalistin Europas ausfindig gemacht, und sie will ihn zum Star machen. Wer weiß, vielleicht kann ich mich auch in seinem Glanz sonnen. Und jetzt, wer hat Lust, auf einen Teller Muscheln in *Jacques' Brasserie* zu gehen?«

Eine Woche später hatte in London ihr Telefon geklingelt. Der Sohn hatte auf den Vater eingewirkt, wie es kein Außenseiter hätte tun können. George Bennett würde die folgende Woche an einem Golfturnier für pensionierte Polizeibeamte in der Nähe von London teilnehmen und sie bei einem Drink treffen, um über Möglichkeiten zu sprechen, wie sie nach seinen Erinnerungen einen Bericht über den Fall Alison Carter schreiben könnte.

Catherine hatte sich für das Treffen sorgfältig zurechtgemacht: ihr einziges Armani-Kostüm und hohe Absätze. Sie wollte jede Unterstützung, die sie nur irgendwie bekommen konnte, und stimmte der Moderedakteurin ihrer Zeitschrift zu, daß es nichts Besseres gab, um das Selbstbewußtsein einer Frau zu heben, als erstklassige italienische Garderobe. Sie verbrachte mehr Zeit mit dem Auftragen getönter Tagescreme, Kajal-Liner, Kontur- und Lippenstift, als ihre Ungeduld zuließ und als sie brauchte, damit sie mit ihrem Aussehen zufrieden sein konnte. Mit jedem Jahr, das verging, brauchte man allerdings ein bißchen länger. Einige ihrer Kolleginnen hatten sich Schönheitsoperationen unterzogen, aber sie mußten dabei ans Heiraten denken. Catherine wußte, es war viel schwerer, einen

Mann zu halten, wenn erst einmal der Reiz des Neuen verflogen war, als jemanden zu finden, der eigentlich zu jemand anderem gehörte, aber bereit war, insgeheim vergnügliche Stunden mit einem zu verbringen, solange es eben ging. Nicht daß sie Pläne solcher Art in bezug auf George Bennett hatte. Es würde allerdings nicht schaden, ihm das Gefühl zu geben, daß sie sich seinetwegen Mühe gegeben hatte.

Aber er sah immer noch gut aus, und deshalb war sie um so froher, daß sie sich angestrengt hatte. Silberblondes Haar, ironisches Lächeln, Augen, die trotz der dreißig Jahre bei der Polizei immer noch seine natürliche Gutmütigkeit spiegelten; wie Robert Redford war George Bennett ein Mann, dessen beste Zeit in der Vergangenheit lag, aber niemand konnte ihn ansehen, ohne den früheren Glanz zu ahnen.

Und erstaunlicherweise war George Bennett endlich zu erzählen bereit. Sie vermutete verschiedene Gründe. Einen gab er an, nämlich daß Ruth Carter jetzt tot sei und er frei sprechen könne, ohne Furcht zu haben, ihr neuen Schmerz zu verursachen. Aber sie glaubte auch, daß die Einförmigkeit des Rentnerdaseins schwer auf ihm lastete. Nachdem er als Detective Chief Superintendent mit dreiundfünfzig Jahren in Pension gegangen war, hatte er als Sicherheitsberater für mehrere Firmen im Amber Valley gearbeitet, aber die zunehmende Behinderung seiner Frau durch eine schlimme Arthritis hatte ihn bewogen, diese Tätigkeit ein Jahr zuvor aufzugeben. George Bennett war jedoch offensichtlich kein Mann, der sich gerne vom Leben draußen abschottete, und es gefiel ihm auch nicht besonders, nur ein gewöhnlicher älterer Mann zu sein, den man als unbedeutend abtat. So glaubte Catherine, ihr Vorschlag sei zum günstigsten Augenblick gekommen.

Vier Monate später hatten sie einen Vertrag für ein Buch, und Catherine hatte sich sechs Monate bezahlten Urlaub dafür ausbedungen. Nun war sie endlich in Scardale und als Akteurin an dem Drama beteiligt, das ihre Jugend so stark beeinflußt hatte.

3

Februar 1998

George Bennett starrte sein Spiegelbild im Küchenfenster an. Der gespenstisch undeutliche Garten verschwamm hinter seinen Gesichtszügen und verwischte einige der Falten, die sich im Lauf der letzten fünfunddreißig Jahre eingegraben hatten. Alison Carters Verschwinden war der erste, aber bei weitem nicht der letzte Fall gewesen, der ihm schlaflose Nächte bereitet hatte. Und jetzt war sie wieder da und stahl ihm in einer kalten Winternacht den Schlaf. Halb sechs und keine Chance, zum süßen Vergessen zurückzufinden.

Der Wasserkocher schaltete sich ab, und er wandte sich dem kühlen Neonlicht der Küche zu. Er goß kochendes Wasser auf den Teebeutel, den er schon in einen Becher gehängt hatte, und bewegte ihn mit einem Löffel, bis der Tee so stark wie möglich war. Zu viele Jahre in Polizeikantinen hatten bei ihm eine Vorliebe für bitteren, orangefarbenen Tee mit viel Gerbsäure hinterlassen. Er nahm die Milch aus dem Kühlschrank und goß gerade so viel hinein, daß der Tee abkühlte und er ihn sofort trinken konnte. Dann setzte er sich an den Küchentisch und zog die Schultern hoch, so daß sein Morgenmantel sich näher an den Körper schmiegte. Er griff nach der Packung Zigaretten auf dem Tisch und zündete sich eine an.

Jetzt, wo ihm das erste richtige Interview mit Catherine Heathcote bevorstand, fühlte er plötzlich Bedauern in sich aufkommen. Er hatte es immer vermieden, über den Fall zu reden. Pauls Geburt war ihm als der perfekte Schlußstrich erschienen, ein neuer Anfang, der ihm erlauben würde, Ruth Carters Schmerz hinter sich zu lassen. Natürlich war das nicht so glatt und so leicht gewesen. Es gab zu viele regelmäßig wiederkehrende Dinge, die ihn bei der routinemäßigen Polizeiarbeit an Alison Carter erinnerten, als daß er sie aus dem leicht zugänglichen Bereich seines Gedächtnisses hätte einfach auslöschen können. Aber er schaffte es trotzdem, sich an seinen Entschluß zu halten, nicht über den Fall zu sprechen.

Keiner seiner Kollegen hatte den Grund seines Schweigens zu einer Sache verstanden, die sie als Triumph empfunden und mit der sie bei jeder Gelegenheit angegeben hätten. Nur Anne hatte wirklich begriffen, daß hinter seiner Entscheidung ein Gefühl persönlichen Versagens stand. Obwohl so vieles gegen die Aufklärung von Alisons rätselhaftem Verschwinden gesprochen hatte, war sie ihm trotzdem gelungen, und er hatte genug Beweise zusammengetragen, damit der Verantwortliche gehängt wurde. Und doch plagte George die Überzeugung, er habe viel zu lange dafür gebraucht. Ruth Carter hatte schreckliche Wochen der Ungewißheit und der falschen Hoffnungen durchlebt und sich an die Vorstellung geklammert, ihre Tochter sei noch am Leben. Nicht nur das, Philip Hawkin hatte seine Freiheit länger genossen, als er verdient hatte. Er hatte die Mahlzeiten eingenommen, die seine Frau für ihn kochte, und hatte nachts geschlafen, während sie wach lag und sich mit der Angst quälte. Er war mit der Sicherheit des Großgrundbesitzers und der Überzeugung, ungestraft davonzukommen, über sein Land gegangen. George empfand Reue selbst für diese kurze Zeit, in der Hawkin sich in Sicherheit wiegen konnte.

Und so hatte er allen Überredungsversuchen widerstanden, über den Fall zu sprechen. Er hatte Angebote von mehreren Autoren abgelehnt, die den Fall, aus seiner Sicht betrachtet, noch einmal aufrollen wollten. Sogar dieser Schlagzeilenjäger Don Smart hatte das Recht zu haben geglaubt, an seine Tür zu

klopfen und seine Zeit und sein Wissen in Anspruch zu nehmen. Diese Anfrage auszuschlagen war ihm nicht schwergefallen, dachte George mit einem bitteren Lächeln.
Es war eine Ironie des Schicksals, daß die gleiche Liebe, die es für ihn möglich gemacht hatte, nach vorn zu schauen, auch sein Verderben war. Als Paul ihm von Helens Schwester Jan in Scardale erzählt hatte, wußte er gleich, wenn es seinem Sohn mit dieser Frau so ernst war, wie es den Anschein hatte, würde er früher oder später seinen Entschluß aufgeben müssen, den Schauplatz des Verbrechens nie mehr zu besuchen. Bis jetzt war es noch nicht soweit gekommen. Aber er wußte, daß Helens Scheidung bald vollzogen sein würde, und hatte den sicheren Verdacht, daß das Paar nicht allzulange mit der Heirat würde warten wollen. Das hieß, daß er Helens Schwester, ihre einzige noch lebende Verwandte, kennenlernen würde und Scardale nicht ewig umgehen konnte.
Bei dieser Aussicht war ihm Pauls Fürsprache für Catherine Heathcote wie ein Wink des Schicksals erschienen. Es war, als hätte sich alles verschworen, ihn zu zwingen, über Alison Carter nachzudenken. Er fand, es würde nicht schaden, die Journalistin zu treffen, um zu sehen, ob er das Gefühl hatte, ihr vertrauen zu können. Zunächst hatte er den Eindruck gehabt, sie sei nur wieder eine jener schicken Fleet-Street-Miezen. Aber als sie sich unterhielten und sie ihm die Auswirkungen geschildert hatte, die der Mord an Alison Carter auf ihr Leben gehabt hatte, wurde ihm klar, daß er nie jemanden finden würde, der besser geeignet war, die Geschichte zu schreiben, und es kam ihm so vor, als verlangten die Ereignisse geradezu danach, erzählt zu werden.
Der gewohnte Klang von Schritten, die die Treppe herunterkamen, unterbrach seine Gedanken. Er schaute auf und sah Anne verschlafen in der Tür stehen. »Hab ich dich aufgeweckt, Schatz?« fragte er und schaltete den Wasserkocher wieder an.
»Meine Blase hat mich aufgeweckt«, erwiderte sie trocken und ging langsam zu dem Stuhl ihm gegenüber. »Und deine Seite im

Bett war kalt, da dachte ich, du wolltest vielleicht Gesellschaft haben.«

George stand auf und löffelte die Mischung aus Malz und Schokoladenpulver für das Getränk, das Anne so mochte, in einen Becher. »Da sage ich nicht nein«, antwortete er, als er Wasser dazuschüttete und umrührte. Er ging zu seinem Stuhl zurück und schob ihr das Getränk über den Tisch zu. Sie legte ihre gekrümmten, arthritischen Finger um den Becher und genoß die Wärme in den vom Rheumaschmerz geplagten Händen.

»Nervös wegen deines Termins?« fragte sie.

Er nickte. »Wie zu erwarten, ich wünschte, ich hätte nie zugestimmt.«

»Es würde jedem so gehen; wegen einer so wichtigen Sache wird man eben nervös«, sagte sie verständnisvoll. »Du mußt es eben wirklich richtig machen wollen, um Alison noch einmal Gerechtigkeit widerfahren zu lassen.«

Er lachte mit einem leisen Schnaufen durch die Nase. »Du unterstellst mir edlere Motive, als ich habe, mein Schatz. Ich wollte, ich hätte nie zugestimmt, weil ich mich nicht schwarz auf weiß als der Narr dargestellt sehen möchte, der ich in der Sache mit Philip Hawkin war.«

Anne schüttelte den Kopf. »Du bist der einzige, der das denkt, George. In den Augen aller anderen warst du der Held des Tages. Wenn sie einen Preis ›Befreites Scardale‹ zu vergeben gehabt hätten, hätten sie ihn dir sofort an dem Tag verliehen, als die Geschworenen ihr Urteil fällten.«

Er schüttelte den Kopf. »Vielleicht. Aber du weißt doch, ich habe mir nie die Meßlatte anderer Leute angelegt, nur meine eigene, und gemessen an meinen eigenen Grundsätzen habe ich die Leute im Stich gelassen. Ich war ein Teil des Systems, das Alison im Grunde verraten hat, ein System, das auf die Behauptung eines jungen Mädchens, sie sei sexuell mißbraucht worden, niemals gehört hätte.«

Anne kräuselte ungeduldig die Lippen. »Jetzt bist du aber

albern. Damals hat doch überhaupt niemand zugegeben, daß es so etwas wie Kindesmißbrauch überhaupt gab. Und bestimmt nicht innerhalb von Familien. Wenn du dich unbedingt unglücklich machen willst, weil du dir einredest, du hättest Ruth Carter verraten, ist das deine Sache. Aber ich werde nicht dabeisitzen, wenn du dich wegen des Versagens der britischen Öffentlichkeit vor fünfunddreißig Jahren schlechtmachst. Das ist Schwelgerei im Selbstmitleid, George Bennett, und das weißt du auch.«

Er lächelte und erkannte, daß sie recht hatte. »Da könnte was dran sein. Vielleicht hätte ich das alles vor vielen Jahren schon rauslassen sollen? Sagen uns die Psychiater das nicht immer? Alles mal rauslassen ist gesund. Wenn man alles unter Verschluß hält, bekommt man Psychosen.«

Anne erwiderte sein Lächeln. »Wie zum Beispiel den Verfolgungswahn, daß man an allen Übeln der Welt schuld ist.«

Er fuhr sich mit der Hand durch die Haare. »Es gibt auch noch einen anderen Grund. Ich muß Paul und Helen zuliebe meinen Frieden mit dieser Sache machen. Wir werden eines Tages nach Scardale gehen müssen, um Helens Schwester kennenzulernen, und ich habe Scardale für mich zu einem Schreckgespenst werden lassen. Ich muß das alles ändern, oder ich werde es allen verderben. Und ich will nichts tun, was das Glück des Jungen zerstören könnte. Mit einer Fremden über die ganze Sache zu reden könnte für mich tatsächlich etwas ändern.«

»Ich glaube, du hast recht, Schatz, und ich kann nicht leugnen, daß ich froh bin über deine Entscheidung. Abgesehen von allem anderen war das eine wichtige Zeit in unserem Leben. Ich habe oft Dinge unterdrücken müssen, die ich sagen wollte, weil ich wußte, daß ich, wenn ich über die Zeit spräche, als ich mit Paul schwanger war, dich immer daran erinnern würde, wie du die Beweise gegen Philip Hawkin gesammelt hast. Es wird mir also nicht leid tun, wenn du Catherine Heathcote gegenüber offen sprichst, so daß ich über manche der Erinnerungen, die ich zurückhalten mußte, mit dir reden kann. Und nicht nur mit dir, sondern auch mit Paul. Ich weiß, das ist egoistisch von mir, aber ich würde es eben gern tun.«

George machte vor Überraschung große Augen. »Ich hatte keine Ahnung, daß du solche Gefühle hattest«, wandte er kopfschüttelnd ein. »Wie konnte ich das nicht wissen?«

Anne trank einen kleinen Schluck. »Weil ich es mir nicht habe anmerken lassen, mein Lieber. Aber jetzt, wo du richtig pensioniert bist und nicht mehr die Sicherheitsberatung machst, ist es Zeit, daß wir ohne Angst zusammen auf unser Leben zurücksehen können. Wir haben immer noch eine Zukunft, George. Wir sind nicht alt, nicht nach den Maßstäben der heutigen Zeit. Dies ist unsere Chance, die Vergangenheit ein für allemal aufzuarbeiten, und für dich, zu begreifen, daß das, was du getan hast, gut und richtig war und eine Wirkung hatte.« Sie streckte ihre knotige Hand aus und legte sie über seine. »Es ist Zeit, daß du dir selbst vergibst, George.«

Der Seufzer schien tief aus ihm zu kommen. »Na ja, ich hoffe, Catherine Heathcote ist nachsichtig gestimmt.« Er gähnte. »Ich werde nämlich heute um zehn Uhr nicht in Hochform sein, wenn ich nicht noch etwas Schlaf kriege.« Er nahm Annes Hand in die seine. »Danke, Schatz.«

»Wofür?«

»Für die Erinnerung daran, daß ich nicht das Ungeheuer bin, das ich manchmal zu sein glaube.«

»Du bist kein Ungeheuer. Na ja, außer wenn du mit einem Kater aufwachst. Es wird gutgehen, George«, beruhigte ihn Anne. »Es ist ja nicht so, als hielte die Vergangenheit Überraschungen bereit, nicht wahr?«

4

Februar/März 1998

Als Catherine zum ersten Mal in ihrem gemieteten Häuschen in Longnor aufwachte, war sie kurz von panischer Angst ergriffen. Sie erinnerte sich nicht, wo sie war. Sie sollte genüßlich ausgestreckt in einem warmen Zimmer mit großen Schiebefenstern aufwachen. Statt dessen war ihre Nase eiskalt, sie lag unter einer fremden Steppdecke zusammengekauert wie ein Fötus, und das einzige Licht fiel seitlich von einem dünnen Vorhang herein, der vor zwei kleinen, in eine halbmeterdicke Steinmauer eingelassenen Flügelfenstern hing.

Dann kam mit der Erinnerung plötzlich eine freudige Begeisterung, die ihren Ärger über die eisige Kälte in diesem winzigen Häuschen fast vertrieb, das man mit wenigen Schritten in Länge und Breite abgehen konnte und das sie für sechs Monate gemietet hatte. Die Besitzer dieses Ferienhäuschens waren entzückt gewesen, als sie sie ansprach. Jetzt wußte sie, warum. Niemand, der seine fünf Sinne beisammen hatte, würde diesen Eisschrank im Winter mieten, dachte sie, als sie aus dem Bett sprang und fror, sobald ihre langen Beine mit der Luft in Berührung kamen. Im Lauf des Tages würde sie sich warme Pyjamas und eine Wärmflasche kaufen müssen, sonst würde sie nicht von Longnor wegkommen, ohne wieder von den Frostbeulen befallen zu werden, die sie in ihrer Kindheit geplagt hatten. Sie verfluchte die Vermieter mit so starken und anschaulichen Worten, wie sie nur Journalisten einfallen, und rannte aus dem Zimmer.

Das Bad war ein willkommener Zufluchtsort. Ein an der Wand hängender Heizstrahler verbreitete sofort warme Luft, und die Dusche war wunderbar dampfend heiß. Sie wußte, daß die effiziente Gasheizung auch das Wohnzimmer schnell aufwärmen würde, aber das Schlafzimmer war die reinste Vorhölle. Als sie aus der Dusche dorthin zurückkehrte, nahm sie sich vor, in Zukunft immer ihre Kleider mit ins Bad zu nehmen.

Während sie sich anzog, dachte sie daran, daß sie seit der Zeit in Buxton in ihrem Elternhaus vor dem Einbau der Zentralheizung nie wieder irgendwo geschlafen hatte, wo es so kalt war. Plötzlich hielt sie inne, den Pullover halb über den Kopf gezogen. Wenn sie versuchen wollte, Scardale im Jahr 1963 zum Leben zu erwecken, hätte sie an gar keinem besseren Ort als hier landen können. Alison Carter war auch so aufgewachsen, daß ihr Eisblumen an der Innenseite ihres Schlafzimmerfensters mitten im Winter nur allzu vertraut waren. Und eine warme, gemütliche Küche, bevor ihre Mutter das alles gegen das Leben im Gutshaus eingetauscht hatte. Catherine hatte nicht vorgehabt, ihre Recherchen bis zu einem solchen Grad der Authentizität zu treiben, aber da es sich ihr so anbot, nahm sie dankbar an. Außerdem war das Häuschen weniger als hundert Meter von Peter Grundys Haus entfernt. Der pensionierte Constable von Longnor würde bestimmt eine wertvolle Informationsquelle sein. Und er würde ihr den Zutritt zum Dorfleben erleichtern. Sie wußte genau, wie unfreundlich man in Dorfpubs oft empfangen wurde, wenn man als Außenseiter galt, und sie fand die Aussicht, sechs Monate ohne Gespräche zu verbringen, nicht verlockend. Selbst wenn die Unterhaltungen sich nur um den Preis des Mastviehs auf dem Markt in Leek drehten.

Bei einem Frühstück mit schwarzem Kaffee und einem Brot mit Speck blätterte sie die fotokopierten Zeitungsausschnitte durch, die sie mühsam im nationalen Zeitungsarchiv in Colindale ausgegraben hatte. Sie würde sie heute kaum brauchen; aber es schadete nicht, sich immer wieder damit zu befassen,

damit sie genau wußte, wie sie die Interviews mit George Bennett am besten anginge. Sie hatten verabredet, daß sie sich jeden Vormittag für zwei Stunden treffen würden. Das würde Catherine genug Zeit geben, die Interviews auf den Bändern abzuschreiben, und es würde das Leben der Bennetts nicht zu sehr stören. Sie wollte schließlich nicht, daß sie ihrer ständigen Störungen überdrüssig würden, denn nichts würde Georges Erinnerungen schneller ausdörren als so etwas.
Eine halbe Stunde später fuhr sie durch einen Tunnel winterlicher Bäume in die Mitte des Dorfes Cromford. Sie folgte Georges Angaben, bog beim Mühlenteich rechts ab, fuhr den Hügel hinauf und dann scharf links in die Einfahrt eines Einfamilienhauses. Als sie den Motor abstellte, öffnete sich bereits die Haustür. George stand unter der Tür, eine Hand zum Gruß erhoben. In seiner dunkelgrauen Hose, einer dunkelblauen Strickweste wie von der Airforce und einem hellgrauen Polohemd sah er wie ein Modell aus einem Kleiderkatalog für den reifen Mann aus. Nur eine Pfeife müßte er noch im Mund haben, dachte sie. Ein Vorstadt-Jimmy-Stewart in *It's A Wonderful Life* für das Publikum über sechzig.
»Schön, Sie zu sehen, Catherine«, rief er.
»Und Sie auch, George.« Sie fröstelte, als sie in den warmen Flur kam. »Ich hatte vergessen, wie beißend kalt es um diese Jahreszeit hier oben sein kann.«
»Es erinnert auch mich an damals«, sagte er und führte sie durch die mit Teppich ausgelegte Diele in ein Wohnzimmer, das dem Ausstellungsraum eines Möbelgeschäfts ähnelte. Alles war elegant, sogar modisch, aber seltsamerweise ohne eigene Note. Sogar die gerahmten Monetdrucke schienen eher belanglos denn ein Hinweis auf einen persönlichen Geschmack. Keine einzige Zeitung störte die sterile Ordnung des Zimmers, das nach einem blumigen Raumspray roch. Wo immer die Bennetts ihren persönlichen Geschmack zeigen mochten, im Wohnzimmer jedenfalls nicht.
»So bitter kalt war es auch, als Alison verschwand«, fuhr

George fort. »Es gab mir gleich von Anfang an Hoffnung, daß sie entführt worden war, wissen Sie. Damit gab es eine Chance, sie wieder zurückzubekommen. Ich wußte, daß sie bei solchem Wetter niemals eine Nacht im Freien überleben würde.«
George wies auf einen Sessel, der hart und doch bequem aussah. »Nehmen Sie Platz.« Er ging zu dem gegenüberstehenden Sessel. Catherine bemerkte, daß er automatisch den Platz mit dem Licht im Rücken eingenommen hatte, das jetzt auf sie fiel. Sie fragte sich, ob es die absichtliche Wahl eines Polizisten oder einfach sein normaler Sessel war. Zweifellos würde sie das nach ein paar Sitzungen besser beurteilen können. »Also«, sagte George. »Wie möchten Sie es angehen?«
Bevor sie antworten konnte, kam eine ältere Frau ins Zimmer. Kurzes silbergraues Haar umrahmte ihr Gesicht, das durch die Falten, die ihr die Schmerzen beigebracht hatten, vorzeitig gealtert schien. Sie hielt sich mit der steifen und unbeholfenen Körperhaltung eines Menschen aufrecht, für den jede Bewegung eine quälende Notwendigkeit war. Selbst von der anderen Seite des Zimmers aus konnte Catherine ihre verkrümmten Finger mit den unförmigen Knoten des Gelenkrheumatismus erkennen. Aber das Lächeln auf ihrem Gesicht war echt und ließ ihre blauen Augen lebhaft leuchten. »Sie müssen Catherine sein«, sagte sie. »Es ist schön, Sie kennenzulernen. Ich bin Anne, Georges Frau. Also, ich werde mich nicht in Ihre Interviews einmischen, außer um zu fragen, ob Sie lieber Tee oder Kaffee möchten.«
»Ich freue mich auch, Sie kennenzulernen. Ich danke Ihnen, daß ich Sie in Ihrem Heim einfach so überfallen darf«, sagte Catherine und rechnete sich dabei die Chancen aus, in einem englischen Haushalt mit zwei Leuten über sechzig eine gute Tasse Kaffee zu bekommen. »Ich nehme Tee, bitte«, sagte sie. »Sehr schwach, ohne Milch oder Zucker.« Das dürfte sicher sein, vermutete sie. Zwei Monate lang schlechten Kaffee – das hatte sie nicht verdient.
»Also dann Tee«, sagte Anne.

»Und Mrs. Bennett?« fuhr Catherine fort. »Sie stören nicht, wenn Sie sich bei unseren Sitzungen dazusetzen wollen. Ich wäre dankbar, wenn ich auch irgendwann einmal mit Ihnen sprechen könnte, um mir ein Bild davon zu machen, wie das Leben für Sie als Frau eines Polizeibeamten war, als Ihr Mann einen so anstrengenden Fall bearbeitete.«

Anne lächelte. »Natürlich können wir uns unterhalten. Aber ich werde Sie und George bei den Interviews allein lassen. Ich will nicht, daß es ihn befangen macht, wenn er spricht, und außerdem habe ich jede Menge zu tun. Und jetzt mache ich euch einen Tee.«

Als Anne gegangen war, nahm Catherine ihren Kassettenrecorder aus der Tasche und stellte ihn zwischen sich und George auf den Tisch. »Ich werde die Interviews aufnehmen. So ist die Gefahr geringer, daß ich Fehler mache. Wenn es etwas gibt, das Sie nur zu meiner Information sagen, aber nicht veröffentlicht haben möchten, teilen Sie mir das bitte mit, während wir sprechen! Und wenn es etwas gibt, über das Sie sich nicht im klaren sind, könnten Sie das bitte auch erwähnen? So kann ich eine fortlaufende Liste von den Dingen machen, die ich überprüfen muß.«

George lächelte. »Das klingt alles sehr vernünftig.« Er nahm eine Packung Zigaretten aus der Tasche, zündete sich eine an und holte einen Aschenbecher aus der Schublade eines kleinen Tisches neben sich. »Übrigens, ich hoffe, das Rauchen macht Ihnen nichts aus. Ich habe schon etwas zurückgesteckt, seit ich nicht mehr arbeite, aber ich komme noch nicht ganz ohne aus.«

»Kein Problem. Ich rauche seit einem Dutzend Jahren nicht mehr, aber ich halte mich immer noch eher für eine Raucherin, die aussetzt, als für eine Exraucherin. Bei Partys bin ich bei den Rauchern – irgendwie sind das immer die interessanteren Leute«, sagte sie mit einem Lächeln, mit dem sie ihm nicht nur schmeicheln wollte. Sie beugte sich vor und drückte den Knopf für Aufnahme. »Heute kommen wir wahrscheinlich noch gar nicht zu dem Fall. Ich würde gern mit Ihrem eigenen Werdegang anfangen. Das meiste wird nie veröffentlicht werden, aber es ist wichtig für mich, mir ein Bild davon zu machen, wer Sie sind und wie Sie zu diesem Menschen wurden, wenn ich über Ihre Arbeit an dem Fall mit dem Wissen und Einfühlungsvermögen schreiben soll, die ich der Sache entgegenbringen will. Und es ist auch eine Möglichkeit, sich der Geschichte langsam und behutsam zu nähern. Ich weiß, daß es Sie wahrscheinlich ziemlich nervös macht, nach all diesen Jahren die Einzelheiten des Falls zu besprechen, und ich möchte, daß Sie so entspannt sind wie möglich. Und natürlich sind Sie als Polizeibeamter viel eher daran gewöhnt, Fragen zu stellen, als sie zu beantworten. Ist es also in Ordnung, wenn wir mit Ihnen anfangen?«

George lächelte. »Das ist in Ordnung. Ich erzähle Ihnen gern alles, was Sie wissen möchten.« Er machte eine Pause, als Anne ins Zimmer kam und langsam ein Tablett mit zwei Bechern brachte. »Eines kann ich Ihnen sagen. Diese Frau ist der Grund, weshalb ich nach mehr als dreißig Jahren bei der Polizei von Derbyshire nicht im Irrenhaus bin. Anne ist mein Fels in der Brandung, mein Turm der Stärke.«

Anne verzog das Gesicht, als sie das Tablett auf den Couchtisch stellte. »Du bist so ein Schönredner, George Bennett. Du meinst wohl eher, Anne ist mein Partyservice, mein Anrufbeantworter und meine Haushälterin.« Sie schaute lächelnd zu Catherine auf.

Es war offensichtlich das übliche Familiengeplänkel. »Sie mußte Arthritis bekommen, um mich dazu zu kriegen, daß ich mal im Haushalt mit Hand anlege«, fügte George hinzu.

»Irgend etwas mußte ich doch machen«, erwiderte sie trocken. »Andernfalls hättest du deine Pensionierung als Anlaß genommen, überhaupt nichts mehr zu tun. Jetzt hör auf herumzuquatschen und erzähle Catherine, was sie wissen will. Ich bringe noch ein paar Kekse, dann seh ich euch beide wieder, wenn ihr fertig seid.«

So begann der immer gleiche Tagesablauf, der den ganzen Februar und März hindurch anhielt. Catherine begann jeden Tag damit, daß sie die Teile ihrer Presseberichte las, die zu dem Abschnitt des Falls gehörten, den sie besprechen wollten. Nach dem Frühstück fuhr sie nach Cromford und überlegte dabei die Fragen, die sie stellen wollte, um weitere Begebenheiten aus ihrem Gesprächspartner herauszuholen.
Dann ging sie mit George behutsam ein Stück weiter in dem Fall und kam geduldig auf Details zum Wetter, zum Geruch in der Luft oder zur Landschaft zurück. Sie war unwillkürlich von seinem Eifer beeindruckt, denn er sorgte dafür, daß alles ganz genau beleuchtet wurde. Es stellte sich heraus, daß er für den Fall Alison Carter ein fast fotografisches Gedächtnis hatte, obwohl er behauptete, sich an andere Ermittlungen seiner Laufbahn nicht besonders gut erinnern zu können. »Ich glaube, ich war ein bißchen besessen von Alison«, sagte er einmal in einem der ersten Interviews. »Oh, ich weiß, es war mein erster großer Fall, und ich war entschlossen, zu zeigen, daß ich diese Arbeit leisten konnte, aber es war mehr als das. Es hatte wahrscheinlich etwas mit Anne zu tun, die mir gleich am Anfang der Ermittlung sagte, daß sie schwanger war. Ich quälte mich mit der Sorge, wie ich mich fühlen würde, wenn das meinem Kind passieren würde, und so war ich einfach nicht bereit, loszulassen.
So war es bei mir. Ich weiß nicht, wie es bei Tommy Clough war, aber er war in jeder Phase der Untersuchung genauso engagiert wie ich. Er arbeitete noch mehr Stunden als ich, und seine Hartnäckigkeit gegenüber der Polizei von Herfordshire brachte uns einen der wichtigsten Beweise: Hawkins Verbindung zu dem Revolver, mit dem Alison ermordet wurde.
Es mag merkwürdig klingen, aber ich habe ihn, nachdem Hawkin gehängt wurde, nie mehr lange genug gesehen, um richtig mit ihm zu sprechen. Tommy war noch in Buxton, aber ich war schon nach Derby umgezogen. Ein paarmal hatten wir vereinbart, uns zu treffen und zusammen etwas trinken zu

gehen, aber die Arbeit kam immer dazwischen. Und dann – nicht länger als zwei Jahre nach Alisons Ermordung – kündigte er und zog weg.«

»Wohin ist er gegangen?« fragte Catherine. Sie hatte eines Abends im Pub Peter Grundy schon dieselbe Frage gestellt, aber er zuckte die Achseln und sagte, niemand wüßte es. Es war, als wäre Tommy so spurlos verschwunden wie Alison selbst.

Aber George wußte es. »Er ist in Northumberland. In einem kleinen Dorf da oben an der Küste. Er arbeitete jahrelang als Aufseher für den Vogelschutzbund, aber jetzt ist er pensioniert wie ich. Allerdings hat er nie geheiratet, er hat also niemand wie Anne, die ihn in Schuß halten könnte. Wir schreiben uns eine Karte zu Weihnachten, das ist eigentlich alles. Ich glaube, ich bin der einzige bei der Polizei, mit dem er den Kontakt gehalten hat. Aber ich kann Ihnen seine Adresse geben. Vielleicht will er über Alison reden. Eigentlich bezweifle ich es, trotzdem, Sie haben ja schließlich auch mich zum Reden gebracht, nicht wahr?« George lächelte.

Und so ging es weiter, ein Faden ging nahtlos in den nächsten über, und die Vormittage vergingen. Catherine gewöhnte sich bald an, wenn sie von George wegging, auf dem Heimweg in einem Pub an der Straße nach Ashbourne einzukehren, wo es einen guten Mittagstisch gab, und dann war sie etwa um zwei Uhr zu Hause. Der Nachmittag und frühe Abend waren dem Übertragen der Bänder gewidmet, eine Arbeit, die sie unglaublich langweilig fand, obwohl sie von dem Material fasziniert war, das sich nach und nach anhäufte. Nach jeder halben Stunde erlaubte sie sich eine kurze Telefonpause oder eine E-Mail-Sitzung, um sich vor dem völligen Durchdrehen zu bewahren.

Wenn die Arbeit zu Ende war, machte sie sich eine der Tiefkühlmahlzeiten, die sie von ihrer wöchentlichen Einkaufsfahrt nach Buxton mitgebracht hatte. Dann setzte sie sich eine halbe Stunde mit einem Notizbuch und ihrer eigenen Zeitschrift oder mit einem Konkurrenzblatt ans Feuer. Endlich beschloß sie den Tag mit einem Nachttrunk im Dorfpub. Das hieß gewöhnlich, daß sie auch Peter Grundy einen ausgab, aber Catherine machten diese kleinen Unkosten nichts aus. Er hatte ihr schon wertvolles Hintergrundmaterial zu Scardale und den Familien dort geliefert, und außerdem war sie gern in seiner Gesellschaft.

Es war eine merkwürdig zufriedenstellende Art zu leben, fand sie. Die Arbeit war interessant und lockte sie in eine Welt zurück, die ihr zugleich vertraut und fremd war. Je mehr sie über den Hintergrund des Falls erfuhr, desto mehr wuchs ihr Respekt für George Bennett. Sie hatte keine Ahnung gehabt, wogegen er hatte ankämpfen müssen, um Philip Hawkin der Gerechtigkeit zuzuführen, sowohl innerhalb der Polizei als auch außerhalb. Sie hatte nie eine besonders hohe Meinung von der Polizei gehabt, aber durch George änderte sich dieses Vorurteil allmählich.

Sie hatte auch eine nervöse Angst davor gehabt, ihrem Heimatort wieder so nah zu kommen, fast abergläubisch war ihre Furcht, daß das beengende Kleinstadtleben, dem zu entrinnen sie so hart gekämpft hatte, sie irgendwie wieder einholen könnte. Statt dessen fand sie einen seltsamen Frieden in dem Rhythmus der Tage und Nächte. Nicht daß sie sich wünschte, immer so zu leben, ermahnte sie sich selbst energisch. Sie hatte schließlich ihr eigenes Leben. Dies hier war nur ein angenehmes Zwischenspiel, nicht mehr.

Was sonst konnte es auch sein?

5

April 1998

Catherine hatte vergessen, wie spät der Frühling hier draußen kam. Für jeden, der in der Gegend um die Derbyshire Peaks lebte, brachte der April die Erlösung nach den Härten des Winters. Blumenzwiebeln, die nur zwölf Meilen weit weg in der Ebene von Cheshire einen vollen Monat früher blühten, streckten endlich ihre Blätter aus dem Boden. Die Bäume trieben zögernd ihre Blütenknospen, und das von den Schafen abgefressene Gras erinnerte an die Farbe Grün.

In Scardale entfalteten sich im Waldstück und im Gehölz die ersten Blätter, als Catherine ins Dorf hinunterfuhr. Fast mit Bedauern hatte sie ihre erste Serie von Interviews mit George zu Ende gebracht, und heute begann eine zweite Phase ihres Projekts. Catherine hatte nie beabsichtigt, George Bennetts Erinnerungen als alleinige Grundlage des Buches zu nehmen. Sie hatte immer geplant, so viele Leute wie möglich zu befragen, die mit dem Fall zu tun hatten. Doch sie hatte nicht gedacht, daß so viele von ihnen zögern würden, ihre Erinnerungen an den Fall preiszugeben. Zu ihrer Überraschung hatten fast alle Carters, Crowthers und Lomas' rundweg abgelehnt, an dem Projekt teilzunehmen.

Es war ihr jedoch gelungen, ein Interview mit Alisons Tante, Kathy Lomas, zu vereinbaren. Vielleicht würde es nicht so sehr ins Gewicht fallen, daß andere Mitglieder der Großfamilie sich geweigert hatten, weil Kathy laut George Ruth Carter nähergestanden hatte als sonst irgend jemand. Schon allein aus diesem Grund hätte Catherine mit ihr sprechen wollen. Aber es gab noch einen zweiten Grund für ihren heutigen Eifer.

Obwohl Helen den Weg bei ihrer Schwester Janis für Catherine geebnet hatte, war Catherine immer noch nicht im Gutshaus von Scardale gewesen. Sie hatte einen Brief von Janis Wainwrights Rechtsanwalt bekommen, der sie informierte, seine Klientin hätte im späten Winter und Frühjahr mehrere Reisen geplant, würde den Rest der Zeit zu Hause arbeiten und wollte lieber ungestört bleiben. Der Anwalt hatte vorgeschlagen, daß die Autorin das Gutshaus in einer der Perioden ansehen könne, wenn die Besitzerin nicht zu Hause wäre, da Miss Wainwright Catherine sowieso nichts über den Fall Alison Carter sagen könne und dies die beste Lösung sei, Catherines Wünschen entgegenzukommen, ohne Janis' Arbeit zu stören.

Catherine stimmte dem Vorschlag des Anwalts gern zu, wenn dies denn die einzige Möglichkeit war, das Innere des Gutshauses zu besuchen. Heute endlich würde sie Philip Hawkins Erbe von innen sehen. Und noch besser, sie würde in Kathy Lomas eine Führerin haben, die ihr sagen konnte, welches Alisons Zimmer und welches Hawkins Arbeitszimmer gewesen war, und die das ehemalige Mobiliar beschreiben konnte.

Sie konnte nicht umhin, Spekulationen anzustellen, wie die Frau wohl sein würde, die sie bald treffen sollte. George Bennett hatte das Porträt einer boshaften, penetranten Frau gezeichnet, die keinen Respekt vor der Polizei hatte, ständig nörgelte und ihm zusetzte, wann immer sie Grund dazu zu haben glaubte. Peter Grundy hatte sie als eine Frau beschrieben, die ständig von dem verfolgt wurde, was hätte sein können.

Durch Peter hatte sie auch ein paar dürre Fakten über Kathy Lomas' Leben herausbekommen. Alisons Tante lebte jetzt allein. Ihr Mann Mike war vor fünf Jahren bei einem Unfall auf der Farm umgekommen, als ein wildgewordener Bulle ihn zu Tode getrampelt hatte. Ihr Sohn Derek hatte Scardale verlassen, um an die Universität Sheffield zu gehen, und war bei den Vereinten Nationen Spezialist für Bodenbeschaffenheit geworden. Kathy war jetzt Mitte Sechzig, hatte eine Herde Schafe in Scardale, spann die Schaffelle zu Wolle und verarbeitete sie dann auf einer Strickmaschine, die laut Peter Grundys Frau mehr Knöpfe als ein Raumschiff hatte, zu teuren Designerpullovern.

Kathy und Ruth Carter waren Cousinen, weniger als ein Jahr auseinander, Blutsverwandte väterlicher- und mütterlicherseits. Sie waren Seite an Seite zu jungen Frauen herangewachsen und dann zu Müttern geworden, und Kathys Sohn Derek war nur drei Wochen nach Alison geboren worden. Die Familiengeschichten waren unauflöslich miteinander verwoben. Wenn Catherine nicht von Kathy erfahren konnte, was sie wissen wollte, dann würde sie es wahrscheinlich irgendwo anders auch nicht erfahren. Und wenn Kathy so schwierig war, wie George vorausgesagt hatte, dann würde sie diese Frau mit dem größtmöglichen Geschick behandeln müssen.

Catherine fuhr vor Lark Cottage vor, dem Haus aus dem achtzehnten Jahrhundert, in dem Kathy ununterbrochen seit ihrer Heirat – neunzehn Jahre vor Alisons Verschwinden – gewohnt hatte. Die Frau, die die Tür öffnete, war noch kräftig, und ihr stahlgraues Haar hatte sie zu einem Knoten hochgesteckt. Zusammen mit den rauhen roten Wangen ließ er sie aussehen wie Mrs. Bunn, die Bäckersfrau aus Happy Families. Nur ihre Augen widersprachen dieser jovialen Erscheinung. Sie waren kühl und distanziert und gaben Catherine das Gefühl, sie werde kritisch beurteilt und in mehr als nur materieller Hinsicht bewertet. »Sie sind also die Schriftstellerin«, begrüßte Kathy sie und nahm einen abgetragenen Anorak von einem Haken. »Sie werden wohl zuerst das Gutshaus sehen wollen, denke ich.« Ihr Ton ließ keinen Spielraum für eine andere Möglichkeit.

»Das wäre sehr schön, Mrs. Lomas«, sagte Catherine und ging neben der älteren Frau her, als sie einen Teil der Dorfwiese überquerte und auf das Gutshaus zusteuerte. »Ich bin Ihnen wirklich dankbar, daß Sie mir Ihre Zeit opfern.« Innerlich verfluchte sie sich für diese Überschwenglichkeit.
»Für Sie opfere ich sie nicht«, erwiderte Kathy knapp. »Ich tue es wegen Alisons Andenken. Ich denke oft an unsere Alison. Sie war ein großartiges Mädchen. Ich stelle mir ihr Leben vor, wenn es anders gelaufen wäre. Ich sehe sie vor mir, wie sie mit Kindern arbeitet, als Lehrerin oder Ärztin. Etwas Positives, Nützliches. Und dann denke ich an die Wirklichkeit.« Sie blieb an der Tür des Gutshauses stehen und starrte Catherine düster an.
»Wenn ich die Zeit zurückdrehen und eine Sache in meinem ganzen Leben ändern könnte, wäre es der Mittwoch abend damals«, sagte sie bitter. »Ich würde Alison nicht aus den Augen lassen. Es hat keinen Sinn, sich zu sagen, ich sollte mir keine Vorwürfe machen. Ich weiß, daß Ruth Carter mit der Frage ins Grab gegangen ist, wie sie die Dinge hätte ändern können, und bei mir wird es genauso sein, wenn ich an der Reihe bin.
Ich bin voller Selbstvorwürfe in diesen Tagen. Wie sagt man? ›Wenn das Wörtchen wenn nicht wär ...‹ Na ja, ich habe genug Jahre hinter mir, in denen ich die Dinge, die nicht getan und nicht gesagt wurden, bereuen konnte. Das Problem ist nur, der einzige Ort, wo ich den Leuten, die ins Gewicht fallen, sagen kann, es tut mir leid, ist der Friedhof. Und deshalb bin ich bereit, mit Ihnen zu reden, Miss Heathcote.«
Sie nahm einen Schlüssel aus der Tasche, schloß die Tür auf, und führte Catherine in die Küche. Geld hatte augenscheinlich bei der Renovierung keine Rolle gespielt. Die Anrichten und Kiefernschränke waren echte Antiquitäten und nicht moderne Nachbildungen. Die Arbeitsflächen waren zum Teil aus Marmor, zum Teil aus versiegeltem Holz. Außer einem dunkelgrünen, großen Herd gab es auch eine zweitürige Kom-

bination aus Kühlschrank und Gefriertruhe im amerikanischen Stil und eine Spülmaschine. Catherine blickte auf den kleinen Stoß Zeitungen auf der einen Seite des Küchentischs. Die oberste war von vorgestern. Janis Wainwright war also noch nicht lange weg, dachte sie. Trotzdem verströmte die Küche die Atmosphäre eines schon länger nicht bewohnten Raums.

»Ich wette, so war es 1963 nicht«, sagte sie trocken.

Endlich lächelte Kathy Lomas. »Da haben Sie nicht unrecht.«

»Vielleicht könnten Sie mir erzählen, wie es damals aussah?«

»Ich glaube, ich mache uns vorher eine Tasse Tee«, wich Kathy aus.

»Ich bin dankbar, daß Ms. Wainwright mir erlaubt, das Haus zu besichtigen. Sie wissen, daß ihre Schwester mit George Bennetts Sohn verlobt ist?«

»Ja, die Welt ist klein, das stimmt.« Sie füllte den Wasserkocher.

»Ich habe Helen in Brüssel kennengelernt«, fuhr Catherine fort. »Eine nette Frau. Schade, daß ihre Schwester nicht hier ist.«

»Sie ist viel weg. Ich glaube, sie hätte nicht gern mit einem Buch über Mord zu tun«, sagte Kathy ablehnend und stellte laut zwei Becher aus einem Küchenschrank auf die Arbeitsfläche.

Catherine trat an das Fenster, das auf die Dorfwiese hinausging. Sie stellte sich die Stunden vor, die Ruth Carter damit verbracht haben mochte, angestrengt zu horchen, ob sie nicht die Schritte ihrer Tochter hörte, die sich dem Haus näherten.

Als lese sie ihre Gedanken, begann Kathy zu reden. »Etwas in mir ist versteinert, als ich diese Polizisten damals auf der Dorfwiese habe herumlaufen sehen. Wenn ich jemals Gefahr liefe, es zu vergessen, wären die Alpträume Erinnerung genug. Ich kann immer noch keine Polizeiuniform im Dorf sehen, ohne daß mir schlecht wird.«

Sie wandte sich wieder dem Tee zu. »Er hat alles verändert,

dieser Abend, nicht wahr?« fragte Catherine und schaltete heimlich den Kassettenrecorder in ihrer Manteltasche an.

»Ja, das hat er getan. Ich bin nur froh, daß wir so einen Polizisten wie George Bennett auf unserer Seite hatten. Wäre er nicht gewesen, dann wäre der Scheißkerl Hawkin vielleicht davongekommen. Das ist der andere Grund, warum ich mit Ihnen reden will. Es ist an der Zeit, daß George Bennett die Anerkennung bekommt, die ihm für das zusteht, was er für Alison getan hat.«

»Sie scheinen eine der wenigen in Scardale zu sein, die das finden. Die meisten Ihrer Verwandten sehen es nicht so. Außer Janet Carter und Charlie in London haben sich alle geweigert, mit mir zu sprechen«, bemerkte Catherine und hoffte immer noch, sie könnte Kathys Hilfe gewinnen, ihnen die Zungen zu lösen.

»Na ja, das ist ihre Sache. Sie werden ihre Gründe dafür haben. Ich kann nicht sagen, daß ich sie dafür kritisiere, daß sie nicht alles wieder aufrühren wollen. Es gibt keine guten Erinnerungen für uns alle an diese Zeit.« Sie goß Tee aus einem Steinguttopf in zwei zueinander passende Becher. »Also gut. Sie wollen wissen, wie das Haus damals aussah?«

Sie verbrachten eine Stunde damit, von Raum zu Raum zu gehen, Kathy beschrieb dabei ausführlich die Möbel und die Einrichtung, und Catherine versuchte in ihrer Vorstellung alles zum Leben zu erwecken. Sie war überrascht, nichts Unheilvolles zu verspüren, als Kathy mit ihr durchs Haus ging. Catherine hatte sich vorgestellt, daß die Ereignisse, die zu Alison Carters Tod geführt hatten, irgendwie in die Wände von Scardale Manor eingedrungen sein müßten und ihre gespenstische Gegenwart wie Staubwölkchen hinterlassen hätten. Aber es war nichts davon zu spüren. Einfach ein phantasievoll renoviertes altes Haus, das trotz der beträchtlichen Mittel, die man dafür ausgegeben hatte, niemals besonders nobel wirken würde. Sogar dem Nebengebäude, das Philip Hawkin als Dunkelkammer genutzt hatte, fehlte jegliche besondere Atmosphäre.

Jetzt war es einfach ein Schuppen für Gartengeräte und alte Möbel, nicht mehr und nicht weniger.
Trotzdem war diese Stunde für Catherine interessant, denn nun konnte sie ihre Kenntnis der Ereignisse vor einem konkreten Hintergrund ausbreiten. Sie sagte das zu Kathy Lomas, die die Tür hinter sich abschloß und Catherine ins Lark Cottage zurückführte, damit sie ihr eigentliches Interview machen konnten. »Ja, gut, es sollte schon alles stimmen«, sagte Kathy. »Also, was wollten Sie mich fragen?«
Letzten Endes fügte Kathys Aussage den Tatsachen, die sie von George erfahren hatte, kaum etwas hinzu. Der Wert lag hauptsächlich in der intimen Kenntnis, mit der die ältere Frau die Personen betrachtete. Als der Nachmittag zu Ende ging, hatte Catherine das Gefühl, sie sei endlich Ruth Carter und Philip Hawkin nah genug gekommen, um glaubwürdig über sie schreiben zu können. Das allein hatte den Besuch gelohnt.
»Sie besuchen dann noch Janet«, sagte Kathy, als Catherine die nötigen Angaben auf die letzte Kassette schrieb.
»Ja, das stimmt. Sie sagte, abends würde es ihr am besten passen.«
»Ja, weil sie eine volle Stelle hat, hebt sie sich ihre Wochenenden für sich und Alison auf.« Kathy stand auf und räumte die Becher weg.
»Alison?« Catherine schrie es fast.
»Ihre Tochter. Unsere Janet hat nicht geheiratet. Hat ihre Jahre zwischen zwanzig und dreißig an einen verheirateten Mann verschwendet. Dann ist sie mit fünfunddreißig schwanger geworden, als sie schon alt genug war, eigentlich nicht so dumm zu sein. Irgendein Yankee, den sie auf einer Konferenz unten im Süden in einem Hotel kennengelernt hat. Jedenfalls war er schon längst wieder in Cincinnati, bis Janet merkte, daß sie schwanger war, also hat sie das Mädchen allein großgezogen.«
»Sie hat ihre Tochter Alison genannt?«

»Ja. Es ist, wie ich gesagt habe. Sie ist nicht vergessen in Scardale. Allerdings hat Janet Glück gehabt. Sie hatte ihre Mutter als unbezahltes Kindermädchen, so konnte sie weiter die Karrierefrau spielen.« Kathys Stimme klang erstaunlich bitter. Catherine fragte sich, ob sie sich ärgerte, weil ihre eigenen Kinder aus dem Nest geflogen waren und ihr nicht die Möglichkeit gaben, eine Großmutter zu sein, die mit praktischer Hilfe beistand, oder ob sie Janet verachtete, weil sie zu solchen Mitteln gegriffen hatte.

»Was macht sie beruflich?«

»Sie leitet die Zweigstelle einer Bausparkasse in Leek.« Kathy schaute aus dem Fenster, wo die Vorhänge trotz der Dunkelheit draußen noch immer nicht zugezogen waren. Die Scheinwerfer eines Wagens kamen am Ende des Weges in Sicht. »Das wird sie sein. Sie sollten jetzt besser gehen.«

Catherine stand auf, immer noch etwas irritiert wegen Kathy Lomas' abruptem Wechsel zwischen Vertraulichkeit und Schroffheit. »Sie haben mir sehr geholfen.«

Kathys schmaler Mund kräuselte sich kurz. »Vielleicht«, sagte sie. »Es war ... interessant. Ja, interessant. Ich habe Ihnen Dinge erzählt, von denen ich vergessen hatte, daß ich sie noch weiß. Wann kriegen wir dieses Buch zu lesen?«

»Leider soll es erst nächsten Juni veröffentlicht werden«, sagte Catherine. »Aber ich sorge dafür, daß Sie gleich eines bekommen, sobald die endgültige Fassung vorliegt.«

»Tun Sie das, mein Mädchen. Ich will nicht, daß irgendein Reporter an meine Tür klopft und mir Fragen stellt zu einem Buch, das ich nicht gelesen habe.« Sie machte die Haustür auf und trat zurück, damit Catherine auf die Veranda hinausgehen konnte. »Sagen Sie Janet, sie schuldet mir ein halbes Dutzend Eier.«

Die Tür schloß sich, bevor Catherine das Ende des Wegs erreichte. Sie bog nach rechts ab, ein wenig unsicher in der Dunkelheit, ging am Tor Cottage vorbei, wo Charlie Lomas mit seiner Großmutter gewohnt hatte, und einen kurzen Pfad hinauf, der zum Shire Cottage führte, wo Janet Carter mit den drei anderen Geschwistern bei ihren Eltern aufgewachsen war. Gemäß Peter Grundys Aussage hatten ihre Eltern es vor drei Jahren an sie verkauft, als sie wegen des Klimas beschlossen, nach Spanien zu ziehen. Catherine konnte sich nicht vorstellen, in dem Haus wohnen zu wollen, wo sie aufgewachsen war. Sie war als Kind recht glücklich gewesen, aber auch mehr als bereit, die Freiheit und die Chancen Londons zu nutzen, als sich die Möglichkeit bot.

Als Catherine das Innere von Shire Cottage sah, wurde ihr klar, daß – was immer Janet Carter dazu bewegt hatte, in Scardale zu bleiben – es jedenfalls keine nostalgischen Gründe waren. Im ganzen Erdgeschoß waren die Zwischenwände eingerissen, und es war zu einem einzigen großen Wohnraum gemacht worden, nur vom Kaminvorsprung unterbrochen. Da es eines der neueren Häuser in Scardale war – wahrscheinlich frühviktorianisch, erklärte Janet –, waren die Wände höher, so daß das Einreißen der Zwischenmauern eine erstaunliche Geräumigkeit geschaffen hatte. Am einen Ende war eine winzige, praktische Küche mit Stahlschränken, die das gefleckte Grau der Steinwände reflektierten. Am entgegengesetzten Ende befand sich der Wohnbereich, dominiert von den satten Farben eines indianischen Wandbehangs und von Wandteppichen. Dazwischen stand ein großer Kieferntisch, der als Eßtisch und Arbeitstisch zugleich zu dienen schien. Ein junges Mädchen saß daran und starrte konzentriert auf einen Monitor. Sie sah kaum auf, als Janet Catherine hereinbat.

»Aber das ist ja wunderbar«, rief Catherine unwillkürlich.

»Toll, nicht wahr?« Janets Gesichtszüge waren mit dem Alter noch katzenhafter geworden. Die Haut um ihre mandelförmigen Augen legte sich in Fältchen, als sie entzückt lächelte.

»Alle sind total überrascht davon. Oben ist es eher normal, aber hier unten wollte ich es total verändern.«

»Janet, das ist ja erstaunlich. Ich habe noch nie so etwas in einem alten Haus gesehen. Wie würden Sie es finden, wenn meine Zeitschrift einen Artikel mit Fotos darüber bringen würde?«

Janet grinste süffisant. »Es würde doch ein Honorar geben, oder?«

Catherine antwortete mit einem ironischen Lächeln. »Ich glaube, die Zeitschrift würde das schon verkraften. Es tut mir nur leid, daß ich Ihnen für das Interview zum Buch keines anbieten kann. Aber Verleger ... sie sind so geizig mit ihrem Geld.« Damit meinte sie eigentlich, daß sie nicht die Absicht hatte, jemandem etwas von ihrem ansehnlichen Vorschuß anzubieten, der so offenkundig Habgier zeigte wie Janet Carter. Sie fragte sich, wie weit sie den Kaufpreis gedrückt hatte, den sie ihren Eltern für das Haus bezahlt hatte.

Sie setzten sich auf ein niedriges Sofa, Janet goß Rotwein in schwere Gläser und wies vage in die Richtung ihrer Tochter. »Beachten Sie Alison nicht. Sie wird kein Wort von dem hören, was wir reden. Sie kommt heim von der Schule, steckt ein Fertiggericht in die Mikrowelle, und schon ist sie irgendwo im Cyberspace. Sie ist jetzt im selben Alter wie Ali und ich 1963, denken Sie nur. Wenn ich Alison ansehe, habe ich dieselben Ängste, die meine Mutter gehabt haben muß, obwohl mein Leben so verschieden von dem ihren ist. Alles änderte sich von dem Tag an, als Alison verschwand.«

Janet setzte sich zurecht wie jemand, der einen langen Bericht beginnt. »Ich glaube, ich habe nie verstanden, wie beängstigend es für meine Tante und meine Eltern war, bis ich selbst ein Kind hatte. Ich konnte immer nur daran denken, daß Alison verschwunden war, und es wäre mir nie eingefallen, mich meinetwegen zu sorgen. Aber die Erwachsenen müssen gleich von Anfang an neben der furchtbaren Angst um Ali auch die große Sorge gehabt haben, daß sie nur das erste Opfer sein könnte und daß keines ihrer Kinder sicher war.

Damals, vergessen Sie das nicht, wußten wir Kinder ja nicht

über das Geschehen Bescheid. Wir lasen keine Zeitungen und verfolgten keine Nachrichten, außer wenn es um Popgruppen oder Filmstars ging. Deshalb hatten wir keine Ahnung, daß schon zwei Kinder gar nicht weit weg, in Manchester, vermißt wurden. Daß Alison verschwunden war, bedeutete, daß unsere Freiheit eingeschränkt wurde, und das war das einzige, was uns klar war, und es war eine sehr merkwürdige Erfahrung für uns in Scardale.«

Catherine nickte. »Ich weiß genau, was Sie meinen. Es hatte dieselbe Wirkung für uns in Buxton. Plötzlich wurden wir wie zerbrechliches Porzellan behandelt. Überall, wo wir hingingen, mußte ein Erwachsener mitkommen. Meine Mutter ließ mich nicht einmal allein mit dem Hund in Grin Low Woods spazierengehen. Eigentlich ironisch, wo sich doch dann herausstellte, daß die Gefahr so nah war, im eigenen Heim. Aber es muß ja für euch mit all der Angst und dem Kummer direkt vor der Tür tausendmal schlimmer gewesen sein.«

»Das können Sie wohl sagen«, antwortete Janet nachdrücklich. »Wir waren daran gewöhnt, daß wir uns im Tal frei bewegen konnten. Im Sommer waren wir so gut wie nie im Haus, und sogar mitten im Winter gingen wir in die Berge, folgten dem Scarlaston hinunter nach Denderdale oder trieben uns einfach im Wald herum. Derek und Ali und ich waren ja praktisch gleichaltrig, und deshalb waren wir wie Drillinge und immer zusammen. Dann plötzlich waren wir allein, Derek und ich, und mußten im Haus bleiben. Wie Gefangene. Mein Gott, war das langweilig.«

»Die Leute vergessen, wie hart es war, in den frühen sechziger Jahren Teenager gewesen zu sein«, sagte Catherine und erinnerte sich nur allzu gut, welch große Rolle Langeweile in ihrer eigenen Jugend gespielt hatte.

»Besonders in einem Ort wie Scardale«, sagte Janet. »Man ging zur Schule, und alle Freunde sprachen darüber, was sie im Fernsehen oder im Kino gesehen hatten, mit wem sie zum

Tanzen beim Kirchenfest gehen würden. Wir hatten nichts von alledem. Sie machten sich immer über uns aus Scardale lustig, weil wir nie einen Schimmer hatten, worüber die anderen redeten. Es war nicht so, als könnten wir nichts verstehen, weil uns einiges fremd war, sondern es war, als wären wir einfach stocktaub. Na ja, Sie werden sich daran erinnern, wenn Sie in Buxton in die Schule gegangen sind.«

Catherine nickte. »Ich war eine Klasse über Ihnen in High Peak. Soweit ich mich erinnere, waren es nicht nur die Kinder aus Scardale, über die sich alle lustig machten. Wir waren genauso schlimm gegenüber allen aus den umliegenden Dörfern.«

»Das kann ich mir vorstellen. Niemand ist grausamer als Kinder. Aber im Vergleich zu dem, wie es uns nach Alis Verschwinden ging, war es eigentlich das wenigste, daß man uns Schimpfnamen nachrief. Wenn ich an die Wochen zurückdenke, nachdem sie verschwunden war, ist meine lebhafteste Erinnerung, daß ich mit Derek in meinem Zimmer saß und an unserem riesigen alten Rundfunkgerät Radio Luxemburg hörte. Der Empfang war furchtbar, nur Rauschen und Zischen. Und eiskalt war es auch, das war, lange bevor die Zentralheizung nach Scardale kam. Wir saßen immer mit unseren Wintermänteln im Zimmer. Aber sogar jetzt noch gibt es Songs, die mich sofort in diese Zeit zurückversetzen. *Needles and Pins* von den Searchers, Cilla Blacks *Anyone Who Had a Heart*, Peter and Gordons *World without Love* und *I Wanna Hold Your Hand* von den Beatles. Immer wenn ich die höre, bin ich wieder in meinem Zimmer, sitze auf der rosa Frottierplüschdecke, Derek auf dem Boden, mit dem Rücken zur Tür und die Arme um die Knie geschlungen. Und keine Ali.

Als Kind nimmt man so vieles als selbstverständlich hin. Man verbringt den ganzen Tag mit jemandem und kommt nie darauf, daß er oder sie eines Tages nicht mehr dasein könnten. Einerseits, wissen Sie, denke ich, habe ich Glück, daß Sie dieses Buch schreiben. So viele von uns verlieren Menschen, und es ist gar nichts da, um zu beweisen, daß sie überhaupt existiert und nicht nur in unseren Köpfen gelebt haben. Wenigstens werde ich Ihr Buch in die Hand nehmen können und wissen, daß es Ali wirklich gegeben hat. Nicht lange genug, aber sie war hier.«

6

Mai 1998

George Bennett blieb stehen, stützte die Arme in die Seiten und atmete tief die milde, feuchte Luft ein. Sein Sohn war schon ein paar Schritte weiter und genoß die imposante Aussicht von den Heights of Abraham über die tiefe Schlucht, die der Fluß Derwent gegraben hatte, zu den majestätischen Mauern des Riber Castle auf dem gegenüberliegenden Berg. Sie hatten die Seilbahn von Matlock Bath zum Gipfel genommen und gingen jetzt am bewaldeten Grat entlang auf einen gewundenen Weg zu, auf dem sie langsam wieder zum Fluß hinuntergehen wollten.

Paul konnte sich kaum erinnern, wie viele Wanderungen er mit seinem Vater im Lauf der Jahre gemacht hatte. Sobald er alt genug gewesen war, Schritt halten zu können, hatte George ihn zum Wandern in die Täler und auf die Berge von Derbyshire mitgenommen. Manche dieser Tage hatten sich ihm fest eingeprägt, wie zum Beispiel, als sie am Tag vor seinem siebzehnten Geburtstag den Mam Tor erstiegen. Andere waren spurlos in Vergessenheit geraten und kamen ihm nur ins Gedächtnis, wenn er sie mit Helen bei einem ihrer gelegentlichen Besuche wiedersah. Wenn er wie an diesem Wochenende allein nach Haus kam, ging er immer noch gern mit seinem Vater in die Berge, obwohl George jetzt Wege bevorzugte, die keine schweren Klettereien erforderten, so wie damals, als er noch jünger und kräftiger war.

Paul drehte sich zu seinem Vater um, der jetzt ruhiger atmete, obwohl sein Gesicht von der kurzen, aber steilen Strecke, die sie gerade hinter sich gebracht hatten, noch gerötet war. »Alles in Ordnung?« fragte er.
»Alles klar«, sagte George, richtete sich auf und trat neben Paul. »Ich bin nicht mehr so jung wie früher. Aber es lohnt sich wegen der Aussicht.«
»Das ist eines von den Dingen, die ich in Brüssel wirklich vermisse. Ich bin verwöhnt, weil ich mitten in einer so schönen Landschaft aufgewachsen bin. Wenn wir dort eine Wanderung auf einen anständigen Berg machen wollen, müssen wir vorher stundenlang fahren, also lassen wir es meistens lieber. Und sich in der Sporthalle Bewegung zu verschaffen ist kein Ersatz für das hier.« Er wies auf den Horizont.
»Wenigstens regnet es in der Halle nicht«, sagte George und zeigte auf die Wolken weiter unten im Tal. »Damit werden wir es in einer halben Stunde oder so zu tun bekommen.« Er ging weiter, und Paul schloß sich ihm an. »Ich bin selbst nicht so viel draußen gewesen in letzter Zeit«, fuhr er fort. »Bis ich den Vormittag mit Catherine verbracht und den Garten versorgt und die anderen Sachen im Haus erledigt hatte, blieb kaum Zeit für mehr als gelegentlich eine Runde Golf.«
Paul grinste. »Es ist also alles meine Schuld?«
»Nein, ich beschwere mich nicht. Es ist komisch, aber ich bin froh, daß du mich dazu überredet hast. Ich hatte es viel zu lange in mir unter Verschluß gehalten. Ich hatte geglaubt, es würde traumatischer sein, mich damit zu befassen, als es jetzt wirklich ist.« Er stieß ein trockenes Lachen aus. »In all den Jahren habe ich meinen Leuten geraten, sich ihren Ängsten zu stellen, und ich selbst habe genau das Gegenteil getan.«
Paul nickte. »Du hast mir immer beigebracht, daß es besser ist, dem Butzemann ins Gesicht zu sehen.«
»Wenn man sich nur selbst den Ort der Auseinandersetzung aussuchen kann«, sagte George trocken. »Aber im Grunde war der Alison-Carter-Fall gar kein so großes Drama, wie ich

dachte. Und Catherine hat es mir sehr leicht gemacht. Sie hatte gute Hintergrundrecherchen durchgeführt, das muß ich zugeben. Somit haben wir uns oft auf die Details konzentrieren können, und das hat mir gezeigt, daß ich eigentlich, wenn man die Umstände bedenkt, ganz gute Arbeit geleistet habe.« Sie kamen an eine Wegbiegung, und George blieb stehen und sah seinen Sohn an.

Er holte tief Luft. »Eine Sache muß ich dir sagen, weil ich nicht will, daß du zum ersten Mal davon aus dem Buch erfährst. Es ist etwas, was deine Mutter und ich dir nie gesagt haben. Als du klein warst, haben wir es nicht getan, weil wir dachten, es könnte dir angst machen. Du weißt ja, wie Kinder sind, ihre lebhafte Phantasie macht aus etwas Unbedeutendem eine große Sache. Und dann, als du älter warst, na ja, es schien sich nie eine günstige Gelegenheit zu ergeben.«

Paul lächelte unsicher. »Dann sollten wir es besser hinter uns bringen. Sag's mir einfach jetzt.«

George holte seine Zigaretten heraus und zündete sich im leichten Wind, der am Berg entlangwehte, umständlich eine an. »Der Tag, an dem du geboren wurdest, war der Tag, an dem Philip Hawkin gehängt wurde«, sagte er schließlich.

Pauls Lächeln wich einem bestürzten Gesichtsausdruck. »An meinem Geburtstag?« sagte er.

George nickte. »Leider. Ich bekam die Nachricht deiner Geburt, gerade als sie ihn gehängt hatten.«

»Deshalb hast du immer soviel Aufhebens von meinem Geburtstag gemacht? Um dich von dem anderen Jahrestag abzulenken, den du nie vergessen konntest?« sagte Paul und konnte nicht verbergen, daß er verletzt war.

George schüttelte den Kopf. »Nein, nein«, wandte er ein. »So war es nicht. Nein, daß du geboren wurdest – ich weiß nicht, wie ich das sagen soll –, es war wie ein Zeichen der Götter, daß ich Alison Carter hinter mir lassen und einen neuen Anfang machen sollte. Jedes Jahr war es nicht die Hinrichtung Philip Hawkins, an die ich mich an deinem Geburtstag erinnerte. Es war – hör dir das mal an, ich klinge wie ein amerikanischer Selbsthilferatgeber –, es war ein Gefühl der Erneuerung, das deine Geburt mir schenkte. Wie ein Versprechen.«

Die beiden Männer blickten einander an, und in Georges Gesicht stand die Bitte geschrieben, sein Sohn möge ihm glauben. Ein Augenblick verging schweigend, dann trat Paul vor und legte die Arme in einer unbeholfenen Umarmung um seinen Vater. »Danke, daß du es mir gesagt hast«, murmelte er und war sich plötzlich bewußt, wie sehr er seinen Vater liebte, obwohl sie rein körperlich nie einen engen Kontakt gehabt hatten. Er ließ die Arme sinken und grinste. »Ich verstehe, warum du nicht wolltest, daß ich so etwas aus Catherines Buch erfahre.«

George lächelte. »Nach deiner Reaktion zu urteilen, hättest du es bestimmt falsch verstanden.«

»Wahrscheinlich«, gab Paul zu. »Aber ich begreife, warum du es mir nicht gesagt hast, als ich noch klein war. Davon hätte ich bestimmt Alpträume bekommen.«

»Ja, du warst immer ein kleiner Kerl mit viel Phantasie«, sagte George und wandte sich ab, um seine Zigarette mit dem Absatz des Stiefels auszutreten. Er sah Paul über die Schulter an. »Oh, und noch was. Wenn du willst, können wir nächstes Mal, wenn du mit Helen da bist, vielleicht nach Scardale rausfahren und ihre Schwester kennenlernen.«

Paul lächelte. »Das würde Helen gefallen. Sehr sogar. Danke, Dad. Ich weiß deinen Vorschlag wirklich zu schätzen. Es muß dir schwergefallen sein, ihn zu machen.«

»Ja, na ja«, sagte George abrupt. »Komm Junge, laß uns zusehen, daß wir vom Berg wegkommen, bevor wir im Regen ertrinken.«

Catherine hatte erwartet, daß ihre Rückkehr nach London nach dem eingeschränkten, ruhigen Leben, das sie in Longnor geführt hatte, eine Erleichterung sein würde. Es war ein Schock, daß die Stadt, die nun seit über zwanzig Jahren ihr

Zuhause war, ihr fremd vorkam: zu laut, zu schmutzig und zu hektisch. Selbst ihre geliebte Wohnung in Notting Hill schien lächerlich groß für eine Person, die kühlen Pastelltöne und modernen Möbel irgendwie nichtssagend im Vergleich zu den dicken Steinmauern und dem durcheinandergewürfelten Mobiliar des winzigen Häuschens in Derbyshire.
Auch der Gedanke, sich zu beeilen und ihre freie Zeit mit sozialen Kontakten zu füllen, erschien ihr merkwürdig, obwohl sie sich zu einer Verabredung mit ein paar Freunden und Kollegen zum Abendessen zwang. Es konnte nicht gut sein, den Kontakt mit ihrer Arbeitswelt zu sehr zu verlieren, sagte sie sich. Und außerdem hatte sie nach zwei weiteren Interviews, einem Treffen mit dem Verleger, der ihr Buch in Auftrag gegeben hatte, und einem Brainstorming mit einem Fernsehproduzenten, der auf der Grundlage ihrer Recherchen einen Dokumentarbericht machen wollte, ein ungestörtes Vergnügen verdient.
Das erste der beiden Interviews war das mit Charlie – oder wie er jetzt lieber genannt wurde: Charles Lomas. Er war der einzige der beteiligten Personen, außer Alison natürlich, den sie bei ihren Zeitungsrecherchen entdeckt hatte. Sie hatte zwei Sonderberichte über ihn gefunden, allerdings wurden die traumatischen Ereignisse aus den Jahren 1963 und 1964 nicht erwähnt.
Der Grund, warum Charles Lomas es bis zu den Sonderseiten in überregionalen Zeitungen geschafft hatte, hatte nichts mit Scardale zu tun. Statt im Tal zu bleiben, wo man von ihm erwartete, daß er die Tradition der Farmerfamilie fortsetzte, ging Charles im Winter 1964 aus Scardale weg. Er trampte nach London, wo er Arbeit als Kurier für einen Musikverlag in Soho fand. Er hatte Glück, zur richtigen Zeit gekommen zu sein, als das ganze Land im Liverpooler Fieber zu swingen schien. Innerhalb von Monaten hatte sein nordenglischer Akzent ihm einen Teilzeitjob bei einer Gesangsgruppe gebracht. Er organisierte schließlich Auftritte, und in fünf Jahren

hatte er als Manager von Rockbands eine profitable Agentur aufgebaut.
Als Catherine ihn fand, besaß er bereits ein internationales Plattenimperium und war immer noch Manager für ein halbes Dutzend der am besten verdienenden Rockmusiker Englands. In seiner Antwort auf ihre schriftliche Bitte um ein Interview hatte er ihr per Fax mitgeteilt, er würde mit ihr sprechen, einfach weil seine Familie George Bennett Dank schulde und er sich nicht vorstellen könne, wie man ihm den sonst abstatten könnte.
Als seine Sekretärin Catherine in sein Büro im fünften Stock mit Blick auf den Soho Square führte, war sie erstaunt. Mit seinem gut geschnittenen, silbergrauen, aus der hohen Stirn zurückgekämmten Haar, den gepflegten Händen und den glatten Wangen, die von der Rasur noch leicht glänzten, in Designerjeans und -hemd, konnte man sich nur schwer vorstellen, daß dies Charles Lomas, der Farmersohn aus Scardale, gewesen war. Aber es zeigte sich bald, daß er die legendäre Gabe des Geschichtenerzählens von seiner Großmutter geerbt hatte. Bevor er sich entschließen konnte, über Alison zu sprechen, unterhielt er Catherine eine halbe Stunde mit Tratschgeschichten aus der Welt des Musikbusiness.
Erst beim dritten Anlauf beantwortete er endlich ihre Frage nach Alison. »Das Mädchen war wirklich total ehrlich«, sagte er bewundernd. »Sie hatte nie ein Problem, es zu sagen, wenn sie eine Wut auf einen hatte. Man wußte bei ihr, woran man war. Janet war immer ein bißchen hinterhältig, sie raspelte Süßholz, wenn sie mit einem selbst sprach, aber hinterm Rücken redete sie gehässig über einen. So ist sie übrigens immer noch. Aber Ali wollte nichts mit dem ganzen Mist zu tun haben. Deshalb glaubte ich nie, daß sie von jemandem weggelockt wurde. Wer immer Ali mitgenommen hat, hätte sie dazu zwingen müssen, weil sie kein leichtgläubiges, albernes kleines Mädchen war.
Gleich von Anfang an wollte ich alles tun, um zu helfen. Ich

schloß mich den Suchtrupps an, und natürlich habe ich die Stelle gefunden, wo der Kampf stattgefunden hatte. Ich kann mich noch an den Schock erinnern, als ich darauf stieß. Wir hatten beim Suchen eine bestimmte Methode entwickelt, besonders diejenigen, die im Tal wohnten. Wir kannten die Gegend so gut, daß alles Außergewöhnliche uns sofort auffiel, viel eher als den Bobbys, die sie von überall im Land herkarrten.

Als ich die Spuren im Unterholz bemerkte, fühlte ich mich buchstäblich, als hätte jemand mein Herz und meine Lunge in der Brust so fest zusammengedrückt, daß keine Luft und kein Blut mehr durchkamen. Und als ich später meiner Großmutter davon erzählte, war das erste, was sie sagte: ›Hawkin hält sich öfter in dem Gehölz auf als sonst irgend jemand.‹

Und ich sagte ihr, ich hätte den Squire zwischen dem Wald am Scarlaston und dem Gehölz am selben Nachmittag, an dem Alison verschwand, über das Feld gehen sehen. ›Sag nichts darüber‹, meinte Gran. ›Es wird die rechte Zeit und der rechte Ort kommen, es dem Polizisten zu erzählen, wenn er richtig aufpaßt. Spricht man zu bald, dann geht es unter in dem Gewäsch all der anderen.‹

Zwei Tage später sagte sie, ich sollte es bei nächstbester Gelegenheit Inspector Bennett sagen. Sie wollte sich das Feld selbst betrachten, um zu sehen, ob sie etwas finden konnte, das wir anderen übersehen hatten.« Er lächelte liebevoll. »Sie setzte sich immer gern in Szene. Sie sah aus wie eine Hexe, und die halbe Grafschaft war überzeugt, daß sie das Zweite Gesicht hätte und die Fähigkeit, zu zaubern und mit den Tieren zu reden. In Wirklichkeit war sie einfach blitzgescheit. Sie kapierte immer Sachen, die sonst niemand auch nur bemerkt hatte.

Wenn ich jetzt so zurückblicke, glaube ich, Gran konzentrierte an diesem Nachmittag die Aufmerksamkeit auf dieses Feld zwischen dem Wäldchen und dem Gehölz nur deshalb, um meiner Mitteilung, die ich Inspector Bennett machen würde, mehr Gewicht zu verleihen. Es war wahrscheinlich falsch von uns, Informationen zurückzuhalten, aber Sie müssen bedenken, wie abgeschnitten wir in Scardale vom Leben waren. Wir hatten keine Ahnung, wer diese Fremden waren, ob sie wirklich versuchen würden, Ali zu finden, oder einfach den Dorfjungen nehmen, der am ehesten danach aussah, und ihm das anhängen würden, was immer sie für sein Verbrechen hielten. Und wie Ihnen Mr. Bennett wahrscheinlich schon gesagt hat, war ich zu diesem Zeitpunkt der am ehesten danach aussehende Dorfjunge. Neunzehn, mit nichts als ungeschickten Knien und Ellbogen und Hormonen. Nicht besonders hübsch anzusehen, kann ich Ihnen sagen. Da haben sie mich natürlich zum Verhör mitgenommen.«

Catherine nickte. »George hat es mir erzählt. Das muß sehr unangenehm gewesen sein.«

Charles nickte. »Ich war wie gebeutelt von der Wut, weil sie nicht verstanden, daß wir alle am gleichen Strang ziehen sollten, und der Angst, daß sie mir etwas anhängen würden. Ich konnte nur noch daran denken, welche Möglichkeit ich hätte, sie zu überzeugen, daß ich Ali kein Haar hätte krümmen können – ohne ihnen gleichzeitig zu verraten, was meine Gran mir zu diesem Zeitpunkt noch für mich zu behalten befohlen hatte.

Was die Wahl des Zeitpunkts für diese Enthüllungen anging, habe ich den Verdacht, daß Grans Motiv der Wunsch war, dem mysteriösen Onkel Peter aus der Patsche zu helfen. Damals hatte ich keinerlei Ahnung davon, da ich nicht einmal wußte, daß es ihn gab, bis ich in der Lokalzeitung über ihn las. Es ist bemerkenswert: Die Alten beherrschten Scardale wirklich so wie ein mittelalterliches Lehensgebiet, aus dem man die Unerwünschten verbannen konnte. Aber Onkel Peter war trotzdem einer von der Familie, und Gran hat immer geglaubt, daß Blut dicker ist als Wasser. So hat sie die Trumpfkarte genutzt, die sie im Ärmel stecken hatte, um Inspector Bennett von dem Mann abzulenken, der ihrer Überzeugung nach Ali nicht verletzt haben konnte.

Ich vermute, das heißt, ich muß einen Teil der Verantwortung für das tragen, was später geschah. Das ist kein sehr angenehmer Gedanke, muß ich gestehen.« Er seufzte. »Meine einzige Entschuldigung ist, daß es mir neunzehn Jahre lang nie in den Sinn gekommen war, mich gegen meine Großmutter zu wenden, und es schien damals nicht der richtige Zeitpunkt, damit anzufangen.«

Charles' zweite, lebhafte Erinnerung war der Moment, als er den Eingang zur Bleimine von Scardale fand. Obwohl Catherine Schwierigkeiten hatte, den eifrigen jungen Mann von damals in dem manikürten Manager von heute zu erkennen, kam doch die Leidenschaft und Wachsamkeit des Jungen plötzlich wieder auf, als er über seine Entdeckung sprach.

»Als meine Mutter an dem Morgen zu mir kam und sagte, sie hätten mich verlangt, um eine alte Bleimine im Scardale Crag zu finden, war ich sprachlos. Ich konnte nicht glauben, daß es einen solchen Ort gab, ohne daß ich davon wußte. Ich hatte mein ganzes Leben in dem Tal gelebt, und niemand hatte je davon gesprochen. Ich hätte schwören können, daß ich jeden Zentimeter von Scardale kannte.

Nur weil man an einem Ort wohnt, bedeutet das ja noch nicht, daß man ihn gut kennt. Nehmen Sie meinen Cousin Brian. Er kennt wahrscheinlich jeden Grashalm auf seinen Kuhweiden. Er kennt jeden Schritt auf dem Weg von seinem Haus bis zum Kuhstall, jeden Zentimeter bis zu seinem Lieblingsplatz zum Angeln am Scarlaston. Aber das ist alles, was er kennt. Er hatte nie den Trieb, etwas zu erforschen. Ich dagegen schon. Als ich noch ein Kind war, verbrachte ich die ganze Zeit, wenn ich nicht in der Schule oder bei der Arbeit war, draußen in den Wäldern und Feldern. Als ich zum ersten Mal den Berg hochkletterte, war ich erst sieben. Ich lief zweimal die Woche den Shield Tor hoch, nur zum Spaß. Ich liebte jeden Zentimeter des Tals.«

Einen Augenblick war sein Gesicht verschlossen, als er wieder an den Orten war, die er hinter sich gelassen hatte. »Es fehlt mir«, sagte er unvermittelt. Dann klärte sich sein Gesicht auf, und er kehrte zu den Erinnerungen zurück.

»Also, verstehen Sie, ich konnte nicht begreifen, wieso die Bleimine existieren konnte, ohne daß ich davon wußte. Aber zu dieser Zeit waren wir alle ratlos. Unserer Meinung nach lohnte sich jedes Risiko, Ali zu finden.

Als ich den Eingang fand, war ich fassungslos. Ich war nie zuvor so weit um den Fuß des Berges herumgegangen. Im Sommer war es zu dicht zugewachsen, und im Winter sah es aus, als sei der Weg wegen heruntergefallener Felsbrocken unpassierbar. Eigentlich war es aber nicht schwer, hinaufzuklettern, und die Mine war tatsächlich genau an der Stelle, die das Buch angab.

Noch merkwürdiger war, daß jemand anders Scardales Geheimnis aufgedeckt hatte, während es mir nicht gelungen war. Diese Erkenntnis, daß mein Wissen so unvollständig war, beunruhigte mich zutiefst. Ich verlor das Vertrauen in mein eigenes Urteil, und das erschütterte mich wirklich.

Aber komisch, es ist mir im Lauf der Jahre zustatten gekommen. Auf Geschwafel falle ich nie herein. Ich hüte mich immer vor den Schönrednern. Ich weiß jetzt, daß es möglich ist, jemanden, den man jeden Tag sieht und zu kennen glaubt, völlig falsch zu beurteilen. Deshalb ist es verrückt, zu glauben, man könnte jemanden kennen, wenn man ihn ein paarmal getroffen hat. Es ist also etwas Gutes herausgekommen aus der Geschichte mit Ali, auch wenn ich es damals nicht geglaubt habe.«

Er strich sich mit der Hand übers Kinn. »Aber eines kann ich Ihnen sagen. Ich würde mich gern mit einem miesen Urteilsvermögen zufriedengeben, wenn Ali nur noch leben würde.«

Was die Hintergrundinformationen über die Mitspieler im Drama betraf, waren die Gespräche mit Charles viel weniger ergiebig als die mit Kathy oder Janet. Er lächelte bedauernd. »Ich lebte immer etwas in mich selbst zurückgezogen«, sagte er. »Ich erzählte mir immer selbst Geschichten, erfand alle mögli-

chen Pläne, wie ich aus Scardale fliehen und die Welt verändern würde. Und was die Beziehungen zwischen Erwachsenen angeht – sie waren mir ein Rätsel. Ich wußte nur, daß ich nicht wollte, was alle in Scardale wollten.«
Er holte tief Luft und sah Catherine in die Augen. »Ich mußte nach London kommen, um den Grund dafür herauszufinden. Ich bin schwul, verstehen Sie. Ich hatte nie einen Namen dafür in all den Jahren, als ich erwachsen wurde. Ich wußte nur, ich war anders. Sie sehen also, ich bin nicht der Richtige für die Frage, ob ich etwas Seltsames an Ruths und Phils Beziehung bemerkt hätte.« Er lächelte. »Ich fand alle Beziehungen der Leute reichlich seltsam.«

7

Mai 1998

Als Catherine mit einem Gin Tonic im oberen Stock des *Lamb and Flag* in Covent Garden saß, klingelte ihr Handy. »Catherine Heathcote, hallo?« sagte sie und betete, daß es nicht Don Smart war, der anrief, um sein Interview abzusagen.

»Catherine? Hier Paul Bennett. Dad hat mir gesagt, daß Sie in London sind, stimmt das?«

»Ja, ich bin für ein paar Tage hier unten, um mit einigen Leuten über das Buch zu reden.«

»Ich bin auch hier. Ich fahre morgen nach Brüssel zurück, aber ich dachte, ob Sie vielleicht mit mir zu Abend essen wollten?«

Entzückt sagte Catherine: »Aber gern«, und sie verabredeten sich für sieben Uhr. Von der Aussicht auf ein Essen mit Paul in gute Laune versetzt, sah sie auf und schaute direkt in das hagere Gesicht eines Mannes, der unsicher zu ihr herblickte. Er zahlte sein Bier und kam dann auf sie zu.

»Sind Sie Catherine Heathcote?« fragte er.

»Don Smart?« Sie stand halb auf und streckte die Hand aus, um die seine zu schütteln, und er nickte und ließ sich in einem Stuhl ihr gegenüber nieder. Sie hätte ihn nach der Beschreibung, die George Bennett ihr gegeben hatte, nicht erkannt. Das Rot seines Haars war zu einem schmutzigen Weiß verblaßt, er war glattrasiert, und seine trockene und faltige Haut war mit Altersflecken bedeckt statt mit Sommersprossen. Die scharfen

Fuchsaugen, die George in so klarer Erinnerung hatte, waren gerötet, das Weiß hatte einen Gelbstich.
»Smart ist mein Name, und smart bin ich auch«, sagte er. Sie glaubte ihm kein Wort.
»Danke, daß Sie sich bereit erklärt haben, mit mir zu sprechen«, erwiderte sie.
Er trank einen großen Schluck von seinem Bier. »Ich schneide mir ins eigene Fleisch«, sagte er. »Wenn es mit rechten Dingen zuginge, hätte dies mein Buch sein sollen. Ich habe über die Sache vom ersten Tag bis zum Ende des Prozesses berichtet. Aber George Bennett hat danach nie offen mit mir sprechen wollen. Ich nehme an, ich erinnere ihn zu sehr an sein Versagen.«
»Sein Versagen?«
»Er wollte Alison Carter unbedingt noch lebend finden. Es war ihm kein Trost, daß sie wahrscheinlich schon lange tot war, bevor er überhaupt davon hörte. Ich glaube, ihr Tod hat ihn seitdem immer verfolgt, und deshalb weigerte er sich, mit mir zu sprechen. Er konnte nicht dasitzen und mich ansehen, ohne das Gefühl zu haben, daß er Ruth Hawkin im Stich gelassen hatte.« Er griff in die Tasche und zog eine Schachtel Zigaretten heraus. »Rauchen Sie?«
Sie schüttelte den Kopf.
»Ich biete heutzutage sowieso nur noch Zeitungsschreibern Zigaretten an«, sagte er und zündete sich mit einem vergnüglichen Seufzen eine an. »Alle anderen haben aufgehört. Sogar in den Nachrichtenredaktionen raucht man heutzutage nicht mehr. Also, Catherine, wie kommen Sie mit meinem Buch voran?«
Sie lächelte. »Es ist interessant, Don.«
»Wetten, daß«, sagte er bitter. »Vom ersten Tag, vom ersten Wort an wußte ich, daß George Bennett 1-a-Material war. Der Mann war so zäh wie eine Bulldogge. Er würde Alison Carter nicht aufgeben, das war klar, komme, was da wolle. Für den Rest der Typen bei der Polizei war es einfach ein Job. Ja, die

Familie tat ihnen schon leid. Und ich wette, die Familienväter gingen heim und drückten ihre Töchter besonders fest, wenn sie abends vom Moor zurückkamen, wo sie nach Alison gesucht hatten.

Aber mit George war es etwas anderes. Für ihn war es eine Mission. Der Rest der Welt mochte Alison Carter aufgeben, aber George hätte sich nicht mit mehr Leidenschaft in den Fall stürzen können, wenn es seine eigene Tochter gewesen wäre. Ich habe viel Zeit damit verbracht, George Bennett während des Alison-Carter-Falls zu beobachten, aber ich habe nie herausgefunden, warum er sich so engagiert hat. Es schien etwas wie ein persönliches Gefühl zu sein.

Für mich war es ein Geschenk der Götter. Die Stelle im Redaktionsbüro Nord bei den *News* war mein erster Job bei einer überregionalen Zeitung, und ich wollte an die Fleet Street. Ich hatte schon für die *News* über das Verschwinden von Pauline Reade und John Kilbride berichtet und dachte, ich könnte die Kripo dazu bringen, Alison Carter damit in Verbindung zu bringen, denn dann hätte ich tolle Schlagzeilen gehabt.«

»Die hätten Sie gehabt«, bestätigte sie.

Er schaute mürrisch drein. »George hat da natürlich nicht mitgespielt. Er war entschlossen, den Fall nicht den Detectives zu überlassen, die die Fälle der anderen vermißten Kinder untersuchten. Ich weiß nicht, ob es eine Ahnung oder einfach reine Sturheit war, aber es hat sich als die richtige Entscheidung erwiesen. Wir hatten natürlich alle keine Ahnung davon, daß Ian Brady und Myra Hindley überhaupt existierten, aber George schien instinktiv zu wissen, daß, was immer mit Alison Carter geschehen war, ein Einzelfall war, der ihm gehörte.«

»Aber es war George zu verdanken, daß Sie dann endlich doch Ihre Chance an der Fleet Street bekamen, oder?« fragte Catherine.

»Das steht fest. Der Fall Alison Carter hat mir tolles Material geliefert. Ich kann mich erinnern, ich hab die erstklassigen

Storys mit der Hellseherin gebracht. Das war meine Eintrittskarte zum Erfolg. Ironischerweise bedeutete das auch, daß ich nie eine Zeile über die Aufdeckung der wirklichen Moormorde schreiben durfte.«

Plötzlich war Smart bei den Geschichten über seine Glanzzeit, als er als Reporter für verschiedene überregionale Zeitungen schrieb und schließlich als stellvertretender Chefredakteur für die Abendausgabe zur *Daily News* zurückkehrte. Er war drei Jahre zuvor arbeitslos geworden, arbeitete aber immer noch drei Abende die Woche aushilfsweise in der Nachrichtenredaktion der *News*. »Die Reporter, die heutzutage dort angestellt sind, haben keinen Schimmer. Deshalb brauchen sie jemanden in der Redaktion, der Ahnung hat.

Aber ich sag Ihnen was. Der Alison-Carter-Fall hat mir mehr eingebracht als einen Karrieresprung«, bekannte er. »Weil er gleich nach den anderen vermißten Kindern kam, hat er mich von dem Gedanken, eigene Kinder zu bekommen, abgebracht. Leider sah meine Frau das ganz anders. So könnte man sagen, daß meine Ehe nebenbei ein Opfer des Alison-Carter-Falls wurde. Was in dem kleinen Dorf in Derbyshire in einer Dezembernacht passierte, hatte Folgen, die niemand hätte vorhersagen können.

Das ist oft so mit Fällen, die etwas wirklich Mysteriöses haben. Niemand weiß, was wirklich geschehen ist, und das Leben aller, die damit zu tun haben, wird unter die Lupe genommen. Plötzlich werden alle möglichen Geheimnisse ans Licht gezerrt, was oft kein schöner Anblick ist.«

»Bedauern Sie irgend etwas an der Art, wie Sie über den Fall berichtet haben?« fragte Catherine.

Er lächelte herablassend. »Catherine, meine Liebe, ich war einer der besten. Bin ich übrigens immer noch. Ich sah meine Aufgabe in zwei Dingen. Erstens, ich mußte meinen Chefredakteur mit guten, wirkungsvollen Storys beliefern, die unseren alten Leserstamm bei der Stange hielten und uns neue Leser brachten. Zweitens wollte ich ein Stachel im Fleisch der Polizei sein, so daß sie nicht zu selbstgefällig wurde.

Wenn das ab und zu mal Zoff mit den Bobbys brachte, na ja, ich konnte das auf mich nehmen. Am heftigsten gerieten George Bennett und ich wegen der Artikel über die Hellseherin aneinander. Auf die Idee brachte mich eine Geschichte, die ich in einer amerikanischen Zeitschrift gelesen hatte. Die Boulevardpresse hier war viel gemäßigter als heute, und ein oder zwei der amerikanischen Blätter hatten die Schärfe und den Kick, den wir nicht hatten.

Ich habe sie immer auf Ideen hin durchgesehen und ausgeschlachtet. Die Idee mit der Hellseherin war dafür ein klassisches Beispiel. Ich hatte eine Story über einen Mord in der Wüste in Arizona gelesen, der angeblich durch eine Hellseherin gelöst worden war, und das hatte ich noch im Gedächtnis, als die Suche nach Alison Carter losging. Ich legte die Idee meinem Redakteur vor, und er fand sie toll. Ich wußte, daß die britische Polizei nie zugeben würde, mit einer Hellseherin zusammenzuarbeiten; meine einzige Chance war also, jemanden mit einem bekannten Namen im Ausland zu finden.

Ich rief einen Freund an, der bei Reuters arbeitete, und ließ ihn in ihren Karteien nachsehen, und so habe ich Madame Charest gefunden. Ich habe die Frau nie kennengelernt, und es hätte auch nichts geändert, wenn ich sie getroffen hätte, weil sie kein einziges Wort Englisch konnte. Wir mußten alles mit einem Übersetzer machen. Natürlich glaubte ich nie auch nur ein einziges Wort davon. Aber es machte sich prima in der Zeitung.

Ich weiß, daß George es für unverantwortlich hielt. Er dachte, daß ich nur an den Vorteil von Don Smart dachte. Aber es war nicht nur das. Die andere Seite der Medaille war, ich wollte genausosehr wie George, daß sie gefunden wurde, aber die Meldungen sind gleich weg vom Fenster, wenn es nicht neuen Brennstoff gibt, den man in die Flammen werfen kann. Damit Alison Carters Name und Bild in der Zeitung blieb, brauchte ich einen neuen Ansatz. Die Hellseherin lieferte ihn mir und sorgte dafür, daß Alison noch ein paar Tage länger in den Schlagzeilen blieb.

In Alisons Fall machte es wahrscheinlich nichts aus. Aber es hätte etwas bringen können«, sagte er selbstgefällig.
»Sie hatte aber nicht recht, oder – Ihre Madame Charest?«
Don Smart grinste, und plötzlich sah Catherine den Fuchs, den George beschrieben hatte. »Na und? Es hat sich verdammt gut gelesen. Wenn Sie es nur halb so gut hinkriegen, Catherine, werden Sie vielleicht ein paar mehr Exemplare von Ihrem Buch losbringen, als Ihre Freunde und die Familie aufkaufen können.«

Don Smart hinterließ bei Catherine einen unangenehmen Nachgeschmack, den auch ein gutes Glas Burgunder an der Weinbar in der Garrick Street nicht vertreiben konnte. »Er ist so ein selbstsüchtiger Kerl«, vertraute sie Paul an. »Er gehört zu der Sorte Leute, die die britische Boulevardpresse in die Gosse gebracht haben, und er ist auch noch stolz darauf.«
»Jetzt verstehen Sie wohl, warum Dad nicht mit ihm reden wollte«, sagte Paul. »Ich muß sagen, ich war überrascht, daß er Ihrem Vorschlag zugestimmt hat. Aber jetzt bin ich froh, daß ich mich von Ihnen und Helen überreden ließ, ihn dazu zu bringen. Die Arbeit mit Ihnen an dem Buch scheint Dad neuen Aufschwung fürs Leben gegeben zu haben. Er ist schon lange nicht mehr so vergnügt gewesen. Es ist, als ob die Rückschau auf all das ihm endlich erlaubt, die Vergangenheit loszulassen und weiter voranzugehen.«
»Dieses Gefühl hatte ich auch. Es ist merkwürdig, aber bevor ich mit dem Projekt begann, war ich sehr nervös. Ich habe noch nie etwas so Umfassendes geschrieben und wußte nicht, ob ich genug Interesse und Kraft aufbringen würde, um so lange durchzuhalten. Aber diese Geschichte richtig zu erzählen, ist zu einer regelrechten Mission geworden. Und daß ich wußte, wie wichtig es für George ist, hat meinen Willen, es gut zu machen, noch gestärkt.«
»Ich kann es kaum erwarten, das Buch zu lesen«, sagte Paul. »Obwohl, wenn ich ehrlich bin, habe ich auch ein bißchen

Angst davor, über meinen Vater zu lesen und darüber, wie sein Leben aussah, bevor ich da war. Es ist fast, als spionierte man unbemerkt hinter jemandem her.« Er schlug die Augen nieder, sein Gesichtsausdruck verriet nichts. »Das meiste wird für mich völlig neu sein, wissen Sie. Dad ist nie einer jener Polizisten gewesen, die alle mit ihren alten Geschichten zu Tode langweilen. Ich glaube, er hat Alison Carter in meinem Beisein nie erwähnt, bis dieser Journalist bei uns zu Hause auftauchte.«

Er schaute sich erinnernd auf und lächelte. »Aber als ich am Wochenende oben war, hat er dauernd davon geredet. Er erzählte mir alle möglichen Dinge, von denen er zuvor nie gesprochen hat, obwohl wir immer gut miteinander ausgekommen sind. Auf eine seltsame Art scheint uns dieses Projekt einander nähergebracht zu haben. Es ist, als hätte die Arbeit mit Ihnen ihm einen Einblick in die Art von Tätigkeit gegeben, die meinen Alltag ausmacht. Er hat mir alle möglichen ausführlichen Fragen darüber gestellt, wie ich meine Arbeit tue, wie es ist, mit Journalisten zusammenzuarbeiten, wie sie sich voneinander unterscheiden, wie sie ihre Arbeit anpacken. Als ob er vergleichen wolle, wie Sie gearbeitet haben.

Und für Mum ist es auch gut gewesen. Es war für sie immer ein Eiertanz, wenn ich ihr Fragen stellte, wie es in der Zeit nach ihrer Heirat war. Sie mußte aufpassen, damit sie nichts erzählte, was Dad aufgeregt hätte. Nur habe ich früher nie richtig verstanden, was eigentlich los war.« Er verzog das Gesicht. »Ich dachte, es hätte etwas damit zu tun, daß sie nicht über ihr gemeinsames Leben vor meiner Geburt reden wollten, weil sie dachten, es könnte klingen, als seien sie ohne mich glücklicher gewesen. Ich weiß nicht, Catherine, dies alles ist so eine gute Sache für mich und meine Familie gewesen, und ich wünschte fast, ich hätte Ihre Idee geklaut und selbst mit ihm an dem Buch gearbeitet.«

Catherine lachte. »Er hätte Ihnen gegenüber nie so ehrlich sein können wie bei mir. So wie ich Ihren Vater jetzt kenne, hätte er ständig seine Erfolge kleiner gemacht, damit Sie nicht denken würden, er wolle angeben.«

»Und ich hätte ihn zum Helden gemacht«, sagte Paul traurig. »Ich scheine ja sowieso schon eine Besessenheit zu entwickeln. Ich rede die ganze Zeit davon. Wenn ich nicht aufpasse, werde ich Helen damit noch völlig fertigmachen. Das erinnert mich an was: Helen möchte eines der ersten Exemplare als Geschenk für ihre Schwester. Es wird interessant für Jan sein, über das zu lesen, was in ihrem Haus passiert ist.«

Catherine machte ein nachdenkliches Gesicht. »Vielleicht wird sie nicht mehr so erpicht darauf sein, in der Abgeschiedenheit zu wohnen, wenn sie die ganze Geschichte erfährt. Es wird keine tröstliche Lektüre für sie sein.«

»Immer noch besser, sie kennt die richtige Geschichte als nur Tratsch und Gerüchte, oder?«

»Na, von mir wird sie die Wahrheit bekommen. Das ist eine Sache, die steht fest.« Catherine hob ihr Glas. »Auf die Wahrheit.«

»Auf die Wahrheit«, wiederholte Paul. »Besser raus damit, als sie zu unterdrücken.«

8

Mai/Juni/Juli 1998

Catherine bog von der A1 ab auf eine schmale Landstraße, die sich zwischen fruchtbaren Feldern und altem Wald hindurchschlängelte, vor ihr glitzerte der See in der Ferne. Sie konnte nicht genau sagen, warum, aber aus irgendeinem Grund war die Aussicht, Tommy Clough zu treffen, für sie noch aufregender, als es bei den anderen Nebenfiguren von Alison Carters Geschichte gewesen war. Zum Teil wohl, weil George und Anne von ihm mit großer Herzlichkeit sprachen, sogar nach fünfunddreißig Jahren, in denen sie fast keinen Kontakt gehabt hatten. Aber je mehr sie darüber nachdachte, desto mehr schien es, daß Clough die rätselhafteste Figur von allen war.

Nach Georges Aussage schien der Sergeant an der Oberfläche rauh, manchmal sogar brutal, und viel mehr als George selbst schien Clough ein für seine Zeit typischer Polizist gewesen zu sein. Er war immer mit von der Partie, immer auf dem laufenden, was Tratsch und Gerede betraf, die auf jeder Polizeiwache zirkulierten, immer hoch oben auf der Liste derer, die die meisten Fälle gelöst und die meisten Verhaftungen durchgeführt hatten, und hatte an seinem Arbeitsplatz den Eindruck gemacht, genau hineinzupassen. Und trotzdem hatte er seine Stelle bei der Polizei von Derbyshire, zwei Jahre nachdem der Fall Alison Carter abgeschlossen war, aufgegeben und wurde Aufseher in einem Vogelschutzgebiet in Northum-

berland, in dem er auch wohnte. Er hatte sich völlig von seiner Vergangenheit verabschiedet und das Leben mit den Kameraden gegen die Einsamkeit getauscht.
Er war jetzt achtundsechzig und pensioniert und lebte immer noch oben im Nordosten. Anne hatte Catherine erzählt, daß sie ihm einmal einen einstündigen Besuch abgestattet hatte, als sie Paul zu einem Tag der offenen Tür an der Universität in Newcastle gefahren hatte, als er sich gerade überlegte, wo er studieren wollte. Sie sagte, Tommy verbringe seine Tage mit dem Beobachten und Fotografieren von Vögeln, und abends mache er Zeichnungen von ihnen. Sein geliebter Jazz im Hintergrund schirmte ihn von der Außenwelt ab. Wie sie es beschrieb, war es ein einsames und friedliches Leben, das in merkwürdigem Gegensatz zu den fünfzehn Jahren stand, die er damit verbracht hatte, Verbrecher der Justiz zuzuführen.
Die Straße wand sich sanft den Hügel hinunter auf Catherines Ziel zu, eine Gruppe von Häusern ein paar Meilen südlich von Seahouses, die zu klein war, um sie ein Dorf nennen zu können. Aufgeregt und nervös, betätigte sie den schweren Messingklopfer an der Tür einer ehemaligen Fischerhütte.
Sie hätte Tommy nach den Fotos, die George ihr geliehen hatte, überall erkannt. Er hatte noch seinen Lockenkopf, obwohl der jetzt silbern statt hellbraun glänzte. Sein Gesicht war wettergegerbt, aber die Augen hatten immer noch den wachen, intelligenten Blick, und sein Mund neigte offensichtlich immer noch mehr zum Lächeln als zum Mißmut. Obwohl er eine weite Kordhose und einen dicken Fischerpullover trug, sah man darunter deutlich seinen breiten, muskulösen Körper. Er sollte in jüngeren Jahren einem Bullen geglichen haben; jetzt sah er mit seinen weißen Locken eher einem Schafbock gleich, dachte sie und erwiderte sein Lächeln. »Mr. Clough«, sagte sie.
»Miss Heathcote, nehme ich an. Kommen Sie herein.« Er trat zurück, um sie in ein spartanisches, aber tadellos sauberes Wohnzimmer eintreten zu lassen. Die Wände waren mit

wunderbaren Vogelzeichnungen bedeckt, manche handkoloriert, andere in einfacher schwarzer Tusche auf blendend weißem Papier. Im Hintergrund erkannte Catherine Branford Marsalis' *Romances for Saxophone*.

Sie wandte sich den am nächsten hängenden Zeichnungen zu. »Die sind ja großartig«, sagte sie und war dabei so ehrlich wie selten, wenn sie versuchte, einem Interviewpartner die Befangenheit zu nehmen, indem sie etwas Nettes über seinen Geschmack sagte.

»Sie sind nicht schlecht«, erwiderte er. »Also setzen Sie sich und trinken Sie etwas. Das wird Ihnen guttun nach der Fahrt von Derbyshire hier herauf.«

Er verschwand in die Küche und kam mit einem Tablett mit Teekanne, Milchkännchen, Zuckerschale und zwei Bechern mit der Aufschrift Vogelschutzbund zurück. »Ich habe keinen Kaffee«, sagte er. »Eines der Dinge, die ich mir schwor, als ich bei der Polizei aufhörte, war, nie wieder eine Tasse ekelhaften Nescafé zu trinken. Und es gibt hier kein Geschäft in der Gegend, das gut gerösteten Kaffee hat, so begnüge ich mich mit Tee.«

»Tee ist in Ordnung«, sagte Catherine lächelnd. Sie vertraute diesem Mann schon jetzt. Sie hätte nicht sagen können, warum, aber es war so. »Danke, daß Sie mit meinem Besuch einverstanden waren.«

»Sie sollten sich bei George bedanken«, sagte er, nahm die Kanne und schwenkte sie leicht, um den Tee besser zu verteilen. »Ich finde schon lange, daß es seine Sache ist, zu bestimmen, wann die Zeit reif ist, darüber zu sprechen. Ich weiß, wir haben bei der Ermittlung Hand in Hand gearbeitet, aber mein Ansatz ist völlig anders als der von George. Er ist jemand, der die Organisation in die Hand nimmt, aber ich war immer mehr ein Einzelgänger. Deshalb kann meine Version nie die einfache, geradlinige Geschichte sein, die er Ihnen wahrscheinlich erzählt hat.

Der Fall Alison Carter war ein entscheidender Moment für

mich, verstehen Sie. Ich war zur Polizei gegangen, weil ich an den Gedanken der Gerechtigkeit glaubte. Wie die Dinge in diesem Fall liefen ... ich war plötzlich nicht mehr sicher, daß man sich auf das System verlassen konnte. Ich glaube, wir bekamen sie in diesem Fall, aber es war verdammt knapp. Es hätte genausogut anders ausgehen können, und wir hätten nach monatelanger Arbeit und dem Tod eines Mädchens mit leeren Händen dagestanden. Ich kam zu dem Schluß, daß man sich nicht darauf verlassen kann, daß die Polizei zu den Ergebnissen kommt, die der alleinige Rechtfertigungsgrund ihrer Existenz sind, und dann ist es nicht besonders sinnvoll, dazu zu gehören.«

Er schüttelte den Kopf und ließ ein kurzes, belustigtes Lachen hören, als er den Tee eingoß. »Hören Sie sich das an. Das Wort zum Sonntag. Ich klinge so andächtig wie ein Prediger. George Bennett würde mich kaum wiedererkennen. Ich war einer von den Kerlen, wissen Sie, die tranken und rauchten und immer dabei waren, wenn Witze erzählt wurden und gelacht wurde. Und es war auch echt. Es war einfach eine Seite von mir, die gut zu meiner Arbeit paßte, und ich nehme an, da hab ich ein bißchen übertrieben.

Aber eigentlich bin ich auch immer ein nachdenklicher Mensch gewesen. Und als Alison Carter verschwand, war es, als ob meine Phantasie überreagierte. Mein Kopf war voll verschiedener Möglichkeiten, eine schlimmer als die andere. Ich konnte das alles fernhalten, wenn ich bei der Arbeit war, aber wenn ich keinen Dienst hatte, quälte ich mich mit allerhand schlimmen, alptraumhaften Vorstellungen. Ich trank auch zuviel, nur so konnte ich nachts einschlafen.

Ich habe Gott oft für George Bennetts Besessenheit in dem Fall gedankt, denn dies bedeutete, daß es immer etwas zu tun gab, Akten, die durchgesehen, potentielle Zeugen, die vernommen werden mußten. Sogar noch, nachdem wir den Fall offiziell zurückgestellt hatten. Ohne daß wir es ausdrücklich festlegten, wurde ich sein spezieller Helfer für diese Ermittlung. Es gab mir das Gefühl, etwas auszurichten. Aber, mein Gott, es war Schwerstarbeit, aus Scardale etwas herauszubekommen.

Erinnern Sie sich an den Film *The Wicker Man*? Edward Woodward spielt einen von der Kripo, der auf eine mysteriöse, schottische Insel fährt, um wegen eines vermißten Mädchens zu ermitteln, und er wird in die heidnischen Rituale der Inselbewohner verwickelt. Es ist sehr unheimlich, es geht um Andeutungen perverser sexueller Praktiken und um einen seltsamen Aberglauben. Ja, so ein Gefühl ungefähr hatte man 1963 in Scardale, nur durften wir am Ende des Tages zu unserem normalen Leben zurückkehren, und niemand versuchte, mich und George als Menschenopfer zu mißbrauchen«, fügte er mit einem verlegenen Lachen hinzu, als merke er plötzlich, daß er mehr gesagt hatte, als ein nüchterner ehemaliger Polizeibeamter zugeben sollte.

»Und natürlich haben wir das Rätsel gelöst, was mehr ist, als Woodward vergönnt war.« Er goß sich Milch in den Tee und trank einen großen Schluck davon.

»Anne sagte mir, Ihre Nachbarn hier oben wüßten nicht, daß Sie bei der Polizei waren«, stellte Catherine fest.

»Ich schäme mich dessen nicht«, erwiderte er etwas befangen und stand auf, um die CD zu wechseln. Weiterhin gedämpfte Saxophontöne, die sie aber diesmal nicht kannte. Sie schwieg, weil sie wußte, daß Tommy da weitererzählen würde, wo er aufgehört hatte, wenn er soweit war.

Er setzte sich in seinem Sessel zurecht. »Aber es ist einfach so, daß die Leute bestimmte Dinge über einen vermuten, wenn sie wissen, daß man bei der Polizei war. Das wollte ich vermeiden. Ich wollte von vorn beginnen, als unbeschriebenes Blatt. Ich dachte, Alison Carter würde mich vielleicht endlich in Ruhe lassen, wenn ich meine Vergangenheit hinter mir ließe.« Sein Mund zuckte, aber was dabei herauskam, war eher eine Grimasse als ein Lächeln. »Hat nicht funktioniert, oder? Hier sind Sie und ich, und wir reden wieder darüber.

Ich habe gestern darüber nachgedacht, um meine Gedanken zu

sammeln. Und es steht mir alles noch genauso klar vor Augen, wie es damals war, als ich es zum ersten Mal erlebte«, fügte er hinzu. »Ich bin so bereit wie eh und je. Also, fragen Sie.«

Tommy Clough war das Element, das zu Catherines Geschichte noch fehlte. Seine persönliche Wahrnehmung hatte die Lücken in ihrem Verständnis gefüllt, so als drehe sie ein Kaleidoskop mit durcheinanderfallenden Einzelstückchen, die sich jetzt zu einem Gesamtbild zusammensetzten. Er hatte ihr ein besseres Verständnis für George Bennett als Mensch und als Polizist ermöglicht und ihr dabei geholfen, Dinge zu verstehen, die ihr vorher unklar waren. Endlich hatte sie die tatsächlichen, verborgenen Gründe für die scheinbar mangelnde Zusammenarbeit zwischen Dorfbewohnern und Polizei begriffen. Und sie erfaßte die durchgehende Struktur ihrer Geschichte viel besser.

Wieder in Longnor, begann sie mit der langen und schwierigen Aufgabe, ihr Material zu gliedern und zu ordnen. Ihr Drucker ratterte unaufhörlich im Hintergrund, während sie verschiedene Papierstöße im Wohnzimmer auslegte. Abschriften ihrer langen Reihe von Interviews mit George, ein extra Stapel für ihre Notizen und Abschriften von jedem der anderen Zeugen, ein Stoß fotokopierte Zeitungsausschnitte, die Kopien, die sie durch einen Freund, der im Gerichtsarchiv arbeitete, von den Prozeßprotokollen bekommen hatte, und ein ordentlicher Stapel von zerlesenen, antiquarischen Penguin-Taschenbüchern über berühmte Prozesse, aus denen sie Hinweise und Anregungen entnahm, während sie schrieb.

Catherine hatte die harmlosen Aquarelle von den Schönheiten des Peak District, die ihre Vermieter ausgewählt hatten, von der Wand genommen und ersetzte sie durch Fotos von Scardale damals und heute, einschließlich Philip Hawkins Postkarten. An einer Wand hingen nur vergrößerte Fotos der Hauptbeteiligten, von Alison selbst bis zu einem ernsten George in Regenmantel und Filzhut, ein Schnappschuß eines Zeitungsfotografen nach einer Pressekonferenz. Die dritte Wand war mit offiziellen topographischen Karten bedeckt.

Fast zwei Monate versenkte sie sich völlig in die Geschichte von Scardale. Sie stand um acht Uhr auf und arbeitete bis halb eins. Dann fuhr sie die sieben Meilen nach Buxton, parkte bei *Poole's Cavern* und stieg durch den Wald zu dem offenen Moorland hinauf, ging über die weite Fläche zu Salomons Tempel, dem abstrusen, viktorianischen Bauwerk über der Stadt. Sie kam durch den schattigen Wald Grin Low herunter und kehrte über die Green Lane zurück, an ihrem Elternhaus vorbei, wo sie aufgewachsen war. Ihr Vater war fünf Jahre zuvor gestorben, und ihre Mutter hatte das Haus verkauft und war in ein Altenheim in Devon gezogen, wo das Klima für alte Knochen günstiger war. Catherine hatte keine Ahnung, wer jetzt in dem Haus wohnte, und es interessierte sie auch nicht besonders.

Sie nahm an, es müßte noch viele Leute geben, mit denen sie zur Schule gegangen war, aber als sie nach London gezogen war, hatte sie ihre Vergangenheit abgestreift wie eine Schlange ihre Haut. Was Freundschaften anging, war sie eine Spätentwicklerin. Als Einzelkind hatte sie das Reich ihrer Phantasie mehr interessiert als die wirkliche Welt ihrer gleichaltrigen Freundinnen. Erst als sie mit anderen zusammenzuarbeiten begann, deren Gedanken sich in denselben Bahnen bewegten, hatte sie Menschen gefunden, mit denen sie wirklich starke freundschaftliche Bande knüpfte. Deshalb gab es keine teuren Bindungen aus der Kinderzeit, die sie wiederbeleben wollte. Sie hatte erwartet, daß sie im Supermarkt beim Einkaufen halbwegs vertraute Gesichter sehen würde, aber es war nicht so gewesen. Sie fühlte deshalb jedoch kein Bedauern. Der einzige Teil ihrer Vergangenheit, mit dem sie eine Verbindung wünschte, waren die Erinnerungen, die ihr erlaubten, Alison Carters Leben und Tod besser zu verstehen.

Nach ihrem täglichen Spaziergang fuhr sie nach Longnor zurück und aß, bevor sie zur Arbeit zurückkehrte, eine leichte

Mahlzeit aus Brot, Käse und Salat. Um sechs Uhr machte sie eine Flasche Wein auf und schaute sich die Nachrichten im Fernsehen an. Wieder an die Arbeit bis um neun, dann hörte sie auf und machte sich eine Pizza oder sonst ein Fertiggericht vom Supermarkt. Den Rest des Abends verbrachte sie mit der Beantwortung von E-Mails und dem Lesen irgendeines Schmökers vom Taschenbuchständer am Bahnhof oder Flughafen. Das und ein gelegentliches Gespräch mit ihrer Lektorin über die Fortschritte des Buches und dem Dokumentarfilmer über seine Zeitplanung war alles, wozu sie noch fähig war.

Zum ersten Mal kreiste Catherines Leben nicht um ein Büro mit vielen Kontakten unter Kollegen und um gesellige Abende danach. Es verwirrte sie, wie wenig sie die Gesellschaft anderer Menschen vermißte. Sie dachte wehmütig, daß sie zu dem geworden war, was sie früher als Jammerlappen bezeichnet hätte.

Als eines Nachmittags das Telefon klingelte und sie George Bennetts Stimme hörte, schien es, als hätten ihre Worte plötzlich ein Eigenleben entwickelt, und einen Augenblick verstand sie gar nicht, was er sagte.

»Tut mir leid, George, ich war gerade ganz woanders mit den Gedanken, als es geklingelt hat, können Sie das noch einmal wiederholen?« fragte sie unsicher.

»Ich hoffe, ich habe die schöpferische Arbeit nicht im entscheidenden Moment unterbrochen.«

»Nein, nein, das nicht. Wie kann ich Ihnen helfen?« Catherine hatte wieder alles im Griff und schlüpfte in ihre Rolle als professionelle Journalistin.

»Ich rufe an, um zu sagen, daß Paul nächste Woche mit Helen für ein paar Tage kommt. Anne und ich dachten, Sie würden vielleicht gern am Freitag zum Essen kommen?«

»Ich wäre begeistert«, sagte sie. »Ich sollte bis Ende der Woche die erste Fassung fertig haben: Ich bringe sie mit rüber, dann können Sie sie durchsehen, wenn die beiden wieder nach Brüssel zurückgefahren sind.«

»Sie haben hart gearbeitet«, sagte George. »Das wird mir eine wahre Freude sein. Also, am Freitag um sieben. Bis dann, Catherine.«
Sie legte den Hörer auf und starrte die Wand mit den Fotos an. Sie hatte fast alles getan, was ihr möglich war, um sie mit Leben zu erfüllen. Jetzt würde sie, ebenso wie Philip Hawkin, das Urteil der anderen abwarten müssen.

9

August 1998

Catherine überreichte George feierlich den dicken Umschlag. »Die erste Fassung«, sagte sie. »Seien Sie nicht höflich, George. Ich möchte wissen, was Sie wirklich davon halten.«

Sie folgte ihm ins Wohnzimmer, wo Paul und Helen auf der Couch saßen. »Jetzt haben wir einen Grund zum Feiern«, sagte George. »Catherine hat gerade ihr Buch gebracht.«

Helen lächelte. »Gut gemacht, Catherine. Sie haben keine Zeit verschwendet.«

Catherine zuckte die Schultern. »Ich muß in drei Wochen wieder in meinem Büro bei der Arbeit sein und hatte keine Zeit, die ich hätte verschwenden können. Das ist das Schöne an journalistischer Arbeit – man kann den Stoff der Zeit anpassen, die man zur Verfügung hat.«

Bevor sie dies weiter besprechen konnten, kam Anne mit einem Tablett mit Gläsern und einer Flasche Sekt herein. »Hallo, Catherine. George sagte, Sie hätten etwas zu feiern, da haben wir gedacht, wir machen mal eine Flasche Schampus auf.«

Paul grinste. »Nicht zum ersten Mal diese Woche. Helens Scheidung ist endlich durch, und wir haben beschlossen, daß wir heiraten. Darauf haben wir neulich schon zwei Flaschen getrunken.«

Catherine beugte sich vor und küßte Helen auf beide Wangen. »Das sind ja wunderbare Nachrichten«, sagte sie begeistert.

George nahm das Tablett und stellte es ab. »Wir sind auch sehr froh. Das ist eine ganz besondere Woche.« George öffnete den Sekt und füllte die Gläser. »Wir trinken«, sagte er und verteilte die Gläser, »auf das Buch.«
»Und auf das glückliche Paar«, fügte Catherine hinzu.
»Nein, auf das Buch, auf das Buch«, protestierte Paul. »Dann werden wir noch eine Flasche aufmachen müssen, damit ihr auf Helen und mich trinken könnt. Und Sie werden zu unserer Hochzeit kommen müssen«, fügte er hinzu. »Schließlich hätten wir, wenn Sie nicht gewesen wären, Dad nicht dazu gebracht, nach Scardale zu kommen und Helens Schwester kennenzulernen.«
»Sie sind in Scardale gewesen?« Catherine konnte nicht verbergen, wie erstaunt sie war. Der einzige Mangel, den sie bei ihren Recherchen zu beklagen hatte, war, daß sie George nicht hatte überreden können, zu dem Dorf zurückzukehren und dort mit ihr zusammen den Schauplatz zu betrachten.
George schaute leicht verlegen drein. »Wir sind noch nicht dort gewesen. Aber wir werden am Montag zu Helens Schwester Janis zum Lunch gehen.«
Catherine hob ihr Glas Paul entgegen. »Sie haben es wieder einmal geschafft. Ich habe alles versucht außer Entführung, ihn dazu zu bringen, mit mir hinzufahren.«
Paul grinste. »Sie haben die Vorarbeit geleistet.«
»Na ja, wer immer dafür verantwortlich sein mag, ich freue mich jedenfalls, daß Sie hingehen«, sagte Catherine. »Und ich glaube nicht, George, daß Sie finden werden, daß die Erinnerungen in Scardale Manor noch leben.«
»Was meinen Sie damit?« fragte er und beugte sich vor.
»Es ist ausgeräumt und verändert. Nach dem, was Kathy Lomas erzählte, die es mir gezeigt hat, ist kein einziger Raum mehr so wie 1963. Es ist nicht nur anders eingerichtet, es hat sogar einige bauliche Veränderungen gegeben, zwei kleine Zimmer sind zu einem größeren geworden, ein Schlafzimmer ist zu einem Bad umgebaut, solche Dinge. Wenn Sie die Augen

auf dem ganzen Weg nach Scardale schließen und sie erst wieder öffnen würden, wenn Sie im Gutshaus sind, kann ich garantieren, es würde sich bei Ihnen keine einzige Erinnerung einstellen«, fügte sie mit einem Lächeln hinzu.
George schüttelte den Kopf. »Ich wünschte, ich könnte Ihnen glauben«, sagte er. »Aber ich habe das Gefühl, daß ich der Vergangenheit nicht so leicht entkommen werde.«
»Ich weiß nicht, George«, mischte sich Helen ein. »Sie wissen doch, daß Häuser eine Stimmung haben? In manche kann man einfach eintreten und weiß, es ist ein freundliches Haus, in dem man willkommen ist? Andererseits kann ein Haus eine kalte und feindliche Atmosphäre haben, egal wieviel Geld man ausgegeben hat. Na ja, Scardale Manor ist eines dieser Häuser, die sich vom Augenblick an, in dem man über die Schwelle getreten ist, wie ein Zuhause anfühlen. Das hat Jan gesagt, als sie es zum ersten Mal ansah, nachdem wir es geerbt hatten. Sie rief mich an, um mir zu sagen, sie hätte sofort gewußt, daß es das Haus für sie sei. Und ich spüre genau, was sie meint. Wann immer ich dort war, habe ich wie ein Bär geschlafen. Wenn es dort jemals Gespenster gegeben hat, dann sind sie vor langer Zeit weitergezogen.«
»Dann wird es vielleicht für dich eine angenehme Überraschung, Schatz«, sagte Anne beruhigend.
Aber auf Georges Gesicht waren immer noch Zweifel abzulesen. »Hoffen wir's«, sagte er.
»Machen Sie sich wegen Ihrer Erinnerungen doch keine Sorgen, George. Wenn die noch lebenden Carters, Crowthers und Lomas' davon hören, daß Sie ins Tal kommen, werden sie wahrscheinlich den roten Teppich ausrollen und ihre Häuser mit Fähnchen schmücken«, sagte Catherine. »Eine Bedrohung für Gesundheit und Wohlbefinden wird für Sie dort höchstens in zuviel Gastfreundschaft liegen.«
»Apropos, ich glaube, es ist Zeit für eine zweite Flasche«, sagte Paul und sprang auf.
»Nur eine kleine Sache noch, George«, sagte Catherine und

setzte ihr charmantestes Lächeln auf. »Wenn Sie lebend wieder aus Scardale zurückkommen, würden Sie in Betracht ziehen, noch einmal mit mir zusammen hinzugehen?«

»Ich dachte, Sie hätten das Buch fertig«, sagte er und suchte immer noch eine Ausrede, um ablehnen zu können.

»Nur die erste Fassung. Es ist noch genug Zeit, etwas einzufügen.«

George seufzte. »Ich nehme an, das schulde ich Ihnen. Also gut, Catherine. Wenn ich aus Scardale wieder lebend herauskomme, werde ich mit Ihnen noch einmal hingehen. Das verspreche ich.«

Zweites Buch

TEIL 3

1

August 1998

Catherine starrte den Brief erstaunt und ungläubig an. Ihr erster Gedanke war, es könnte ein Witz sein. Aber sie wies diese Vorstellung zurück, bevor sie richtig entstanden war. Sie wußte, daß George Bennett viel zuviel Würde und Einfühlungsvermögen hatte, um einen so brutalen Scherz zu machen. Sie las den Brief noch einmal und fragte sich, ob er eine Art Nervenzusammenbruch gehabt hatte. Vielleicht hatte der Besuch in Scardale schließlich und endlich den Zusammenbruch ausgelöst, den manche in der ursprünglichen Situation gehabt hätten. Auch dies verwarf sie; George Bennett war geistig viel zu gesund, um nun nach fünfunddreißig Jahren überzuschnappen, ganz egal, wie traumatisch die Erinnerungen waren. Und er hatte selbst mehr als einmal gesagt, daß die neuerliche Beschäftigung mit dem Fall weniger beunruhigend sei, als er befürchtet hatte.

Nach dieser Erkenntnis hatte Catherine überhaupt nichts mehr, an das sie sich zur Erklärung klammern konnte. Wut begann in ihr zu schwelen wie Sodbrennen. Sie hatte ihr spätes Frühstück erst halb gegessen, als die Post gekommen war, und hatte einen Brief ihrer Lektorin mit Anmerkungen und Änderungswünschen erwartet, nicht diese Katastrophe. Ihr erster Impuls war, den Hörer aufzunehmen, aber bevor sie drei

Ziffern von Georges Nummer gewählt hatte, knallte sie ihn wieder auf die Gabel. Jahrelange Erfahrung als Journalistin hatte ihr gezeigt, wie leicht es war, jemanden am Telefon abzuwimmeln. Sie mußte dieses Problem unter vier Augen besprechen.

Sie ließ die halbe Tasse Kaffee und den angebissenen Toast auf dem Tisch zurück. Vierzig Minuten später bog sie beim Mühlenteich rechts ein. Während jeder dieser vierzig Minuten hatte Catherine vor Wut und Frustration geschäumt. Ausschließlich Georges Eigenmächtigkeit war ihr durch den Kopf gegangen, und sie begriff nicht, was sie hervorgerufen haben konnte. Es hatte nie auch nur das geringste Anzeichen gegeben, daß er eines solch anmaßenden Benehmens fähig war. Sie hatte gedacht, sie seien Freunde, und konnte nicht verstehen, wie ein Freund sie so behandeln konnte.

In ihrem Inneren wußte Catherine, daß das Buch mehr ihr als ihm gehörte und daß er kein Recht hatte, es ihr wegzunehmen. Seine Drohung mit rechtlichen Schritten schreckte sie nicht, denn sie wußte, was im Vertrag stand. Aber sie war beunruhigt wegen der Auswirkungen, die sein Widerstand auf den Verkauf und ihren Ruf haben konnte. Wenn jemand das Buch ablehnte, der den Fall in- und auswendig kannte, könnte ihr das einen Schaden zufügen, den sie nie mehr ausgleichen konnte. Und das war etwas, was Catherine nicht akzeptieren würde, ohne sich zu wehren. Wenn George auf die Freundschaft mit ihr keine Rücksicht nahm, dann würde sie es über sich bringen müssen, dies ebenfalls nicht zu tun, so schwierig es auch sein mochte.

Sie fuhr langsam die schmale Straße hinauf. Beide Autos der Bennetts standen in der Einfahrt, so daß sie an dem Haus aus Kalkstein vorbeifahren und den Wagen in einer Parkbucht weiter oben abstellen mußte. Sie schritt zum Haus hinunter und lief schnell über die Einfahrt.

Die Klingel hallte wider wie in einem leeren Haus. Aber sicher würde doch Anne zu Hause sein, auch wenn George zu Fuß ins

Dorf gegangen war. Mit ihrer Arthritis konnte sie das Haus praktisch nur noch im Auto verlassen. Catherine trat von der Haustür zurück und ging seitlich ums Haus herum, weil sie dachte, sie vielleicht im Garten zu finden, wo sie die Sonne genossen, bevor sie unangenehm heiß wurde. Aber da hatte sie sich geirrt. Außer dem sehr gepflegten Rasen und den farblich genau abgestimmten Blumenrabatten war weit und breit nichts zu sehen.

Erst als sie wieder zur Haustür zurückgekehrt war, fiel ihr eine mögliche Lösung des Rätsels ein. Wenn Paul und Helen ein Auto gemietet hatten, war es möglich, daß sie mit George und Anne einen Tagesausflug machten. Dieser Gedanke bestärkte sie nur noch in ihrem Beschluß, sich mit George auszusprechen. Wenn sie warten mußte bis abends, um mit ihm reden zu können, dann würde sie das eben tun. Sie stand in der Einfahrt und überlegte, ob sie das Haus vom Auto aus überwachen sollte oder ob sie eine Stunde in der Buchhandlung beim Mühlenteich stöbern könnte, als sie hörte, daß jemand ihren Namen rief.

Die Nachbarin stand vor ihrer Haustür und schien überrascht. »Catherine?« sagte sie noch einmal.

»Hallo, Sandra«, antwortete Catherine und schaffte nur aus rein beruflichem Interesse ein Lächeln. »Sie wissen wohl nicht zufällig, wo George und Anne hingegangen sind?«

Sie starrte sie erstaunt an. »Haben Sie es nicht gehört?« fragte sie schließlich und konnte eine leichte Genugtuung nicht unterdrücken, daß sie etwas wußte, was Catherine unbekannt war.

»Gibt es etwas, was ich hätte hören sollen?« fragte sie gelassen.

»Ich dachte, Sie wüßten das. Er hatte einen Herzinfarkt.«

Catherine blickte sie starr und ungläubig an. »*Einen Herzinfarkt*?«

»Er ist heute früh mit dem Krankenwagen in die Klinik gekommen«, sagte Sandra. »Anne hat ihn natürlich im Krankenwagen begleitet. Paul und Helen sind in ihrem Wagen hinterhergefahren.«

Entsetzt räusperte sich Catherine. »Hat man schon etwas gehört?«

»Paul ist zurückgekommen, um ein paar Sachen für seinen Vater zu holen, und wir haben kurz gesprochen. George liegt auf der Intensivstation. Paul sagte, es stand auf der Kippe, aber die Ärzte meinen, George hat Kampfgeist. Das wissen wir natürlich alle.«

»Welche Klinik?« fragte Catherine.

»Sie haben ihn in die Spezialabteilung für Herzleiden in Derby gebracht«, sagte sie.

Catherine lief schon den Hang hinauf zu ihrem Auto zurück.

»Sie werden Sie nicht reinlassen«, rief Sandra ihr nach. »Sie gehören nicht zur Familie. Sie werden Sie nicht reinlassen.«

»Das werden wir ja sehen«, sagte Catherine halblaut und aufgebracht. Wie vorauszusehen, kamen ihre Ängste um George in unvernünftiger Wut zum Ausdruck. Wie konnte George es wagen, sie der Genugtuung zu berauben, verdammt noch mal, herauszufinden, was los war, indem er es so einrichtete, daß er fast im Sterben lag?

Erst als sie nach Derby hinunterfuhr, beruhigte sie sich so weit, daß ihr langsam klar wurde, was für eine entsetzliche Nacht es für alle gewesen sein mußte – für Anne, Paul, Helen und natürlich für George selbst, in einem Körper gefangen, der nicht mehr so funktionierte, wie er sollte. Sie konnte sich für einen Mann wie George kaum etwas Schlimmeres vorstellen. Sie wußte, selbst mit fünfundsechzig Jahren war er fit und hatte eine gute Kondition; sein Verstand war wacher als der der meisten Polizeibeamten im Dienst, die sie je getroffen hatte. Er konnte immer noch das Kreuzworträtsel des *Guardian* an drei Tagen von vieren lösen, was mehr war, als Catherine je fertiggebracht hatte. Die enge Zusammenarbeit mit ihm hatte ihr einerseits Respekt eingeflößt, andererseits aber auch herzliche Zuneigung entstehen lassen. Der Gedanke,

daß ihn nun eine Krankheit einschränken sollte, war ihr zuwider.
Die Intensivstation war nicht schwer zu finden. Catherine drückte eine der Doppeltüren auf und stand in der leeren Anmeldung. Sie drückte auf einen Knopf am Tisch und wartete. Nach ein paar Minuten drückte sie noch einmal. Eine Schwester in weißer Dienstkleidung kam aus einer der drei geschlossenen Türen. »Kann ich Ihnen helfen?« fragte sie.
»Ich möchte wissen, wie es George Bennett geht«, sagte Catherine mit einem ängstlichen, schwachen Lächeln.
»Gehören Sie zur Familie?« erkundigte sich die Schwester automatisch.
»Ich habe mit George zusammengearbeitet. Ich bin mit der Familie befreundet.«
»Leider können wir nur Familienbesuch zulassen«, sagte sie, aber ihre Stimme drückte keinerlei Bedauern aus.
»Das kann ich verstehen.« Catherine lächelte wieder. »Aber vielleicht könnten Sie Anne – das heißt, Mrs. Bennett – sagen, daß ich hier bin? Vielleicht könnten wir zusammen irgendwo eine Tasse Tee trinken, wenn sie möchte.«
Die Schwester lächelte zum ersten Mal. »Natürlich werde ich ihr das sagen. Ihr Name ist?«
»Catherine Heathcote. Wo könnte ich Mrs. Bennett treffen?«
Die Schwester deutete auf das Café, und als sie sich abwandte, rief sie hinter ihr her. »Und George? Können Sie mir etwas über George sagen?«
Jetzt war die Stimme der Schwester sanfter. »Sein Zustand ist kritisch, aber stabil. Die nächsten vierundzwanzig Stunden sind entscheidend.«
Catherine ging benommen zu den Aufzügen zurück. Das Krankenhaus machte ihr Georges persönliche Katastrophe auf eine Art und Weise klar, wie Sandras Worte es nicht getan hatten. Irgendwo hinter diesen geschlossenen Türen war George an Maschinen und Monitore angeschlossen. Einmal abgesehen davon, was mit seinem Körper los war, was passier-

te mit seinem Geist? Würde er sich erinnern, daß er ihr den Brief geschickt hatte? Hatte er Anne davon erzählt? Sollte sie so tun, als wäre nichts Bedauerliches geschehen? Nicht nur in ihrem eigenen Interesse, rechtfertigte sie sich, sondern auch um seiner Familie jene zusätzliche Sorge zu ersparen?

Catherine fand das Café, setzte sich an einen Ecktisch und trank ein Mineralwasser. Sie war so mit ihren Gedanken beschäftigt, daß sie Paul nicht sah, bis er praktisch vor ihr stand. Seine Ähnlichkeit mit George war heute unheimlich. Sie hatte so oft das Foto seines Vaters, auf dem er fast im gleichen Alter war, angesehen, daß es war, als sei das Bild an ihrer Wand plötzlich zum Leben erwacht und habe seinen Regenmantel und Filzhut gegen verwaschene Jeans und ein Polohemd eingetauscht. Er ließ sich auf einen Stuhl fallen, als könnten seine Beine ihn nicht länger tragen.

»Es tut mir wirklich leid«, sagte Catherine.

»Ich weiß.« Er stöhnte.

»Wie geht es ihm?«

Paul zuckte die Schultern. »Nicht gut. Sie sagen, er hatte einen schlimmen Herzinfarkt. Er ist noch nicht bei Bewußtsein, aber sie denken, daß er zu sich kommen wird. Ach Gott ...« Er schlug die Hände vors Gesicht, offensichtlich überwältigt. Angstvoll sah Catherine, wie seine Schultern zuckten, während er mit tiefen Atemzügen versuchte, seine Fassung wiederzugewinnen. Schließlich konnte er weitersprechen. »Sein Herz kam im Krankenwagen zum Stillstand, und ich glaube, sie befürchten eine Schädigung des Gehirns. Sie sprechen über ein EKG, aber sie wollen nichts Genaues in bezug auf eine Prognose sagen.« Er starrte auf den Tisch hinunter. Catherine legte ihre Hand auf seine, eine einfache, mitfühlende Geste.

»Was ist passiert?« fragte sie behutsam.

Er seufzte noch einmal. »Ich muß immer denken, daß es unsere Schuld ist. Meine und die Helens, das heißt ...« Er brach ab. »Macht es Ihnen etwas aus, wenn wir ins Freie gehen? Es ist so bedrückend, diese Krankenhausatmosphäre.

Mein Kopf fühlt sich an wie Watte. Ich könnte frische Luft vertragen.«

Während sie im Aufzug nach unten fuhren, schwiegen sie. Catherine zeigte auf eine Bankreihe auf der anderen Seite des Parkplatzes. Sie setzten sich und starrten mit leerem Blick auf ein mathematisch genau angelegtes Quadrat mit Buschrosen. Paul ließ den Kopf nach hinten sinken und atmete tief ein.

»Warum sollten Sie am Herzinfarkt Ihres Vaters schuld sein?« fragte Catherine schließlich.

Paul fuhr sich durchs Haar. »Als wir nach Scardale gingen, ist etwas passiert, was ihn sehr erregt hat. Ich weiß nicht genau, was es war ... Er sagte nichts, aber ich sah, daß er sich wirklich sehr aufregte, als wir bei Jan ankamen. Dann, als wir hineingingen, dachte ich fast, er würde ohnmächtig werden. Er wurde blaß und schwitzte wie Leute, die furchtbares Kopfweh haben. Er schien zerstreut. Er sagte kaum etwas zu Jan, sah sich nur immer wieder um, als erwarte er, daß Gespenster aus der Wand kämen.«

»Hat er etwas darüber gesagt, was ihn aufgeregt hat?«

Paul rieb sich mit einem Finger über den Nasenrücken. »Ich glaube, es war einfach das Trauma, wieder nach Scardale zurückzukommen. Er hat offensichtlich bei eurer Arbeit für das Buch sehr viel daran gedacht.« Er ließ die Schultern hängen. »Das ist alles meine Schuld. Ich hätte wissen müssen, daß es kein unnötiges Theater war, als er sagte, er wolle wirklich nicht nach Scardale gehen.«

»Es gab doch aber keinen Grund, weswegen Sie hätten denken sollen, daß es seiner Gesundheit schaden würde«, sagte Catherine schonend. »Sie dürfen sich deswegen keine Schuld geben. Herzinfarkte passieren nicht einfach über Nacht – die Anfälligkeit dafür entwickelt sich ein ganzes Leben lang. Im Fall Ihres Vaters waren die Faktoren die unregelmäßige Arbeitszeit, das viele Rauchen, zu viele hastige Mahlzeiten irgendwann zwischendurch an Imbißbuden. Es ist nicht Ihre Schuld, daß es passiert ist.«

Pauls Gesichtsausdruck war bitter und schmerzlich. »Die Fahrt nach Scardale war der Auslöser.«

»Das steht nicht fest. Sie haben mir schon gesagt, daß Sie nichts Besonderes bemerkt haben, was ihn speziell beunruhigte.«

»Ich weiß. Und ich habe es immer wieder durchgedacht. Wir haben alle draußen im Garten zu Mittag gegessen. Er aß fast nichts, was nicht seine Art ist. Er sagte, es sei wegen der Hitze, und man muß zugeben, es war heiß. Nach dem Essen zeigte Jan Mum den Garten. Sie brauchten sehr lang, unterhielten sich über Pflanzen, versprachen sich gegenseitig Ableger und so. Dad ging auf der Dorfwiese spazieren, war aber nur zehn Minuten weg. Dann saß er unter der Kastanie und starrte nur noch in die Luft. Wir sind so gegen drei gegangen, weil Mum auf dem Heimweg auf dem Kunstgewerbemarkt in Buxton vorbeifahren wollte, und danach waren wir gegen sechs Uhr wieder zu Hause.«

»Und George sagte nicht, ob ihn etwas beunruhigte?«

Paul schüttelte den Kopf. »Nichts. Er sagte, er hätte einen Brief zu schreiben, und ging nach oben. Helen und Mum machten zum Abendessen einen Salat, und ich mähte den Rasen. Er kam ungefähr eine halbe Stunde später herunter und sagte, er wolle zur Hauptpost in Matlock gehen, weil er sicher sein wollte, daß sein Brief gleich wegginge, und im Ort wird abends die Post nicht abgeholt. Ich fand es ein bißchen komisch, aber er hat solche Dinge eigentlich nie aufgeschoben.«

Catherine zog plötzlich scharf die Luft ein. Es war nicht fair, Paul über den Brief im ungewissen zu lassen, der seinem Vater so wichtig gewesen war. »Der Brief war für mich«, sagte sie.

»Für Sie? Worum ging es denn darin?« Paul war offensichtlich verblüfft.

»Ich glaube, er wollte nicht mit mir persönlich reden«, sagte sie. »Ich glaube, er wollte sich nicht auf den Streit einlassen, denn er wußte, daß er bevorstand.«

»Ich verstehe nicht, was Sie meinen.« Paul runzelte die Stirn.
»Ihr Vater wollte, daß ich die Veröffentlichung des Buches rückgängig machen sollte. Ohne jegliche Erklärung«, sagte Catherine.
»Was? Aber das ist doch widersinnig.«
»Ich konnte es auch nicht begreifen. Deshalb bin ich heute morgen nach Cromford heruntergekommen. Dann hat die Nachbarin mir gesagt, was geschehen ist.«
Paul starrte Catherine an. »Sie haben gedacht, Sie könnten hier herunterkommen und ihn damit belästigen? Sehr zartfühlend von Ihnen, Catherine.«
Sie schüttelte den Kopf. »Nein, Sie mißverstehen mich, Paul. Als ich hörte, was mit George geschehen war, galt mein erster Gedanke ihm und Ihnen allen. Ich wollte meine Hilfe anbieten, meine Unterstützung. Was immer.«
Paul schwieg und horchte dem nach, was sie gesagt hatte, schien aber zu zweifeln.
»Ich habe Ihre Eltern in den letzten sechs Monaten sehr liebgewonnen. Was immer das Problem mit dem Buch ist, es kann warten. Glauben Sie mir, Paul, ich mache mir mehr Sorgen darüber, wie es Ihrem Vater geht.«
Paul fing an, mit den Fingern auf die Lehne der Bank zu trommeln. Er hatte offenbar nicht das Talent seines Vaters zur Gelassenheit. »Hören Sie, Catherine, es tut mir leid, daß ich Sie angefahren habe, aber es ist eine schwere Nacht gewesen. Ich kann im Moment nicht klar denken.«
Sie legte ihm ihre Hand auf den Arm. »Ich weiß. Wenn es irgend etwas gibt, was ich tun kann, um zu helfen, sagen Sie es mir – bitte.«
Paul seufzte tief. »Sie können wirklich etwas für mich tun. Ich möchte wissen, was dies alles bewirkt hat. Ich will wissen, was gestern geschehen ist, das seinen Herzinfarkt ausgelöst hat. Wenn ich ihm helfen will, muß ich wissen, was dahintersteckt. Sie wissen mehr über Dads Verbindung zu Scardale als irgend jemand sonst – vielleicht können Sie herausbekommen, was

gestern abend passiert ist und ihn so mitgenommen hat, daß ihn sein Herz im Stich ließ.«
Catherine spürte, wie sich ein Teil der Anspannung löste. Sie fühlte sich nun besser, da Paul mit dem einverstanden war, was sie sowieso schon vorhatte. »Ich werde mein Bestes tun«, sagte sie. »Ist denn gestern abend nichts anderes geschehen, was ihn so hätte aufregen können? Nachdem er auf der Post war, meine ich.«
Paul schüttelte den Kopf. »Wir sind alle ins Pub im Dorf gegangen. Sie haben einen Garten hinterm Haus, und wir saßen einfach draußen bei unserem Bier und sprachen nicht viel.« Er hielt inne und zog die Stirn in Falten. »Aber er war zerstreut. Zweimal mußte ich etwas wiederholen, weil er der Unterhaltung nicht folgte.«
»Findet Helen, daß etwas an seinem Benehmen eigenartig war?«
»Sie meinte auch, daß er irgendwie abwesend schien. Sie meinte, er sei so gewesen, seit wir in Scardale angekommen waren. Sie hatte es bemerkt, aber wahrscheinlich war es für jemanden, der ihn nicht kennt, nicht so klar. Wenn ihre Schwester wegen Dads Einsilbigkeit beleidigt war, hat sie es jedenfalls Helen gegenüber nicht erwähnt ...«
»George hätte bestimmt nichts getan, um Janis zu beleidigen«, sagte Catherine. »Ganz egal, wie aufgeregt er war. Er ist ein gütiger Mensch.«
Paul räusperte sich. »Ja, das ist er.« Er schaute auf die Uhr. »Ich glaube, ich sollte wieder reingehen.«
»Wann müssen Sie in Brüssel sein?« fragte Catherine und stand auf.
Er zuckte die Schultern. »Wir sollten eigentlich übermorgen zu Hause sein. Natürlich werden wir jetzt nicht fahren, und ich werde abwarten, wie es ihm geht.«
»Ich gehe mit Ihnen zurück.«
Als sie sich dem Krankenhaus näherten, rief Paul: »Das ist Helen!«, und rannte erschrocken los.

Als er näher kam, drehte sich Helen um, sie hatte eine Coladose halb an die Lippen geführt. Auf ihr Gesicht trat ein Lächeln, aber er bemerkte es nicht. »Ist etwas mit Dad passiert?« fragte er.
»Nein, ich brauche nur mal frische Luft.« Sie legte den Arm um ihn und zog ihn mit einer Geste zu sich heran, die klarmachte, sie würde ihm immer zur Seite stenen.
»Gibt's etwas Neues von George?« fragte Catherine.
Helen schüttelte den Kopf. »Immer noch wie vorher. Paul, ich glaube, wir sollten deine Mutter überreden, eine Tasse Tee zu trinken und etwas zu essen.« Sie lächelte Catherine bedauernd zu. »Sie kennen ja Anne – sie ist nicht von seiner Seite gewichen, seit sie ihn auf die Intensivstation gebracht haben. Sie wird sich überanstrengen.«
»Ich gehe dann«, sagte Catherine.
Paul gab ihr die Hand. »Finden Sie heraus, was er gesehen hat. Oder gehört. Oder woran er sich erinnert hat«, sagte er. »Bitte.«
»Ich werde mein Bestes tun«, sagte Catherine noch einmal. Sie sah den beiden nach, als sie zum Krankenhaus zurückgingen, und war froh, daß sie etwas zu tun hatte, das vielleicht die Last der Schuld auf Pauls Schultern leichter machen konnte. Daß dies auch ihren eigenen Interessen entsprach, war eine zweitrangige Überlegung geworden, bemerkte sie plötzlich überrascht. George Bennett war ihr offensichtlich wichtiger, als sie sich eingestanden hatte. Das machte es nur noch dringender, daß ein Buch, das ihm Gerechtigkeit widerfahren ließ, veröffentlicht wurde, sagte sie sich bestimmt. Und das war ein Dienst, den sie ihm sicherlich erweisen konnte.

2

August 1998

Was immer geschehen war, das George Bennett seine Entscheidung ändern ließ, es war jedenfalls in Scardale geschehen. Catherine war sich dessen sicher. Er hatte etwas gesehen, aber was ...? Wie konnte ein so kurzer Besuch eine so massive Reaktion hervorrufen? Catherine hätte es verstehen können, wenn er gedacht hätte, sie müßte im Licht neuer Erkenntnisse einige Änderungen an ihrer ersten Fassung vornehmen, aber was konnte so bedeutungsvoll sein, daß es das ganze Projekt aus der Bahn warf? Und wenn es ein so unheilvoller Moment gewesen war, wie hatten die anderen Familienmitglieder ihn überhaupt nicht bemerken können?

In der Hitze eines Augustnachmittags war Scardale kaum als der Weiler im rauhen Winterwetter wiederzuerkennen, dem sie im Februar den ersten Besuch abgestattet hatte. Das Gras war üppig, die Bäume hatten durch den nassen Sommer mehr Grüntöne, als ein Maler hätte einfangen können. Im Schatten der Bäume sahen sogar die einfachen Häuschen der Feldarbeiter von Scardale fast romantisch aus. Keine Spur von Düsternis oder von den unheilvollen Ereignissen vor fünfunddreißig Jahren.

Catherine fuhr vor das Gutshaus, wo ein Kombiwagen, ein fünf Jahre alter Toyota, in der Einfahrt stand. Es sah aus, als sei Janis Wainwright zu Haus. Catherine blieb einen Moment im Auto sitzen und überlegte. Sie konnte kaum den Weg hinaufge-

hen und sagen: »Was ist gestern mit George Bennett passiert, das ihn veranlaßte, die Veröffentlichung unseres Buches aufzugeben? Was war an dem Besuch in Ihrem Haus so schrecklich, daß er in der Nacht einen schweren Herzinfarkt bekam?« Aber was sonst würde die erwünschte Antwort bringen?
Sie dachte, sie könnte Kathy Lomas fragen, ob sie George am Tag zuvor gesehen hatte. Sie drehte sich auf dem Sitz in die Richtung Lark Cottage, aber Kathys Wagen war nirgends zu sehen. Enttäuscht stieg Catherine aus. Wenn alles andere nichts brachte, konnte sie die bewährte Journalistentaktik probieren und lügen, was das Zeug hielt. Sie ging den schmalen Weg zur Küchentür, betätigte den schweren Messingklopfer und hörte das Echo im Haus. Eine volle Minute verstrich, dann ging plötzlich die Tür auf. Vom Sonnenlicht geblendet, konnte Catherine kaum die Gestalt der Frau im dunklen Inneren des Hauses sehen. »Kann ich Ihnen helfen?« fragte sie.
»Sie müssen Janis Wainwright sein. Ich kenne Ihre Schwester Helen. Mein Name ist Catherine Heathcote. Sie waren so nett, dafür zu sorgen, daß ich das Gutshaus besuchen konnte, für meine Recherchen zum Alison-Carter-Fall.« Sie hätte es nicht beschwören können, aber Catherine hatte das Gefühl, daß die Frau sich bei diesen Worten am liebsten zurückgezogen hätte.
»Ich erinnere mich«, sagte sie mit tonloser Stimme.
»Ich wollte fragen, ob ich noch einmal Ihr Haus sehen dürfte?« Catherines Augen fingen an, sich an das dämmrige Licht zu gewöhnen. Janis Wainwright schien erschrocken, dachte sie.
»Es paßt mir jetzt nicht. Ein andermal. Ich werde etwas mit Kathy vereinbaren«, sagte sie schnell, und die Worte verhedderten sich fast, so hastig sprach sie.
»Nur das Erdgeschoß. Ich werde Sie nicht stören.«
»Ich bin gerade mitten in einer Arbeit«, erwiderte Janis bestimmt.
Die Tür begann sich zu schließen. Instinktiv trat Catherine näher an die Frau heran, damit sie die Tür nicht ganz zuma-

chen konnte. Dann sah sie, was George Bennett am Tag vorher gesehen hatte. Sie taumelte rückwärts; ein geordneter Rückzug war nicht mehr möglich.
»Sprechen Sie mit Kathy«, sagte Janis Wainwright. Wie aus der Ferne hörte Catherine das Schloß klicken, dann das Scharren von Riegeln, die vorgelegt wurden. Benommen drehte sie sich um und ging zu ihrem Wagen zurück; sie stolperte, ohne etwas zu sehen, wie eine Schlafwandlerin.
Jetzt glaubte sie zu verstehen, warum George den Brief geschrieben hatte. Aber wenn sie recht hatte, dann war das nicht etwas, das sie seinem Sohn so einfach erklären konnte. Und es war nicht etwas, das sie veranlassen würde, die Veröffentlichung des Buchs zu stoppen. Es ließ sie begreifen, daß es hinter dem Alison-Carter-Fall vielleicht eine tiefere Wahrheit gab, die weder sie noch George auch nur geahnt hatten. Und es bestärkte sie in dem Entschluß, die Wahrheit zu schreiben, auf die sie mit Paul an jenem Abend in London so fröhlich angestoßen hatte.

Catherine saß stocksteif im Wagen, die glühende Hitze bemerkte sie nicht. Jetzt, wo der erste Schock vorbei war, konnte sie kaum glauben, was sie gesehen hatte. Es war unsinnig, sagte sie sich. Ihre Augen mußten sie getäuscht haben. Aber wenn das stimmte, dann hatten George Bennetts Augen ihn auch getäuscht. Die Ähnlichkeit war bemerkenswert, sogar unheimlich. Wenn das alles gewesen wäre, hätte sie es einfach als absonderlichen Zufall abtun können, aber Catherine wußte, daß es keine Ähnlichkeit auf der Welt gab, in der auch Narben mit inbegriffen sind.
Sie hatte beim Lesen der Unterlagen und aus ihren Interviews erfahren, daß das eine hervorstechende Merkmal Alison Carters eine Narbe war. Eine weiße, etwa zweieinhalb Zentimeter lange Linie, die sich diagonal durch ihre rechte Augenbraue zog. Sie berührte den Rand der Augenhöhle und lief nach oben zur Stirn. Es war in dem Sommer passiert, als ihr Vater starb.

Alison war in der Pause mit einer Milchflasche über den Schulhof gerannt, gestolpert und hingefallen. Die Flasche war zerbrochen, und ein Stück Glas war ihr in die Haut gedrungen. Die Narbe konnte man, so hatte ihre Mutter gesagt, am besten im Sommer sehen, wenn die Haut sonnengebräunt war. Genau wie bei Janis Wainwright.

Plötzlich und ohne Grund hatte Catherine entsetzliche Kopfschmerzen. Sie wendete und fuhr langsam und vorsichtig nach Longnor. Es schien nur eine Erklärung zu geben für das, was sie gesehen hatte, und die war unmöglich. Alison Carter war tot. Philip Hawkin war gehängt worden, weil er sie ermordet hatte. Aber wenn Alison Carter tot war, wer war dann Janis Wainwright? Wie konnte eine Frau, die Alisons Klon hätte sein können, in Scardale Manor leben und keine Verbindung zu dem haben, was 1963 geschehen war? Aber wenn sie es war, wie war es dann möglich, daß ihre eigene Schwester nichts davon wußte?

Catherine parkte und ging zu Fuß zum Zeitungshändler zurück. Sie kaufte eine Packung mit zwanzig Marlboro Light und eine Schachtel Streichhölzer. Wieder in ihrem Häuschen, goß sie sich ein Glas Wein ein, der so kalt war, daß ihre Zähne davon weh taten. Dann zündete sie sich seit zwölf Jahren die erste Zigarette an, von der ihr schwindelig wurde. Das Nikotin schoß ihr ins Blut und fühlte sich an wie die normalste Sache der Welt.

Sie rauchte die Zigarette hingebungsvoll und konzentriert, dann setzte sie sich mit Papier und Bleistift hin und machte sich Notizen. Nach einer Stunde hatte Catherine zwei Thesen:

These 1. Wenn Alison Carter nicht gestorben wäre, würde sie genau wie Janis Wainwright aussehen.

These 2. Alison Carter ist Janis Wainwright.

Sie hatte auch einen Aktionsplan. Wenn sie recht hatte, würde es mehr als ein paar Korrekturen erfordern, um ihr Buch zu

Ende zu bringen. Aber das störte sie nicht. Wenn Alison Carter noch lebte, würde ihr Buch »Ein Ort für die Ewigkeit« noch aufregender werden, als es schon war. Und irgendwie würde sie George überzeugen, ihre Sicht zu verstehen, wenn es ihm erst einmal wieder gut genug ging, um all die Auswirkungen ausführlich zu bedenken.

Der erste Schritt war ein Anruf bei ihrer Assistentin in London.

»Beverly, hier ist Catherine«, sagte sie und versuchte, ihrer Stimme die Energie zu geben, die sie leider gerade nicht spürte.

»Hi! Wie lebt sich's in der Pampa?«

»Wenn die Sonne scheint wie heute, würde ich nicht mit London tauschen.«

»Also, ich kann's kaum erwarten, bis du zurück bist. Es ist ein absolutes Irrenhaus hier. Du wirst nie erraten, was Rupert mit der Weihnachtsausgabe machen will ...«

»Nicht jetzt, Bev«, sagte Catherine bestimmt. »Ich habe etwas Dringendes für dich. Ich brauche jemanden, der auf Alterungsprozesse durch Computersimulation spezialisiert ist. Am besten jemand hier oben in dieser Gegend.«

»Hört sich interessant an.«

Zwanzig Minuten später rief Beverly mit der Nummer eines Mannes zurück, der Rob Kershaw hieß und an der Universität Manchester tätig war.

Catherine sah auf ihre Uhr. Es war fast vier. Wenn Rob Kershaw sich nicht in irgendeiner Stadt im Ausland dem Streß des Lebens entzog, gab es die Möglichkeit, daß er noch bei der Arbeit war. Einen Anruf war es wert, überlegte sie.

Der Hörer wurde nach dem dritten Klingeln abgehoben. »Rob Kershaws Apparat«, sagte eine Frauenstimme.

»Ist Rob da?«

»Tut mir leid, er ist im Urlaub. Er ist am vierundzwanzigsten wieder zurück.«

Catherine seufzte.

»Kann ich etwas ausrichten?« fragte die Frau.

»Danke, aber das hat keinen Sinn.«

»Ist es etwas, wobei ich Ihnen helfen kann? Ich bin Robs Assistentin, Tricia Harris.«
Catherine zögerte. Dann erinnerte sie sich, daß sie nichts zu verlieren hatte. »Können Sie computersimulierte Alterung von Fotos machen?«
»O ja, das ist meine Spezialität.«
Innerhalb von Minuten kamen sie miteinander ins Geschäft. Tricia hatte nichts Dringenderes als einen Abend vor dem Fernseher geplant und litt wie alle Doktoranden an chronischer Geldnot. Als Catherine sie erst einmal mit einem beträchtlichen Honorar gelockt hatte, war sie nur allzu bereit, an ihrem Arbeitsplatz zu bleiben, während Catherine mit ihren Fotos von Philip Hawkins Stieftochter hinfuhr.
Als sie dort ankam, scannte Tricia die zwei Bilder sachkundig ein, stellte ein paar Fragen und begann dann die Arbeit mit Tastatur und Maus. Catherine ließ sie in Ruhe, da sie wußte, wie sehr sie selbst es haßte, wenn man ihr bei der Arbeit über die Schulter schaute. Sie zog sich ans andere Ende des Büros zurück, wo das Fenster offen war und sie ihre fünfte Marlboro Light anzünden konnte. Sie würde das Rauchen morgen wieder aufgeben, dachte sie. Oder wann immer sie herausfinden würde, was los war, verdammt noch mal.
Nach etwa einer Stunde und drei weiteren Zigaretten rief Tricia sie zu sich herüber. Sie nahm drei DIN-A4-Blätter aus dem Drucker und legte sie vor Catherine hin. »Auf der linken Seite ist das sogenannte Bestfall-Szenario«, sagte sie. »Wenig Stress, gute Ernährung und Pflege, vielleicht sieben Pfund über dem Idealgewicht. Das in der Mitte ist in mancherlei Hinsicht typischer, mehr Stress, nicht ganz soviel Aufwand für das gute Aussehen, genau richtig, was das Gewicht betrifft. Das dritte entspricht dem, wie niemand sein will. Sie hat ein schweres Leben gehabt, ist schlecht ernährt, raucht zuviel, sehr schlecht für die Falten und Fältchen, wissen Sie«, fügte sie mit einem schlauen Lächeln hinzu. »Sie ist ein bißchen untergewichtig.«
Catherine streckte einen Finger aus und zog das mittlere der

drei Fotos zu sich heran. Von der Haarfarbe abgesehen, hätte es ein Foto der Frau sein können, die die Tür von Scardale Manor geöffnet hatte. Janis Wainwrights Haar war silbrig gewesen mit einem Hauch blond. Alison Carter, mit Hilfe des Computers gealtert, war noch goldblond und hatte nur ein paar graue Strähnen an den Schläfen. »Erstaunlich«, sagte Catherine leise.

»Hatten Sie das erwartet?« fragte Tricia. Catherine erzählte ihr fast nichts, sagte nur, sie arbeite an einem Artikel über eine vermißte Erbin, die aufgetaucht sei, um Ansprüche auf eine Erbschaft anzumelden.

»Es bestätigt, was ich befürchtet habe«, sagte Catherine. »Eine Frau läuft herum, die nicht diejenige ist, die sie zu sein behauptet.«

Tricia verzog das Gesicht. »Pech.«

»O nein«, sagte Catherine und fühlte, wie die Erregung sie ergriff. »Gar kein Pech. Ganz im Gegenteil.«

3

August 1998

Als sie sich von der Universität Manchester entfernte, spürte Catherine das warme Prickeln, das immer dann in ihr hochstieg, wenn sie kurz vor einer ganz großen Story stand. Sie war so aufgeregt, daß sie streckenweise den Auslöser ihrer Hochstimmung aus den Augen verlor. Daß ein Mann, an lebenserhaltende Apparate angeschlossen, in einem Krankenhaus in Derby lag, war für den Moment unwichtig geworden. Zu angespannt, um zu essen, fuhr sie nach Longnor zurück, und schwindelerregende Möglichkeiten rumorten in ihrem Kopf.

Catherine beschloß, das erste, was sie tun mußte, war, herauszufinden, wer Janis Wainwright juristisch gesehen war. Sie bezweifelte nicht, daß Janis Wainwright eine juristische Existenz hatte, denn ohne eine solche konnte sie kein Haus besitzen oder eine passable berufliche Karriere machen. Diese Daten zu finden würde heißen, in Archiven und Akten nach Geburts-, Heirats- und Sterbeurkunden zu suchen. Sie würde Tage dafür brauchen, wenn sie es selbst tat, aber es gab Agenturen, die solche Dinge routinemäßig für Journalisten erledigten. Sie schaltete ihren Laptop an und begann, eine E-Mail-Anfrage an die Legal Search Agency zu formulieren, eine Firma, die sich auf die Suche nach Informationen über Personen und Firmen spezialisiert hatte.

Catherine war ziemlich sicher, daß Janis nie geheiratet hatte.

Erstens hatte Helen nie einen Ehemann erwähnt, außerdem zeigte ein schneller Blick auf den Brief, den sie von Janis' Rechtsanwalt bekommen hatte, um die Führung durch das Gutshaus zu vereinbaren, daß der Anwalt sie als »Miss Wainwright« bezeichnet hatte. Und Helen selbst hatte natürlich geheiratet und war jetzt geschieden, was erklärte, weshalb sie einen anderen Nachnamen hatte.

Irgendwo mußten deshalb die Angaben zu Janis Wainwrights Geburtsurkunde sein. Um wirklich sicherzugehen, hatte Catherine auch um die Angaben für Helen gebeten. Und weil sie wie alle Journalisten mit einer guten Portion Mißtrauen ausgestattet war, bat sie außerdem, nachzuforschen, ob es einen Beleg für Janis Wainwrights Tod irgendwann zwischen ihrer Geburt und Alisons Verschwinden im Dezember 1963 gab. Mit Hilfe der Angaben auf der Geburtsurkunde würde man die Heiratsurkunde von Janis' Eltern aufspüren können und damit deren Geburtsurkunden, falls sich das als nötig erweisen sollte. Das wäre ein Anfang für die Nachforschungen, ob es eine Verbindung zwischen Janis Wainwright und Alison Carter gab.

Catherine schickte den Auftrag weg und gab an, daß sie die schnellstmögliche Erledigung wolle und man ihr die Ergebnisse per E-Mail und zusätzlich auf Papier durch die Post zuschicken solle. Trotzdem wußte sie, daß es eine realistische Hoffnung auf Antwort nicht vor dem späten Nachmittag des nächsten Tages gab. Sie hatte keine Ahnung, wie sie die Zeit bis dann ausfüllen konnte.

Da fiel ihr George wieder ein. Sie hatte ein schlechtes Gewissen, daß sie die Gedanken an ihn verdrängt hatte, und rief in der Klinik an, um sich nach ihm zu erkundigen. Die Schwester auf der Intensivstation sagte ihr, die Lage hätte sich nicht geändert. Mit gemischten Gefühlen hängte sie auf. Sie fand die Vorstellung von George und dem, was mit ihm geschehen war, entsetzlich, aber der Moment des Wiedererkennens, der seinen Herzinfarkt ausgelöst hatte, schien auch auf die größte Story ihres Lebens hinzuführen. Sie kannte sich gut genug, um sich völlig im klaren zu sein, wieviel ihr das bedeutete. Catherines berufliches Engagement war schon immer intensiver gewesen als jede Bindung an Menschen. Sie wußte, daß dies aus der Sicht der meisten Leute traurig war; aber Catherine fand es trauriger, alles auf eine Karte, nämlich die der Mitmenschen, zu setzen, die einen doch ständig im Stich ließen. Leute kamen und gingen, und man konnte an zwischenmenschlichen Beziehungen viel Freude haben. Aber kein Mensch war je so verläßlich gewesen wie die mitreißende Erregung nach einem gelungenen Exklusivinterview.

Sie goß sich noch etwas zu trinken ein und überlegte, was sie als nächstes tun sollte. Als das Glas leer war, wußte sie, es gab nur eine mögliche Zielrichtung.

Drei Stunden später buchte Catherine ein Zimmer in einem Viersternehotel am Stadtrand von Newcastle. Sie hatte gelernt, daß eines der Geheimnisse guter journalistischer Arbeit war, zu wissen, wann sie vorpreschen und wann sie sich in Geduld üben mußte. Ihr Drang, die Story vollends aufzurollen, wurde von ihrer durch Erfahrung geschulten Einsicht in Schach gehalten. Unangekündigt spätabends bei jemandem vor der Tür zu stehen war immer eine schlechte Idee. Sie wußte, daß man dann ihr Auftauchen mit schlechten Nachrichten in Verbindung bringen würde, bevor sie überhaupt den Mund aufgemacht hatte.

Aber morgens waren die Leute optimistisch. Lange vor der Erfindung des Briefträgers wußten das bereits alle. Als sie noch Nachrichtenreporterin war, hatte sie deshalb, wann immer möglich, Besuche am späten Abend vermieden und sich statt dessen für frühmorgens entschieden.

Catherine schlief schließlich vor dem Fernseher ein, und es war schon nach neun Uhr, als sie wieder aufwachte. Sie war dankbar, daß es ihr gelungen war, die Nacht durchzuschlafen, vor allem bei dem Plan, den sie hatte. Als erstes rief sie das Krankenhaus an. Sie sagten, es gebe wenig Veränderung, aber

Grund zum Optimismus. Danach rief sie die Nummer der Bennetts zu Hause an, aber nur der Anrufbeantworter meldete sich. Sie hinterließ ihre besten Wünsche und hängte auf.
Eine Stunde später war sie auf der A1 unterwegs. Sie hatte erst die Hälfte des Weges zur Haustür des Fischerhäuschens hinter sich, als sie schon aufging. »Catherine«, sagte Tommy Clough, und sein breites Gesicht verzog sich zu einem Lächeln mit vielen Fältchen. »Ihr Besuch ist eine unerwartete Freude. Kommen Sie, setzen wir uns hinters Haus.«
Sie folgte ihm durch das tadellose Wohnzimmer und die Küche in seinen Garten hinterm Haus, ein Paradies von duftenden Blumen und Büschen. Wie er ihr bei ihrem ersten Besuch erzählt hatte, waren sie alle ausgewählt worden, um Vögel und Schmetterlinge anzulocken. Heute summten leise die Bienen, und während sie sprachen, huschten immer wieder flatternde, bunte Flügel seitlich an ihrem Blickfeld vorbei.
Tommy zog für Catherine einen Holzstuhl heran, dann setzte er sich auf die Bank, von der man einen Blick über den Garten auf die See hinunter hatte. »Also, was bringt Sie hier herauf?« fragte er, als sie saßen.
Sie seufzte. »Ich weiß nicht, wo ich anfangen soll, Tommy. Wie ich es auch sage, es wird klingen, als sei ich übergeschnappt.« Sie sah zu Boden. »Haben Sie von George gehört?«
»Was ist passiert?« fragte er erschrocken.
Catherine hielt seinem Blick stand. »Er hatte einen Herzinfarkt. Einen schlimmen, nach allem, was man hört. Er liegt in Derby auf der Intensivstation. Er ist seit gestern früh bewußtlos, soweit ich weiß. Laut Paul hörte sein Herz im Krankenwagen auf dem Weg zur Klinik auf zu schlagen.«
»Und Sie sind so weit hier heraufgekommen, um mir das zu sagen? Catherine, das ist wirklich lieb von Ihnen.« Tommy tätschelte ihr die Hand. »Ich danke Ihnen.«
»Es tut mir leid, daß ich so schlechte Nachrichten bringe.« Für den Augenblick war sie damit zufrieden, die Rolle einer besorgten Freundin einzunehmen.

Er zuckte die Schultern. »In unserem Alter muß man auf so etwas gefaßt sein. Wie hat Anne es aufgenommen? Das muß sie umgehauen haben.«
»Sie ist nicht von seinem Bett gewichen. Paul ist gerade zu Besuch mit seiner Verlobten da, und sie sind bei ihr.«
»Arme Anne. Sie hat ihr Leben für George gelebt. Und mit ihrer Arthritis ist sie nicht in der Lage, ihn intensiv zu pflegen, wenn es soweit käme.« Tommy seufzte und schüttelte den Kopf. Er starrte über den Garten hinaus auf das glitzernde Meer.
Catherine nahm ihre frische Schachtel Marlboro heraus. »Macht es Ihnen etwas aus, wenn ich rauche?« fragte sie.
Seine buschigen Augenbrauen hoben sich. »Ich dachte, Sie rauchen nicht. Aber nur zu.« Er stand auf und ging zu einer Hütte in der Ecke des Gartens hinüber und kam mit einem Blumentopfuntersetzer aus Ton zurück. »Den können Sie als Aschenbecher nehmen. Lassen Sie sich Zeit.« Tommy lehnte sich zurück, kreuzte die Beine und steckte die Hände in die Taschen seiner Kordhose.
»Am Montag war George in Scardale. Und Montag nacht hatte er den Herzinfarkt«, sagte sie knapp.
»Sie haben George dazu gebracht, nach Scardale zu gehen?« Tommy riß vor Überraschung die Augen auf.
»Ich nicht. Ich habe es nie geschafft, ihn zu überreden. Aber Paul ist es gelungen. Er ist mit seiner Verlobten Helen hier, und sie wollen dieses Jahr noch heiraten. Jedenfalls, Helens Schwester Janis ist vor zwei Jahren in Scardale Manor eingezogen. Und sie hatten vereinbart, mit George und Anne zum Mittagessen hinüberzufahren. Ich weiß, George ging nicht besonders gern hin, aber als sie dann dort waren, benahm er sich sehr merkwürdig, sagte Paul.«
»Wie merkwürdig?«
»Paul sagte, er schien sehr angespannt. Er hatte keinen Appetit. Außer einem kurzen Rundgang auf der Dorfwiese saß er nur im Garten und sprach mit niemandem. Paul sagte, er sei

danach den Rest des Tages und den Abend über sehr zerstreut und erregt gewesen.« Catherine hielt inne und sammelte sich. Sie mußte aufpassen, wie sie sich Tommy gegenüber ausdrückte. Er hörte sehr schnell die Nuancen dessen heraus, was man ihm verschwieg.

»Bevor er den Herzanfall hatte, schrieb er mir und bat mich, die Veröffentlichung des Buches zu stoppen. Keine Angabe von Gründen, außer daß er neue Informationen hätte, aufgrund deren das Buch zurückgehalten werden müsse. Ich habe natürlich Paul von dem Brief erzählt, als ich ihn im Krankenhaus sah. Ich war schon vorher überzeugt, daß George in Scardale etwas gesehen haben mußte, das ihm – ich weiß nicht – neue Einblicke in den Fall gab oder ihn in Sorge stürzte über etwas, das wir ins Buch aufgenommen hatten. Und Paul war zur selben Schlußfolgerung gelangt. Er macht sich große Vorwürfe. Er glaubt, er sei verantwortlich für Georges Herzinfarkt, weil er ihn überredet hat, nach Scardale zu gehen. Und er hat mich gebeten, ob ich versuchen könnte herauszufinden, was hinter Georges Brief an mich steckt. Deswegen ...« Sie zuckte die Achseln. »Ich muß die Antworten finden.«

»Sie wären eine gute Detektivin geworden«, sagte Tommy trocken.

»Da es von Ihnen kommt, weiß ich nicht, ob ich das als Kompliment auffassen soll.« Sie spielte mit ihrer Zigarette herum und drückte sie dann entschlossen aus.

»Oh, ich habe größten Respekt vor denen, die zu einer Arbeit imstande sind, die für mich zuviel war«, sagte er voller Reue, von der sie aber wußte, daß sie gespielt war.

»Und wo sind Sie hingegangen, um Ihre Antworten zu finden? Als ob ich das nicht raten könnte.«

»Stimmt. Ich ging nach Scardale. Ich dachte, ich könnte Helens Schwester bitten, ob ich mich noch einmal im Gutshaus umsehen darf, um herauszufinden, was George so aufgeregt hat.« Sie drehte sich ein wenig auf ihrem Stuhl, so daß sie aufs Meer blicken konnte.

»Und, haben Sie es gefunden?«
Catherine beschäftigte sich schon wieder mit einer Zigarette. Aus dem Augenwinkel bemerkte sie, wie Tommy sie prüfend mit seinen klugen Augen ansah. Er wußte, es gab da etwas, aber selbst in seinen wildesten Phantasien hätte er sich nicht ausdenken können, was sie jetzt sagen würde, dachte sie. »Ich konnte mich im Gutshaus nicht umsehen«, sagte sie und stieß den Rauch aus. »Aber ich bekam das zu sehen, wovon es George schwarz vor Augen wurde.« Sie öffnete ihre Tasche und nahm eine Mappe heraus, in der sie die mit dem Computer veränderten Bilder von Alison Carter hatte.
Tommy streckte die Hand aus. Sie schüttelte den Kopf. »Gleich. Die Frau, die die Tür öffnete und die angeblich Helens Schwester sein soll, ist ein Double von Alison Carter, bis hin zur Narbe an der Augenbraue.« Sie gab Tommy die Mappe. Er machte sie behutsam auf, als erwarte er, daß sie explodieren würde. Was er sah, war schlimmer als alles, was er befürchtet hatte. Die Kinnlade fiel ihm herunter. »Ich konnte meinen Augen auch kaum trauen. Ich habe Philip Hawkins Fotos von Alison zu einem Experten gebracht und mit Hilfe des Computers das Alter simulieren lassen. Das könnte ein Foto der Frau sein, die die Tür von Scardale Manor öffnete. Und so würde auch Alison aussehen, wenn sie noch am Leben wäre.«
Die Mappe zitterte in Tommys Händen. »Nein«, flüsterte er. »Das kann nicht stimmen. Es muß eine Verwandte sein.«
»Die gleiche Narbe, Tommy. Identische Narben gibt es nicht.«
»Sie müssen sich getäuscht haben. Sie können sie nicht richtig gesehen haben. Ihre Phantasie spielt Ihnen einen Streich.«
»Wirklich? Ich glaube nicht, Tommy. Es war nicht meine Phantasie, die bei George einen Herzinfarkt hervorgerufen hat. Ich glaube, er hat vor mir das gesehen, was ich auch gesehen habe. Deswegen bin ich zu Ihnen gekommen. Ich brauche Ihre Hilfe. Sie müssen mitkommen und Janis Wainwright sehen und mir und George sagen, daß sie nicht Alison

Carter ist. Mir scheint nämlich, ich bin über den Knüller des Jahrhunderts gestolpert.«

Er fuhr sich mit der freien Hand übers Gesicht und rieb daran herum, bis es der ledrigen, zerknitterten Haut eines Tieres glich. Dann ließ er die Hand in den Schoß fallen und starrte Catherine benommen an. »Sie wissen, was das bedeutet, wenn Sie recht haben?«

Sie nickte langsam. Auf der langen Fahrt in den Norden hinauf hatte sie an fast nichts anderes gedacht, und ihre Stimmung war wie auf einer Achterbahn von einem Extrem ins andere gependelt. Den Höhepunkt bildete die Vorstellung, wie sich diese Enthüllung auf ihre berufliche Laufbahn auswirken, und den Tiefpunkt die Frage, was dies für George Bennett und seine Familie bedeuten würde. Sie wußte, daß sie irgendwann im Verlauf der Dinge ein Gleichgewicht zwischen diesen beiden Extremen finden mußte. Aber vorher mußte sie Klarheit über die ganze Wahrheit haben. Catherine sah Tommy direkt in die Augen und sagte: »Es würde bedeuten, daß Philip Hawkin für ein Verbrechen gehängt worden ist, das nie begangen wurde.«

4

August 1998

Tommy Clough war nicht sentimental. Er hatte immer in der Gegenwart gelebt und holte sich seine Kraft aus dem, was ihn umgab. Seine andere gute Eigenschaft war Durchhaltevermögen. Obwohl er nie behauptet hatte, daß die Jahre bei der Polizei eine besondere Bereicherung für ihn gewesen waren, blieb er lange bei dem Job, weil es sein unverrückbarer Gerechtigkeitssinn war, der ihn überhaupt zur Polizei gebracht hatte. Schon damals hatte er es jedoch nur mit Hilfe seiner beiden Hobbys, Vogelkunde und Jazz, durchgehalten.

Aber er hatte Catherine durchaus die Wahrheit gesagt, als er gestand, daß der Alison-Carter-Fall der Anfang vom Ende seiner Polizeikarriere war. Zu sehr hatte er sich um den Ausgang des Falls gesorgt, der bestenfalls unsicher war. Der Gedanke, daß Alisons Mörder frei herumlaufen könnte, quälte ihn in der Zeit, während der Prozeß vorbereitet wurde, Tag und Nacht, und so etwas wollte er nie wieder erleben. Es hatte zwei Jahre gedauert, bis er sich wirklich im klaren war, wie er die Ermittlung und ihre Ergebnisse sah, aber als er die Entscheidung getroffen hatte, war er innerhalb einiger Wochen aus dem Polizeidienst von Derbyshire ausgeschieden. Und er hatte es nie bereut.

Als Catherine Heathcote vor zwei Monaten zu ihm gekommen war, hatte ihn das eigentlich zum ersten Mal, seit er den Dienst quittiert hatte, zu einer kritischen Prüfung der Vergangenheit gezwungen. Vor dem Interview war er tagelang auf den Klippen und der Landzunge in der Nähe seines Häuschens hin und her gegangen und hatte den Fall Scardale von allen Seiten betrachtet.

Eine seiner Stärken als Detective war die Intuition gewesen. Sie hatte ihn oft, wenn es keine konkreten Verdachtsmomente gab, trotzdem weitermachen lassen, und nicht selten hatte das bei Verhaftungen und Verurteilungen zu Buche geschlagen. Er war von Anfang an überzeugt gewesen, daß Philip Hawkin ein elendes Stück Dreck war. All seine Instinkte hatten schon bei seiner ersten Begegnung mit dem Mann Alarm signalisiert. Lange bevor George Bennett jemals erste Andeutungen eines Verdachts gegen Hawkin äußerte, hatte Tommy Clough gespürt, daß der Squire etwas Schwerwiegendes zu verbergen hatte.

Sobald George zu erkennen gab, er wolle, daß sie sich näher mit Hawkin befaßten, grub sich Tommy in die Materie ein wie ein Terrier in den Erdboden, um jede mögliche Spur von Beweisen auszugraben, die ihre Vermutung stützen konnte. Niemand hatte hartnäckiger für das Vorhaben gearbeitet, Philip Hawkin dingfest zu machen, nicht einmal George selbst. Und trotzdem war Tommy sich nicht eindeutig sicher gewesen, daß Hawkin ein Mörder war. Er hatte keine Zweifel, daß der Mann ein brutaler Sexualverbrecher war, und hatte wegen der Fotos Alpträume gehabt, denn er wußte, sie waren nicht zusammengebastelt worden, weder von George Bennett noch von sonst irgend jemandem. Aber obwohl er Hawkin verachtete und verabscheute, war er nie hundertprozentig überzeugt gewesen, daß er der Killer war, als den sie ihn darstellten. Vielleicht war es dieser nagende Zweifel, der ihn so hart arbeiten ließ, um unumstößliche Beweise gegen ihn zu sammeln. Genausosehr wie die Geschworenen hatte er sich selbst überzeugen wollen. Und das Bewußtsein, daß sein Instinkt letztendlich versagt hatte, ließ in ihm schließlich Mißtrauen gegenüber seiner Arbeitsweise aufkommen.

Und jetzt hatte Catherine ihre doppelte Bombe platzen lassen. Sie glaubte, daß George Bennett auf der Intensivstation an den Apparaten hing, weil ihm genauso wie ihr klargeworden war, daß Alison Carter wohlauf war und in Scardale lebte. Einerseits ergab das keinen Sinn. Aber wenn Catherine recht hatte, war damit Tommy Cloughs früheres Unbehagen gerechtfertigt. Trotzdem hätte er jetzt fast alles gegeben, hätte er nur in dieser Sache vor all den Jahren unrecht gehabt. Denn wenn Alison Carter tatsächlich noch lebte, würde das entsetzliche Auswirkungen haben. Von rechtlichen Konsequenzen einmal abgesehen, wer immer Paul Bennetts Verlobte war, so war sie jedenfalls direkt von einem schrecklichen Fehler betroffen, an dem ihr zukünftiger Schwiegervater maßgeblich beteiligt gewesen war.
All diese Gedanken gingen in Tommys Kopf herum, ohne daß er zu einer Lösung kam, während er in seinem Landrover Catherines Auto auf der A1 in Richtung Derbyshire folgte. Es schien keine Alternative dafür zu geben, er mußte sie begleiten und tun, was er konnte, um George und die Familie vor der Nachwirkung dessen zu schützen, was Catherine entdeckt zu haben glaubte. Er fand sie eigensinnig und zielstrebig, und das war bei solch explosivem Material eine gefährliche Kombination. Sie wollte, daß er in ihrem Wagen mit zurückfuhr, aber er hatte darauf bestanden, frei zu sein, um gehen und kommen zu können, wie es ihm paßte. »Ich will auch noch George besuchen«, sagte er. »Und das mag nicht immer in Ihre Pläne passen.« Außerdem wollte er mit seinen Gedanken allein sein.
Die fünfstündige Fahrt ging wie im Flug vorbei, und plötzlich fuhren sie vor einem kleinen Haus in der Nähe der Durchgangsstraße von Longnor vor. Catherine verkündete, daß sie als erstes für Tommy ein Quartier finden müßten. Es gab Zimmer im Pub, aber Mitte August waren sie von Wanderern und Anglern belegt. Tommy zuckte die Achseln, ging dann geradewegs auf Peter Grundys Haustür zu und teilte den Grundys mit, er werde für ein paar Tage ihr Extrazimmer

brauchen und ob zehn Pfund für Übernachtung und Frühstück in Ordnung gingen.
Grundys Frau, die die Chefs ihres Mannes nie ausstehen konnte und froh war, einem davon Geld abknöpfen zu können, riß das Angebot förmlich an sich. Peter Grundy allerdings besaß die Anständigkeit, verlegen auszusehen. Alle Fragen nach den Gründen für Tommys Rückkehr nach Derbyshire wurden mit Georges Herzinfarkt beantwortet. »Bei so einer Sache braucht man seine Freunde«, sagte Mrs. Grundy tiefsinnig.
»Das ist allerdings wahr«, war Tommys grimmige Antwort. »Und ich beabsichtige, alles zu tun, um George und Anne zu helfen.« Er hatte Catherine einen kurzen Blick zugeworfen und ihr damit zu verstehen gegeben, daß sich ihre Interessen vielleicht nicht ganz deckten. Sie nickte zustimmend und lehnte eine Tasse von Mrs. Grundys Tee ab, ein bärenstarkes Gebräu, das sich besser für Bauarbeiter geeignet hätte.
»Ich bin dann im Haus, wenn Sie fertig sind, Tommy«, sagte sie nur.

Catherine hatte keine Zeit, sich zu überlegen, was Tommy Clough wohl vorhatte. Sie war zu ungeduldig, um sich an ihren Laptop zu setzen. Sie ging on-line und fand heraus, daß LSA das Gewünschte geliefert hatte. Sie hatten die Fotokopien der Urkunden, die sie ausfindig gemacht hatten, eingescannt und sie ihr als Graphikdateien geschickt.
Zuerst kam Janis Hester Wainwright: Geboren am 12. Januar 1951 in Consett, Tochter von Samuel Wainwright und Dorothy Wainwright, geb. Carter, Beruf des Vaters: Stahlarbeiter, Adresse: Upington Terrace 27, Consett.
Der Mädchenname der Mutter war Carter. Es war ein Zufall, aber kein erstaunlicher. Der Name Carter kam zu häufig vor, um dem große Bedeutung beizumessen, sagte sie sich. Diese Sache war zu wichtig für sie, um sich an Nebensächlichkeiten zu klammern. Sie brauchte konkrete Beweise.

ABSCHRIFT: GEBURTSURKUNDE STANDESAMT LONDON

Verwaltungsbezirk:	County Durham
Gemeinde:	Consett
Antrag Nummer:	7211758
Name:	Janis Hester — Geschlecht: weiblich
Geburtsort und Geburtsdatum:	zwölfter Januar 1951, Consett
Adresse	Upington Terrace 27, Consett, County Durham
Name des Vaters:	Samuel Wainwright
Name und Mädchenname der Mutter:	Dorothy Wainwright, geb. Carter
Beruf des Vaters:	Stahlarbeiter
Eingetragen am:	achtzehnten Januar 1951

Als nächstes Helens Urkunde. Helen Ruth Wainwright, geboren am 10. Juni 1964 in Sheffield, Tochter von Samuel Wainwright und Dorothy Wainwright, geborene Carter, Beruf des Vaters: Stahlarbeiter, Adresse: Lee Bank 18, Rivelin Valley, Sheffield.

Der zweite Vorname war Ruth. Zusammen mit dem Namen Carter fing das an, bedeutsam auszusehen, fand Catherine, und sie spürte, wie Adrenalin durch ihren Körper schoß.

ABSCHRIFT: GEBURTSURKUNDE STANDESAMT LONDON

Verwaltungsbezirk:	Sheffield
Gemeinde:	Rivelin Valley
Antrag Nummer:	2214389
Name:	Helen Ruth — Geschlecht: weiblich
Geburtsort und Geburtsdatum:	zehnter Juni 1964, Rivelin Valley
Adresse:	Lee Bank 18, Rivelin Valley
Name des Vaters:	Samuel Wainwright
Name und Mädchenname der Mutter:	Dorothy Wainwright, geb. Carter
Beruf des Vaters:	Stahlarbeiter
Eingetragen am:	vierzehnten Juni 1964

Sie tippte auf die Taste, die die nächste Seite mit der Heiratsurkunde von Samuel und Dorothy Wainwright aufrief. Ihre Erregung machte sich fast körperlich wie ein Knurren tief im Bauch bemerkbar. Ort der Heirat: St. Stephen's Church, Longnor, Kreis Buxton. Datum: fünfter April 1948, Samuel Alfred Wainwright, ledig, hatte Dorothy Margaret Carter, ledig, geheiratet. Er war 22, sie 21. Er war Stahlarbeiter, sie Melkerin. Zur Zeit ihrer Heirat wohnte er in Upington Terrace 27, Consett, sie lebte in Shire Cottage, Scardale, Derbyshire, ihr Vater war Albert Carter, Landarbeiter; die Trauzeugen waren Roy Carter und Joshua Wainwright.

HEIRATSURKUNDE ZU EINER EHESCHLIESSUNG NACH DEM EHESCHLIESSUNGSGESETZ VON 1836

Verwaltungsbezirk:	Buxton		
Ehe geschlossen in:	St. Stephan's Church, Longnor		
In:	County Derbyshire		
Antrag Nummer:	87		
Heirat am:	fünften April 1948		
Name:	Samuel Alfred	Familienname:	Wainwright
Alter:	22	Familienstand:	ledig
Dienstgrad oder Beruf:	Stahlarbeiter		
Wohnhaft:	Upington Terrace 27, Donsett		
Name des Vaters:	Alfred Wainwright		
Beruf des Vaters:	Stahlarbeiter		
Name:	Dorothy Margaret	Familienname:	Carter
Alter:	21	Familienstand:	ledig
Dienstgrad oder Beruf:	Melkerin		
Wohnhaft in:	Shire Cottage, Scardale, Derbyshire		
Name des Vaters:	Albert Carter		
Beruf des Vaters:	Landarbeiter		
Im Beisein von:	Roy Carter, Joshua Wainwright		
Vollzogen durch:	Paul Westfield		

Catherine traute kaum ihren Augen. Sie las die Einzelheiten noch einmal. Janis Wainwrights Mutter war Dorothy Carter vom Shire Cottage, Scardale. Einer der Trauzeugen bei Dorothys Heirat war Roy Carter, auch von Shire Cottage, Scardale, darauf hätte sie wetten können. Derselbe Roy Carter, der Ruth Crowthers Mann und Alison Carters Vater war. So wäre eine starke Ähnlichkeit zwischen Janis und Alison also nicht überraschend. Genetische Vererbung konnte zu bemerkenswerten Ergebnissen führen. Aber das erklärte immer noch nicht die Narbe. Wenn Janis nicht Alison war, wieso hatte sie dann bitte dasselbe charakteristische Merkmal?

Die einzige Erklärung, die sie sich vorstellen konnte, war, daß die Narbe aus einer eigenartigen Selbstverstümmelung der jugendlichen Janis entstanden war, die sie sich nach dem Verschwinden und mutmaßlichen Tod Alisons selbst zugefügt hatte. Sie konnte sich ausmalen, wie die beiden zusammen aufwuchsen und die Familie davon sprach, sie könnten eineiige Zwillinge sein, denn sie glichen sich wie ein Ei dem anderen. Und dann starb Alison, und Janis beschloß, sie am Leben zu erhalten, indem sie sich auf dieselbe Art zeichnete und Alisons Einmaligkeit wiederherstellte. Es war ein grotesker Gedanke, aber Catherine wußte, daß Teenager zum wunderlichsten Verhalten fähig sind.

Der blinkende Cursor zog ihren Blick auf sich. LSA hatte mehr als drei Urkunden geschickt. Sie tippte wieder auf die Taste für die nächste Seite, und diesmal saß sie da und starrte den Bildschirm mit offenem Mund und vollkommen perplex an. Sie hatte nur routinemäßig eine Anfrage gemacht, um wirklich ganz sicher zu gehen. Aber LSA hatte das gefunden, wonach sie nicht wirklich geglaubt hatte, suchen zu sollen.

Janis Hester Wainwright war am elften Mai 1959 gestorben.

Catherine saß lange da und starrte den Bildschirm an. Es gab überhaupt nur einen Sachverhalt, der irgendwie einleuchtend war. Sie zündete sich eine Zigarette an und versuchte, sich eine andere Möglichkeit vorzustellen, die zu den Fakten passen würde, aber ihr fiel nichts ein. Nichts paßte, außer wenn sie mit der Annahme begann, daß Alison Carter im Dezember 1963 nicht gestorben war. Wer würde eher ein Mädchen aufnehmen und verstecken als entfernt lebende Verwandte? Sie hatte also die Identität ihrer toten Cousine Janis angenommen und war in Sheffield weiter aufgewachsen und zur Frau gereift.

Ein Gedanke kam ihr, bei dem sich ihr die Nackenhaare sträubten. Vor all den Jahren hatte Don Smart die *Daily News* überredet, eine Hellseherin um Rat zu bitten, die gesagt hatte, Alison sei wohlauf und gesund und lebe in Sicherheit in einem Haus in einer Straße einer großen Stadt. Alle hatten damals abschätzige Bemerkungen darüber gemacht. Es war ein zu unwahrscheinliches Ende der Entwicklung, das ihnen da geboten wurde. Aber jetzt sah es doch so aus, als hätte die Hellseherin entgegen aller Wahrscheinlichkeit recht gehabt.

STERBEURKUNDE

Verwaltungsbezirk:	County Durham
Gemeinde:	Consett
Name:	Janis Hester Wainwright Geschlecht: weiblich
Gestorben:	elfter Mai 1959 Alter: acht Jahre
Todesursache:	Tuberkulose
Untersuchender Arzt:	Dr. James Inchbald und Dr. Andrew Witherwick
Adresse:	Upington Terrace 27, Consett, County Durham
Name des Vaters:	Samuel Wainwright
Name und Mädchenname der Mutter:	Dorothy Wainwright, geb. Carter

Ein Klopfen an der Tür schreckte Catherine aus ihrer Versunkenheit auf. Tommy war gekommen, um ihr zu sagen, er fahre nach Cromford, um zu sehen, ob jemand zu Hause war.

Wenn er niemanden antraf, hatte er vor, nach Derby weiterzufahren.

»Bevor Sie gehen«, sagte sie, »sehen Sie sich mal das hier an.« Sie lud ihn ein, sich vor den Laptop hinzusetzen, und zeigte ihm, wie man die Seiten durchlaufen lassen konnte. Er setzte sich schweigend und las die vier Urkunden mit gewissenhafter Gründlichkeit.

Dann wandte er sich um und sah sie besorgt an. »Sagen Sie mir, Sie haben eine andere Erklärung gefunden«, bat er mit leiser Stimme.

Catherine schüttelte den Kopf. »Es gibt keine, die mir eingefallen wäre.«

Er rieb sich mit Fingern, die noch muskulös und kräftig waren, das Kinn. »Ich muß gehen und bei der Familie einen Besuch machen«, sagte er schließlich und seufzte. »Wir müssen darüber sprechen, was als nächstes passiert. Werden Sie noch wach sein, wenn ich zurückkomme?«

»Ja. Ich gehe in Buxton etwas essen, die vier Wände hier treiben mich andernfalls zum Wahnsinn«, sagte sie und zeigte auf die Bilder von Scardale, die sie umgaben. »Ich werde gegen neun Uhr zurück sein.«

Er nickte. »Dann bin ich auch wieder hier. Machen Sie sich keine Sorgen, Catherine, wir zwei werden das schon herauskriegen.«

»Oh, ich glaube, die Hauptsache haben wir schon herausgekriegt, Tommy. Aber was wir damit machen sollen, das wird ein bißchen schwerer zu lösen sein.«

Tommy lächelte der Schwester auf der Intensivstation zu. »Ich gehöre zur Familie«, sagte er mit dem Anschein gelassener Sicherheit, die ihm fast immer im Leben weitergeholfen hatte. »George ist mein Schwager.« Die symbolische Wahrheit dieser Worte ließ ihn eine gewisse Befriedigung empfinden.

Die Schwester nickte. »Sein Sohn und seine Schwiegertochter sind gerade etwas essen gegangen, jetzt ist nur seine Frau bei

ihm. Sie können einfach reingehen.« Sie machte ihm die Tür auf. »Das dritte Bett«, fügte sie hinzu.
Tommy ging langsam durch den Raum. Er blieb ein paar Meter entfernt von der Ansammlung der Apparate stehen, die seinen alten Freund am Leben erhielten. Anne saß mit gebeugtem Kopf und mit dem Rücken zu ihm da und hielt mit einer Hand die von George. Mit der anderen strich sie ihm über den Arm, automatisch auf die Infusionsnadel achtend, die in einer Vene steckte. Georges Haut war blaß mit einem leicht feuchten Glanz. Seine Lippen sahen bläulich aus, und unterhalb der geschlossenen Augen lagen dunkle Schatten. Unter dem dünnen Laken schien sein Körper trotz der breiten Schultern und der klar sich abhebenden Muskeln merkwürdig zerbrechlich. Als er ihn so ohne Lebenskraft sah, fühlte Tommy, wie der Gedanke an seine eigene Sterblichkeit wie ein kalter Atemhauch seine Haut streifte.
Er trat näher und legte eine Hand auf Annes Schulter. Sie schaute auf, ihre Augen blickten müde und verzagt. Einen Moment schien sie verwirrt, dann traf sie der Schock, als sie ihn erkannte. »Tommy?« stieß sie ungläubig hervor.
»Catherine hat mir gesagt, was geschehen ist«, erklärte er. »Ich wollte kommen.«
Anne nickte, als sei das, was er gesagt hatte, ganz vernünftig. »Natürlich.«
Tommy zog einen Stuhl ans Bett und setzte sich neben sie. Sie streckte ihm die Hand zum Händedruck hin, die über Georges Arm gestrichen hatte. »Wie geht's ihm?« fragte Tommy.
»Sie sagen, er hält sich gut, was immer das bedeutet«, erwiderte sie müde. »Ich verstehe aber nicht, warum er immer noch bewußtlos ist. Ich dachte, Herzinfarkte gehen vorbei und sind dann zu Ende, entweder man überlebt sie oder ... Aber er ist jetzt schon fast zwei Tage so, und sie sagen nicht, wann er wieder zu sich kommen könnte.«
»Ich nehme an, so heilt der Körper sich selbst«, sagte Tommy. »Wenn er bei Bewußtsein wäre, müßte man ihn, so wie ich

George kenne, ans Bett binden, um ihn zum Ausruhen zu zwingen, damit er sich richtig erholt.«
Ein zaghaftes Lächeln huschte über Annes Lippen. »Du hast wahrscheinlich recht, Tommy.« Sie saßen ein paar Minuten schweigend da und beobachteten, wie Georges Brust sich hob und senkte. Schließlich sagte Anne: »Ich bin froh, daß du gekommen bist.«
»Es tut mir nur leid, daß es erst soweit kommen mußte, damit ich die Fahrt hierher gemacht habe.« Tommy tätschelte Annes Hand. »Wie steht's mit dir, Anne? Wie geht's?«
»Ich habe Angst, Tommy. Ich kann mir nicht vorstellen, wie das Leben ohne ihn wäre.« Sie sah ihren Mann an, und die Verzweiflung ließ sie in sich zusammensinken.
»Wann hast du das letzte Mal geschlafen? Oder gegessen?«
Anne schüttelte den Kopf. »Ich kann nicht schlafen. Ich habe mich gestern abend hingelegt. Sie haben hier ein Zimmer für Verwandte. Aber ich konnte nicht einschlafen. Ich lasse ihn nicht gern allein. Ich will hiersein, wenn er aufwacht. Er wird Angst haben, er wird nicht wissen, wo er ist. Ich muß hiersein. Paul hat angeboten, mich abzulösen, aber ich habe kein gutes Gefühl dabei. Er ist sowieso schon zu aufgeregt. Er macht sich Vorwürfe, und ich habe Angst, was er zu George sagen könnte, wenn er aufwacht und sie allein sind. Ich will nicht, daß George wieder anfängt, sich aufzuregen.«
»Aber ich bin doch jetzt hier, Anne. Ich könnte eine Weile bei George bleiben, bis du wenigstens eine Tasse Tee getrunken und etwas gegessen hast. Du siehst aus, als fällst du gleich um.«
Sie wandte sich ihm zu und sah ihn eigenartig an. »Und was wird er denken, wenn du hier sitzt wie ein Gespenst?« sagte sie mit einer Spur ihres alten Humors.
»Na ja, wenigstens wird es ihn von seinem Zustand ablenken«, erwiderte Tommy lächelnd. »Du brauchst eine Pause, Anne. Geh und hol dir eine Tasse Tee. Und geh ein bißchen an die frische Luft.«
Anne senkte den Kopf. »Vielleicht hast du recht. Aber ins Freie

geh ich nicht. Ich ruhe mich zehn Minuten im Angehörigenzimmer aus. Aber du mußt mit ihm reden. Sie sagen, es soll helfen. Und wenn er sich auch nur ein bißchen bewegt, ruf die Schwester. Und laß mich holen.«
»Geh jetzt«, sagte Tommy. »Ich paß schon auf ihn auf.«
Zögernd stand Anne auf und entfernte sich langsam. Während sie durch den Raum ging, warf sie alle zwei Schritte einen Blick zurück. Tommy setzte sich auf ihren freien Stuhl und beugte sich vor, die Ellbogen auf die Knie gestützt. Er begann, George leise von seinen Erlebnissen beim Beobachten der Vögel zu erzählen. Nach ungefähr zehn Minuten erschien eine Schwester und überprüfte Georges Körperfunktionen. »Ich weiß nicht, wie Sie es geschafft haben«, sagte sie, »aber Mrs. Bennett schläft zum ersten Mal, seit sie ihren Mann eingeliefert haben. Selbst wenn es nur ein kleines Nickerchen ist, wird es ihr sehr guttun.«
»Das freut mich.« Tommy wartete, bis die Schwester gegangen war, dann nahm er seine einseitige Unterhaltung wieder auf. »Du wirst dich fragen, was ich hier zu suchen habe«, sagte er. »Es ist eine ziemlich lange Geschichte, und eigentlich sollte ich sie dir nicht erzählen. Also, lassen wir das mal beiseite, was mich hierhergebracht hat, sei dankbar, daß meine häßliche Visage genug war, um deine Anne dazu zu bringen, daß sie sich hingelegt hat.«
Während er sprach, bemerkte er, wie Georges Augenlider zitterten, dann öffnete er sie plötzlich. Tommy beugte sich vor und nahm seine Hand. »Willkommen, George, da bist du ja wieder«, sagte er leise. Er winkte mit dem freien Arm, um einer Schwester Bescheid zu geben. »Keine Panik, alter Freund, es wird dir bald bessergehen.«
George runzelte die Stirn, sein Blick war verwirrt. »Anne ist gleich wieder da«, sagte Tommy. »Du brauchst dir keine Sorgen zu machen.« Während er sprach, kam die Schwester wieder ans Bett. Tommy sah auf. »Er ist wach.«
Als die Schwester herantrat, ging Tommy weg. »Ich hole

Anne«, versprach er. Er eilte den Korridor entlang und folgte den Schildern zum Zimmer für Familienangehörige. Anne lag fest schlafend auf einem Sofa ausgestreckt. Er mußte sich überwinden, sie aufzuwecken, aber sie würde ihm nie vergeben, wenn er es nicht tat. Tommy legte ihr eine Hand auf die Schulter und schüttelte sie sachte. Anne schlug die Augen auf, war sofort wach und schaute ihn panisch erschrocken an.

»Ist schon gut«, sagte er. »Er wacht auf, Anne.«

Sie stand mühsam auf. »Oh, Tommy!« rief sie, legte ihm die Arme um den Hals und drückte ihn an sich. Während sie ihn umarmt hielt, stand er unbeholfen da und wußte nicht, was er mit seinen Händen machen sollte.

»Ich komme morgen wieder«, sagte er, als sie ihn losließ, und drehte sich um, um zu gehen.

In der Tür schaute sie zurück. »Danke, Tommy. Du bist unglaublich.«

Er stand einen Moment da und sah sie an. »Es gibt noch mehr Unglaubliches«, sagte er traurig, verließ die Intensivstation und machte sich auf den Weg.

5

August 1998

Es gelang Catherine, fast eineinhalb Stunden bei einem Abendessen zuzubringen, das ihr vollkommen gleichgültig war. Es war trotzdem erst kurz nach halb acht, als sie nach Longnor zurückkam. Aber Tommy wartete schon, er saß auf dem Kalksteinmäuerchen vor dem Haus und sah grau und blaß aus. Catherine fühlte plötzlich Sorge um ihn. Sie vergaß immer wieder, daß er ein alter Mann war, weil er so fit und munter schien. Aber nun war er mehr als einen halben Tag Auto gefahren und hatte wahrscheinlich nicht zu Abend gegessen.

Er begrüßte sie mit: »Gott sei Dank sind Sie wieder da. Wir müssen uns zusammensetzen und reden.«

»Wie geht es George?« fragte sie, während sie aufschloß und sie zusammen ins Haus traten. »Einen Drink?«

»Haben Sie Whisky?«

»Nur irischen.« Sie deutete zum Sideboard. »Ich hole mir schnell ein Glas Wein.« Sie ging in die Küche und öffnete eine Flasche. Als sie zurückkam, hatte Tommy fünf Zentimeter Bushmills in ein Reklameglas von einer Tankstelle eingeschenkt.

»Also, wie geht es George?« fragte sie noch einmal und erwartete das Schlimmste.

»Er ist wieder bei Bewußtsein. Ich war bei ihm, als er die Augen aufschlug.«

»Sie waren bei ihm? Wie sind Sie denn reingekommen?«

Tommy seufzte. »Na, was glauben Sie? Ich habe gelogen. Natürlich war er noch nicht soweit, zu sprechen. Aber er schien mich zu erkennen. Ich habe Anne gesagt, ich würde morgen früh wieder kommen. Vielleicht kann ich dann mit ihm sprechen.«
»Ich glaube, dies ist nicht der richtige Zeitpunkt, um mit ihm über Scardale und Alison zu reden«, sagte Catherine.
Tommy sah sie scharf an. Er hatte im Lauf der Jahre nichts von seiner Wirkung auf Menschen verloren. Catherine fühlte sich wie ein aufgespießter Schmetterling. »Sie meinen, Sie möchten nicht, daß er sich daran erinnert, daß er Ihnen gesagt hat, Sie sollten die ganze Sache absagen.«
»Nein«, protestierte sie. »Ich meine nur, wenn das, was immer in Scardale vorgefallen ist, wirklich seinen Herzinfarkt verursacht hat, dann sollte er nicht darüber sprechen.«
Tommy zuckte die Schultern. »Ich würde sagen, das müssen wir George überlassen. Ich werde ihn nicht dazu drängen, aber wenn er darüber sprechen will, werde ich ihn nicht daran hindern. Es ist besser, er wird es im Gespräch mit mir los, als es unter Verschluß zu halten, wo es vielleicht einen weiteren Infarkt verursacht«, widersprach er eigensinnig. »Und wenn wir schon bei dem Thema sind, ich habe Paul gesehen, als ich wegging. Er hat mich seiner Verlobten vorgestellt. Wir müssen darüber reden«, sagte er bedrückt und trank einen Schluck, der den Whisky auf die Hälfte reduzierte. »Sehen wir uns doch noch einmal diese Urkunden an.«
Catherine fuhr den Computer hoch, während Tommy in dem winzigen Wohnzimmer auf und ab ging. Sobald sie die erste Urkunde auf dem Bildschirm hatte, war er an ihrer Seite. »Zeigen Sie mir Helens Geburtsurkunde noch einmal«, sagte er. Sie ging zur nächsten Seite, und sie hatten die Angaben über Helen vor sich.
»O Gott«, stöhnte er. Er wandte sich ab und ging zum Kamin hinüber, legte den Arm auf den Kaminsims und den Kopf darauf.

Catherine drehte sich auf dem Stuhl zu ihm um. »Tommy, würden Sie mir sagen, was los ist?«

Seine breiten Schultern zuckten, und er wandte ihr wieder das Gesicht zu. Wenn er es ihr nicht sagte, war sie natürlich in der Lage, es sich selbst auszurechnen. So würde er aber wenigstens bestimmen können, was sie wußte und was sie damit anfing.

»Sie haben Helen gesehen, nicht wahr?« fragte er matt.

Catherine nickte. »Wir haben uns letztes Jahr in Brüssel kennengelernt.«

»Hat sie Sie nicht an jemand erinnert?«

»Komisch, ich dachte tatsächlich, ich hätte sie schon irgendwo gesehen. Aber jetzt, wo wir wissen, daß sie mit den Scardale-Clans zusammenhängt, glaube ich, was wir sehen, ist eine Art allgemeine Ähnlichkeit mit den Carters.«

Tommy seufzte. »Ja, davon ist auch ein bißchen dabei. Eine Ähnlichkeit mit ihrer Mutter. Aber sie schlägt ihrem Vater nach.«

Sie runzelte die Stirn. »Tommy, jetzt reden Sie aber unverständliches Zeug. Wann sind Sie jemals Samuel und Dorothy Wainwright begegnet?«

Tommy setzte sich schwerfällig in den Sessel. »Ich habe sie beide noch nie im Leben gesehen. Ich spreche nicht von den Wainwrights. Ich spreche von Philip Hawkin.«

»Hawkin?« wiederholte Catherine völlig ratlos.

»Um die Augen herum ist sie Philip Hawkin wie aus dem Gesicht geschnitten. Und sie hat seine Gesichtsfarbe. Ich glaube, aufgrund der Fotos würde man die Ähnlichkeit nicht entdecken, aber wenn man ihn selbst gesehen hat, ist es glasklar.«

»Das kann nicht stimmen«, warf sie ein. »George hätte doch bestimmt die Ähnlichkeit bemerkt?«

»Er hätte nicht unbedingt den Zusammenhang erkannt, bis er die Verbindung zu Scardale direkt vor sich hatte. Außerdem haben Sie doch gesagt, er sei schon vor der Ankunft in Scardale unruhig gewesen.«

»Es könnte trotzdem ein Zufall sein«, erwiderte Catherine eigensinnig. Wenn sie diese Story unter Dach und Fach bringen wollte, mußte sie um jede einzelne Tatsache kämpfen, so daß ihre Taktik bereits stand, noch bevor sie ihren Verleger zu überzeugen begann. Sie konnte ruhig ein wenig von Tommys Erfahrung Gebrauch machen, um ihre Argumente zu entwickeln.

»Sehen Sie sich die Geburtsurkunde an«, sagte er. »Sie heißt Helen Ruth. Ich weiß, Ruth ist nicht gerade ein ungewöhnlicher Name, aber damals war es in dieser Gegend üblich, einem Kind einen Namen aus der Familie als zweiten Vornamen zu geben, gewöhnlich den Namen von einem der Großeltern. Wenn man alles zusammennimmt, was wir hier haben, dann geht die Tatsache, daß Helens zweiter Vorname Ruth ist, über einen Zufall hinaus.«

Catherine zündete sich eine Zigarette an, um die unvermeidliche Frage hinauszuschieben. »Wenn also Philip Hawkin Helens Vater ist ... wer war dann ihre Mutter?«

»Also, jedenfalls nicht seine Frau, das steht fest. Ruth Carter bekam im Juni 1964 kein Kind – sie war beim Prozeß gegen ihren Mann anwesend. Wir sahen sie in der Vorbereitungszeit des Prozesses mindestens einmal die Woche, und sie war nicht schwanger.«

»Bei manchen Frauen sieht man es nicht so«, gab sie zu bedenken. »Sie sehen nur aus, als hätten sie ein bißchen zugenommen.«

Er schüttelte den Kopf. »Catherine, als wir Ruth kennenlernten, war sie eine kräftige Farmersfrau. Bis es zu dem Prozeß kam, sah sie aus, als könnte ein starker Wind sie ohne weiteres von Scardale nach Denderdale pusten. Sie hätte im Juni 1964 keine Tochter zur Welt bringen können.«

»Wer war es also?« beharrte Catherine. »Ich nehme an, wir schließen eine wilde, leidenschaftliche Affäre mit Dorothy Wainwright aus?«

»Unmöglich ist es nicht, nehme ich an«, sagte Tommy. »Dorothy wäre damals erst Mitte Dreißig gewesen. Hätte aber Hawkin mit ihr geschlafen, dann hätte ich erwartet, daß er es während des Prozesses als Beweis dafür vorgebracht hätte, ein normaler, stürmischer Mann zu sein und kein mieser Typ, der sich an kleine Mädchen ranmachte. Wir vermuteten immer schon, daß das der einzige Grund war, warum er Ruth heiratete – damit er, wenn es Fragen wegen Alisons Belästigung gab, in der Lage wäre, seine Ehe als Bestätigung dafür zu erwähnen, daß er genau wie jeder andere Durchschnittsmann sei. Jedenfalls gibt es keine Hinweise, daß er die Wainwrights jemals kennengelernt hat. Aber wenn wir bei unserer Theorie über die wahre Identität der Frau bleiben, die sich Janis Wainwright nennt, dann haben wir ein Mädchen im gebärfähigen Alter im Hause der Wainwrights, das nachgewiesenermaßen eine Verbindung zu Hawkin hatte. Eine weibliche Person, von der wir durch Fotos wissen, daß sie von Hawkin vergewaltigt wurde.« Seine Worte fielen bleischwer in die Stille.

»Alison Carter ist die Mutter von Helen Markiewicz, geborene Wainwright«, sagte Catherine, indem sie Tommys lange Umschreibungen in harte, unzweideutige Tatsachen umformulierte. »Und Philip Hawkin ist ihr Vater.«

Sie sah Tommy an, und er starrte zurück. Nichts sonst konnte die eindeutigen Tatsachen und die körperliche Ähnlichkeit erklären, die sie entdeckt hatten. Aber es war eine Lösung, die so viele wichtige Fragen aufwarf, daß Catherine nicht einmal wußte, wo sie anfangen sollte.

Sie holte tief Atem und sagte das, was Tommy ihrer Meinung nach auch dachte. »So wird also George Bennett bald der Schwiegervater der Tochter eines Mannes, für dessen Tod durch den Strang er verantwortlich war und der für die Ermordung ihrer Mutter gehängt wurde. Nur war Helen zu der Zeit, als ihr Vater ihre Mutter ermordet haben sollte, noch nicht geboren.« Wenn man es so gedrängt formulierte, dachte sie, sah König Ödipus dagegen wie eine simple Geschichte vom Land aus.

»Es scheint so«, sagte Tommy. Er trank sein Glas aus und griff zum Sideboard hinüber nach der Whiskyflasche.
»Ich weiß, es klingt verrückt ... aber es sieht so aus, als hätten Ruth und Alison eine Verschwörung angezettelt, damit Philip verhaftet wurde.«
Tommy goß sich langsam noch ein ordentliches Glas Bushmills ein. Er nippte daran und sah ihr unter seinen buschigen Brauen hervor direkt in die Augen. Dann ließ er das Glas sinken und sagte. »Das auf alle Fälle, Catherine. Das auf alle Fälle.«
Sie goß sich Rotwein nach und merkte, daß ihre Hand zitterte. Dies hier war mehr als die beste Story, über die sie je gestolpert war, es war eine Tragödie, deren Auswirkungen über fünfunddreißig Jahre hinweg reichten und Menschen der zweiten Generation, die keine Ahnung davon hatten, daß ihre Vergangenheit mit solch explosivem Zündstoff beladen war, das Leben vergällen konnte. Sie war in einer Situation, die sie mit Schrecken erfüllte und zugleich in Hochstimmung versetzte. Sie glaubte nicht, daß die Information, die sie schon hatte, bei ihr besonders gut aufgehoben war, und war fast froh, daß Tommy da war, um als Bremse gegen ihre verrückten Impulse zu fungieren.
»Was machen wir jetzt?«
»Gute Frage«, sagte Tommy.
»Oh, von denen hab ich genug.«
»Ich glaube, es bleibt uns nur eine Wahl. Ich meine, wir müssen die ganze Sache ruhen lassen und vergessen. Wir müssen Alison Carter – wenn sie es ist – ihren Frieden lassen, und wir müssen Helen und Paul ohne eine Wolke am Horizont heiraten lassen.«
»Kommt gar nicht in Frage«, protestierte Catherine. »Ich kann nicht so tun, als sei nichts passiert. Diese neue Situation stellt einen der bedeutendsten Rechtsfälle seit dem Krieg auf den Kopf und nimmt einem wichtigen Präzedenzfall die Gültigkeit.«

»Verschonen Sie mich mit alledem, Catherine«, sagte Tommy ärgerlich. »Sie machen sich einen Dreck aus Präzedenzfällen. Sie haben doch nur den Knüller Ihres Lebens vor Augen und das Geld, das Sie damit verdienen können. Sehen Sie nicht, wie viele Leben Sie zerstören, wenn Sie damit an die Öffentlichkeit gehen? Sie lassen George und seinen Ruf am Boden zerstört zurück. Sie ruinieren Pauls und Helens Zukunft, ganz zu schweigen davon, daß Helens Leben dabei völlig kaputtgeht. Wie wird sie sich fühlen, wenn sie herausfindet, daß ihre Schwester in Wirklichkeit ihre Mutter ist und die Frau, die sie für ihre Mutter hielt, an einer Verschwörung teilnahm, die dazu führte, daß ihr Vater umgebracht wurde? Und dann ist da noch Janis oder Alison, oder wie immer Sie sie nennen wollen. Sie setzen sie strafrechtlicher Verfolgung aus, weil sie an dem Komplott mit dem Zweck der Ermordung teilgenommen hat. All das, damit Sie Ihre fünfzehn Minuten im Rampenlicht haben können?« Er schrie jetzt und schien den ganzen Raum auszufüllen. Catherine blieb die Luft weg.

Sie schluckte und sagte: »Ich soll also einfach die letzten sechs Monate meines Lebens abschreiben? Ich habe auch einen Einsatz in dieser Sache geleistet, Tommy. Sie waren doch derjenige, der mit mir darüber gesprochen hat, wie wichtig Gerechtigkeit ist und daß Sie bei der Polizei ausgestiegen sind, weil Sie glaubten, sie könne keine Gerechtigkeit schaffen. Und jetzt sagen Sie, zum Teufel mit der Gerechtigkeit, zum Teufel mit der Wahrheit, ich schütze meinen Ruf und kehre die Tatsache unter den Teppich, daß ich und mein Boß einen Unschuldigen an den Galgen gebracht haben?« Sie war jetzt genauso wütend wie er.

Tommy stürzte noch mehr Whisky hinunter und versuchte, seinen Ärger zu unterdrücken. »Hier geht es nicht um mich, Catherine. Es geht um einen guten Menschen und seine unschuldige Familie. Keiner von ihnen verdient es, daß wegen einer Sache, die vor fünfunddreißig Jahren hätte begraben werden sollen, sein Leben zerstört wird. Hören Sie, Sie wollen die letzten sechs Monate nicht verschwendet wissen. Sie können Ihr Buch immer noch so veröffentlichen, wie es ist, ohne schlafende Hunde zu wecken.«

»Aber George wollte die Hunde nicht schlafen lassen. Er hat mehr Integrität als sie, Tommy. Er wollte das Buch zurückhalten, weil es nicht die Wahrheit ist.«

Tommy schüttelte den Kopf. »Er hat aus einer momentanen Regung heraus gehandelt. Sobald er Zeit gehabt hat, alles zu überdenken, wird er Sinn darin sehen, das Buch in der jetzigen Form zu veröffentlichen.«

»Sie meinen, wenn Sie ihn überredet haben«, sagte Catherine böse. »Das geht nicht mehr, Tommy. Ich kann die E-Mails aus dem Computer löschen, aber ich kann das Wissen in meinem Kopf nicht ausradieren. Ich werde die Wahrheit herausfinden, und im Grunde können Sie mich nicht daran hindern.«

Ein langes Schweigen folgte. Tommy spürte, wie seine Hände sich zu Fäusten ballten, und streckte mühsam die Finger wieder aus. Schließlich holte er tief Luft und sagte: »Vielleicht kann ich Sie nicht daran hindern. Aber ich kann mühelos das Buch verreißen, wenn es rauskommt. Ich kann der Presse erzählen, wie Sie von einem Mann profitiert haben, der auf der Intensivstation lag. Ich kann darüber sprechen, wie Sie George Bennetts Unfähigkeit, sich oder seiner Familie zu helfen, absichtlich ausgenutzt haben. Sie werden nicht mehr wie jemand aussehen, der sich einem Kreuzzug für die Gerechtigkeit verschrieben hat, wenn ich mit Ihnen fertig bin, das kann ich Ihnen sagen. Sie werden so schäbig wie Philip Hawkin dastehen.«

Sie bewegten sich beide nicht von der Stelle, sondern starrten einander an wie zwei Kombattanten in einem mexikanischen Hundekampf. Schließlich sagte Catherine: »Wir haben beide nicht das Recht, die Entscheidung ohne George zu treffen«, und zwang sich, gelassen zu klingen. »Wir wissen nicht einmal, ob wir recht haben. Bevor wir etwas unternehmen können, müssen wir mit Alison Carter sprechen.«

Tommy wandte sich ab und betrachtete die Fotos an der Wand: Alison Carter, George Bennett, Ruth Carter, Philip Hawkin. Innerlich wußte er, daß sie recht hatte. Sie konnten die Entscheidung nicht allein treffen. Und keine so wichtige Entscheidung sollte bei Dunkelheit gefällt werden. Er seufzte. »Also gut. Morgen gehen wir nach Scardale und holen uns die Antworten.«

6

August 1998

Tommy Clough stand um acht Uhr am nächsten Morgen vor Catherines Tür. Als sie aufmachte, dachte er, sie sehe aus, als habe sie genauso schlecht geschlafen wie er. »Sie sind früh dran«, sagte sie und trat zurück, um ihn hereinzulassen. »Alison wird sich nicht freuen, uns zu dieser Tageszeit zu sehen.«
»Wir fahren noch nicht nach Scardale«, sagte er.
»Nicht?«
»Nein. Ich habe Anne versprochen, heute früh ins Krankenhaus zu kommen. Ich will das zuerst tun. Und ich möchte, daß Sie mich hinfahren«, sagte Tommy und nahm den Toast von Catherines Teller.
»Fühlen Sie sich ganz wie zu Hause«, sagte sie und war überrascht, daß sie eher amüsiert als gereizt war. »Ich verstehe. Sie trauen mir nicht, daß ich warte, bis Sie zurück sind. Sie glauben, ich werde allein losjagen und die ganze Geschichte aus Alison herausholen.«
Tommy schüttelte den Kopf. »Komischerweise haben Sie unrecht. Gibt's noch Toast?«
»Ich mache noch welchen.«
Er folgte ihr in die Küche. »Es ist nicht so, daß ich Ihnen nicht traue. Es hat damit zu tun, daß ich nicht mehr so jung bin, wie ich früher war. Ich bin gestern mehr gefahren, als ich zu Hause durchschnittlich in einem ganzen Monat fahre, und ich schlafe

nie gut in fremden Betten. Kurz und gut, ich würde lieber gefahren werden, als den ganzen Weg nach Derby und zurück selbst zu fahren.«

Sie steckte zwei Scheiben Brot in den Toaster und sagte beifällig: »Guter Spruch, Tommy. Ich hätte Ihnen fast geglaubt.« Sie grinste über seinen gekränkten Blick. »Ist schon in Ordnung, natürlich fahre ich Sie nach Derby. Was immer Janis Wainwright zu sagen hat, wird sich zwischen jetzt und dann nicht ändern.«

Sie sprachen wenig auf der Fahrt nach Derby. Sie waren beide in ihre Gedanken vertieft. Catherine zerbrach sich noch den Kopf wegen einer Strategie für das Treffen, das ihnen in Scardale bevorstand. Sie war bis lange nach Mitternacht aufgeblieben, hatte geraucht, getrunken und nachgedacht. Sie hatte immer geglaubt, daß der Erfolg eines Interviews zum größten Teil davon abhing, wie gründlich die Vorbereitung war. Aber wie sie die Sache auch drehte und wendete, sie konnte keinen Ansatz finden, wie sie mit dem, was sie und Tommy jetzt wußten, unweigerlich zur Wahrheit finden würden. Janis Wainwright hatte immer noch zuviel zu verlieren.

Die erste Überraschung des Tages gab es, als Tommy der Schwester der Intensivstation mitteilte, er sei gekommen, um seinen Schwager George Bennett zu besuchen. »Er ist nicht mehr hier«, sagte die Schwester und sah auf einem Klemmbrett auf ihrem Schreibtisch nach.

Einen Augenblick fühlte Tommy, wie sich sein eigenes Herz zusammenzog. »Das kann nicht stimmen. Er ist gestern abend zu sich gekommen. Ich habe gesehen, wie er die Augen aufschlug.«

Die Schwester lächelte. »Das stimmt. Wir haben ihn auf eine andere Station verlegt, weil er jetzt außer Lebensgefahr ist.« Sie schickte sie zur Station für Herzkranke, wohin George verlegt worden war.

»Takt und Diplomatie im staatlichen Gesundheitswesen«, sagte Catherine trocken.

Sie gingen um die Ecke des Korridors und fanden das Zimmer, das sie suchten. Tommy schaute durch das Fenster an der Tür. Es war ein Vierbettzimmer, zwei Betten nicht belegt. Er sah Anne zwischen Bett und Fenster sitzen, so daß sie den Blick auf den Liegenden versperrte. Tommy wandte sich an Catherine. »Ich glaube, Sie sollten draußen warten.«
Zögernd willigte sie ein. »Im sechsten Stock ist ein Café. Ich warte dort auf Sie.« Sie nahm den Kassettenrecorder aus ihrer Tasche. »Ich nehme an, es ist nicht ...?«
Tommy schüttelte den Kopf. »Das bleibt unter uns, George und mir. Sie brauchen sich aber keine Sorgen zu machen. Ich werde Sie nicht anlügen.«
Er sah hinter ihr her, als sie auf den Aufzug zuging, dann straffte er die Schultern und stieß die Tür auf. Als er näher kam, konnte er Georges Gesicht sehen. Es war schwer zu glauben, daß dies derselbe Mann war, der letzte Nacht schon fast wie eine Leiche gewirkt hatte. Obwohl er erschöpft schien, lag etwas Farbe auf seinen Wangen, und die dunklen Ringe unter den Augen waren nicht mehr so ausgeprägt. Als er Tommy sah, erhellte sich sein Gesicht, und er lächelte breit.
»Tommy Clough«, sagte George mit schwacher Stimme, aber offensichtlich erfreut. »Und ich hab gedacht, ich wäre gestorben und in die Hölle gekommen, als ich die Augen aufgemacht habe und du auf mich runtersahst.«
Tommy umschloß mit beiden Händen die Hand seines früheren Chefs. »Ich nehme an, es war der Schock, meine Stimme zu hören, der dich aufgeweckt hat.«
»Da hast du verdammt recht. Ich wußte doch, daß ich so einem Charmeur wie dir nicht trauen kann, wenn Anne im Zimmer ist – nicht ohne mich als Anstandswauwau.«
»George«, schalt ihn Anne. »Das ist doch furchtbar, so etwas zu Tommy zu sagen, wo er so weit gefahren ist, um dich zu sehen.«
»Beachte ihn nicht, Anne, er ist offensichtlich noch weggetreten. Wie fühlst du dich, George?«

»Kaputt, wenn du es genau wissen willst. Ich bin im ganzen Leben noch sie so müde gewesen.«
»Du hast uns einen ganz schönen Schrecken eingejagt«, sagte Tommy.
»Tut mir leid. Wenn ich allerdings gewußt hätte, daß das die Taktik ist, mit der man dich aus deiner Einsiedlerklause locken kann, hätte ich es schon vor Jahren getan«, erwiderte George.
Tommy und Anne tauschten Blicke; sie waren beide froh, daß George, so schwach er auch war, seinen Humor nicht verloren hatte.
»Ja, also in der Zukunft werde ich mich nicht wie ein Fremder benehmen. Catherine hat es mir gesagt, weißt du. Sie ist nach Northumberland hinaufgefahren, nur um mir zu erzählen, was passiert war.«
George nickte, aber seine Augen leuchteten nicht mehr so hell.
»Das hätte ich mir denken können«, sagte er. »Anne, Liebling, tust du mir einen Gefallen? Würdest du Tommy und mich eine Weile allein lassen? Nicht lange, eine Viertelstunde oder so? Es ist nur ... wir haben etwas zu besprechen, Schatz.«
Anne machte ein ernstes Gesicht. »Sie haben gesagt, du sollst dich nicht überanstrengen, George.«
»Ich weiß. Aber es ist schädlicher für mich, wenn ich mich sorge, als wenn ich mit Tommy rede. Glaub mir, Liebes. Ich spiele nicht noch einmal mit dem Tod.« Er nahm ihre Hand und streichelte sie sanft. »Ich erkläre dir dann alles, ganz bestimmt. Aber nicht jetzt.«
Anne schürzte mißbilligend die Lippen, stand jedoch auf. »Aber paß auf, daß er sich nicht anstrengt, Tommy.« Sie wandte sich noch einmal an George. »Ich rufe Paul an und sage ihm, sie sollen heute nachmittag herkommen.«
»Danke, Schatz.« George sah ihr nach, als sie zur Tür ging. Dann bedeutete er Tommy mit einem Seufzer, er möge sich setzen. »Ich hatte schon befürchtet, sie würde nicht lockerlassen«, sagte er. »Wieviel weißt du?«
»Wir *wissen* nicht viel, aber ich glaube, wir haben es mehr oder

weniger herausgetüftelt.« Tommy informierte ihn kurz über Catherines Nachforschungen. »Es gibt nicht viel Spielraum für Zweifel«, schloß er.
»Das ist doch unglaublich, findest du nicht? Aber ich wußte es, sobald ich sie sah«, sagte George. »Ich habe acht Monate mit diesem Gesicht gelebt, und es hat mich jahrelang verfolgt. Ich wußte, wie immer sie sich auch nannte, diese Frau in Scardale Manor ist Alison Carter. Und dann wurde mir klar, wer Helen sein mußte.« Seine Augen fielen zu, und die Brust hob und senkte sich mit flachen Atemzügen.
Er öffnete die Augen und sah Tommys Besorgnis. »Es ist schon in Ordnung«, beruhigte er ihn. »Ich bin nur müde, das ist alles.«
»Laß dir Zeit. Ich hab's nicht eilig.«
George gelang ein schwaches Lächeln. »Nein, du nicht. Aber ich wette, Catherine hat es eilig. Ich nehme an, es gibt keine Möglichkeit, sie zu stoppen?«
Tommy schnaubte. »Ich weiß nicht. Sie ist ziemlich zäh. Gestern abend habe ich ihr das Versprechen abgenommen, dich vor einer Entscheidung zu fragen, was zu tun ist. Aber dieses Versprechen hatte einen Preis. Ich muß mit ihr nach Scardale gehen, um die Frau, die wir alle für Alison halten, zur Rede zu stellen. Catherine besteht hartnäckig darauf, wir bräuchten alle Fakten, und dagegen kann ich eigentlich nichts sagen.«
»Was mich betrifft, ist es mir egal«, sagte George. »Aber ich mache mir Sorgen wegen Paul und Helen. Wir haben einen schrecklichen Fehler gemacht, bevor sie auf der Welt waren, und sie werden nun dafür bezahlen müssen. Ich kann mir nicht vorstellen, wie sie das alles überstehen sollen. Und ich glaube, Anne könnte mir nicht verzeihen, wenn sie irgendeinen Schaden davontragen würden.«
»Ich weiß. Und es geht nicht nur um sie. Es geht auch um Alison. Was immer sie getan hat, es hat sie mehr gekostet, als wir je erfahren werden. Man könnte sie immer noch wegen des

Mordkomplotts verfolgen, aber ich glaube nicht, daß sie das verdient hat.«

»Was soll also geschehen, Tommy? Ich bin verdammt unnütz, so wie ich hier liege.«

Tommy schüttelte den Kopf, er konnte seine Ratlosigkeit nicht verbergen. »Ich nehme an, wir werden die Lage besser einschätzen können, wenn wir gehört haben, was Alison selbst sagt.«

»Tu, was du kannst.« Georges Stimme wurde leiser. »Ich bin jetzt müde. Du solltest wohl gehen.«

Tommy stand auf. »Ich werde mein Bestes tun.«

George nickte. »Das hast du immer getan, Tommy. Es gibt keinen Grund, jetzt etwas anderes von dir zu erwarten.«

Tommy fühlte sich zwanzig Jahre älter als am Tag zuvor; er verließ das Zimmer und sah einem Treffen entgegen, das er in dieser Welt nicht mehr erwartet hätte. Das letzte Mal hatte er diese Last auf seinen Schultern gespürt, als der Prozeß gegen Philip Hawkin vorbereitet wurde. Diesmal, hoffte er, würde er es besser machen.

7

August 1998

Das Wetter war umgeschlagen, und der Himmel war wieder trostlos grau mit heftigen Schauern dazwischen, Hauptkennzeichen dieses Sommers. Als sie die Straße nach Scardale hinunterfuhren, ergoß sich plötzlich ein Platzregen auf den Wagen und verwandelte die Asphaltstraße vor ihnen in eine wirbelnde, flache Wasserfläche.

»Wunderbarer Tag für unser Unternehmen«, sagte Tommy lakonisch. Er war von verschiedenen Gefühlen hin- und hergerissen. Aus Neugier wünschte er sich die endgültige Enthüllung der Wahrheit, aber er fürchtete die möglichen Folgen dieser Entdeckung. Er fühlte sich George und seiner Familie gegenüber verantwortlich, war aber unsicher, ob er dieser Verpflichtung gerecht werden konnte. Und er hatte tiefes Mitgefühl mit der Frau, deren Zufluchtsort sie zerstören würden. Er wünschte sich von ganzem Herzen, George hätte sich nie bereit erklärt, das Schweigen zu brechen, oder hätte eine weniger intelligente und hartnäckige Journalistin für die Zusammenarbeit ausgewählt.

Catherine ihrerseits erlaubte sich nicht, über etwas anderes nachzudenken als darüber, wie sie Janis Wainwright dazu bringen könnte, die Wahrheit zu sagen. Danach würde genug Zeit sein, zu überlegen, was sie mit den gesammelten Informationen machen sollte. Ihre Aufgabe war es jetzt, dafür zu sorgen, daß sie sich, welche Entscheidung später auch getroffen würde, auf eine vollständige Faktengrundlage stützen konnte. Sie kontrollierte, ob mit dem kleinen Kassettenrecorder in der Tasche ihres Leinenblazers alles stimmte. Sie mußte nur zwei Tasten drücken und würde eine perfekte Aufnahme davon bekommen, was Janis Wainwright – oder vielmehr Alison Carter – zu sagen hatte.

Sie fuhren vor dem Gutshaus vor, Catherine parkte in der Einfahrt, damit Janis nur zu Fuß entkommen konnte. Schweigend warteten sie das Ende des Schauers ab und gingen dann über den nassen Grasweg, wo ihre Schritte vor der Küchentür glucksende Geräusche machten.

Tommy ließ den Klopfer gegen die Tür fallen. Sie wurde fast augenblicklich aufgemacht. Ohne das hinderliche Sonnenlicht konnte Catherine die Frau, die ihnen mit argwöhnischem Blick gegenüberstand, genau erkennen. Die Narbe war nicht zu übersehen. Fast zweifelsfrei war dies Alison Carter. Die Frau wollte etwas sagen, aber Tommy hielt abwehrend die Hand hoch und schüttelte den Kopf. »Ich bin Tommy Clough, früher Detective Sergeant Clough. Wir möchten gern reinkommen und kurz mit Ihnen sprechen.«

Die Frau schüttelte den Kopf. Die Tür begann sich langsam zu schließen. Tommy legte seine große Hand dagegen, er stieß sie nicht direkt zurück, verhinderte aber, daß sie sie aussperren konnte, außer wenn sie mit ganzer Kraft dagegen drücken würde. »Schlagen Sie uns nicht die Tür vor der Nase zu, Alison«, sagte er mit fester, aber ruhiger Stimme. »Denken Sie daran, Catherine ist Journalistin. Sie weiß schon genug, um diese eine Version der Geschichte zu schreiben. Es gibt für ein Mordkomplott keine Verjährung. Und was Catherine jetzt bereits schreiben kann, genügt, um Sie strafrechtlich zu verfolgen.«

»Ich habe nichts zu sagen«, antwortete sie schnell, panische Angst in ihrem verschlossenen Gesicht, während sie die Hand, ohne es zu merken, langsam zur Wange hob.

Manchmal, dachte Catherine, schien Brutalität die einzig wirk-

same Strategie. »Ist schon gut«, sagte sie. »Ich werde einfach zusehen müssen, was Helen mir sagen kann.«
Die Augen der Frau blitzten verärgert auf, dann zog sie die Schultern hoch und ließ sie resigniert wieder sinken. Sie trat zur Seite und hielt die Tür auf, wie ihre Mutter es wohl zuvor Hunderte von Malen getan haben mußte. »Es ist wohl besser, daß ich den Unsinn korrigiere, den Sie zu wissen glauben, als daß Sie Helen grundlos durcheinanderbringen«, sagte sie abweisend und barsch.
Tommy war über die Schwelle getreten und schloß die Tür hinter sich. »Sie haben hier einiges verändert«, sagte er und sah sich in der Küche um, die man fast ohne weitere Dekoration in einem Beitrag über historische Häuser in einer Wohnzeitschrift hätte abbilden können.
»Ich habe damit nichts zu tun. Als es im Besitz meiner Tante war, ließ sie die Küche für ihre Mieter herrichten«, erklärte sie brüsk.
»Das wundert mich nicht«, sagte Tommy. Catherine stand neben ihm und drückte schnell auf die Tasten an ihrem Kassettenrecorder. »Hawkin war immer bereit, sein Geld für das Fotografieren auszugeben, oder für Sie, Alison, aber er hat keinen Shilling für die Bequemlichkeit Ihrer Mutter aufgewendet.«
»Warum nennen Sie mich immer Alison?« fragte sie, mit dem Rücken an der Wand, die Arme vor der Brust verschränkt und mit einem Lächeln, das Gelassenheit vortäuschen sollte. »Mein Name ist Janis Wainwright.«
»Zu spät, Alison.« Catherine zog geräuschvoll einen Stuhl heraus und setzte sich an den gewachsten Kieferntisch. Wenn Tommy heute beschlossen hatte, den guten Polizisten zu spielen, dann war sie nur allzu bereit, die Rolle des bösen zu übernehmen. »Sie hätten diese Vorstellung mit der Verwirrung gleich bringen müssen, als Tommy Sie zum ersten Mal Alison nannte. Sie sahen aber nur schockiert, nicht verwirrt aus. Sie sagten nicht: ›Entschuldigung, aber ich glaube, Sie haben das falsche Haus erwischt, hier wohnt keine Alison.‹«

Alison starrte sie an. Zum ersten Mal bemerkte Catherine, wie sehr sie ihrer Mutter glich. Auf den Fotos, die sie gesehen hatte, mußte Ruth zehn Jahre jünger gewesen sein, als Alison jetzt war, obwohl sie älter ausgesehen hatte. »Sie gleichen Ihrer Mutter sehr«, sagte Catherine.

»Woher wollen Sie das wissen? Sie haben meine Mutter doch nie kennengelernt«, erwiderte Alison trotzig.

»Ich habe Fotos von ihr gesehen. Während des Prozesses war sie in allen Zeitungen.«

Alison schüttelte den Kopf. »Jetzt reden Sie schon wieder diesen Unsinn. Ich habe keine Ahnung, wovon Sie sprechen, damit Sie es nur wissen. Meine Mutter war in ihrem ganzen Leben in keinen Prozeß verwickelt.«

Tommy ging durch den Raum und stellte sich ihr gegenüber hin. Er schüttelte mit einem mitfühlenden Lächeln den Kopf. »Es ist zu spät, Alison. Es hat keinen Sinn, uns weiter etwas vorzumachen.«

»Wieso vormachen? Ich habe Ihnen schon mehrmals gesagt, ich habe nicht den leisesten Schimmer, was Sie meinen.«

»Behaupten Sie immer noch, Janis Wainwright zu sein?« fragte Catherine ungerührt.

»Was meinen Sie damit – behaupten? Was soll das? Ich rufe die Polizei an«, sagte sie und ging zum Telefon.

Tommy und Catherine taten nichts und schwiegen. Alison schlug im Telefonbuch die Nummer nach. Dann blickte sie über die Schulter, um zu sehen, ob sie reagierten. Catherine lächelte höflich, und Tommy schüttelte erneut den Kopf. »Sie wissen doch, daß das keine gute Idee ist«, sagte er traurig, als sie langsam zum Hörer griff.

»Nein, Tommy, lassen Sie sie nur. Ich will wirklich ihre Erklärung dazu hören, wie sie die Wiederauferstehung geschafft hat«, sagte Catherine in einem freundlichen, vernünftigen Ton. Alison wurde starr. »Ganz richtig, Alison. Ich weiß, daß Janis 1959 gestorben ist. Am elften Mai, genauer gesagt. Es muß für Ihre Tante Dorothy und Ihren Onkel Sam schwer

gewesen sein. Auch für Sie muß es schwer gewesen sein, wo Sie und Janis fast im gleichen Alter waren.«
In Alisons Augen stand jetzt die pure Angst. Sie hat bestimmt wegen dieses Augenblicks jahrelang Alpträume gehabt, dachte Tommy und fühlte Mitleid mit ihr. Er konnte sich vorstellen, was sie jetzt fühlen mußte. Zwei Fremde in ihrer Küche, einer davon, der einen guten Grund hatte, sich an ihr dafür zu rächen, daß sie ihn vor fünfunddreißig Jahren zum Narren gehalten hatte, die andere offensichtlich darauf versessen, ihre dunkelsten Geheimnisse der sensationshungrigen Welt darzubieten. Und Catherine mit ihrer Aggressivität machte es nicht gerade leichter. Er mußte die Situation irgendwie entschärfen, damit Alison das Gefühl hätte, sie beide könnten ihre beste Chance auf Rettung aus dieser entsetzlichen Lage sein.
»Setzen Sie sich, Alison«, sagte er freundlich. »Es geht uns nicht darum, Sie zu schnappen. Wir wollen nur die Wahrheit herausfinden, das ist alles. Wenn wir geplant hätten, Sie zu ruinieren, wären wir zur Polizei gegangen, sobald Catherine Janis Wainwrights Sterbeurkunde entdeckte.«
Langsam und unsicher wie ein Tier, das Gefahr wittert, ging sie zum Tisch hinüber und setzte sich ans andere Ende gegenüber von Catherine. »Wieso kümmern Sie sich um all das?« fragte sie.
»George Bennett liegt aufgrund dessen, was er hier im Haus gesehen hat, in Derby im Krankenhaus. Ich bin sicher, Helen hat Sie angerufen und es erzählt«, sagte Catherine.
Sie nickte. »Ja. Und es tut mir leid, ich habe George Bennett immer nur Gutes gewünscht.«
»Sie hätten ihn niemals hierherkommen lassen dürfen, wenn Sie ihm Gutes wünschen«, sagte Tommy und konnte seinen Ärger und Schmerz nicht ganz verbergen. »Sie müssen doch gewußt haben, daß er Sie wiedererkennen würde.«
Sie seufzte. »Was konnte ich sonst tun? Wie konnte ich Helen erklären, daß ich ihre zukünftigen Verwandten nicht kennenlernen wollte? Es war besser, es hinter uns zu bringen, als wenn

er mich bei der Hochzeit getroffen hätte. Aber Sie haben meine Frage immer noch nicht beantwortet. Wieso kümmert Sie das?«

Catherine beugte sich vor. Ihre Stimme war so eindringlich wie ihr Gesichtsausdruck. »Ich habe sechs Monate meines Lebens mit George Bennett zusammen daran gearbeitet, eine Geschichte zu erzählen. Jetzt finde ich heraus, daß wir beide einer Lüge aufgesessen sind. George Bennett hat einen schrecklichen Preis dafür gezahlt, das herauszufinden. Und ich werde nicht dabei mitmachen, die Lüge weiterhin aufrechtzuerhalten.«

»Welchen Preis auch immer andere Menschen dafür zahlen müßten? Selbst wenn es George Bennett Schande machte? Auch wenn es Paul Bennett und Helen zugrunde richtete?« explodierte nun Alison, und ihre Gefaßtheit zerbrach wie eine Glühbirne auf einem Steinboden. »Und es geht ja nicht nur um sie.« Sie hob blitzschnell die Hand vor den Mund, eine klassische Geste des Erschreckens nach einer Unbesonnenheit, und ihre Augen wurden ganz groß, als sie merkte, daß sie mehr verraten hatte, als sie wußten.

»Wenn Sie wollen, daß ich mich zurückhalte, müssen Sie mir einen besseren Grund als Sentimentalität geben. Es ist Zeit, zu reden, Alison«, sagte Catherine ungerührt. »Es ist Zeit für die ganze Geschichte.«

»Warum sollte ich Ihnen irgend etwas sagen? Es könnte eine Falle sein. Jedermann weiß, wie weit Sensationsreporter wie Sie gehen, um eine Story zu bekommen. Wie soll ich wissen, ob Sie überhaupt etwas über mich wissen?« Es war ein letzter, verzweifelter Schachzug, und alle im Raum wußten es.

Catherine machte ihre Tasche auf und nahm die Ausdrucke der vier Urkunden heraus. »Mit denen hier fangen wir an«, sagte sie und schob sie Alison über den Tisch zu. Alison las sie langsam durch und nutzte die Zeit, um sich wieder in den Griff zu bekommen. Als sie aufschaute, war ihr Gesicht gelassen. Aber Catherine sah, daß sich auf ihrer hellgrünen Bluse Schweißflecken bildeten.

»Und?« fragte Alison.
Catherine nahm das computerbearbeitete Foto heraus und schob es Alison zu. »Den Computern der Manchester University zufolge würde Alison so aussehen, wenn sie noch lebte. Haben Sie in letzter Zeit in den Spiegel geguckt?«
Alisons Lippen öffneten sich leicht und zeigten die zusammengebissenen Zähne, sie sog zischend die Luft ein. Bei dem Blick, den sie Catherine zuwarf, war diese erleichtert, daß sie Tommy dabeihatte.
»Was wir wissen, ist, daß Sie nicht Janis Wainwright sind. Dank der wunderbaren Errungenschaften der Genetik kann wahrscheinlich bewiesen werden, daß Sie Alison Carter sind. Was sich mit Bestimmtheit beweisen läßt, ist, daß Helen nicht Ihre Schwester, sondern Ihre Tochter ist. Die Tochter, die Sie bekamen, als Sie gerade vierzehn Jahre alt waren, nachdem Sie von Ihrem Stiefvater Philip Hawkin regelmäßig mißbraucht und vergewaltigt wurden. Der Mann, der gehängt wurde, weil er Sie angeblich ermordet hatte. Wenn wir mit dem, was wir haben, zur Polizei gingen, könnten sie die Leichen exhumieren und diese Verwandtschaft feststellen, das ist überhaupt kein Problem.« Catherine sprach knapp und exakt wie bei einem wissenschaftlichen Bericht.
»Ich fürchte, sie hat recht, Alison«, sagte Tommy. »Aber ich meine das ernst, was ich gesagt habe. Wir sind nicht hierhergekommen, um Sie anzuklagen. Wir müssen um all der Menschen willen, die in diese Sache verwickelt sind, wissen, was passiert ist. Damit wir alle gemeinsam entscheiden können, wie wir am besten damit fertig werden.«
Ohne um Erlaubnis zu bitten, nahm Catherine ihre Zigaretten heraus und zündete sich eine an. Tommy nahm einen Teller vom Abtropfbrett und brachte ihn ihr. Das füllte das lange Schweigen aus, währenddessen Alison wortlos das Computerbild anstarrte. Ihre Augen waren glasig und glänzten von ungeweinten Tränen.
»Wir glauben, daß folgendes geschehen ist«, sagte Tommy leise

und setzte sich neben sie. »Hawkin hat Sie mißbraucht, und Sie wußten nicht, was Sie tun sollten. Sie hatten Angst, was passieren könnte, wenn Sie es Ihrer Mutter sagten. Das ist bei den meisten Kindern so. Sie hatten bereits miterlebt, wie sie ihren ersten Mann verlor, und Sie hatten Angst, sie würde den gleichen furchtbaren Kummer noch einmal erleben, wenn Sie sie zwängen, zwischen Hawkin und Ihnen zu wählen. Dann wurden Sie schwanger. Und Ihrer Mutter wurde klar, was geschehen war.«

Alison nickte fast unmerklich. Eine einzelne Träne rollte vom rechten Auge über die Wange herunter. Sie machte keine Anstalten, sie abzuwischen.

»Also hat sie Sie weggeschickt, damit Sie bei Ihrer Tante und dem Onkel wohnten, und sagte Ihnen, von jetzt ab müßten Sie Janis sein«, fuhr Tommy fort. »Und dann hat sie ihm eine Falle gestellt. Mit der Information, die Sie ihr gaben, konnte sie es so einrichten, daß George Bennett über die Hinweise stolperte, die sie ausgelegt hatte. Sie fand sogar heraus, wo er die Fotos aufbewahrte. Und in der ganzen Zeit schwiegen Sie. Sie ertrugen die schreckliche Zeit einer Schwangerschaft, die Sie nicht wollten, Sie verloren Ihre Kindheit und jede Chance auf Glück, die Sie je gehabt hatten. Sie durften nicht einmal Ihre Tochter als Ihr eigenes Kind aufziehen. Jahrelang waren die Opfer erträglich, weil sie bedeuteten, daß Sie sich alle wieder einem normalen Leben annäherten. Und jetzt ist wegen eines entsetzlichen Zufalls, weil Paul Helen kennenlernte und sich in sie verliebte, alles auf tragische Weise schiefgegangen.«

Alison sog zitternd die Luft ein. »Sie scheinen alles ohne meine Hilfe herausbekommen zu haben«, sagte sie unsicher.

Tommy legte eine Hand auf ihren Arm. »Wir haben recht, nicht wahr?«

»Nein, Tommy«, warf Catherine ein, scheinbar ungerührt von dem erschütternden Geschehen, das sich vor ihr abspielte. »Es gibt noch etwas. Bevor wir hierherkamen, dachten wir, das sei die ganze Geschichte, aber so ist es nicht, oder? Sie haben sich verraten, Alison, als Sie sagten, es seien nicht nur Paul und Helen, deren Leben zerstört würde. Es gibt da noch etwas, und Sie werden es uns erzählen.«

Alison schaute Catherine an, ihre Augen waren dunkel vor Zorn. »Sie irren sich. Es gibt nichts mehr zu erzählen.«

»Oh, ich glaube doch. Und ich denke, Sie werden es uns auch sagen. Denn so wie die Dinge jetzt stehen, bin ich nicht auf Ihrer Seite. Sie und Ihre Mutter haben Philip Hawkin ermordet. Es war keine spontane, unmittelbar durch Provokation ausgelöste Tat. Es nahm Monate in Anspruch, bis es erreicht war, und Sie beide schwiegen die ganze Zeit. Sie haben Ihre Rache ganz schön ausgekostet. Aber ich sehe keinen Grund, warum Sie vor den Konsequenzen dessen, was Sie getan haben, geschützt werden sollten. Wenn Sie das Risiko vermeiden wollten, Helens Leben zu zerstören, hätten Sie ihr vor Jahren schon die Wahrheit sagen sollen«, rief Catherine mit zorniger Stimme. Sie war entschlossen, sich nicht von Alisons Schmerz ablenken zu lassen, ganz gleich, wie echt er war. »Jetzt haben Sie nur erreicht, daß Sie das Leben eines anderen Mannes, eines guten Menschen, aufs Spiel gesetzt haben, alles nur deshalb, weil Ihre Mutter nicht den Mut hatte, Philip Hawkin mit erhobenem Haupt entgegenzutreten.«

Alison blickte auf. »Sie verstehen überhaupt nichts, verdammt noch mal«, sagte sie bitter. »Sie haben keinen Schimmer, wovon Sie reden.«

»Dann helfen Sie mir, es zu verstehen«, forderte Catherine sie heraus.

Alison starrte Catherine lange und durchdringend an, dann stand sie auf. »Ich muß nur etwas holen. Keine Angst«, fügte sie hinzu, als Tommy seinen Stuhl zurückschob, »ich laufe nicht weg und tue nichts Unüberlegtes. Aber es gibt etwas, das ich Ihnen zeigen muß. Wenn ich Ihnen dann sage, was wirklich passiert ist, werden Sie mir vielleicht glauben.«

Sie verließ die Küche, und Tommy und Catherine sahen einander an und fragten sich, was als nächstes kommen sollte.

»Sie sind ein bißchen zu streng mit ihr«, sagte Tommy. »Sie hat Höllenqualen ausgestanden. Wir haben kein Recht, sie leiden zu lassen.«

»Hören Sie, Tommy. Sie verheimlicht uns etwas. Man muß sich fragen, was schlimmer sein könnte als das, was wir schon wissen. Sie hat zugegeben, mit ihrer Mutter die Ermordung ihres Stiefvaters geplant zu haben, aber sie hält immer noch etwas zurück, das sie für noch schlimmer hält.«

Tommy warf Catherine einen Blick zu, der fast schon Verachtung ausdrückte. »Und Sie glauben, Sie haben das Recht, das zu erfahren?«

»Ich glaube, wir alle haben dieses Recht.«

Er seufzte. »Ich hoffe, wir werden das nicht noch einmal bereuen, Catherine.«

8

August 1998

Alison kam mit einer verschlossenen Metallbox für Akten wieder. Sie schloß sie mit einem Schlüssel aus der Schublade des Küchentischs auf, klappte den Deckel hoch und trat zurück, als hätte sie Angst, der Inhalt könnte sie beißen. Als wolle sie in Deckung gehen, zog sie die Schultern hoch und verschränkte die Arme vor der Brust. »Ich stelle Wasser auf«, sagte sie. »Tee oder Kaffee?«

»Kaffee, schwarz«, antwortete Catherine.

»Tee«, sagte Tommy. »Milch, ein Stück Zucker.«

»Ich habe genug von dieser Box«, sagte Alison, drehte sich um und ging zum Herd hinüber. »Sie können sich alles ansehen, solange Sie möchten, dann reden Sie vielleicht über meine Vergangenheit nicht mehr so verdammt leichtfertig daher«, fügte sie hinzu, drehte sich um und warf Catherine einen kurzen Blick zu.

Tommy und Catherine näherten sich mit der respektvollen Vorsicht von Entschärfungsspezialisten, die mit einer verdächtigen Bombe hantieren. Die Box enthielt ungefähr ein Dutzend braune Umschläge, alle etwa fünfundzwanzig mal zwanzig Zentimeter groß. Tommy zog den ersten heraus. In Druckbuchstaben war mit schon verblassender Tinte Mary Crowther darauf geschrieben.

Vom harmlosen häuslichen Geräusch der Kaffee- und Teezubereitung begleitet, schob Tommy den Daumen unter die

Klappe des Umschlags. Er schüttete den Inhalt auf den Tisch. Dutzende von Schwarzweißfotos, einige Streifen Negative und zwei Kontaktbögen fielen heraus. Es waren keine Porträts eines unschuldigen siebenjährigen Mädchens, sondern obszöne Parodien erwachsener Sexualität und vulgärer Posen, bei denen Catherines Magen rebellierte. Auf einem Foto war Philip Hawkin zu sehen, der seine Hand zwischen die Beine des weinenden Kindes stieß.

Es gab je einen Umschlag für Marys neun Jahre alten Bruder Paul, für die dreizehnjährige Janet, die achtjährige Shirley, die sechs Jahre alte Pauline und sogar für den dreijährigen Tom Carter, für Brenda und Sandra Lomas, im Alter von sieben und fünf Jahren, und die vierjährige Amy Lomas. Der Schrecken, der in diesen Umschlägen enthalten war, war mehr, als der Verstand fassen konnte. Es war der Rundgang durch eine Hölle, die Catherine lieber nicht kennengelernt hätte. Ihre Beine wurden schwach, und sie ließ sich auf einen Stuhl sinken, ihr Gesicht weiß und angespannt.

Tommy wandte sich ab und steckte die Umschläge in die Box zurück. Jetzt verstand er den elementaren Drang, Philip Hawkin zu vernichten. Was Alison angetan wurde, war schlimm genug. Aber das hier war in seinem ganzen Ausmaß von Verderbtheit unendlich viel schlimmer. Hätte er vor fünfunddreißig Jahren diese Fotos gesehen, er wußte nicht, ob er seine Hände vom Hals des Mannes hätte fernhalten können.

Alison stellte ein Tablett auf den Tisch. »Wenn Sie etwas Stärkeres möchten, werden Sie zum Pub in Longnor gehen müssen. Ich habe keinen Alkohol im Haus. Bald nachdem ich zwanzig war, habe ich eine schlimme Zeit durchgemacht, da dachte ich, die Welt sähe durch ein Glas besser aus. Dann wurde mir klar, daß er dadurch nur auf eine andere Art gewinnen würde. Und nach allem, was ich hinter mir hatte, wollte ich das, verdammt noch mal, nicht zulassen.« Ihre Stimme war kalt und hart, aber ihre Lippen zitterten, als sie sprach.

Sie goß Kaffee und Tee ein und setzte sich am entgegengesetzten Tischende Catherine und Tommy und der Büchse Pandoras, die sie ihnen gebracht hatte, gegenüber. »Sie wollten die Wahrheit«, sagte sie. »Jetzt wird sie auch für Sie eine Last sein. Jetzt sehen Sie selbst, wie es Ihnen gefällt, damit zu leben.«
Catherine starrte sie schweigend an; sie begann erst jetzt das Gewicht dieses Fluchs zu begreifen, den sie selbst auf sich geladen hatte. Ihr wurde bereits klar, daß sie sich durch diese Bilder, die sich in ihr Gedächtnis eingegraben hatten, selbst zu Alpträumen verdammt hatte.
Tommy sagte nichts, er hatte den Kopf gesenkt, die Augen unter den schweren Brauen verborgen. Er wußte, er war noch empfindungslos von dem Schock, und wünschte, dieser Zustand würde anhalten.
»Ich weiß nicht, wie ich die Geschichte erzählen soll«, sagte Alison erschöpft. »Sie sitzt seit fünfunddreißig Jahren in meinem Kopf fest, und ich habe keine Übung im Erzählen. Als alles vorbei war, hat niemand von uns je wieder darüber gesprochen. Ich sehe Kathy Lomas jeden Tag, an dem ich in Scardale bin, und wir erwähnen es nie. Auch jetzt, wo Sie hergekommen sind und alte Erinnerungen ausgegraben haben, hat sich niemand von uns hingesetzt und darüber gesprochen. Wir haben getan, was wir glaubten, tun zu müssen, aber das heißt nicht, daß wir keine Schuldgefühle hatten. Und Schuld ist etwas, über das niemand leicht mit einem anderen spricht. Ich habe das aus eigener Erfahrung gelernt, lange bevor ich Psychologie studierte.«
Sie strich sich das Haar zurück und sah Catherine in die Augen. »Ich dachte, wir würden nie und nimmer damit durchkommen. Ich lebte jeden Tag in Angst, jemand könnte an die Tür klopfen. Ich erinnere mich an meine wirkliche Mutter, die Dorothy anrief, um über die Ereignisse während der Ermittlung zu sprechen. Jeden Tag rief sie an. Und sie saß wie auf glühenden Kohlen, weil George Bennett so ein guter, ehrlicher Polizist war. Er war so ausdauernd, sagte sie. Sie war über-

zeugt, daß er herausbringen würde, was wirklich lief. Aber das hat er nicht geschafft.«

Tommy hob den Kopf. »Ihr habt alle gelogen, als wärt ihr zum Lügen und zu nichts anderem geboren worden«, sagte er mit versteinerter Miene. »Kommen Sie, Alison, erzählen Sie uns noch den Rest.«

Alison seufzte. »Sie dürfen nicht vergessen, wie das Leben in den sechziger Jahren war. Kindesmißbrauch gab es einfach in Familien oder Gemeinden nicht. Es war etwas, das ein perverser Mensch, ein Fremder vielleicht, tun würde. Aber wenn man zu seinem Lehrer gegangen wäre oder zum Arzt oder zum Dorfpolizisten und hätte gesagt, der Squire von Scardale fickt alle Dorfkinder – man wäre für verrückt erklärt und eingesperrt worden.

Sie müssen auch bedenken, daß wir praktisch mit Haut und Haaren Philip Hawkins Besitz waren. Unser Lebensunterhalt war von ihm abhängig, und unsere Häuser gehörten ihm. Unter dem alten Squire waren wir mehr oder weniger wie in einem Feudalsystem aufgewachsen. Nicht einmal die Erwachsenen kritisierten den Squire. Und wir waren kleine Kinder. Wir wußten nicht, wie man sich gegen einen Squire wehrt. Und niemand von uns wußte, daß die anderen auch betroffen waren, jedenfalls waren wir nicht sicher. Wir waren alle zu verängstigt, um über das zu sprechen, was passierte, sogar untereinander.

Er war ein schlauer Kerl, wissen Sie. Er hatte nie Anzeichen von Pädophilie gezeigt, als er meine Mutter umwarb. Er hatte nie viel Zeit für mich, bevor er sie heiratete. Er war ganz nett und kaufte mir einiges. Aber er belästigte mich nie. Ich bin überzeugt, der einzige Grund, weshalb er meine Mutter heiratete, war, sich zu tarnen. Wenn einer von uns es gewagt hätte, etwas gegen ihn zu sagen, hätte er den empörten Unschuldigen und den glücklich verheirateten Ehemann gespielt.« Sie streckte Tommy einen anklagenden Finger entgegen. »Und ihr hättet ihm geglaubt.«

Tommy seufzte und nickte. »Sie haben wahrscheinlich recht.«

»Ich weiß, daß ich recht habe. Jedenfalls, wie ich schon sagte, er hat sich mir vor der Heirat nie genähert. Aber sobald er verheiratet war, änderte sich das total. Da hieß es dann ›kleine Mädchen müssen ihren Vätern zeigen, wie dankbar sie für alles sind, was Vati für sie tut‹ und lauter solche bösartigen emotionalen Erpressungen.

Aber ich war ihm nicht genug. Dieser Scheißkerl Hawkin hat jeden einzelnen von uns mißbraucht. Außer Derek. Ich glaube, Derek war ein bißchen zu alt für seinen Geschmack.« Sie legte die Hände um ihre Teetasse und seufzte wieder. »Und wir haben alle den Mund gehalten. Wir waren verwirrt und erschrocken, aber keiner wußte, was man tun könnte.

Und eines Tages hat mich meine Mutter gefragt, warum ich die Damenbinden nicht benutzt hätte, die sie mir gekauft hatte, als ich meine erste Periode hatte. Ich sagte ihr, ich hätte seitdem keine Periode mehr gehabt. Sie fing an, alle möglichen Fragen zu stellen, und alles kam heraus. Was er mit mir gemacht hatte, daß er Bilder von sich und mir gemacht hatte, wenn er es tat. Und sie begriff, daß ich schwanger sein mußte.«

Alison trank einen Schluck Tee gegen ihre heisere Stimme und um sich zu beruhigen. »Als er das nächste Mal einen Tag nach Stockport fuhr, durchsuchte sie seine Dunkelkammer. Und da hat sie den Rest der Bilder und den gräßlichen Safe gefunden und wußte, was für ein Mensch er war. Sie rief alle Erwachsenen zusammen und zeigte ihnen die Fotos. Sie können sich vorstellen, wie das war. Die Leute schrien nach Hawkins Blut. Alle Frauen wollten ihn kastrieren und dann zu Tode bluten lassen. Die Männer redeten darüber, daß sie ihn umbringen und es so einrichten wollten, daß es wie ein Farmunfall aussah. Die alte Ma Lomas brachte sie schließlich zur Vernunft. Sie sagte, wenn sie ihn umbrächten, müßte jemand die Schuld auf sich nehmen. Selbst wenn er unter einem Traktor starb, würde es nicht einfach wie ein normaler Betriebsunfall behandelt werden. Es würde eine Untersuchung geben, weil er eine wichtige Person war. Er war der Squire, nicht einfach irgendein Knecht, dem keine Bedeutung zukam. Ein falsches Wort, und jemand im Dorf würde im Knast landen, besonders wenn es dann klar wurde, daß ich schwanger war. Außerdem, fand sie, würde er durch einen schnellen Tod bei weitem nicht genug leiden.

Die andere Sorge war, daß, wenn die Sache herauskam, die anderen Kinder alle in Pflege gegeben würden, weil ihre Eltern sie nicht richtig beaufsichtigt hätten. Sie vermuteten, daß Leute von außerhalb das Leben im Tal nicht verstehen würden, wo die Kinder mehr oder weniger alle Freiheit hatten, zu tun, was sie wollten, weil es dort so sicher war – ohne Verkehr und sogar mitten im Sommer so gut wie ohne einen Fremden.

Sie sprachen den ganzen Tag lang darüber, und schließlich erinnerte sich jemand, daß er in der Zeitung eine Meldung über ein vermißtes Mädchen gelesen hatte. Ich weiß nicht, wer die Idee hatte, aber sie beschlossen, daß ich verschwinden sollte, und sie würden alles so einrichten, daß es aussah, als hätte er mich umgebracht. Weil sie wußten, daß er eine Pistole hatte, und wegen der Bilder von mir überlegten sie, daß er an den Galgen käme, wenn sie es fertigbrächten, ihm all dies anzuhängen. Und so müßte die Sache mit den anderen Kindern nicht herauskommen, und der Kummer würde ihnen erspart bleiben, noch einmal alles der Polizei erzählen zu müssen.«

Alison seufzte. »Das war das Ende meines Lebens, wie ich es bis dahin gekannt hatte. Hauptsächlich meine Mutter und Kathy und Ma Lomas haben alles ausgeheckt, und sie dachten an alles. Meine Tante Dorothy und Onkel Sam wurden ins Vertrauen gezogen. Tante Dorothy war Krankenschwester, sie wußte, wie man Blut abnimmt. Sie kam, ein paar Tage bevor ich verschwand, herüber und nahm mir einen halben Liter ab. Damit machten sie den Spritzer an dem Baum im Wäldchen und die Flecken auf einem von Hawkins Hemden. Sie mußten die Entdeckung des Hemds und der Unterwäsche hinausschieben, weil sie Sperma von ihm brauchten. Sie wußten, sie würden es schließlich bekommen, weil er immer ein Kondom benutzte, wenn er zu meiner Mutter ging.« Sie stieß ein bitteres Lachen aus. »Er wollte keine eigenen Kinder. Jedenfalls schaffte es meine Mutter schließlich, daß er mit ihr schlief. Sie hatte ihn inständig darum bitten und sagen müssen, sie bräuchte es zu ihrem Trost. Dann beschmierten sie also meine Kleider mit dem Sperma. Sie wußten nicht, wieviel die Wissenschaftler aus dem Blut und dem Sperma schließen konnten, aber sie wollten sichergehen, daß es nicht an Einzelheiten scheiterte.

Und alle mußten sich natürlich völlig im klaren über die ganze Geschichte sein. Sie hatten alle ihre Rollen zu spielen, und es mußte alles genau stimmen. Den kleinen Kindern sagte man nichts davon, aber Derek und Janet wußten auch Bescheid. Kathy saß stundenlang mit ihnen zusammen und strengte sich an, damit sie begriffen, wie wichtig es war, kein falsches Wort zu sagen. Ich lief die meiste Zeit völlig benommen umher. Ich ging ständig mit Shep spazieren und versuchte, mir alles einzuprägen, was ich verlieren würde. Ich hatte ständig Schuldgefühle. All dieser Aufruhr und alle angespannt bis zum letzten, und ich konnte immer nur daran denken, daß alles meine Schuld war.« Sie biß sich auf die Lippen und schloß einen Moment die Augen. »Ich brauchte lange Zeit und viele Therapiestunden, um zu verstehen, daß nicht ich diejenige war, der Vorwürfe zu machen waren. Aber damals haßte ich mich wirklich, oh, ich haßte mich.« Sie zögerte kurz, ihre Augen glänzten vor Tränen. Sie blinzelte heftig, rieb sich rasch mit der Hand übers Gesicht und fuhr fort.

»Während sich all dies im Tal abspielte, bereiteten Dorothy und Sam für die Woche des Verschwindens ihren Umzug von Consett nach Sheffield vor, so daß die neuen Nachbarn nicht merken würden, daß ich in Wirklichkeit nicht ihre Janis war. Das war 1963 noch ziemlich leicht.« Alison hielt einen Augenblick inne, ihr Blick schien nach innen gerichtet, als suche sie nach dem nächsten Kapitel ihrer tragischen Geschichte.

»Die glanzvollen Tage der Vollbeschäftigung«, murmelte Tommy.
»Stimmt. Sam war Facharbeiter in der Stahlproduktion, und es war nicht schwer für ihn, sofort an einem neuen Arbeitsplatz anzufangen. Und damals bekam man das Haus zusammen mit der Stelle«, erklärte Alison.
»An dem Tag, für den alles geplant war, wartete Sam in seinem Landrover oben bei der Methodistenkirche auf mich. Er fuhr mich nach Sheffield, und ich zog zu ihnen. Sie verbreiteten, ich hätte TB und müßte im Haus bleiben und dürfte nicht unter Leute gehen, bis es wieder gut sei, damit niemand merkte, daß ich schwanger war. Als die Zeit verging, polsterte Dorothy sich aus, so daß sie schwanger aussah.«
Alison schloß die Augen, und Schmerz verzog ihr Gesicht. »Es war so schwer«, sagte sie und sah Catherine in die Augen. Die Journalistin wandte als erste den Blick ab. »Ich verlor alles. Ich verlor meine Familie, meine Freunde und meine Zukunft. Ich verlor Scardale. Seltsame Dinge geschahen mit meinem Körper, und ich fand es schrecklich. Meine Mutter konnte mich bis nach dem Prozeß nicht einmal besuchen, weil niemand im Dorf die Existenz der Wainwrights bei der Polizei erwähnt hatte, und sie wollte nicht erklären müssen, wohin sie ging. Dorothy und Sam waren wirklich gut zu mir, aber sie konnten nicht ersetzen, was ich verloren hatte. Man hatte mir eingebleut, daß ich um der anderen Kinder in Scardale willen durchhalten müßte; daß wir es taten, damit Hawkin nie wieder ein Kind verletzen konnte, wie er mich verletzt hatte.«
»Es ist schon irgendwie plausibel«, sagte Catherine dumpf.
Alison nippte an ihrem Tee und erwiderte trotzig: »Ich schäme mich dessen nicht, was wir getan haben.« Weder Tommy noch Catherine sagten darauf etwas.
Alison strich sich das Haar aus dem Gesicht und fuhr mit ihrer Geschichte fort. »Helen wurde eines Nachmittags im Juni in meinem Zimmer geboren, gerade zwei Wochen vor dem Prozeß des Dreckskerls Hawkin. Sam ließ sie als sein und

Dorothys Kind eintragen, und sie zogen sie auf und ließen sie im Glauben, ich sei ihre größere Schwester und Dorothy ihre Mutter. Zwei Jahre vergingen so, dann bekam ich eine Stelle in einem Büro.« Ein ironisches Lächeln erschien zum ersten Mal an diesem Morgen auf ihrem Gesicht. »Bei einem Rechtsanwalt, können Sie's glauben? Man würde doch denken, ich hätte genug von Jura und Gesetzen gehabt, oder? Jedenfalls ging ich in die Abendschule, um das nachzuholen, was ich in der Schule verpaßt hatte. Ich habe sogar einen Fernkurs mit Abschluß an der Open University gemacht. Ich absolvierte eine Ausbildung in Psychologie und machte mich schließlich selbständig. Und jeder Schritt auf diesem Weg war, als spuckte ich dem Dreckskerl ins Gesicht. Aber es war nie genug, verstehen Sie?

Meine richtige Mutter kam dann und lebte bei uns, nachdem Hawkin gehängt worden war. Ich war froh darum. Ich brauchte sie wirklich. Sie wollte nicht nach Scardale zurück und richtete deshalb die Treuhandgesellschaft Scardale ein, um das Gut zu verwalten. Aber dieses Haus behielt sie. Sie wußte, daß ich eines Tages würde zurückkehren wollen. Wir weihten Helen nicht in die Verbindung zu Scardale ein. Sie glaubt bis heute, daß Ruth und ihr Mann am Stadtrand von Sheffield gewohnt hatten. Ruth sagte ihr, Roy sei eingeäschert worden, deshalb gebe es kein Grab, das sie besuchen könne. Helen hat das nie angezweifelt.

Als meine Mutter starb, fiel das Gutshaus an Dorothy unter der Voraussetzung, daß es mir und Helen zustand und auf uns übergehen würde, wenn Dorothy starb. Helen glaubt, ich bin verrückt, in diesem Kaff zu wohnen. Aber es ist mein Zuhause, und es war so lange verloren für mich, daß ich mich jetzt nur daran freuen will.«

Sie starrte in ihren Tee. »So, jetzt wissen Sie es.«

Catherine runzelte die Stirn. Sie wußte, es mußte viele Fragen geben, die zu stellen waren, aber keine fiel ihr ein.

»Und jedesmal, wenn Sie Helen ins Gesicht blicken, müssen Sie sich bewußt sein, daß er Sie ansieht«, sagte Tommy.

Die Muskeln an Alisons Kiefer traten hervor, als sie die Zähne aufeinanderbiß. »Als sie noch klein war, war es nicht so ausgeprägt«, sagte sie endlich. »Bis sie ihm wirklich ähnlich zu sehen begann, hatte ich gelernt, daß ich das als Hilfe für mich nutzen konnte. Der Scheißkerl hat meine Kindheit zerstört, er hat mir meine Familie und meine Freunde genommen. Er hätte mich umgebracht, wenn er entdeckt hätte, daß ich schwanger war, das weiß ich bestimmt. Er war mächtig, ich schwach. Deshalb will ich nie vergessen, wie ich dazu beigetragen habe, das Blatt zu wenden. Ich kann Ihnen sagen, sein eigenes Leben in die Hand zu nehmen ist überwältigend. Und das habe ich getan. Aber es ist viel leichter, die Kontrolle über sein eigenes Leben zu verlieren, als sie zu erlangen. Deshalb wollte ich sichergehen, daß ich nie selbstgefällig werde und meine Vergangenheit vergesse. So lernte ich, froh zu sein, daß Helen da war und mich ständig daran erinnerte, daß wir gegen diesen Mann zurückgeschlagen haben. Diesen Mann, der uns alles zu nehmen versuchte, was uns zu denen machte, die wir sind«, sagte sie leidenschaftlich. Nach einer langen Pause fügte sie in einem fast verwunderten Tonfall hinzu: »Und wissen Sie, nichts von ihm ist in ihr. Sie hat die ganze Kraft und die Güte meiner Mutter. Als ob alles, was meine Mutter zu etwas Besonderem machte, eine Generation übersprungen und sich in ihr festgesetzt hätte.«
Tommy räusperte sich, offensichtlich erschüttert von Alisons Bericht. »Das ganze Dorf war also in das Komplott eingeweiht?«
»Alle Erwachsenen«, bestätigte sie. »Ma Lomas sagte, alle müßten zuerst vorgeben, sie trauten der Polizei nicht, und sollten nur nach und nach tröpfchenweise etwas preisgeben. Sie und George Bennett waren wirklich ein Glücksfall. Wir konnten vorher nicht wissen, daß wir es mit zwei Polizeibeamten zu tun bekommen würden, die von dem Fall so besessen waren, daß sie nicht aufgeben würden. Das bedeutete, daß die Dörfler wirklich zurückhaltend sein konnten und, nachdem

alles etwas ruhiger geworden war, trotzdem wußten, daß sie nicht hinter der Polizei herzulaufen brauchten, damit sie dranblieb.«
Tommy schüttelte den Kopf, verwirrt von der schrecklichen Ironie. »Wir waren die Opfer unserer eigenen Integrität.« Er lächelte schwach. »Es passiert nicht oft, daß man das über die Polizei sagen kann. Aber wenn wir weniger entschlossen gewesen wären, ein Ergebnis zu bekommen und für Gerechtigkeit zu sorgen, wärt ihr mit einer Verschwörung dieser Größenordnung nie durchgekommen.«
Einen Augenblick sagte niemand etwas. Alison stand auf und ging zum Fenster. Sie starrte über die Dorfwiese ins Tal, von dem sie in einer Dezembernacht fünfunddreißig Jahre zuvor aufgebrochen war und das sie offenbar nie zu lieben aufgehört hatte. Jetzt hatte sie es wieder, dachte Catherine, aber sie hatte einen schrecklichen Preis dafür gezahlt. Schließlich riß sich Alison von dem Anblick los, richtete sich auf und sagte: »So, und was jetzt?«
»Das ist eine verdammt gute Frage«, antwortete Tommy.

9

August 1998

Auf dem Rückweg zum Haus kauften Catherine und Tommy noch eine Flasche Bushmills; so waren sie passend ausgestattet für eine Totenwache, dachte sie. Heute nacht würden sie Alison Carters Geist endgültig begraben. Morgen würden sie beide verkatert sein, aber das wäre ihr kleinstes Problem, vermutete Catherine. Für heute nacht wünschte sie sich jedoch, absolut nichts mehr zu spüren, wenn sie den Kopf aufs Kissen legte. Alles war recht, um dem Defilee des Schrekkens und der Demütigungen zu entgehen, die Philip Hawkin der Nachwelt hinterlassen hatte.

Als sie die Tür hinter ihnen geschlossen hatte, sprach Catherine zum ersten Mal, seit sie gegangen waren und Alison Carter ihren Erinnerungen überlassen hatten. »Also, das wär's«, sagte sie. »Jetzt kennen wir die Wahrheit.« Sie ging zum Sideboard und goß für beide einen großen Whisky ein.

Tommy nahm schweigend sein Glas entgegen. Er starrte auf die Fotos an der Wand und sah sich mit der bitteren Erkenntnis konfrontiert, daß Ma Lomas und ihr Clan die Welt lange genug getäuscht hatten, um Philip Hawkin auf den schrecklichen Weg in Richtung Justizmord zu schicken. Es war kein Trost, zu wissen, daß sein eigenes, inneres Gefühl in bezug auf Hawkin richtig gewesen war. Der Mann war letztendlich doch kein Mörder gewesen.

Angesichts der niederschmetternden Fotos, die Alison ihnen

gezeigt hatte, konnte Catherine sich der Schlußfolgerung nicht entziehen, daß die Dörfler von Scardale das Recht auf ihrer Seite hatten, als sie ihr schläfriges Nest zu einem Ort der Hinrichtung machten. Sie hatten gewußt, daß nur der Tod Hawkin aufhalten und die anderen Kinder retten würde, die er zu sich gelockt und in seine Gewalt gebracht hätte. Selbst wenn sie ihre eigenen Kinder weggeschickt hätten, konnte ihn das nicht am Weitermachen hindern. Er hätte andere Kinder gefunden, die er kaputtgemacht hätte; er hätte sowohl die Macht als auch das Geld gehabt, mit den Zeugen zu tun, was er wollte. Und ihnen wäre sowieso nicht geglaubt worden, auch wenn sie sich zur Aussage hätten überwinden können.

»Ich hatte nie daran gedacht, daß es noch andere geben könnte«, sagte Catherine bedrückt.

»Nein.« Tommy wandte sich von den Fotos ab und ließ sich auf einen Stuhl fallen.

»Aber ich bringe es nicht über mich, ihnen das vorzuwerfen, was sie getan haben«, sagte Catherine.

»Ich hätte mir an ihrer Stelle auch nicht lange überlegt, ob ich mitmachen will«, gab Tommy zu.

»Die schreckliche Ironie ist, daß im Vergleich zu dem, was Alison durchgemacht hat, Philip Hawkins Leiden unverdient kurz war. Sie hat jeden Tag ihres Lebens seit damals damit gelebt. Sie hat so viel verloren, und die Angst hat sie nie verlassen, daß sie eines Tages die Tür öffnen würde und draußen würde jemand stehen wie ich.« Catherine nahm die Whiskyflasche und stellte sie auf den Tisch.

Sie saßen benommen da und schwiegen wie die Überlebenden eines schrecklichen Unfalls, die noch nicht begreifen können, daß sie das Glück hatten, verschont zu bleiben. Sie waren eine Weile mit ihren Gedanken beschäftigt, bis jeder eine Handvoll Zigaretten geraucht hatte. »George hatte recht«, sagte Catherine endlich. »Ich kann nicht weitermachen mit dem Buch. Sicher, ich würde alle Anerkennung für die Enthüllung bekommen, daß ein so berühmter Fall auf Lügen und Betrug

aufgebaut war. Aber ich kann das George und Anne nicht antun. Es ist nicht nur die Schande, die es George bringen würde, sondern der Schmerz, zusehen zu müssen, wie Helen und Paul auseinandergehen würden. Und nicht nur Alison, sondern alle noch lebenden Dorfbewohner von Scardale müßten mit einer Anklage wegen des Komplotts rechnen.«
Wie in einer griechischen Tragödie, dachte sie, würden die Nachwirkungen dessen, was in Scardale fünfunddreißig Jahre zuvor geschehen war, das Leben anderer Menschen zerstören, die nichts mit jenem Nachmittag zu tun hatten. Das Leben Unschuldiger wäre zunichte, die es verdienten, vor einer Vergangenheit geschützt zu werden, die nicht ihre Schuld war.
Tommy trank sein Glas aus und füllte es wieder. »Darauf trinke ich«, sagte er. »Ich glaube, niemand würde Sie deshalb kritisieren.«
»Sie können morgen früh zu George gehen und es ihm sagen«, war Catherines Antwort.
»Möchten Sie es ihm nicht selbst sagen?«
Sie schüttelte den Kopf. »Ich habe genug damit zu tun, uns aus dem Vertrag für das Buch herauszukriegen, ohne den wahren Grund anzugeben. Nein, Tommy, sagen Sie es ihm. Es ist nur recht so. Wenn Sie nicht gewesen wären, weiß ich nicht, ob ich jemals herausgefunden hätte, daß Helen Alisons Tochter von Hawkin ist. Und dann hätte ich nicht die Mittel gehabt, sie dazu zu bringen, daß sie mit mir redete. Oder ich hätte keinen Grund gehabt, jetzt zu schweigen. Sie verdienen die Anerkennung.«
Er lachte. »Anerkennung? Dafür, daß ich diesen Schlamassel aufgedeckt habe? Da passe ich, wenn es Ihnen nichts ausmacht. Aber ich werde sehr froh sein, George sagen zu können, daß niemand Pauls und Helens Leben zerstören wird. Ich weiß, wieviel ihm das bedeuten wird. Aber die Einzelheiten werde ich ihm ersparen.«
Catherine griff nach der Flasche. »Das wäre eine gute Idee«,

sagte sie und goß sich einen großzügigen Schluck Whisky in ihr Glas. »Und dann würde ich vorschlagen, daß wir alle unser Bestes tun, um zu vergessen, daß es die letzten paar Tage gegeben hat.«

10

Oktober 1998

George Bennett sah durch die Windschutzscheibe. Es war spät im Oktober, und die Bäume waren kahl. Er hatte auf einem Weg durch die Felder angehalten, von denen aus man eine gute Sicht auf das Dorf Scardale hatte. Die vertrauten grauen Häuschen sahen aus dieser Entfernung wie ein gewachsener Bestandteil der Landschaft aus und erinnerten ihn daran, wie die Eigenart der geologischen Beschaffenheit die soziale Welt des Dorfs geformt hatte, in das er fünfunddreißig Jahre zuvor zum ersten Mal gekommen war. Er schaute über die Felder zu Scardale Manor hin und dachte über die Frau nach, die jetzt bald offiziell zur Schwägerin seines Sohnes werden würde. Manche würden vielleicht denken, sie und die anderen, die teilgenommen hatten, verdienten, für das Komplott bestraft zu werden, das einen Mann an den Galgen brachte, der keines Mordes schuldig war, was immer seine anderen Verbrechen gewesen sein mochten. Aber George war Vergeltung nicht wichtig. Er fand die Zukunft wichtiger als die Vergangenheit. Nichts ließ einen Menschen den Wert seines Lebens so schätzen wie ein Blick ins Angesicht des Todes.

Deshalb machte er heute diesen Besuch. Erst vor drei Tagen hatte ihm der Arzt erlaubt, wieder Auto zu fahren, vorausgesetzt, daß er keine langen Fahrten unternahm. Von Cromford nach Scardale – das war der räumlichen Entfernung nach keine lange Fahrt, fand er. Die Entfernung lag vielmehr auf der emotionalen und psychischen Ebene: eine Spanne von fünfunddreißig Jahren und eine Vielfalt von Leidenschaften, die kompliziert und unvorhersehbar waren. In vier Tagen war die Hochzeit, die endlich mit dieser entsetzlichen Geschichte aufräumen konnte, und George war entschlossen, alles zu tun, was in seiner Macht stand, um die Gespenster endlich zu vertreiben. Und so hatte er die Frau angerufen, die er nach dem heutigen Tag nie wieder bei ihrem wirklichen Namen würde nennen dürfen, und hatte um ein Treffen gebeten.

Vor fünfunddreißig Jahren war er zum ersten Mal diese schmale Straße entlanggefahren. Selbst damals war er mit gemischten Gefühlen gekommen. Er erinnerte sich mit bitterer Ironie an seine Begeisterung, daß er die Möglichkeit hatte, seinen ersten großen Fall zu leiten, eine mit Schuldgefühlen vermischte Freude wegen seiner Sorge um das vermißte Mädchen und ihre Familie. Nicht in seinen wildesten Träumen hätte er voraussehen können, wie das Verschwinden von Alison Carter ihn später verfolgen und nicht nur für seinen eigenen Seelenfrieden, sondern auch für das zukünftige Glück seines geliebten Sohnes zur Bedrohung werden würde.

Die Ereignisse der letzten Jahre zeigten eine tiefe Ironie, nämlich daß an die Stelle einer Schuld eine andere trat. Er war immer überzeugt gewesen, daß er Ruth Carter irgendwie im Stich gelassen hatte, bis er endlich den Fall noch einmal mit Catherine aufrollen und betrachten und dadurch verstehen konnte, daß er unter den Umständen das Beste getan hatte, was ihm möglich war. Aber jetzt wußte er, was in Wirklichkeit in jenem bitteren Winter geschehen war, und eine neue Bürde belastete ihn. Hatte es denn keine Anlässe bei der Ermittlung gegeben, wo er hätte erkennen können, daß sich etwas abspielte, das viel weiter ging als das, was man ihm an der Oberfläche zeigte? War er vor Arroganz und Besessenheit, eine Verurteilung zu erreichen, so blind gewesen, daß er die Hinweise übersehen hatte, die ein Detective mit mehr Erfahrung erkannt

hätte? Und hätte er die Wahrheit tatsächlich aufgespürt – hätte Alison Carter dadurch ein besseres Leben gehabt?
Tommy Clough hatte dies strikt verneint und ihm versichert, daß er sich genauso hatte täuschen lassen wie George selbst. Aber das war eigentlich kein Trost. Er war sich sicher, daß Tommy einiges gesagt hätte, um ihn, einen kranken Mann, zu beruhigen.
Welche Fehler er auch immer in der Vergangenheit gemacht haben mochte, er mußte einen Weg finden, sich mit ihnen auszusöhnen. Ob sein krankes Herz ihm noch Monate oder Jahre Zeit zum Leben lassen würde – er wollte nicht, daß diese Zeit mit unerträglichen Selbstvorwürfen vergiftet würde. Er mußte sich selbst vergeben, und vielleicht war der erste Schritt auf diesem Weg, daß er und Alison Carter einander für die wirklichen und eingebildeten Schmerzen vergaben.
Mit einem tiefen Seufzer legte George den Gang ein und fuhr langsam auf die Straße nach Scardale zurück. Was immer die Zukunft bringen mochte, es war Zeit, den ersten Schritt auf diesem Weg zu tun und mit der Vergangenheit abzuschließen, diesmal für immer.

Danksagung

Es war nicht leicht, dieses Buch zu schreiben. In die noch nicht weit zurückliegende Vergangenheit einzutauchen, die vielen noch in Erinnerung ist, heißt, die Entdeckung von Fehlern in Kauf zu nehmen. Douglas Wynn, der über authentische Kriminalfälle geschrieben hat, erzählte mir die Geschichte, die vor langer Zeit schon die Idee zu diesem Buch hat reifen lassen, und unterstützte mich auch beim Recherchieren historischer Fälle. Die Angestellten der Zentralbibliothek des soziologischen Instituts in Manchester ebenso wie deren Kollegin Jane Mathieson standen mir mit freundlicher Unterstützung zur Seite. Ohne den pensionierten Kommissar Bill Fletcher hätte ich nie auch nur hoffen dürfen, die Welt der Polizei in der Provinz der sechziger Jahre beschreiben zu können. Mark vom *Buxton Advertiser* gewährte mir wertvolle Einblicke in die Archive, und das Rechercheteam der *Manchester Evening News* war mir ebenfalls bei meinem Streben nach Authentizität behilflich. Dr. Sue Blacks Fachkenntnisse der Kriminaltechnik und Diana Muirs wichtige Hinweise trugen wesentlich dazu bei, daß sowohl ein entscheidender Fehler im Plot gefunden, als auch die Handlung durch eine Änderung gerettet werden konnte. Peter N. Walker hat mir erlaubt, seine Detailkenntnisse der Zeitumstände zu nutzen und war so entgegenkommend, das Manuskript auf grobe Fehler durchzusehen. Eventuelle weitere Irrtümer sind ausschließlich von mir zu verantworten.

Mit den geographischen Gegebenheiten Derbyshires und der Stadt Derby selbst habe ich mir einige Freiheiten erlaubt. Das Dorf Scardale selbst gibt es nicht, obwohl in der Gegend des White Peak mehrere Orte dieser Art existieren.

Schriftsteller sind ein wenig wie alte Häuser: wir brauchen viel Halt an allen Ecken und Enden. Deshalb sei hier meinem Team – Jane und Lisanne, Julia und den beiden Karen, Jai und Paula, Leslie, Mel und vor allem Brigid –, auf die ich mich wie auf ein zuverlässiges Gerüst stützen konnte, Dank gesagt.

40 Jahre Seite an Seite

Val McDermid

Das Lied der Sirenen

»Val McDermids Fähigkeit, in die gestörte Psyche eines Kriminellen einzusteigen, ist furchterregend!«
The Times

Als die Polizei männliche Leichen findet, die vor ihrer Ermordung grausam gefoltert wurden, wird das Leben des Psychologen Tony Hill gefährlich aufregend – denn bei seinen Bemühungen, dem Mörder auf die Spur zu kommen, wird eines immer deutlicher: Er könnte sehr gut das nächste Opfer sein!

»... der *roaring Ferrari* unter den englischen Kriminalautoren.«
Die Welt

Knaur